아무 것도 아닌 것

연세대학교 언더우드 동상 앞에서. 1964년 5월.

① ② / ③

1. 연세대학교 재직 시절. 1960년대 초.
2. 사랑하는 제자 정현기(현 연세대 교수)의 석사됨을 기뻐하며 그 가족과 함께. 1973년 봄.
3. 제14회 '연세문학의 밤' 기념사진. 1962년.

①|②
③

1. 주말에는 늘 산에 올랐다.(딸 경림과 함께) 1967년.
2. 시인 박목월씨와 함께 대천해수욕장에서. 1965년.
3. 진주 문학강연회에서. 오른쪽에 앉은 이. 1965년 6월.

①　②
—————
　③

1. 국문과 학생들과 함께. 맨 앞에 앉은 이가 전인초(현 연세대 교수). 1967년 가을.
2. 현대문학사 주최 문학상 심사 장면. 오른쪽부터 시인 서정주, 박목월, 한 사람 건너 필자.
3. 고속도로 준공 시찰하고 부산 송도에서. 김동리씨와 함께. 1970년 6월.

1. 맏손자 창규(현 전남대 교수)와 처조카 장수경을 데리고 산행 가서. 1960년대 말.
2. 필자의 세 자녀. 왼쪽부터 장남 승렬, 딸 경림, 차남 승언.
3. 신랑 신부 모두 국문과 제자인 박기동군(현 서울예대 교수)과 문영순양(화가)의 결혼 주례를 맡고. 1972년 4월.

만우 **박영준 전집 ④**/단편

아무것도 아닌 것

박영준 지음

동연

『박영준 전집』을 내며

　만우(晚牛) 박영준(朴榮濬) 선생이 가신 지 25년이 지났다. 선생이 돌아간 동안(1976~2001), 그처럼 지식인들이 두려워 떨던, 군사독재 정권도 무너졌고, 민간인 정권도 두 번째나 돌아와 있다. 우리는 선생의 생애가 일제의 가열한 민족 침탈기로부터 시작되었음을 기억하고 있다. 일제의 폭력이 혹독했던 1930년대에 문필 활동을 시작하여, 가장 민감했던 청년 시절에 글쓰기의 어려운 현실적 상황이 어떤 것인지를 몸소 체험하였다.

　1934년 연희대학교 문과를 졸업하던 해에 《조선일보》 신춘문예에 「모범경작생」(模範耕作生)이, 같은 해 《신동아》에 장편소설 『일년』(一年)과 꽁트 「새우젓」이 동시에 당선되어 일약 문단의 화제를 일으켰던 만우 박영준은 평생을 작품 쓰기와 모교 연세대학교에서 문학 가르치는 가운데 생애를 마감하였다. 1911년 3월 2일에 태어나 1976년 7월 14일 돌아가기까지, 66년 세월을 산 그는 일제 식민체험은 물론이고 해방정국에서의 좌우익 대립의 스산한 처신, 6·25 전쟁, 군사독재의 심란한 정국 등 소용돌이치는 역사의 현장에 놓여 있었다.

　66년 그 생애의 시간 도막 위에는 지울 수 없는 국내외적 회오리바람들이 있었다. 유아기로부터 소년기에 이르는 기간은 일제 폭력의 억압 속에 있었고, 광복이 된 청년기에는 6·25 동족 전쟁이 그를 괴롭혔다. 전쟁이 끝나고 난 해로부터 모교인 연세대학교에서 후진들을 기르며 작품활동을 하던 시기가 그에게는 황금기였다. 글쓰고 가르치는 동안 틈틈이 등산과 낚시 운동경기 관람 등으로 비교적 여유 있는 생활을 누리던 시기에 그는 갔다. 그는 일생 동안 자신의 작품 속에서 인간의 윤리적 관계 거리 조절에 관한 긴장의 눈길을 멈추지 않았다. 제자들에게도 그는 엄격한 윤리적 규범을 글쓰기의 핵심이라고 가르쳐 왔다. 그러한 그의 원칙은 여러 편으로 남긴 작품 속에 고스란히 살아 있다.

문학 교육에 관한 한 엄격하고도 자상한 스승으로서, 때로는 어버이 같은 자애로움으로 그는 제자들을 가르쳐 왔다. 이제 그가 남긴 필생의 문학작품을 모아 뒤늦게나마 전집으로 묶어 후생들에게 보이고자 하는 뜻은 그의 문학적 발자취와 함께, 우리에게 보인 그의 사람에 대한 치열한 애정을 드러내 보여주고자 함에 있다. 살아 있는 것에 대한 치열한 애정 없이는 문학 할 생각을 말라고 가르쳤던 분이신 박영준 선생께 우리 제자들은 그 동안 전집 발간에 관한 마음의 짐을 지고 살아왔다.

마침 선생과 너무도 닮은 모습으로 살아가시는 선배이며 만우 선생의 큰 자제인 승렬 형이 우리에게 마음의 짐을 탕감할 방도를 알려주며 격려함으로써 이 전집 간행을 보게 되어 기쁘기 한량없다. 그의 재정적인 뒷받침이 없었다면 아직도 우리는 그 많은 분량의 전집 간행을 꿈도 못 꾸었을 것이다. 이것은 또한 우리의 부끄러움이기도 하다.

출판사정이 여러 면에서 어려운 시기에 근 2년 여의 과정을 거치면서, 각 선집이나 잡지에 실린 글들은 물론이고 신문에 실려 있어 읽기가 여간 어렵지 않았던 글들을 꼼꼼히 읽고 잘못 인쇄된 철자법을 바로잡고 인멸될 처지에 있던 작품들을 찾아내어 깨끗한 인쇄에 붙이도록 만들어 준 동연출판사 백규서 사장도 우리에게는 여러 면에서 여간 고마운 게 아니다. 이 자리를 빌어 깊은 고마움의 뜻을 표하는 바이다.

2001년 12월 5일
『박영준 전집』 편집위원 일동

차례
제4권 아무것도 아닌 것 외 26편

일러두기

1. 『박영준 전집』은 박영준이 발표한 모든 작품을 대상으로 하여 <단편소설> 6권, <중·장편소설> 6권, 그리고 '박영준 문학연구'에 꽁트, 산문, 1차분 발간 후 찾은 단편소설을 한데 묶은 1권을 더해 총 13권으로 기획하였다.

2. 『박영준 전집』1차분은 박영준 선생의 단편소설을 수집 망라하여 일반 독자에게 소개하는 것은 물론 문학사적인 연구·정리에 목표를 둔 것이지만 단편소설 가운데 찾지 못한 일부 작품과 기존에 단편소설로 분류되었으나 꽁트로 재분류한 작품은 제외하였다.

3. 『박영준 전집』에 수록된 작품의 배열 순서는 창작 연대나 발표 순서에 따랐다.

4. 각 작품이 처음 발표된 원발표지, 그리고 본 전집에서 정본으로 삼은 판본의 출전은 각각 (원), (출)로 표시하여 각 작품의 마지막 쪽에 발표년월과 함께 밝혔다. 그리고 현재 발표년도와 출전이 분명하지 않은 몇 작품은 비슷한 시기에 해당하는 권의 말미에 수록했다.

5. 『박영준 전집』에 수록한 모든 작품은 발표 당시 신문·잡지의 원문을 그대로 옮긴다는 원칙에 따랐으나, 단 작가가 직접 퇴고하여 단행본으로 간행하였을 경우에는 개작본을 정본으로 삼았다.

6. 맞춤법과 띄어쓰기는 현행 규정에 맞게 고쳤으나 대화에 나오는 구어체와 사투리는 그대로 살렸다.

7. 현대 독자가 이해하기 힘든 낱말은 편집자 주(*)로 설명하였다.

8. 외래어는 현재의 외래어 표기법에 맞도록 고쳤으며, 과도하게 쓰인 생략부호(………)나 장음 표시(──)는 읽기 편하도록 조절하였다.

9. 부호는 아래와 같이 사용했다.

대화	" "	인용과 강조	' '
단편 작품	「 」	책명(단행본)과 장편	『 』
신문, 잡지	《 》	영화, 노래제목	< >

15

열전

[子]

아버님께 드립니다.

저는 아버지의 성격을 닮아서 그런지 역시 소극적입니다. 직접 말씀드리지 못하고 이렇게 글로 쓰게 된 것도 오직 저의 성격 때문일 것입니다.

저는 아버지를 존경합니다. 아버지로서만이 아닙니다. 사회인으로서도 존경하고 있습니다.

언제든지 아버지와 많은 이야기를 하고 싶었습니다. 어떤 일이든 숨김없이 이야기를 해서 아버지의 교시를 받고 싶었습니다.

그러나 제가 학보병으로 군대에 갔다 온 뒤 저는 아버지와 다정하게 이야기할 기회를 한 번도 갖지 못했습니다. 더구나 아직 학생생활을 하고 있지만 성인(成人)이 되었다는 마음과 성인으로서의 독자적 정신이 이루워져 있다는 생각 때문에 제 생활을 보고해 드려야 하겠다는 의무감이 적어졌던 것입니다.

그 동안 저는 대학교 4학년 학생으로서는 꽤 복잡하다고 할 수 있는 생활을 해 왔습니다.

그렇다고 해서 아버지에게 백안시(白眼視)를 당해야만 할 죄를 저지르지는 않았습니다.

그런데도 아버지는 저를 몇 달째나 백안시하고 계십니다. 아침과 저녁 식탁에 마주 앉아서도 다정한 이야기를 한 마디도 안 해 주십니다.

그것이 아버지의 성격이라고 생각하기는 합니다마는 의식적으로 저를 멀리하시는 것이라고 해석됩니다.

저는 학교 성적이 그리 좋지 못합니다. 공부를 열심히 하지 않기 때문입니다. 그리고 밤마다 늦게 들어옵니다. 역시 생활이 복잡하기 때문입니다. 그렇다고 해서 제가 나쁜 애는 아닙니다. 그런데도 아버지가 저를 백안시할 때 저는 어떻게 해야 할지를 모릅니다. 학생은 공부를 부지런히 해야 한다고 생각하면서도 그것이 뜻대로 되지가 않습니다. 친구들을 만나고 또 여자 교제도 있고 하니 자연 그렇게 되는 것을 어떻게 하겠습니까?

저의 교우관계가 그리 좋지 않다는 것을 저도 알고 있습니다만 나이든 친구들과 만나게 되니 자연 그렇게 되는 것 같습니다. 같은 반 학생들과 교제를 하면 좀더 순진한 생활을 할 수 있다고 생각하지만 나이가 2년이나 아래인 동급생들과는 어울리지 않는 것을 어떻게 합니까? 동급생들은 저를 모두 형님이라고 부릅니다. 형님이라고 부르는 학생들과 친구가 될 수는 없으니까요. 나이에 차가 있어서 그런지 동급생들은 정말 어린애들 같습니다. 어리다고 생각되는 학생들과는 같이 놀 수가 없습니다. 그러니 자연 군대에서 안 친구들과 교제하게 되고 그러자니 술도 자주 마시게 되는 것입니다.

이 점을 이해해 주시기 바랍니다.

저는 유달리 여자를 많이 알고 있습니다. 여자에게나 남자에게나 모질게 대하지 못하는 성격 때문인지 모르겠습니다. 그러나 진정으로 사랑하는 여자는 별반 없습니다.

알게 되었으니까 만나고 만나게 되니까 친한 것뿐입니다. 건방진 성격이 있기 때문인지는 모르지만 결혼해도 좋다는 여자를 아직 발견하지 못했습니다.

가끔 집으로 여자가 찾아오는 것을 못마땅하게 생각하시는 줄 알고 있습니다. 집으로 와야 만날 수 있기 때문에 집으로 오는 것입니다. 밖에서 만나면 돈을 써야 하니까요.

그런데도 아버지는 저를 의심하고 계십니다. 나쁜 애라고 단안을 내리신 것 같습니다.

제가 얼마 전 시계를 잃었을 때 아버지는 코웃음을 치시고 아무 말씀도 안 하셨습니다. 잃은 것이 아니라 팔아 먹은 것이라고 생각하시는 것이 분명했습니다.

아버지가 아끼시는 책이 없어지면 으레 제가 팔아 먹은 것처럼 말씀하십니다.

아직 제 양심은 썩지 않았습니다. 제발 저를 의심치 말아 주십시오. 시계는 정말 잃었습니다. 체육시간에 시계를 풀어 놓고 운동을 하다가 웃저고리를 입으려 할 때 주머니에 넣었던 시계가 온데간데 없어진 것을 알았습니다.

아버지가 미국에서 직접 부쳐 오셨다는 그『정치학 서설』을 저는 만져 보지도 못했습니다.

제발 저를 백안시하지 말아 주십시오. 저에게 누구에게나 아버지를 자랑하고 싶은 마음이 언제까지나 계속되도록 저를 사랑해 주십시오.

며칠 전 ── . 제가 없을 때 집으로 찾아왔던 여자는 제가 조금도 좋아하지 않는 여학생입니다. 가정이 불우해서 동정을 해 주었더니 마치 사랑이나 하는 것처럼 생각하고 있는 여자입니다.

그런데도 아버지는 그 여자에게 다시는 오지 말라고 말씀하셨다지요? 차라리 잘 된 일이라고 생각합니다.

그러나 제가 그 여자에게 그런 말을 들었을 때 저는 아버지의 인격을 의심했습니다. 아버지는 교육자이십니다. 남을 가르치는 것을 업으로 삼고 계시는 분입니다. 비록 자식이라 해도 남 앞에서 자식을 모욕하실 수 있습니까? 저는 아버지가 저를 불러 놓고 욕을 하시거나 따귀를 때리신다면 기쁘게 받을 것입니다.

아버지, 제가 그 여자를 사랑한다고는 정말 오해하지 말아 주십시오. 다만 그 여자가 눈물을 흘리며 아버지에게 모욕당한 것을 슬프게 이야기할 때 평소의 아버지답지 않은 데 실망을 느꼈을 뿐입니다.

사랑하지 않는 여자에게나마 인격이 추락될 때 저는 슬프지 않을 수 없습니다. 아버지에게 신뢰를 받지 못하는 자식이라고 하면 어찌 남에게 존경을 받을 수 있겠습니까?

그 여자는 다시 집으로 찾아오지 않을 것입니다. 그 대신 속마음으로는 아버지와 그리고 아버지에게 경멸을 당하고 있는 저를 비웃고 있을 것입니다.

아버지, 용서하십시오. 느낀 대로 숨김없이 쓰다 보니 버릇없는 말씀까지 드린 것 같습니다.

언제까지나 저를 버리지 말아 주시기 바랍니다. 그리고 최소한도 저의 인격을 인정해 주십시오.

[父]

네 편지를 읽었다. 나도 직접 면대하고 이야기하는 것보다 이편이 나을 것 같아 붓을 들었다.

결국 내가 네 인격을 무시했다는 것인데 그 점에 대해서는 나도 반성해 보았다.

사실에 있어서 네가 시계를 잃었다는 것과 내 책이 없어졌다는 데 대하여 너를 의심했었다. 우리 집에는 책을 가져갈 사람이 없기 때문이다. 네 어미가 남에게 갖다 줄 리 없고 네 동생들이 또한 그런 책을 필요로 하는 사람과 교제할 리 없을 테니까 말이다.

꼭 팔아 먹지 않았다고 해도 네가 남에게 빌려 주었다가 잃어버리지나 않았나 생각했다.

그리고 시계를 잃었다는 것도 있을 수 없는 일이라고 생각했다. 고등학교라면 몰라도 대학교에서 남의 주머니 속에 들어 있는 시계를 훔칠 대학생이 어디 있겠느냐?

그러나 그런 의심도 결국은 네 생활이 복잡하다는 것을 알기 때문에 생긴 것이라고 생각했다.

너는 고등학생 때부터 담배를 피우기 시작했다. 그때 나는 그것을 전혀 모르고 있었지만 나중에 그 말을 듣고 얼마나 놀랐는지 아느냐? 너무 일찍부터 담배를 피우기 시작했다는 사실도 놀라웠다. 그러나 그보다도 소행이 나쁘지 않다고 생각되던 네가 부모를 속였다는 일 그리고 부모를 속이며 담배를 피우노라니 그 돈을 변통하노라고 얼마나 많은 거짓말을 했을 것인가에 대해 더 크게 실망을 느꼈었다.

나는 너에게 담배를 끊으라고 말했다. 그때 너는 그러겠다고 대답을 했었다.

담배라는 것이 하나의 유행인 만큼 평생 안 피운다는 것은 힘든 일일지 모른다. 그러나 남보다 일찍부터 피운다는 것은 좋은 일이라 말할 수 없다. 나는 네가 좋은 일이 아닌 일을 하는 사람이 되지 않기를 바랐었다. 좋지 않은 일은 자연 남에게 숨겨야 하며 남에게 숨기면서 하는 행동에 대해서는 죄의식을 느끼게 되는 법이다. 너로 하여금 죄의식을 느끼며 살게 하고 싶지는 않다. 그리고 숨기면서 담배를 피우자니 어미나 아비에게 담배값을 달랄 수가 없었을 것이 사실이다. 달랄 수가 없으니 결국 속여서 돈을 타 가야 할 것이다.

어렸을 때부터 부모를 속인다는 것은 부모를 부모로 대하는 순진성을 상실케 하는 일이다. 부모를 하나의 이용물로 생각하는 사고방식이 싹트기 시작하는 것이다.

그래서 나는 네가 부모를 속이지 않는 사람이 되기를 빌었고 따라서 담배는 대학을 졸업할 무렵부터 피우기를 바랐다. 그러나 너는 아비에게 약속을 하고도 담배를 끊지 못했다. 약속을 하고도 약속을 이행치 못하니 더 떳떳치가 못했겠지. 몰래 변소에서 담배를 피우는 너를 얼마나 미워했는지 모른다.

그래서 또 한 번 말했지만 너는 그래도 잘못을 뉘우치는 것처럼 얼굴을 붉히고 다시는 피우지 않겠노라고 말했다.

그러나 한 달쯤 뒤 네 방문 틈으로 담배연기가 나오는 것을 보고 너는 할 수 없는 애라고 생각했다. 다시는 더 이야기도 말기로 했다. 차라리 모르는 척하는 것이 좋을 것 같았다. 이것이 내 잘못이었는지 모른다. 네가 싫어하는 일이지만 끝까지 네 의지를 꺾었어야 했을지 모른다. 그렇게 했더라면 그 뒤에도 너는 네 주체성(主體性)을 붙잡을 수 있었을 것이니까. 확실히 나는 그렇게 생각한다. 너는 내게 약속을 한 뒤 담배를 끊으려고 했을 것이다. 그러나 담배 피우는 친구들 때문에 그것을 끊지 못했을 것이다. 결과로 너는 네 주체성을 잃기 시작했다.

그 뒤 네가 네 어미에게 돈을 달라고 할 때마다 나는 네가 거짓말을 하는 것이라고 생각했다. 책을 산다고 해도 진짜 책을 사는 것이 아니라 담배를 사려는 것이라 생각했다.

사실도 그랬을 것이다. 담배값으로 돈을 달래 본 일은 한 번도 없는 너니까.

네가 학교에 내겠다는 등록금까지 의심할 정도였으니 그 의심의 책임을 아비에게만 전가시킬 수는 없을 것이다. 나는 네 어미에게 등록금 영수증을 꼭 가져오게 하라고 번번이 다짐을 했었다. 이 얼마나 슬픈 일이냐? 나와 너 사이에는 이때부터 정신적인 거리가 생기기 시작했다.

부부 다음으로 가장 가까운 것은 부자지간이라고 말한다. 혈연적인 면에서 그럴 것이다. 그러나 나는 혈연관계라기보다 인간적인 관계에서 너와 가깝기를 바랐다. 그러나 너와 나는 이미 그러한 친밀감을 가질 수 없는 관계가 되고 말았다.

단순히 혈연관계로 부자지간이란 관계만을 맺고 살게 되니 거기에 진실된 인정 교류가 있을 수 있겠느냐?

너는 대학교에 입학한 뒤 술도 배우고 다방 출입도 시작했다. 그래서 네 용돈을 월급으로 정했다. 적든 많든 그 월급으로 만족해 주기를 바랐다. 그러나 너는 한 번도 그 월급에 만족한 일이 없었다. 세 번에 나누어 주기로 한 것을 한 번에 당겨 쓰고는 월급받은 지 얼마도 안 되어 다음달 치를 미리 달라고 했다.

아비의 월급 이외에 달리 수입이 없는 것을 모르지 않을 너지만 너는 네 주체성을 상실하고 있기 때문에 네 생활을 조절하지 못했다.

그것은 네가 군대에 갔다 온 뒤부터 더욱 심해 갔다. 너도 인정하고 있지만 너는 그리 좋은 친구들을 사귀고 있지 않다. 뿐 아니라 여자 교제를 너무 많이 하고 있다. 네게 오는 편지 겉봉만 보아도 능히 알 수 있었다.

그렇게 단순치 않은 생활을 하는 만큼 너에게도 돈이 필요할 것이 사실이다. 그러면 월급으로 매달 주는 일만 환 이외의 돈을 어디서 나서 쓴단 말이냐? 매일처럼 밤늦게 돌아오니 담뱃값과 교통비만 해도 만 환은 될 것이다. 차값과 저녁값은 어디서 생기느냐 말이다.

그러니 너를 의심하지 않을 수 없었다. 의심이란 본질적으로 나쁜 것일지 모른다. 나쁜 줄 알면서도 의심치 않을 수 없는 아비의 마음인들 좋을 것 같으냐?

요는 네가 네 주체성을 지켜 나가기 바랄 뿐이다. 너는 학생이다. 그것도 얼마 남지 않았다. 얼마 남지 않은 학창생활을 좀더 학생답게 지낼 수는 없느냐? 사회생활을 시작하게 되면 책 읽을 시간이 별로 없다. 너에게는 졸업하기 전에 꼭 읽어야 할 책들이 많다. 책을 읽어야만 너는 대학을 졸업했다는 말을 할 수가 있게 된다. 너는 법학을 전공한다고 하지만 법학을 공부하는 학생은 고등고시를 목표로 공부해야 한다지 않느냐? 나는 고등고시에 합격해야만 한다고 말하지는 않는다. 그렇지만 법학에 관한 서적들을 대부분 통독해야만 네가 법학도로서의 긍지를 가질 수 있지 않느냐는 말이다.

여자 교제를 아주 끊으라는 것은 아니다. 여자 교제를 하면서도 네 생활을 지켜 가라는 것이다.

만약 네가 공부를 네 주생활로 삼고 여자친구를 교제한다고 하면 나는 네어미에게 말해서 월급 이외의 돈을 자진해서 내주도록 말할 아량이 있다.

그러나 너는 공부가 주가 되는 생활을 안 하고 있다. 노는 것이 주생활이다. 그래도 주체성이 있는 사람이라고 말할 수 있겠느냐?

너를 찾아온 여자에게 여자로서 남자를 찾아다니는 법이 있느냐? 다음부터는 찾아다니지를 말라고 말했다. 순서로 보아 잘못된 일이라고 생각한다. 나 자신이 인격 없는 행동을 했다고 생각한다.

그러나 내가 네게 여자 교제를 삼가라고 몇 번이나 이야기했느냐? 그리고 어떤 일이 있어도 여자를 집으로 찾아오게 하지 말라고 했지? 그래도 너는 아비의 말을 들어 주지 않았다.

그러니 찾아오는 여자에게나마 그런 말을 안 할 수 없었다.

여자가 남자의 집을 찾아다니는 것이 옳지 않다고 생각하는 아비를 고루한 머리의 소유자라고만 생각지 말아라.

집으로 찾아오는 여자는 결국 너와의 교제를 공적으로 공포하는 여자다. 그러한 여자라면 부모가 알아야 할 것이 마땅한 일이다. 그런데도 너는 아직까지 너를 찾아오는 여자와 네 부모와를 면대시킨 일이 한 번도 없다. 집으로 오기는 하나 비공개적인 교제다. 그러한 교제를 부모가 묵인해야 한다는 것은 부모보고 장님이 되라는 것이나 마찬가지의 일이다.

너는 외부에서 여자 교제를 자유롭게 할 수 있다. 그러나 일단 집으로 데리고 올 때에는 부모에게 소개할 것을 전제로 해야 한다. 물론 남녀 간의 교제라고 해서 반드시 연애관계라고만은 볼 수 없다. 연애관계가 아니라 해도 집으로까지 데리고 올 수 있는 여자라면 부모가 알아서 안 될 일이 무엇이겠느냐?

너는 교제하는 여자를 부모에게 소개함으로 비로소 여자 교제를 신중히 할 수 있을 것이다. 그리고 부모로서는 너에게 참고가 될 말을 해 줄 수 있다. 그렇게 되면 너의 여자 교제는 순간적 감정이 아니라 지성적인 기반을 가진 교제가 된다.

너는 네가 성인이란 말을 했다. 연령으로 보아 성인임에 틀림없다. 그러나 인생 경험으로 보아 너는 아직 미숙한 인간이다. 미숙하면 자기가 미숙하다는 것을 알아야 한다. 자유라고 해서 부모에 반항하는 것만이 옳은 것은 아니다. 부모가 너를 나쁘게 만들고 싶어지는 않는다. 나의 인생 체험에서 너를 올바른 길로 인도하고 싶어한다. 내 체험이 옳은 것인지 그릇된 것인지 나로서 알 수 없는 일이지만 어쨌든 인생 체험이란 감정으로나 또는 지성만으로 얻을 수 없는 것이다.

그런 점에서 너는 아비 앞에서 성인이노라 자존심을 가져서는 안 된다. 내가 네 인격을 모독하려는 생각은 추호만큼도 없다. 다만 네가 사리에 어긋나는 행동을 되풀이할 때 그냥 방임할 수가 없어 그 여자에게 그런 말을 해서 돌려 보낸 것뿐이다. 부자지간에서는 과거가 절대로 문제되지 않는다.

과거에 서로를 뼈아프게 했다 해도 현재가 그렇지 않다면 과거를 잊어버리게 마련이다.

철호야!

과거를 논하지 말고 앞으로 다정한 부자(父子)가 되자. 내가 세상에서 기대를 걸 수 있는 사람이 너 이외에 또 누가 있겠느냐?

[子]

아버님께.

저를 위해 마음속으로 걱정해 주시는 이도 아버지뿐이라고 생각합니다. 저를 이해해 주는 이도 오직 아버지 한 분뿐이라고 생각합니다.

그러나 저는 아버지의 이해만으로 만족할 수가 없습니다. 사랑만으로 배가 부를 수 없듯이 이해만으로 제 행동이 자유로울 수가 없습니다.

아버지의 말씀을 거역하려고 하는 이야기가 아닙니다. 아버지의 교훈에 반항하려는 것도 아닙니다. 다만 자유를 갈망하고 있을 뿐입니다.

아버지가 제 행동에 하나하나 간섭하신다는 말씀은 아닙니다. 아버지처럼 말씀 없으신 분도 별반 없으리라 생각합니다. 말씀 없으신 것이 저를 방임한다는 것이 아님도 잘 알고 있습니다. 설사 과오를 저지르는 일이 있다 해도 주체성만 잃어버리지 않으면 된다고 하시는 아버지입니다.

아버지의 그 너그러우심에 늘 감격하고 있는 저입니다만 저는 완전한 자유를 느끼지 못하고 있습니다.

설사 공부에 충실한다 해도 저는 유폐된 생활은 할 수가 없습니다. 밖에 나가 친구들과 즐길 수 있는 생활을 중지할 수가 없습니다.

유폐되지 않은 생활을 하려고 하면 무엇보다도 돈이 필요합니다. 그러니 돈 없이 자유란 것을 바랄 수 없습니다.

밖에 나가면 돈이 있어야 움직일 수 있습니다. 돈 없이는 도보로 거리를 헤매는 수밖에 없습니다.

최소한도의 교우관계와 최소한도의 이성교제를 하는 데도 돈이 필요하다는 것은 아버지께서도 이해해 주실 줄 압니다. 그러나 어머니는 한 달에 만

환 이상을 주려고 하시지 않습니다. 학교에 다니는 데 필요한 교통비만도 이천 환 가까이 듭니다. 이발비, 목욕비 그리고 말씀드리기 죄송합니다만 담배값을 합치면 육천 환 이상이 듭니다. 매일 도시락을 싸 가지고 다닌다면 모르지만 도시락 대신에 빵이나 국수를 사 먹는 때가 한두 번이 아닙니다. 말하자면 말씀드릴 수 있는 돈만 해도 만 환이 모자랄 정도인데 친구들과 차를 마신다거나 술추렴을 하는 돈은 어디서 염출해야 하겠습니까?

아버지께서는 월급을 타다가 봉투째 어머니께 맡기신 뒤 가정생활에 대하여 무관심한 태도를 취하고 계신 만큼 이런 말씀드려도 소용이 없으리라고 생각합니다만 이상 말씀드린 대로 저는 자유롭게 사용할 수 있는 돈을 한 푼도 타지 못하고 있습니다. 아무리 학생이라고 해도 친구들에 대한 자존심은 가지고 있습니다. 대학교수의 아들이라고 하면서 남의 신세만 질 수는 도저히 없습니다.

그러니 어머니에게 반항을 안 할 수가 없습니다. 순순히 달라고 해서는 절대로 돈을 주시지 않는 어머니인 만큼 돈을 얻을 때마다 싸움을 했습니다. 어머니는 아무래도 아들에게 약한 모양입니다. 싸우기만 하면 다문 얼마라도 주시곤 했습니다.

그러나 큰 돈은 절대로 주시지 않습니다. 얼마 전 어떤 친구들과 술을 마셨습니다. 술을 마시다가 보니 돈을 가진 이가 하나도 없었습니다. 그리고 돈을 변통해 보겠다는 친구도 없었습니다. 저는 흥분김에 친구의 시계를 술집에 맡기라고 했습니다. 물론 나중에 책임지고 시계를 찾아 준다는 약속하에서였습니다.

어머니가 그 돈을 주시지 않을 것을 알면서도 순간적 감정으로 저지른 일이었습니다. 젊은 탓이었다고 생각합니다. 그러나 어머니는 끝내 그 젊음으로 해서 저지른 일을 이해해 주지 않았습니다. 죽어도 술값은 줄 수가 없다는 것이었습니다.

저는 친구들에 대한 체면상 어머니가 안 주신다고 해서 약속을 무시할 수는 없었습니다. 이것도 젊은 탓인지 모르겠습니다. 그래서 마침내 어머니가 의장 속에 깊이 감추어 두고 있는 금붙이를 훔쳐 냈습니다. 물론 어머니가 언제까지나 모르시리라고는 생각지 않았습니다. 꾸지람을 하실 뿐 아니라 아버지에게까지 고해 바칠 것을 알았습니다.

어머니와 아버지에게 꾸지람을 듣는 한이 있어도 할 수가 없었습니다. 그러나 어머니는,

"금붙이가 없어졌다."

라고 혼잣말씀처럼 하실 뿐,

'네가 훔쳐 갔지?'

하고 직접적인 의심을 회피하셨습니다. 저는,

"누가 훔쳐 갈라두……."

하며 무관심한 태도를 보일 뿐 자백을 안 했습니다.

그것은 어머니가 누구보다도 저를 의심하면서도 그래도 철든 자식인 만큼 자식을 도둑 취급하기가 싫기 때문이었으리라 생각했습니다. 저는 어머니의 그 어진 마음을 이용하여 끝까지 모르는 척했습니다만 어머니보다도 아버지의 눈초리가 더 무서웠습니다. 어머니께 이야기를 들으셨을 텐데도 아버지는 저에게 금붙이 이야기는 입 밖에도 꺼내시지 않았습니다. 그 대신 저를 대하시는 눈이 전보다 몇 배나 무서워졌습니다.

아버지는 어째서 그것을 아시면서도 말씀을 안 하시는 걸까요? 저를 속으로만 도둑놈이라 생각하실 작정이신가요? 도둑질 안 할 수 없었던 심경을 이해하시고 제 잘못을 용서하실 마음은 없으신가요?

저는 그 돈을 한 푼도 남기지 않았습니다. 친구의 시계를 찾아 주고 남은 돈으로 술을 마셨고 그새 신세진 친구들에게 신세를 갚았습니다. 이왕 꾸지람을 들을 바에는 남은 돈이라고 해서 돌려 드릴 필요가 없다고 생각했던 것입니다.

저는 말씀없이 무서운 눈으로 대하시는 아버지가 두려워 이 글을 올리는 것입니다. 젊음 때문에 저지른 일이오니 용서해 주시기 바랍니다. 만약 때리신다면 달갑게 맞겠습니다. 때리시거나 꾸지람을 하시고 그 무서운 눈으로 대하시는 일이 없으시기 바랍니다.

그리고 부탁드리고 싶은 것은 돈이 필요한 저를 위하여 가끔씩 용돈을 주

십시오.

유폐된 생활이 싫은 동시에 친구들에게 병신이란 말을 듣고 싶지 않은 저입니다. 남이 하는 것은 무엇이나 할 줄 알아야 친구들에게 경멸을 받지 않게 됩니다. 제가 가끔 술을 마시는 것도 그 까닭입니다. 그리고 춤도 추어야 하고 여자들과 데이트도 해야 합니다.

아버지께서는 잘 이해하시지 못하리라고 생각합니다. 그렇지만 세대가 다르다는 것을 알아 주셔야 하지 않겠습니까? 세대가 다르다는 것은 절대로 부정할 수가 없다고 생각합니다.

아버지 시대에는 춤이라는 것을 몰랐으리라고 생각하지만 현대는 춤이 생활의 한 요소처럼 된 것을 어떻게 하겠습니까?

주제넘는 말씀을 드려서 죄송하옵니다만 너그러우신 마음으로 용서해 주시기 바랍니다. 그리고 새로운 세대를 무조건 부정하시려는 마음을 버려 주심으로 새 세대의 이해자가 되어 주시기 바랍니다.

[父]

편지 잘 읽었다. 새 세대를 이해하지 못하는 아비를 두어 마음이 괴로우리라고 생각한다.

그러나 도둑질한다는 사실은 구세대와 신세대를 막론하고 죄악시되어야 할 일이라고 생각한다.

물론 나는 네 편지를 받기 전에 네가 어미의 금붙이를 훔쳐 냈다는 것을 알았다. 그러면서도 그것을 너에게 질문하지 않은 것은 내 자식이 도둑질을 했다는 사실이 내 가슴을 아프게 했기 때문이었다. 내가 사랑하고 내가 귀여워하던 아들이 성인이 되면서 도둑질을 했다고 생각할 때 나는 무엇 때문에 이때껏 살아 왔는가를 회의했다. 인생에게 배반을 당한 것 같기도 하고 슬픔을 맛보기 위해 고생을 참아 온 것 같기도 했다. 순간적 감정 같아서는 네 다리를 분질러 놓고 싶었다. 그래서 바깥 출입을 못하게 하고 싶었다.

차마 그럴 수는 없는 아비였기 때문에 혼자 슬퍼하는 수밖에 없었다. 슬프기 때문에 너에게 침묵을 지켜 왔다. 내가 너의 젊음을 이해하건 못하건 도둑질했다는 사실만은 용서할 수가 없다. 동기야 어떻든 죄는 죄니까. 이것이 신세대와 구세대의 차이라고 할지도 모른다. 너희들은 결과보다도 원인을 더 중요시하고 있지? 죽어도 좋으니 순간을 즐기자는 것이 너희들의 인생관일지 모른다.

내일은 생각할 것도 없이 오늘을 즐긴다고 하면 그 생활이 아름답고 또 스릴이 있을지 모른다. 사는 맛을 보다 더 많이 느낄지 모른다. 그러나 간단한 예로 너의 도둑질을 생각해 보자. 술을 마시던 감정 그리고 술값을 책임지던 너의 기분을 이해한다. 그러나 그 감정을 살리기 위하여 죄를 지었다고 하면 그 죄가 가벼워질 수 있을 것 같으냐? 죄의 보상은 구세대나 신세대나 차이가 없을 것이다.

행동의 뒤에 오는 결과 그리고 저지른 죄의 보상이 달리 평가됨이 없이 행동의 원인만을 중요시한다면 그것은 파행적(跛行的)인 윤리관이라 안 할 수 없을 것이다.

나는 춤추는 사람들의 심리를 이해할 수 있다. 춤 자체를 죄악시하려는 사람도 아니다. 그러나 현재 우리 나라의 민도로서는 춤이 죄악을 만들고 있음을 부정할 수 없다. 죄악을 만드는 행동임을 자인하면서도 춤을 장려할 수는 없는 일이 아니겠느냐?

네가 훔쳐 낸 어머니의 금붙이는 결혼 때 내가 사 준 것이다. 어머니는 무엇보다도 소중히 여기는 보물이다. 어머니가 죽을 때 맏아들인 너에게 물려 줄 재산도 오직 그것뿐이리라. 그렇기 때문에 네 어머니는 그것을 잃어버린 뒤 잠을 제대로 자지 못했다. 몇 번이나 울었는지 모른다.

나는 그까짓 사오만 환밖에 안 할 그 금붙이를 아까워하지는 않는다. 네 어머니와 네 아비를 슬프게 한 네 소행을 슬퍼할 뿐이다. 너는 그만큼 부모의 마음을 알아 주려 하지 않고 있다. 나쁘게 말해서 부모를 무시하고 있다. 부모는 자식을 위해 속을 앓아도 무방한 것처럼 생각하는 너를 슬퍼한다.

너는 물론 현대인이 되고 싶어할 것이다. 그러나 현대인이란 개념은 자기의 순간적 감정만을 위주로 하고 상대방에게는 털끝 만한 신경도 기울이지 않아야 한다는 것이냐?

구세대에 대한 대조적인 관념으로 현대라는 것을 잘못 판단하다가는 현대인 모두가 쓴잔을 마시게 되리라고 생각한다. 너무나 비천한 이야길지 모르지만 너희들 젊은 사람들이 이삼십 년 뒤에도 신세대라는 긍지를 가지며 살리라고 생각하느냐? 나는 구세대가 되어 이런 말을 할지 모른다마는 신세대란 무조건 구세대를 거부하는 것으로 그쳐서는 안 된다고 생각한다. 구세대를 거부해도 좋다. 그 대신 건실한 그리고 건설적인 새 시대를 창조하려는 의욕이 없다면 그것은 신세대도 아무것도 아니다.

보아라. 너희들 신세대들이 패기는 좋으나 무슨 새로운 창조를 하였느냐? 창조한 것이 있다고 하자. 그것이 민족이나 인류를 위하여 공헌한 것이 무엇이냐? 실존주의, 비트 제너레이션. 두고 보아라. 그것이 인류에게 얼마나 큰 공헌이 되는가를!

내가 너에게 여유 있는 용돈을 주지 못함에 대하여 송구스럽게 생각한다. 돈이 풍부하다고 해서 낭비할 네가 아님을 안다. 그런 줄 알면서도 아비의 주머니가 용서치 않는 것을 어떻게 하겠니? 없는 돈을 어디서 구해 오라는 것이냐? 네 체면과 자존심을 위해 나는 악행(惡行)은 할 수가 없다. 아마 너는 악행을 해서라도 너를 만족시켜 주어야만 아비에 대해 호감을 가질지 모른다. 이런 점에서 나는 확실히 구세대에 속한다. 그러나 구세대라고 조소를 받아도 할 수 없다. 악행만은 할 수가 없다.

그 뒤의 책임을 누가 지겠느냐? 물론 너도 책임을 질 수 없다. 책임질 사람은 오직 아비 혼자뿐이다.

만약 아비더러 결과를 생각지 말고 현재만을 생각하라고 하려거든 아비더러 빨리 죽으라고 말해라. 구세대여 모두 자살하라 하고 외치라.

극심한 말인지 모르겠다. 그러나 너도 최소한도 결과를 생각하며 현재를 살도록 하라. 체면과 자존심이 상한다고 해도 결과가 용서하지 못할 때는 현재를 억눌러야 하지 않겠는가 말이다. 술을 못 마시고 춤을 못 추고 데이트를 못해서 자존심을 깎이는 것과 등록금을 못 내 학교를 쫓겨나는 것과 어떤 편이 너에게 해로운가를 알아야 하지 않겠느냐?

너는 밤낮 우리 집에는 전축 하나도 없다고 불평을 말했다. 나도 전축쯤 사고 싶다. 아비라고 해서 음악도 즐길 줄 모르는 줄 아느냐?

그러나 무리를 해서 전축을 사면 그만큼 생활에 구멍이 뚫린다. 무리란 언제나 위험을 가져오게 한다.

철호야!

최소한도 네 자존심과 체면을 살펴 주고 싶기는 하다. 그러나 무리를 할 수 없는 아비를 이해해다고. 소위 내핍(耐乏)생활이라는 것이 있지 않느냐? 내핍생활이란 미래를 위하여 현재를 참는 것이다. 너는 아비보다도 미래에서 살아야 하는 인간이다. 미래가 중요하지 어찌 현재가 중요하겠느냐? 아무리 현재를 떠드는 사람들도 내일 죽으라고 하면 신을 저주할 것이다. 현재도 좋고 미래도 좋을 수가 있겠느냐?

늘 이야기하는 것이지만 나는 너의 과거를 묻지 않겠다. 이것으로 지난 일을 잊어버릴 것이니 아무 다른 생각 말고 앞으로나마 우리 서로 신뢰할 수 있는 부자가 되기로 하자.

[子]

아무리 제가 죽을죄를 졌다 해도 아버지는 저를 용서해 주시리라 믿었습니다. 그리고 저의 편이 되어 주시리라 믿었습니다. 그렇게 믿고 있던 아버지께서 더구나 그 여자 앞에서 저에게 모욕적인 언사를 쓰시고 매질까지 하신 데서는 실망을 느끼지 않을 수 없었습니다.

솔직히 말씀드린다면 그 여자는 저와 알기 이전부터 처녀가 아니었습니다. 과거가 깨끗지 못하기 때문에 저를 놓치지 않으려 했던 것입니다. 저의 승낙도 없이 집으로 찾아와 아버지께 그러한 관계를 고백할 수 있다는 것부터가 순진한 처녀가 아님을 증명하리라고 생각합니다.

순진하지 못하고 깨끗지 못한 여자쯤 건드리지 못할 것이 무엇이겠습니까? 요즘 여성들은 사랑만 한다면 정조쯤 아까워하지를 않습니다. 정조의 대가로 결혼을 강요하지도 않습니다.

그런 만큼 육체관계를 했다고 해서 결혼을 요구하는 여자는 사랑을 사랑한 것이 아니라 결혼을 사랑한 것입니다. 사랑의 목적은 사랑에 있는 것이지 결혼에 있는 것이 아니라고 생각합니다. 그렇기 때문에 결혼을 강요하는 그런 여자를 더 사랑할 수는 없습니다. 더구나 과거가 깨끗지 못한 그런 여자와 누가 결혼을 하겠습니까? 사실은 그 여자를 진심으로 사랑한 것도 아닙니다. 그런 정도로 교제한 여자는 비단 그 여자뿐만이 아니었으니까요.

언젠가 말씀드린 바 있지만 저는 아직까지 목숨을 걸고 사랑하고 싶은 여자를 만나 본 일이 없습니다.

얼마 전 신문에 나이 많은 여자를 사랑하던 끝에 그 여자의 남편을 칼로 죽인 젊은 남자의 기사가 실렸습니다. 그 기사를 읽자 저는 그 남자를 부러워했습니다. 십여 년 위인 여자나마 그렇게까지 사랑할 수 있다는 것은 행복한 일이 아닐 수 없기 때문입니다.

저는 성격적으로 그렇게 되지가 않는 것 같습니다. 완전무결한 여자가 하나도 없는 것 같습니다. 반드시 건방지기 때문만은 아니라고 생각합니다. 어떤 여자에게서도 결점부터가 눈에 보이는 것을 어떻게 하겠습니까? 그 여자에게는 자존심이 없습니다. 죽는 시늉을 하는 것이 사랑을 한다는 표식입니다. 제가 없으면 하루도 못 산다고 밤낮 우는 소리를 하는 여자입니다. 그렇기 때문에 아버지에게 그런 고백까지 했다고 생각합니다. 그렇게 자존심이 없는 여자를 어떻게 사랑할 수 있겠습니까?

저는 죽어도 결혼을 할 수가 없습니다. 아버지가 무엇이라 말씀하셔도 결혼은 할 수 없습니다. 그 여자는 딴 남자를 사랑할 때도 반드시 그러리라고 생각합니다. 사귄 지 얼마 안 되어 몸을 바칠 것이고 그리고 나서는 죽는 시늉을 할 것입니다. 그 무가치한 여자의 말을 들으시고 그 여자 앞에서,

"이 개만두 못한 자식아."

하시며 아버지는 장작개비로 저를 사정없이 후려갈겼습니다.

제가 아팠다고 해서 아버지에게 실망을 느낀 것은 아닙니다. 그 여자가 속으로 통쾌하게 여기며 박수를 칠 것이 분했기 때문입니다.

그 뒤 그 여자가 얼씬도 안 했습니다. 저를 만나려고도 하지 않았습니다. 그것만을 보아도 그 여자가 저를 진심으로 사랑하지 않았다는 것을 알 수 있고 또 아버지께 그런 고백을 한 본심을 알 수 있습니다.

그 여자는 오직 저에게 복수를 하기 위하여 아버지를 만났던 것입니다. 그런데도 아버지는 그 여자의 속마음을 모르시고 저를 그 여자 앞에서 때려 주셨습니다.

생채기 난 얼굴을 가지고 친구들을 만날 면목이 없습니다. 아무리 친한 친구에게도 여자 문제로 아버지에게 맞았다는 말을 할 수가 없습니다. 그것은 저의 수치인 동시에 아버지의 수치이기 때문입니다.

존경하는 아버지.

제가 잘했다고 생각지 않습니다. 그리고 아버지가 못마땅해하실 것도 잘 알고 있습니다. 그렇지만 제 일은 제가 해결지을 것이니까 그리 걱정을 말아 주십시오. 그리고 어떠한 일이 있다 해도 아버지는 제 편이 되어 주십시오. 그런 여자들쯤 얼마든지 따 버릴 수 있습니다. 앞으로는 외출도 않고 공부를 열심히 하겠습니다. 그래서 아버지를 다시는 걱정하지 않게 하겠습니다.

아버지가 하신 과거를 묻지 않겠다는 말씀만 믿고 저는 안심하겠습니다. 사실은 매를 맞은 그 날 저는 집을 나가려고까지 했었습니다. 너무도 모욕적인 행동이라고 생각했기 때문이었습니다. 그러나 현대 여성을 모르시는 아버지인 만큼 흥분하실 것이 당연하다고 생각했습니다. 더 긴말씀 드리지 않겠습니다. 철없고 부족함이 많은 자식을 용서해 주시고 전과 다름없는 애정을 아끼지 마시기 바랍니다.

[父]

이제는 편지 쓸 기력도 없다. 빨리 집을 나가라. 네가 나가지 않으면 내가 나가겠다. 나는 도저히 너와 함께 살 수가 없다. 너를 볼 때마다 눈에서 횃불이 터져 나오려 한다. 나는 너에게 아무런 기대도 갖지 않는다. 기대를 갖지 않을뿐더러 증오를 느낀다. 증오를 느끼는 부자가 어찌 한 집에서 살 수 있겠느냐?

차라리 보지 않고 미워하지 않는 것이 서로의 위생(衛生)을 위하여 좋을 것 같다. 너는 외출을 금하고 공부를 열심히 하겠다고 말했다. 그러나 그 말을 한 지 며칠 째부터 외출을 시작했느냐? 외출하기 시작한 뒤 열두 시 이전에 들어온 일이 몇 번이나 있느냐? 그리고 한 달 동안 외박한 날이 몇 번이냐?

언제든지 그랬지만 어젯밤 네가 외박하고 들어오지 않을 때 네 어미와 아비는 한잠도 이루지 못했다. 너는 부모가 잠을 못 이루는 것도 생각지 않고 불의의 관계를 즐기고 있었겠지? 세상에는 혈연관계로 부자지간보다 더 가까운 사이가 없다고 한다. 그런데도 너는 혈연관계까지 부정하고 있는 셈이다. 만약 형식적이나마 혈연관계를 인정한다면 아비 어미의 속을 이렇게까지 썩히고도 태연할 수는 없으리라.

나는 너를 악한 애라고 보지 않는다. 그렇기 때문에 네가 아비의 속을 씨우는 것을 아비를 경멸하거나 무시하는 까닭이 아니라고 생각한다. 아비의 마음을 알면서도 환경의 영향으로 너 자신을 처리하지 못하기 때문이라고 생각한다. 언젠가 말한 것처럼 주체성이 없다는 것이다. 아비에게 한 약속도 금방 잊어버리고 또다시 방종을 일삼는 너 같은 인간이 장차 무엇이 되겠다는 거냐?

언제까지나 환경의 영향을 받아 피동적으로 움직일 인간. 너는 참으로 불쌍한 인간이다. 불쌍하면서도 누구에게나 동정조차도 살 수 없는 인간이다.

너는 자존심이니 체면이니 하는 말을 잘하였다. 그러나 부모에 대한 자존심과 체면이라는 것은 추호만큼도 생각할 필요가 없다는 것이냐? 친구들에게는 체면과 자존심이 필요하고…….

너는 부모에게나마 비굴한 인간이 되지 말아다고. 굴욕적인 마음을 가지고도 집을 떠나지 못하는 그런 비굴성을 버려라. 거지가 되는 한이 있다고 해도 부모 밑을 떠나서 너 하고 싶은 행동을 해라. 나는 가장이라고 해서 너를 내쫓으려 하는 것이 아니다. 서로 신뢰마저 할 수 없는 사람들이 한 집안에서 살 수가 없기 때문이다. 집을 나간다면 네 월급을 올려 주겠다. 최소한도 하숙비만은 대 주겠다. 그러니 제발 나가다오.

끝으로 한 마디 할 것은 너의 연애관이다. 그렇게까지 사랑할 만한 여자가 없다고 하면서도 어째서 너는 여자를 많이 알고 있느냐? 식도락을 하는 사람이 이 음식, 저 음식, 맛보고 싶어하는 그런 심정이냐? 남녀관계란 애정으로 시작되는 것인데 너는 애정 없는 오락으로 여자를 교제한다는 말이지? 그렇게까지 불성실한 인간이 어디 다시 있겠느냐? 너 같은 것이 현대인의 표본이라면 현대인은 경멸받아야 마땅하다고 생각한다. 우선 성실하지가 못하다는 점에서 말이다. 인간에게서 성실성을 빼고 나면 무엇이 남을 것이냐?

인간이 성실성을 무시하게 되면 그 인간은 자기의 종말을 고해야 할 것이다. 너는 성실성을 무시하는 행동을 자행하면서도 인간적인 존엄성을 요구할 수 있다고 생각하느냐? 사랑은 진실해야 하는 것이다. 비록 플라토닉한 사랑이 아니라고 해도 진실된 사랑 속에서 진실된 인간을 찾아 내려고 해야만 하는 법이다.

너는 이미 성실성을 잃어버린 인간이다. 인간으로서의 가치를 상실한 인간이기도 하다.

만약 네가 열심히 공부하겠다는 편지를 쓴 뒤 조금만이라도 반성한 태도를 보였다면 나는 이렇게까지 슬퍼지지도, 괴로워하지도 않을 것이다.

네가 네 주체성을 찾을 수 있는 길이란 세상의 고난을 맛보는 데 있다. 세상의 고난을 맛보면 무엇이 진실된 것이고 또 그 진실된 것이 얼마나 가치가 있는 것인가를 알 수 있으리라. 최소한도 너 자신에게 진실해지려고 할 것이다. 말하자면 너는 너 자신에 충실하지 못하며 동시에 너 자신에게 진실할 줄을 모르고 있다. 네 그릇된 행동은 모두가 거기서부터 출발하고 있다.

이제는 정말 싸우기도 싫다. 싸운댔자 우리의 의가 상할 뿐이니까. 그러니까 내 눈앞에 보여 주지를 말아다고. 어디 가서든 진실이라는 것을 알고 진실에 대한 갈망을 느낄 때 다시 찾아오너라. 만약 나가서도 지금과 꼭 같은 생활태도를 취한다면 영영 돌아오지 않아도 좋다.

아비는 슬퍼한다. 자식을 가졌다는 사실에서 오는 슬픔이란 자식을 가지지 못한 데서 오는 슬픔의 몇 배가 더하리라. 자식을 교화시키지 못하는 슬픔은 자식을 두들겨 준 뒤에 오는 슬픔보다 몇 배나 더할 것이다.

현대의 아버지란 자식을 낳기만 할 뿐 그 교육에는 손도 댈 수 없는 존재가 되었나 보다. 자기 자식 하나 교화시키지 못하고 남의 자식들을 가르친다는 아비가 서글프기 짝이 없다. 아비의 마음을 알아 달라는 것은 아니다. 아비의 마음을 알려고 하기 전에 너 자신을 알도록 하여라. 아비는 학생들과 접촉하는 생활을 하고 있는 만큼 젊은 세대의 호흡을 얼만큼 안다고 말할 수 있다.

아비는 잘못한 학생이 있다고 해도 꾸짖을 뿐 벌을 주지는 않았다.

아비가 너를 내쫓는 것은 벌이 아니다. 말로 꾸짖어야 소용이 없으니까 행동으로 꾸짖는 것뿐이다.

물론 아비를 구세대에 속한 인간이라고 비판할 줄 안다. 그러나 나는 내가 생각하는 진실의 길을 버리지 않으련다. 만약 아비가 갖고 있는 진실이 옳지 않다고 생각한다면 후일에 네가 아비를 내쫓아라.

1961. 6. 창작, (원) (출) 《한국단편문학전집 6 고호》 정음사, 1964.

전화와 여인

확실히 B의 집에 걸었는데 전화가 잘못 걸린 모양이었다.

저쪽에서 수화기를 들고,

"여보세요."

하는 목소리부터가 생소한 음성이었다.

"B군 있습니까?"

이 물음에도,

"B요?"

자기 집에 그런 사람이 있던가 하는 식의 반문이었다.

이때 A는 B군의 집 전화번호를 오이고 전화가 잘못 걸렸느냐고 물은 뒤 잘못 걸렸다고 하면 끊어 버렸어야 했을 것이다.

그러나 저쪽 음성이 아름다운 여자의 목소리라는 것과 그리고 그 목소리가 전화를 잘못 건 사람에게도 너그러웠다는 점에서,

"그럼 거기는 어디신가요?"

하고 그 목소리를 한 마디라도 더 들으려 했다.

"여기 가회동이에요."

여자는 조금도 역증을 내지 않고 고분고분히 대답했다. 아름다운 목소리의 주인공답지 않게 싹싹했다.

"가회동이면 경기고등학교 근처신가요?"

A는 자기가 가회동에 대한 지식이 없다는 것도 깨닫지 못하고 저쪽 대답을 기다렸다.

"창덕여고 뒤예요. 가회동을 잘 모르시는군요."

친절하게도 A의 무식을 친절하게 교정해 주었다. 그렇게 교정해 주는 것이 재미있다는 듯 가벼운 웃음까지 띠었다.

"집이 양옥이신가요?"

A는 자기도 싱겁다고 생각했다. 이름도 얼굴도 모르는 여자를 붙잡고 필요 이상의 말을 들어 볼 필요가 무엇인가?

"양옥이 아녜요. 한국식 기와집이에요."

여자도 싱겁다고 해야 할 것이다. 그러나 A는 그 여자를 싱겁다기보다 상냥하고 친절한 여자라고 생각했다.

"뜰이 넓겠군요? 화초두 많구요."

A는 전화기가 한 번 달가닥 하고 소리만 내면 영영 놓쳐 버릴 여자란 생각이 들어 수화기를 소중히 만지며 다음 질문을 보냈다.

"과히 넓지는 않아요. 화초가 조금 있기는 하지만……."

이런 대답이 있을 때 A는 상대방의 이름을 묻고 싶었다. 학생인지 직업 여성인지 그것도 알고 싶었다. 그러나 그런 실례되는 말을 물었다고 전화를 끊으면 마지막이다. 잘못 걸려 나왔던 전화, 아무리 귀신이라고 해도 그 전화를 다시 걸 수는 없었다. 실례되지 않는 말을 해서 이야기를 조금이라도 더 연장해 보는 수밖에 없었다.

"무슨 꽃이 많으신가요? 글라디올러스? 봉선화?"

"창포꽃이 폈다가 졌구 지금은 장미가 한창이에요."

장미가 한참이라니 장미가 얼마나 많기에 그런 말을 하는 것일까? 더구나 장미란 말에 관점을 두어 말하는 것으로 보아 장미를 엔간히 좋아하는 모양이었다.

"장미를 좋아하시는가 보군요?"

"좋아하지요."

"퍽 정열적이신데요."

A는 그 여자가 정열적이라고 생각했다. 알지도 못하는 남자에게 이렇듯 쓸데없는 이야기를 받아 준다는 것부터가 넘치는 정열을 처리 못해하는 여자임에 틀림없다.

A는 B라는 여자를 생각했다. 그 여자는 자기를 알게 되자 당장에 다음 날 만날 것을 약속했다. 그 뒤로는 생각만 나면 밤 열한 시라도 집으로 찾아오는 여자다.

A는 그런 여자를 좋아한다. 열정적으로 자기를 좋아하는 여자. Y는 오랫동안 교제를 하면서도 끝까지 냉정한 여자다. 자기를 좋아하는 것 같으면서도 그것을 표현하지 못한다.

X라는 여자는 정열적이기는 한데 자기 말고도 여러 남자를 좋아한다.

그러나 A가 B, Y, X의 어느 여자도 꼭같이 교제한다는 것은 그들이 모두 자기를 싫어하지 않기 때문이다.

A는 아직 결혼을 생각하지 않고 있다. 여자들을 교제하는 데까지 교제해 본다는 생각으로 자기를 좋아하는 여자면 누구나 싫어하지 않고 있다.

남자는 누구나 다 그런 것이지만 세상 모든 여자가 자기를 좋아해 주기를 바란다.

지금 전화기 속에 들어 있는 여자도 자기를 좋아하고 있다. 좋아하지 않는다면 이렇게 오래 대화를 나눌 수가 없다. 그런데다가 그 여자는 정열적이다. 친절하기도 하다.

"정열적이면 뭘 해요?"

상대방의 함축성 있는 대답을 들었을 때 A는 가슴이 두근거림을 느꼈다.

A는 B를 생각했다. 만난 지 며칠도 안 되었고 함축성 있는 말을 나눈 일도 없는데 눈을 통해서 서로의 감정이 합치자 그냥 키스를 했다. 바로 남산 공원에서였다.

끓는 듯한 정열이 좋았다. 그러나 얼마나 경솔한 정열인가? 그러기에 아직까지 교제를 하면서도 B가 아니면 아무하고도 결혼을 안 한다는 생각을 가져 본 일이 없다.

그런데 이 여자는 정열이 있으면 무엇 하느냐고 말했다. 진정으로 사랑을 하지 않으면 무엇 하느냐고 말했다. 진정으로 사랑을 하지 않으면 정열을 쏟을 수가 없다는 뜻이 아니겠는가?

"왜 남자가 많으실 텐데요?"

그만한 여자에게 남자가 없을 리 만무할 것 같았다. 동시에 자기에 대한 관심이 어느 정도인가를 한 번 측량해 보고 싶었다.

"전 그런 거 몰라요."

이때까지의 어떤 말보다도 냉정한 말투였다. 그러니까 남의 아픈 곳을 왜 꼬집느냐는 것이 아니겠는가? 동시에 어떤 남자에게도 마음 문을 열어 놓고 있다고 해석할 수가 있었다.

"왜 내 이야기를 한 마디도 물어 보시지 않으시지요?"

A는 그 여자와의 접근법을 적극화시키기 시작했다. A는 지금 그 여자에 대한 흥미가 절정에 달했던 것이다. 교제해 보아도 좋다고 생각된다. 결혼을 할 수도 있다.

삼십이 다 되도록 아직 결혼할 생각을 안 하는 것은 아직 경제적 생활이 안정되지 않은 때문이다. 취직을 해서 매달 월급을 타고 있지만 혼자 하숙 생활하기도 빠듯하다.

그러나 백만 원을 저축해 놓고 결혼하는 사람이 어디 있는가? 살면서 벌면 죽지는 않는다. 또 상대방도 직장을 가질 수 있다면 같이 벌어서 살 수가 있다.

"알아서는 뭣해요?"

그럴 듯한 반문이었다. 얼굴도 이름도 모르는 남자에게 흥미를 가진다면 어떻게 할 것인가? 상당히 지성을 가진 여성이다.

"혹시 팔이 없는 남자일지 아나요?"

팔이 하나 없는 남자라고 해서 그 여자와 무슨 상관이 있는가? A는 자기가 그 여자보다 훨씬 열등한 인간이라고 생각하면서도 우둔한 말을 또 던졌다.

"그런 분은 아니시겠지요."

여자의 대답은 의외에도 희망적인 것이었다. 동시에 상대방을 신뢰하는

40

태도였다.

A는 이제부터 직공법(直攻法)을 써도 좋을 것이라고 생각했다.

"다음에 다시 전화를 걸어두 좋을까요?"

만약 좋다고 하면 전화번호를 물어 볼 참이었다.

그런데 이제까지의 태도와 아주 다르게 그 여자는 냉담했다.

"안 돼요."

이유도 없이 안 돼요라는 말 한 마디로 거절했다. 알 수 없는 일이지만 이름부터 먼저 물어 보는 실례를 범하지 않는 것이 다행한 일이라고 생각했다.

A는 실망을 느꼈으나 전화를 걸어 달라고 선선히 대답 안 한 것을 고맙게 생각했다. 진짜 실망은 그때에 느낄 것이니까.

A는 그가 여자이기 때문이라고 생각했다. 여자는 어떤 경우에는 한 번은 몸을 움츠리는 법이다. 한 걸음 나가기 위한 후퇴라고 말할 수 있다.

"댁이 창덕여고 어떤 편이라구 하셨지요?"

만약 우회법(迂廻法)으로 묻는 이 말에 대답을 한다면 그 여자는 자기를 싫어하는 것이 아님이 명확하다.

"창덕여고에서 가회동으로 올라가다가 첫째 골목이에요."

이상한 일이었다. 전화는 걸지 못하게 하면서 집을 가르쳐 주다니?

"왼편 골목인가요, 오른편 골목인가요?"

"왼편 골목서 ×번째 집예요."

"골목으로 들어서서 왼편인가요?"

"바른편이에요."

이만하면 넉넉히 집을 찾아갈 수가 있었다. 찾아오라는 뜻으로 집을 자세히 가르쳐 주었으니 못 찾아갈 것이 없다.

A는 뜻하지 않은 수확을 거두고 전화를 끊었다. 세상에는 기적이라는 것이 있다.

만약 그 여자를 만나 그 여자와 결혼을 하게 되면 그보다 더 행복한 기적이 어디 있겠는가?

A는 며칠 동안 기다렸다. 성급하게 찾아가면 상대방이 경멸할지도 모르기 때문이었다.

작전상 며칠을 기다리며 수화기를 통해서 귀를 두들기던 그 여자의 상냥하고도 아름다운 목소리만을 연상하는 것이었다.

그 동안 딴 여자들을 안 만난 것이 아니지만 모두가 시들했다.

며칠 동안 오직 전화의 여인만을 생각하며 지내다가 마침내 가회동을 찾아갔다.

가슴이 두근거렸다. 전화를 통해서는 실수 없이 대화를 꾸며 댔는데 면대하고도 실수를 안 할 수 있을까 하는 걱정도 여간 아니었다.

대문을 열고 그 여인이 나왔을 때 무슨 말부터 먼저 할 것인가?

어쩐지 시험을 치르러 가는 것 같은 기분이었다. 그러나 A는 그리 수줍은 편이 아니었다. 그 여인이 가르쳐 준 집을 정확히 찾아 그 집 대문을 두들겼다.

대문을 두들기자 얼마 안 있어 이십 세 가량의 식모가 나와 대문을 열었다.

A는 당황했다. 이름을 모르니 무엇이라고 그 여자를 불러 낼 것인가?

A는 문패를 보았다. 다행하게도 호주의 이름이 붙어 있었다. 황(黃) 씨였다.

"미스 황 계신가요?"

A는 대단한 지혜라 생각하며 이렇게 물었을 때 식모는,

"그런 여자 없는데요?"

간단하게 대답하고는 빚쟁이를 쳐다보듯 아래위를 훑어보았다.

"아, 이 집에 따님이 안 계시단 말이오?"

식모가 자기를 잘못 보고 거짓말하는 줄 알았다. 괴상한 남자가 많은 세상에 함부로 딸을 내보낼 수 없다는 그 여자 부모의 계략일지도 모르고.

"이 댁엔 따님이 안 계세요. 서방님들뿐이고요."

"그래요?"

당황하지 않을 수 없었다. 자기가 귀신에 홀리고 있는 것 같았다. 당황한 끝에 머리를 긁으며 고개를 비틀고 있을 때 그 식모가,

"집을 잘못 찾으셨는가 보군요. 번지수를 찾기가 하두 힘든 동네니까요?"

동정하는 듯 말했다. 그 동정하는 말투가 어디서 들은 기억이 있는 음성이었다.

동시에 자기가 귀신에 홀린 것이 아니라 실재한 현실에 착각을 느끼고 있다는 생각을 했다.

그래서 면전에 서 있는 식모의 얼굴을 똑바로 보았다.

사춘기를 지나 이성을 갈망하는 얼굴이었다. 절대로 잘생긴 얼굴도 아니었다.

"댁에 전화가 있죠?"

이 말을 물었을 때 식모도 무슨 생각이 머리에 떠올랐던지 얼굴을 붉히고

"네?"

한 뒤 고개를 숙였다. A는,

"내가 번지수를 잘못 알았군?"

하고 다급하게 몸을 돌렸다.

식모도 다급하게 대문 안으로 들어가 대문이 깨지도록 빗장을 힘껏 잠 궜다.

(원)《연세문학》 1961. 6. 18.

소록도

"선생님 ── ."

맨 끝줄에 앉은 애가 손을 들고 성애(聖愛)를 불렀다. 칠판에다 기차 그림을 그려 놓고 그것을 설명하고 있던 성애는 무심히 그 아이를 손가락으로 가리키며,

"무어?"

하고 질문의 기회를 주었다.

그때 손을 들었던 애가 기운 있게 벌떡 일어서며,

"영기(永基) 팔에 뭐가 생겼어요."

했다.

성애는 그 애의 '뭐'가 무엇이라는 것을 직감하고,

"뭐?"

놀란 얼굴로 그 애의 바로 앞자리에 앉아 있는 영기를 바라보았다. 영기는 아무 부끄럼도 없이 그 애의 말이 사실이라는 듯 성애를 바라보고 있었다.

성애는 영기에게로 달려갔다.

전염병 환자가 생겨 그 환자로 말미암아 교실에 있는 학생 전체가 즉석에서 전염될 것 같은 그런 공포심에서였다.

영기 앞으로 간 성애가 무엇이 생겼다는 그 부분을 보이라는 말도 하기 전에 영기는 왼팔을 내밀고 피가 내밴 팔목을 보여 주었다.

확실히 무엇인가가 생겨 있었다. 성애는 자기도 모르게 한 발자국 뒤로 물러섰다. 그리고 무엇이 생긴 그 팔목을 주시했다.

　동시에 성애는 빨리 의무과(醫務課)로 데리고 가야 한다는 생각을 했다. 그것은 성애가 이 미감염(未感染) 아동들의 학교로 취임해 온 지가 얼마 안 된다는 것을 말해 주는 것이다.

　환자 이야기는 많이 들었다. 그리고 환자를 구경도 많이 했다. 그러나 미감염 아동 가운데 환자가 발생했다는 사실을 본 일은 없다. 그렇기 때문에 그는 당황했다.

　교통사고로 실신한 애를 대했을 때처럼 성애는 성급하게,

　"빨리 가——."

하고 영기를 독촉했다. 다른 때 같으면 영기의 팔을 잡아끌거나 옷소매를 당길 것이었다. 그러나 성애는 무엇이 생겼다는 말을 들은 뒤라 그의 몸에 손을 대지 못했다.

　영기는 거침없이 일어섰다. 그리고 성큼성큼 성애 앞을 걸어갔다.

　성애는 병을 무서워하지 않고 자기가 가자는 대로 앞장을 서서 걷는 영기를 볼 때 이곳 애들은 병에 이렇듯 무감각한가 하고 놀랐다.

　병에 걸린 자기 부모들이 울타리 저쪽에서 세상 구경도 못하고 사는 것을 모르지 않는 애들이다. 세상에서 그보다 더 무서운 병이 없는데도 영기는 그 병을 무서워하는 기색이 없다.

　수업을 중단하고 의무과에 갔을 때다. 젊은 의사 경배(庚培)가 마중 나오듯 앞으로 다가오며,

　"무슨 일이지요?"

하고 웃었다.

　"이 애의 팔뚝에 무엇이 생겼어요."

　영기를 눈으로 가리키는 성애에게 경배가 말 대신 또 싱긋 웃었다.

　성애는 기분이 나빴다. 며칠 전 그는 성애에게 소록도(小鹿島)에 온 이유를 물었다.

　"세상에서 제일 불쌍한 애들을 가르침으로써 내 생활의 가치를 느껴 보

고 싶어서요."

이렇게 대답했을 때 경배가 웃던 그 경멸에 가까운 웃음이 눈앞에 떠올랐기 때문이었다.

지금 경배는 또 그런 조소의 웃음을 웃고 있다.

"나는 연구 논문을 쓰기 위해서 왔지요. 그 논문이 통과되면 박사가 될 수 있을 겁니다."

묻지도 않은 말을 그렇게 한 경배인 만큼 지금도 속으로는,

'감염된 애를 보구 뼈가 아프시겠습니다.'

하고 자기를 비웃는 것 같았다.

그러나 경배에게 경멸을 받을 아무런 이유가 없다. 저는 저고 나는 나니까.

"빨리 병이나 봐 주세요."

그래도 경배는 진찰할 생각은 않고 빙글빙글 웃기만 했다.

"빨리요."

용무를 끝내면 즉시 돌아가겠다는 생각만을 하며 독촉을 했을 때 경배가 영기에게는 눈도 보내지 않고,

"가짭니다."

하고 말하는 것이었다.

우스운 일이었다. 진찰도 않고 어찌 가짜라는 말을 할 수 있을 것인가?

"진찰두 않구 어떻게 아세요?"

그때야 경배는,

"보지 않아두 알죠."

하면서 영기의 팔을 붙잡았다.

환부를 들여다보고 나서는 영기에게,

"이 자식, 뭘루 찔렀니?"

하고 영기를 노려보았다.

"안 찔렀어요."

영기의 얼굴이 약간 붉어졌다.

"거짓말 마. 누가 속을 줄 알구?"

"정말예요. 어젯밤부터 생겼어요."

"한 대 맞아야 정신을 채리겠니? 똑바루 말해."

경배가 정말 때리기라도 할 듯 눈알을 부라렸을 때 영기는 할 수 없다는 듯,

"꼬챙이루……."

하고 말끝을 흐렸다.

그때 경배는,

"빨리 가서 공부나 해."

하고 영기의 등을 밀면서 다시 성애를 향해 빙그레 웃었다.

"가끔 이런 애가 생깁니다. 어머니한테루 가구 싶어하는 거죠."

성애는 경배의 말이 믿어지지 않았다. 아무리 철이 없기로서니 그 무서운 병의 소굴인 수용소로 갈 마음이 생길 수 있을 것인가?

그러나 병이 아니라는 것이 증명된 이상 더 머물러 있을 수는 없다. 잘못하다가는 또 경멸의 웃음을 받을지도 모른다.

의무과를 나올 때 성애는 영기의 손을 잡았다. 이제는 손을 잡아도 무서울 것이 없다.

"너 정말 어머니가 보구 싶어서 그런 짓을 했니?"

어머니처럼 부드러운 음성으로 물었다.

영기는 말 대신 고개를 끄덕이었다.

"어머니와 같이 살면 병에 걸린다는 걸 모르니?"

그때 영기는 아무 대답도 안 했다. 어머니를 보고 싶다는 마음 이외에 다른 마음을 가질 수 없는 나어린 소년이다.

어머니와 같이 살기만 한다면 그 뒤에는 어떠한 형벌이라도 무서울 것이 없으리라는 것쯤 이해할 수 있었다.

그것은 성애 자신의 심정이기도 했다. 순구(純九)가 살고 있는 수용소 옆에서 순구를 바라보며 살면 그뿐이라는 단순한 상념 속에서 소록도를 찾아온 것이니까.

성애도 가끔 자기가 나병환자가 되어 수용소에서나마 순구와 같이 살았

으면 하는 생각을 했었다.

그러나 영기처럼 일부러 피부에 트집을 내고 나병환자를 가장할 생각은 가져 본 일이 없다. 성애는 나병환자인 순구를 사랑했던 만큼 자기도 그 병에 감염이 되어 지금쯤 잠복기에 들어 있지 않는가 하는 생각도 가졌었다. 차라리 환자로서 수용되면 우리는 아무런 거리낌없이 마음껏 사랑할 수 있지 않을 것인가?

그러나 성애는 자기가 그 병에 감염되지 않았다는 것을 알고 있다. 순구를 사랑했었지만 손 한 번도 만져 보지 못했다. 그리고 순구가 병에 걸린 것을 알았을 때 순구는 성애를 만나지조차 않았었다.

병에 걸린 것을 알고 학교를 중단한 뒤 고향에 내려와 있는 일 년 동안 순구는 성애를 한 번도 만나 주지 않았다.

조그마한 고을. 거기서도 서로 과히 떨어지지 않은 곳에 살고 있으면서 순구는 단 한 번 편지를 보냈을 뿐 한 번도 성애를 만나 주지 않았다.

병이 표면에 드러나기 시작했다고 해도 일 년쯤은 얼마든지 속일 수가 있다.

그런데도 순구는 그것을 속이지 않고 편지로 자기가 나병환자라는 것을 고백했으며 그 뒤부터 외출을 금했다.

그러기에 성애는 순구를 더 사랑했고 더욱 그리워했었는지 모른다.

같은 고장에서 살면서도 만나지 못하는 동안 성애는 몇 번이나 울었다. 나병환자인 만큼 만날 수는 없다. 그러나 그 만날 수 없는 안타까움이 피를 마르게 했다.

하늘은 어찌하여 자기의 사랑하는 사람에게 그러한 천벌을 내렸을까? 몇 번이나 하늘을 저주했는지 모른다. 하늘을 저주하며 이 년 동안이란 세월을 보냈다.

그러한 성애를 어리석다고 어머니가 꾸중할 때마다 성애는 순구를 그리워하는 마음을 더욱 굳게 가졌다. 서울 K대학교에 입학한 뒤 첫 여름방학을 맞이했을 때 순구가 사다 준 유리 목걸이를 순구의 영혼이기나 한 것처럼 몸에서 한시도 떼지 않았다.

고등학교 3학년이던 성애는 그 목걸이를 가지고 평생을 혼자 살리라 마음먹었고 졸업한 뒤에는 수녀가 되거나 여승이 되어 목걸이를 평생 간직하리라 결심도 했었다.

고등학교를 졸업하던 때 순구는 소록도 수용소로 왔고 성애 부모는 성애에게 혼처를 구하여 결혼하기를 강권했다. 결혼을 강권당할 때마다 성애는 보다 더 순구를 생각했다. 자기를 죽도록 사랑하던 순구가 수용소에서 외롭게 살 것을 생각할 때 어찌 딴 남자와 결혼할 수 있을 것인가.

마음은 철벽처럼 굳은 신념으로 변했다.

부모의 승낙이 내리지 않아 수녀도 여승도 될 수 없었지만 그 대신 결혼만은 결사적으로 항거했다. 일 년이 지났다.

그 동안 성애는 하루도 순구를 생각지 않은 날이 없었다. 소록도에 한 번도 가 본 적이 없기 때문에 소록도는 로빈슨 크루소가 표류했던 무인도처럼 적막한 곳으로 생각되었다.

오직 바다만이 있을 뿐인 고도.

순구는 그 외로운 섬에서 매일을 철럭이는 물결소리만 들으며 바다 건너의 자기를 그리워하고 있을 것이다.

자나깨나 물결소리밖에 들리지 않는 곳이니 생각하는 것도 오직 성애, 자기뿐일 것이라고 생각되었다.

수용소에서 파도소리와 함께 늙지 않을 수 없는 순구. 성애는 마침내 모교의 선생을 찾아갔다. 소록도에 가서 취직할 수 없는가를 애원하며 부탁했다.

"견뎌 낼까?"

갈 길이 있기는 한 모양이었다. 견디지를 못하다니? 순구는 평생을 수용된 부자유의 몸으로 지낼 것이 아닌가?

"죽음 같은 괴로움이라도 이겨 낼 수 있습니다."

그래서 한 달 전 이 미감염 아동들의 국민학교로 취임되어 온 것이었다. 자기가 여기로 떠나 올 때 자기 부모 역시 지금 자기가 영기를 보는 것 같은 눈으로 보았을 것이 분명했다.

자기는 영기를 어렴풋이나마 이해할 수가 있지만 자기 부모들은 자기를 절대로 이해하지 못했다. 가면 죽여 버린다고까지 위협했었다. 그러나 성애는 죽음을 당해도 할 수 없다고 생각했다. 그래서 어머니에게만 이야기를 하고 탈출하듯 집을 떠나 온 것이었다.

"어머닌 언제부터 와 계시니?"

"오랬어요."

"오래다니?"

"오 년쯤 되었어요."

"아버지는?"

"아버지두 같이 있어요."

"그래?"

성애는 알 수 없다는 듯이 고개를 끄덕이었다. 수용소 안에는 근 칠팔천 명의 환자가 살고 있다. 그 중에는 부부가 같이 있는 환자도 적지 않다.

그렇지만 자기 부모가 보고 싶어서 병을 가장한 영기를 눈앞에 볼 때, 같이 수용소에서 살고 있는 부부는 차라리 행복할 것이라고 생각했다. 그들은 상대방을 꺼려하는 일이 없을 것이다. 상대방에게 부끄럼을 느끼는 일도 없을 것이다. 공동운명 속에서 서로를 위로하며 살 것이다.

성애는 미감염 아동학교에 온 지 벌써 한 달이 지났지만 아직 순구를 만나 보지 못했다. 만나려고 했다면 몇 번이라도 만날 수 있었을 것이다. 그러나 만나는 것이 서로의 슬픔을 크게 할 것 같은 마음에서 아직껏 만나지 않은 것이었다.

자기에게는 아무 연락도 없이 수용소로 온 순구인 만큼 성애가 소록도에 와 있다는 것을 알면 그는 감시를 당하고 있는 것 같은 불안감을 느낄 것이다. 그리고 병으로 말미암아 사랑까지 단념한 자기 운명을 더욱 슬퍼할 것이다.

처음 소록도에 온 다음 날로 순구를 만나려 했으나 성애는 순구가 만나는 순간 눈물을 흘리며 도망칠 장면을 생각했다. 슬픈 나머지 그럴 것만 같았다.

자기로 말미암아 슬픈 운명을 몸으로 느끼게 할 수는 없다. 성애는 사면이 바다로 싸인, 세상과 격리된 조그만 섬에서 순구와 같은 공기를 호흡하며 살 수 있다는 것만도 만족하게 생각했다. 만나려고만 하면 언제든지 만날 수 있는 곳에서 그를 그리워한다는 것이 얼마나 아름다운 일인가?

"꼬챙이루 살을 찌를 때 아프지 않던?"

성애는 부모를 보고 싶어하는 영기의 마음을 조금 더 더듬어 보고 싶었다.

"안 아파요. 까짓거, 뭐……."

영기는 연극이 실패로 돌아간 것만을 분하게 생각했다.

"그래두 피가 났을 텐데……."

"이것두 참았는데요."

영기는 바지 가랑이를 치켜 올리고 무르팍에 있는 흠집을 보였다. 동전보다도 큰 흠집이었다.

"넘어진 거냐?"

"네 — ."

"많이 울었겠구나?"

"안 울었어요."

아홉 살짜리 치고는 지나치게 야무진 대답이었다. 비운에 젖었을 때 사람은 노소를 막론하고 그 비운보다 약한 괴로움은 아무것도 아닌 것으로 생각한다.

"그래두 다시는 그런 짓을 해서는 안 돼? 성한 몸으루 장차 훌륭한 사람이 돼야지 않아……."

성애는 선생이란 단순한 위치에서 사무적인 말을 했다. 영기가 그 말을 마음속으로 받아들일 리가 없었다. 성애도 자기 말이 영기에게 어떤 영향을 주리라는 기대는 하지 않았다.

운명을 느끼며 사는 사람은 외부의 영향을 거부한다. 성애 역시 소록도로 떠나 올 때 아무의 영향도 받지 않았었다.

그 날 밤이었다. 달이 유달리 밝았다. 성애는 바닷가로 나갔다. 그새 몇 번이나 나가 본 곳이었다. 여름에는 수영을 할 수 있다는 모래사장이 있는 그

바닷가로 나갔을 때 성애는 유달리 파도처럼 가슴이 출렁이는 것을 느꼈다.

달빛이 멀리서부터 발 앞에까지 반사되어 반짝이고 있었다. 반짝이는 빛이 황금처럼 빛나 보였다. 그 신비스러운 색채가 물결 위에서 흔들리는 것이 마치 바람을 탄 수확기 직전의 보리밭처럼 춤추는 듯했다.

성애는 모래밭에 앉았다. 그리고 자기 옆자리에 순구를 느꼈다. 성애는 언제고 자기 곁에 있는 순구를 의식하고 있다.

그러나 지금 환상의 느낌이 아니고 현실 속에서 순구가 자기 옆에 있다면…….

사랑하는 서로를 즐길지도 모른다. 아니면 사랑을 슬퍼할 것이다. 어쩔 수 없는 운명 앞에서 함께 사랑을 슬퍼한다면 그것은 얼마나 처절한 아름다움일까? 순구와 둘이 슬퍼하고 같이 울고 그리고 같이 탄식을 한다면 그때 자기는 자기의 존재를 망각할 것이다. 자기의 존재를 잃어버리고 한 사람을 사랑할 수 있는 경지, 그것보다 더 높은 경지가 인간에게 다시 또 있을 것인가?

성애는 지금 자기가 그러한 경지에서 순구를 사랑하고 있다고 깨달았다. 자기는 아무것도 요구하고 있지 않다. 아무런 욕망도 없다. 자기를 망각한 채 순구를 갈구하며 사랑하고 있을 뿐이다.

'순구 씨 ──.'

성애는 조용히 순구의 이름을 불러 보았다. 그것도 대답을 기대하며 부른 것은 아니었다. 그저 부르고 싶고 그러지 않고는 견딜 수 없기 때문이었다.

목에 건 네크 레이스를 손으로 만져 보았다. 소록도에 올 때까지 시골 사람들의 눈이 번거로워 목에 걸지 못했던 것이다. 항시 몸에 지니고만 있던 목걸이를 지금 성애는 고독한 손으로 만지면서 슬픈 자신의 사랑과 순구의 운명을 눈물짓고 있는 것이다.

목에 걸고만 있는 것으로 성애는 순구의 호흡을 느낄 수 있었다.

그러나 지금 성애는 순구의 호흡을 느끼는 것만으로는 만족할 수가 없었다. 그의 상처, 그의 아픔을 어루만져 주고 싶었다.

상처투성인 그의 혼을 어루만져 주듯 목걸이를 만지고 있을 때였다. 모래사장에 뒤이은 소나무밭에서 인기척이 나고 모래밭을 밟는 발소리가 가까워 왔다.

성애는 그것이 순구의 발소리이기를 바랐다. 자기가 소록도에 온 것을 알 리 없는 순구가 찾아올 까닭이 없다. 설사 안다고 해도 철조망을 뛰어넘을 수가 없다.

만약 순구라면……? 얼마나 기쁠까? 그렇다면 그것은 오직 영과 영의 교섭으로 이루어진 결과일 것이다. 아무도 알리지 않은 일이지만 영과 영이 서로 통하여 순구가 오게 되었다면 그보다 더 기쁜 기적이 다시 또 있을 것인가? 그러나,

"누구십니까?"

하는 소리는 순구가 아니었다. 아까 낮에도 만난 일이 있는 젊은 의사, 경배였다.

뒤도 돌아보지 않고 있던 성애는 한 걸음 앞으로 나가 앉을 뿐이었다.

"누구세요?"

경배는 가까이 오며 또 물었다.

성애는 도망칠까 하는 생각을 했다. 자기도 산보를 나왔다면 산보 나온 사람이 누군가를 알 필요가 무엇인가?

한 번 물어 대답이 없을 때는 자기가 피해 갈 것이지 두 번씩이나 누구냐고 하며 옆으로 온다는 것은 무엇을 의미하는 것일까.

도망칠 필요는 없다. 미감염 아동들 때문에 자주 드나들며 상대하여야 하는 의사다. 그리고 벌써 며칠 전 일이기는 하지만 순구의 일을 알아봐 달라고 부탁을 한 사람이다.

"오 ──, 성애 씨로군! 난 또 누구라구……."

하면서 또 그는 호걸 웃음을 웃었다.

성애는 그 웃음이 무엇보다도 싫었다. 조소하는 듯도 하고 경멸하는 듯도 한 그 웃음은 한 번도 성애를 즐겁게 해 주지 않았었다.

성애는 일어서서,

"산보 나오셨어요?"

하고 공손히 인사했다. 연령으로 보나 직위로 보나 엄연히 윗사람이기 때문이었다.

"혼자서 무섭지 않습니까?"

경배는 달을 한 번 쳐다본 뒤 성애를 뚫어지게 보았다.

"무섭기는요?"

"허허. 용감한데요."

무서울 것이 하나도 없는 곳이다. 환자들은 철조망으로 격리되어 있고 수용소를 경영해 나가는 사무원 칠팔십 세대는 한가족처럼 매일 대하는 사람들이다. 그런데도 무섭지 않느냐고 말을 붙이는 것은 단순히 성애에게 말을 건네 보려는 의도임에 틀림없었다.

성애는 아무 대꾸도 않고 멀리 달 그림자만을 바라보고 있었다.

"이왕이면 앉아서 이야기하지……."

경배가 반말을 쓰며 먼저 모래사장에 앉았다.

성애는 도망을 치지 않는 한 그 옆에 앉지 않을 수 없었다.

"참. 부탁했던 최순군가 하는 사람을 오늘 알아봤지. 재미있는 친구 같더군. 연극을 한다구 각본을 써 가지구, 요새는 그 연습을 하구 있다던데……."

경배는 앉자마자 순구 이야기를 꺼냈다.

"그래요? 거기에 연극을 할 만한 사람들이 있나요?"

성애는 순구의 동정을 알아 달라고 부탁하면서도 순구와 자기와의 관계를 조금도 밝히지 않았었다. 자기의 먼 일가라는 정도로 말하고 무사한가 그것만 알아 달라고 부탁했었다. 부탁한 뒤에도 한 번도 독촉을 안 했다. 잘못하다가는 경배에게 의심을 사고 동시에 그 의심이 모든 사람의 입에 오르내릴 것이 두려웠기 때문이었다. 오늘도 경배를 두 번이나 만났지만 순구의 이야기는 꺼내지 않았었던 것이다.

"별별 사람이 다 있지요. 연극만 하겠소? 음악회두 할 수 있을 걸."

"연극할 장소는 있나요?"

"공회당이 있으니까 뭐라두 하지요. 그 밖에 교회당두 있두……."

"경비는 어디서 나오나요?"

성애는 순구에 대한 이야기를 직접적으로 물을 수가 없었다.

"기금이 있지요. 수용소에 들어올 때 누구에게나 회비를 받으니까. 그 돈이 적지 않은 모양이야."

"각본은 어떤 것이래요?"

"글쎄. 읽어 보지를 않았으니까 알 수 없지만 대개 희극 같은 것이겠지. 환자들은 슬픈 것을 싫어하니까!"

"연극 같은 것을 할 때 직원들은 구경 안 가나요?"

성애는 그때 자기도 한몫 끼여 구경을 갔으면 하는 생각을 했다. 그렇게 하면 순구에게 알리지 않고 자기만이 순구를 볼 수 있다. 그리고 그가 썼다는 각본을 통해 그의 인생관 같은 것도 엿볼 수가 있다.

"누가 그걸 구경 가? 좋아서 웃어도 그 웃음이 슬프게만 뵈는 걸. 언젠가 운동회 때 구경을 갔더니 저마다 우승을 할려구 악들을 쓰지 않아? 서루 편을 갈라 응원두 하구. 참 우스운 비극이지……."

경배의 이야기를 통해 성애는 환자들의 행동이 무엇이나 슬프게만 보일 것이 사실이라고 생각했다.

그들에게도 즐거움이 없으란 법이 없을 것이지만 그들이 즐거워하는 것을 보는 건강한 사람들에게는 그 즐거움이 참다운 즐거움으로 보이지 않을 것이다.

슬픔 속에서 우러나오는 웃음.

그래도 성애는 순구가 즐거워하는 것을 보고 싶었다.

"그럼 아무도 참석하지 않나요?"

"소장(所長)과 간부들은 의무적으로 가겠지."

성애는 자기도 따라갈 수 있다고 생각했다.

"언제쯤 상연을 한대요?"

"한 열흘 뒤라던가……."

"순구라는 이가 그 연극의 주동자라구 그래요?"

"그렇다구 그러는가 봐."

성애는 좀더 자세한 것까지 묻고 싶었다.

독신인 만큼 합숙을 하고 있을 것이지만 몇 사람이 합숙을 하고 있으며 식사라든가, 잠자리라든가, 그런 것까지 알고 싶었다. 그러나 너무 자세하게 물으면 경배가 의심을 할지 모른다. 그래서 더 묻지를 않고 열흘 뒤 연극 구경갈 생각만을 하고 있을 때 경배가,

"가끔 여길 나온다지?"

하고 성애를 쳐다보았다.

어떻게 그런 것을 알고 있을까 의심스럽기는 했으나,

"네 — ."

하고 순순히 대답했다.

"고향 생각이 나서?"

경배는 성애를 어린 소녀처럼 취급했다. 그래서 대답을 안 하고 있을 때

"그럴거야. 육지가 멀지두 않은데 꼭 귀양 온 것 같거든. 나두 가끔 서울 집이 생각나……."

경배는 자기 변명 같은 말을 했다.

그리고는 또 달을 쳐다보면서,

"달이 참 좋지? 저기 바다에서 누가 손짓을 하는 것 같지 않아?"

경배답지 않은 말을 했다. 성애는 경배에게도 그런 감정이 있는가 싶었다.

"손짓은, 누가 손짓을 해요?"

성애는 경배의 말을 부정해 버렸다.

"난 성애가 손짓을 하는 것 같아서, 여기까지 나왔는데……."

점점 이상한 말을 하기 시작했다. 성애는 오래 있을수록 곤란한 처지에 놓일 것 같아,

"들어가 봐야겠어요."

하고 모래사장에서 일어섰다.

"왜 좀더 이야기나 하지……."

"가 봐야겠어요."

경배도 억지로 막을 수는 없었던지 성애를 뒤따라 일어섰다. 일어서서는

"사실은 여기 나오는 것을 보구 따라왔지. 내일 밤에두 나올래?"

성애는 경배의 마음을 짐작할 수 있었다. 그래서,

"모르겠어요."

할 뿐, 아무런 언질도 주지 않으려 했다.

"내일 밤 나와. 심심한데 이야기라두 하면 좋지 않아?"

"갑자기 무슨 일이 생길지 누가 알아요?"

그때였다. 경배가 몇 걸음도 안 가 어떤 소나무 그늘에서 소변을 보기 시작했다.

성애는 소변보는 소리에 깜짝 놀라 달음박질을 치기 시작했다. 가깝지도 않은 여자 앞에서 부끄럼 없이 소변을 보는 남자와 어찌 이야긴들 할 수 있을 것인가?

단숨에 하숙까지 돌아온 성애는 혹시 경배가 하숙까지 쫓아오지나 않나 하고 가슴을 떨었다.

그렇게 부끄럼 없이 소변을 볼 수 있는 사람이라면 하숙까지도 능히 쫓아올 수 있을 것 같았다.

만약 오기만 하면 주인 집에서도 알 수 있도록 큰 소리로 쫓아 보내리라 생각하며 옷도 갈아 입지 않고 긴장한 시간을 보냈지만 다행히도 경배는 찾아오지 않았다.

다음 날 아침 학교에 갔을 때였다. 먼저 와 있던 남자 선생이,

"선생님반 애가 어젯밤 도망을 쳤대요."

하고 남의 일처럼 말해 주는 것이었다.

"도망을 치다니요?"

성애로서는 잘 이해할 수 없는 일이었다. 도망을 치려면 배를 타야 한다. 그러나 나루터에서는 그러한 애를 절대로 건네 주지를 않는다. 그렇다면 섬 안에서 숨어 살 데가 어디 있다는 것인가? 간다면 수용소 안으로나 갈 것이지만 경계선에는 수위들이 지키고 있다.

"제 부모한테루 갔겠지요 뭐. 새벽에 수위한테 연락을 해 두었으니까 곧 잡혀 올 겁니다."

남자 선생은 그런 일이 얼마든지 있을 수 있는 일이라는 듯 무신경한 태도로 설명했다.

성애는 수용소로 도망한 애라면 분명 영기일 것이라고 생각했다. 동시에 철없는 어린애가 어쩌면 그런 용기를 냈을까 하고 탄복했다. 도망치려면 밤이 깊은 때라야만 했을 것이다. 남들이 잠잘 때 잠도 안 자고 도망갈 계획을 세우고 있었을 영기. 그리고 수위에게 발각되지 않도록 도적처럼 철조망을 뛰어넘었을 영기.

부모가 얼마나 그립기에 그런 행동까지 취했을까! 성애는 영기가 가여워져서 울고 싶었다. 그리움이 극도에 달하면 용기라는 것은 저절로 생기는 것인가 보다. 얼마든지 만날 수 있는 순구인데도 그것을 거부하고 있다는 것은 결국 그리움이 약하기 때문일 것이다. 그리움이 극도에 달해 있다고 하면 꺼릴 것이 하나도 없다. 나중에야 어찌되었든 만나 봐야 할 것이 아닌가?

성애가 이런 생각을 하고 있을 때였다. 어떤 사람이 영기를 앞세우고 운동장을 걸어오는 것이 사무실 유리창을 통해 내다보였다.

성애는 가슴이 두근거렸다. 그리움 이외에 아무것도 생각지 않고 도망쳤다가 붙잡혀 오는 영기. 그에게 무엇이라고 말해야 좋을 것인가? 영기가 운동장에 나타나자 운동장에서 놀고 있던 애들이 영기를 멍하니 바라보고들 있었다. 모두 남의 일 같지 않다는 듯 그런 애석한 표정들이었다.

성애는 운동장에 있는 모든 애들 전부가 영기처럼 부모를 그리워하고 있을 것이라고 생각했다. 그러나 용기가 없어서 영기처럼 도망을 치지 못하는 것이라 생각하니 눈시울이 뜨거워졌다.

성애는 출입문으로 나가 영기가 걸어오고 있는 쪽으로 달려갔다. 그리고 영기 앞에까지 이르렀을 때,

"엄마를 만나 봤니?"

하고 재빨리 물었다.

"네 — ."

영기의 대답은 쾌활했다. 하고 싶은 일을 다하고 왔다는 그런 표정이었다. 물론 영기는 엄마를 보기만 하고 돌아오려고 한 것이 목적의 전부가 아

니었을 것이다. 그러나 어머니 얼굴이라도 보고 온 것을 다행스럽게 여길 것이다.

"면회일에 만나면 되지 왜 그런 짓을 했니?"

성애로서는 자기가 선생이라는 위치를 잊을 수 없었다. 그러나 영기는 대답 대신에 성애를 쳐다보기만 했다. 그것은 남의 속도 모르고 공연한 소리 하지도 말라는 태도였다.

그래도 성애는 좀더 타일러 주리라 생각하며 사무실 안으로 들어섰을 때 남자 선생이 달려와서 영기의 뺨을 치기 시작했다.

"선생님 —— ."

성애는 남자 선생의 손을 붙잡았다. 때려서 될 일인가.

"이런 자식은 버릇을 고쳐 줘야 해요."

남자 선생은 성애의 만류도 듣지 않고 그 어린 뺨을 무자비하게 후려갈긴다.

영기는 아프다는 말도 안 했고 눈물도 흘리지 않았다. 한참 두들겨 준 뒤 남자 선생이,

"알겠지? 또 그런 짓을 해 봐라. 다리를 부러뜨려 놓을 테니……."

하고 다시 더 때리지 않을 것처럼 말했을 때야 영기는,

"으앙 —— ."

하고 소리를 내어 울기 시작했다.

"이 자식! 울기는?"

남자 선생은 또 영기의 뺨을 쳤다. 영기는 울음을 그치지 않았다. 있는 목청을 다해서 소리를 치며 울었다.

성애는 영기의 눈물을 닦아 주었다.

"울지 마, 잘못했으니까 때리는 거 아냐."

자기 잘못을 알도록 부드럽게 말했으나 영기는 있는 기운을 다해서 울기만 했다.

영기를 붙잡아 온 수위가 우는 영기를 끌고 의무과로 갔다. 수용소에 갔다 왔으니 소독을 시켜야 했기 때문이었다. 수위에게 끌려가면서도 울음을

그치지 않는 영기의 울음소리가 점점 멀어져 가고 있을 때 성애는 자기 책상으로 가서 울기를 시작했다.

의무과에 가면 경배가 또 남자 선생 못지않게 때려 줄 것이다. 때림으로해서 부모를 향한 그리움을 막을 수는 없다. 그러나 영기는 아무 효과도 없는 매를 맞아야 한다. 매를 맞으면서도 그는 속으로 엄마를 얼마나 안타까이 부를 것인가?

삼십 분 후. 성애가 교실에서 공부를 시키고 있을 때, 영기가 교실로 들어왔다. 성애는 아무 말도 못하고 바라보고만 있었다. 영기는 자기 자리에 앉았다. 어느새 기숙사에까지 들러 왔는지 가지고 온 책도 펼쳤다.

성애는 될 수 있는 대로 영기를 보지 않으려 했다. 그의 감정을 건드려주고 싶지 않았던 것이다.

그 날 오후 성애는 수용소 입구로 갔다. 수용소 본부에서 수용소로 가는 큰길을 횡단하는 작은 시내가 있다. 그 시내가 수용소와 본부와의 경계선으로 되어 있고 그 경계선을 걸쳐 쭉 철조망이 쳐 있다.

몇 번 구경을 가 본 일이 있지만 이 날 성애는 유달리 그곳 면회장을 구경하고 싶었다. 외부에서 면회 온 사람과 울타리 안에서 면회를 받는 사람들의 슬픔을 몸으로 느껴 보고 싶었던 것이다.

수용소 입구 근처까지 갔을 때 면회를 끝내고 돌아오는 어떤 할머니가 대성통곡을 하며 걸어오고 있었다. 면회를 끝내고 돌아가기는 하나 그 비참한 꼴을 하고 있는 자식을 남기고 가는 마음은 찢어지도록 아픈 것이리라.

성애는 더 가까이 갈 용기가 없었다.

지금 철조망을 사이로 하고 서로 면회하고 있는 수십 명의 환자와 그의 가족들은 통곡하며 돌아가는 할머니와 꼭 같은 마음의 고통을 받고 있을 것이 아닌가? 비록 오 미터 이상의 간격을 두고 마주 있다 할지라도 그들은 서로 부둥켜안고 몸부림치는 그런 심정들이 아니겠는가?

어떤 사람들은 아무 말도 못하고 마주 바라보기만 하고 있다. 어떤 사람은 철조망까지 가서 가지고 온 물건을 환자에게 주고 있다.

철조망 저편에 있는 환자들은 비교적 무표정하건만 철조망 이편 —— 면회 온 가족들은 대부분 눈물을 닦고 있다.

사람들은 이쪽을 천당이라 하고 저쪽을 지옥이라고 말한다. 그러나 성애는 눈물짓고 있는 이쪽 사람들이 저쪽 환자들보다도 더 불쌍하게 생각되었다. 그렇게까지 슬퍼하며 어찌 살아갈 수가 있을 것인가?

눈알이 툭 튀어나왔고 손가락이 달라붙어 손도 마음대로 움직이지 못하면서도 가족이 가지고 온 음식을 먹고 있는 환자가 있다. 그러나 면회 온 사람들 가운데는 자기 정신을 가지고 있는 사람이 하나도 없는 것처럼 보였다. 그러면서도 영기처럼 철조망을 뛰어넘으려는 사람도 없었다.

성애는 영기가 누구보다도 지옥을 모르는 인간이라고 생각했다. 아무 두려움도 없이 오직 그리움을 향해 돌진할 수 있는 순수한 정열.

성애는 자기도 결국 지옥을 느끼며 살아야 하는 사람이라고 생각했다. 눈알이 불거져 나오는 만신창이의 얼굴에다 손가락이 달라붙은 환자들을 생각할 때 자기는 영기처럼 철조망을 뛰어넘을 용기가 있는가를 의심했다. 절대 있을 것 같지가 않았다. 철조망을 뛰어넘지 못하면서도 철조망 이편에서 순구를 그리워하고만 있어야 한다는 것은 결국 괴로움을 팽창시키는 결과만을 가져온다.

성애는 면회장소를 삼십여 미터 거리 뒤에서 바라보다가 그만 하숙으로 돌아왔다.

하숙으로 돌아오자 성애는 순구도 다른 환자들처럼 얼굴이 보기 흉할 것인가를 생각했다.

그러나 성애는 금시 고개를 흔들었다. 절대로 그렇지는 않을 것이다. 발병한 지 일 년밖에 안 되는 순구가 몇십 년의 역사를 가진 환자들과 같을 수가 없다. 더구나 순구는 집에서 돈을 가져다가 약을 풍부하게 쓰고 있을 것이다.

요새는 대마유 이외에도 좋은 약이 있어 약만 계속해서 오래 쓰면 나병도 고칠 수가 있다고 한다. 소록도에서도 일 년에 한두 명씩은 수용소를 떠나 자기 집으로 돌아간다고 하지 않는가?

운이 좋으면 순구도 병이 완쾌되어 집으로 돌아갈 수 있을지 모른다.

그 날 밤. 성애는 바닷가로 산보를 나가는 대신 기숙사로 영기를 찾아갔다. 바닷가로 가면 또 경배가 뒤따라오리라는 생각도 있었지만 진심으로 영기가 보고 싶었기 때문이었다.

한 열흘만 있으면 순구의 얼굴을 볼 수 있을 것이다. 열흘 동안 순구를 그리워할 자기 마음을 성애는 영기의 천국과 같은 그리움에 덧붙여 보고 싶었다. 영기의 그 순수한 그리움을 보기만 해도 자기의 마음이 순화되고 자기의 그리움이 흔들리지 않을 것 같았다.

자기는 어떠한 경우에라도 면회를 하고 돌아가는 할머니처럼 통곡해서는 안 된다. 영원한 그리움 속에서 자기를 지켜 나가야 할 성애.

영기는 성애를 반가워하지 않았다. 모든 사람을 이방인시하는 영기. 이방인에게는 이해를 기대할 수 없다. 아무런 기대를 가질 수 없는 사람을 반가워할 리가 없다.

성애는 영기에게 기대를 주는 사람이 되고 싶었다. 자기에게 친밀감을 느껴 주었으면 하고 바랐다.

"저녁 먹었니?"

우선 이런 말로 대답을 요구했다. 묻는 말에 대답을 하기 시작하면 대화가 성립되고 대화가 성립되면 감정이 통할 수도 있다.

그러나 영기는 대답 대신 고개를 까딱까딱 할 뿐 대화를 거부했다.

성애는 웃음을 지으며,

"많이 먹었니? 응?"

영기는 웃지도 않고 성애를 빤히 쳐다볼 뿐이었다.

거의 같은 성질의 그리움을 가진 사람들끼리는 남의 그리움을 빼앗는 법이 없다. 영기는 어째서 아무나를 경계하는 것일까?

"나하구 저기 좀 갈까?"

성애는 사탕이라도 사 주고 싶었다. 감정의 교류를 바라는 사람의 아첨일지 모른다. 영기는 여전히 대답이 없다.

아첨이라는 것을 알고 불쾌해하는 태도는 아니었다.

"맛있는 걸 사 줄게……."

성애는 다른 애들에게 들리지 않도록 귓속말을 했다. 영기는 대답을 안 할 뿐 아니라 좋다 나쁘다는 표정조차 짓지 않았다.

성애는 영기의 팔을 잡아끌었다.

"남들이 못 보게 빨리 가자."

하고 뛰기 시작했다. 영기는 말없이 성애를 따라왔다.

성애는 가게로 가서 그 중 맛있어 보이는 과자와 사과를 샀다. 그리고는 숲 속으로 갔다.

"여기서 먹자."

과자 봉지를 내맡기었다. 영기는 과자를 먹기 시작했다.

"가지구 가면 딴 애들한테 뺏길 테니까 다 먹어야 된다."

그때야 영기는,

"네."

겨우 입을 열었다. 이제부터 이야기를 시작하면 영기는 순순히 대답해 줄 것이다.

그러나 성애는 아무 말도 묻지 않았다. 이제부터 물을 이야기란 결국 영기 부모에 대한 것 이외에 아무것도 없다. 그런 이야기를 묻는다면 영기가 간직하고 있는 부모에 대한 그리움을 산만케 만들어 놓는다. 성애는 영기의 그리움을 깨끗하게 혼자서만 간직하도록 내버려 두고 싶었다. 그리움을 혼자서만 간직한다는 것은 슬픈 사람의 소중한 재산이다.

성애는 영기가 과자와 사과를 다 먹을 때까지 영기를 지켜 보고만 있었다. 과자와 사과를 다 먹었을 때는 영기의 손목을 잡고 기숙사로 데리고 갔다.

기숙사 현관에서,

"잘 자라."

하고 영기를 현관 안으로 들여보낼 때 영기는 성애를 바라보면서 '네'라고 대답했다. 성애를 바라보는 영기의 눈길엔 무엇인가 그리움이 서려 있었다.

성애는 금시 발길을 돌렸다. 영기에게 딴 말을 물어 보지 않은 것은 참으로 잘한 일이었다. 만약 영기가 자기의 아첨에 **휩쓸려** 나불나불 이야기를 했다고 하면 자기는 영기에게서 도리어 실망을 느꼈을지도 모를 일이다.

그래서 성애는 열흘 뒤 순구가 연극을 할 때도 그것을 구경하러 가지 않는 것이 옳은 일이라고 생각했다. 아무리 발병한 지 오래지가 않다고 해도 이미 증세가 얼굴에까지 나타났을 것만은 사실이다. 대단하건 대단치 않건 문둥병자라는 좋지 않은 인상의 순구 얼굴에서 그리움에 어떤 동요를 느끼게 되는지 모른다.

차라리 깨끗한 그리움을 지속하는 것이 보람 있을 것 같았다.

순구는 연극 속에 여인을 등장시킬 것이다. 그리고 그 여인은 상징적인 성애일 것이 분명하다. 연극을 통해서나마 순구가 자기를 얼마만큼 생각하고 있는가를 알아보고 싶었다.

그러나 성애는 그것마저 보지 않을 결심이었다. 성경 이야기가 생각났다. 소돔성이 불탈 때 '롯'이란 사람은 뒤돌아보아서는 안 된다는 계명을 받고도 불타는 재산에 미련이 남아 뒤를 돌아보다가 선 자리에서 소금 기둥이 되었다고 한다.

그리고 치술령(鵄述嶺)에서 돌(望夫石)이 되었다는 박제상의 아내 이야기가 생각났다. 왜국에 사신으로 간 남편이 왜국 땅에서 죽은 것을 알면서도 동해가 내려다보이는 치술령에서 남편을 그리다가 선 채로 화석이 되었다는 그 부인.

성애는 자기가 소금 기둥이 되지 못하고 망부석이 되지 못한다 해도 순구를 그리워하는 마음이 깨끗하게 가슴 속에 남아 있기를 원했다.

하숙방으로 돌아가자 옷을 갈아 입었다. 그리고 잠잘 준비를 하며 거울을 대했다.

영기의 얼굴이 거울 앞에 떠올랐다. 어린 영기가 아니었다. 삼십이 거의 되어 보이는 영기였다. 그 영기가 성애를 보며 씽긋 웃었다.

성애는 징그러움을 느꼈다. 영기가 자기에게 추파를 보내다니.

성애는 거울 앞을 떠나 자리를 깔기 시작했다. 그러나 잠자리에 들어가기가 싫었다. 어른이 된 영기가 잠자리 속으로 따라 들어올 것만 같았기 때문이었다.

'어머니를 그렇게까지 그리워하던 애가……'

영기에 대한 환멸을 느꼈다.

이때였다. 누가 성애의 이름을 불렀다. 방금 거울 속에서 본 그 영기가 아닐까. 성애는 몸서리를 쳤다.

"벌써 잘려구 하나?"

거울 속에서 보던 영기의 웃음을 그대로 보여 주는 경배였다.

"자야 할 때가 아녜요?"

성애는 몸을 도사렸다. 경배가 방 안으로 들어왔다.

"왜? 오늘 밤에는 해변에 나오지 않았지?"

바닷가에서 기다렸던 모양이다.

"딴 델 좀 갔었어요."

"어딜?"

"학교 기숙사에요."

"누굴 만나려고?"

"어젯밤에 도망쳤던 애를요."

"그래?"

심문조로 질문하던 경배가 잠시 말을 끊었다. 경배가 말이 없는데 성애가 이야기를 꺼낼 필요가 없었다. 그저 빨리 돌아가 주었으면 그것만 기다리고 있었다.

말없는 무료한 시간.

"나 오늘 사람 하나 죽였지."

불쑥 경배가 말을 꺼냈다. 그것은 오직 무료한 시간을 메우기 위한 화제 같았다. 도리어 놀란 것은 성애였다.

"사람을 죽이다니요?"

"새루 들어온 환자의 환부(患部)를 도려내고 피를 뽑았는데, 몇 시간두 안 되어 죽지 않아!"

경배는 버러지라도 짓밟아 죽인 것처럼 아무렇지 않은 표정이었다.

"그럴 수가 있나요?"

"그럴 수도 있는 모양이지."

"그래서 어떡했어요?"

"어떡허긴. 그저 그뿐이지."

의사가 병을 연구하기 위하여 새로 들어온 환자의 살점을 떼어 내는 것은 이곳 의무과의 한 행사일지 모른다. 그리고 의사는 희망 없는 환자의 죽음쯤 아무것도 아닌 것으로 생각하는지도 모른다.

그러나 자기 손으로 사람을 죽이고도 어쩌면 그렇게까지 태연할 수가 있을 것인가?

그렇다고 성애가 무엇이라고 말할 수도 없는 일이다. 성애는 눈을 내리뜬 채 생각에 잠겨 있었다.

그때였다. 경배가 달려들어 성애를 껴안았다.

성애는 있는 힘을 다하여 경배를 물리쳤다. 주인 집이 창피스러워 소리는 칠 수가 없었지만 그렇다고 해서 경배에게 질 수는 없었다. 옷이 찢어져도 상관없었다. 경배를 물리친 뒤 벌떡 일어섰다. 다시 달려들면 도망쳐 나가리라 마음먹고 있을 때,

"난 성애를 사랑해."

경배가 말했다.

"난 그런 거 몰라요."

비록 음성은 낮았으나 강력한, 가슴을 찢고 나오는 목소리였다.

"정말야. 난 성애를 사랑해."

'내게는 죽을 때까지 사랑해야 하는 사람이 있어요.'

하고 성애는 속으로 혼자 말했다. 그리고는 소리를 내어 경배에게 말했다.

"그런 말은 다음에 하구 빨리 가 주세요."

"그러지 말구 우리 이야기나 해."

경배가 쉬이 돌아가지 않을 성싶었다. 성애는 쏜살같이 밖으로 달려나왔다.

다음 날. 성애는 소록도에 더 머물러 있을 수가 없다고 생각했다. 경배가 있는 한 살벌한 분위기가 그치지 않을 것 같았던 것이다.

경배를 경계해야 하는 불안감을 가지고 순구를 그리워하는 마음을 어찌 깨끗이 지속할 수가 있을 것인가? 차라리 협잡물이 없고 장해하는 것이 없는 곳에서 순수한 마음을 흐리지 않도록 해야 한다.

다시 고향으로 돌아갈까? 순간 성애는 그럴 수가 없다고 자기 마음에 단안을 내렸다.

박제상 부인은 바다가 보이는 치술령에 올라가 망부석이 되었다. 멀리 바다를 건너 일본 땅을 바라볼 수 있었기에 님 그리는 마음을 돌로 만들었을 것이다. 단 하나 철조망으로 막혀 있는 일 킬로 지점 저쪽에, 나는 순구를 바라볼 수 있다. 얼마나 다행한 그리움의 보람인가?

다만 문제는 경배가 언제까지나 귀찮게 굴까 하는 것이었다.

그러나 그것도 그리 큰 문제는 아니다. 경배가 진심으로 성애를 사랑하는 것은 아니다. 순간적 감정으로 농락하려는 데 지나지 않는다. 그런 경배쯤 물리치기가 힘들지는 않을 것이다. 자기 힘으로 안 될 때에는 소장(收容所長)의 힘을 빌 수도 있다.

그 날 밤 성애는 꿈을 꾸었다.

파아란 잔디밭 위에 하얀 보자기로 덮인 시체 하나가 누워 있었다. 그것은 슬픔이 아니었다. 끔찍하거나 무시무시한 것도 아니었다. 깨끗하고 순결한 흰빛이었다. 푸른 잔딧빛과 보자기의 흰빛이 대조되어 청순과 순결이 깔려 있는 아늑한 성지(聖地).

그 흰 보자기 위에 날개 돋친 천사가 시체를 지키며 날고 있었다. 천사는 울지를 않았다. 보자기를 들치고 시체를 보려 하지도 않았다. 그의 손에는 작은 피리 한 개가 들려 있었다.

쉬려고도 하지 않고 춤추듯 선회할 뿐이다. 딴 데로 날아갈 생각도 안 한다. 그 시체를 지키기 위하여 존재하고 있는 듯 꼭 같은 위치에서 선회를 계속했다.

태양은 어디로 갔는지 보이지 않았다. 그렇다고 어두운 것도 아니었다. 낮과 밤의 중간지대.

천사가 피리를 입에 댔다. 세상에서는 한 번도 들어 본 일이 없는 노래였다. 슬프지도 즐겁지도 않은 노래였다. 그렇기 때문에 영원히 계속될 수 있는 노래 같았다. 꿈 속에서나마 천사가 되어 본 성애.

이런 꿈을 꾸고 있을 때 성애는 창문 두들기는 소리를 들었다. 이미 창이 밝아 있었다. 성애는 꿈속의 영원한 노래와 함께 자기 꿈도 영원이었더라면 하고 바랐다. 피리소리와 함께 순구의 시체를 지키는 자기의 선회(旋回)가 영원히 후퇴함이 없을 것 같았다.

창문을 두들긴 주인 집 아주머니가,

"빨리 일어나세요. 문둥이들이 쳐들어온대요."

"쳐들어오다니요?"

성애는 꿈에서 깨어났다.

"사무실을 쳐부수러 온대요……."

"왜요?"

"누가 알아요."

허겁지겁 옷을 갈아 입었다. 아무런 죄가 없으면서도 가슴이 두근거렸다. 옷을 갈아 입자 주인 집 아주머니와 함께 뒷산으로 뛰어올라갔다.

소나무 숲 속에 몸을 감추고 숨소리를 죽이고 있었다. 멀리서 함성이 들려 왔다. 동시에 철조망 저편에서 수없이 많은 환자들이 몰려오고 있는 것이 보였다.

손에 몽치 같은 것을 든 환자들이 그 몽치를 치켜 올리면서 무엇이라 소리를 지르고 있었다.

몸서리가 쳐지는 함성이었다.

"약 배급이 적어졌다구 불평들을 말한다더니……."

주인 집 아주머니는 그래서 데모를 하는 것이라고 설명했다.

"그러면 왜 새벽에 할까요?"

"글쎄. 누가 알겠수?"

성애는 확실치는 않으나 무슨 딴 불평이 있기 때문에 저러는 것이라고 생각했다. 그렇게 생각하면서도 환자들의 행동이 마음에 들지 않았다.

소록도는 나병환자들의 섬이다. 그리고 사무소는 오직 그들의 치료와 생활을 돕기 위해 있다. 설사 불평과 불만이 있다 해도 대표를 보내어 타협하면 문제는 해결될 수 있는 것이다.

그런데도 새벽부터 데모를 한다는 것은 결국 상대방을 적대시한다는 의사 표시 이외에 아무것도 아니다.

데모로서 상대방에게 협심증을 일으키려는 것이 성애의 비위를 거슬렸다.

사무실을 쳐부수면 어떻게 하나? 경관이 몇 명 있기는 하나 그 경찰력으로는 얼마인지도 알 수 없는 환자들의 떼를 제지할 수가 없을 것이다.

사무실을 때려 부수고 사무직원들을 죽인다면…… 여자들은 가만둘까…….

소록도를 탈출해야 한다고 성애는 생각했다. 그래서 주인 집 아주머니에게

"빨리 나루터로 가요."

했다.

주인 집 아주머니도 성애의 말을 알았다는 듯,

"그래야겠는걸 ── ."

하고 자리에서 일어섰다.

그들은 나루터로 가는 고갯길을 향해 숲 속을 나오고 있었다. 그때, 나루터 쪽에서 오십여 명의 나병환자 무리들이 사무실 쪽으로 달려오고 있었다. 그들은 사무실을 협공(挾攻)하고 있는 것이다.

성애는 다시 재빠르게 숲으로 달려갔다. 그는 눈을 감고 빌었다.

'제발 순구 씨만은 저 행렬 속에 끼여 있지 않았으면…….'

성애의 기원은 오직 그것뿐이었다.

모든 사람들은 다 추하다고 해도 순구 씨만은 자기를 지키며 외롭고 깨끗하게 살아 주었으면……. 외로움 속에서 오직 성애만을 그리며 살아 주었으면……. 지난 밤 꿈처럼 자기는 영원토록 순구의 마음속에서 피리를 불며 살아갈 것이다.

'제발 순구 씨만은…….'

성애의 간절한 기도였다.

"죽여라 ── ."

이때 함성이 바로 발 아래서 들렸다. 성애는 눈을 똑바로 뜨고 군중을 내려다보았다.

맨 선봉에는 맹인(盲人)들이 걷고 있었다. 바로 그 뒤에는 부녀자들이 줄지어 걷고 있었다. 부녀자 뒤에 남자 환자들이 천여 명 뒤따르고 있었다. 무슨 수를 내고야 말 것 같은 맹렬한 대열이었다.

"황경배를 죽여라."

어떤 젊은이의 선창에 따라 군중들도,

"죽여라."

소리질렀다.

"황경배를 죽여라."

두 번째의 구호가 들려 왔다.

구호를 부르며 앞에서 뒤로, 뛰어다니며 군중 전체를 지휘하는 사람이 바로 순구 같았다.

성애는 눈을 똑바로 뜨고 순구를 응시했다. 틀림없는 순구였다. 틀림없는 순구가 사무실 가까이까지 이른 대열의 맨 선봉인, 맹인들에게 무엇이라고 지시를 하고 있었다.

맹인과 부녀들을 앞장세우고 이쪽의 반공을 약화시키려는 그 전술.

성애는 눈을 감아 버렸다. 대열에 끼지도 않았기를 바라고 있던 그 순구가 데모대의 총지휘자라니…….

성애는 꿈 속에서 흰 보자기에 싸인 순구의 시체를 보았었다. 희고 깨끗한 시체…… 그러나 지금 순구는 꿈 속의 사람이 아니었다. 현실 속에서 살아 있다는 의식을 투쟁의식으로 나타내고 있다.

"황 선생이 환자를 죽였다더니?…… 그래서 야단들인가 보군요."

주인 집 아주머니가 데모의 이유를 알겠다는 듯이 말했다. 그리고는

"고의적으로 죽인 것은 아닐 텐데……."

하고 사뭇 못마땅한 표정을 지었다.

성애는 데모의 이유를 짐작했지만 순구를 좋게 생각할 수 없었다. 연극하는 날 구경조차 가지 않으려고 했던 자기가 잘했다고 생각되었다. 경배뿐

아니라 사무 계통의 직원 전부가 피신을 했으므로 피해를 입은 사람은 하나도 없었다.

건물이나 기재도 손상되지 않았다.

소장이 어떻게 말했는지 모르지만, 데모대원들은 두어 시간 뒤 수용소로 돌아갔다.

성애는 사무실로 달려 내려갔다. 경배는 이미 육지로 도망을 한 후였다. 경배를 딴 데로 전근시키기로 합의를 보았고 그래서 문제는 수습되었다는 것이었다.

경배가 소록도를 떠나갔을 뿐 그 밖에는 아무 변화도 없었다.

그래도 성애는 무슨 큰 변이나 일어났었던 것 같은 불안한 마음으로 학교에 갔다.

학교에도 아무 일은 없었다. 성애는 혹시 나병환자들이 어린애들을 붙잡아 가지나 않았을까 겁냈던 것이다. 그런데 영기가 보이지 않았다.

"영기는 어디 갔니?"

성애는 떨리는 음성으로 애들에게 물었다.

"기숙사에 있어요."

이상한 일이다. 다들 공부를 하러 나왔는데……. 성애는 기숙사로 달려갔다.

"왜, 너만 학교에 안 왔니?"

영기는 아무런 대답도 안 했다. 좀체로 말을 안 하는 애지만 말하지 않는 태도가 아주 달랐다. 독수리를 보고 놀란 병아리 같았다.

"응? 왜 학교에 안 왔니?"

영기는 책을 챙기며 학교에 갈 준비를 할 뿐 입을 열지 않았다.

학교에 간다고 하기만 하면 성애가 야단치지 않을 것으로 생각한 모양이었다.

그러나 성애에게는 영기가 학교에 가는 것보다도 그의 대답을 듣는 것이 더 중요했다.

"말을 해 봐. 왜 학교에 안 갔어?"

성애가 짜증을 내며 묻자,

"날 잡아갈려구 그랬어요."

영기는 금시 울음을 터칠 것처럼 말했다.

"잡아가다니?"

"엄마가 데려오랬다면서 잡아갈려구 그랬어요."

성애는 영기의 마음을 알 수 있었다. 영기 부모는 데모에 참가하지 못했다. 그래서 딴 사람에게 부탁해서 데려가려 했는데 영기는 그것을 붙잡아 가려는 것이라고 해석하고 있는 것이다. 천여 명의 군중이 성난 파도처럼 몰려오는 폭동에 공포심을 갖지 않을 수 없었을 영기. 그런 공포심에 떨고 있을 때 데려가려는 사람이 나타났으므로 영기는 무조건 도망쳤던 것이다.

그렇게도 가고 싶어하던 곳이지만 강제로 데려가려 할 때 영기는 그것을 거부했다.

"가서 공부하자."

성애는 영기에게 순간적으로 가졌던 공포심을 잊게 하기 위하여 그의 손을 잡고 학교로 갔다.

학교로 가는 도중 성애는 현실에 대한 환멸과 공포를 느끼고 있는 자신을 발견했다.

가자고 하는 사람이 있는데도 영기가 안 갔다는 말이 성애 가슴에서 떠나지 않았다.

"황경배 죽여라."

하고 고함치던 순구의 얼굴이 눈앞에 나타났다. 아귀 같은 표정이었다.

성애는 눈물을 깨물고 걸어갔다. 자신을 달래기 위하여 아귀처럼 소리치는 순구의 얼굴에 흰 보자기를 덮어 보았다. 그러나 순구는 흰 보자기를 찢으면서,

"너는 뭐냐? 응, 이년아!"

하고 성애에게 달겨들었다.

성애는 영기만을 교실로 들여보내고 사무실로 갔다.

성애는 하루종일 울었다. 그래도 눈물은 그치지 않았다. 더구나 사무실에

서 남선생들이,

"오늘 데모의 참모장이 바로 어제 결혼한 자식이라지?"

"바로 그 자식인가? 연극두 한다던?……."

이런 말하는 것을 들었을 때 성애는 자기의 신앙(信仰)이 모래성처럼 무너지는 것을 느꼈다.

매일처럼 찾아가던 해변께로 갔다.

성애는 그냥 울 뿐이었다. 그러면서도 순구가 준 유리 목걸이를 잊지 않고 목에 걸고 있었다.

물결이 철썩 하고 모래사장에 와서 쓰러진다. 모래사장에 스며든 물이 흘러내려갔다가 다시 또 철썩 하고는 모래사장에 와서 쓰러졌다. 철썩. 철썩.

바다가 생긴 뒤부터 오늘까지. 앞으로 바다가 없어질 그때까지. 영원히 되풀이될 파도와 모래와의 합창.

성애는 그 합창 속에 몸을 던져 버리고 말았다.

(원)《현대문학 80》 1961. 8, (출)『한국단편문학전집 6 고호』 정음사, 1964.

서울이란 곳

"옥희! 좀 앉아."

"보시면서두 그러셔. 앉을 새가 있어요."

손님이 가장 많은 초저녁때라 옥희는 눈이 돌 만큼 바빴다. 그래도 성구는 한 마디쯤 걸지 않을 수 없었다. 돈이 있으면야 마냥 술을 마시면서 손님들이 뜸해질 때까지 앉아 있을 수가 있다. 그러나 첫잔이자 마지막 잔의 막걸리가 아껴 마시는데도 반 이상 줄었다. 아무하고나 합석해야 하는 대폿집에서 빈 술잔을 놓고 오래 앉아 있을 수는 도저히 없다.

성구는 술잔이 비기 전에 옥희와 한 마디만이라도 말을 해야겠는데 옥희가 다리에서 불이 나게 뛰어다닌다.

성구는 할 수 없다고 생각했다. 다음에 돈이 있을 때 조용히 찾아오는 수밖에 없었다. 그래서 조금밖에 남지 않은 막걸리를 아깝지도 않게 마셔 버렸다. 술잔을 비우자 안주라고 갖다 놓은 김치를 본체만체 자리에서 일어나 옥희 곁으로 갔다.

"다음에 올게 ──."

"벌써 가세요? 이야기 한 마디 못하두……."

옥희는 서운하게 말했다. 그러나 할 수 없지 않느냐는 듯이 술주전자를 들고 딴 손님에게로 갔다.

옥희가 성구를 보내며 살짝 웃음을 보냈다.

기숙을 하고 있는 친구의 집으로 걸어오는 동안 성구는 강남옥을 떠날 때 웃어 주던 옥희의 그 웃음만을 생각했다. 자기가 좋아서 웃는 웃음임에 틀림없다. 아무리 술집에서 수많은 남자들을 대한다고 해도 옥희는 자기에게 처럼 누구에게나 웃지 않을 것이다. 언젠가는 술이 얼근해서 손목을 잡았다. 그때도 옥희는 뿌리치지를 않고 힘을 주고 자기 손을 꼭 쥐어 주었다.

　"나는 옥희가 좋아 죽겠어."

　이런 말을 했을 때 옥희는,

　"거짓말하는 남자는 싫어요."

　눈을 흘겼다.

　"아냐. 정말이야. 거짓말을 하면 벼락을 맞을 거야."

　"그럼 내 팔자를 고치게요?"

　"그러니까 내가 취직할 때까지만 기다려 줘. 곧 될 거야."

　이런 말을 주고받은 일까지 있다.

　언제나 취직이 될 것인가? 만약 취직만 된다면 옥희는 그야말로 팔자를 고치게 되었다고 좋아서 나를 따라올 것이 아닌가?

　성구는 오늘 군사원호청에서 하던 말을 생각했다.

　"먼저 상이군인들을 취직시켜야 안 하겠소? 그러니 조금만 더 기다리십시오."

　제대군인을 보호하기 위하여 군사원호청까지 만들어 놓았으니 상이군인들을 취직시켜 준 다음에는 자기 같은 제대군인을 취직시켜 줄 것이 아닌가?

　자기가 취직될 것만은 틀림없다. 취직만 되는 날이면 옥희를 술집에서 나오게 하고 판잣집이나마 방 한 칸을 얻어서 살림을 한다. 어떤 고생을 한다고 해도 자기는 행복을 느낄 것이다.

　인왕산 중턱에 있는 기태의 집까지 숨을 헐떡이며 걸어 올라가는 동안 성구는 그러기에 사람이란 고생을 해야만 하는 것이라고 생각했다. 성구는 삼년 동안이나 군대에서 복무했다. 전투는 안 했다고 해도 갖은 고생을 다했다. 남들은 편안히 잠들고 있는 밤에도 일선 초소를 지키고 있었다. 나라를 위한 것이었다. 그런 만큼 나라에서는 자기를 취직시켜 주려고 한다. 나라에서 하는 일이니 안 될 일이 어디 있겠는가? 덕택으로 자기는 농사를 안 지어도 좋게 되었다. 제대를 한 사람치고 고향으로 돌아가 농사를 짓는 사람이 몇 명이나 되는가?

그 구질구질한 일들, 똥거름을 만져야 하고 일할 때는 뼈가 아프도록 일해야 하는 시골. 제대군인이라고 뽐을 내려야 여남은 세대밖에 살지 않는 그 산골에서 누구에게 뽐낼 것인가?

그래도 집에서는 빨리 고향으로 내려오라고 밤낮 성화다. 시골에서 썩을 수가 있을 것인가? 일하다 일 속에서 죽는 농민에게 무슨 희망이 있담! 아무 희망도 없는 시골에는 죽어도 가기가 싫다.

그런데 기태의 집에 이르자 기태 어머니가,

"집에서 또 왔구만——."

하며 편지 한 장을 내주었다. 기태 어머니의 표정은 왜 고향엘 내려가지 않고 부모의 애를 태우느냐고 책망을 하는 것 같았다.

그것은 자기가 보기 싫어서 그러는 것이라고 생각했다. 일선에서 같이 고생한 아들의 친구라 해도 하숙비 하나 제대로 내지 못하고 밥만 축내는 성구를 달갑게 생각할 까닭이 없었다.

사실은 성구도 저녁때만 되면 기태의 집으로 들어가는 것을 도살장에 들어가는 소만큼 힘들어했다. 힘들어도 할 수 없으니 들어가는 수밖에 없지만.

성구는 땅을 파고들어가는 벌레처럼 자기가 기거하는 기태 방으로 들어갔다. 그리고는 연인에게 들키기는 했지만 옛날 여자에게서 온 편지를 안 읽을 수가 없어서 읽는 것 같은 감정으로 봉투를 뜯었다.

학식이 풍부하지 못한 아버지의 편지라 그리 읽기가 쉽지 않았다. 구식 편지투로 계절에 대한 말과 문안의 사연을 길게 적은 다음,

'서울서도 고생을 할 바에야 식구들과 같이 고생하는 것이 어떻겠느냐? 지금 농촌에서는 손이 모자라 일을 제대로 다 못하고 있으니 빨리 내려오는 것이 좋겠다. 네 처는 아무 말 없이 있으나 속으로는 너를 얼마나

기다리고 있을 것이냐? 옆에서 보기가 민망스러운 때가 한두 번이 아니다. 정 내려오지 않겠거든 서울로 데려가서 고생을 해도 같이 고생을 하도록 해라.

군사혁명이 일어난 다음부터 정부에서는 농촌을 무척 생각하는 것 같다. 아마 이렇게 나아가다가는 농촌도 살기 좋은 곳이 될지 모르겠다.

네 동생 충구는 처음으로 따 온 참외를 얼마나 먹었는지 체해서 누워 있다.

네 에미는 눈만 뜨면 네 이야기뿐이다. 어제는 너 온 뒤에 잡아먹으려고 기르던 닭을 팔자고 했더니 울기까지 하며 그것을 팔지 못하게 했다.

객지에서 몸을 튼튼하게 늘 조심해라.'

이런 뜻의 사연이 길게 적혀 있었다.

성구는 대충 읽은 뒤 그것을 바지 뒤 호주머니에 집어 넣었다.

그때 기태 어머니가 밥상을 들고 와서,

"먼저 먹게."

했다.

기태는 어떤 제약회사의 사무직원이다. 일이 많아서 늘 저녁 늦게야 돌아오기 때문에 저녁 식사는 혼자서 먼저 먹는 것이 습관처럼 되어 있다.

그러나 이 날만은 혼자서 먼저 먹기가 미안스러웠다. 만약 기태 어머니가 편지를 뜯어 보았다면 자기는 밥 먹을 곳이 있으면서도 공연한 고집으로 서울에서 남의 신세를 지고 있다는 것이 드러난 셈이 된다. 물론 그것을 모르고 있는 기태 어머니가 아닐 것이지만.

기태도 없는데 뻔둥뻔둥 놀고 있는 자기가 먼저 밥을 먹기가 미안했다. 그렇다고 안 먹을 수도 없는 일이었다. 배는 지금 고플 대로 고프니까.

저녁을 먹자 성구는 집을 나와 인왕산 비탈을 걸어 올라갔다. 가득 박혀 있는 판잣집들을 지나 서울 거리가 한눈에 내려다보이는 지점까지 이르렀을 때 성구는 별처럼 반짝이는 전등불에 현혹된 눈을 보냈다.

얼마나 아름다운 풍경이냐? 저 빛나는 등불 아래 이백만이나 된다는 인구가 살고 있다. 모두 화려한 꿈들을 꾸고 있을 것이다.

네온이 번쩍이고 젊은 청춘들이 난무하는 곳.

성구는 이렇게 호화로운 서울을 버리고 시골에서 썩는다는 것이 될 말인가 하고 생각했다. 전깃불 하나 없는 곳. 자고 일어나면 일할 줄밖에 모르는 농민들.

더구나 멋없이 생긴 아내의 얼굴을 보며 일생을 허송세월하다니……. 성구는 옥희를 생각했다. 비록 술집에 있기는 할망정 거리에 내놓으면 누구에게도 지지 않을 여자다. 남들처럼 팔을 끼고 다정스럽게 걸어다니면 모두가 부러운 눈으로 바라볼 것이 아닌가?

새 옷 한 번 못 입고 구질구질한 똥거름 속에 청춘을 보내다니.

아버지의 편지가 아무리 절실한 것이라 해도 성구는 시골 갈 생각을 갖을 수 없었다.

남들은 버스를 타고 자동차를 타고 호화스러운 생활을 하는데, 자기만은 시골에 가서 썩다니. 그래도 삼 년 동안 군대밥을 먹으면서 군복에 구두를 신고 살았다. 그리고 부하를 호령하기도 했다.

어찌 시골에서 썩을 수가 있을 것인가?

성구는 아버지에게서 온 편지를 호주머니에서 꺼내 갈기갈기 찢었다. 그리고는 태워서 소지를 올리듯 바람에 날려 버렸다. 자기를 못 살게 하는 액운들을 내쫓아 버리듯.

밤이 깊어 다들 잠들었을 때쯤 해서야 성구는 집으로 돌아왔다. 기태도 언제 왔는지 곤히 잠들어 있었다.

서울 한 칸 방. 두 사람이 눕기에도 비좁은 방이었다. 성구는 기태가 깨지 않게 살그머니 그 옆에 누웠다.

한 방에서 같이 자면서도 종일 이야기 한 마디 못한 것이 섭섭했다. 그렇지만 곤히 잠든 사람을 어찌 깨울 수 있을 것인가?

성구는 기태도 불쌍한 사람이라고 생각했다. 조반을 먹자 출근을 해서는 밤늦게야 돌아오는 기태. 그러면서도 월급만으로는 생활비가 안 된다고 한다. 그래서 아직 장가갈 생각도 못하고 있다.

기태뿐만 아니라 서울 사람들은 모두가 그럴 것이다. 고되게 일하고도 먹고 살기가 힘들어 쩔쩔매는 사람들.

그래도 모두가 서울로 모여들지 않는가? 역시 서울이 좋기는 한 모양이다.

다음 날 아침 눈을 뜨자 기태는 세수를 했다. 성구는 바쁠 것이 하나 없었지만 기식을 하고 있는 자기가 늑장을 부릴 수 없어 기태와 같이 세수를 했다.

세수를 하고 밥을 먹는 동안 기태는 별로 말을 안 했다. 화가 난 것은 아니지만 할 말이 없는 모양이었다.

성구를 잘못 건드릴까 해서 일부러 조심하는 모양이었다. 돈도 못 내고 밥을 얻어먹는 성구에게 취직이 어떻게 되느냐고 묻는다면 그것은 밥값을 언제쯤 들여오느냐는 뜻이 되기가 쉬우니까.

성구는 그런 눈치를 채자 먼저,

"어제두 군사원호청엘 갔는데 곧 된다구 그래."

하고 먼지 입을 열었다.

"거 잘 됐군."

기태는 여전히 무뚝뚝했다. 그것은 물론 성구가 미워서는 아니었다. 취직되는 것을 좋아하면 취직 못하고 있는 현재에 얼마나 싫증을 느끼고 있는가를 말해 주는 것같이 해석될까 두려웠기 때문이었다.

그런데도 성구는 기태가 왜 그렇게 무뚝뚝한가 하고 생각했다. 자기가 싫어서 그러는 것으로밖에 달리 해석되지가 않았다.

그러나 그렇다고 해서 기태를 나무랄 수가 없었다. 기태와 싸우면 기태의 집을 나가는 수밖에 없다. 기태의 집을 나가면 누가 잠을 재워 주고 밥을 먹여 줄 것인가?

"어제 거리에서 쌈하는 걸 두 번이나 봤는데 한 번은 키가 조그만 사람이 자기보다 배나 되는 사람을 꼼짝 못하게 조지지 않나? 쌈이란 기운만 가지구 하는 게 아닌 모양이야."

성구는 어제 거리에서 본 일을 이야기했다. 할 이야기가 없으니 그런 이야기라도 꺼낸 것이지만 이야기를 하면서도 성구는 자기가 기태에게 아첨하는 것이 아닌가 생각했다.

아첨한다고 해도 할 수 없었다. 기식을 하려면 역시 기태에게 미움을 살 수는 없었다.

조반을 먹자 성구는 할 일이 없으면서도 기태의 뒤를 따라 집을 나오지 않을 수 없었다. 기태 없는 방에 혼자 있으면 기태 어머니가 어떻게 생각할지 모른다. 가시방석에 앉아 있는 것 같은 불안을 느낄 바에야 차라리 집을 나가는 편이 나을 것이다.

성구는 한나절을 빙빙 돌아다녔다. 백화점도 기웃거려 보았다. 시간을 보낸다는 것은 그리 쉬운 일이 아니었다. 그러나 거리에서 예쁜 여자들의 얼굴을 보면 가슴이 흐뭇해지곤 했다. 여자들은 모두가 예쁜 것 같았다. 성구는 그런 여자들과 이야기라도 한 번 해 보았으면 하고 생각했다. 물론 꿈이겠지. 그러나 꿈이면 어떠랴.

성구는 거리를 헤매다가 군사원호청으로 갔다. 귀찮게 생각할 것이지만 할 수 없었다. 빨리 취직을 해야 기태네 집에서도 떳떳한 밥을 먹을 수 있을 것이고 또 옥희와의 이야기도 결판을 낼 수가 있지 않은가?

그런데 군사원호청에서는 결국 일자리가 없다는 것이었다.

성구는 실망을 하지 않을 수 없었다.

그러나 거기서 불평을 말할 수는 없었다. 시름없이 나와 신문사로 갔다.

성구는 석간신문을 신문사에서 받아다가 신문장수 애들에게 나눠 주는 일을 하고 있다. 그것도 돈이 없이 어떤 친구 밑에서 심부름만 해 주고 하루에 삼사백 환씩 받고 있다.

점심도 못 먹고 신문이 나오기만 기다리고 있다가, 신문을 나눠 준 뒤 소위 물주인 상규에게로 가서 며칠 분을 당겨 천 환만 달라고 했다.

돈 천 환을 주머니에 넣은 성구는 곧장 옥희에게 갔다.

옥희라도 만나서 우울을 풀어야 했던 것이다.

그런데 손님이 없는 다섯 시 이전인데도 옥희는 바빴다. 어떤 손님 옆에 앉아 술을 따르고 있었다.

손님 옆에는 앉지 않는 것이 이 집 관습으로 되어 있는데 옥희는 어째서 손님에게 웃어 가며 술을 따르고 있을까?

성구는 걸상에 앉자

"옥희!"

하고 소리를 질렀다. 왜 내 허가도 없이 딴 남자 옆에 앉아 있느냐는 투였다. 옥희는 힐끔 성구를 보았다. 그러나 자리에서 일어설 생각은 안 했다.

"좀 오지 못해?"

두 번째 소리를 질렀을 때야 옥희는 옆으로 왔다.

"왜 기분 나쁜 일이라도 있어요?"

성구는 잔말말고 술이나 가져오라고 했다.

옥희가 술을 가져오자 성구는 단숨에 술잔을 비우고 또 한 잔 가져오라고 했다.

옥희는 술을 따른 뒤 먼저 온 남자에게로 가서 별일 다 보겠다는 식으로 입을 비쭉이며 그 손님과 이야기를 주고받았다.

성구는 참을 수가 없었다. 술상을 주먹으로 탁 쳤다. 그리고는,

"빌어먹을 년!"

하고 소리질렀다. 그때였다. 옥희를 끼고 술 마시던 친구가,

"저건 뭐야?"

하고 자리에서 일어섰다.

"넌 뭐냐?"

성구는 저쪽 친구보다 몇 배나 날카로운 목소리로 덤비었다.

"흥! 이게 맛을 못 봤군……."

상대편 친구는 쏜살같이 달려와 성구를 사정없이 후려쳤다. 억센 주먹이었다. 그 억센 주먹이 몇 번이나 후려쳤는지 모른다. 성구는 쓰러지고야 말았다.

옥희가 옆에서,

"함부로 쌈을 걸 게 뭐예요?"

사뭇 불평스런 목소리였다.

성구는 아프기보다 슬펐다.

"응. 너는 누구 편이지?"

"누구 편은 누구 편이에요? 다 같은 손님인데⋯⋯."

성구는 더 할 말이 없었다. 그럼 옥희는 이때까지 자기를 하나의 손님 이외에 아무것도 아닌 사람으로 취급했다는 말인가?

"정말야!"

"정말이지 뭐예요!"

성구는 쑤시는 몸을 끌고 인왕산 비탈 기태의 집으로 돌아왔다.

눈물이 나왔다.

바랐던 취직이 결국 품팔이 노동이었던가? 사랑한다고 생각했던 옥희는 결국 웃음을 파는 매춘부 이외에 아무것도 아니었던가?

서울! 뭣이 좋다고 서울인가?

성구는 그 뒤 며칠 외출을 못했다. 몸이 쑤셔 견딜 수가 없었던 것이다.

그럴 때 시골 동창생에게서 편지가 왔다.

'서울서 고생한다는 말을 들었네. 고생하며 서울서 살아야 할 이유가 무엇인가? 시골로 오게. 시골 와서 지붕에 핀 박꽃을 보게. 울타리에 핀 봉숭아를 보게. 못 살아도 마음이 박꽃처럼 순박하고 봉숭아처럼 아름다운 농촌을!

나는 금년부터 다시 농사를 시작했네. 닭도 치고 돼지도 기르네. 얼마나 재미있는 일인지 알 수 없네.

농촌을 싫어하는 사람들의 마음을 알 수 없네. 허영과 허식만이 눈앞에 보이는 도시가 그래 어째서 좋단 말인가? 경치가 좋고, 공기가 좋고, 인심이 좋고. 나는 농촌이 제일이라고 생각하네.

빨리 내려오게. 나도 친구가 없어서 고적을 느끼네. 우리 손을 잡아 좀더 두뇌를 써 가며 새로운 농사를 지어 우리의 농촌을 재건해 보세.'

중학교 동창생인 창경은 자기처럼 군대를 나오고도 농촌에서만 살고 있다. 얌전한 친구였다.

편지를 읽자 성구는 곧 회답을 썼다.

'네가 보고 싶다. 그 동안 너를 잊고 있던 나를 용서하라고. 너뿐만 아니라 고향 사람 전부가 보고 싶다. 그리고 고향 사람 전부에게 미안한 생각이 든다.

창경아!

인간이란 결국 깨끗한 환경 속에서 살아야 참다운 인간이 될 것 같다. 서울은 너무나 깨끗하지가 못한 것 같다. 공기가 흐리다. 지저분하다. 여비가 마련되는 대로 내려가겠다. 기다려다오.

우리 집에 가서 내 부모님과 내 아내에게 말을 전해다고. 모두 보고 싶어한다고.'

성구는 고향으로 가는 수밖에 없었다. 취직을 달리 부탁할 곳이 없었다. 군사원호청에 가서 사무직원으로 취직시켜 달랄 수는 없다.

편지를 쓰고 나니 가슴이 후련해졌다. 그리고 시골의 바가지가 주렁주렁 매달려 있는 초가집 지붕이 눈앞에 나타났다. 초가집이라 해도 판잣집보다는 낫다. 방도 넓다.

말도 제대로 못하는 아내. 바보스러우면서도 순직한 아내. 돌 울타리 밖에서 서울 하늘을 쳐다보며 자기만을 기다리고 있을 것이다.

성구는 시골 갈 차비를 어디서 구하느냐가 문제였다. 기태에게 빌려 달랄 체면은 없다. 그러면, 차비가 없어서 고향엘 갈 수가 없다는 말인가?

성구는 창경에게 보내는 편지 맨 끝에다

'가서 돌려 줄 테니 차비 이천 환만 지급 보내 주게.'

이런 말을 덧붙였다.

(원)《새농민》1961. 10.

의지의 불꽃

고등학교 학생으로서 맞는 마지막 여름방학이었다. 좀더 뜻있게 보내야 할 소중한 방학이다. 그러므로 심사숙고의 결과 성호(方成鎬)는 어청도(於靑島)로 갈 결심을 했다.

남들이 잘 모르는 섬에서 바다를 바라보며 해군사관학교 입학시험 준비를 하자는 생각에서였다.

그러나 군산(群山)에 이르러 어청도행 배를 기다리는 동안, 성호는 어청도에 대한 지식이 너무나 부족했다는 것을 알았다. 교통이 이렇게까지 불편한 줄 알았다면 어청도로 결정 지을 까닭이 없었기 때문이었다.

어청도에서 가장 가까운 군산항에도 어청도행 정기선(定期船)이 없었다. 어청도에서 오는 배를 만나지 못하면 절대로 갈 수가 없다는 것이었다.

성호는 군산에 내린 지 이틀이 되도록 배편을 구하지 못했다. 부두를 떠나지 않고 찾아다녔으나 어청도 배는 구경도 할 수 없었다.

사흘째 되는 날도 아침 일찍부터 부두로 나갔다.

어쩐지 오늘은 뜻을 이룰 것 같았다. 그런 예감이 들었던 것이다. 세상에 안될 일이 어디 있는가 하는 생각이었다.

그러면서도 한편으로는 불안했다. 만일의 경우 오늘도 어청도 배를 만나지 못하면 군산서 나흘이나 무의미한 날을 보내게 된다.

어제 아침 집에 보낸 편지 생각이 났다. 가족들에게 안심을 시키기 위해 어제 어청도행 배를 탄다고 거짓말을 써보냈던 것이다. 그리고 동행인 김판암과 같이 무사히 가고 있으니 안심하란 말까지 썼었다.

이런 거짓 편지까지 보냈는데 만약 배가 아주 안 온다면……

그렇게도 못 가게 하던 어머니였다. 알지도 못하는 섬, 그리고 군산에서도 네 시간이나 걸려야 간다는 그런 섬에 뭣하러 가느냐고 끝까지 반대했다.

그러나 성호는 한 번 결정 지은 일을 부모의 반대라는 이유로 변경시키고 싶지가 않았다.

어떤 일이 있어도 떠나고야 말 작정이었다. 그러자 어머니는 누구와 같이 가느냐고 물었다. 혼자라고 하면 그것을 이유로 또 안 보낼 심산 같았다. 그래서 김판암이란 동급생의 이름을 팔았다.

만약 배가 없어서 어청도엘 못 간다고 하면 나중에 판암이 알고 얼마나 웃을 것인가?

그러나 오늘엔 배가 오겠지. 어청도 사람들도 일이 있을 것이 아닌가? 군산을 의지하고 산다는 어청도 사람들이다.

성호는 부두에서 새로 들어오는 배에만 시선을 보내며 반나절을 기다렸다.

그래도 그 많은 배 가운데 어청도 배만은 없었다.

예감이 맞지 않는 것일까?

이런 생각을 하고 있을 때였다. 꽤 큰 어선 한 척이 들어왔다. 성호는 그리로 달려갔다.

"어디서 오는 뱁니까?"

"어청도에서 오는 배요."

이런 대답이 나오기를 기대하며 물었을 때 뱃사람은 과연 어청도 배라는 말을 했다.

그렇겠지. 예감이 있는데-.

그런데 언제쯤 떠나느냐는 물음에는 뚱딴지 같이 언제 떠나든 사람은 태우지 못한다는 대답이었다. 그러면 배가 왔는데도 자기는 어청도엘 갈 수 없다는 말인가? 사람 못 태우는 이유를 묻자 뱃사람은 실을 물건이 너무나 많다는 것이었다.

사실 그 배는 고기 잡는 배였고 사람을 태울 시설이 있지 않았다. 그래도 성호는 자기가 못 탈 까닭이 없다고 생각했다. 어떤 방법으로든 탈 자신이 있었던 것이다.

배에 오를 기회만 노리고 얼마를 서 있는 동안 어떻게 알고들 몰려왔는지 배 탈 사람이 배를 중심하여 줄을 지었다.

성호는 그 줄 속에 낄 생각은 하지 않았다. 그런 식으로 서 있다가는 배를 얻어 탈 수 없다고 생각했기 때문이었다.

눈치만 살피면서 배 근처를 빙빙 돌고 있을 때 배 안에서 어떤 사람이 나와 배에는 사람을 태울 수가 없다고 하며 일찌감치 돌아들 가라고 소리쳤다. 그러나 누구 하나 꼼짝도 안 했다.

성호 역시 눈 하나 깜짝하지 않았다. 만약 이 배를 놓치는 날이면 언제 다시 배를 만나게 될지 모른다. 아무렇기로서니 이렇게 많이 모인 사람을 한 명도 태우지 않고 떠날 수가 있을 것인가? 한 명만 태운다고 해도 자기는 빠지지 않을 것이다.

얼마 뒤부터 짐들을 싣기 시작했다. 쌀가마와 그물, 종이로 싼 상품 같은 뭉치들이 자꾸만 올라갔다. 무엇에다 쓰는 것인지 석유통에 든 미꾸라지가 수없이 올라갔다.

과연 짐이 많았다. 거기에 모여 있는 사람들을 전부 실으면 배가 가라앉을지도 모른다.

성호는 정말 배를 타지 못하지나 않나 하고 걱정했다. 안 태우려는 것이 아니라 태울 수가 없다고 하면 할 수 없는 일이다.

왜 정기선(定期船)이 없을까? 인구 천 명이나 된다는 섬이면 내왕하는 사람이 적지 않을 텐데……

성호는 방학하기 전 어떤 신문에서 서해안 도서순례(島嶼巡禮)라는 기사를 읽어가며 소나무가 울창하고, 등대가 있다는 어청도 이야기를 읽을 때 어떤 섬보다도 인상적이라고 생각했다. 그래서 무턱대고 그 섬을 정했던 것이지만 교통이 이렇게까지 불편할 줄은 몰랐었다.

산으로 갈걸!

성호는 이런 생각을 했다. 그러나 그것은 순간뿐이었다. 바다는 교통이 불편한 데 바다로서의 가치가 있다.

바다에는 의지(意志)가 있다. 한 번 성을 내면 걷잡을 수 없게 노호한다. 그러면서도 잔잔할 때는 죽음처럼 의젓하다. 교통이 불편하고 또 생각보다 보잘것 없는 섬이라 해도 한 번 결정 지은 곳이니 어떤 일이 있어도 가야만 한다.

짐 싣는 일이 끝나자 누가 타라는 말을 한 것도 아닌데 사람들이 발판을 밟고 배에 오르기 시작했다. 배 안에서는 오르는 사람들을 몸으로 막았으나 후퇴하는 사람이 하나도 없었다.

성호는 발판으로 뛰어올랐다. 아무리 제지한다고 해도 물에 떨어뜨릴 수가 없는 만큼 올라가는 사람들은 올라가고야 말았다. 성호는 발판에서 훌쩍 뛰어 배 안으로 들어갔다. 그리고는 자기 트렁크를 쌓여 있는 화물 새에 끼어 넣어 보이지 않게 했다. 트렁크만 내던지지 않는다면 몸뚱어리 하나는 문제가 없다.

삼십여 명이나 되는 사람이 모두 배에 올랐다. 정말 배가 가라앉는 것 같았다. 성호도 그 사람 전부를 태우고는 배가 떠날 수 없을 것이라고 생각했다.

배 주인인지 한 사람이 나서서,

"못 갑니다. 못 가요. 빨리들 내려요."

호령호령했다.

그러나 내리려는 사람이 있을 턱이 없었다. 뱃사람들이 손님의 팔을 잡아 끌어내리려 했다. 그래도 말을 듣는 사람은 하나 없었다. 할 수 없었던지 경관을 데리고 왔다.

배와 관계 있는 사람 외에는 전부 내리고야 말았다.

성호도 내리지 않을 수 없었다. 경관을 붙잡고 사정하는 사람들이 적지 않았으나 하나도 받아들여주지 않았다. 성호는 아무도 모르게 웃저고리를 벗어 트렁크가 있는 짐짝 사이에 구겨 넣고 배에서 내려왔다.

부두로 나오자 성호는 모자까지 벗고 그냥 산보 나온 사람처럼 시선을 다른 데로 돌리고 배 떠나기만 기다렸다.

탔던 사람들이 다 내리고 경관도 돌아간 뒤 뱃사람들은 말판을 거두어들이고 떠날 준비를 했다.

성호는 심호흡을 한 뒤 수영하기 전의 준비운동처럼 힘을 주어 두 팔을 앞으로 내밀었다.

배가 조금씩 움직였다. 오 미터쯤 바다 가운데로 들어갔다. 그래도 성호는 바라보고만 있었다. 배가 십오 미터쯤 떠나갔을 때야 성호는 바다 속으로 텀벙 뛰어들었다. 그리고는 크롤로 배를 향해 속력을 내었다.

삼십 미터쯤 나아가서 뱃전을 잡고 뛰어 오를 때야 뱃사람들이 놀라 어떤 놈이냐고 소리를 질렀다.

"트렁크를 놓구 내렸어요."

성호는 트렁크 때문에 따라 왔다고 말했다. 뱃사람들은 노를 멈추고 트렁크가 어디 있느냐고 물었다.

"트렁크는 저기 있습니다만 그냥 가시지요."

뱃사람은 안 된다고 했다. 다들 내려놓고 혼자만 태울 수가 있느냐는 것이었다.

"놀러 가는 게 아닙니다. 공부하러 가는 건데 한 번만 봐 주십시오."

"그걸 누가 알아?"

그러나 배는 바다를 향해 그냥 움직이고 있었다.

"옷이나 말려 입구야 내려두 내릴 것이 아닙니까? 보십시오."

뱃사람들은 할 수 없는 모양이었다.

"누굴 찾아가는 거야?"

"아는 사람은 하나두 없습니다."

"서울서 어청도까지 공불하러 가?"

"가고 싶은 곳에 가면 공부가 잘 될 것 같아서요."

"옷을 벗어서 짜. 가는 동안에 다 마를 테니까."

성호는 옷을 벗어서 물을 짜기 시작했다.

군산항에서 네 시간만에 푸른 소나무 섬 어청도에 이르렀다. 등대 하나가 그리 높지 않은 언덕 위에 보였다.

배가 닿은 곳이 어청도 유일의 부락 앞이었는데 천여 명의 인구도 이 마을에 살고 있다고 했다.

배에서 내릴 때 선부 한 사람이 하숙할 집을 안내해 주려느냐고 친절하게 대해 주었지만 성호는 그럴 필요가 없다고 혼자서 거리로 나섰다.

계획이 있어 어청도를 정한 것이 아니다. 기사를 읽는 중 등대 이야기를 보고 갑자기 등대에 유혹이 되어 결정했다. 그런 만큼 우선 등대부터 가 보아야 할 것이 아닌가?

거리를 한 바퀴 빙 둘러보고는 등대가 있는 언덕 위로 올라갔다.

등대수의 집이 둘 있었다. 꼭 같은 집이었다.

성호는 두 집 가운데 꽃밭이 좀더 단정하게 꾸며진 집으로 가서 주인을 불렀다.

한 오십 되어 보이는 등대수가 나와 무슨 일이냐고 물었다. 성호는 서울서 일부러 공부를 하려고 찾아왔는데 동네는 너무 시끄러워 등대를 찾아 왔으니 방을 하나 빌려달라고 청했다. 하숙비는 가지고 왔노라고 했다.

그랬더니 등대수는 성호의 아래 위를 훑어보고 난 뒤,

"서울서 이까지 공부를 하러 왔어?"

한마디 반문을 하곤 곧 자기 집으로 들어오라고 했다.

성호는 일이 지나치도록 쉽게 이루어진 데 도리어 싱거움을 느꼈다.

집안으로 들어가자 성호는 보름 동안의 식비를 얼마나 내면 되겠느냐고 물었으나 주인은 그런 것 따질 것 없이 자기 식구 먹는 대로 먹다가 가라고 했다.

성호는 우편으로 돈을 부칠 수 있느냐고 물었더니 부칠 수가 있기는 하지만 며칠 걸릴지 한정이 없고 또 분실될 우려가 많다고 대답했다.

성호는 나중에 식비를 예상 외로 청구할 경우 서울로 돌아가서 우편으로 보내주면 되리라 생각하고 마음 든든히 공부를 하기로 했다.

하려고만 하면 이루어지고야 만다. 그 만큼 사람은 자기 의지에 의해 살 수가 있다. 성호는 의지가 박약한 사람들만이 운명이란 말을 쓰는 것이라고 생각했다.

등대수의 집에서는 일년 가야 손님이라곤 한 명도 없다면서 성호를 친척 이상의 가까운 손님처럼 대해주었다.

밥도 식구 전체와 함께 먹었다. 잠자리만은 독방으로 했지만 주인집 아주 머니가 밤마다 자리를 깔아주었다.

중학교 이학 년에 다닌다는 사내애, 국민학교에 다닌다는 계집애 둘, 그리고 다섯 살 짜리 사내애, 이렇게 많은 애들도 성호를 형처럼 따랐다.

다만 중학교를 졸업한 뒤 집안 살림을 돕고 있는 열여덟 살의 종희만이 내외를 하듯 가까이 하지를 않았다.

성호는 식탁 앞에 앉아 식사를 할 때마다 이 섬이 마을 하나 없는 절해 고도라면…… 하고 생각했다. 이 등대수의 가족들이 사람 하나 없는 고도에서 등대만을 지키며 바다와 등대를 유일한 벗으로 삼고 사는 사람들이라면--. 그렇다면 그들은 옷이 다를지 모른다. 말도 다를지 모른다. 육지에서 볼 수 있는 그런 사람이 아닐지도 모른다. 그렇다면 자기처럼 등대를 찾아오는 사람을 조금도 반가워하지 않을지도 모른다.

만약 그러한 사람들이라면 성호는 우선 종희에게 지독한 향수와 호기심을 느낄지도 모른다.

그러면 앞으로 자기가 해군이 되어 배를 타고 이 등대 옆을 지나갈 때 여러 사람들에게 이 섬에 대한 이야기를 옛날의 전설처럼 말해줄 것이 아닌가?

성호는 책을 끼고 곧잘 등대 위로 올라가곤 했다.

조그만 전구 하나를 에워싸고 있는 그 두꺼운 렌즈들을 보며 렌즈의 의지를 생각해본다. 오백 와트의 전기를 사만 와트로 확대시켜 비치고 있는 그 렌즈들은 아무 말 없이 자기의 위대한 힘을 발휘하고 있다.

멀리서 오는 배들에게 등대가 여기 있다는 것을 알려주고 있다. 알려주기만 하면 그 뿐이다. 그 뒤에는 배들의 자유다.

그러나 배들에게 있어서는 없어서 안 되는 등대다.

성호는 망망한 바다를 내다본다. 풍랑이 거세어 파선 직전의 배가 이쪽으로 오고 있다. 등대 있는 데로 와서 사람을 살려달라고 한다.

등대수는 파선을 모면한 선부들을 구원해 준다. 그리고는 풍랑이 가라앉았을 때 손을 저으며 그들을 돌려보내 준다.

성호는 그렇게 파선이 되어 목숨을 구해달라고 정말 등대를 찾아오는 선부들이 있었으면 하고 생각했다.

그 날도 저녁을 먹은 뒤 등대로 올라가 어두워 가는 하늘을 바라보고 있었다.

가장 무더운 팔월이지만 시원한 바다 바람처럼 하늘도 시원해 보였다. 한없이 넓은 바다가 밝음과 어둠의 중간 색채 속에서 멀리서부터 자취를 감춰 가고 있었다. 바다와 하늘의 경계가 완전히 소멸되어가고 있었다.

성호는 집에 있는 지프차를 타고 한계선이 없는 바다 위를 함부로 달려 보았으면 하는 충동을 느꼈다. 스피드를 얼마로 내든 거칠 것이 없다.

이런 생각을 하고 있을 때였다. 등대의 쇠사다리를 올라오는 발소리가 들려왔다.

누굴까?

귀를 기울이고 있을 때, 종희가,

"공부하세요?"

하며 올라 왔다.

"종희야?"

몇 번 이야기도 못해 본 종희지만, 그러나 성호는 종희에게 경어를 쓰고 싶지가 않았다.

"심심해서 왔어요."

이때가지 내외를 하던 섬 처녀가 심심하다고 해서 성호 혼자 있는 데를 찾아오다니……. 그래도 성호는 천연스럽게,

"참 심심하지? 할 일두 없두……."

하고 종희의 말을 그대로 받아주었다.

"오빠는 좋겠어요."

종희는 뜻밖에도 오빠란 말을 썼다.

성호는 웃음이 나왔다. 그러나 종희로서는 오빠란 말 이외 다른 말을 고를 수가 없었을 것이다.

"떠돌아다니며 공부를 할 수 있다고?"

성호는 종희가 어청도에 있는 중학교만을 졸업하고 육지로 나가 고등학교에 다니지 못하는 이유를 알고 있다. 집안에 돈도 없지만 계집애가 육지에 나가면 못쓴다는 부모들의 반대로 겨우 중학교만을 마치고 놀고 있으니 성호 같은 사람을 부러워할 것이 사실이다.

"공부하고 싶어 죽겠어요."

"어차피 결혼하구 살림할 바에야 공부 같은 거 하나 마나 마찬가지가 아닐까?"

"결혼두 하구 싶지가 않아요. 이런 섬에서 썩구 싶지두 않구요."

"글쎄. 환경이 그런걸 어떡할 수 있어?"

"할 수 없는 일이기는 하지만 그러니까 살구 싶지가 않아요."

"그래두 다 사는 게 인간 아냐?"

성호는 종희의 괴롬이 어떤 것이든 그것을 관여할 필요가 없다고 생각했다. 할 수도 없는 일이지만…….

"이곳에서 살면 백 년을 살아두 세상 구경 한 번 못하구 죽을 거예요. 세상이 어떻게 돌아가는지두 모르구요."

"세상이야 어떻게 돌아가든 자기대루 살면 그 뿐 아냐?"

"그렇게 살아서 뭣해요? 그렇게 사는 게 인생인가요?"

성호는 종희가 자기 발전이라는 욕망에 눈이 뜬 것이라 생각했다. 그러기에 꿈이라는 것을 가지고 있다. 그렇게 눈이 뜬 사람에게 절망적인 이야기를 해준다면 그것은 종희를 경멸하는 태도라고 밖에 말할 수 없다.

"옳은 말이지만 현실이 용서하지 않는 걸 어떻게 하지?"

"서울 가서 고학을 할 수 없을까요? 식모살이를 하면서라두……."

"식모살이를 하려면 공부할 시간이 있나?"

"야학이 있다면서요? 그럼 낮에 취직을 하거나 장사를 할 수가 있잖아요?"

"있기야 있지. 그렇지만 여자가 너무나 힘든 현실에 처하게 되면 도리어 타락하기가 쉽지. 그렇게 될 바에야 깨끗하게 자기를 죽이며 사는 게 낫지."

"타락은 누가 타락을 해요? 전 죽어두 타락은 안 해요."

"누가 처음부터 타락하구 싶어서 하나?"

"저만은 달라요."

그러니 결국 성호더러 자기의 나갈 길을 열어달라는 것이 아니겠는가?

"의지할 사람이 있거든 가봐. 누가 막을 수 있어?"

성호는 자기가 종희가 의지할 수 있는 그런 사람이 못 된다는 것을 암시했다. 그러자 종희도 달리 성호의 의견을 물으려 하지 않고 등대를 내려갔다. 어느새 어두워 빙빙 도는 등대의 불빛이 먼 바다를 비치고 있었다.

명멸하는 등대 불빛으로 바다가 밝아졌다 어두워졌다 하는 것을 보자 성호는 어두운 인생과 밝은 인생이 갈라져 있다는 생각을 했다.

종희가 어두운 인생이요 자기는 밝은 인생 속에 속한다는 생각도 했다. 그러나 어둠 속에서나마 순수한 생활을 할 수 있는 사람이 더 깨끗하지 않을까 생각했다.

성호는 명옥을 생각했다. S여자고등학교 2학년 학생이다. 영어연구 서클 관계로 알게 되었지만 안 지 몇 달 뒤 성호에게 개인적 교제를 요구한 처녀였다. 성호는 만나자는 대로 명옥을 만났다.

"고독을 느낀다는 것은 무엇을 의미할까요?"

어떤 과자집에서 명옥이 말을 건네었다.

"무엇인가를 요구하는 마음이겠지."

"밥을 요구할 때두 고독할까요?"

"가장 절실한 고독이겠지."

"밥을 요구하지는 않는데요."

"좌우간 자기 이외의 딴 것을 요구하는 마음이 있기 때문일 거야."

"자기 이외의 그것이 무엇일까요?"

"그걸 내가 어떻게 알아?"

"바보 씨군요."

성호는 웃어 보일 뿐 대답을 안 했다. 대답을 안 하면서도 명옥은 영리한 여자란 생각을 했다. 그래서 그 뒤부터는 좀더 자주 만났다.

어떤 날이었다. 성호는 아버지의 지프차를 타고 명옥과 광릉으로 놀러 갔었다. 그때 명옥은 성호가 운전하는 것을 보고 처음에는 불안을 느끼는 것 같았으나 나중에는 신이 난다고 성호의 팔에 매달리듯 속력을 좀더 높이라고까지 했다.

성호는 명옥이 겁을 먹도록 오십 마일 이상의 속력을 놓았으나 명옥은 조금도 겁을 내지 않고 좋아했다.

성호는 그런 명옥이 좋아서 광릉 숲 속으로 끌고 가 키스를 해 주었다.

그러나 아무런 반항도 없이 키스를 허락한 명옥이 성호에게,

"고등학교를 졸업한 뒤에는 어딜 가세요?"

하고 묻기 시작할 때부터 성호의 마음은 뒤틀리기 시작했다. 특별한 화제가 없으니까 그런 말을 꺼냈을 것이지만 생전 처음으로 해본 키스의 감각이 아직 입술 위에 그대로 남아 있는 시간에 그런 것을 질문하다니……

성호는 해군사관학교에 입학할 생각을 가지고 있으면서도 그것을 완전히 결정짓고 있지 않았다. 3학년 초였으니까 조급하게 결정 짓지 않아도 좋았기 때문이었다. 확실히 결정 짓지 않았기 때문에 그러한 질문이 불쾌했을지도 몰랐다.

"되는 대루 하지. 그까짓 게 뭐 중요해?"

성호는 그런 이야기를 오래 끌 생각이 아니었다. 그러나 명옥은 묻지도 않는데,

"나는 불문과에 들어갈래요. 불문학을 연구하다가 불란서 유학을 가게요."

마치 그런 말을 하기 위해 성호의 계획을 물은 듯한 표정이었다.

그 말에 성호는 갑자기 구역질 같은 것을 느꼈다. 문학을 경멸하는 성호가 아니었지만 자랑삼아 이야기하는 명옥의 태도가 싫었던 것이다.

'계집애가 불문학은 해서 뭣해.'

하는 생각으로,

"한국 사람이면 한국문학부터 할 것인지 불문학은⋯⋯."

하고 쏘아붙였다. 그때,

"한국 문학을 하기 위해서 불문학 연구를 하는 거거든요. 요새 우리 나라 작품들을 보세요. 빠리를 무대로 한 작품이 얼마나 많나? 문학을 할래두 빠리쯤 다녀와야 하거든요."

하는 명옥의 말이 지나치게 성호의 귀를 거슬렀다.

"좋두룩 해. 난 해군사관학교엘 갈 테야. 바다를 지키며 사는 해군 말이야."

그것은 반발이었을지도 모른다. 어쨌든 그 날부터 성호는 해군사관학교에 갈 것을 결심했고 그 뒤로부터 명옥을 만나지 않았다.

그러한 명옥에 비해 종희는 건방진 데가 없어 좋았다. 서울 가서 공부를 하면 그때는 어떻게 될지 모르지만 당장에는 순진하기 짝이 없다.

순진하기 짝이 없는 종희를 도와준다면 그것은 한 사람의 장래를 열어 준다는 점에서도 좋은 일이 아닐 수 없다.

그러나 자기가 희생할 수는 없다. 종희를 도와주면 도와줄 수도 있다. 아버지를 통해 취직을 시킨다고 하면 그리 힘든 일이 아니기 때문이다. 그러나 그런 일을 해 주게 되면 종희에게 정신적 책임감을 갖게 되는 동시 자기 공부에 얼마나 큰 방해가 될 것인가?

성호는 자기 형을 생각했다. 금년에 대학을 졸업한 형이다. 어떤 여자와 연애를 하다가 육체관계를 한 것 때문에 할 수 없이 결혼을 한다고 하는 형이었다.

성격이 맞지 않는다고 했다. 성호가 보기에도 확실히 두 사람의 성격은 맞지가 않았다. 형이 말없는 데 비하여 여자가 남자 이상으로 쾌활하다. 그런데도 그 여자는 형과 결혼을 못하는 경우 자기는 자살하고 만다고 협박을 했다.

형은 그 협박에 자기가 희생되는 줄 알면서도 결혼을 승낙했다.

얼마나 어리석은 일인가? 성격이 맞지 않아 싫으면 그뿐이지 무엇 때문에 희생임을 알면서까지 결혼을 하려는 것일까?

희생 ——, 그것은 자기 패배 이외에 아무것도 아니다. 자기 합리화를 위한 위선적 행위라고나 할까.

성호는 종희에 대하여 아무 생각 말고 있는 날까지 공부나 열심히 하기로 했다.

식사 뒤 삼십 분씩 산보를 하는 이외에 책을 한시도 손에서 놓지 않았다.

종희를 볼 때마다 그 침울한 얼굴이 성호의 마음에 변동을 일으키게 하려 했으나 성호는 종희를 보고도 못 본 척했다.

서울로 돌아가기 전날 밤이었다.

성호는 마지막으로 바다 구경이나 하려고 동백나무가 그득한 숲을 통해 바다로 내려갔다. 다행히 쪼각달이 걸려 있어 캄캄하지 않았다.

그러나 밤바다에서 무엇을 구경하랴. 바위 위에 앉아 멀리 바다를 향해 시선을 보내고 멍하니 앉아 있었다. 환경에 위축될 때는 아무런 생각도 가질 수가 없다. 아무 생각도 가질 수 없을 때면 자기 존재가 미소함을 느낀다.

해변을 두들기며 철썩이는 파도 소리만이 온 세계의 전부 같기도 했다.

그렇게 성호가 바다만을 보고 있을 때,

"오빠 —— "

종희의 목소리가 들렸다.

"오빠두 혼자 다니는 걸 좋아하세요?"

하면서 다가왔다.

"같이 다닐 사람이 없을 때는 혼자 다니는 거지."

"왜 저보구 같이 가잔 말씀을 안 하셨어요?"

"………."

"내일 떠나시면 영 만날 수도 없을 텐데요."

"글쎄……."

"편지를 보내두 돼요?"

"안될 거 없겠지."

"주소를 가르쳐 주시겠어요?"

"좀 있다 써 주지."

성호는 주소 같은 것을 가르쳐 줄 필요가 없다고 생각했다.

종희가 화제를 바꾸었다.

"오빠, 어청도에 와서 좋았어요?"

"좋았어."

"뭐가 좋았어요?"

"다 좋았어?"

"저두 좋았어요?"

종희가 방긋 웃었다. 까만 눈동자가 반짝였다.

"종희가 없었으면 아무것도 안 좋았을지 모르지."

성호는 이런 말을 해도 좋은지를 생각할 여유가 없었다. 자기 몸에서 가장 가까운 거리에 있는 종희를 멀리 놓고 생각할 수가 없었던 것이다.

너무나 거대한 자연 속에서 자기 존재가 미약하게 생각되던 순간이었기 때문인지도 모른다.

"전 오빠를 죽을 때까지 잊지 않을 테예요."

종희가 성호 어깨에 고개를 기대며 말했다.

성호는 종희를 아무렇게라도 할 수 있다고 생각했다. 또 어떻게라도 하고 싶은 충동을 받았다. 그러나 자리에서 일어서며 가자고 했다. 무책임한 행동은 할 수 없다고 생각되었기 때문이었다.

동백나무 숲을 걸어 등대를 향해 걷고 있을 때 성호는 종희를 보호하기 위해 그의 팔을 끼었다. 쪼각달이 있다고 해도 길이 보일락 말락한 빛이었다. 사람 그림자 하나 없는 울퉁불퉁한 오솔길을 어찌 종희 혼자 걷게 할 수 있을 것인가?

"오빠——"

할말이 없는 데도 종희는 성호를 불렀다. 사랑에 눈 뜬 순간.

"응."

사랑이 아니라고 생각하면서도 성호는 충만한 감정 속에서 우러나오는 소리를 냈다.

"오빠——"

"응."

포옹을 하고 키스를 해도 좋았다. 그러나 성호는 종희의 얼굴을 보지 않았다. 얼굴만 보면 육체적 욕망이 자기의 이성을 마비시키고야 말 것 같았기 때문이었다.

"서울 가서 편지를 할게."

이런 말로써 종희와 자기의 감정을 달래는 성호였다.

"꼭 기다릴께요 네?"

집 가까이까지 오자 종희는 자기가 먼저 들어갈 테니 나중에 오라고 하며 집안으로 달려갔다. 성호는 등대를 한 바퀴 돌고 난 뒤 한참만에야 자기 방으로 들어갔다.

마음이 산란했다.

지극히 순진한 종희. 자기만 좋다고 하면 생명을 바치고라도 사랑해 줄 처녀다. 얼굴도 흠잡을 데가 없을 뿐 아니라 복스러운 얼굴이다. 요염하거나 못난 데가 없다.

종희 생각이 머리에서 떠나지가 않으며 한숨이 길게 내 뿜어졌다. 그립기는 하면서도 그립다고 자인(自認)할 수 없는 심정이다.

공부할 생각도 나지 않았다. 그저 멍하니 앉아 있을 뿐이었다.

얼마를 그렇게 지내고 있는데 변소엘 가는지 종희의 고무신 소리가 문밖에서 들렸다. 고무신 소리만으로 종희란 것을 단정하기 힘든 일이지만 성호는 틀림없는 종희라고 생각했다. 틀림없는 종흰 줄 알면서도 성호는 밖을 내다보았다.

역시 종희에 틀림없었다. 성호는 뛰어나가고 싶었다. 내일이면 못 보게 될 종희다. 만날 수 있는 마지막 기회. 그러나 성호는 뛰쳐나가지를 못했다.

변소라면 돌아올 시간이 되었는데도 종희는 돌아오지 않았다. 필시 어디서 자기를 기다리고 있는 것일 것이다.

성호는 등대 근처로 가면 만날 수 있다고 생각했다. 찾아가기만 하면 얼마나 반가와 할 것인가?

성호는 불을 끄고 자리에 누워버렸다. 지금의 자기로서는 그러는 수밖에 없다.

누워서 한참 있는데 종희가 들으라는 듯이 잔기침을 하며 집안으로 들어왔다. 자기 방 앞에서도 한 번 더 잔기침을 했다.

이제는 마지막 기회도 다 지났다고 생각되었으나 성호는 차라리 잘 되었다고 생각했다.

다음 날 아침. 짐을 꾸려 메고 등대수 집을 떠났다. 모두들 섭섭해했다. 등대수는 등대까지 바라다 주었다. 어린애들은 부두까지 따라왔다. 그러나 종희만은 잘 가란 말 한 마디만 남기고는 그냥 방으로 들어가 버렸다.

이별이 섭섭한 때문이었을까? 그렇지 않으면 부모들에게 눈치를 채이지 않게 하기 위함일까?

성호는 거리에서 종희 동생들에게 캐러멜을 사 주었다. 종희에게도 한 갑 따로 사보내고 싶었으나 따로 사 주지를 않았다.

어선을 타고 군산까지 오는 동안 성호는 종희가 깔끔한 처녀라고 생각했다. 정말 자기를 좋아한다면 부모들이 어떻게 보든 부두까지 나왔어야 할 것이 아닌가?

서울로 돌아오자 가족들이 반가이 맞아주었다. 다만 형인 성구만은 왜 편지를 자주 안 했느냐고 나무랐다.

편지를 써도 보낼 수가 없었다는 말을 했으나 성구는 부모들이 걱정할 것을 생각해야 하지 않느냐고 어른답게 말했다. 비위에 거슬리는 태도였다.

"하구 싶지 않아 안한 것이 아니잖아요?"

성호는 성구에게 대들었다. 자기 잘못이 없다고 생각했기 때문이었다.

"넌 만사가 다 그렇단 말야. 부모의 걱정은 생각지두 않거든……."

"걱정을 끼치지 않도록 내가 내 몸을 조심하면 되잖아요?"

"옳다, 옳아."

성구는 말 상대가 안 된다는 듯 피해버렸다.

성호는 그러한 형을 경멸했다. 대학을 졸업한 뒤 취직도 안 하고 있다. 아버지와 어머니가 심심하지도 않느냐면서 아버지가 경영하는 공장에 출근하라고 했지만 심심할 것 없다면서 거기두 나가지 않는 형이다. 그러면서도 자기만이 부모를 생각하고 있는 척하며 또 자기만이 예절을 아는 척하는 형이 성호는 싫었던 것이다.

그러나 그런 것이 문제 아니었다. 성호는 공부를 해야 했다. 낮에는 학교엘 갔고 밤에는 영수(英數)학원엘 다니었다. 일요일에는 친구를 집으로 데려다가 공부를 했다. 종희에게 편지를 쓰고 싶은 마음도 없지 않았으나 공부에 방해가 될 것 같아 그것도 안 쓰기로 했다.

이렇게 공부에만 전념하고 있을 때 해군사관학교 학생모집 광고가 났다. 십이월에 시험인 데도 구월 하순에 벌써 학생모집 광고가 났던 것이다.

성호는 입학이 되기나 한 것처럼 반가웠다. 신문을 오려 가지고 다니면서 지원서 제출 준비를 했다.

필기 시험을 치르기 전에 신체검사에 합격되어야 하기 때문에 성호는 병원에 가서 충치를 치료했고 엑스레이를 찍기도 했다.

그런데 다만 신장(身長)이 약간 걱정되었다. 162센티가 조금 넘으니까 큰 걱정은 안돼도 그래도 불안하지 않을 수 없었다.

성호는 친구들과 의논을 했다. 역시 키가 문제될 것 같다는 것이었다. 그러면 신장기(身長機)를 사서 쓰라고 했다.

그럴 듯한 말이었다.

성호는 그 날로 어머니에게 신장기를 사달라고 했다. 그랬더니 어머니는 얼굴을 찡그리며 키를 늘려가면서까지 해군사관학교에 갈 필요가 어디 있느냐고 말했다.

"배를 타면 몇 달씩 나가 있어야 한다는데 넌 결혼두 안 할 작정이냐?"

이런 말까지 했다.

"안 가게 되면 안 가지요. 그까짓 게 중요해요?"

"무슨 말을 그렇게 하니? 그러지 말구 아무 대학에나 가서 졸업장이나 타라. 그래서 아버지 뒤를 이으면 그뿐 아니냐?"

"하기 싫은 걸 어떻게 해요. 나는 죽어두 아버지 뒤를 잇진 않겠어요."

"죽어두 안 할 건 또 뭐냐?"

"의무적인 건 싫어요. 왜 자기 의사루 살지 남의 의사루 살아요? 아버지 일을 맡아보려 세상에 태어나지는 않았을 거예요. 죽어두 해군이 되겠어요."

"난 모르겠다. 아버지한테 말해봐라."

어머니는 신장기를 안 사 줄 모양이었다.

성호는 부모가 자기의 의사를 꺾을 경우 자기는 집을 뛰쳐나가거나 상급학교 진학을 단념하거나 하는 수밖에 없다고 생각했다.

저녁녘 아버지가 돌아와 가족이 다 같이 저녁을 먹을 때 성호는 아버지와 어머니의 말이 떨어지기만 기다렸다. 저녁을 먹기 전 어머니가 아버지에게 자기 이야기를 했을 것인 만큼 아버지가 무엇이라고 말을 꺼낼 것이 분명했다. 아버지도 해군사관학교에 가는 것을 반대할지 모른다. 아버지는 어떤 일에든 어머니의 의사를 따르고 있기 때문이었다.

그런데 아버지가 부드러운 목소리로,

"신장기를 사달라구?"

라고 성호의 의사를 확인해 보려는 투로 물었다.

"네."

성호가 간단히 대답하자

"기계를 가지구 키를 늘쿠면 생리적으로 부자연스런 현상이 일어날 것 같은데 그래두 괜찮겠니?"

아버지는 어진 음성으로 성호의 견해를 물었다.

"동무들이 그걸 쓰구 있는데 도리어 기분이 좋대요."

"아직 자라구 있을 때 부자연스럽게 키를 늘쿠는 게 좋을 까닭이 없을 것 같다. 풀을 빨리 자라라구 싹을 잡아 뽑으면 도리어 시들어지지 않니?"

아무리 어진 목소리로 하는 말이라 해도 자기의 의사를 꺾으려는 말임을 알 수 있었다. 그래서 성호는 아무 대꾸도 안 했다.

"키를 늘켜서까지 해군사관학교에 갈려는 이유가 뭐지?"

드디어 성호의 의사를 꺾으려 들기 시작했다.

"결심을 했으니까 가야 해요."

"부모의 말은 들을 필요두 없다는 거냐?"

"하기 싫은 걸 어떻게 해요?"

"그래두 경험이 너보다 많은 어른의 말을 들어야지."

"저두 많이 생각했어요. 저를 제일 잘 아는 사람은 저 뿐일 거 아녜요?"

"정 그렇다면 너 하고 싶은 대로 해라. 신장기는 얼마나 한다던?"

"구천 육백 환이래요."

"내일 아침 돈을 주마."

역시 아버지는 이해심이 넓었다. 할 수 없다고 생각했기 때문인지는 모르나 어머니처럼 화를 내지 않는 것이 좋았다.

다음 날 아침. 성호는 아버지에게 돈을 받아 신장기를 사고야 말았다. 밤마다 다리에 붙들어 매고 자야 하는 것이 불편스러울 것 같기도 했으나 성호는 아버지에게 감사를 보냈다. 아버지는 자기가 요구하지 않는데도 가끔씩 돈을 주곤 했다. 별로 말이 없으면서도 따뜻한 사랑을 느끼게 하는 아버지다. 속으로는 마땅찮게 생각하면서도 신장기를 사준 아버지.

시월 말. 성호는 해군사관학교 입학지원에 대한 수속을 끝냈다. 학교 담임선생도 눈살 하나 찌푸리지 않고 입학 지원에 동의를 한 것으로 보아 입학의 가능성은 충분하다고 말할 수 있었다. 그런 만큼 성호는 어느 정도 자신을 가지고 공부를 열심히 했다.

어떤 일요일, 가족들이 다같이 드라이브를 해서 남한산성에 가자고 했다. 그러나 성호는 거기도 끼지 않았다.

"해군은 바다만 좋아하겠지."

형이 비꼬는 말을 해도 성호는 아무렇지가 않았다.

라디오에서 해군 행진곡 같은 것이 울려 나올 때면 중학교에 다니는 동생이 '해군 언니' 하고 성호를 부른다. 그런 때면 공부를 하다가도 성호는 뛰어나가 그 노래를 따라 부르곤 했다.

성호는 종희를 완전히 잊고 있었다. 어청도에서 돌아왔을 때 성호는 종희에게 편지라도 해야 한다고 생각했었다. 그러나 지금에 와서는 편지를 안한 것이 아주 잘한 일이라고 생각했다. 편지를 하고 회답을 기다리고 그러노라면 얼마나 많은 정력을 낭비해야 할 것인가?

아. 그러나 어느 날 하학 후였다. 급우들과 교문을 나오는데l

"오빠 —— "

하고 종희가 앞으로 다가오는 것이었다.

놀라지 않을 수 없는 일이었다. 성호는 동무들의 눈을 피하노라고 좁은 골목으로 해서 종로에 있는 조그마한 과자집으로 갔다.

"왜 편지두 안 하구 왔어?"

성호의 말이 퉁명스럽지 않을 수 없었다. 종희를 만난 뒤 성호는 반갑다는 생각보다도 어떻게 할 것인가 하는 걱정으로 가슴을 떨고 있었던 것이다.

"………"

종희는 대답을 못했다. 성호의 말 한마디로 자기의 운명이 결정되는 순간임을 알면서 어찌 입을 열 수 있을 것인가? 더구나 성호는 긴장된 표정을 보이고 있다. 어떤 말이 성호의 비위를 거슬리지 않을지 알 도리가 없다.

"어떻게 할 작정으루 올라 왔어?"

두번 째로 묻는 성호의 말이 종희에게는 무섭게만 들렸다. 나는 모른다. 마음대로 해라 하는 말이 연달아 나올 것만 같았다.

그러니 성호만을 믿고 올라온 종희의 입이 벌어질 리 없었다.

"어디 갈 데가 있어?"

세번 째로 약간 부드러운 음성으로 묻는 질문에야 종희는 성호가 자기를 모른 척하지 않으리라는 마음을 가질 수 있었다. 그리고 성호만을 믿고 왔다는 자기 심정을 표현하지 않을 수 없는 절박감을 느꼈다.

"없어요."

그러자 성호는 다시 짜증스러운 목소리리

"그럼 어떡허지? 우리 집엔 갈 수가 없구……."

했으나 걱정스러운 마음을 감추지 못했다.

종희는 또 입을 다물었다. 성호의 다음 말이 어떻게 나올 것인가가 무서웠던 것이다. 그런데 뜻밖에도,

"무슨 빵을 먹을래?"

하고 배고파 할 종희를 걱정하는 것이 아닌가?

종희는 조금 안심이 되었다. 그리고 가족들 모르게 어제 밤 어청도를 떠난 뒤 지금까지 요기를 못한 배가 갑자기 시장기를 느꼈다.

다행히 밤에 떠나는 배가 있어 부모들에게 들키지 않고 왔지만 그 동안의 불안이 시장기 같은 것을 느끼게 하지도 않았었다. 하기야 정거장에서 하룻밤을 지냈고 기차에서 내려서는 성호에게로 바로 왔으니 밥을 사 먹을래야 사 먹을 수도 없었다. 기차칸에서 과자와 사과를 사 먹은 정도였다.

그러나 차마 배고프단 눈치를 보일 수가 없어서,

"섬 처녀가 빵을 먹어봤어요?"

하고 미소를 지었다. 그러니까 성호가 제 마음대로 빵을 주문해 놓고,

"큰일 아닌가? 당장에 어디서 자지?"

짜증이 아니라 진심으로 걱정이 된다는 태도를 보였다.

이런 때 종희로서 한 마디의 변명쯤 아니할 수 없었다.

편지를 하려구 했지만 혹시 학교에서 뜯어보지나 않을까 해서 못 썼어요.

"그런 이야길 해서 뭣해? 당장에 해결해야 할 일이 문제지……."

"며칠 동안 여관에 묵을 돈은 있어요."

"여관에서 혼자 잘 수가 있을까?"

"왜 못 자요. 그런 건 조금두 무섭지 않아요."

"그래? 그럼 여관에 가 있어. 그새 내가 어떻게 해 보지."

"아버지께 잘 말씀드려 보세요. 사환이라두 좋으니까요. 야학은 천천히 알아보셔두 좋아요."

"빵이나 먹은 뒤 여관으루 가."

성호는 뒷일은 자기에게 맡기라는 듯 빵만을 권했다. 그러는 수밖에 없었다. 이제 와서 종희를 나무란들 무슨 소용이 있겠는가? 자기 집으로 돌려보낸다면 모르지만 차마 그럴 수는 없는 일이었다. 일생의 희망을 걸고 한 번

밖에 없을 용기를 낸 종희다. 인생에 눈을 뜨려는 한 인간의 장래를 자기 말한 마디로 짓누를 수는 없다. 혹시 잘못하다가는 종희의 일생이 도리어 망쳐지고 말지도 모른다.

성호는 큰 여관이 안전하리라 생각했다. 그래서 간판이 크고 건물이 큰 여관을 골라 종희를 안내했다. 여관에 들어가는 것을 보자 성호는 바로 집으로 돌아가려 했으나 종희가 잠깐만 하며 방에 들어갔다가 가라고 했다. 성호는 가슴이 두근거렸다. 무엇 때문에 방 안에 들어오라는 것일까? 두근거리면서도 싫지가 않았다. 그래서 얼굴을 붉히며 방 안으로 들어가자 종희는 가지고온 보따리 속에서 종이봉지 하나를 꺼냈다.

"몸에 좋대요."

풀어 보았으나 무엇인지를 알 수 없었다. 새까만 팥알만한 것들이었다.

"굴을 말린 거예요. 제 손으로 따다 말렸어요."

성호는 생전 처음 보는 말린 굴 하나를 집어 씹어 보았다. 짭짤한 것이 별미였다. 한 됫박쯤 될 것 같았다. 말리기 전에는 한 말 이상이 되었을 것이다.

굴 봉지를 받아 들고는 내일 다시 오겠다고 약속을 하고 방을 나왔다. 성호와 종희 모두가 붉어진 얼굴로 서로들 마주보며 작별했다.

여관 문을 나설 때 성호는 종희가 어째서 안아달라는 말을 안 했을까 하고 생각했다. 동시에 자기는 왜 종희를 안으려하지 않았을까 생각했다.

알 수 없었다. 알 수 없어도 할 수 없었다.

성호는 집으로 돌아오면서 아버지에게 부탁만 하면 종희의 취직쯤 문제가 없으리라고 생각했다. 취직만 된다면 하숙을 얻어 혼자서 살 수가 있을 것이니 자기 할 일은 그 이상 더 없으리라고 생각했다.

그 날 밤, 성호는 아버지가 응접실에 있는 틈을 타서 종희 이야기를 꺼냈다. 물론 어청도에 가서 안 여자란 말은 안 했고 친구의 누이동생인데 집이 가난해서 취직을 해서 야학이라도 다니겠다는 처녀라고 꾸며댔다. 그랬더니 아버지는,

"글쎄 사정이 딱한 애가 한둘이겠니? 그리구 너는 이걸 알아야 한다. 아

버지는 그런 조그만 인사문제까지 간섭 안 한다는 걸. 조그만 문제루 사원들에게 쓸데없는 오해를 사서 사업 전체에 지장을 일으키는 경우가 있으니까 말이다. 아예 그런 부탁은 하지를 말아라."

당장에 거절을 하는 것이었다. 그것은 전부터 들어온 이야기였다. 아버지는 일을 부하에게 맡기고 일일이 간섭 안 하는 주의를 가지고 있다. 그러나 정 해야 할 일이라면 안 할 수도 없는 일일 것 같았다.

"가장 친한 친구의 여동생인데 사정이 말할 수 없게 딱하기 때문에 제가 책임을 진다구 그랬는걸요."

달라붙는 수밖에 없었다.

"글쎄 아버지한테 그런 부탁을 말라니까. 넌 왜 아버지의 의견도 물어보지 않구 책임진다는 말을 했니?"

"다시는 그런 부탁을 안 드릴게 한 번만 들어주세요."

"넌 남의 걱정 말구 네 공부나 해."

"저두 남의 걱정은 안 할 작정이었어요. 그렇지만 이번만은 할 수 없어요."

"다른 일 같으면 무엇이나 들어줄 수 있다. 그렇지만 그것만은 할 수 없다."

"다시는 부탁 안 드리겠어요. 한 번만 봐주세요."

"안 된다니까……."

"안 될 거 뭐 있어요."

성호는 아버지나 어머니에게 이렇게까지 말을 많이 해본 일이 없었다. 그런데도 아버지는 절대로 안 들어 줄 태세였다.

성호는 화가 났다. 자기 방으로 뛰어가 이불을 쓰고 드러누웠다. 어머니가 저녁을 먹으라고 해도 들은 척 안 했다. 가족들이 저녁을 다 먹은 뒤 어머니가 방으로 들어와 그렇게까지 취직시켜 줘야 할 애가 도대체 누구냐고 물었다. 만약 그 처녀와의 관계를 밝히면 취직을 시켜주기나 할 것처럼 물었다.

그러나 성호는 아무 대답도 안 했다. 종희 이야기를 꺼내기도 싫었지만 그 이상 부모에게 부탁한다는 것이 싫었다.

"왜 말을 안 하니? 답답하게. 아버지는 그런 청탁을 안 받기루 유명한 분인 걸 알아야지 않니? 그렇지만 내가 한 번 더 말해 볼께 그 처녀 이야길 해봐라. 아버지는 너를 오해하구 계실지두 모르니까."

어머니가 성호를 달랬으나 성호는,

"그만 둬요.."

한마디로 거절해 버렸다.

성호는 다음 날 아침에도 밥을 먹지 않았다. 큰 빌딩을 가지고 근 백 명이나 되는 직원을 쓰고 있으면서 사환 하나 취직시켜 달라는데 그것을 거절하다니? 그리고 종희와의 관계를 오해하는 듯 말을 해야 할 것은 무엇인가?

성호는 부모와 자기와는 아무 관계가 없다는 것을 느꼈다. 자기는 혼자다. 어디까지나 혼자다. 집을 나가리라 생각했다.

성호는 시장기를 느끼고 종희가 갖다 준 말린 굴을 씹기 시작했다. 맛이 있었다. 종희를 생각했다.

성호는 그 날 별 준비도 없이 집을 아주 나와 학교에 갔다가 종희에게 들러 며칠만 더 참으라고 했다. 종희에게 실망을 줄 수가 없어서 아버지가 싸우고 집을 아주 나왔다는 이야기를 입밖에 꺼내지 않았다.

"오빠, 너무 걱정 마세요. 전 서울에 와 있는 것만 해두 좋아요."

종희는 성호의 마음도 모르고 방긋 방긋 웃었다.

"서울이 좋긴 뭐가 좋아?"

"저는 오빠가 당장에 섬으루 돌려보낼 줄 알았어요. 그것이 제일 겁났었어요."

"돌려보내기는……."

성호는 자기만을 믿고 있는 종희를 어떻게 해줘야 한다고 생각했다. 어깨가 무거웠지만 그렇게 생각하는 수밖에 없었다.

"내일 또 올께……."

성호가 여관을 떠나려 할 때 종희가,

"한 상 더 시켜서 저녁을 잡숫구 가세요."

하고 붙잡았다.

성호는 아무 생각도 않고 종희 옆에 오래 오래 있고 싶은 마음이 들었다. 그러나 빨리 손을 써서 취직문제부터 해결지어야 한다는 생각이 앞서,

"바빠서 가야 해."

하고는 자리를 뜨고야 말았다. 성호는 영수학원에 갈 생각도 안 했다. 종희의 취직 부탁을 말할 수 있는 상대만 생각했다.

드디어 성호는 아버지가 어떤 은행 상무라는 동급반 학생을 생각해냈다. 그리고는 곧장 그 집으로 갔다.

몇 번인가 놀러갔던 일이 있는 집이었다. 스테레오 전축, 텔레비전, 피아노, 냉장고, 자가용 지프차. 자기 집에도 다 있는 것이지만 그런 것들이 있는 집에서, 밥 한끼쯤 얻어먹어도 무방하리라 생각했다. 성호는 우선 저녁을 좀 달라고 했다. 동무가 이상하게 생각할 것쯤 문제가 아니었다. 우선 먹어야 살 것 같았다.

동무가 밥상을 들고 왔을 때야 성호는,

"나 집에서 나왔어. 다시는 안 들어갈래."

하고 밥 굶은 이유를 설명했다.

"왜?"

"싸웠어, 자식의 의사를 무시하는 부모와 같이 살 수 있니?"

"너의 부모는 이해심이 풍부하다면서……."

"다 마찬가지야, 낡은 세대는 낡아빠진 관념 속에서 빠져 나올 수가 없는 거야."

"왜 싸웠니?"

"공연히 싸웠지. 원체 맞지가 않으니까."

성호는 밥을 다 먹은 뒤 동무에게 종희 이야기를 꺼냈다. 물론 종희와의 관계도 이야기를 안 했지만 종희 때문에 아버지와 싸웠다는 것도 숨기고,

"불쌍한 애가 하나 있는데 꼭 도와줘야 할 형편이야. 너의 아버지한테 말해서 은행 사환으로 취직 하나 시켜 줘."

그리 힘든 문제가 아닌 것처럼 말했다.

"왜 너의 아버지한테 부탁하지 않니?"

"싸웠는데 어떻게 부탁하니……?"

동무는 종희와 성호와의 관계를 물었다. 그런 것을 알아야 직성이 풀리는 모양이었다. 그러나 성호는 그런 설명을 하고 싶지 않았다.

"우연히 알게 된 앤데 참 불쌍해. 불쌍하다는 조건 하나루두 도와줄 수가 있지 않니?"

동무는 그 이상 더 추궁하지 않고 자기 아버지에게로 갔다.

성호는 동무가 웃는 낯으로 돌아오리라고 기대했다. 동무의 아버지는 자기 아버지처럼 아들을 무시하지 않을 것이라고 생각했던 것이다. 그러나 동무는 난색한 얼굴로,

"안 된대. 그런 문제는 과장급들이 하는 건데 아버지가 압력을 가할 수 없다는 거야."

성호는 아버지와 꼭 같은 말을 했다는 것이었다.

성호는 모두 책임을 회피하는 사람들뿐이라고 생각했다. 권리나 지위를 남용하지 않는 것처럼들 말하나 결국은 책임 회피 이외에 아무것도 아니다.

성호는 동무 앞에서 다른 말을 할 수 없었다. 할 수 없다면 그뿐이다.

그러나 종희를 어떻게 해야 할 것인가? 암담했다.

'다들 죽어버려라.'

입 안에서 이런 말만이 맴돌았다. 열여덟 살 난 처녀 하나 밥 먹여주기를 꺼려하는 인간들이 살아서 무엇 하느냐는 마음이었다.

이익 없는 일에 냉담하면서 도리어 그것을 성실이란 미명으로 가장하는 인간들. 만약 뇌물을 가지고 가서 청탁을 한다면 높은 자리를 요구한다고 해도 냉정하지는 않을 것이다.

성호는 그 날 밤 동무의 집에서 잤다. 잠도 별반 안 왔다. 내일 종희를 만나면 무엇이라고 할 것인가? 그것만이 걱정이었다. 실망을 주기 싫다고 해서 언제까지나 숨길 수는 없는 일이다. 그러나 취직이 안되니 그만 섬으로 돌아가란 말을 어떻게 하나?

다음 날 아침. 그래도 학교엘 갔다. 학교엘 가면서도 성호는 자기의 일

은 치지도외(置之度外) 하고 장차 종희를 어떻게 해야 할 것인가만을 생각했다. 자기를 믿고 왔던 종희가 자기에 대한 실망 끝에 자살이라도 하면 어떻게 하나 하는 생각을 할 때 종희에 대한 책임감이 자기 자신의 일보다 더 강하게 가슴을 내리눌렀다.

학교에 가기는 했으나 공부가 될 까닭이 없었다. 종희 생각과 더불어 오늘 밤 자기는 누구 집에 가서 잘 것인가를 생각하기에 여념이 없었다.

맨 마지막 시간에 성호는 오늘만은 종희를 찾아가지 않기로 하고 옆자리에 앉아 있는 동무에게,

"오늘 밤 너의 집에서 좀 재워 줄래?"

하고 아버지와 싸워서 집에 들어가고 싶지 않다는 말을 했다. 그랬더니 그 동무는 시원스럽게 승낙했다.

"웰컴, 그 대신 너두 내가 필요한 때 너의 집에서 재워 줘야 한다."

"오브 코우스."

그래서 하학 뒤 둘이서 교문을 나올 때였다.

성호의 형 성구가,

"성호야."

하고 성호를 불러 세웠다. 성호가 멈칫 서자 성구는 다짜고짜,

"임마. 어제 밤엔 왜 안 들어왔어? 부모들이 걱정할 생각두 안 해?"

또 부모의 이름을 팔면서 한 대 갈기기라도 할 듯이 가까이 왔다.

성호는 형에게 구역질을 느끼면서도 상대를 안 하는 수밖에 없다고 생각했다. 아무 대답도 않고 못마땅한 눈으로 성구를 바라보고 있을 때,

"빨리 가."

하며 지프차가 있는 데로 고개짓을 했다.

"안 가요."

성호는 단호히 거절했다. 타이르면서 가자고 해도 갈지 말지 모를 일인데 강압적으로 가자는 말에 갈 수가 있겠는가?

"운전수를 부른다."

자기 힘만으로는 끌고 갈 수가 없다는 것을 알고 있는 모양이다.

"묶어 가두 안 가요."

그러자 성구는 손짓을 해서 운전수를 부르고야 말았다.

운전수가 가까이 오자 성구는 성호의 팔을 잡아끌었다.

"잔소리 말구 가 ―― "

일이 이쯤 되면 창피를 당하는 것은 자기뿐이다. 하학을 하고 교문으로 나오는 수많은 학생들의 눈. 만일 선생의 귀에까지 들어간다면 창피하기 짝이 없는 일이다. 같이 가던 동무도,

"가봐."

하며 성호의 어깨를 미는 바람에 성호는 진 척하고 지프차가 있는 데로 걸어갔다.

지프차에 올라타기는 했으나 성호는 정신이 없었다. 형사에게 끌려 경찰서로 잡혀가는 그런 심정이었다. 지프차가 달리기 시작할 때 성호는 창문으로 뛰쳐 내리고 싶은 충동을 느꼈다. 운전대를 점령하고 방향 없이 속력을 다하여 달리다가 벼랑 같은 데 떨어져버리고 싶은 생각도 들었다.

그러나 자유를 잃은 몸. 꼼짝할 수가 없었다. 성구가 바싹 옆에 앉아서 성호의 일거일동을 주시하고 있기 때문이었다.

'제가 뭔데 ―― '

성호는 형을 노려봤다. 제 구실도 못하면서 부모 걱정을 시킨다고 자기를 꾸중하고 끌고 갈 자격이 어디 있는가?

더구나 마음에 없는 여자와 할 수 없이 결혼을 하기로 한 뒤 지금에 와서는 그 여자를 그 이상 더 없이 사랑하고 있는 반면. 성호는 그렇게 경멸스러운 형에게 끌려가는 것이 더욱 불명예스러웠다.

집에 도착하자 클랙슨 소리에 어머니가 뛰어나와 성호의 손을 잡고 집안으로 끌어 들였다.

"그럴 수가 있니? 마음대로 안 된다구 나가 자면 부모들은 어떡허니? 아버지와 나는 밤새 한잠두 못 잤다."

어머니는 안심에서 오는 푸념을 털어놓기 시작했다. 절대로 성호를 꾸짖는 태도가 아니었다. 제발 다시는 그러지 말아 달라는 애원이었다. 그러나

옆에 있던 성구가,

"그 계집애는 어떤 애냐? 네가 꼭 취직을 시켜줘야 한다는 그 계집애 말야?"

하며 딱딱거렸다.

성호는 대답하지 않았다. 자기 방으로 뛰어갔다. 어머니가 뒤따라와서,

"세상이 어디 자기 마음대루 되는 줄 아니? 열 가지에 하나두 뜻대루 되기가 힘든 거야. 넌 세상을 몰라서 화부터 내지만 화를 낸다구 안 될 일이 될 줄 아니?"

하고 성호를 달래기 시작했다.

"그 애가 누구냐? 네가 좋아하는 애라면 내가 아버지한테 말해 보마 ── ."

"그만 둬요. 필요 없어요."

성호는 그 문제를 가지고 다시 부모와 타협하기가 싫었다.

"해군사관학교엘 간다면서 책임을 져야 하는 애하구 교제를 해서 어떻게 하니?"

"누가 교제를 한다구 했어요? 동무의 동생이랬지."

"글쎄. 네가 함부로 교제를 안 할 줄 알기는 안다만."

"건너가세요."

성호는 어머니를 돌려보내려 했다. 그러나 어머니는 성호의 마음을 풀어 주려고 자꾸만 이야기를 시켰다.

"글쎄, 아무 말 안 할 테니까 들어가요. 잠좀 자야겠어요."

할 수 없는지 어머니가 안방으로 돌아갔다. 어머니가 돌아간 뒤 성호는 자리를 깔고 누웠다. 누웠으나 마음은 종희에게로만 달렸다. 서울 구경도 못하고 여관방에서 자기만을 기다리고 있을 종희.

설사 실망을 주는 한이 있다 해도 종희를 찾아가야만 할 것 같았다. 취직을 못해도 서울에 온 것만을 만족스럽게 생각하는 종희가 아닌가?

종희!

성호는 자꾸만 종희의 이름을 부르고 있었다. 그때였다. 성구 방에서 왁 작하고 떠드는 소리가 들려 왔다. 싸우건 터지건 내 알 바 무엇인가 하고 그

냥 누워 있는데 성구의 목소리가 전에 없이 높은데 귀를 기울이지 않을 수 없었다.

"죽어두 난 결혼 안 해. 무슨 그런 법이 있어. 정말 안 할 테야."

상대방은 여자 같은데 여자는 기운 없는 소리를 내어서 그 목소리가 잘 들리지 않았다.

"무슨 비용이나 다 여기서만 대야 하는 법이 어디 있담. 우린 그런 돈 없어. 돈이 썩어져 가두 그건 못해."

결혼하기로 했던 여자와 싸우는 모양이었다. 그것도 치사스럽게 돈 문제로 싸우는 성구에게서 성호는 종희와 싸우는 자기 모습을 생각했다.

만약 종희도 자기에게 불만을 말한다든가 부당한 요구를 한다면 싸워야 할 것이 아닌가?

'종희, 너도 나와 싸울 테냐?'

고개를 살랑 살랑 흔드는 종희의 얼굴이 눈앞에 보였다. 종희는 죽는 한이 있다 해도 자기와 싸우지는 않을 것이다. 슬프고 괴로우면 혼자 울다가 죽을 것이다.

그러나 그러한 종희라고 해서 종희 걱정을 끝까지 맡게 되면 자기는 어떻게 될 것인가? 결국 공부를 못하게 될 것이다. 공부를 못하게 되면 해군 사관학교 입학은 그만이다. 그렇게 되면 자기는 형처럼 무위도식하는 인간이 될 게 아닌가? 모른 척하고 잊어버릴까? 찾아가는 일도 말자. 그러면 자기도 생각이 있겠지. 돈이 떨어지면 섬으로 돌아가든가, 좌우간 죽지는 않겠지.

설사 죽는다 해도 내게 무슨 책임이 있단 말인가?

이런 생각을 하고 있을 때 어머니가 방문을 열고,

"내 좀 나갔다 올께, 아무데두 나가지 말구 있어라. 맛있는 거 사다 줄께."

성호에게 웃음을 지으며 성호의 마음을 끌려고 했다.

"성호 착하지. 어머니 말을 잘 들어야 좋은 사람 되는 거야."

어머니는 성호를 어린애로 취급하면서 어린애를 달래는 수법을 썼다. 성호는 구역질을 느꼈다. 얕은 애정으로 자기의 행동을 구속하려는 기만성이라 해석했던 것이다.

어머니가 형의 약혼녀와 같이 집을 나가자 성호는 벌떡 일어나 안방으로 건너갔다. 그리고는 옷장을 뒤지기 시작했다.

한 번도 해 본 적이 없는 일이었다. 옷장 속에 들어 있는 지폐뭉치 가운데서 십만 환만 꺼내 주머니 속에 넣고는 집을 뛰쳐나갔다.

종희가 들어 있는 여관으로 가는 것이었다. 여관으로 달려가자 성호는 돈뭉치를 내놓고,

"이거면 취직할 때까지 쓸 수 있을 거야. 취직이 뜻대로 되지가 않아서 그래……."

하면서 종희의 손에 쥐어주었다.

그때 종희의 눈에서 눈물이 핑돌며,

"오빠, 나 집으루 갈래요. 공연히 오빠만 괴롭히구……."

얼굴을 떨구었다.

"딴 소리 말구 나 하라는 대루 해. 알았어?"

성호는 사뭇 명령조로 말했다.

종희는 과연 아무 말도 안 했다. 역시 자기 하라는 대로 하는 여자다.

"돈 같은 건 문제 없어. 취직두 결국 돈을 벌자는 거 아냐? 취직이 안되면 더 좋지. 주학(晝學)에 입학할 수 있지 않아?"

성호는 해군사관학교에만 안 간다면 어떤 짓을 해서라도 종희 하나쯤 공부는 시킬 수 있다고 생각했다. 설사 집에서 도둑질을 한다고 해도 부모가 자기를 감옥에 보내지는 않겠지.

"종희, 울지 마. 울긴? 언제나 내 말 잘 듣지?"

그때 종희는 눈물을 닦으며,

"하라는 대루 할께요."

하며 성호를 쳐다봤다.

성호는 종희의 손을 꼭 잡고 종희 얼굴을 바라보았다.

빨아들이는 것처럼 종희의 눈동자에 광채가 가득 찼다.

그러나 종희는 금시 고개를 숙이고,

"바쁘신데 가보세요."

했다. 그 말에 성호는 정신을 차리고,

"가 볼께."

하며 일어섰다. 그리고는,

"자주 못 와두 기다리지 마."

하고 여관을 나왔다.

어디로 갈 것인가?

성호는 자기를 집 없는 고아처럼 생각했다. 종희에게는 다시 갈 수가 없고 그렇다고 해서 집에는 가기가 싫고. 왜 집에는 가기가 싫을까? 죄를 지었기 때문일까? 확실히 그렇다. 반드시 꾸중하고야 말 어머니에게 대답을 할 말이 없다.

그러나 성호는 거리를 헤매지 않았다. 곧장 집을 향해 걷기를 시작했다. 가야만 한다는 생각이 들었던 것이다. 잘못을 감추면 감출수록 자기는 떳떳하지 못한 사람이 된다. 비록 옳지 않은 일을 했다고 해도 마음 속에 떳떳하지 못한 생각을 가질 필요가 없다. 그리고 자기는 그렇게 큰 잘못을 저지르지도 않았다. 나쁜데 쓰기 위해 돈을 훔쳤다면 그것은 정말 떳떳치 못한 일이다. 그러나 써야만 할 일에 썼다. 그만한 돈쯤 없어졌다 해도 집안에 구멍이 생길 리가 없다.

써야 할 일에 썼다고 말하자.

성호는 집으로 돌아가며 종희에게 자주 가지 않아도 기다리지 말라고 한 자기 말을 생각했다. 어쩐지 그 말만이 가슴에 걸렸다. 무엇 때문에 그런 말을 했을까? 결국은 자기가 종희를 사랑하지 않는다는 뜻이 아니겠는가? 나는 과연 종희를 사랑하지 않는가?

성호는 내일 종희에게 가서 자기가 한 말이 진정이 아닌 것을 보여주어야하겠다고 생각했다.

"하라는 대루 하겠어요."

종희가 한 말이다. 슬픔을 아는 사람의 말이다. 슬픔을 각오한 사람의 말이다.

종희는 과연 슬퍼해야 할 사람인가?

집 안에 들어설 때 성호는 될 수 있는 대로 자세를 바로 했다. 허리를 펴고 고개를 들었다. 잘못한 일이 없다는 자기 마음의 표시였다. 그리고 어머니에 돈 꺼내간 사실을 떳떳한 태도로 말하리라는 마음의 준비였다. 그런데 뜻밖에도 어머니 대신 형이 성호 앞에 나타났다.

"성호야."

자기 방에 들어가기도 전에 형이 불렀다. 성호는 뒤돌아보지 않을 수 없었다. 뒤돌아보는 순간 형은 다짜고짜로 성호의 따귀를 갈겼다.

"너 언제부터 도둑질을 배웠니? 무엇 하러 돈을 가져갔어? 응 이 자식아."

성호는 눈에서 번개불이 이는 것을 느꼈다. 무엇이라 말이 나오지 않았다. 어머니가 당황히 뛰어 나와 어떻게 할 줄을 몰라 할 때,

"외박을 할 때 벌써 알았다. 말해 봐. 이 자식아."

형이 다시 따귀를 쳤다.

성호는 자기를 나쁜 놈으로 결정해 버린 형을 그냥 둘 수가 없었다. 그렇다고 해서 형과 맞싸울 수는 없고. 그래서 어깨로 형을 밀어버렸다. 쓰러질 듯 비틀비틀하는 형에게 노한 시선을 보내며,

"도둑놈은 안 될 테니까 걱정 말아요."

하고 자기 방으로 들어갔다. 어머니가 뒤따라와,

"애두. 왜 손질을 할까? 어디 다치지는 않았니?"

하며 성호의 마음을 어루만져주려고 했으나 성호는 들은 척도 안 했다.

어머니가 성호의 눈치를 살피며,

"글쎄, 필요하면 달랄 것이지 왜 그런 짓을 하니……."

어질게 타이르려고 할 때 성호는,

"가정에 충실한 아들을 두었는데 도둑질하는 아들 하나쯤 있으면 어때요."

분노를 터뜨리고야 말았다.

"왜 그런 말을 하니? 내가 언제 너더러 도둑질했다던?"

"자기 자신에게 충실치 못하니까 가정에나 충실한 척하는 위선적인 태도. 구역질이 나서 못 보겠어. 그래두 엄만 형이 제일이지요?"

"누가 제일이라던? 손가락은 다섯개라두 다 내 것인데 어떤 걸 고와하구 어떤 걸 미워하겠니?"

"좌우간 훌륭한 아들하구 같이 사세요. 나는 절대로 같이 살지 않을 테니까."

"같이 살자구 하지는 않는다. 같이 사는 동안만은 서루 믿구 의지하며 살아야 하지 않니?"

"내가 돈을 훔쳤다고 믿질 못하시겠단 말씀이죠?"

"왜 말을 하지 않느냔 말이다. 정 써야 할 돈이라면 왜 주지를 않겠니?"

"부모의 신용을 얻는 것보다 더 중요한 일에 썼으니까 전 후횔 안 해요."

"잘못을 잘못으로 알지 않는단 말이냐?"

"그 돈이 우리 집 구멍을 뚫지는 않을 거예요. 그 대신 그 돈으로 한 사람의 목숨을 살렸으니까요."

"어떤 사람인데? 취직시켜 달라던 처녀냐?"

"아무라구 해두 상관없어요. 엄마에게는 죽었다구 해두 손톱 하나 아파하지 않을 사람이니까요."

"너는 아직 공부만 할 나이인데 벌써 여잘 그렇게 사귀면 어떡하지?"

"걱정 마세요. 절대루 정말 절대적으루 좋은 여자니까요."

"그래 그 여잘 사랑하니?"

"내가 어머니를 사랑하는 것처럼 사랑할지두 몰라요. 어머니가 먹을 것이 없어서 굶는다면 나는 도둑질이라두 할 테니까요."

성호는 자기의 말을 되씹어보았다. 정말 어머니에 대한 사랑 같은 감정으로 종회를 대하는가 하고. 아니었다. 절대로 그런 것 같지가 않았다. 어머니에 대한 사랑은 없어도 무방할지 모른다. 그러나 종회는 없어서 안 될 것 같았다.

"굶지 않기가 다행이다."

자식에게 도둑질을 시키고 싶지 않은 어머니의 말이었다.

"차라리 어머니가 굶는 여자라면 좋겠어."

"말이래두 좀 삼가해라."

"어머니를 위해 도둑질을 한 번 해 보았으면 좋겠어. 난 그 여자를 위해 몇 번이구 도둑질을 할 테니까요. 다음에 돈이 없어져두 너무 놀라지 마세요."

성호의 얼굴에는 미소가 흐르고 있었다.

그 날 저녁. 성호는 아무도 만나기가 싫어 저녁상을 자기 방으로 가져다가 혼자 식사를 했다. 혼자가 좋았다. 그러나 만나고 싶은 사람이 하나 있었다. 종희였다. 종희만은 안 만날 수가 없다고 생각했다. 저녁을 먹으면서도 성호는 종희가 준 말린 굴을 반찬 삼아 씹었다.

그래서 저녁을 먹자 종희가 유하고 있는 여관을 향해 집을 떠났다. 길을 걸으며 성호는 오늘 밤 종희에게 자기가 종희를 사랑한다고 명확히 말하리라 생각했다. 그래도 좋을 것 같았다. 그래야만 종희가 희망을 가지고 살 수 있을 것 같았다. 결혼은 사 년 후에 해도 좋다. 십 년 후에 해도 좋다. 종희는 그것을 불평하지 않을 것이다.

해군사관학교에 입학하면 종희를 진해로 데려 가도 좋다. 거기서도 학교에 다닐 수가 있으니까, 한 달에 용돈으로 이삼만 환씩 보내달라고 하면 집안에서 그것까지 거절하지는 않을 것이고.

이런 생각을 하며 종로 로타리를 돌아갈 때였다.

참으로 우연이었다. 명옥이가 책을 끼고 걸어오고 있었다. 성호는 오래간만이라고 인사라도 해야 한다고 생각했다. 그래서 명옥과 시선이 부딪치기를 기다리고 있는데 명옥이가 실쭉하는 표정을 지으며 외면하고 스쳐버렸다.

성호는 웃음이 나왔다. 오직 자존심만을 기르기 위하여 지금도 그는 불어로 된 책을 옆에 끼고 걷고 있다.

굿바이 ── .

성호는 명옥의 뒤를 향하여 손을 들었다. 백 명이 스쳐가도 아까움이 없을 여자. 성호는 도리어 홀가분함을 느꼈다.

동시에 종희 얼굴이 눈앞에 나타났다.

종희 ── .

종희 ── .

백 번을 불러도 다정한 이름.

여관문 안에 들어서는 성호의 마음이 초조로왔다. 그리운 사람을 만나는
것이다. 그런데 여관 사무실 앞을 지나는데 주인 아주머니가 성호를 불렀다.
그리고는 신문지에 싼 것을 내주었다.

불길한 예감을 가진 채 신문지를 폈다. 돈과 편지가 나왔다.

　　아무래도 헛된 꿈이었나 봅니다. 공연히 오빠만 괴롭게 해드려 죄송합
　니다. 운명을 안다는 것이 인생을 안다는 것 같은 느낌입니다. 인생을 안
　듯한 생각으로 돌아가겠습니다.

편지를 읽자 성호는 종희가 언제쯤 떠났느냐고 물었다. 한 시간도 안 된
다는 말을 듣자 성호는 정거장으로 달리기 시작했다. 스치고 지나가서는 안
될 사람이다.

성호는 택시를 탔다. 운전수에게 스피드를 내도록 독촉하고 또 독촉했다.
종희는 기차를 기다리며 아니 운명을 기다리며 아직까지 정거장 한구석에
앉아 있을까…….

(원)《현대문학 84》 1961. 12, (출)『한국단편문학전집 6 고호』 정음사, 1964.

유한부족(有閑部族)

손 마담의 남편이 죽었다는 기별이 온 날, 변 마담은 다른 날보다도 화려한 옷을 꺼내 입고 미용원에 가서 머리를 단정하게 가다듬은 뒤 상갓집 조상을 갔다.

역시 상가에는 조상군이 적지 않게 많아 땅을 쓸듯 긴 치마를 끌며 대문 안에 들어선 변 마담을 당황하게 했다. 수많은 시선들이 자기에게로 총 집중되는 것 같았기 때문이었다.

나이 마흔다섯. 이제 수줍음 같은 감정을 잊었을 것 같지만 변 마담은 소녀처럼 자기에게로 향한 시선들을 따갑게 느끼며 얼굴을 붉혔다. 그러면서도 변 마담은 성장을 하고 온 것을 잘했다고 생각했다. 모든 시선들이 그 여자 멋쟁이다라고 수군거리는 것 같았기 때문이었다.

조객들 틈을 뚫고 빈소로 들어가자 상주들의 곡소리가 나기 시작했다.

변 마담은 시신 앞에 큰절 두 번과 반절 한 번을 한 뒤 근엄한 태도로 분향을 했다.

분향을 끝내자 상주들에게 인사를 하고 손 마담의 손을 붙잡은 뒤 위로의 말을 하기 시작했다.

"이런 참변두 있수?"

우선 놀랐다는 뜻을 표하지 않을 수 없었다. 위암으로 달포 이상 입원하고 있을 때 살 수 없다는 것을 누구나 말하던 손 마담의 남편이다. 그러나 변 마담은 할 수 없는 일이 아니냐고 냉정한 말을 입 밖에 꺼낼 수가 없었다.

"언니!"

얼마나 울었는지 눈두덩이 퉁퉁 부은 손 마담은 말도 못했다. 그때 변 마담은,

"팔자 소관으로 돌려야지. 애들을 봐서라두 너무 슬퍼하지 말아요."

점잖게 위로를 하기 시작했다. 그런데 변 마담 앞에서는 눈물을 안 흘릴 듯 보이던 손 마담이 갑자기 훌쩍이기 시작하더니 마침내는 숨이 막힐 듯 오열을 하는 것이었다.

화장 하나 안 한 핏기 없는 얼굴로 가슴을 부여잡고 오열하는 손 마담을 보자 변 마담은 자기도 모르게 눈물을 흘렸다. 흑흑 소리를 내기까지 했다. 처절한 손 마담의 슬픔에 덩달아 운 것이다.

얼마를 울고 나니 눈이 뻣뻣해 옴을 느꼈다. 그때서야 변 마담은 손수건으로 눈물을 닦고 울음을 그쳤다. 눈이 부어서야 외출할 수가 있을 것인가?

울음을 그쳤는데도 손 마담이 변 마담의 손을 잡고,

"언니, 난 어떻게 살아야 하우?"

하며 계속해서 오열을 했다. 변 마담은 또 눈물을 흘렸다. 자기에게 하소하는 손 마담의 심정이 가슴을 울렸던 것이다. 그러나 변 마담은 금시 눈물을 닦고,

"어떻게 살건 산 사람은 다 살게 마련이야."

하고 냉정한 태도를 보였다.

사실 그렇다고 생각했다. 산 사람은 사는 법이다. 이 말을 하고 나서 변 마담은 상가를 나왔다.

종일이라도 있어 줄 생각을 하고 갔던 것이지만 있기가 싫었다. 손 마담의 지나치게 슬퍼하는 얼굴을 더 오래 볼 수가 없었던 것이다.

상가를 나와 거리를 걷는 동안 변 마담은 손 마담이 며칠 안 가서 새 남자를 구해 정신을 잃을 것이나 아닌가 생각했다.

마흔이 갓 넘은 여자가 애들이 있기는 하지만 혼자 과부로 지낼 것 같지가 않았다. 그렇다면 남편이 죽었다고 금시 숨이 넘어갈 듯 울 것이 무엇일

까? 막말로 해서 먹을 것이 없는가 자식이 없는가. 개가를 안 한다고 해도 혼자서 넉넉히 살아갈 나이다.

변 마담은 만약 자기가 남편 상을 당한다면 어떨까 하고 생각했다. 물론 슬프지 않을 수 없을 것이다. 자기는 손 마담과도 다르다. 마흔 하고도 다섯 살이 더 지났으니 개가를 생각할 수도 없다. 혼자 새롭게 살다 죽어야 한다. 그러나 손 마담처럼 눈이 붓고 목이 쉬도록 울 것 같지는 않았다. 인간은 언제나 한 번은 죽는 것이다. 슬퍼한댔자 죽었던 사람이 되살아날 리 없다. 온 지구가 통곡해야 할 사람이 죽었다 해도 다음 날에는 여전히 해가 동쪽에서 떠서 서쪽으로 기울어질 것이다.

백화점 화장품부에 이르렀을 때 변 마담은 손 마담을 완전히 잊어버리고 있었다.

"마니큐어 지우는 약 하나 주세요."

오늘은 그것 하나밖에 살 것이 없었다. 그러면서도 변 마담은 유리창 속을 휘둘러 보았다. 혹시 새로 들어온 물건이 없나 하고. 그러나 이삼 일 전에 새것을 다 샀으니 그새 새로운 물건이 왔을 리 없었다.

상점 여점원이 다른 것은 소용되지 않느냐고 물으면서 물건을 꺼내 보이고는 값도 말하지 않고 그것을 포장지에 쌌다. 변 마담도 단골집이라 흥정할 생각도 않고 주는 물건을 받아 핸드백 속에 집어 넣고야 값을 물었다.

"이백 환입니다."

변 마담은 암말 않고 이백 환을 꺼내 준 뒤 2층 양품부로 올라갔다. 살 물건이 있어서가 아니었다. 필요하다고 생각되는 물건은 거의 다 가지고 있기 때문이다. 그렇지만 며칠에 한 번씩 백화점을 둘러보아야 시원한 변 마담이었다. 새로운 칼라라든가 새로운 디자인의 유행성을 띤 상품이 들어왔다면 그리 필요하지 않아도 남보다 먼저 사 두어야 직성이 풀리는 변 마담이기도 했다.

양품부를 한 바퀴 도는 동안 변 마담은 반 타이트 반 플레어 식의 밤색 멋진 스커트를 발견하고 거기 발을 멈추었다. 색깔도 좋았지만 최신식 유행품이었다.

"얼마죠?"

"이만 환입니다."

"사이즈는 얼만가요?"

"이십육 인칩니다."

그 말에야 변 마담은 픽 웃음을 웃고 그 집 앞을 떠났다. 자기 허리는 삼십이 인치다.

설혹 자기 허리에 맞는 것이라 해도 몸이 뚱뚱해서 양장을 못하는 변 마담이라 아무리 눈에 드는 물건이라 해도 스커트만은 살 수가 없다. 그저 호기심으로 물어 본 것뿐이었다.

양품부를 돌아보고 아래층으로 내려오려고 하는데 내려오는 어귀에 걸려 있는 넥타이가 또 눈에 띄었다. 새까만 바탕에 주홍빛 무늬가 옆으로 나 있는 물건이었다. 빨강과 검정의 조화는 고상하고도 화려한 품위를 보여 주었다. 변 마담은 그리로 가서 천을 만져 보았다. 딱딱하지 않으면서도 생기가 있어 보였다. 변 마담은 그것을 상점 주인 목에 걸게 하고 멀리서 바라보았다. 역시 좋았다. 사기로 결정했다.

사기로 결정을 짓자 변 마담은 그 넥타이를 누구에게 줄 것인가를 생각했다. 남편에게 줄까?

남편에게 주어도 좋다. 만약 남편이 싫다고 하면 두었다가 필요한 아무에게 주어도 좋다. 어쨌든 사 두고 싶은 물건이었다. 변 마담은 만족한 마음으로 그 넥타이를 사 들고 백화점을 나왔다.

어디로 갈까?

오늘은 별로 갈 데가 없다. 손 마담네 상가에 가서 오래 있으리라고 생각했던 것이 그만 예정보다 일찍 나오고 말았다.

친하게 어울려 다니는 계 마담들을 생각해 보았지만 이만 시간에 집에 있을 여자가 쉽지 않을 것이다.

변 마담은 극장에나 갈까 하고 생각했다. 극장이면 아무데도 좋다. 이렇게 갈 데가 없을 때는 으레 극장으로 가는 변 마담이니까…….

변 마담은 명동 천주교당 언덕바지를 향해 걷기 시작했다. 거기 가면 극장 선전판들이 붙어 있다. 극장에 가려면 최소한도 무슨 영화가 상영되고 있는가는 알아야 하니까.

시공관 앞을 지날 때였다. 앞을 가로 지나가는 청년이 있었다. 머리를 높직하게 깎고 검정 오바를 입은 것이 꼭 용수(龍洙) 같았다.

변 마담은 끌리듯 그 청년에게로 한 걸음 발을 옮겼다. 그러나 옆얼굴을 보았을 때 용수가 아님을 알았다.

도로 천주교당 쪽을 향해 걷고 있을 때 변 마담은 문득 용수를 데리고 극장구경을 갔으면 하는 생각을 했다. 동시에 용수의 단골 다방이 무교동 '가로등'이라는 것을 기억했다.

변 마담은 영화 선전탑이 있는 데로 가서 각 극장의 프로를 훑어본 뒤 택시를 잡아 타고 무교동으로 달려갔다. 그는 용수를 만나지 못하면 어떻게 하나 하는 걱정 같은 건 안 했다. 없어도 그만이기 때문이었다.

그만큼 용수하고는 가깝지가 않은 것이다. 용수는 이제 스물일곱, 자기보다 근 이십 년이나 아래다. 자주 만난 것도 아니지만 만날 때마다 자기를 아주머니라고 부르며 어머니 대하듯 대한다. 그뿐이다.

변 마담이 다방에 들어가서 용수를 찾으려고 할 때였다. 어느새 자기를 보았는지 용수가 변 마담 앞에 나타나 어떻게 여길 다 왔느냐고 물었다.

"지나가던 길에 혹시 자네가 있지 않나 해서 들여다봤지."

처음부터 극장 이야기를 꺼내기가 싫었다.

"그러세요? 이리루 오세요."

용수가 자기 옆에 앉아 있던 자기 친구를 맞은편으로 보낸 뒤 변 마담과 나란히 앉았다. 그리고는 자기 친구를 변 마담에게 소개하며,

"내 고모의 친구분이야."

눈을 찡긋했다. 그 친구라는 청년도 이미 변 마담의 이름만은 알고 있는 모양이었다.

변 마담은 조금 야릇한 생각이 들었다. 그들이 자기 이야기를 했다면 용수가 자기를 알게 된 동기도 이야기했을 것이다. 명예스러운 일 같지가 않았다.

그러나 용수와 같이 춤을 춘 것은 그 날 단 하루뿐이었다. 그것을 가지고 자기를 나쁘게 평했을 리는 더욱 없다. 더구나 인사를 하자마자 용수의 친구는 잠깐 다녀온다고 말한 뒤 다방을 나가 버렸다.

친구가 나가자 용수는 변 마담에게 극진히 대했다. 레지를 불러다 세운 뒤 변 마담의 차를 주문했다. 차를 주문할 때도 이 집에서는 생강차가 제일 맛있다고 하며 그것을 마셔 보라 한 뒤 레지에게,

"특별루, 잘 알았지?"

엄격한 명령을 하달했다. 그리고는,

"아주머니가 저를 찾아 주실 줄은 정말 몰랐는데요?"

하며 좋아했다.

변 마담은 자기를 반겨 주는 용수가 좋았다. 자기도 이런 아들쯤 하나 있었으면 하는 생각까지 했다.

변 마담은 문득 백화점에서 사 가지고 온 넥타이를 용수에게 주었다.

"이거 받어, 색깔이 좋아서 안 사기가 아까워 샀지."

용수는 정말이라고 믿어지지가 않는 모양이었다. 고모가 춤추러 가자고 해서 알바이트에서 한 번 춤을 춘 이후 두어 번 만났을까 말까 한 변 마담이기 때문이었다.

"제가 그런 걸 받아두 좋을까요?"

"백화점에 갔다가 이걸 보고 하두 마음에 들어서 그냥 산 거야. 비싼 거 아니니까 받아 둬."

"황송한데요."

자기를 주려고 일부러 산 것이 아닌 줄 알면서도 용수는 송구스러워했다.

"뜯어 봐."

용수는 변 마담의 말에 넥타이를 꺼내 보고는 좋다고 감탄사를 연발하며 그 자리에서 그것을 갈아 매었다. 넥타이를 매자 용수는,

"감사합니다."

고개를 꾸벅이며 변 마담의 어깨를 쓸었다.

변 마담은 딴 사람들이 자기를 주시해도 심상했다. 아들과 같은 용수가

아닌가? 그래서 그는 홍분과 청년의 홍분이 가라앉기도 전에 극장구경 가자는 말까지 했다.

"그럽시다. 제가 표를 사지요."

용수는 금시 궁둥이를 들썩이며 좋아했다.

변 마담은 이럴 줄 알았다면 좀더 일찌감치 이 청년을 찾을 걸 하고 생각했다. 넥타이 하나로 그렇게까지 홍분하는 청년이니 용수의 홍분쯤 손쉽게 살 수가 있지 않은가.

변 마담은 가끔 용수를 홍분시켜 주고 싶었다. 다음에는 백화점에도 데리고 가서 조금 값비싼 물건을 사 줘야지. 이런 생각을 하며 변 마담은 용수를 데리고 아카데미 극장으로 갔다.

극장에 가자 용수는 변 마담이 손을 쓸 새가 없이 재빠르게 입장권을 사왔다. 변 마담은 젊은 청년의 돈으로 영화구경을 한다는 것이 약간 불쾌했다. 주어야 할 사람에게 도로 받는다는 것은 치욕에 가까운 일이다.

즐거운 영화 <사랑은 기적을 싣고>를 구경한 뒤 극장을 나오자 변 마담은,

"저녁을 먹으러 가."

하고 용수를 끌었다. 공짜 구경을 하고 그냥 헤어지는 것이 치사스러웠기 때문이었다.

용수는 좀 가 봐야하겠다고 하며 사양을 했지만 변 마담은 용수의 말을 받아 주지 않았다. 국제호텔 그릴로 가서 런치를 사 먹이고야 돌려 보냈다.

집으로 돌아온 변 마담은 우선 옷을 갈아 입고 세수를 했다. 그런데 세수를 끝내고 서 있는데도 식모가 수건을 가져오지 않았다. 이상한 일이었다. 하루 두 번씩 하는 세수가 변 마담에게 있어서 중요한 일과라는 것을 식모가 모를 리 없다. 전 같으면 언제나 수건을 가지고 서서 대령하고 있다가 세수가 끝나기만 하면 두 손으로 올려 바치던 식모가 아닌가?

"어디 갔어?"

변 마담이 식모를 불렀다. 그런데 식모는 자기 할 일을 안 하고도 뻔뻔스럽게,

"여기 있어요."

말로만 대답하는 것이었다.

"수건 안 주는 거냐?"

그때야 식모는,

"참, 잊었어요."

하며 부엌에서 뛰어나왔다.

이런 경우 변 마담은 벌써 신경질을 냈어야 한다. 만만한 것이 식모여서 그런지 고운 말로 대하지 못하는 것이 변 마담이었다. 식모는 언제나 못마땅하게만 보였다. 그래서 웬만한 일에도 소리를 빽 지르는 것이 변 마담의 습관처럼 되어 있다.

그런데 이 날은 식모가 자기 일을 잊어버리고 있는데도 소리를 지르지 않았다. 수건을 들고 서서 올려 바칠 때도 전 같으면,

'혼이 빠졌어?'

하고 최소한도 한 마디쯤 소리를 질렀을 것이지만 변 마담은 수건을 받아 얼굴을 닦을 뿐 아무 말도 안 했다.

아마 지나간 하루의 일이 짜증스럽지가 않았기 때문이었으리라. 하루를 심심치않게 보냈다. 후회스러운 것도 없다. 다방으로 용수를 찾아갔던 일, 자기를 반갑게 대해 주던 용수, 넥타이를 주고 저녁을 사 주던 일, 극장에서 용수가 입장권을 사던 일. 생각하면 생생한 기억들이 쉴 새 없이 연속된다.

식모에게 짜증을 부리지 않아도 좋을 만큼 가슴 속이 무엇인가로 차 있는 것이었다.

수건을 갖다 주고는 또 부엌으로 들어가 무엇인가를 하고 있는 식모를 볼 때 변 마담은

'밥 먹고 왔다는데 뭘 하는 거야?'

하고 소리를 질렀을 것인데도,

"뭘 하지?"

하고 부드러운 음성으로 물었다.

"글쎄 퀸(고양이 이름)이 새끼를 낳지 않았어요? 먹국을 끓이고 있어요."

식모는 일손을 멈추지 않고 대답했다.

"퀸이? 어디 있어?"

"안방에 누워 있어요."

변 마담은 방으로 들어갔다.

전 같으면 자기가 외출했다 돌아올 때마다 으레 기지개를 하고 일어서며 야옹 소리를 내던 '퀸'이었다. 오늘은 해산을 했기 때문에 자기가 돌아온 것을 알고도 찍 소리를 안 했단 말인가?

변 마담은 깔아 놓은 이불을 뒤쳤다. 그런데도 새끼들을 품고 누워 있는 '퀸'은 눈을 반짝일 뿐 일어서지도 야옹 소리도 내지 않았다.

힘이 들어서 그럴까? 새끼가 생겼다고 도도해진 것일까?

변 마담은 에미와 꼭같이 생긴 새끼들을 보고는 이불을 덮어 주었다.

그리고는 경대 앞으로 가서 라디오를 켜고 콜드크림을 바르기 시작했다. 경대에 얼굴을 맞대고 밤 화장을 하고 있던 변 마담이 자기도 모르게 피식 웃음을 터뜨렸다.

맹랑하다는 생각이었다. 밤낮 집안에서 혼자 있는 줄만 알았던 것이 언제 어디서 수컷을 만났단 말인가? 남모르게 암컷으로 자기 구실을 하고 다니는 '퀸'. 웃지 않을 수가 없었다.

화장을 끝내고 석간신문을 읽은 뒤 변 마담은 발치께로 가서 이불귀를 들었다. 새끼들은 콜콜 잠을 자고 '퀸'은 그 옆에 옹크리고 누워 있다.

변 마담은 평생 애기를 낳아 보지 못한 자기를 생각했다. 일정한 남편도 없는 고양이는 작년에도 그 전 해에도 해마다 새끼를 낳았었다. 일정한 남편과 같이 이십 년이나 살아 오면서 자기는 어째 애기를 낳지 못했다는 말인가?

애기 없는 자기가 너무나 허무한 것 같았다. 살아 온 자취가 하나도 없다. 무엇 때문에 살아 온 것일까? 만약 애기만 있다면 자기는 인생이 심심하지가 않을 것이다.

식모가 국그릇을 들고 들어왔다. 솜에 싼 갓난애기를 다루듯 두 손으로

'퀸'을 안아다 국그릇 앞에 놓는다. '퀸'이 좀체 먹을 생각을 안 하자 식모는 '퀸'의 머리를 눌러 주둥이를 국그릇에 대 주며 '좀 먹어' 하는 것이었다.

변 마담은 또 피식 웃었다. 식모도 자기처럼 애를 낳지 못했다 한다. 나이 사십이 다 되면서도 애를 낳지 못해 소박을 맞고 남의 집 식모살이를 하고 있다. 자기도 못해 본 일을 '퀸'이 했다고 해서 소중히 여기는 것일까.

"좀 식어야지. 고양이가 뜨거운 것을 먹나?"

변 마담은 식모를 내보내고 국을 식힌 뒤 '퀸'의 턱밑에 놓아 주었다. 고기를 넣고 끓인 미역국이 어찌 맛이 없을 것인가? 그런데도 '퀸'은 입맛이 없는 듯 변 마담의 눈치만 살피며 시원히 먹지를 않았다. 그래서 국 한 그릇을 먹이는 데 몇십 분이 걸렸다.

국을 다 먹이자 그는 불을 끄고 이불 속에 들어갔다. 이불 속에서도 '퀸'과 그 새끼들이 발에 채이지나 않을까 여간 신경을 쓰지 않았다. 그러면서 '퀸'이 어떤 시간(낮일까 밤일까)에 어떤 장소에서 수놈을 만났을까 생각해 보았다. 대낮에 개처럼 그러지는 않았을 것 같았다. 남들이 못 보는 밤에 지붕 위 같은 데서 그러지나 않았을까?

이런 생각을 하니 갑자기 몸이 근지러워 옴을 느꼈다. 동시에 지금쯤 강원도 시골에서 혼자 곤히 잠들어 있을 남편을 생각했다.

밤낮 출장만 다니는 남편. 사장쯤 되었으면 서울에서 명령만 내려도 될 것을 자수성가한 남편은 아직도 공사현장(工事現場)에 붙어서 산다.

모르기는 하지만 일 년 걸린다는 댐 공사가 끝나기까지 두서너 번이나 집에 올까말까한 남편.

남편은 어째서 일과 돈밖에 모르는 것일까?

그러나 돈을 마음대로 쓰게 하고 또 애를 못 낳는다고 구박하지 않는 남편을 고맙게 생각하지 않을 수 없었다.

자기도 애를 못 낳는다고 소박을 당했다면 식모처럼 남의 집에서 일이나 해 주어야 했을지 누가 알 것인가?

남편이 그리웠다. 내일은 회사에 전화를 걸어 남편이 언제쯤 돌아오는가를 한 번 물어 보자.

다음 날 아침 변 마담은 매니큐어를 지우고 미용원엘 갔다. 머리에 손질을 하고 매니큐어를 다시 칠하는 데 한 시간 이상이 걸렸다.

하루의 첫 일과가 끝난 것이다. 미용원에서 돌아오자 회사에 전화를 걸었다. 남편이 언제쯤 돌아온다는 말은 전혀 없다고 했다. 변 마담은 약간의 실망을 느꼈지만 할 수 없는 노릇이라고 생각했다. 남편은 언제나 그러했기 때문이었다. 일이 끝나기 전에는 좀체 돌아오지 않는 버릇이지만 설사 돌아올 때도 예고를 안 하는 것이 습관처럼 되어 있다. 다만 문제는 오늘 하루를 어떻게 보낼 것이냐 하는 것이었다.

손 마담의 상가엘 가면 하루종일 시간을 보낼 수 있다. 그러나 어제도 한 시간 안에 돌아오고 말지 않았는가? 손 마담이 우는 데만 정신이 있지 않다면 이야기를 하며 일을 도와 주고 손님 접대도 해 주었을 것이 아닌가?

따라 죽지 못할 바에야 산 사람은 앞으로 살 길을 생각해야 한다.

변 마담은 장례식에나 잠깐 다녀오리라 생각한 뒤 어디로든 외출할 장소를 물색하기 시작했다.

갈 수 있는 곳이라야 계의 회원인 친구들 집뿐이다. 그 계 마담들이란 거의 자기와 같은 생활을 하고 있기 때문에 언제나 어울리기만 하면 시간을 같이 보낼 수가 있다.

그러나 그 중에도 가까운 여자가 있고 가깝지 않은 여자가 있다. 그리고 연애사업을 하노라고 바쁜 여자도 있다. 오전중이니 모두 외출을 안 하고 있을 것이 사실이지만 과연 누구에게 전화를 걸 것인가 하는 것은 쉬운 일이 아니었다. 누구는 남편이 옆에 붙어 있을 것이고 누구는 아직 자리에 누워 있을 것이고.

이런 생각을 하던 끝에 변 마담은 화투를 꺼내어 일수를 보기 시작했다. 산보와 돈이 떨어졌다. 좋은 일수였다. 돈재수가 떨어졌으니 어디 가서 화투나 할까 하고 생각하는데 전화가 왔다.

지 마담이었다. 자기 남편이 어제 출장을 갔으니 오늘 도박을 하자는 것이었다.

변 마담은 마침 잘 되었다 생각하며 곧 간다고 대답했다.

변 마담은 아랫목에 방석을 깔아 놓고 고양이 새끼들을 눕혀 놓은 뒤 뼈가 알린알린 하는 새끼고양이들을 한참 구경하다가 신당동 지 마담 집으로 갔다.

벌써 서너 명의 마담들이 모여 있었다.

"밑천 톡톡히 가져왔수?"

모두 이런 인사들이었다.

"돈 내고 돈 따먹긴데 밑천 안 가져왔을라구."

변 마담은 오늘 재수에 돈이 떨어진 것을 생각하며 속으로 빙그레 웃었다.

우선 모인 사람끼리 시작을 하려고 하는데 연애사업으로 풍문이 자자한 최 마담이 들어왔다.

"오늘은 휴일이니?"

최 마담과 가장 사이가 가까운 지 마담이 농담을 걸었다.

"배도 고팠다 먹어야 음식이 맛있잖니?"

최 마담은 숨길 것 없다는 듯이 터놓고 이야기했다.

"잘못 먹다가 체하지 마라. 남편이 불쌍하지 않니?"

"불쌍하긴? 바람을 먼저 피운 게 누군데?"

"설마 그 분이 그럴랴구? 누구보다도 얌전하신 분인데."

"얌전한 강아지 부뚜막에 먼저 올라간단 말두 모르니? 너는 남편을 믿는가 보구나? 세상에 남자를 어떻게 믿어. 믿을 게 따루 있지."

그때 딴 여자들이 그런 소리말고 화투나 빨리 하자고 했다. 그러자 최 마담이,

"넌 화투할려구 영감을 쫓아 보냈지?"

마치 복수나 하듯 말했다.

"그렇다, 화투보다 더 좋은 게 있니? 잠 안 자구 하는 게 화투 말구 뭐 있어?"

서로들 웃고 난 뒤 화투판이 벌어졌다. 현금이 몇천 환씩 왔다갔다 하는 '섰다'였다. 모두가 눈이 빨개져 가지고 시간가는 줄을 몰랐다.

열한 시가 지나자 최 마담만은 돌아가야 한다고 했지만 다른 여자들은 하

루쯤 안 돌아가도 괜찮다고 하여 밤을 새웠다. 변 마담도 밤을 새우기로 했다. 밤참을 해 먹으면서 밤을 새운 결과 변 마담은 돈을 오만 환 가량 잃었다. 집 주인인 지 마담은 칠만 환을 잃었다. 변 마담과 지 마담은 조반을 먹은 뒤에도 계속하자고 했지만 돈 딴 여자들이 애들 학교 가는 거나 봐 줘야 한다면서 돌아가 버렸다.

"눈깔 나오는데……."

"재수 옴 붙었어."

지 마담과 변 마담은 밑천 생각이 났으나 할 수 없는 노릇이다.

변 마담은 집으로 돌아오며 재수패는 좋았는데 어째 돈을 잃었을까 생각했다.

오만 환이 큰 돈은 아니지만 딴 돈을 잃을까 봐 도망간 여자들을 생각할 때 분한 마음이 들었다.

"그것들한테 돈을 잃다니!"

집에 돌아오자 고양이 새끼들을 한 번씩 쓸어 주고는 조반을 먹었다. 조반을 먹을 때 '퀸'을 불러 반찬을 한 젓가락씩 집어 주었다.

주는 대로 널름 냉큼 받아 먹으면서도 '퀸'은 변 마담을 쳐다보는 일도 없었다. 자존심 때문이랄까 참으로 냉정한 동물이었다.

"저리 가!"

변 마담은 '퀸'을 밀어 버렸다. 동물이라 해도 고마울 땐 고맙단 표정을 지어야 할 것이 아닌가? 돈을 따고도 잃은 사람에게 미안하단 말 한 마디 안 하고 새침하게 돌아가던 여자들이 생각났다.

조반을 먹은 뒤 변 마담은 잠을 잤다. 종일 외출도 하지 않고 잠을 잤다.

저녁을 먹으라는 식모의 독촉에 눈을 떴지만 잠을 깨고 나니 얼굴이 다 부은 것 같았다.

양치를 하고 세수를 했다. 밥을 먹은 뒤에는 화장까지 했다. 화장을 했는데도 눈두덩이 부은 것 같아 아이섀도우까지 칠했다.

화장을 끝내자 신문을 읽고 라디오를 켰다. 정치에 대한 해설 시간이었다. 재미가 없었다. 다이얼을 돌렸다. 설교하는 소리가 들렸다.

변 마담은 라디오를 끄고 자리에 누웠다. 잠은 좀체 올 것 같지가 않고 그렇다고 외출할 수도 없는 일이니 답답할 수밖에.

정말 심심하고 답답했다. 어디서 전화나 오지 않는가. 놀러오라는 전화만 있다면 당장에 뛰어가고 싶었다.

변 마담은 문득 최 마담을 생각했다. 집에 들어가면 남편이 있고 밖에 나가면 연인이 있고. 그러니 심심한 때는 조금도 없는 것이 아닌가?

변 마담은 찬장에서 술병을 꺼냈다. 술이나 마시고 잠이나 자 볼 생각이었다. 혼자 술을 마시노라니 남편 생각이 났다.

"에펜네도 좀 생각해 주면 어때!"

자연 불평이 나왔다.

"돈은 벌어서 뭣해? 자식도 없는데."

고양이란 놈은 먹을 걱정 하나 안 하고 새끼를 낳지 않는가?

"고놈 참 맹랑한 놈이야!"

변 마담은 고양이가 어떻게 교미를 할까 하고 생각했다.

"날 유혹하는 놈도 없다."

변 마담은 남자의 유혹이라도 한 번 받아 봤으면 하고 생각했다.

"내 나이가 어떻담! 제기럴 —— ."

다음 날 아침 변 마담은 신문을 보고 오늘이 M고등학교 졸업식이라는 것을 알았다. 여학교 동창인 김 마담의 아들도 금년 졸업생이다. 가만 있을 수가 없었다.

변 마담은 상점에 가서 와이셔츠와 넥타이를 사 가지고 M고등학교로 갔다.

김 마담이 반가워했다.

"대학은 어떤 학교에 지원했니?"

"아직 모르겠어. 국가고시 발표를 봐야 한대."

이런 말을 하고 있는데 김 마담의 목도리가 눈에 들어왔다. 여우는 아닌 것 같은데 짧은 털에 윤기가 있는 밤색 목도리가 멋있게 보였다.

변 마담은 금년 유행이라는 털목도리도 사지 못한 자기가 부끄러웠다.

"얼마 줬니?"

"이십만 환이래. 남편이 사다 줬어."

"네 남편도 제법이로구나."

졸업식이 끝나기가 바쁘게 변 마담은 명동으로 발을 옮겼다. 때가 늦기는 했지만 안 사 둘 수 없는 목도리였다.

우선 미도파를 훑어보았다. 마음에 드는 것이 없지 않았지만 좀더 돌아봐야 했다. 그래서 명동 양품점엘 가려고 미도파 앞을 건너려 할 때였다.

"아주머니. '서시오'예요."

하며 팔을 잡아끄는 이가 있었다.

용수였다.

교통신호와 용수 얼굴을 번갈아 보면서도 변 마담은 가슴이 찌릿함을 누를 수 없었다.

용수의 손이 꼬챙인 양 가슴을 찌른 것이었다. 용수는 '가시오'의 신호가 나올 때까지 변 마담의 팔을 끼고 있었지만 그 동안 내내 가슴이 찌릿함을 느낀 변 마담은 제발 길을 건너갈 때까지 손을 놓지 말아 주었으면 하고 바랐다.

이상한 일이었다. 아들 뻘이 되는 용수가 팔을 붙잡았는데 왜 가슴이 찌릿할까? 좌우간 오랫동안 경험하지 못한 홍분 상태였다.

'가시오'의 신호가 나오자 용수가 손을 빼고 걸으면서,

"어디 가세요?"

하고 다정한 음성으로 물을 때 변 마담은 자기도 모르게 얼굴을 붉혔다.

"응, 나 뭐 좀 살려구 나왔어."

말만은 냉정하게 했다.

명동 어귀에 들어서서,

"차나 한 잔 마실까요?"

할 때도 변 마담은,

"가 봐야겠어."

하고 용수의 말을 거절했다.

왜 그랬는지를 알 수 없었다. 목도리 사는 것이 그리 급할 리 없다. 현금을 안 가지고 나왔으니 산다고 해도 내일에나 살 물건이다. 그런데도 용수가 같이 차나 마시자는데 그것을 거절하다니.

감정을 흥분하게 만들어 놓은 사람이라고 해서 경계를 한다는 것인가?

그러나 '전화를 걸어. 집으루 놀러 와두 좋구' 하고 전화번호를 가르쳐 준 것만은 잘한 일이었다. 바쁘다고 하기만 하고 헤어졌다면 용수가 이상하게 생각했을 것이 아닌가?

몇 군데 양품점에 들러 털목도리를 흥정해 둔 뒤 일찌감치 집으로 들어갔다. 일찍 들어가도 할 일을 다한 것만 같아 아수하지가 않았다.

이십오만 환 달라는 것을 이십삼만 환에 흥정해 놓은 털목도리. 그것은 김 마담의 목도리에 비할 것이 아니었다.

여우였다. 약간 회색빛이 나는 것인데 털끝마다가 번쩍인다. 후우 불면 속털이 보리밭처럼 흔들거린다.

내일 현금을 가지고 가서 사면 내 것이 된다. 그것만 목에 두르고 나서면 남부러울 것이 하나도 없다.

털목도리.

그와 동시에 용수의 손에서 느끼던 찌릿한 흥분. 이십삼만 환짜리 목도리에 못지않는 것 같았다. 남자에게서 그런 흥분을 생전 처음 받아 본 것처럼 그 순간의 찌릿함이 자꾸만 되살아 왔다.

남편에게서 그런 흥분을 느껴 본 일이 있었던가 하고 기억을 더듬어 보았지만 그런 기억이 조금도 떠오르지 않았다.

그러나 그것은 혼자서만 느낄 감정이었다. 누구에게도 말할 수가 없는 것이다. 비록 남자라고 해도 자식과 같은 용수가 아닌가?

다음 날 아침 미용원엘 갔다 와서 돈을 핸드백 속에 넣을 때 용수에게서 전화가 왔지만 변 마담은 조금도 흥분한 기색을 보이지 않았다.

집으로 놀러 갈 테니 맛있는 것 사 주겠느냐는 전화였다.

변 마담은 속이 두근거렸다. 또 한 번 자기를 흥분시켜 주려고 집으로까지 찾아오겠다는 용수. 그러나

"지금 볼일 보러 나가는 길인데 좀 있다 저녁때나 와."

하고 냉정을 가장했다. 속으로는 용수가 오기만 하면 제일 비싼 중국요리에 진짜 서양 위스키를 맛보여 주리라 생각하면서도 올 테면 오고 말 테면 말라는 식으로 대답했던 것이다.

"그럼 저녁 안 먹구 갈게요."

용수가 응석을 부리듯 말했다.

"동무들하구 같이 올래?"

변 마담은 그런 걸 알아야 준비를 하지 않겠느냐는 식으로 물었다.

"글쎄 봐서 할게요."

그래도 변 마담은 추궁하지를 않았다. 그래야만 기다린다는 의사가 표시 안 될 것 같았기 때문이었다. 속으로는 혼자 와 주기를 바라면서도 ──.

변 마담은 명동 양품점에서 목도리를 산 뒤 식료품 상점으로 갔다. 용수에게 대접할 것들을 사는 것이었다.

육포, 건어, 고노와다 등 술안주와 오렌지, 복숭아 등 과실 통조림을 샀다. 그리고 집에 돌아와서는 식모에게 돈을 주어 불고기 할 소고기와 신선로 만들 재료들을 사 오게 했다.

변 마담은 용수가 뭔데 이러는가 하는 생각을 하면서도 돈을 쓰고 신경을 쓰는 것이 조금도 아깝지가 않았다.

식모가 식사 준비를 하는 동안 변 마담은 방 안을 정리했다. 호마이카의 옷장과 이불장을 기름으로 문지르기도 하고 경대와 찬장의 먼지를 닦기도 했다.

변 마담은 자기가 어떤 환상을 뒤집어쓴 것 같음을 느꼈다. 아무것도 아닌 것을 큰일이나 생긴 것처럼 서둘렀다. 나중에는 용수가 아니라 어떤 훌륭한 사람이 찾아오는 것이란 착각도 느꼈다. 오후 다섯 시쯤 해서 용수가 찾아왔다. 혼자서였다.

변 마담은 반가웠다. 꽃방석에 앉히고는 물수건을 갖다 얼굴을 닦게 하고

"어떻게 우리 집에 놀러 생각을 다 했어?"

하고 기특하다는 듯이 말했다.

"아주머니가 보고파서요."

잘못하면 오해받을 말인데도 용수는 시치미를 떼고 말했다.

"나를 보구파하는 사람두 다 있구 행복한데."

변 마담도 그런 말쯤 해서 무방할 것 같았다.

용수는 모두 농담으로 돌리고,

"이거 프레젠트입니다."

하고 주머니에서 조그마한 포장지를 꺼냈다.

"뭔데?"

변 마담이 뜯어 보니 호박색 나는 브로치였다. 고상한 빛깔이었다.

"이건 왜?"

"일전 넥타이를 주셨으니까요."

그러니까 답례로 사 왔다는 것이었다.

술상이 들어오고 위스키를 기울이며 술잔이 오갔다.

변 마담은 용수가 술이 셈을 알았다. 그래서 저녁을 안 먹고 술만 마시다가 자기를 찌릿하게 해 줄 것이라 기대했다. 그런데 용수는 술을 과히 하지 않았다. 취하지도 않았는데 밥을 먹겠다고 했다.

변 마담은 식모를 시켜 상어 수염으로 만든 값비싼 중국요리를 사 오게 했다.

밥을 다 먹자 용수는 의젓하게,

"잘 먹었습니다. 다음에 또 오겠어요."

한 뒤 자리에서 일어섰다.

그러라고 말하는 수밖에 없었다.

용수가 돌아가자 변 마담은 허전함을 느꼈다. 용수에게 무엇을 바랐었다고는 말할 수 없다. 우연한 기회에 짜릿한 흥분을 주기는 했으나 그런 것을 다시 되풀이해 달라고 어찌 말로 표현할 수가 있을 것인가?

생각하면 그런 일은 있을 수가 없다. 아들과 같은 용수가 아닌가? 만약 용수에게 불손한 생각을 가졌다면 자기가 요망된 여자일 수밖에 없다.

아무 일도 없이 용수가 돌아간 것을 잘 된 일이라고 생각했으나 변 마담은 용수가 그러면 무엇 때문에 왔던가 하고 생각했다. 저녁 먹을 데가 없어서 찾아왔던 것일까.

역시 불만은 불만이었다.

다음 날은 손 마담 남편의 장례식이었다. 식이 끝나자 거기에 모였던 계마담들이 추렴을 해서 저녁이나 먹자고 했다. 변 마담으로서는 반대할 이유가 없었다.

어떤 중국요리집에 가서 음식을 시킬 때 술도 한 잔 하자는 말에 모두 동의를 했다. 언젠가는 손 마담처럼 자기들도 과부가 될지 모른다는 것이었다.

"손 마담이 우는 것을 보니 남의 일 같지가 않아."

"난 남편보다 먼저 죽는 게 상팔잘 것 같다."

"것두 그래. 구질구질하게 과부루 어떻게 살아……."

이런 이야기를 하며 술을 청했으나 술상이 들어오면서부터는,

"까짓 거 아무래두 한 번 죽는 건데 즐겁게 놀기나 해."

하는 말에 모두들 찬성해 버렸다.

"사실 그래. 뭐 심각하게 살 거 뭐야. 다 그렇구 그런 것이 인간인 걸."

"손 마담이 우는 것을 보니 불쌍하기도 하지만 너무 지나친 것 같아."

"재가를 하는가 안 하는가 두구 봐. 난 꼭 재가하는 걸루 보구 있으니까……."

"재가할 바에야 그렇게까지 울 게 뭐람."

"재가를 안 한다 해두 며칠만 지나면 희희덕거리구 남 못지않게 놀 걸."

변 마담도 동감이었다. 얼마 못 살 인생인데 울고불고 할 까닭이 무엇인가?

"몇 달쯤 지난 뒤 멋쟁이 남자를 하나 소개해 주지. 어떻게 하나 보게."

변 마담의 이 말에 연애 진행중에 있는 최 마담이,

"내가 하나 소개해 주지. 남자는 얼마든지 많으니까."

하고 나섰다.

"최 마담이 제일이야. 멋지게 살거든……."

변 마담이 최 마담을 추켜올리자 최 마담은 승세해서,

"나를 이상한 눈으루들 보지 말아요. 사실은 연애보다 더 좋은 게 없거든……."
하며 자기가 위대한 경험자라는 듯 입을 삐죽였다.

요리집을 나올 때는 모두가 거나하게 취해 있었다. 변 마담은 취기가 돌아서 그런지 그냥 돌아가고 싶지가 않았다.

무교동으로 가서 용수의 단골 다방으로 갔다. 보고 싶어서는 아니었다. 그저 골려 주고 싶은 심정이었다.

때마침 용수는 있었다. 어떤 젊은 여자와 이야기하고 있는 것을 보고도 변 마담은 용수 옆으로 가서,

"용수는 정말 술을 못 먹나?"
하고 주정 비슷이 용수의 얼굴을 똑바로 쳐다보았다.

"술을 한 잔 하셨군요? 댁까지 모셔다 드릴까요?"
용수는 창피한지 변 마담을 경원했다.

"내 돈 내구 사 먹은 거야. 그래 여잔 술을 먹어서 못쓰나."

"왜 그런 말씀을 하세요? 취하셨을 때는 돌아가 주무시는 게 좋지 않아요?"

용수가 어디까지나 점잖게 말했다. 변 마담은 그것이 싫었다. 젊은 여자가 옆에 있기 때문이리라.

"나 술 한 잔 더 먹을란다. 같이 나가자."
그야말로 주정이었다.

"그러십시다."

다방에서 남의 시선을 받기가 싫은지 용수는 젊은 여자에게 눈짓만 하고 변 마담을 부축한 뒤 밖으로 나왔다. 밖으로 나오자 변 마담은,

"어젯밤에는 왜 술을 안 먹었지? 위스키가 맛이 없어? 응? 난 다 알구 있어. 직업두 없이 번들번들 놀며 춤이나 추러 다니구 연애나 한다는 걸. 나한테만 점잖은 척하면 제일이야?"

정말 주정을 했다.

"왜 이러세요? 아주머니두……."

용수가 쓴웃음을 웃으며 변 마담을 붙잡고 택시를 부르려 했다.

"난 집에 안 간다니까. 술 파는 집으루 가."

용수도 할 수 없는 모양이었다. 변 마담에 끌리어 어떤 일본음식점으로 들어갔다. 음식점에 들어가자 변 마담은 술을 시켜서 용수에게만 먹었다.

어쩌자는 것인지 변 마담 자신도 모를 일이었다. 용수가 술을 마시지 않으려 할 때는 소리를 지르며 행패라도 할 듯이 떠들었다. 용수는 남이 창피해서라도 변 마담이 떠들지 않도록 술을 마시는 수밖에 없었다.

그러는 사이에 변 마담은 점점 더 취했다. 용수도 취했고.

변 마담은 용수가 취한 것을 보고 이제는 그만 술을 마셔도 좋다고 생각했다. 그만큼 변 마담이 정신까지 잃은 것은 아니었다.

술이 취한 용수가,

"이제는 돌아갈까요."

하며 비틀비틀 일어섰다.

"그래 가야지."

변 마담도 일어섰다. 그만하면 속이 조금 개운해진 것 같았기 때문이었다.

"가야지. 열두 시가 되기 전에 가야 해."

이런 생각을 하며 요릿집 문 밖에까지 나왔을 때였다. 용수가,

"난 이리루 갑니다."

혀 꼬부라진 소리를 하며 혼자 가려고 했다. 변 마담은 갑자기 신경질을 부리며 용수의 손을 잡아끌었다.

"그래 숙녀를 혼자 보내는 자식이 어디 있어?"

그럴 수는 없는 일이다. 제 아무리 취했다기로서니 술 마신 여자를 혼자 보낼 수가 있는가?

"아이 참, 아주머니두……."

바래다 주는 사람이 도리어 끌려갈 형편이지만 용수도 할 수 없었을 것이다.

변 마담이 불러 세운 택시에 용수도 올라타고야 말았다.

그러나 이때까지 변 마담을 경원하려던 용수가 자동차 안에서는 태도를

돌변시켰다. 변 마담의 어깨에 팔을 올려 놓고는,

"나는 아주머니가 좋아. 이건 정말이야."

하며 몸을 변 마담에 기대었다.

변 마담은 용수가 정말 취했는지 일부러 취한 척하는 것인지는 구별할 수 없었다. 하는 대로 바라볼 수밖에 없었다.

"알 수 있어. 나두 알 수 있단 말이야."

변 마담이 응수해 주자 용수는,

"알기는 뭘 알아요. 거짓말쟁이 아주머니……."

하며 자기 얼굴을 변 마담 뺨에다 비볐다.

변 마담은 미도파 앞길을 건널 때처럼 가슴이 찌릿함을 느꼈다.

'이게 사람을 죽이지…….'

혼자 생각을 하면서도 내버려 두었다.

자동차가 집 앞에 이르자 변 마담이,

"이 차루 집에 가."

하고 내리지도 못하게 했는데 용수는,

"방 안에까지 모셔다 드려야 할 거 아녜요?"

하며 따라 내렸다. 그리고는 정말 방 안에까지 변 마담을 데려다 주는 것이었다.

방 안에 들어온 용수를 앉지도 못하게 하고 빨리 돌아가라 했으나 용수는 방바닥에 펄썩 주저앉으며 냉수를 한 그릇 달라고 했다. 안 줄 수가 없었다. 식모를 시켜 냉수를 떠다 주니 그때는 벌떡 누우면서,

"정말 죽겠는데……."

하며 눈을 감아 버렸다.

변 마담은 용수가 정말 취한 것이라고는 생각지 않았다. 곯아떨어진 것이 아닌 줄 알면서도 어떻게 할 수가 없었다.

"이봐, 어떡할 테야? 이렇게 누워 있으면……."

"잠깐만! 잠깐만 누워 있을게요."

아직 열한 시도 안 되었기 때문에 변 마담은 그새 어떻게 되려니 하고,

"그럼 옷이나 벗구 누워."

하고 오바와 저고리를 벗겨 주었다.

옷을 벗기고 요를 깔고 있는데 그 순간 용수가 변 마담을 얼싸안으며 키스를 했다.

"그러지 마!"

하는데도 용수는 변 마담을 부둥켜안고 놓지를 않았다.

변 마담은 정신이 몽롱해지는 것을 느꼈다.

어떻게 된 일인지를 몰랐다. 변 마담은 용수에게 안긴 채 전등불을 껐다.

얼마 뒤 용수가,

"아주머니 미안해요."

할 때 변 마담은 정신이 번쩍 들었다. 그러나 이제 어떻게 할 것인가? 아무의 잘못도 아닌 것 같았다.

"냉수를 마시고 싶지 않아?"

용수의 뺨을 손가락으로 가볍게 꼬집어 주는 변 마담이었다.

"냉수 좀 주세요."

술이 취한 것 같지도 않은 용수의 똑똑한 음성이었다.

변 마담이 옷을 벗은 채 물그릇을 더듬고 있을 때였다. 대문 소리가 요란하게 났고 식모의 발소리가 들렸다.

변 마담은 얼른 불을 켜고 속치마를 걸쳤다. 그리고 용수더러 빨리 옷을 입으라고 했다.

변 마담이 속치마 위에 저고리만 걸치었을 때 남편이 방 안으로 들어섰다.

하늘이 무너지는 것 같았다. 용수가 재빠르게 방을 뛰쳐 나간 것만은 다행한 일이었지만 변 마담은 속옷도 입지 못한 채였다.

남편은 옷도 벗지 않고 아랫목으로 가서 앉으며,

"언제부터지?"

하고 떨리는 목소리를 죽여 가며 물었다. 변명할 여지가 없었다. 처음이라고 한들 곧이 들을 것이겠는가?

"이삼 년 됐어요."

"오래두 속여 왔군?"

"할 수 없었어요."

다음 날 아침 변 마담은 보따리를 싸들고 집을 나왔다.

남편은 울고 있었다. 공사 계약이 있다고 해서 부랴부랴 돌아왔더니 이런 꼴을 보려고 왔었단 말인가 하며 눈물을 흘릴 뿐 변 마담을 붙잡지 않았다.

변 마담은 할 수 없는 일이라고 생각했다. 이제부터 어디로 가야 할 것인가만이 문제였다.

자기를 좋아한다고 했으니 용수를 찾아가서 동거생활을 하자고 할까? 그렇지 않으면 계 마담 가운데 가장 이해심이 큰 여자에게 가서 덧붙임 생활을 할 것인가?

과부가 된 손 마담을 찾아가도 방 하나는 빌려 줄 것 같았다.

그러나 변 마담은 남산 밑 조용한 여관으로 가서 짐을 풀었다. 조용히 자기의 인생을 정리(整理)해야 할 것 같았던 것이다.

짐을 풀자 용수의 단골 다방으로 전화를 걸었다. 자기 인생의 정리를 보고나 해야 할 것 같았기 때문이었다. 보고에 끝나는 것이었다. 그럼으로 해서 어젯밤의 일을 사과하고 용수로 하여금 홀가분한 마음으로 살게 한다는 것이었다.

용수가 전화에 나왔다. 이상한 일이었다. 이십사 시간 다방에서 사는 것도 아닐 텐데 용수는 찾아갈 때마다 거기에 있었다. 전화를 걸어도 대뜸 나온다.

변 마담은 자기가 운명적으로 용수와 얽혀 매있는 것이라 생각했다. 그러나 용수도 이것으로 마지막이라는 생각을 하며,

"나 변 마담이야."

하고 나지막하면서도 부드러운 목소리로 말을 꺼냈다.

"누구요? 누구?"

용수는 자기 목소리를 잘 알아듣지 못했다.

"나라니까. 어젯밤에는 미안했어."

우선 용서를 청하려 하는데 용수가,

"그런 법이 어딨어요? 젊은 사람을 그렇게 망신시켜야 해요? 계획적이었지요? 다 알아요."

하며 소리를 질렀다.

변 마담은 얼굴이 확 달아오르며 말이 나오지 않았다. 계획적이라니? 내가 이런 결과를 만들려고 그 일을 일부러 꾸몄단 말인가?

"한 번 만나서 조용히 이야기 해. 나를 오해하나 보구만."

"듣기두 싫어요! 만나기두 싫구. 늙으면 좀 곱게 늙으세요."

변 마담은 이야기가 되지 않을 것을 알았다.

"그래. 곱게 늙으마……."

혼자 중얼거리며 수화기를 놓았다.

(원)《신사조 2》 1962. 3.

사랑의 거리

낮 예배를 지도하고 사택으로 돌아오자 식모가 편지 한 장을 주었다. 두 툼한 편지 봉투 겉봉에는 은혜(恩惠)의 이름이 적혀 있었다.

오필성(吳弼成) 목사로서는 상상도 할 수 없는 일이었다.

"무슨 일이예요?"

오 목사는 먼저 식모에게 은혜에 대한 이야기를 물었다.

"모르겠어요. 목사님이 돌아오시면 편지를 드리라구만 하던데요."

식모로서 그 이상 아는 것이 없다고 해도 무리는 아니었다.

오 목사는 편지를 뜯어 보기 전에, 우선 기도를 올렸다.

"주여, 이 편지 속에 상상할 수 없이 놀라운 일이 적혀 있다고 해도 당신의 종 마음에 혼들림이 없게 하여 주옵소서."

아무래도 불길한 사연이 적혀 있을 것만 같다.

주일 예배에도 참석하지 않고 집을 나가면서 편지를 써 놓았다니……. 정 볼일이 있어서 교회에 나갈 수가 없었다면 아침에 그런 사정을 어째서 말하지 않은 것일까?

편지를 써 놓고 집을 나갔다는 것은 단순한 일이 아닐 것이다. 쌓이고 쌓였던 사연들에 대한 결말이 적혀 있을 것이다.

그렇지 않아도 요 몇 달 동안 은혜의 행동은 수상스러웠다. 무엇보다도 신앙심이 없어졌다고 말할 수 있다. 예배당에 나가는 것을 부득이한 의무로 생각하는 것이 눈에 보였다. 밤늦게까지 돌아다니다가 돌아와서는 재즈 같은 성스럽지 못한 노래를 부르기도 했다.

오 목사는 아무래도 은혜는 무슨 병이 든 애라고 생각하며 봉투를 뜯었다.

'나는 아버지의 친딸이 아니라는 것을 알고 있습니다. 그렇기 때문에 저는 아버지의 애정을 구할 자격이 없습니다.'

서두에 있는 이런 말부터가 놀라웠다. 친딸이라야만 사랑할 수가 있다는 말인가? 아들의 아내도 며느리로서 사랑을 할 수가 있다. 나는 친딸 이상으로 은혜를 사랑해 왔는데 은혜는 무엇 때문에 나를 친아버지처럼 사랑할 수가 없다고 말하는 것인가? 만약 내게 따로 친자식이 있다면 또 모른다. 내게 따로 친딸이 없는 것처럼 은혜에게도 친아버지가 없다. 친딸이 없고 친아버지가 없는 사람들 사이에 어찌 친부녀의 사이를 유지 못할 것인가?

'아버지는 어째서 저의 비밀을 말씀하시지 않으시지요? 친부모를 마음 속으로라도 찾아 헤맬 것이 딱해서였던가요? 그렇지 않으면 아버지 품에서 도망칠 것이 겁나셨던가요?'

이 대목에서는 오 목사의 머리가 약간 수그러졌다.

오 목사가 은혜를 고아원에서 데려온 이래 은혜에게만은 그것을 비밀로 지켜 온 것이 사실이다. 이 일에 대해서 오 목사는 많은 고민을 겪었었다. 기독교의 교리를 따질 때 남을 속이는 것은 죄다. 하나님을 의지하고 하나의 종으로서 일생을 마치려 하는 오 목사의 고민이 아닐 수 없었다.

오 목사는 자기 교회의 장로들과 의논을 여러 번 했다. 은혜를 사랑하기는 하나, 은혜에게 있는 사실을 그대로 말해 주지 않는 것은 죄가 될 것이 아니냐고.

그러나 모든 장로들은 그럴 필요가 없다고 했다. 은혜를 사랑하는 마음에서 속인다는 것은 죄가 되지 않는다고까지 했다. 만약 은혜가 자기 어머니에게 일정한 남편이 없었다는 사실과 그 어머니가 지금도 어떤 윤락의 거리를 헤매고 있을지도 모른다는 사실을 안다면 하나님에게 버림을 받은 씨라고 자기 생명을 저주할지도 모르니 그것이 어찌 하나님의 뜻이겠는가 하는 것이었다.

오 목사는 과연 하나님의 뜻이 인간으로 하여금 자기들의 목숨을 저주하게 만드는 것이 아니리라 생각하고 은혜에게 은혜의 비밀을 숨겨 왔던 것이다. 동시에 은혜는 자기의 비밀을 모르려니만 생각했던 오 목사였다.

오 목사는 자기의 잘못을 깨닫지 않을 수 없었다. 그러나 은혜의 말과 같이 은혜가 자기 곁에서 도망갈 것이 무서워서 그 사실을 숨겼던 것이 아니었던 만큼 큰 후회는 하지 않았다.

다만 다음 대목에 가서 오 목사는 커다란 슬픔을 느낀 것이다.

'아버지는 독실한 신앙 속에서 아무런 물정도 가지고 있지 않음을 잘 알고 있습니다. 아버지가 저를 진심으로 사랑하신 것도 잘 알고 있습니다. 십오 년 간이나 길러 대학에까지 저를 입학시켜 주신 데 감사를 드릴 줄 모른다면 저는 인간이 아니겠지요.

그러나 저는 하나님과 더불어 아버지를 전적으로 신뢰할 수가 없습니다. 지극히 위대하신 하나님은 어째서 아버지나 저같이 외로운 사람을 만들어 냈으며 지극히 신앙심이 두터우신 아버지는 비할 데 없이 불쌍한 저를 어째서 속이신 것입니까? 물론 아버지가 저에게 저의 비밀을 숨기시는 것이 저의 슬픔을 크게 하지 않기 위함이리라고도 생각됩니다만……. 진흙을 보자기로 싼다고 그것이 스며 나오지 않을 수 있을까요? 차라리 밝힐 것을 밝힌 뒤 제가 제 힘으로 제 생명을 받들어 나갈 길을 찾도록 하셨다면 지금 제가 아버지 곁을 도망치는 것 같은 짓은 안 했을지도 모릅니다.'

은혜에게 깊은 신앙심이 깃들여 있으리라고는 기대하지 않았었지만 하나님과 또 자기를 원망하는 투의 글을 볼 때 여우 새끼를 길렀다는 슬픔을 느끼지 않을 수 없다. 결국 자기 품에 안겨 있지 않을 뿐 아니라 자기를 해치고 도망갈 여우를 애써 기른 도로(徒勞).

　피는 속일 수가 없는 것인가? 결국 깨끗지 못한 핏줄을 타고났기 때문에 은혜는 하나님까지 원망하며 자기를 떠난 것이다. 그럴 가능성이 있는 은혜를 무엇 때문에 십오 년 동안이나 길렀던가? 은혜가 아홉 살 때 폐렴으로 입원했던 일이 있다. 그때 나는 병원에서 사흘 동안 잠을 못 자며 은혜가 죽을까 해서 얼마나 많은 눈물을 흘렸던가?

　오 목사는 자기가 인생을 너무나 몰랐다는 결론을 내렸다.

　오 목사가 이북에서 단신 월남해 왔을 때, 그는 여러 가지로 마음의 흔들림을 받았었다. 그래서 마음의 안정을 잡기 위해 부모 없는 고아를 데려다 기르기로 했다. 보육원을 경영하는 동향 친구를 찾아 은혜를 양딸로 삼고 성도 오가(吳哥)로 고쳤다. 그때 보육원장은 좋은 집안 아이를 골라 가라고 했다. 그러나 오 목사가 구태여 은혜를 고른 것은, 첫째 은혜의 이름이 좋았기 때문이었다. 보육원장이 지어 준 이름이겠지만 은혜라는 이름의 소녀가 자기에게 은혜를 줄 것만 같았었다. 가장 불순한 피를 타고 나왔다는 것이 오 목사에게 어떤 사명감 같은 느낌을 주었다. 세상에 버림을 받고 나온 불쌍한 애를 기르는 것은 하나님의 뜻을 받드는 것이리라.

　불행한 애들 가운데서도 그 중 불쌍한 애를 선택하여 그 애를 하나님의 딸로 육성하는 것이 얼마나 보람 있는 일이겠는가?

　그러나 피는 어쩔 수 없는 것이다. 하나님을 배반함으로 태어난 씨는 또 다시 하나님을 배반하고야 말았다.

　'아버지. 그렇다고 제가 아버지를 원망하지는 않겠습니다. 아버지는 하나님과 인간을 배반하지 않는 것을 신조와 생명으로 생각하고 계신 분이니까요. 저는 그런 아버지를 믿고 존경합니다. 그러나 차라리 하나님과 인간에게 배반할 가능성이 있는 분이라면 얼마나 더 좋았을까요? 솔직히 말씀드리면 저는 아버지가 남들처럼 죄라도 지을 수 있는 분이기를 바랐습니다. 이미 저는 스물한 살이나 된 성인입니다. 그 동안 저는 아버지를 하나의 남자로 생각해 본 적이 한두 번이 아니었습니다. 재혼을 안 하시고 끝까지 독신으로 사시려는 아버지를 한 번 유혹해 보고도 싶었습니다. 때로는 이십 년 차이밖에 없다는 것과 저를 낳아 준 아버지가 아니니까 결혼을 해도 무방하리란 엉뚱한 생각도 했었습니다. 안 될 일이었지요.'

참으로 기가 막히는 말이었다.

오 목사는 혼자서나마 얼굴을 붉혔다. 부끄러운 일이었다. 그보다 더 부끄러움이 없을 말을 은혜는 어떻게 그렇게 서슴지 않고 쓸 수 있었는지.

"오 — , 주여!"

오 목사는 연상되는 부끄러운 기억을 망각하려고 두 눈을 감았다. 삼 년 전. 일생 중 가장 괴로웠던 그 순간의 기억…….

여름날 밤이었다. 동대문 D교회의 부흥전도를 끝마치고 밤늦게 집으로 돌아왔었다.

방으로 들어가 전등불을 켰을 때, 오 목사는 보아서는 안 될 것을 보았다. 은혜가 자기 방에서 웃도리를 벗고 짧은 팬츠 하나만을 입은 채 이불을 차던지고 잠들어 있었다. 가슴과 육체의 부드러운 선이 그대로 눈 안에 들어왔다. 오 목사는 홑이불을 끌어 덮어 주었으나 은혜는 잠결에 그것을 도로 차던졌다.

견딜 수 없는 유혹이었다. 가족을 이북에 둔 채 월남하여 독신으로 산 지 십육칠 년 동안 참고 참던 욕정을 그 날 밤엔 누를 길이 없었다.

오 목사는 은혜를 흔들어 깨웠다. 무엇 때문에 자기 방을 두고 여길 와서 자느냐고 큰 소리를 질러 돌려 보냈다. 은혜가 나갔다.

오 목사는 전등을 껐다. 그리고는 이북에 두고 온 아내를 생각했다. 아무 때라도 자유스럽게 애무할 수 있었던 아내. 그 부드럽고 탄력 있던 육체.

"주여. 이 죄악의 유혹을 물리쳐 주소서 — ."

아무리 기도를 드렸지만 아내의 환상과 목전에 누워 있던 은혜의 육체를 머릿속에서 지워 버릴 수가 없었다.

마음을 가다듬었으나 손은 은혜의 육체로만 뻗어나가는 것 같았다.

괴로웠다. 차라리 불기둥에 올라 몸을 태우는 것이 견디기 쉬울 것 같았다. 몸이 떨렸다. 모든 신경은 하반신으로만 쏠렸다.

괴로움 끝에 오 목사는 어떤 미국 선교사가 금욕생활을 하기 위하여 음경을 짤라 버렸다는 이야기를 상기했다.

오래 전부터 들어 온 이야기였다. 있을 수 있는 이야기다. 그러나 자기는 그렇게까지 안 하고도 능히 금욕생활을 할 수 있다고 자신했었고 또 실제로 신앙생활로써 그렇게 이겨 온 오 목사였다.

그러나 오 목사는 앞으로도 없지 않을 이 육체적 유혹을 물리치려는 데는 그것이 가장 현실적인 방법이라고 이 순간 깨달았다.

외부적인 유혹이 아니라 해도 내부적인 충동마저 느끼지 않아야 할 자기다. 외부적인 유혹은 물리친다고 해도 내부적으로 고통을 느낀다면 그것은 자율적인 금욕일 수가 없다.

오 목사는 그 절단에서 오는 고통을 생각지 않을 수 없었다. 그것이 잘못되어 생명을 잃게 될지도 모른다. 그러나 그런 것들을 생각하다가는 언제까지나 자기 고통 속에 헤매어야 한다.

그는 눈을 감았다. 그리고 순간 ── . 미친 듯 면도를 잡고 단행해 버렸었다.

그 뒤의 고통이란 말할 수 없었다. 산 생명처럼 꿈틀거리며 흘러내리는 피를 볼 때 오 목사는 그만 죽는 것이나 아닌가 생각했다. 아무런 치료방법도 없었다. 솜과 붕대를 가지고 출혈을 방지하려 했으나 그것은 멎지를 않았다. 이십사 시간의 출혈이었다.

다행히 목숨에 지장은 없었지만 그 뒤부터 그의 얼굴은 창백해 갔다. 점차 허리가 구부러지는 것 같기도 했다. 그러나 어떤 충동도 어떤 유혹도 물리칠 수 있다는 그 사실이 마음 든든했다.

차라리 늦은 감이 있었다. 일찍 그런 일을 했다면 은혜의 유혹도 유혹으로 느끼지 않았을 것이 아닌가?

'나는 삼팔선(三八線) 이북에 있는 아내가 죽었다는 확실한 소식이 있기 전에는 재혼을 할 수 없다.'

월남한 대부분의 사람들이 재혼을 했지만 하나님의 역사를 맡은 목사로서 아내가 죽었다는 말을 정식으로 듣지 못한 이상 재혼이란 있을 수 없지 않은가?

삼팔선 저쪽에 아내가 살아 있는데도 만날 길이 없다고 해서 죽은 것으로 취급한다는 것은 산 아내와 이혼을 하는 것보다 못지않은 죄악이다.

어쨌든 오 목사는 통증이 심한 가운데서도 음경을 절단한 것을 잘한 일이라고 생각했다. 앞으로는 혼자서나마 생리적 욕망에 스스로를 괴롭히는 일 같은 것도 없으리라.

그 뒤 ──. 오 목사는 은혜의 육체에서 여자라는 것을 한 번도 느끼지 않았다. 조심성 없이 자기 앞에서도 육체를 노출시키는 일을 서슴지 않았지만 오 목사는 그것을 철없는 탓이라고만 여기고 눈을 피해 버리곤 했다. 눈만 피하면 아무렇지도 않았다.

그것을 절단하기 이전에는 은혜가 난숙한 유방이 투시되는 런닝셔츠 바람으로 세수를 할 때마다 저것이 왜 아직 철이 안 들까 하는 생각을 하며,

"얘, 이젠 몸가짐을 조심할 나이가 아니냐?"

는 주의를 시켰다.

그러면서도 오 목사는 은혜의 육체로 시선을 보내곤 했었다. 어쩌자는 것은 아니었다. 보아서도 안 된다는 것을 모르는 것이 아니지만 육체적인 그리고 본능적인 욕구가 마음을 진정시키지 못하게 했었다.

마음으로 생각만 해도 간음하는 것이라고 성경에 밝혀져 있는 계명을 어찌 모를 것인가? 설교를 듣기 위해 모여 앉은 신도들 가운데 아름다운 여자들이 있는 곳으로 시선이 빗나가곤 하는 것도 마음의 간음이 아니겠는가? 설교하는 목사가 한 시간에 단 한 번이라도 신도를 이성의 눈으로 바라본다는 것은 용서할 수 없는 일이다.

사실 그것을 절단하기 전에는 설교를 하며 신도들을 내려다보는 경우 이 무래도 남자석보다 여자석을 더 많이 보게 되는 것을 어쩔 수 없었다. 여자석은 아예 보지도 말아야 한다는 생각도 해 보았지만 남의 눈에 보일 만큼 부자연스런 행동을 한다는 것은 결국 자기가 육체적 고민이 있다는 것을 신자들에게 알려 주는 것밖에 안 된다.

길에서도 반나체라고 말할 수 있을 만큼 육체를 노출시키고 횡보하는 여자들을 볼 때 오 목사는 말세가 다 되었다고 생각하면서도 마음속으로까지 그 산 육체들을 외면할 수 없었던 것만은 사실이었다. 강단에서 설교를 하면서도 반나체의 여성들에게 독설을 퍼부은 일이 없지 않지만 그것은 자기 개인의 감각적 고통에서 오는 일종의 발악이 아니었다고 누가 말할 수 있을 것인가?

그러나 그 일이 있은 뒤. 오 목사는 은혜가 자기 앞에서 돌아앉아 런닝셔츠를 갈아 입노라고 전라의 상반신을 보여 주는 경우에도 얼굴을 찡그림 없이 외면할 수가 있었다. 몸을 가눌 줄 알아야 하는 나이라고 편잔을 주지도 않았다. 그저 외면하면 그뿐이었다. 모든 것이 다 그랬다. 교회당에서 설교 듣는 젊은 여성들을 볼 때도 이성적인 감정으로 훔쳐보는 일을 안 해도 좋았다. 중성이라고나 할까. 좌우간 내부적으로 솟아오르는 본능적인 감정이 말소되었던 것이다.

마음으로 간음하는 행위마저 두려워할 것 없이 된 자기에게 죄를 지을 가능성이 있는 남자이기를 바랐다는 은혜의 말이 불칙하고 요망스럽기 짝이 없었다.

인간의 탈을 쓰고 있는 이상, 인간은 이성을 이성으로 보는 것이 할 수 없는 일이겠지만 은혜가 어찌 나와의 결혼 운운의 말을 할 수 있다는 말인가? 참으로 부끄러운 일이다.

"사탄아. 너는 죄의 씨였구나……."

오 목사는 은혜를 저주했다. 저주를 해도 하나님의 나무람을 받지 않을 것 같았다. 모든 것을 죄의 눈으로만 보는 인간. 죄의 번식자인 은혜를 어찌 너그럽게 또는 사랑하는 마음으로 대할 수가 있을 것인가?

그러면서도 오 목사는 은혜의 편지를 계속해서 읽었다.

'저는 그새 어떤 남자를 사랑했습니다. 술을 좋아하고 놀기를 잘하는 남자입니다. 그렇다고 깡패 같은 사람은 아닙니다. 일정한 직업을 가지고 장래에 대한 꿈을 꾸고 있는 사람입니다. 다만 흠이 있다면 신앙심이 없다는 것뿐입니다. 절대로 신이 없다고 주장하는 사람입니다. 그래도 저는 그 남자를 사랑하고 있습니다. 몸까지 바쳤습니다. 목숨하고도 바꿀 수 없는 귀중한 사람입니다. 눈에 보이지 않는 하나님보다 몸과 마음을 어루만지며 사랑해 주는 그 사람이 더 소중하지 않을 수 없습니다.

제가 죽이고 싶게 미우리라 생각합니다. 그러나 목이 마른 사람에게는 오직 물만이 그리움이라는 것을 아시겠지요? 하나님의 말씀으로 갈증이 없어지지는 않습니다. 배가 불러지는 밥으로도 타는 듯한 목이 시원해질 수 없습니다. 저는 우선 목을 축이어야 합니다. 물만 필요합니다. 그래서 하나님도 또 아버지도 버리지 않을 수 없습니다.

시원한 물을 찾아 그 사람에게로 떠납니다. 오랫동안 정말 친딸 이상으로 사랑해 주신 아버지의 은혜는 죽을 때까지 잊지 않으려고 생각합니다. 다만 목숨을 버리고라도 그 사람을 사랑하지 않을 수 없는 제 심정을 이해해 주시기 바랍니다.'

편지를 다 읽고 난 오 목사는 호랑이 새끼를 길렀다는 생각을 했다. 호랑이도 진심으로 사랑을 하면 사랑하는 사람에게 해를 끼치지 않으리라 생각했던 자기의 어리석음을 깨달았다. 호랑이의 몸 안에는 사람의 피를 그리워하는 욕망이 호랑이의 본질처럼 숨어 있다. 아무리 동화시키려 해도 자기의 본질을 버리지 못한다.

"아 ──, 사탄이여!"

오 목사는 슬펐다. 호랑이 같은 사탄을 사랑했다. 그 사탄에게서 은혜를 받으려고 했었다.

오 목사는 자기가 하나님의 뜻을 잘 받들지 못한 것이라고 생각했다. 하나님은 인간을 멀리서 사랑하신다. 절대로 가까이서 사랑하지 않는다. 그런데도 자기는 인간을 자기 옆에 앉혀 놓고 그 인간의 행동 하나하나를 사랑하려고 했다.

사랑은 멀리서 주어야 하는 것이다. 수많은 교인들을 사랑하고 있지만 멀리서 사랑하고 있기 때문에 그들에게서 뼈아픈 것을 느끼지 않는다. 죄를 지은 교인을 볼 때 마음이 아프기는 하다. 그러나 너그러운 마음으로 그 사람을 위해 기도하고 또는 직접 죄를 회개할 수 있는 기회를 준다. 그것이 얼마나 너그러운 사랑이냐? 가까이서 사랑을 하게 되면 결국 배신을 당하게 되고 배신을 당하면 저주를 하게 된다.

저주를 해서야 될 것인가? 하나님은 저주를 가장 싫어하신다. 칼로 대하는 원수에게도 저주를 주어서는 안 된다.

저주하지는 말자. 멀리 떠나간 은혜를 위하여 기도를 드리자. 죄를 회개하고 하나님 품으로 다시 돌아오기를 빌자.

이제 은혜가 내게서 멀리 떠나갔으니 가까이서 사랑할 수도 없는 사람이 되었다. 죄를 지은 어떤 교인처럼 멀리서 생각하고 멀리서 사랑을 주자.

오 목사는 꿇어앉아 성경책 위에 손을 얹어 놓고 기도를 시작했다.

기도를 끝냈을 때 식모가 밥상을 들고 들어왔다.

"식사를 하셔야지요."

옳은 말이다. 그래야만 밤 예배에서도 설교를 할 수가 있다.

오 목사가 밥상을 대했을 때 식모가 쪼그리고 앉아,

"은혜 아씨가 어떻게 됐어요?"

하고 걱정되는 얼굴로 조용히 물었다.

"네. 죄를 짓고 집을 나갔습니다. 믿음을 잃은 애였지요. 아주머니께서도 그 애가 믿음을 다시 찾도록 기도해 주십시오."

"무슨 죈데요?"

이 물음에 오 목사는 당황하지 않을 수 없었다. 은혜의 편지를 보여 줄 수도 없고 편지의 내용을 그대로 말할 수도 없었다.

식모는 독실한 신자다. 믿음으로 해서 자기에게 시중을 들고 있다. 먹을 것이 없기 때문이기는 하지만 남편이 있는데도 남편 생각을 하지 않고 늘 기도 속에 살고 있다.

그 믿음을 신뢰하기는 하나 아직 젊은 여자다. 은혜가 자기를 아버지로서가 아니라 하나의 이성으로 생각했다는 이야기를 입 밖에 낼 수 있을 것인

154

가? 이는 식모에게뿐 아니라 세상 어떤 사람에게도 말할 수 없는 이야기다.

은혜가 바람이 나서 좋아하는 남자를 따라 집을 나갔다는 말도 입에 옮기기 싫었다. 부끄러운 이야기다.

"믿음을 잃었다는 것만 아시고 그 애를 위해 기도해 주십시오."

오 목사를 하나님 다음으로 존경하는 식모였다. 짐작되는 것이 있었지만 어찌 오 목사의 말을 거역할 수 있으랴. 밥상을 치운 뒤 자기 방으로 돌아오자 눈을 감고 기도를 시작했다.

"하나님 아버지시여. 은혜 아씨가 믿음을 잃었습니다. 죄를 지었습니다. 하나님의 따뜻하신 손으로 은혜 아씨의 마음을 어루만지시어 죄의 구렁텅이에서 빠져 나오게 해 주옵소서. 그래서 빨리 우리 가정으로 돌아오도록 해 주옵소서."

기도를 끝냈으나 식모의 눈은 떠지지 않았다. 기도드린 말과 달리 은혜가 잘 나갔다는 생각이 들었기 때문이었다. 밤낮 집을 비우니까 오 목사는 잘 모를지도 모른다. 그러나 식모는 은혜가 목사의 딸로 어울리지 않는 여자라는 것을 벌써부터 알고 있다.

"아줌마. 나 날씬해 뵈?"

옷을 갈아 입을 때마다 입버릇처럼 하던 은혜의 말이었다.

"아줌마는 왜 남편하구 살지 않지? 아줌마가 병신이우?"

남의 마음을 아프게 하는 말도 서슴지 않고 하던 은혜. 한 번은 이런 말까지 했다.

"애는 왜 생길까? 빼빼 울기만 하면 남편하구 사랑할 수두 없지 않아?"

이제 스물한 살밖에 안 된 처녀가 더구나 목사의 딸로서 어찌 그런 말을 할 수가 있담.

더구나 입에 담을 수도 없는 말을 들은 일이 있다.

"아줌마. 아버지가 내 친아버진 줄 아슈? 아냐. 난 얻어다 기른 애야. 그래서 나는 아버지를 아버지루 생각지 않아. 언젠가 아버지의 객고를 풀어 드려야겠어요."

이러한 은혜는 좀더 일찍 집을 나갔어야 했을지도 모른다. 목사의 집안에 그런 마귀가 들어 있어서 될 말인가?

그러니 은혜를 위하여 기도를 드렸으나 은혜가 집 나간 것을 뭣보다 다행하게 생각하는 식모였다.

식모는 몸에 날개가 돋힌 것 같았다. 그릇을 만지는데도 몸이 가분가분했다. 이상한 일이었다. 은혜가 없어졌다고 해서 그 집이 자기의 집이 될 턱이 없다. 그런데도 남의 살림 같은 생각이 들지 않았다. 어쩐지 이 날을 위하여 이때까지 삼 년 동안 참고 기다린 것 같은 느낌이었다.

"숭늉 좀 줘요."

목사의 말이 떨어지기가 무섭게 식모는 숭늉그릇을 들고 목사에게로 갔다.

숭늉을 마시다 오 목사가,

"오늘은 그 애 때문에 예배당 시간에도 참석지 못했군요."

하고 물을 때 식모는 네 하고 간단히 대답하고,

"천천히 많이 드시지 않구요."

주부다운 말을 했다.

"많이 먹었습니다."

식모는 은혜의 이야기를 꺼내어 오 목사의 마음을 위로해 주고 싶었다. 어쩐지 오 목사의 마음을 자기 손으로 어루만져 주고 싶었다.

그런데 때마침 밖에서 오 목사를 부르는 남자의 목소리가 들렸다. 식모는 밖으로 나갔다.

김 집사였다.

"들어가시지요."

손님을 대하는 태도도 식모가 아니라 주부라는 것을 스스로 느끼며 식모는 손님을 방 안에 들어가게 했다.

손님이 와도 전에는 무슨 용건으로 왔건 그 손님에게 별반 관심이 없었다. 그런데 이 날은 잘 아는 손님인데도 무슨 일로 찾아왔는가가 궁금스러웠다. 설거지를 하다 말고 안방에 귀를 기울였다.

"이렇게 많은 돈을……."

오 목사의 가느다란 목소리였다.

"요새 사업이 좀 잘 되어 감사연보를 드리는 겁니다."

김 집사의 목소리를 듣자 식모는 그 이상 더 알 것이 없다는 생각이 들어 설거지를 그냥 계속했다.

만약 식모가 그들의 대화를 계속해서 엿들었다면 어떤 생각을 갖게 되었을는지…….

김 집사는 십만 환짜리 보증수표를 오 목사에게 준 뒤 금시 눈물이라도 흘릴 듯 떨리는 목소리로,

"목사님. 저는 죄를 지었습니다. 씻을 수 없는 죄를 지었습니다."
하고 사죄를 하기 시작했다.

"갑자기 그게 무슨 말씀입니까?"

오 목사가 부드러운 음성으로 김 집사를 바라보자 김 집사는 얼굴도 쳐들지 못하고,

"간음을 했습니다. 눈이 뒤집혀서 간음을 했습니다. 죄 가운데도 가장 무서운 죄를 지었습니다."

정말 애통하는 목소리였다.

오 목사는 가슴이 섬찟했다. 부인이 있고 자녀를 가진 김 집사가 간음을 하다니…….

그러나 사죄를 할 때는 간음사건이 일단락 끝난 것이라는 생각에,

"하나님께 기도를 드리십시오. 지나간 일을 회개하시면 하나님은 용서해 주실 것입니다. 바다보다도 관대하신 하나님이시니까요."
하고 김 집사를 위로했다.

"네. 기도를 여러 번 드렸습니다. 그렇지만 그 여자가 고소를 한다니 이 일을 어떻게 하면 좋습니까?"

"이유가 무엇인데요?"

"결혼을 안 해 준다는 것입니다. 제가 발을 끊자 그런 말을 합니다."

오 목사는 난처했다. 지은 죄는 용서할 수가 있다. 그러나 현실적으로 처리해야 할 문제를 해결지어 줄 수는 없다.

"다른 요구는 없습니까? 혹시……."

오 목사는 수표를 보며 돈이 해결의 관건이나 아닌가 생각했다.

"돈을 요구할 여자는 아닙니다."

오 목사는 김 집사와 관계를 한 그 여자가 어떤 사람일까 생각했다. 처녀지 과분지 궁금했다. 그러나 그런 것을 알 필요가 없었다.

하나님이 다 알고 계실 일이다. 자기가 하나님의 이름으로 김 집사를 용서할 수는 있으나 자기가 하나님은 아니다.

김 집사의 비밀을 속속들이 묻는다면 그는 도리어 부끄럼을 느낄 것이다. 부끄러움에 죄를 감추려는 마음이 생길지도 모른다.

"그 여자와 잘 아는 사람을 통해 이해시켜 보도록 하시지요."

그때 김 집사가 얼굴을 쳐들고 애원을 하는 것이었다.

"목사님. 목사님이 그 일을 좀 해 주실 수 없을까요? 우리 교회에 나오고 있는 최진실이란 여자입니다. 6·25 때 남편이 이북으로 납치되어 갔다는 여자가 있지 않습니까?"

이 말을 듣자 오 목사는 깜짝 놀랐다. 인물이 잘생긴 여자다. 그리고 여자 평신도(平信徒) 가운데서는 가장 열성 있는 여자다. 오늘도 교회에 나오지 않았던가?

"오―― 하나님."

오 목사는 하나님을 불렀다. 세상에 그럴 수가 있는가? 간음을 하고도 천연스럽게 교회엘 나오는 여자, 죄를 무서워할 줄 모르고 도리어 소송을 걸려고 하다니…….

오 목사는 김 집사의 청이 아니라 해도 최진실을 만나 죄가 무섭다는 것을 일깨워 줘야 한다고 생각했다. 흥분한 나머지 소송 운운하는 것이겠지만 죄를 인식시켜 주기만 하면 진심으로 회개하고 눈물을 흘릴 것 같기도 했다.

그러나 오 목사는 놀라는 표정만 지을 뿐 어찌 하겠다는 말을 하지 못했다.

아무리 성직에 있는 목사라 해도 저편에서 먼저 회개를 하지 않는 한 이쪽에서 그의 비밀을 아는 척할 수가 없다. 더구나 상대방은 여자다. 부끄럼을 느끼고 반발하면 역효과가 날 뿐이다.

그것만도 아니었다. 감사연보라 하고 십만 환을 연보한 김 집사의 속심이 가증스럽기도 했다. 돈으로 죄를 지우고 돈으로 목사를 움직이게 하려는 간악한 마음.

"그분을 김 집사님이 데리고 오시지요."

오 목사는 그러는 수밖에 없었다. 여자에게 부끄럼을 주지 않고 또 김 집사에게는 죄의 대가를 좀더 받도록 해야 하겠기 때문이었다.

"제 말을 듣겠습니까? 절대로 듣지 않습니다. 제 체면을 생각하시고 제 집안을 걱정하셔서 목사님이 한 번 찾아가 주십시오."

"제가 찾아가서 효과가 있을지 문제입니다. 긁어 부스럼이라구 도리어 사태를 악화시킬 우려가 있으니까요."

오 목사는 난처했다. 김 집사가 가증스러운 것을 생각하면 일체 관여하고 싶지 않았다. 그러나 목사로서 관여 안 한다고도 할 수 없는 일이 아니겠는가?

오 목사는 기도를 드리자고 했다. 하느님의 뜻을 알아보는 수밖에 없었다. 하나님의 명령대로 해야 할 것 같았다.

"하나님 아버지시여, 하나님이 아끼시고 사랑하시던 김 집사님이 죄를 지었습니다."

그는 긴 기도를 올리며 김 집사의 회개한 마음을 어루만져 달라고 했다. 난처한 처지에 놓여 있는 김 집사의 앞길을 열어 달라고도 했다.

기도를 끝내자 오 목사는 김 집사에게 우선 돌아가 있으라고 말했다. 그것은 자기에게 방안이 있다는 것을 뜻함이었다. 기도를 하는 도중 오 목사는 하나님의 명령을 받은 것이었다. 죄인을 버리지 말라는 명령이었다.

그래서 김 집사가 돌아간 뒤 오 목사는 식모를 불러 머지 않은 곳에서 살고 있는 여전도사를 불러오게 했다. 역시 남자보다 여자가 나서는 편이 효과적일 것 같았던 것이다.

혼자가 되었을 때 오 목사는 생각했다. 자기가 김 집사를 미워하지나 않는가 하고. 죄를 지은 사람 그리고 간사한 마음을 가진 사람이라고 그를 미워한다면 그것은 자기가 아직 하나님처럼 모든 인간을 사랑할 줄 모른다는 것이 된다.

사람을 미워하는 것이 아니라 죄를 미워한다는 말도 있지만 그것은 결국 사람을 미워한다는 말이나 별 차이가 없는 말이다. 죄는 미워해야 하나 이미 회개한 죄인을 미워할 필요는 없다.

오 목사는 자기가 음경을 절단하기 전 어떤 교회에서 부흥회를 인도하던 때의 일이 생각났다.

어떤 여자였다. 젊은 여자로 남편이 오래 누워 앓는 사이에 딴 남자와 간음한 일을 사죄해 왔었다. 그때 오 목사는 그 여자의 젊은 얼굴과 팽팽한 음성 속에서 하반신이 짜릿함을 느꼈다. 죄를 가까이 할 때에 오는 일종의 죄의 유혹이었다. 죄를 지을 만큼 강력한 본능적 욕망.

그 여자를 미워하기 전에 내염하는 자기 정열을 참을 수 없었다.

오 목사는 부끄러웠다. 죄를 지은 여자 앞에서 죄의 유혹을 받다니…….
동시에 자기 부끄러움을 그 여자에 대한 증오심으로 변모시켰다. 말로는 그 여자를 용서했지만 속으로는 요염한 여자라고 증오를 퍼부었던 것이다.

그러나 오늘 김 집사 앞에서는 죄의 유혹을 조금도 받지 않았다. 동시에 김 집사를 그 여인처럼 미워하지도 않았다. 남자이기 때문일까? 그렇지만은 않은 것 같았다.

역시 나는 하나님의 종이 될 자격이 있는 사람이다.

그 뒤. 오 목사는 여전도사를 통해서 김 집사의 문제를 과히 힘들지 않게 해결지었다.

참으로 다행한 일이었다. 만약 김 집사의 그 사건을 오래 끌었다고 하면 자연 교인들이 알게 될 것이다. 그렇게만 되면 김 집사와 최진실 씨는 부끄러움을 느끼고 교회에 발을 끊을 것이다. 말하자면 두 신도가 하나님을 멀리하게 된다.

하나님의 마음이 얼마나 아프실 것인가? 그리고 그 두 사람은 길 잃은 양처럼 벼랑 비탈에서 헤매게 될 것이다. 두 사람을 죽음에서 구해 낸 것이다. 그들은 앞으로 하나님의 자식으로 다시는 죄를 범하지 않고 깨끗한 생활을 할 것이 아닌가?

오 목사는 그 문제가 여자의 양보로 해결되었을 때 두 사람을 불러다 놓고 만약 이 문제로 해서 교회와 멀리하는 일이 있다면 두 분 다 벌을 받을 것이라고 계속 교회에 나오기를 다짐했다. 그때 그들은 망설였으나 오 목사의 말을 순종하기로 했다.

얼마나 잘한 일이냐? 두 죄인을 하나님 품 속에서 살게 했으니…….

오 목사는 자기가 사랑의 마음을 가졌기 때문이라고 생각했다. 사랑을 했기 때문에 그들을 미워하지 않았고 미워하지 않음으로 해서 그들을 죄 가운데서 구해 낸 것이 아니겠는가?

여전도사를 보냈을 때 최진실은 교회에 안 나가도 좋으니 김 집사하고는 끝까지 싸워야 하겠다는 말을 했다. 그 말을 듣고도 오 목사는 그 여자를 찾아갔다.

일이 그쯤 되면 여자는 부끄럼도 잃어버리고 있는 것이 사실이었다. 부끄럼마저 잃어버린 여자라면 여자로서의 가치가 없는 사람이다. 그래도 오 목사는 그 여자를 버리지 않고 찾아갔다. 정말 두 죄인이 불쌍했던 것이다. 영(靈)적으로나 현실적으로나 하나님에게서 버림을 받으면 그들은 영영 불행과 패망 속에서 허덕이고 말 것이다. 그것이 무서웠던 것이다.

오 목사가 최진실을 찾아가서 김 집사와 싸운다는 것은 자기의 죄를 속죄하는 길도 아니며 현실적으로 행복하게 되는 일도 아니란 말을 하자 최진실은,

"나를 망쳐 놓고 자기는 아무 일도 없었다는 듯이 가정 속에서 편안을 누리겠다는 그 심보가 미워요, 저는 죽어도 해 보겠어요."

하고 오 목사의 말을 들으려 하지 않았다.

오 목사는 최진실에게 머리를 숙이게 하고 뜨거운 눈물을 흘리며 하나님께 기도를 올렸다. 두 죄인이 하나님의 품을 떠나 괴로운 바다에서 헤매게 되었다고 안타까운 간청을 했다. 두 사람의 불행을 뼈아파하는 부르짖음이었다.

본시 신앙심이 두텁던 최진실이라 그 여자도 눈물을 흘렸다.

"저는 죽어야 할 여자예요. 죽구 말겠어요."

"회개만 하면 하나님이 용서를 하실 것입니다. 하나님은 타락하여 재산을 탕진하고 몸이 병들어 집을 찾아온 탕아를 더 사랑하지 않았습니까? 그런데 죽는다는 것은 자기 죄를 하나님께 회개하지 않는 행동입니다. 하나님을 두려워하지 않고 하나님을 의지하지 않는 마음입니다. 마음이 가난한 자는 복이 있다고 하지 않았습니까? 하나님을 버리지 마십시오. 더 애통하게 될 것입니다."

최진실은 진심으로 자기 죄를 사죄하고 깨끗한 여자가 되었다. 사랑만이 인간을 구할 수 있다.

그러나 일주일이 지났을 때. 오 목사는 사랑의 방법에 대하여 마음의 혼란을 일으켰다.

잠을 자려고 하는 깊은 밤에 식모가 자기 방으로 왔다. 그리고는 자기가 이때까지 오 목사에게 숨긴 것이 있다고 하며 눈물로써 자기의 비밀을 이야기했다.

즉 자기는 십여 년 전에 결혼을 했지만 아직 처녀라는 것이었다. 그것은 남편의 성적 불구 때문이었다. 하나님을 믿는 자기로서 남편과 이혼은 할 수가 없고 해서 목사님의 살림을 돕고 있다는 말을 한 뒤,

"남편은 저를 사랑하고 있습니다. 저도 사랑을 하려고 합니다. 그러면서도 남편 곁에 가기 싫은 것을 어떻게 하면 좋습니까. 저는 어린애만 하나 있으면 그 이상 더 바랄 것이 없다고 생각합니다. 남편 역시 제 마음을 알고 자기 모르게 어디서 어린애를 배 오라는 것입니다. 어떻게 했으면 좋을까요?"

식모는 눈물을 흘렸다. 참으로 아름다운 사람이라 생각했다. 성적 불구자인데도 남편을 버리지 않는 여인이다. 그뿐 아니라 남편을 사랑하기 위하여 어린애를 갖고 싶다는 여자다.

"믿음으로 사십시오. 사랑하지 않는 사람의 씨를 통해서 남편을 사랑하겠다는 것은 하나님만 의지하고는 살지 못하겠다는 무서운 생각입니다. 왜 그런 무서운 죄를 생각하시나요?"

162

그때 식모는,

"목사님, 저는 목사님의 애를 갖게 되면 그것이 하나님에게서 받은 애라구 생각해요. 하나님께서 직접 저에게 애를 주실 수는 없을까요?"

하고 상기된 얼굴로 말했다.

이 무슨 말이랴? 나를 지옥불에 빠뜨리려는 여인. 그러나 오 목사는,

"나는 하나님의 종일 뿐 하나님이 아닙니다. 사람입니다. 아예 그런 말을 두 번 다시 입 밖에 꺼내지 마십시오."

하고 부드럽게 말했다.

"그럼 저는 남편을 미워하고 이혼을 해야 하는가요? 남편 곁으로 돌아갈 길이라고는 전혀 없단 말씀입니까?"

오 목사는 자기 역시 성적 불구자라는 것을 생각했다. 동시에 성적 불구가 아니라면 이런 경우 어떻게 해야 할 것인가를 생각했다.

무지한 이 여성은 자기를 하나님의 분신이라고 생각하고 있다. 자기의 애를 배는 것은 죄가 되지 않는 줄 알고 있다. 다만 남편을 버리지 않는 길을 택하기 위해 죄의 과정을 생각함이 없이 오직 어린애만을 구하고 있다.

아름다운 여자라고 말할 수 있다. 순결한 여자이기 때문에 자기에게 그런 요구를 솔직하게 말하는 것이다. 그렇다면 두 부부의 일생을 위하여 나는 죄인이 되어도 좋지 않을까?

그러나 결론은 달랐다. 절대로 자기를 위해서도 또 식모를 위해서도 있을 수 없는 일이다. 어떤 행복도 죄를 통하여 구해서는 안 된다.

오 목사는 자기 역시 불구자라는 것을 알림으로 식모의 간구하는 바를 이루어 주고 싶어도 이루어 줄 수 없다는 사정을 말하고 싶었다. 그렇게 하면 무지한 식모는 죄를 범할 마음을 스스로 버릴 것이다.

그러나 오 목사는 그 말을 할 수가 없었다. 만약 그 말을 한다면 자기도 죄를 범하고 싶기는 하나 할 수가 없는 뜻을 알려 주는 결과를 가져온다. 능력이 없어 죄도 짓지 못한다고 해서야 될 말이겠는가?

"우리 기도드립시다."

오 목사는 결국 기도드리는 길밖에 없음을 알았다.

"하나님. 우리는 인간이기 때문에 육신의 행복을 구하지 않을 수 없습니다. 그러나 육신의 행복이 하나님을 버리는 길임을 밝히 가르쳐 주소서. 인간의 멸망이 어디서 시작된다는 것을 분명히 가르쳐 주소서."

그러나 다음 날. 식모가 보따리를 싸들고,

"저는 가겠어요. 가서 남편과 이혼을 하겠어요. 그럴 수밖에 없다구 생각해요."

하며 울 때 오 목사는 당황하지 않을 수 없었다.

이 여자를 사랑해 줄 방법은 없는가? 자기가 사랑하지 않는다고 해서 자기와 하나님을 저버리고 떠나는 여자를 ── .

식모는 하나님의 뜻을 전하는 자기의 말만으로는 사랑을 느끼지 못한다. 누구에게나 줄 수 있는 사랑만으로 만족하지 못하는 여자. 그렇다고 식모로 하여금 자기 남편과 이혼하는 길로 나가게 내버려 둘 수도 없다. 죄의 출발점이다.

오 목사는 식모를 불렀다.

"나를 똑똑히 보시오. 나는 얼굴이 창백하오. 등어리가 꾸부정하오. 마치 폐병환자 같소. 무엇 때문인지 알겠소? 나는 죄의 씨를 막기 위해서 그것을 잘랐소. 아주머니의 남편이나 다를 데 없는 남자요."

자기 고백을 하고야 말았다.

"네? 왜요?"

식모가 놀랐다. 남편은 천생 병신이니 할 수 없는 일이지만 어엿이 있는 것을 잘라 버리다니? 놀라지 않을 수 없는 일이었다.

그러나 나면서부터 허리가 굽은 줄 알았고 나면서부터 얼굴이 흰 줄만 알았던 오 목사가 그것 때문에 그랬단 말인가?

"나는 한 사람에게만 만족을 주어서는 안 되는 사람이요. 가까이서보다 멀리서 사람을 사랑해야 하는 목사요."

식모는 그것도 숙명이라 생각했다. 남편이 불구자. 또 남편 못하지 않게 섬기는 목사도 불구자. 어디를 가도 피할 수 없는 숙명 같았다. 그래서,

"목사님. 용서하십시오. 저도 또 불구자인지 누가 알겠어요. 그냥 있게

해 주세요."
하고 주저앉았다.

식모가 도로 주저앉자 오 목사는 모든 고난이 가신 듯 마음이 개운함을
느꼈다.

역시 먼 곳에서 사랑하면 인간 모두를 사랑할 수 있다. 절대로 가까이서
사랑하는 일을 하지 말자.

그런데도 은혜 일이 잊혀지지 않았다. 배신이란 말 한 마디로밖에 달리
표현할 수 없는 은혜였지만 그 은혜가 궁금했다. 죄악의 구렁텅이 속에서
지옥을 지옥인 줄 모르고 살고 있겠지.

친자식은 아니라 해도 친자식 못지않게 사랑으로 길러 낸 딸이다. 지금
자기 주변에서 가장 가깝다고 말할 수 있는 오직 하나의 존재다. 그러한 은
혜가 하나님을 부끄러워할 줄 모르고 지옥의 불구덩이 속에 빠져 버렸다.
많은 신도들이 하나밖에 없는 딸조차 인도하지 못했다고 자기를 비웃을지도
모른다. 딸 하나를 인도하지 못하며 어찌 남의 죄를 구원한단 말을 할 수 있
을 것인가?

오 목사는 하나님의 계시로 은혜가 다시 돌아오기를 바랐다. 그래서 매일
기도를 드릴 때마다 은혜를 긍휼히 여겨 달라고 간구했다.

기도의 효험이 있었던지 하나님이 은혜를 버리시지 않았다. 집을 나간 지
한 달이 된 어떤 날. 은혜가 돌아왔다. 오 목사는 은혜가 반가웠다. 위험한
상태에서 목숨을 구해 낸 것처럼 반가웠다.

그러나 그렇다고 해서 무조건 반가워할 수는 없었다.

"잘못을 깨달았니?"

잘못을 깨달았다고 해야만 반가운 표정을 지을 작정이었다.

"네."

은혜의 대답은 너무나 간단했다. 진심으로 회개하는 사람의 태도 같지가
않았다.

"그새 어디 가 있었니?"

은혜의 행동을 추궁했다.

"좋지 않은 남자한테 속았어요."

"어떤 남잔데?"

"대학교 학생예요."

"그래. 이젠 완전히 끊었니?"

"네."

자진해서 설명하려고 하지 않는 이상, 추궁을 해도 효과가 없다는 것을 안 오 목사는,

"앞으로는 신앙생활을 하겠니?"

하고 은혜의 마음을 다짐해 물었다.

"네."

또 시원치 않은 대답이었다. 그럴 수밖에 없었다. 은혜는 그 동안 어떤 대학생과 동거생활을 했다. 하숙방에서 동거생활을 하는 동안 그 남자의 마음이 변해 갔다. 은혜도 자연 그 남자가 싫어졌다. 돈 없는 부자유도 싫었지만 그 남자가 정신적으로 어린 느낌이 들었다.

그래서 헤어진 것이다. 헤어졌으니 갈 곳이 없었다. 천하의 고아 은혜를 받아 줄 사람은 없었다. 그렇다고 해서 타락한 직업여성은 되기 싫고 그래서 오 목사에게로 돌아왔지만 은혜는 자기가 잘못했다고는 생각지 않고 있다. 좋아서 동거생활을 하다가 싫어져서 헤어진 것이 무슨 큰 잘못인가? 앞으로는 남자 선택을 좀더 신중히 하리라 생각했지만 좋은 남자가 나설 때는 언제나 또 연애를 하겠다는 생각을 가지고 있다. 종교적 신앙심을 갖고 자기를 억제하는 생활에 만족할 수 없는 은혜인 것이다.

"만약 내 말을 듣지 않고 믿음 없는 생활을 한다면 내 집에 있을 수 없다는 걸 알아야 한다. 알겠지?"

"네 ─ ."

만족스런 대답은 아니었지만 은혜는 오 목사의 말을 수긍했다. 집을 나가는 날까지는 표면으로나마 오 목사를 거역할 수 없기 때문이었다.

"기괴망칙한 네 편지를 읽었다. 일일이 추궁하지는 않겠지만 철없는 생각을 버려라. 나는 너의 아버지다. 친아버지가 아니라 해도 너를 길러 준 아버

지다. 아버지를 아버지로 대접할 줄 알아야 하지 않니? 네가 네 비밀을 안이상 친아버지를 그리워할 것쯤 나도 이해한다. 그렇지만 찾으려야 찾을 수 없는 친아버지를 생각해서는 무엇하겠니? 마음이 괴로울 뿐이다. 오직 하나님만을 믿는 마음으로 깨끗한 여자가 되어라."

이때 은혜가 울기 시작했다. 이때까지 은혜는 마음대로 살아 왔다. 그러나 자기를 행복한 여자라고 생각지 않았다. 그런데 갑자기 불행한 여자란 생각이 가슴 속에 사무쳤던 것이다.

자기를 낳아 주지 않은 오 목사에게 그런 설교를 듣는다는 것부터가 불행한 여자이기 때문이라고 생각이 들어 견딜 수가 없었다.

눈물 흘리는 것을 보자 오 목사는 은혜가 자기를 회개하는 것이라 생각했다. 불쌍한 마음이 들었다.

"은혜야. 애통하는 자는 복이 있다고 하셨다. 너는 네 잘못에 대하여 애통한 마음을 가져라. 그러면 너는 절대로 버림받지 않을 것이다."

측은한 목소리로 말했다. 그러나 은혜는 날이 지나도 오 목사를 의지하려는 태도를 보이지 않았다.

전에는 금욕생활을 하는 오 목사를 불쌍히 여겨 온 은혜였다. 옳은 생각이 아닌 줄 알면서도……. 이제는 그렇지가 않았다.

남자와 동거생활을 한 경험에서 이때까지 가졌던 남성에 대한 막연한 환상을 잃었기 때문이었는지도 모른다. 자기에 대한 오 목사의 태도가 전보다 엄격해졌기 때문인지도 모른다. 어쨌든 은혜는 오 목사를 전처럼 생각지 않았다. 범접할 수 없는 무서운 존재로 보았다.

예배시간에 빠질 때마다 은혜는 오 목사에게 야단을 맞았다. 외출했다가 조금 늦게 돌아와도 꾸중을 들었다. 그래서 예배시간에는 교회당에 나가야 했고 밤 열 시 이전에는 집에 돌아와야 하는 은혜였다.

그런 것들은 은혜로 하여금 오 목사에 대하여 점점 더 거리감을 느끼게 했다. 오 목사가 친아버지가 아니라는 생각을 더욱 굳게 해 주는 일이기도 했다.

은혜는 오 목사가 자기를 위하는 마음에서 엄격해졌다고 너그럽게 생각할 줄을 몰랐다. 친아버지가 아니기 때문이란 생각만을 했던 것이다. 말하자면 엄격해진 오 목사의 태도를 자기에 대한 보복적 행동이라고 해석했다.

어떤 날. 오 목사가 결혼을 하라고 하며 교회의 어떤 청년 이야기를 꺼냈다. 독실한 신자였다. 그러나 은혜는,

"결혼 안 해요."

하고 한 마디로 거절했다. 사실은 결혼할 생각이 없지 않았다. 그러나 오 목사에게 반항하고 싶은 마음에서 더 이야기를 하지 못하게 했다.

결혼으로 자기를 안정시키려는 오 목사가 싫었던 것이다.

오 목사는 결혼 이야기를 한 번만 하지 않았다. 두고두고 틈 있는 대로 말했다.

그럴 때마다 은혜는 일찍 결혼할수록 그만큼 빨리 젊음을 상실하는 것이라고 생각했다. 젊음을 빨리 상실시키려고 오 목사가 자기의 결혼을 서두르는 것이라고도 해석했던 것이다.

그러나 오 목사가 결혼을 시키고야 말 것 같은 눈치를 챘을 때 은혜는 어떤 남자를 붙잡았다. 전부터 학교 동급생을 통하여 알고 있기는 하나 딴 여자와 연애를 하는 남자였다.

은혜는 그 남자가 결혼상대로는 가장 적당하다고 생각했다. 나이가 사오년 위다. 직업을 가지고 있으며 생활 능력이 강하다. 은혜는 그 남자에게 접근했다. 연애하는 여자가 있는 줄 알면서도 그 남자를 뺏으려 한 것이다. 그래서 그 남자와 결혼해 버릴 생각이었다.

오 목사는 은혜의 태도가 또 달라진 것을 느꼈다. 예배시간에도 나오지 않을 때가 많았다. 밤 열두 시가 거의 되어서야 돌아오는 때도 있었다.

오 목사는 은혜를 붙들고,

"너는 애통하는 마음을 잊었구나. 지옥이 무섭지 않느냐?"

하고 은혜를 꾸중했다. 오 목사는 엄격하게 다루지 않고서는 은혜를 참 사람으로 만들기 힘들다 생각했다.

불쌍한 처녀. 친부모가 없다는 슬픔에서 아주 건져 낼 수 없는 여자다. 그러나 버려서는 안 될 여자다. 만약 자기가 은혜를 버린다고 하면 하나님

이 얼마나 노하실 것인가?

굴레 벗은 송아지처럼 위험한 은혜. 오 목사는 예배시간마다 은혜를 앞장 세우고 교회로 나갔다. 열 시가 지나면 문을 안 열어 준다고 했다. 굴레 벗은 송아지에게는 굴레를 씌워야만 위험한 곳에 가지를 못한다. 위험한 길에 들어서지 못하게 한 뒤 믿음을 집어 넣어 주자. 그러면 은혜는 거듭난 여자가 될 것이다.

오 목사는 은혜에게 용돈도 잘 주지 않았다. 은혜도 돈 이야기를 잘하지 못했지만 돈 이야기를 꺼낼 때도 어디다 쓰려는 것인가를 다짐한 뒤 요구액의 반 정도밖에 주지 않았다. 굴레를 씌우기 위함이었다.

오 목사는 자기가 은혜에 대하여 인색해졌다는 것을 느꼈다. 인색하다는 것은 사랑이 적어졌다는 뜻이 될지도 모른다. 오 목사는 할 수 없다고 생각했다. 사랑에 뒤서는 것인지는 모르나 자기는 은혜에게 의무감을 느끼고 있다. 그 의무감으로나마 은혜를 거듭나게 해야 한다.

의무감도 공리적이 아닌 이상 일종의 사랑이다. 물론 가까운 사랑은 아닐지 모른다.

그러나 인간은 멀리서 넓게 사랑해야 하지 않는가? 하나님처럼.

어떤 날, 은혜가 밤 열한 시가 지나서야 돌아왔다. 식모가 대문을 열려 나가려 할 때 오 목사는 식모를 제지하고 자기가 나갔다. 대문 앞까지 가자 오 목사는 대문을 열기 전에,

"지금 몇 신지 아느냐?"

하고 물었다. 대답이 없었다.

"너는 하나님이 무섭지 않느냐? 하나님과의 약속을 어기면 어떤 결과가 올지를 생각 못해?"

그래도 대답이 없었다. 오 목사는 대문을 열었다.

"은혜야. 내 마음을 이렇게 아프게 해도 좋으냐?"

진심으로 그는 자기 심정을 호소했다.

그러나 은혜는 머리를 수그린 채 벙어리인 양 대답할 생각을 안 했다.

"너는 애비 말이 말 같지도 않으냐? 왜 대답을 안 하니?"

오 목사의 말소리가 약간 거칠어졌다. 그때였다. 어느 새 옆에 와 섰던 식모가,

"다음에 말씀하셔요. 밤도 늦었는데 ── ."

하며 은혜의 팔을 잡아끌려 했다. 은혜는 오 목사 앞을 떠나지 않았다. 오 목사더러 할 이야기를 다 하라는 듯한 반항적 태도였다. 오 목사는 따귀라도 때리고 싶었다. 그러나 목소리를 죽여 가며,

"나는 아무것도 생각지 않고 오직 사랑만으로 너를 대해 왔다. 그런데도 너는 애비를 생각하는 마음이 손톱만큼도 없구나."

하고 때리는 것 못지않게 엄격한 태도를 보였다. 그때 은혜는 수건으로 코를 닦았다.

소리없이 눈물을 흘리고 있었던 것이다. 어둠 속에서 보이지는 않았으나 우는 것이 분명하다고 생각한 오 목사는,

"가서 자라. 내일 이야기하자 ── ."

하고 그는 먼저 자기 방을 향해 걷기 시작했다. 그때 식모가 은혜에게,

"아버지처럼 거룩하신 분은 세상에 또 안 계실 거야. 말씀을 잘 들어야지요."

마치 어머니이기나 한 듯 자애롭게 타이르는 소리가 들렸다.

자기 방으로 들어가자 오 목사는 식모의 그 자애스런 목소리를 생각했다. 식모살이를 하는 여자에게 있을 수 없는 음성이었다. 참으로 훌륭한 여자라 말하지 않을 수 없었다.

나의 아내일 수는 없다. 은혜의 어머니일 수는 더욱 없다. 그런데도 아내처럼 또는 어머니처럼 남을 사랑할 수 있다는 것은 그가 아내로서의 여자 또는 어머니로서의 여자를 단념했기 때문이 아닐까?

오 목사는 마음속으로 일종의 만족감을 느꼈다. 세상을 잃고도 사랑을 얻은 것 같은 느낌이었다.

"은혜도 회개를 하겠지."

오 목사는 은혜가 자기의 사랑과 식모의 자애에 진심에서 우러나오는 눈물을 흘리고 있으리라 생각했다. 식모까지 그렇게 걱정을 하는데 어찌 마음

170

을 돌리지 않을 수 있을 것인가?

그러나 다음 날 아침. 문지방에 놓여 있는 은혜의 편지를 보고 오 목사는 만사휴의라는 것을 느꼈다.

'아버지. 용서하십시오. 앞으로는 다시 아버지를 걱정시키지 않겠습니다. 죽는 한이 있어도 혼자 죽으려 합니다. 어디라고 갈 곳이 있어서 가는 것은 아닙니다. 가는 곳이 지옥의 불덩이라고 생각하며 그냥 집을 떠나는 것입니다.

사랑은 구하는 것이 아니라 빼앗는 것이란 말을 들었습니다. 그래서 친구의 연인을 빼앗아 사랑을 했습니다. 결혼을 할 생각이었습니다. 그러나 그 남자도 결국은 저를 버리고 말았습니다. 현실은 저에게 악착하기만 합니다. 그래서 저는 현실과 대결할 결심입니다. 남자들을 저주하고 싶습니다. 현실에 복수를 하고 싶습니다. 그것뿐입니다. 하나님의 사랑. 아버지의 사랑으로는 현실을 저주할 수가 없습니다. 저주받고 나온 목숨이 되어 그런지는 모르겠습니다만 세상을 저주 안 하고는 살 수가 없습니다.

아버지의 사랑을 모르지 않습니다마는 그 사랑이 제 생명을 꺾는 것으로밖에 해석되지 않는 저를 하나님인들 어떻게 할 수 없으리라 생각합니다. 내내 아버지의 안녕하심을 빌겠습니다.'

은혜는 새벽에 탈출을 했다. 두 번째 탈출한 은혜가 다시 돌아올 리는 만무하다. 오 목사는 온 세상이 자기를 버린 것 같은 느낌이었다. 딸일 수 없는 은혜를 딸로 사랑하려 했었던 것이 잘못이었을까…….

품속에서 영원히 떠나간 은혜. 오 목사는 눈을 감고 기도를 올렸다.

"세상이 은혜를 버렸다 해도 주님께서는 은혜를 버리시지 않으리라 생각하옵니다. 은혜가 주님을 버렸다 해도 주님께서는 은혜를 사랑해 주실 줄 믿습니다. 그리고 제 마음속에도 은혜를 미워하고 원망하는 생각이 깃들지 않게 해 주옵소서."

기도를 올린 뒤 오 목사는 생각도 없이 체경 앞에 가 섰다. 창백한 얼굴,

꾸부정한 어깨. 불구라는 것이 드러난 그 외모였지만 그 불구스런 외모가 만족스럽게 생각되었다.

나는 불구이기 때문에 삼팔선 이북에 있는 아내에게도 죄를 짓지 않았다. 식모에게도 은혜에게도 죄를 짓지 않았다. 동시에 그들을 모두 미워하지 않을 수 있다.

은혜야. 오늘부터 딸이란 말을 하지 않으련다. 하나님이 멀리서 인간을 사랑하시듯 나도 너를 멀리서 사랑하마……. 너를 위하여 끊임없이 기도를 하마. 나에게는 돌아오지 않아도 좋다. 그러나 언제든 하나님 품으로 돌아가거라…….

(원) 《자유문학 59》 1962. 5, (출) 『한국단편문학전집 6 고호』 정음사, 1964.

푸르름

스프링 코트를 입고도 옷깃 속으로 스며드는 바람이 차가운 것을 느끼게 하는 삼 월. 종배(宋種培)는 수영팬티 하나만을 입고 한강(漢江) 모래사장에서 심호흡을 하고 있었다. 준비운동을 끝내고 물 속으로 뛰어들려는 것이었다.

모래알을 굴리며 쏴 불어 오는 바람이 온몸에 소름을 돋게 했다. 두어 달이 지나면 뱃놀이가 시작될 이 한강에는 아직 고기잡이 배 한 척도 보이지 않았다. 종배는 심호흡을 계속하며 추위를 잊어야 했다. 추위에 대한 공포심을 없애야만 수영을 할 수 있기 때문이었다. 세 번. 네 번. 가슴을 불룩 내밀고 팔과 다리에 있는 힘을 다해서 힘껏 심호흡을 계속했다. 그러는 그의 시선은 강 건너 한 지점에 고정되어 있었다.

다섯 번. 여섯 번. 그는 속으로 악 소리를 한 번 지르고 물 속에 뛰어들었다. 차가운 물이 피부 속으로 스며드는 것 같았지만 벌써 닷새째 계속되는 연습이라 종배는 아무 두려움이 없었다. 팔에 힘을 주어 쭉쭉 빼면서 속력을 내기 시작했다.

자유형(自由型) 천오백 미터. 이것이 그의 목표였다.

추위를 이기려면 몸을 함부로 움직이면서 정신적인 발악을 해야 했지만 몸을 함부로 움직이면 수영의 폼[型]이 흩어진다. 속력을 내면서도 몸이 너무 가라앉지 않게 그리고 발이 수면에 올라오지 않게 신경을 써야만 했다.

쏵 쏵, 폼을 흐뜨리지 않으며 앞으로 앞으로 나가던 종배는 강 한가운데쯤 이르자 추위를 완전히 잊었다. 한강 건너 바위 밑에 이르렀을 때는 그늘진 곳에 아직 남아 있는 얼음을 보고도 그는 쉬지 않고 몸을 돌이켜 한 번 온 곳을 되돌아갔다. 한 왕복에 약 오백 미터. 세 왕복을 해야만 겨우 천오백 미터가 된다.

한 왕복을 끝내고 두 번째 돌아올 때였다. 종배는 옷을 벗어 놓은 지점에 누가 서 있는 것을 멀리 보았다.

누굴까? 생각하면서 수영을 해 나가고 있는데,

"빨리 나와요."

하는 목소리가 들렸다. 여자의 목소리였다.

종배는 가희(權佳姬)라고 생각했다. 여자로 자기를 찾아올 사람은 가희 이외에 아무도 없다. 그리고 자기가 한강에서 수영을 시작했다는 것을 아는 사람도 가희뿐이다.

종배는 한 손을 들어 흔들었다. 아직 한 왕복을 더 해야 하는 것이지만 그래도 가희가 반가웠던 것이다. 그러나 사람의 얼굴을 가려 볼 수 있는 거리에까지 이르러 목을 들었을 때 종배는 그 여자가 가희가 아님을 알았다. 키가 작았다. 그리고 얼굴이 길지가 않고 동그랬다. 누굴까? 물이 얕은 데까지 이르자 종배는 몸을 세워 일으키고 물 위를 달리기 시작했다.

가희가 동생처럼 귀여워하는 유수미(兪秀美)였다. 수미라는 것을 알자 종배는 갑자기 맥이 풀리는 것을 느꼈다.

'재수 없게 남의 연습을 방해하려구.'

속으로 중얼거리며 수미 옆으로 가자,

"언니 어머니가 몹시 아프세요."

하는 수미의 첫마디 말이 종배를 더 못마땅하게 했다.

'가희 어머니가 아픈 것과 내가 무슨 상관이야?'

종배는 자기가 연습을 중단한 것만이 억울하게 생각되었다. 그러나 그 말을 입 밖에 내지 못하고,

"그래서?"

174

하고 물었다. 그러니 날더러 어떻게 하라는 것이냐는 뜻이었다.

"좀 가 보세요. 돈이 없어서 의사두 부르지 못하는 것 같아요."

"무슨 병인데?"

"며칠 전부터 가슴이 아팠대요."

종배는 미리 가지고 왔던 담요를 둘러썼지만 몸이 떨리기 시작했다. 물에 젖은 몸이 강바람에 부딪치니 떨리지 않을 수 없었다. 더구나 반갑지도 않은 말이 긴장을 확 풀리게 했다.

"먼저 가 ──."

그래도 종배가 담요 속에서 옷을 다 갈아 입을 때까지 수미는 떠나지 않고 기다렸다.

"집에 가서 돈을 가지구 갈게."

집엘 다녀간다고 해도 시내까지 같은 버스를 타야 한다. 그런데도 수미더러 혼자 가라는 말을 한 것은 여자와 같이 걷기가 싫은 때문이었다. 수미는 이제 고등학고 1학년 학생이지만 남들은 그래도 이상한 눈으로 볼 것이 분명했다. 종배는 가희를 만날 때에도 절대로 같이 걷지를 않는다. 간혹 과자집에서 만나는 일이 있지만 그런 경우에도 나올 때는 따로따로 나온다.

대학교 1학년이면 연애를 부끄러워하지 않을 나이일지 모른다. 그러나 종배는 남에게 연애한다는 말을 듣기가 싫었다. 가희도 마찬가지였다. 종배가 체부동. 자기는 옥인동. 말하자면 집이 같은 방향인데도 과자집에서 만났다 헤어질 때는 언제나 따로따로 버스를 탔다.

그들은 확실히 서로 사랑하고 있다. 그런데도 같이 걷지를 않는데 종배가 어찌 수미와 같이 걸으려 할 것인가? 수미는 그것도 모르고 종배 옆을 떠나지 않고 전찻길까지 따라왔다.

"뭘 타구 갈 테야?"

종배는 수미가 버스를 탄다면 자기는 전차를 탈 작정이었다.

"버스루 가지요. 뭐."

수미는 같이 타자는 뜻으로 말했을 것이다. 그러나 종배는,

"그럼 버스 타구 가. 나는 전차 타구 갈 테니까."

하고 전차 정류소로 걸었다. 만약 수미가 자기도 전차를 탄다고 하며 따라오면 그때 자기는 버스를 탈 예정이었다. 그런데 무안을 당했다고 생각했는지 다행하게도 수미가 따라오지를 않았다.

종배는 두어 정거장쯤 가서 전차를 내려 합승을 바꿔 탔다. 병이 중하다고 일부러 수미를 내보낼 정도라면 중태에 빠져 있을지도 모른다. 그렇다면 조금이라도 빨리 가야 할 것 같았다. 합승을 타면 수미와 만날 우려도 없었다.

합승으로 집에까지 가서 돈을 꺼내 가지고 가희 집으로 가는 도중, 종배는 한강을 생각했다. 만약 수미가 오지만 않았다고 하면 지금쯤 한강을 세 번 다 왕복했을 것이다. 그리고 얼마를 쉬었다가 다시 수영을 할 것이다. 이렇게 한강에 미련을 느끼자니 불현듯 가희가 얄미운 생각이 났다. 자기들은 아직 약혼도 안 했다. 물론 약혼이니 결혼이니 하는 말은 입 밖에 꺼낸 일도 없는 사이다. 그런데 어머니가 병에 누웠다고 사람을 시켜 돈을 가져오라고 하다니…….

가희는 물론 자기보다 가난하다. 그리고 달리 의지할 데도 없다. 그리고 자기에게는 큰 돈이 아닌 이상 가희 어머니의 병을 치료시킬 만한 돈이 있다. 설사 그렇기는 하다고 해도 사람을 시켜 돈을 보내란 말을 할 수 있을 것인가?

종배는 이때까지 생각하던 가희와 아주 다른 가희를 처음 보는 듯했다. 어머니가 어떤 국민학교 앞에서 문방구를 팔며 두 식구가 겨우 살고 있지만 가희는 그런 것을 내색하지 않고 공부에만 열중하고 있다. 한편 자기와 같은 수영선수로 국내의 기록을 세우고 있기도 하다. 종배가 고등학교에서 쓰던 참고서나 사전 같은 것을 주면 동정이라고 해서 받기를 꺼려하던 가희였다.

'이중성격자!'

종배는 가희를 이렇게 생각했다.

다시는 만나지 말아야지.

이런 생각을 하며 가희의 집엘 들어갔다. 어떻게 된 일인지 가희 어머니

는 잠들어 있었다. 종배는 혹시 죽은 것이나 아닌가 하고 가희를 보았다. 가
희는 죽은 사람 앞에 앉아 있는 것 같지 않게,

"어떻게 오셨어요?"

하고 또렷한 발음으로 물었다.

"수미가 한강까지 나왔던데……."

"수미가요? 가지 못하게 했는데 기어이 가고야 말았군. 깍쟁이 같은 계집
애."

종배는 다시 가희가 이중성격자라고 생각했다. 분명히 심부름을 보내고
도 못 가게 했다는 가희. 그러나 종배는,

"그래 어머니는 어때?"

하고 물었다.

"아는 병인 걸요. 지금은 좀 나아서 잠드셨어요."

알 듯도 하고 모를 듯도 했다. 그러나 이왕 가지고 온 돈이니 주고 가지
않을 수 없었다.

"의사를 불러다 뵈."

주머니에서 돈을 꺼내 가희에게 내밀었다.

"소용 없어요. 다 낫는데 뭐."

가희는 첫마디로 거절이었다. 종배는 이중성격자니까 그럴 수도 있는 것
이라 생각하고,

"그럴 필요 없어. 병은 고쳐야 하니까."

돈을 가희 무릎에 내던졌다.

"일 없다니까요."

가희는 돈을 들고 종배 앞으로 와서 호주머니 속에 집어 넣었다.

종배는 화가 난 듯한 가희의 얼굴을 바라보았다. 그리고는 막연하게나마
나는 속았구나 하는 생각을 했다. 어떻게 된 일인지는 모르나 어쨌든 속고
있는 것만 같은 감정이었다.

종배는 돈을 방바닥에 내던지듯 놓고 가희의 집을 뛰쳐 나왔다. 뒤도 돌
아보지 않고 골목길을 지나 큰길로 나왔을 때였다. 한강에 나왔던 수미가

할딱거리며 달려오고 있었다.

"좀 어때요?"

근심스런 표정으로 물었으나 종배는,

'공범자 —— .'

하는 생각에,

"어서 가 봐."

하고는 바삐 걸었다. 정신 없이 효자동 전찻길까지 나왔다. 마라톤 식으로 기운이 지칠 때까지 달리고 싶은 심정이었다. 아무도 만나고 싶지가 않았다. 가슴 속에서는

'깜찍한 것.'

소리만이 뇌까려졌다.

'나를 속이다니.'

생전 처음으로 느끼는 분함이었다.

"넌 애비가 애비 같지두 않으냐?"

몸살에 걸려 며칠째 누워 있던 아버지가 삿대질을 하며 소리소리 질렀다.

"자식에게 그런 심부름을 시켜두 좋은 일인가요?"

종배는 죽어도 아버지의 그런 심부름은 안 할 작정이었다. 확실히 첩이었다. 물론 쉬쉬하고 있는 처지였지만 아버지가 첩을 두고 있다는 것은 어머니도 알고 있는 일이다. 그런데 어머니가 외출하고 없는 새 아버지가 그 첩에게 돈이 들어 있는 편지를 전해 달라는 것이었다.

"못 시킬 일이 뭐냐? 얼마 전부터 돌려 주기로 했던 돈인데 그래 애비가 무신한 인간이 되어두 좋단 말이냐? 가까운 친구의 누이동생이다. 아무 관계두 없는 여자야. 뭣이 잘못이냐?"

"세상에 비밀이 있는 줄 아세요? 다 알구 있어요. 어머니두 모르시는 줄 아시지요? 아시면서두 모른 척하시는 것뿐입니다."

"애비를 올개미에 씌우려는 놈이로구나? 내가 그 여자와 무슨 상관이 있단 말이냐? 응, 애비를 잡아먹으려는 이 자식아!"

뻔뻔스럽기 짝이 없는 아버지였다.

"이 자식아. 애비를 그렇게까지 못 믿거든 그런 애비와 같이 살게 뭐냐? 나가라. 나가 없어져."

그것이 일주일 전의 일이었다. 그때 종배는 아버지를 비웃으며 집을 나왔다.

삼촌 집으로 가서 거기서 밥을 얻어먹으며 학교엘 다녔다. 그래도 좋다고 생각했다. 아버지가 그렇게까지 뻔뻔스런 인간이라면 평생 만나지 않아도 좋다고 생각했다. 삼촌이 내쫓을 리 없었다. 아무데서나 밥을 먹고 공부를 하자. 그리고 수영을 하자. 공부를 하고 수영을 하면 그뿐이다.

그렇기 때문에 분하다는 생각이 별로 들지 않았던 것이다. 다음 날. 어머니가 찾아와서 사정사정하며 돌아가자고 했다. 나이 육십이 다 된 아버지가 그러면 얼마나 그러겠느냐 하며 아버지에게 너그러운 태도를 보이는 어머니를 대하자 종배는 아버지가 다시 나가란 말만 안 한다면 도로 들어가도 좋다는 생각을 하고 어머니를 따라 돌아갔다. 그 뒤 아버지와의 사이가 완전히 회복되지 못했다 해도 아버지는 아버지, 나는 나, 라는 생각으로 신경을 쓰지 않고 있었다.

그런데 가희는? 집을 떠나 삼촌댁으로 갈 때 종배는 막연하게나마 아버지가 없어도 죽지 않는다. 나는 나대로 산다는 생각이었는데…….

그런데 가희는 무엇이란 말인가? 지금 종배는 갈 데를 잃고 있다. 가희는 가희대로, 나는 나대로, 라는 마음이 들지 않는다. 어디로 달리고만 싶다.

종배는 북악산을 올려다봤다. 그리고 시내와 반대 방향인 북악산을 향해 발을 옮겼다. 거기에 가면 바위가 있고 나무가 있다. 옛 성도 있다. 모두 말을 할 줄 모르는 존재들이다. 말을 할 줄 모르는 것들이기 때문에 도리어 통하는 것이 있을 것 같았다.

전차 종점까지 이르렀을 때였다.

"야. 너 어디 가니? 이거 만나러?"

종배 앞으로 달려와서 어깨를 치고는 새끼손가락을 내밀어 보이는 친구가 있었다.

같은 반 친구였지만 종배는 조금도 반갑지 않았다.

"자아식, 비켜."

종배는 강원(康源)을 무시해 버리고 빠져 나갈 생각이었다. 그러나 강원은 종배를 놓치려고 하지 않았다.

"너두 기분 나쁜 일 있었니? 그렇지? 가서 한 잔 하자. 내 한턱 낼게."

술이라는 말에 종배는 귀가 솔깃했다. 술이란 이런 때 마시는 게 아닌가?

종배는 일 년 전의 일을 회상했다. 고등학교를 졸업하던 날. 종배는 동무들과 어울려 술을 마셨다. 마시고 싶어서 마신 것은 아니었다. 그러나 세상을 얻은 것 같은 즐거움이었다. 고등학교 학생으로서의 수영선수 생활은 화려했다. 사백 미터와 천오백 미터의 한국 신기록을 세웠던 것이다. 그리고 졸업장을 탔다. 게다가 자기가 지망했던 대학교에도 합격되었다. 즐겁지 않을 수 없었다. 그때도 축구선수인 강원이가,

"오늘 같은 날 안 마실 수 있니?"

했다. 정말 안 마실 수 없을 것 같았다. 생전 처음으로 술을 진탕 마시고 집으로 돌아왔다. 집에 와서는 마신 술을 토했다. 머리가 어지러웠다. 다음 날은 하루종일 기분이 나빴다.

그래서 술은 마실 것이 아니라고 생각한 뒤, 이때까지 그것을 삼가 왔다. 그러나 지금의 종배는 내일의 일을 생각하고 싶지 않았다. 내일 수영 연습을 못할 것이 겁나지가 않았다.

술은 이런 때 마시라고 있는 것 ──, 이런 생각만이 들었다.

"빨리 가. 자아식아."

강원이 종배의 손목을 잡아끌었다..

"자아식. 오늘 무슨 일이 있었니?"

종배는 마지못해 끌려가듯 강원의 뒤를 따랐다.

"글쎄 말야. 고것이 키스를 하겠더니 거절을 하잖아. 기분 나빠 오는 길야."

마포행 버스 안에서 강원이가 하는 말이었다.

"고것이라니?"

"넌 아직 몰라. 어제 뮤직홀에서 만난 K여자고등학교 학생야."

"어제 처음 만난 여자에게 키스를 청해?"

"어때? 좋으면 하는 거지. 처음 안 그 자리에서는 못하나?"

"그래두……."

"숲 속으루 끌구 갈 때야 자기두 알았을 거 아냐? 그런데 숲 속에 가서 거절한다는 건 기분 나쁜 일이거든."

"그렇다고 우울할 건 뭐니?"

"자아식. 시합에 지구 나면 기분이 좋던? 마찬가지지 뭐야?"

운동경기에서 진 이야기라면 종배로서 이해 못할 바 아니었다.

"넌 가회 때문에 우울하냐?"

자기 말을 다하자 강원은 종배의 이야기를 들으려 했다.

"나?"

종배는 자기 이야기를 할까 하고 생각했다. 그러나,

"난 아무것두 아냐. 가회 어머니가 앓아 누워 있는 것을 보구, 약간 우울했던 것뿐야."

이야기를 반도 안 했다. 자기는 강원과 인생이 다르다고 생각했기 때문이었다. 강원은 여자를 보면 욕정의 대상으로만 생각한다. 그리고 또 대부분 그런 여자하고만 교제를 한다. 그러나 자기는 그렇지가 않다. 또 가회 역시 그러하다. 강원이가 자기 이야기를 한다고 해서 자기도 이야기 전부를 다하면 자기가 밑질 것만 같았다.

종배는 강원에게 밑지는 일을 하고 싶지 않았다. 강원은 고교 시절 이름 있던 축구선수다. 그러나 지금은 대학에서 꼬바리 선수로 겨우 선수의 명색만을 유지해 가는 학생이다.

"어디가 아픈데?"

"글쎄 이삼 일째 누워 앓는데 무슨 병인지두 잘 모르겠어."

"자아식. 그래 계집애 어머니가 아프다는 데까지 다 따라다니니? 너 계집애하고 연애하는 거냐, 그 애 어머니하구 연애하는 거냐?"

"좋아하는 사람의 어머니가 앓는다면 같이 걱정해야 하는 거 아냐?"

이렇게 말하면서도 종배는 자기가 왜 가회 욕을 하지 않으려고 하는가를 생각했다. 이제 가희 따위를 생각할 필요가 뭐람. 가희는 나를 속였다. 나를 속인 여자.

강원과 같이 간 곳은 무교동 어떤 음식점이었다. 으슥한 방에서 그들은 약주를 마시기 시작했다.

강원은 술을 맛나게 마셨지만 종배는 술의 향기를 느끼지 못했다. 도리어 역한 것을 억지로 마셨다. 마시면서,

"차라리 잘 됐지. 연애는 해서 뭣해."

필사적으로 가희를 잊어버리려 했다.

이때까지 가희는 참으로 좋은 처녀였다. 같은 수영선수라는 점에서도 통하는 데가 있었다. 그리고 공부도 잘한다. 학교에서 장학금을 타고 있다. 그런 만큼 조금도 천하지가 않다. 언제나 의욕에 불타고 있었다.

그것은 종배에게 좋은 자극이 되었다. 가희처럼 공부도 잘하려고 했다. 그리고 가희 못지않게 우수한 수영선수가 되겠다는 의욕을 북돋우어 주었다. 그러나 사람을 속이는 여자를 무엇에 쓴담. 수미를 심부름 시키고도 안 시킨 척 돈을 받지 않으려던 가희. 그러나 돈을 던지고 나올 때는 할 수 없다는 듯이 받고야 만 가희. 잊어버리자. 잊어버려도 아까움이 없다. 내게는 공부가 있다. 그리고 수영이 있다. 나는 적어도 아시아 선수권을 획득해야 한다. 금년 자카르타에서 열리는 아시아 경기 대회에는 반드시 참가해야 한다. 그러기 위해서는 일본 선수의 기록을 돌파해야 한다.

그 목표를 달성하기 위해서는 한 시간의 여유도 없다. 가희를 만날 겨를도 없을 것이다.

"빨리 마셔."

강원이 술잔을 내밀었다.

"마시자. 누가 안 마신댔어."

종배는 가희를 잊기 위한 술이라 생각하며 마셨다.

"얘. 너 가희 먹었니?"

갑자기 강원이가 물었다.

"자아식 ── ."

종배의 얼굴이 붉어졌다. 말의 추잡성이 자기를 추잡한 인간으로 취급하는 것으로 해석되었던 것이다.

"넌 먹지두 못할 거다."

사실 종배는 그런 생각을 해 본 적이 없었다. 그래야 한다는 법이 어디 있는가?

"추잡한 소리 그만둬."

종배는 설사 잊어버릴 사람이라고 해도 가희를 그런 여자로 취급하기가 싫었다. 가희는 깨끗한 여자다.

"자아식. 뭐가 추잡하단 말인가? 여자란 그것밖에 뭐 또 있어?"

"듣기 싫어."

종배는 강원의 생각을 반박하고 싶지 않았다. 강원인 자기 멋대로 살 것이다. 그것도 나쁘지 않을지 모른다. 그러나 자기는 그러지 않을 것이다. 그것은 자기의 생리일지도 모른다.

"자아식. 예수가 될래?"

"예수가 될 생각은 없어. 그렇지만 너처럼 여자를 취급하기는 싫어."

"자아식. 너의 어머니두 그래서 너를 낳은 거야."

이 말이 입 밖에 나오기가 무섭게 종배는 강원의 턱에 펀치를 넣었다.

"개새끼!"

벽에 몸을 대고 쓰러졌던 강원이가 몸을 일으키며,

"이거 정말이냐?"

하고 파래진 얼굴로 정시했다. 정말이라면 결투를 하려는 모양이었다.

종배는 싸울 필요가 없다고 생각했다.

"어머니까지 모욕할 필요가 뭐냐? 안 그래?"

흥분하지 않은 목소리로 연하게 말했다.

"뭣이 모욕이야. 사실이지."

강원이도 결투를 해야겠다는 생각은 가지고 있지 않은 모양이었다.

"모욕이지 뭐냐?"

"사실을 사실대로 말하는 것이 모욕이야? 사실을 감추는 것이 기만이지!"

"기만이래두 좋아. 다시는 그런 말 나한테 하지마."

"그렇다구 해서 날 때릴 것까진 없지 않니?"

"미안해, 때린 건 내 잘못이야. 분하거든 날 되루 때려 줘."

종배가 강원 앞으로 고개를 내밀었다.

"못 때릴 것두 없어."

강원이 정말 때리기라도 할 것처럼 종배를 노려볼 때 종배가,

"술이나 마셔. 내 사과할게."

하고 술잔을 강원의 손에 쥐어 주고 손을 꼭 잡았다.

"기분 나쁜데……."

"나쁠 것 없어. 내가 사과하지 않았어."

그래서 술을 취하도록 마셨다. 술을 안 마시면 강원이 정말 기분 나빠할 것 같았기 때문이었다. 엔간히 취해서 음식점을 나왔을 때 강원이 종배의 손을 꼭 잡고,

"오늘은 무조건 날 따라와."

했다.

"어딜 가는 건데?"

"글쎄 따라오기만 하란 말야."

종배는 강원이가 가려는 곳을 짐작했다. 절대로 가고 싶은 곳이 아니었다. 그런 데를 다니기 시작하면 결국 강원 같은 사람이 되고 만다. 운동을 못하게 된다. 그리고 혹시 병이나 걸리면 어떻게 할 것인가?

"다음에 가."

그러나 강원은,

"너 재미 없다. 알지. 잔말말구 따라와."

이때까지 참았던 감정을 금시 폭발시킬 것처럼 야무지게 말했다.

"그래. 가자."

할 수 없는 일이었다. 강원은 끝내 종배를 종로 삼가까지 끌고 가서 매춘부를 안겨 주고야 말았다.

"자식. 한 번 맛을 봐. 그래서 인생을 알란 말야."

종배는 색시 방으로 들어갔다. 그러나 종배는 가슴이 떨려 색시의 얼굴도 쳐다보지 못했다. 처음 오는 곳이다. 용기만 내면 아무것도 아닐지 모른다. 그런데 그 용기가 나지 않았다. 떨리는 가슴 때문에 욕망은커녕 사지가 노곤하기만 했다.

"그냥 갈게 ── ."

종배는 색시의 승낙을 구했다.

"왜요? 내가 싫으세요?"

"아냐. 그저 가야 해."

색시가 종배를 붙잡았으나 뿌리치고 뛰쳐 나왔다.

"같이 온 손님보구 먼저 갔다구 말해 줘 ── ."

한 마디를 남기고 전찻길로 나왔을 때 종배는 후 한숨을 내쉬었다. 만나지 않기로 마음먹은 가희지만 가희에게 떳떳한 일을 했다는 생각이 들었다. 밤하늘이 훤해 보였다. 모든 사람에게 자기 손을 뒤집어 깨끗함을 보여 주고 싶었다.

집으로 돌아오자 종배는 어머니에게 냉수를 청했다. 그리고는 냉수를 가져온 어머니에게,

"술 좀 마셨어요."

하고 술 마신 이야기를 고백했다. 그것은 고백을 위한 고백이 아니었다. 술을 마셨지만 딴 실수는 안 했다는 자기 자랑이 하고 싶었기 때문이었다.

"술을 왜 먹니? 몸이 나빠지게."

어머니가 걱정의 말을 했다.

"다시는 안 먹을게요. 제가 그렇게 철없는 앤가요 뭐."

어머니를 안심시키자 종배는 가희에게도 지금의 자기를 보여 주고 싶은 마음이 들었다. 밉던 생각이 완전히 사라졌다. 그래서 종이를 꺼내 편지를 쓰기 시작했다. 무슨 말을 쓸 것인가는 생각지도 않고. 사실 무슨 말을 쓸지도 몰랐다. 종로 삼가에 갔었다는 말은 차마 쓸 수 없다. 그렇다면 자기를 자랑할 말을 어떻게 쓸 것인가?

'자랑은 해서 뭣해?'

자기 자랑을 할 상대가 아니란 생각이 처음으로 들었다. 동시에 앞으로는 만나지 말아야 한다는, 낮부터 품고 있던 생각을 되살렸다. 그래서 만나지 말자는 편지를 쓰기 시작했다.

'어떤 일이 있어도 만나지 말도록 합시다. 우리는 다 같이 바쁜 사람이니까요.'

지극히 간단한 편지였다. 그는 지체 없이 그 편지를 부쳤다.

편지를 부치고 돌아오자, 어머니가 어딜 갔다 오느냐고 물은 다음,

"아버지는 오늘 안 들어오신다더라."

하며 가벼운 한숨을 내쉬었다.

"출장가셨나요?"

아버지는 삼척 방면에 탄광을 가지고 있다. 그래서 가끔 출장이 있곤 했다.

"출장 같지두 않더라."

"출장두 아닌데 왜 안 들어오세요."

"누가 아니?"

이야기를 꺼내기는 했지만 결말까지는 말하고 싶지 않은 모양이었다. 종배는 눈치가 갔다.

"거길 가신 모양인가요?"

"글쎄 눈치가 그런 것 같더라."

"그럼 이제부턴 드러내 놓구 다니실 작정인가 보군요?"

"글쎄나 말이다."

그때 종배는 어머니의 표정을 살펴보았다. 체념에 가까운 기진맥진한 얼굴에 슬픔이 깃들고 있었다.

'나가라면 나갈게요. 아마 내가 없어져야 집안이 편할 것 같군요.'

삼 년 전 어머니가 아버지에게 하던 말이 기억났다. 그때의 어머니 얼굴에는 지금보다 훨씬 생기가 떠돌고 있었다. 나가라고 하면 아무 말 없이 나갈 것처럼 말하면서도 얼굴 뒤에 숨어 있는 독기(毒氣)를 나타내고 있었다.

"누가 나가랬어? 남자가 한 번쯤 바람을 피우기로서니 그리 야단스럽게 굴 것까진 없잖아?"

"누가 야단스럽게 굴었어요? 당신이 자유로워질려면 내가 없어야 할 것 같으니까 하는 말이지요."

"벌써 발을 끊었단 말야. 잔소리 말구 가만 있기나 해."

그때 어머니는 눈물을 흘렸다. 아무 말도 않고 눈물을 흘렸다. 그렇지만 그 눈물 속에는 불행에 대한 반항심이 깃들어 있었다. 그런데 지금의 어머니 얼굴에는 불행에 대한 반항심도 깃들어 있는 것 같지가 않았다. 불행에 대한 면역성이 생겼다는 말인가? 그렇지 않으면 기진할 정도로 노쇠했다는 말인가?

종배는 어머니 얼굴에서 전에 느끼지 못하던 고독을 느꼈다.

"아버지는 언제나 철이 드실까?"

자탄하는 말이 입에서 새어 나왔다. 그러나 그것은 가벼운 탄식에 그쳤다. 그는 곧 밤운동을 시작한 것이다. 엎드려 뻗쳐와 줄넘기 운동——. 그것은 그가 잠자리에 들기 전에 반드시 하는 운동이었다. 십 분쯤 그 기본 운동을 하고는 방으로 들어와 요를 깔아 놓고 그 위에서 수영 폼을 연습했다. 요 위에서 수영 연습을 하는 것이었다.

그런 운동을 하면서 종배는 줄곧 금년에는 한국 신기록을 수립해야 한다, 그리고 아시아 경기 대회에서는 일본 선수를 눌러야 한다……, 는 생각만을 했다. 하면 된다고 생각했다.

누구보다도 수영에 적격한 체질을 가지고 있다. 백육십팔 센치의 신장과 오십오 킬로의 체중. 그것은 이상적인 체격이다. 그리고 근육이 딴딴하지가 않고 빼낸 듯이 미끄럽게 평형을 이루고 있다. 심장이 또한 강하다. 열심히 하자. 노력만 하면 안 되는 일이 없다.

아무 잡념 없이 약 삼십 분 동안의 운동을 끝내고 잠을 청하려 한 때였다. 어쩐지 잠이 오지 않으며 가희의 얼굴이 자꾸만 눈앞에 떠올랐다. 자야지——.

종배는 가희 생각도 할 것 없이 잠을 자야 한다고 생각했다. 잠자는 것도 수영을 위한 하나의 일이다. 잠을 잘못 자면 내일의 컨디션이 나빠진다. 컨디션이 나쁘면 연습이 잘 안 된다.

'자자 ——.'

눈은 꼭 감았으나 가희의 얼굴은 여전히 눈앞에서 사물거렸다. 동시에 편지는 무엇 때문에 그토록 성급하게 부쳤을까 하는 생각을 했다.

만약 편지만 부치지 않았다면 내일쯤 찾아올지도 모른다. 한강에서 연습하고 있는 것을 알고 있으니 한강으로 나오거나 그렇지 않으면 집으로라도 올 것이다. 그런데 나는 무엇 때문에 그런 새망을 부렸단 말인가? 돈 때문에 그런 편지를 보냈다고 오해할 것이 아닌가?

가희 말대로 가희가 시키지도 않은 것을 수미가 제멋대로 찾아와서 돈 이야기를 했을지도 모른다. 이때까지 가희는 세속적인 돈 이야기 같은 것을 해 본 적이 한 번도 없었다. 아무리 가난하게 산다고 해도 남에게 신세질 생각을 안 하는 가희였다. 종배와 만날 때도 과자점 같은 곳을 싫어했다. 종배의 신세도 지기 싫었기 때문이었다. 그래서 수영 연습장에서 만나거나 그렇지 않으면 자기 집 또는 종배의 집을 만나는 장소로 이용해 왔다. 그러니까 가지고 갔던 돈을 줄 때 그것을 받지 않으려 하던 것이 가희의 본심이다. 설사 가희가 수미를 심부름시켜 돈을 요구했다고 해도 그것이 무슨 큰 잘못이겠는가? 돈에 부족을 느끼지 않는 자기에게 어쩔 수 없는 이유로 돈을 요구한다는 것은 그만큼 자기를 의지한다는 것도 된다. 자기를 의지하는 것이 무슨 잘못이란 말인가? 가희가 보고 싶었다.

"자신 있지요? 나두 자신 있어요. 내년에두 신기록을 못 내면 우리 수영을 포기해요."

작년 겨울 어떤 날 종배 집에 와서 놀던 가희의 말이었다.

"그래. 해두 안 되면 포기해야지."

"그렇지만 노력이 필요해요. 남들이 따를 수 없는 노력만이 남들이 세우지 못한 기록을 수립할 거예요."

그래서 종배는 금년 삼 월이 들자 남들이 못하는 한강 건너기를 시작했다.

'만나거든 내 신경질을 사과해야지.'

한 마디 사과만 하면 가희는 또다시 수영의 좋은 반려자가 될 것이다.

종배는 아버지 따위는 생각지도 않았다. 가희만이 자꾸만 생각되었다.

'어머니 병이 위중한데도 공연히 다 나았다고 그런 것이나 아닌가?'

이런 생각도 들었다. 그 꼬장꼬장한 성격이 그런 거짓말도 능히 할 수 있을 것 같았다.

내일 가희가 찾아오지 않거든 내가 찾아가야지 ——.

종배는 이렇게 생각 안 할 수 없는 마음이 결국 사랑이라고 생각했다.

사랑! 나는 가희를 사랑한다. 가희를 사랑하는 것이 틀림없는 일이다.

다음 날. 학교에 갔다가 한강으로 나갔을 때 종배는 가희를 줄곧 기다렸다. 기다리고 또 기다렸으나 가희는 나타나지 않았다. 가희 대신 수미라도 찾아왔으면 하고 생각했지만 수미도 나타나지 않았다. 기다리는 시간을 많이 갖기 위해 전보다 한강을 몇 번이나 더 건너갔다 왔는지 모른다. 그리고 모래사장을 얼마나 많이 달음질쳤는지 모른다.

기다리다 지친 마음이 피곤을 느꼈다. 안 오겠으면 말라지. 오지 않아도 좋다. 제가 없으면 내가 수영을 못할 것이냐? 안 오는 사람을 찾아갈 것도 없다. 비굴은 싫다. 지저분하다.

종배는 가희를 생각지도 말아야 한다고 마음속으로 다짐했다. 잘못하다가는 가희 때문에 몸을 버리기 쉽다. 몸을 버리면 수영은 그만이다.

그는 강원을 생각했다. 여자에게 미치게 되면 결국 강원처럼 될 것이 아닌가? 그렇게 되면 수영도 아무것도 없다. 참 강원은 오늘 학교에도 나오지 않았다. 어젯밤 녹초가 된 모양이다. 자아식, 벌써부터 술과 계집을 좋아해서 어떻게 될 작정인가?

저녁때. 종배는 집으로 곧장 돌아왔다. 조금만 더 가면 가희의 집이 있지만 가희를 찾아갈 생각을 안 했다. 아버지는 아직 돌아오지 않았다. 그런데도 어머니가 아무 말도 안 하는 것이 좋았다. 만약 어머니가 속을 태우며 안절부절한다면 그것을 어떻게 볼 것인가?

불안과 초조. 그것은 허무와 방황, 그리고 반항과 절망을 가져온다.

불안은 싫다. 절망은 더욱 싫다. 어머니, 슬퍼도 웃음을 보여 주시오.

어머니는 참으로 훌륭하시다.

"얘. 그래 강물이 차지 않던. 그러다가 감기 걸릴까 걱정이다."

종배의 건강만을 말씀하시지 않는가?

"벌써 며칠 째라구요 어머니두. 얼음 속에서 수영을 해두 감기가 안 들 것 같아요."

종배는 일부러 큰 소리로 말했다. 모든 불만이 달아나라는 듯이.

"난 불땐 방에서두 추운데, 넌 정말 장사로구나……."

"훈련하면 되는 거예요. 안 되는 일이 세상에 어디 있어요?"

"그래 너처럼 한강에서 수영하는 사람두 있던?"

"없으니까 좋지요. 어머니, 내 금년엔 신기록을 낼게 두구 봐요."

종배는 자기의 명랑이 가장(假裝)된 것이나 아닌가 생각했다. 어머니보다도 자기가 감정의 불안 속에 떨어지지 않도록 하기 위하여. 확실히 가장된 명랑 같았다. 그러나 가장된 것이든 무엇이든 불안 속에 빠지지만 않으면 좋다고 생각했다.

저녁을 먹자 종배는 책을 읽기 시작했다. 해야 할 공부이기도 했지만 공부를 함으로 자기의 감정을 흩뜨리지 않겠다는 생각이었다. 아무것도 생각지 말자. 아버지도 또 가희도.

책을 펴 놓고 공부를 하고 있을 때 안방에서 말소리가 들려 왔다. 귀가 저절로 기울어졌다. 안 들으려고 하면서도 귀는 자기도 모르게 자꾸만 안방으로 기울어졌다.

어느새 아버지가 돌아오신 모양이었다.

"자식들을 생각하셔야지요. 나는 아무래두 좋아요. 다 늙은 게 씨앗을 봤다구 마음 아파할 거 있겠어요? 그렇지만 다 큰 자식에게 체면이 서지 않아 걱정이예요."

어머니의 조심스러운 말소리였다.

"잔소리 말어. 나를 훈계하는 거야?"

아버지의 거치른 목소리였다.

"조용히 말씀하세요. 애들이 듣지 않아요?"

"알면 어때? 아무래두 알게 될 걸."

"그럼 아주 살림을 차려 주셨나요?"

190

"그래. 그러니 어쩌란 말야?"

"또 큰 소리를 내시네. ……전처럼 늦게라두 매일 들어오시면 해서 하는 말이지요."

"나 하구 싶은 대루 할 테야. 왜 내 맘대루 못해. 내 참견을 말란 말야."

"뭐 참견인가요. 그저 애들을 생각해서 하는 말이지."

"암말두 말라니까. 그 대신 굶겨 죽이지는 않을 테야."

"당신두. 누가 굶어 죽을까 봐 걱정한대요. 종배를 좀 보세요. 그게 벌써 부터 한강에서 수영 연습을 하잖아요. 그 애 맘을 좋게 해 주고 싶어요. 마음이 산란해서야 운동인들 어떻게 하겠어요."

"글쎄 잔소리 말라니까? 그깐 놈의 운동이 뭐 대단하다구……."

종배는 손가락으로 귀를 틀어막았다. 더 무서운 말이 들려 올 것만 같았던 것이다.

어머니는 어째서 내 말까지 끼고 들어가는 것일까? 아버지와 내가 무슨 상관이 있기에.

'나 하구 싶은 대루 할 테야. 왜 내 맘대루 못해!'

정말 그렇다. 아버지는 자기 하고 싶은 대로 하고 나는 내가 하고 싶은 대로 한다. 아버지가 첩을 얻건 무엇을 얻건 나와 무슨 상관이람.

그러나 아버지는 너무 한다. 무얼 잘한다고 어머니보다도 큰 소리로 떠들어대는 것일까? 하고 싶은 일을 해도 가만히 해야 할 것이 아닌가? 정말 체면이 없어 보였다. 종배는 귀를 틀어막은 채 책을 읽기 시작했다. 지구가 산산조각이 난다 해도 나는 내 할 일만 하면 된다는 생각이었다.

그러나 글자가 눈 안에 들어오지 않았다. 새까만 글자가 물이 묻은 것처럼 번져 나가다가 그냥 흩어져 버리고 만다.

어머니 생각이 났던 것이다. 큰소리 한 마디도 못하고 꾹꾹 참고만 있는 어머니의 가슴이 얼마나 답답할까? 폭군에 대한 인종이라면 그래도 체념이나 할 수 있을 것이다. 체념되지 않는 횡포에 무조건 인종해야 하는 어머니는 그래 그만한 자존심도 없다는 말인가?

종배는 어머니가 미웠다. 생명에 대한 권리까지 포기한 못난이가 어디 있다는 말인가? 종배는 안방으로 달려가 어머니를 쥐어박으며 왜 그렇게도 못났느냐고 소리를 지르고 싶었다.

그러나 종배는 못 들은 척, 모르는 척해야 했다. 들은 척, 아는 척하는 것이 무서웠던 것이다. 들은 척, 아는 척한다면 반드시 후환이 있을 것만 같았다.

그리고 모르는 척해야만 자기 마음이 편할 것 같았다. 벌집을 쑤시지 말자. 벌집을 쑤신다고 해서 일이 잘 되는 것 하나 없다. 그리고 내 마음도 편할 것 없다.

종배는 소변이 마려워도 변소엘 안 갔다. 목이 말라도 냉수 달라는 말을 안 했다. 아버지가 왔다는 것도 모르는 척하자. 집이 떠들썩 소란해도 듣지 못한 척하자.

그는 아무것도 모르는 척 밤운동을 했다. 그리고는 다음 날 새벽에는 겨울에도 빼지 않고 계속한 새벽산보를 언제나처럼 했다. 북악산 밑까지 뜀박질로 갔다 오는 일이었다.

이 날은 전과 달리 자하문까지 올라갔다. 산보를 오래 하고 싶었던 것이다. 그래야 그만큼 아버지를 안 볼 수가 있다. 자하문까지 가서 거기 숲 속으로 들어가 기본 운동을 하고 내려올 때 종배는 가회의 집 앞으로 해서 오고 싶은 마음이 생겼다. 얼마 돌지 않으면 그 앞을 지날 수 있다. 가회가 찾아오지 않으니 자기라도 찾아가야 한다는 생각이 들었던 것이다.

그러나 가회의 집으로 가는 골목까지 들어갔다가 그는 그냥 도로 나와 버렸다. 자기가 찾아오지 않는데 내가 가서 무엇하는가 하는 생각이 들었던 것이다.

뒤돌아서서 얼마를 오다가 종배는 침울하게 앉아 있을 가회의 얼굴을 보았다. 만나지 않겠다는 편지를 받고 수심에 잠겨 있을 가회.

'내가 나빴어.'

이런 생각과 동시 발길을 돌렸다. 자기가 남을 괴롭히는 나쁜 사람이 될 수는 없었던 것이다. 그러나 가회의 집 앞에까지 이르렀을 때 종배의 발걸음은 굳어졌다. 차마 대문을 두드릴 수가 없었던 것이다.

아침 일찍 대문을 두드리면 가희 어머니가 얼마나 놀랄 것인가? 그리고 가희가 안 만나겠다고 편지까지 하고 무엇 때문에 새벽처럼 왔느냐고 냉정한 표정을 보이면 어떻게 할 것인가? 에익. 될 대로 되겠지.

종배는 뜀박질로 집까지 달려왔다. 집에 이르자 어머니가 조반을 먹으라고 했다. 아버지는 벌써 식사 중이었다.

그는 아버지와 면대하기가 싫어 세수나 한 뒤 먹겠다고 하고 세수를 천천히 했다. 그리고는 아버지가 출근하는 것을 보고야 안방으로 건너갔다.

아버지의 얼굴을 안 보니 한결 마음이 편했다. 그래서 식사가 끝날 때까지 옆에 앉아 있는 어머니에게 어젯밤 들은 이야기를 듣지 못한 척 아버지 이야기를 한 마디도 안 했다. 어머니도 말 안 하는 것이 편하다고 생각했는지 아버지 이야기를 비치지도 않았다.

그런데 며칠이 지나도 아버지가 돌아오지 않았다. 어머니는,

"원 세상에……."

하며 혀를 찰 뿐 어떻게 할 생각을 안 했다.

참으로 기막힌 집안이었다.

'나 하고 싶은 대로 할 테다.'

그래 그렇게 해 가지고 집안이 된단 말인가? 아버지는 그렇다 치고 어머니는 어째서 바보스럽게 가만히만 있는 것일까?

종배는 아버지 사무실로 달려가 사람들이 많은 데서 창피를 줄까 하는 생각을 했다. 소위 사장이니 무엇보다도 창피를 두려워할 것이다. 가만 있지 않는다고 협박을 하며 빨리 집으로 돌아오라고 하면 꼼짝 못할 것 같았다. 아들의 자격으로 능히 그럴 수가 있다고 생각했다. 아들이라고 해서 부모의 잘못에 눈을 감아야 한다는 법은 없다.

그러나 종배는 아버지를 찾아가지 않았다. 벌집을 쑤시고 싶지가 않았던 것이다.

세상일은 내 뜻대로만 되는 것이 아니다. 내 생각이 옳고 내 행동이 올바르다고 해서 세상이 그 생각 그 행동을 받아들이는 것도 아니다.

세상은 저 갈 데로 간다. 그렇다고 해서 반드시 비관할 만큼 위태로운 곳

으로만 가는 것도 아니다. 어떤 역사를 보아도 뒤로 물러가지 않았다. 인류 전체가 망하는 대로 끌고 가지는 못했다.

내버려 두자. 내버려 두면 아버지가 파멸을 당할지 모른다. 그러나 그 파멸은 아버지에 그치는 것이다. 나까지 파멸할 까닭은 없다. 그렇다면 우리 집안은 엄연히 존재할 것이다.

아버지가 나간 지 사흘. 그리고 가희에게 편지를 보낸 지 나흘째 되는 날. 가희가 한강으로 나왔다.

종배는 반가웠다. 한강을 세 번 내왕하고 모래사장에서 뜀박질을 하며 몸을 풀고 있을 때 가희가 가까이 왔다. 그는 가희를 보자 우선 그런 편지를 보내 미안하다는 사과를 하려 했다. 자기 오해였노라고 머리를 숙이려 했다. 그런데 그 말이 왜 그렇게도 입 밖에 나오지를 않을까? 굳어진 가희의 얼굴을 대하자 그냥 가슴이 막히는 것이었다.

사랑하던 사람을 몇 해만에 만난 듯한 마음이었다. 그저 두근거릴 뿐. 이윽고 침묵을 깨뜨리고 가희가 물었다.

"그런 편지를 왜 보내셨지요?"

그것은 선의의 질문이 아니었다. 증오심에서 나오는 힐문이었다. 말의 어조로 보나 그 굳어진 표정으로 보나 틀림없는 증오였다. 종배는 격해진 마음에,

"보낼 만하니까 보냈지."

당연한 일에 잘못이 있을 수 없다는 듯 대답했다.

"나는 암만 생각해두 그 이유를 모르겠어요."

가희의 태도가 처음보다 약간 풀렸다. 그런데도 한 번 격한 마음이라 종배는 조금도 누그러지지 않고,

"그렇게두 둔감해?"

하고 쏘아부쳤다.

"정말 모르겠어요. 내가 무슨 잘못을 했지요?"

"모르겠으면 그만둬. 이야기두 하구 싶지 않아."

그 뒤 가희는 아무 말도 안 했다. 그러나 슬퍼하는 표정은 아니었다. 약간

풀렸던 표정이 도로 굳어질 뿐……. 한참 후에 가희는 책가방에서 봉투 한 장을 꺼내 종배에게 주었다.

종배는 그새 쓴 편지려니 생각하면서도,

"뭐야?"

하고 극히 무뚝뚝하게 물었다. 그러자 가희는 그것을 내던지고 뒤돌아 걷기 시작했다. 그리고는 철교를 향해 달음질했다. 봉투 속에는 돈이 들어 있었다. 일전 어머니 병을 고치라고 갖다 줬던 바로 그 돈이었다.

종배는 얼굴로 확 열이 올라오는 것을 느꼈다.

"내 돈은 쓰지 않겠다는 거지?"

종배는 흥 흥 콧방귀만을 내뿜었다. 불신(不信)과 모욕.

세상에 태어나 처음으로 느끼는 불신과 모욕이었다. 그는 가희에게로 달려가 그 돈으로 가희의 얼굴을 때리고 침을 뱉아 주고 싶었다.

"제까짓 게 뭔데……."

가슴이 와들와들 떨렸다. 아래윗니가 서로 부딪쳐 데걱데걱 소리를 냈다.

종배는 가희의 뒷모습을 노려보며 주먹을 불끈 쥐었다. 그러나 그는 가희를 아무렇게도 하지 못했다. 그저 울고 싶었을 뿐이었다.

다시 물 속에 들어가지를 못했다. 아직 시간이 많이 남았는데도 그는 옷을 입고 집으로 돌아왔다.

생각하면 생각할수록 분하고 원통했다. 수고한다는 한 마디도 안 하고 그래 그 편지는 왜 보냈느냐고 처음부터 따지기만 하던 가희. 자기는 무조건 잘못했다고 사과를 하려 했다. 그 말이 입 밖에 나오지 않았을 뿐이었다. 그렇지만 만삭이 된 애는 어머니 뱃속에서 나오기 마련이다. 만약 가희가 추운데 수고해요 하고 한 마디만 부드럽게 해 주었다면 반드시 나오고야 말 말이었다.

그 말이 안 나온 것은 오직 가희 때문이 아닌가?

'나쁜 것. 결국 너는 나를 사랑하지 않는 것이다. 사랑한다면 그럴 수는 없을 것이 아니겠는가?'

종배는 자기가 가희를 사랑했던 과거를 취소하고 싶었다. 그런 여자를 사

랑했던 자기가 천치 바보 같은 생각이 들었다. 그래서

'나도 너를 사랑한 일이 없다. 언제 내가 너를 사랑했더냐? 절대로 사랑이 아니었다.'

하고 마음속으로 가희와의 사랑을 부정했다.

그 날 밤. 종배는 처음으로 밤공부를 안 했고 또 밤운동도 안 했다.

만약 종배가 가희에게 편지 보낸 것에 대해 먼저 미안하다고 한 마디의 사과만 했었다면 종배는 그토록 괴로워하지 않아도 좋았을 것이다.

가희가 종배를 만나러 한강까지 나올 때 가희는 종배와 다툴 생각이 조금도 없었다. 그런 편지를 보낸 이유를 묻고 오해를 풀어 주려 함이었다. 자기의 잘못이 없었지만 그래도 가로놓여 있는 오해를 풀어야만 했던 것이다. 그런데 막상 종배를 만나자 종배의 말없는 표정에서 어떤 적의를 느꼈다. 반가워하는 것 같으면서도 노려보기만 하는 종배의 눈이 자기를 냉소하는 것 같았다.

돈은 꼭 돌려 주려고 가지고 왔던 것은 아니다. 종배가 끝까지 오해를 풀지 않으면 그때 돌려 줄려고 가지고 왔을 뿐이었다. 가희로서 그 돈을 받고 싶지는 않았다. 그러나 받지 않음으로 종배가 도리어 오해를 품게 될 경우에는 그 돈을 달갑게 받을 작정이었다. 그런데 편지 보낸 이유를 묻자 종배는 화부터 냈다. 가희는 그런 편지를 왜 보냈느냐고 물으면 미안해하고 자기를 어루만져 주리라고 생각했었다. 아무 근거가 없는 그런 편지를 보낸 종배가 반드시 후회하고 있으리라고도 생각했었다.

가희는 절대로 수미를 심부름시키지 않았다. 수미 앞에서 어머니의 병을 슬퍼했고 또 돈걱정을 했을 뿐이었다. 수미가 순전히 자기 소견으로 종배를 찾아갔던 일이기 때문에 가희는 그 사실을 조금도 크게 생각지 않았던 것이다.

그러나 뜻밖에도 종배가 끝까지 화내는 것을 보자 가희는 분한 생각이 들었다. 오해를 풀어 주기 위해 일부러 한강까지 나갔는데 사람을 그렇게 대하는 법이 어디 있을까?

더럽다. 더럽다. 가희는 그런 생각밖에 들지 않았다. 마침내 돈을 던지고 돌아왔다. 그런 만큼 가회도 가슴이 아팠다. 한강철교에서 전차를 탈 때 그는 절대로 뒤를 돌아보지 않으려고 했다. 제 따위 종배를 누가 다시 볼 것인가? 그러나 가회 눈에서는 눈물이 흘러내렸다. 슬펐다.

어디 보자. 누가 기록을 세우는가. 남이 못하는 수영 연습을 하고 있다고 제가 제일인가? 운동장 풀이 열리기만 하면 제까짓 것보다 몇 배나 연습을 할 테니까⋯⋯. 가회는 눈물을 흘리면서도 이를 악물었다.

정말 가회가 그 편지를 왜 보냈느냐고 묻기 전에 미안하다는 말 한 마디만 했었다면 아무 일도 없었을 것이다.

종배는 잠 못 이루는 밤을 생전 처음 맞고 보냈다. 잠이 오지 않았다.

한 달쯤 뒤였다. 서울 운동장 풀이 개장(開場)되었다. 그 날 종배는 학교도 안 가고 일찌감치 풀로 갔다. 이제부터 본격적인 연습이 시작된다고 생각하니 경기에 출장하는 것 이상으로 가슴이 부풀어올랐다.

오늘부터 풀이 열린다는 것을 모두들 알 텐데 어째 아직 선수들이 나오지를 않을까?

종배는 풀에서도 자기가 톱을 끊는 쾌감을 느꼈다. 맨 처음으로 풀 속에 뛰어든 자기. 한국에서 자유형에 자기를 따라올 사람이 없으리라는 자신도 생겼다.

열 시가 지나서야 수영선수들이 모여들기 시작했다. 수영협회의 간부들도 몇 명 나타났다.

종배는 수영협회의 간부를 보자 그리로 달려가 타임을 재 달라고 부탁했다. 이때까지 혼자서 연습한 결과가 알고 싶었던 것이다.

"한강에서 연습을 했다지? 장해. 금년엔 신기록을 내도록 해."

수영협회 간부는 사뭇 만족스런 미소를 지으며 타임 재는 시계를 꺼냈다.

종배는 그 간부의 지시대로 점프를 하여 물 속에 뛰어들었다. 그리고는 있는 힘을 다해서 오십 미터 코스를 네 번 내왕했다. 우선 이백 미터의 시간을 재는 것이었다.

오십 미터 또 오십 미터 이렇게 거리를 단축해 감에 따라 몸은 더 가벼워지는 것 같았다. 마지막 코스를 달릴 때는 확실히 첫 코스보다도 빠른 기록을 낼 수가 있었다.

"이 분 이십일 초 오."

타임을 재고 있던 수영협회 간부가 종배의 손을 잡아 끌어올린 뒤 미소를 지으며 말했다.

"이십일 초 오."

종배는 혼자 중얼거렸다. 작년보다 일 초 이를 단축한 셈이었다. 그러나 그것 가지고는 아시아 선수가 될 수 없다. 적어도 이십 초를 넘어서는 안 된다.

"잘하면 한국 신기록을 세울 수 있어."

한국 신기록이라야 지금의 기록에서 일 초만 단축시켜도 충분하다. 종배는 한국 신기록을 세우는 것만이 목표가 아니었다.

"조금 있다가 사백 미터도 타임을 봐 주십시오."

종배는 사백 미터에도 기록을 세울 생각이었다.

그는 다이빙용 수영장으로 가서 천천히 수영을 하며 몸을 풀었다. 몸을 풀면서 좋은 코치가 있었으면 하는 생각을 했다. 좋은 코치 밑에서 연습을 한다면 얼마든지 좋은 기록을 낼 수 있을 것 같았던 것이다.

"할 수 없지. 꾸준히 연습만 하자."

한참 뒤 그는 사백 미터를 시작했다. 눈을 감았다 떴다 하며 팔을 쭉쭉 뻴 때마다 몸이 쑥쑥 앞으로 나갔다. 그러나 몸이 수면 깊이 잠기지 않도록 그리고 다리가 수면 위에 나오지 않도록 신경을 써 가며 앞으로 앞으로 나갔다. 몸에서 땀이 흘렀다.

"육 분 일 초."

사백 미터를 끝내고 육 분이라는 말을 들었을 때 종배는 일종의 안도감을 느꼈다. 육 분을 초과해서는 안 된다. 그런 것을 기록이라 말할 수는 없다. 그러나 종배는 풀에서 처음으로 타임을 재 보았다는 것 그리고 사백 미터를 헤엄치고도 아직 여력이 있다는 것을 스스로 느꼈기 때문에 앞으로는 몇 초를 넉넉히 단축시킬 자신이 있었던 것이다.

유 월에 첫 경기가 있다니까 그때까지는 아직 두 달이나 거의 있다. 두 달 동안에 신기록을 못 낼 까닭이 없다.

종배는 금년에는 화제의 인물이 될 수 있다는 자신을 가지고 연습을 계속했다.

오후 두 시쯤이었을까? 풀에서 배영(背泳) 연습을 하고 있는데 가희가 수미를 데리고 수영장에 나타났다. 공부를 끝내고 나오는 모양이었다. 종배는 어떻게 할까 하고 생각했다. 한강에서 헤어진 뒤 처음 보는 가희다. 먼저 인사하기는 쑥스럽고 그렇다고 피할 수도 없고.

먼저 인사를 하면 받아 주지 ──.

종배는 가희가 먼저 수그러져 잘못했다는 말을 하면 지난 일을 씻은 듯 잊어버릴 아량이 있다고 생각했다. 싸우기는 했으나 그리 큰 사건이 아니라고 생각하는 종배였다.

그런데 수영복을 입고 풀 속에 들어온 가희가 자기와 시선이 마주쳤는데도 얼핏 시선을 돌리고 종배에게서 멀리 떨어져 갔다.

"언니 ──, 송 선생두 왔어."

수미가 큰 소리로 말했지만 가희는 그 말도 못 들은 척했다.

종배는 불쾌감을 느꼈다. 뭣이 잘나서 재는 것일까? 마음대로 해 보라지. 이런 생각만이 들었다.

종배도 될 수 있는 대로 가희에게서 멀리 떨어져 연습을 했다. 넓지도 않은 풀에서 얼굴을 마주 보면서 모르는 척, 말도 안 하는 것이 절대로 유쾌한 일이 아니었지만 할 수 없는 일이었다.

해가 질 때 종배는 연습을 끝내고 옷을 갈아 입었다. 옷을 갈아 입고 풀 안을 내려다보았을 때 가희가 나올 생각을 않고 계속 연습하고 있음을 보자

"체, 제까짓 게 ── ."

종배는 혀를 차고 집으로 돌아왔다.

집으로 돌아오자 종배는 차라리 잘 되었다고 생각했다. 가희를 만난다고 해서 수영에 지장이 있을 리는 없다. 그래도 만나게 되면 정신과 시간이 소비될 것만은 사실이다. 몇 달 안에 세워야 할 기록에 방해가 안 된다고 말할

수 없다. 아무것도 생각 말고 기록을 세우는 데만 노력하자.

그런데 어머니가 갑자기 아프다고 했다. 아침에도 몸이 좀 시원치 않다고 하며 조반을 별로 먹지 않았는데 무슨 병인지를 알 수 없었다. 열이 부쩍 오르고 가슴이 아프다는 것이었다.

종배는 의사를 데려다가 응급치료를 했다. 관격이라는 말에 안심은 되었지만 어머니가 좀체로 정신을 차리지 못하는 것을 보자,

"아버지 계신 델 아세요?"

종배는 아버지를 불러와야 한다고 생각한 뒤 아버지의 거처를 물었다.

"내가 알 수 있니. 내버려 둬라. 내가 죽으면 시원할 양반인데……."

어머니도 아버지의 거처를 모르는 모양이었다. 그러나 종배는 어머니의 병이 일종의 심화병이란 생각이 들었다. 한 달에 하루 이틀밖에 안 들어오는 아버지.

어머니의 병이 생길 만도 하다고 생각했다.

"그런 아버지가 어디 있담……."

종배는 주먹을 꼭 쥐었다. 아버지에 대한 분노가 불길처럼 일어났던 것이다.

만약 아버지의 거처만 안다면 당장에 뛰어가서 아버지의 옷자락을 잡아서라도 끌고 오고 싶었다. 그러나 어머니의 열이 조금 내리고 숨소리가 편해지는 것을 보자 종배는 벌집을 쑤셔 놓을 필요가 어디 있담, 아버지두 정신을 차릴 때가 있겠지 하는 생각을 했다.

다음 날 아침. 어머니가 자리에서 일어나 앉았을 때 종배는 어머니에게

"속을 쓰시지 마세요. 속 쓴다구 될 일이예요?"

하고 위로의 말을 했다.

"내가 왜 속을 쓰니? 젊었다면 모르겠다만 다 늙은 것이……."

"늙었다구 속을 안 쓰시나요. 그렇지만 소용 없는 일은 생각지 않는 게 편하실 거예요."

어머니는 고개를 끄떡끄떡하며 종배의 말이 옳다는 표정을 지었다.

오 월 하순. 그러니까 전국 수영경기대회를 열흘 좀 남짓하게 앞둔 어떤 날이었다. 종배는 가희가 풀에 나오지 않는 것을 알았다. 매일처럼 나와 종배보다도 늦게까지 연습하던 가희다. 서로 말을 안 하고 반목하는 사이였지만 가희의 거취가 궁금했다. 걱정할 필요가 없을 것이지만 혹시 병이나 나지 않았는가 하는 생각을 했다. 어머니가 또 아픈 것인가 하고도 생각했다.

그런데 수미만은 풀에 나와 있었다. 종배는 수미에게나마 가희 이야기를 물어 보고 싶지 않았지만 연습을 끝낼 무렵 용기를 다해 수미에게,

"가희는 왜 안 나왔어?"

하고 물었다.

"글쎄. 오늘은 학교에두 안 나왔어요."

"웬일일까?"

"지금 가다가 들러 봐야겠어요."

종배는 가희가 깜찍하게도 연습을 야무지게 하던 일을 생각했다. 그리고 사랑하던 때 입버릇처럼 금년에는 신기록을 세워야 한다고 하던 말을 기억했다.

제일 중요한 때 사고가 일어났다면 새 기록을 세우기는 가망 없는 일이었다. 종배는 한편 고소하다고 생각하기도 했지만 무슨 사고인지 그 사고가 궁금스럽기 짝이 없었다.

그런데 다음 날에는 가희와 함께 수미도 보이지 않았다. 단순하지 않은 사고가 일어난 모양이었다. 종배는 가희 집으로 가고 싶은 마음이 간절했다. 금년 들어 첫 경기를 앞둔 가장 중요한 이때 연습을 못할 만한 일이라면 보통 일이 아닐 것이다.

그러나 '사내자식이' 하고 집으로 바로 돌아갔다. 만나도 인사를 안 하는 가희에게 사고가 생겼다고 해서 체면 없이 찾아갈 수가 있겠는가?

사흘째 되는 날 늦게야 수미가 풀에 왔다. 그러나 물 속에 들어갈 생각도 않고,

"언니, 어머니가 돌아가셨어요. 오늘 장례를 치렀어요."

하며 우는 것이었다.

"정말?"

너무나 뜻밖의 일이었다.

"무슨 병인데?"

"심장마비래요. 그그저께 언니가 수영을 하구 돌아갔을 때두 아무렇지 않았는데 부엌에서 설거지를 하다가 갑자기……."

세상에 그런 일도 있는가 생각되었다.

"수영 연습두 못하게?"

"어머니가 하던 가게를 보며 살겠대요."

"그래?"

가족이라고 아무도 없으니 그럴 수밖에 없다고 생각되었다. 종배의 눈에서도 눈물이 떨어지고 있었다.

서로 말을 못하고 있을 때 수미가,

"전번에는 제가 잘못했어요. 시키지두 않은 일을 해서 두 분이 쌈만 하게 해서……."

눈물을 닦아 가며 말했다. 종배는 그런 것이 문제 아니라고 생각했다. 그래서 수미에게,

"수미는 내일 여기 나오지? 꼭 나와 줘."

하고 말했다.

수미가 돌아가자 종배는 가희를 찾아가야 한다고 생각했다. 그러나 갈 용기가 없는 것을 미리 짐작하고 수미더러 내일 나오라고 했으니 또 찾아갈 수가 없었다. 그리고 찾아간다는 것이 가희를 위하여 도리어 좋을 것 같지가 않았다.

집으로 돌아가자 종배는 어머니에게 말했다.

"가희 아시지요? 집에두 몇 번 왔던 애 말예요. 그 애 어머니가 돌아갔대요. 수영두 못하게 된 모양인데 그 애를 위해 매달 얼마씩 주실 수 없겠어요? 제가 용돈을 적게 쓸 테니 그 애 학비를 대 주세요."

학비라야 얼마도 안 되는 돈일 것이다. 어머니는 가희를 집에 데려다가 같이 살면 어떻겠느냐는 말까지 했다. 종배는 그럴 필요까지는 없다고 말

했다.

"학비만 대서 공부를 하게 하면 돼요."

"난 그 애가 네 배필루 꼭 좋을 것 같더라."

"어머니두. 누가 그런 걸 생각한대요."

종배는 정말 그런 것을 생각해 본 일은 없었다. 또 앞으로도 그런 것을 생각할 필요는 없다고 생각했다.

'가희!

무척 슬플 줄 알아. 그렇지만 수영을 중지할 수는 없다고 생각해. 나는 한국 신기록을 세울 자신이 있어. 그러니까 가희두 금년에 신기록을 세워야 할 것 아냐. 어머니의 승낙을 받았으니까 많지는 않아도 매달 학비를 보내 줄 테니 학교를 계속해. 그리고 수영두 연습하구……. 또 돈 이야기를 한다구 화를 내지 말아 줘. 인사를 안 해두 좋아. 전처럼 못 본 척 외면을 해 줘. 그 대신 수영을 잊지 말아 줘.'

정말 편지에 쓴 대로 종배는 가희의 인사를 받고 싶지 않았다. 수영협회 간부들이 남자에는 종배, 여자에는 가희 하며 금년도 신기록에 자기 두 사람을 가장 기대한다던 말을 생각할 뿐이었다. 보고도 외면을 하면 어떤가? 남들의 기대에 어긋나는 일이 없도록 기록만 수립하면 된다.

다음 날. 종배는 그 편지를 수미에게 주었다.

그 다음 날. 종배가 풀에서 나와 시멘트 바닥에 앉아 쉬고 있을 때 교복을 입은 가희가 수미와 함께 걸어왔다. 그리고는 자기 옆으로 가까이 오는 것이었다.

종배는 가희가 채 오기 전에 물 속으로 뛰어들었다. 얼마 뒤 가희가 수영복을 입고 풀 속에 들어왔을 때 종배는 멀찌감치 달아났다. 아무래도 가희가 인사를 하려는 것 같았던 것이다.

종배가 동쪽 끝으로 가서 몸을 쉬고 있을 때 가희가 자유형의 속영(速泳)으로 가까이 왔다. 종배는 또 달아났다. 그리고 한쪽에 있는 수미에게,

"잘하라구 가서 그래."

하고는 옆을 보지 않고 수영에 열중했다.

근 일주일 동안 종배는 가희의 시선을 피하며 풀에서 연습을 했다. 유 월 초순이었다. 경기 대회가 사흘로 박두한 날 몇몇 선수가 타임을 보기로 했다. 그 결과 종배는 이백 미터 자유형에 이 분 이십 초 삼. 사백 미터 자유형에 오 분 오십 초의 기록을 세웠다. 그리고 가희는 백 미터 배영(背泳)에 일 분 삼십삼 초. 자유형 백 미터에 삼 분 칠 초의 신기록을 냈다. 모두가 한국 신기록이었다.

기록 발표를 보며 선수들이 빙 둘러선 가운데서 종배가 가희의 어깨를 탁 치고,

"잘했어."

하고는 풀 속으로 첨벙 뛰어들었다. 그러자 가희도 따라 풀에 뛰어들었다.

그들은 나란히 평영(平泳)을 하며 처음으로 미소를 교환했다.

"미국의 메리 스튜어드 양은 새크라멘트에서 신기록을 수립한 뒤 물 젖은 몸으루 뉴욕 어머니에게 전화를 걸었다지……."

종배가 말했다.

"나두 맨 먼저 어머니를 생각했어요."

가희가 말했다.

말이 끝나자 그들은 다같이 자유형의 속영을 시작했다. 그리고 앞으로 앞으로 나아갔다.

(원)《현대문학 93》 1962. 9, (출)『한국단편문학전집 6 고호』정음사, 1964.

낙엽을 뿌리는 사나이

"빨리 가 보세요."

영화(永和)가 독촉을 했다. 가야겠다는 생각을 가지고 있으나 독촉을 받으니 도리어 떠날 수가 없는 성태(成泰)였다.

"괜찮아."

성태는 자기의 마음이 죽어 가는 아내에게 가 있다는 것을 보이고 싶지 않았다. 비록 죽어 가는 아내나마 아내를 생각하고 있다는 것은 영화에 대한 사랑이 부족하다는 것을 말해 주는 것이 된다. 영화가 얼마나 섭섭해할 것인가?

"괜찮아가 뭐예요. 어서 가 보세요."

영화는 성태가 아내를 얼마나 사랑 안 한다는 것을 알고 있다. 그러니까 아량을 베풀어도 손해날 것이 없다는 것인지 빨라 가라는 말에 가식이 들어 있는 것 같지 않았다.

그러나 성태는 가라는 말에 성큼 일어선다면 가라는 말을 기다라고 있었던 것처럼 오해를 받을 것 같아,

"내버려 둬요. 내 일은 내가 할 테니까."

라고 도리어 불쾌하다는 듯이 말했다.

"사람이 그럴 수가 있어요. 병두 보통 병이 아닌데……."

영화가 성화를 했다. 성태가 가고 안 가는 것이 자기의 책임이나 되는 것

처럼.

그러나 성태는 어떤 이유에서든 자기를 보내려는 영화가 싫었다. 혹시 사랑이 식어진 것이나 아닌가 하는 의심이 들었던 것이다. 어떤 경우에라도 자기를 놓치지 않으려고 해야 할 것이 아닌가? 그것이 사랑의 숨김없는 자세라고 생각되었다. 그래서 성태는 더욱 떠날 생각을 안 했다.

성태가 움직이지 않을 자세를 취하자 영화는 생각이 달라졌는지,

"앓은 지가 얼마나 되었지요?"

하고 아내의 병에 대한 이야기를 꺼냈다.

성태는 아내의 병에 대해 두 번밖에 이야기한 일이 없다. 한 번은 아내가 위암에 걸려 친정집에 갔다는 말이었고, 한 번은 조금 전 아내가 위독하다는 전화가 왔다는 말이었다. 그것도 긴 설명을 붙여 한 말이 아니었다. 좋은 이야기건 나쁜 이야기건 아내에 대한 이야기를 한다는 것이 불쾌한 일이기 때문이었다. 그러니 영화로서 좀더 자세히 알고 싶어할 것은 짐작할 수가 있는 일이었다.

"반 년은 거의 되었을 거야."

"수술을 했나요?"

"안 했어."

이 대목에서 성태는 대답하기가 난처했다. 만약 수술을 시키려 했는데도 아내가 싫어서 안 했다고 그대로 말한다면 영화는 자기를 의심할 것이 분명하다. 말은 안 하면서도 아내에 대해 걱정을 많이 한 것이라고. 그렇게 되면 아내를 증오한다는 말이 모두가 거짓이 된다. 그래서 결과만을 이야기하자 영화가,

"수술을 안 하면 어떻게 해요?"

라고 물었다. 그때 성태는 좋은 기회가 왔다고 생각했다.

"자기 부모들이 강제루라두 시키려 했지만 본인이 죽어두 안 한다는 걸 어떡해."

이 말로 아내의 병에 대한 자기 태도가 선명히 드러났다고 생각했다. 그 말을 하자 영화도 더 물어 볼 말이 없다는 듯 입을 다물어 버렸다. 성태는

영화가 지금 속으로 결혼을 생각하고 있을 것이라고 추측했다. 성태에게 아내가 있는 것을 알고 있기 때문에 늘 결혼을 걱정하고 있던 영화이다.

"시간 문제니까 조금만 참아 줘."

아내와 이혼할 것을 결심하고 있던 성태라 이런 말을 몇 번이나 했었다. 그 말을 하고도 병든 아내에게 이혼 말을 꺼낼 수가 없어서 오늘까지 끌어 온 참이었으니 영화로서는 결혼 문제를 생각할 것이 분명하다.

영화의 그런 마음을 엿보자 성태는 자기도 영화와 빨리 결혼을 하리라 생각했다. 아내의 장례만 끝나면 한 달 이내에 결혼하리라 생각했다. 일 년 이상을 사랑해 온 사이다. 아내와 이혼만 했다면 벌써 결혼했을지도 모른다.

영화! 이제부터는 아무 구애 없이 마음껏 사랑을 할 수가 있지 않은가?

이런 생각을 하고 있을 때 영화가,

"가 봅시다."

하고 자리에서 일어섰다. 성태도 가지 않겠노라 고집을 부릴 수가 없어 따라 일어섰다.

다방을 나오자 영화가 또,

"빨리 가 보세요."

하고 발길을 돌렸다.

"집으루 가는 거지?"

"네 ── ."

성태는 영화를 버스정류장까지 바래다 주었다. 그것은 자기가 조금도 초조하지 않다는 것을 보여 주기 위함이었다.

영화를 떠나보내자 성태는 택시를 잡아탔다. 역시 죽어 가는 마당에서까지 아내에게 인색할 수가 없었던 것이다. 영화 앞에서도 성태는 아내의 임종만은 보아 주어야 한다는 생각을 가지고 있었다. 그러나 영화 앞에서는 영화보다 더 중요한 것이 있다는 것을 보여 줄 수가 없었던 것이다.

택시에 오르자 성태는 출근하기 전 처가에서 다녀가라고 전갈 왔던 일 그리고 직장으로는 위독하니 빨리 오라는 전화가 왔던 일들을 생각했다. 그러니 아내는 벌써 죽었을지도 모른다. 그렇다면 장인 장모가 자기를 무엇이라고 할 것인가? 아무리 사이가 좋지 않아 이혼 말이 오고 갔다 할망정 그럴 수가 있느냐고, 자기를 사람으로 취급하지 않을 것이 분명했다.

'내가 그렇게도 악한 인간이었던가?'

성태는 자기를 생각해 보았다. 아내에게는 정말 못할 짓을 하며 살아 왔다. 그러나 애정이 없었으니 할 수 없는 일이었다.

비록 연애결혼을 했다 해도 결혼 뒤 마음이 맞지 않은 것을 어떻게 할 것인가? 그것은 절대로 자기만의 죄가 아니다. 그러나 위독하다는 전화를 받고도 딴 여자를 만나기 위해 임종을 못 본 자기!

이것은 처가에 들어가 아내의 시체를 대했을 때 더욱 강렬하게 가슴을 찌르게 한 생각이었다.

성태는 아내 시체 앞에서 눈물을 흘렸다. 그것은 아내의 죽음에서 슬픔을 느껴서가 아니라 죽음에까지 냉정했던 자기 참회에서였다. 미안했다. 평소 증오로 대했다 해도 시체 앞에서는 할 말이 하나도 없게 된 자기다.

성태는 자기의 이야기를 한 마디만이라도 듣고 싶어 아내가 잠깐 동안이나마 눈을 뜬다고 하면 미안하다는 말을 해 주고 싶었다. 그러나 그 말을 할 기회가 있을 까닭이 없다.

그러니 아내를 미워하기만 한 자기가 장인 장모 앞에서 슬퍼하는 태도를 보일 수도 없었다. 넋을 잃어버린 사람처럼 누구의 눈치를 살피는 일도 없이 멍하니 앉아 있었다.

장례식 날 아내의 시체가 망우리로 옮겨졌다. 많지 않은 조상객 가운데 영화가 끼여 있는 것을 보았다. 죽은 사람을 위해서가 아니라 슬퍼하는 성태를 위해서 온 것이리라 생각되었다. 성태는 영화에게로 가서 와 주어 고맙다는 인사를 한 뒤 매장하는 현장을 지켜 보았다.

가을바람이 흙가루를 날리며 나뭇가지를 흔들어 낙엽을 흩날리었다. 관(棺)이 오돌오돌 떠는 것 같았다.

성태는 죽은 아내가 더욱 측은하게 생각되었다. 따뜻하게 해 줄 손길도 없이 혼자 땅 속에 누워 있을 아내.

성태는 또 한 번 삼 년 전의 아내를 생각했다. 결혼하기 전 연애할 때였다.

삼청공원에서 북악산의 단풍을 바라보며 아내가 말했다.

"가을이 좋지요? 빨간 단풍잎에 파묻혀 죽고 싶어요."

"죽기는 왜?"

"너무나 행복해서요……."

너무나 행복해서 단풍잎에 파묻혀 죽고 싶다던 아내.

성태는 아내가 죽은 뒤 몇 번이나 생각했다. 그의 무덤에라도 단풍잎을 덮어 주리라고 ──.

아내는 자기 때문에 죽었을지도 모른다. 자기가 아내를 사랑만 해 주었다면 그는 수술을 거절하고 죽음을 택했을 까닭이 없다.

성태는 단풍나무를 찾아갔다. 그 밑에 수북히 떨어져 있는 단풍잎을 손가락으로 긁어모아 손수건에 그득히 담아 쌌다. 그리고는 봉분한 아내 무덤에 한 잎 한 잎 뿌려 주었다.

손수건에 싸 왔던 단풍잎을 전부 뿌려 주자 성태는 아내에게 할 일을 다한 기분이었다. 그것으로 아내의 원한을 풀어 준 듯한 마음이기도 했다.

산소에서 돌아오는 길에 성태는 영화 옆을 걸으며,

"이제는 다 끝났어……."

하고 말했다. 결혼해도 좋다는 뜻이었다.

그런데 반가워해야 할 영화가,

"끝난 것 같지가 않은데요?"

하며 고개를 푹 수그렸다.

"끝난 것 같지 않다니?"

"성태 씨는 부인을 사랑했어요. 그걸 내 눈으루 보았어요."

"사랑하다니?"

성태는 놀라지 않을 수 없었다.

"낙엽을 하나 하나 뿌리는 그 모습은 어떤 사람에게서도 볼 수 없는 심각한 것이었어요."

"그의 소원을 이루어 준 것뿐이야."

"사랑하지 않은 사람에게는 있을 수 없는 표정이었다구 생각해요."

“그래서?”

성태는 영화의 결론이 듣고 싶었다.

“사랑하던 사람이 죽은 뒤에야 사랑을 느끼는 사람이 있대요.”

“그래서? 그러니 어떻다는 거지?”

“남의 사랑을 뺏고 싶지는 않아요. 모순일지 모르겠어요. 남의 사랑을 뺏으려던 내가…….”

“갑자기 그게 무슨 말이지?”

“글쎄 나두 모르겠어요. 성태 씨의 낙엽 뿌리는 모습을 볼 때 내가 범할 수 없는 사람 같은 생각이 들었어요. 그것뿐이에요.”

때마침 그들 앞에 버스가 멎었다.

“타구 갑시다.”

성태가 영화를 먼저 오르게 앞으로 밀었다.

“먼저 타세요.”

영화는 버티고 서서 성태를 먼저 오르게 했다. 성태가 올라탄 버스가 움직이기 시작할 때도 영화는 오를 생각을 안 했다.

“빨리 올라.”

“다음 차루 가겠어요.”

영화는 마침내 성태를 먼저 보내고 말았다.

성태가 탄 버스가 먼지를 날리며 시내로 향해 달릴 때 영화는

‘빼앗는 것이 사랑일 수 없지.’

혼자 생각하며 버스를 멀리 바라보는 것이었다.

(원)《일요신문》 1962. 9. 23.

극장에서

김정매(金貞梅)는 문하생들에게서 '벤허'가 좋다는 말을 벌써부터 들었다. 그러나 네 시간 걸린다는 말에 차일피일하다가 상영하기 시작한 지 칠 개월이 되는 7월 말까지 구경을 못했다. 이번에 못 보면 영 볼 기회가 없다는 말을 듣고 마지막 일요일을 택해 대한극장엘 갔다. 칠 개월 속영(續映)이라는 데도 손님은 보통 영화 첫날 못지않게 많았다. 간신히 입장권을 사 가지고 2층으로 올라갔다.

오전 중에 시작한 영화가 끝나려면 아직 20여 분이나 남았기 때문에 복도에 놓여 있는 긴 걸상에 앉아 벽에 붙어 있는 영화 선전판을 둘러보고 있었다.

하준구(河駿九)는 '벤허'가 한국에서 두 번째로 상영하는 70밀리 영화라는 것과 또 그것이 호평을 받고 있다는 말을 듣고 벌써부터 구경을 하려 했다. 그러나 그는 술을 마실 시간은 가져도 영화 구경할 시간은 갖지 못하며 살고 있다. 그리고 주머니에 돈이 생기면 술값 이외에 달리 그것을 쓰고 싶어하지를 않았다. 그래서 구경하고 싶다는 생각을 가지고 있으면서도 끝내 구경을 못하다가,

"여보. 마지막이라는데 오늘 애들하구 구경이나 가시구려."
하며 아내가 큰 맘을 먹고 구경값을 주는 바람에 해롭지 않은 일이라 고등

학교 3학년에 다니는 맏딸과, 중학교 2학년에 다니는 둘째 딸을 데리고 대한극장으로 갔다.

만약 아내가 구경값을 맏딸에게 주지 않고 자기에게 주었다면 가던 길에 발길이 딴 데로 쏠렸을지도 몰랐다. 그러나 딸애가 돈을 스커트 안주머니에 깊숙이 넣고 앞장을 섰으니 그 돈 가운데서 자기 몫만을 떼 달랄 수는 없는 일이었다. 보고 싶은 것이기는 했지만 마지못해 구경을 간 셈이었다.

큰딸이 사 온 입장권을 가지고 극장 안으로 들어갔지만 십 분 이상 기다려야 했다. 좌석이 2층이라 바쁠 것 없이 2층으로 슬금슬금 올라갔다.

2층으로 올라가 휴게실을 기웃거렸으나 기다리는 사람이 어찌나 많은지 빈 자리가 하나도 없었다. 할 수 없이 벽에 걸린 영화 선전판이나 보며 왔다갔다하고 있을 때, 복도에 놓인 긴 의자에 앉아 있는 정매와 시선이 부딪쳤다.

순간 준구의 가슴이 털렁 내려앉는 것을 느꼈다. 얼마만에 만나는 정매인지 몰랐다. 같은 서울에 살고 있으면서도 근 20년 동안을 한 번도 만나지 못한 사이였다.

준구는 정매 앞으로 다가가서,

"아 이거 얼마만입니까?"

하고 반가운 표정을 지으며 인사를 했다.

"안녕하셨어요?"

정매는 당황하는 표정이었다. 그리고 말하는 태도가 어찌나 냉정한지 몰랐다. 20년 만에 만나는 사람이 그럴 수 있을까?

그래도 준구는 정매와 좀더 다정한 이야기를 해야겠다고 생각했다.

"쭉 서울서 사셨겠지요?"

그런데 정매는 벽에 걸린 영화 선전판만을 보며,

"네."

하고 적대시하는 태도를 보였다. 말을 더 붙일 수가 없었다. 말을 하지 못하고 머뭇거리고 있는데 첫 회 영화가 끝난다는 종이 요란하게 울렸다. 동시에 극장 안에 있던 손님들이 물밀듯 밀려나왔다.

다행한 일이라고 생각한 뒤,

"그럼 구경을 하십시다."

멋쩍은 인사를 하고 딸들과 함께 극장 안엘 들어갔다.

준구를 만나는 순간 정매는 반가운 감정이 치솟아올랐다. 달려가서 부여
안기라도 할 만큼 감격적인 순간이었다. 그러나 그것은 그야말로 찰나적인
감정이었다. 준구 양 옆에 서 있는 딸들을 보자 정매는 조금 전의 감정과 아
주 다른 역정에 얼굴빛이 하얘지는 것을 느꼈다. 피가 거꾸로 흐르는 것 같
은 느낌이기도 했다.

20년 전 그렇게도 사랑하던 준구였으나 준구가 다 큰 딸들의 아버지라는
것을 보는 순간 준구는 자기의 사람이 아니라는 생각이 검은 흑판에 흰 분
필글씨처럼 머릿속에 뚜렷이 박혔다.

반가운 말을 할 수가 없었다. 반가운 웃음을 지을 수도 없었다.

지독하게 냉정한 태도를 보인 것은 극단적인 성격 때문이었다. 자기 자신
이 제어할 수 없는 감정의 폭발이었다.

그렇기 때문에 극장 안에 혼자 앉았을 때 정매는 사랑하는 사람의 자식을
자기 자식처럼 귀여워하는 여자도 있다는데 하는 생각을 했다. 자기와 결혼
을 하지 못한 이상 준구라고 결혼하지 말라는 법이 없다. 준구와 결혼을 안
한 것은 오직 정매 자기 자신 때문이었다.

동거생활을 하다시피 사랑을 나누기 반년. 그러나 준구가 싫어져 지금은
죽었지만 당시 성악계의 총아 D와 결혼한 과거를 생각할 때 정매는 죽을
때까지 준구에게 사과를 해야 할 여자다.

그런데도 자기가 준구를 냉대했다는 것은 자기 반성의 재료가 안 될 수
없었다.

정매는 영사가 시작되어 실내 전등이 꺼졌을 때 장내를 살펴보았다. 그런
데 어디 앉아 있는지 보이지가 않았다. 자기보다 늦게 들어왔으니 자기 뒤
에 앉아 있을 것이 사실인데 ── . 한참 동안 두리번거리다가 자기 자리에
서 바로 셋째 줄 뒤에 앉은 것을 발견했다.

준구를 발견하자 정매는 어둠 속에서나마 준구의 얼굴을 살펴보기 시작했다. 자기보다 한 살밖에 더 먹지 않은 준구이지만 자기보다 훨씬 늙어 보였다. 갓 쉰이지만 정매는 남들에게 40대 여인이란 말을 듣고 있다.

고생을 많이 해서 그런가 하고 생각했다. 젊었을 때는 테너로 명성이 높았었다. 그러나 더 발전을 못해 결국 중학교 음악선생으로 늙은 준구.

정매가 준구를 싫어하게 된 이유도 거기 있었다. 성악가로서 발전하려면 외국 유학을 해야 한다. 그런데 준구는 돈이 없어서 그것을 단념했다. 그럴 때 D가 나타났다. 외국을 다녀와 성악계에서 독무대를 이루고 있는 D——.

역시 고생을 많이 했구나……. 정매는 나이보다도 늙어 보이는 준구 얼굴에서 준구의 고생을 연상했다.

준구에게 측은한 생각을 가지며 그 옆에 앉아 있는 준구의 딸들을 바라보았다. 비교적 깨끗하고 아름다운 얼굴들이었다.

이때까지 애를 낳아 본 일이 없는 정매라,

'저것들이 내 딸이었으면…….'

하는 생각을 해 보았다. 그러면 자기는 지금처럼 외롭지가 않을 것 같았다.

애를 낳지 못한 것은 오직 자기의 책임이면서도 정매는 준구와 결혼을 했더라면 저런 딸들을 낳지 않았을까 하는 생각을 했다.

사회적 명성이 없고 돈도 없지만 준구는 남편으로 자기 옆에 있을 것이고 밑에 자식을 거느리는 살림을 할 것이다.

스크린을 보다가도 고개가 자꾸만 뒤로 돌아가는 정매였다.

그러나 준구도 정매를 찾고 있었던지 준구와의 시선이 마주치는 순간 정매는 몸을 고정시키고 정면만을 보았다. 자기가 준구에게 관심을 기울이고 있다는 사실을 보여 주고 싶지가 않았던 것이다.

정면만을 보고 있으려니 준구의 시선이 자기의 뒤통수를 잡아끄는 것 같음을 느꼈다. 머리가 뒤로 돌아가려고 했다. 그러나 정매는 고개를 돌리지 않았다.

극장 안으로 들어오자 준구는 딸들에게서,

"거 어떤 여자예요. 건방진데요."
라고 질문을 받았다.

준구도 정매를 건방지다고 생각했다. 그러나 딸들에게는,

"옛날에 유명하던 무희(舞姬)야."
라고만 설명해 주었다.

"저렇게 뚱뚱한 게 춤을 춰요?"

"나이가 들었으니까 뚱뚱해졌지. 옛날에는 날씬하던 여자야."

준구도 정매가 상상할 수 없으리 만큼 뚱뚱해진 데 놀랐다. 그런 정매에 대한 이야기를 조금이라도 잘못했다가는 감수성이 빠른 딸들에게 옛날 일이 눈치채지지나 않을까 하는 생각에 말을 극도로 조심했다. 그러면서도 그는 정매가 앉은 자리를 딸들이 눈치채지 못하게 찾아보았다.

정매도 자기와 마찬가지로 젊었을 한때 예술계에서 이름을 높였을 뿐 지금은 망각된 존재로 늙어 가고 있다. 건방질 이유가 하나도 없다.

같은 서울에 살면서도 자기는 학교와 술집밖에 모르는 생활을 했으니 만날 수 없는 것이 당연했을지도 모른다. 그러나 20년 만에 우연히 만난 것이 어찌 반갑지 않을 것인가? 화를 낸다면 자기가 내야 할 입장에 있다. 자기를 사랑하면서도 D를 안 뒤부터 D를 사랑한 요망스러운 정매.

자기는 그런 것도 잊고 반가워했는데 도리어 제 편에서 나를 적대시한다는 것은 언어도단이다. 언어도단이란 생각을 하면서도 준구는 정매를 찾았다.

침전했던 전분(澱粉)을 휘저으면 액체 속에 퍼져 액체의 질을 변경시킨다. 20년 동안 가라앉았던 감정이 온 체내에 번져 나갔다.

그러나 정매와 시선이 맞부딪치자 준구는 슬그머니 시선을 돌려 버렸다. 냉정했던 정매의 조금 전 얼굴이 섬광처럼 눈앞에 번쩍였다. 그리고 옆에 앉아 있는 딸들의 존재가 의식되었다.

영화나 보고 가자. 이제 정매를 생각해서는 무엇할 것인가?

두 시간쯤 지났을 때 15분 간의 휴식이 있었다. 정매는 지나가는 판매원

을 불러 캬라멜 두 갑을 샀다. 그리고는 판매원을 시켜 준구 딸들에게 갖다 주게 했다.

값으로 치면 20원밖에 안 된다. 그러나 그 카라멜 두 갑이 자기의 마음 전부를 대신하는 것 같았다.

옛날에 사랑하던 준구. 그 준구 옆에 앉아 있는 준구 딸들에게 먹을 것을 사 보내는 자기.

다 늙은 인생이 거기 있는 것 같았다. 캬라멜을 사 보내고 정매는 화장실 엘 갔다. 그것은 화장실에 갈 필요도 있었지만 화장실에 갔다 와서는 자리 를 옮기겠다는 마음에서였다.

준구가 자기 자리를 알고 있다. 그리고 그의 딸들도 알고 있을지 모른다. 자기가 모르게 보내는 그들의 시선이 싫었던 것이다.

화장실엘 갔다 나와 곧장 극장 안엘 들어가지 않고 복도에 서 있을 때 준 구가 옆으로 왔다. 기대했던 일인지도 모른다. 그러기에 속으로는 얼마나 반 가웠는지 모른다. 더구나 준구가,

"정매 씨."

하고 다정한 목소리로 자기 이름을 불렀다. 그뿐만도 아니었다.

"댁이 어디시지요?"

이렇게 묻는 것은 준구가 자기를 찾아오겠다는 하나의 암시일지 모른다. 그런 줄 알았기 때문에 정매는 장충동(獎忠洞) 자기 집 번짓수를 가르쳐 주 었다.

"찾아가두 좋을까요?"

안 물어 봐도 좋은 말, 역시 준구답다고 생각하는 정매는,

"그럼요. 나 혼자 살구 있는데……."

라고 자기가 혼자라는 것을 준구가 모를 리 없건만 혼자 산다는 말에 어세 를 높여 말했다. 사실은 좀더 적극적으로

'한 번 놀러 오세요.'

라고 말하고 싶었다. 처음 만났을 때 순간 준구에게 지나치게 냉정했던 것 은 자기의 잘못을 용서받고 싶은 마음이었기 때문인지 모른다.

준구는 조금도 나쁜 사람이 아니다. 다만 무능하고 소극적인 것이 흠이다. D와 결혼을 할 때 준구는 자기를 원망했다. 그러나 굉장히 괴로워하면서도 D와의 결혼을 방해할 생각을 갖지 못했던 준구는 그만큼 선량한 사람이다. 그러니 앞으로 교제를 계속한다고 해도 자기를 괴롭히는 일은 안 할 것이다. 무대와 이별한지도 근 십 년, 지금은 밥벌이를 위해 문하생을 데리고 춤 공부나 시키며 살고 있는 외로운 생활에 준구 같은 사람이 있다면 얼마나 산 보람을 느낄 것인가?

"많이 바쁘시겠지요?"

준구는 찾아오겠다는 말 대신 인사치레 같은 말을 했다.

"바쁠 거 뭐 있어요. 선생님이나 나나 무대를 떠나 살구 있는 사람들이……."

정매는 좀더 다정한 말이 나오기를 기다리며 생활의 고독을 암시했다.

"무용협회 이사루 계시는가 부든데……."

준구는 또 필요 없는 말을 했다.

"그까짓 거 명예직인걸 뭘요."

정매는 준구가 자기도 고독하다는 말을 해 주었으면 하고 기다렸다. 그러면 자기는,

'정말 한 번 오세요. 할 이야기가 참 많을 것 같아요.'

라고 매달릴 수가 있을 것 같았다. 그런데 준구는 한다는 소리가,

"무용계에두 꽤 인물이 안 나오더군요."

겨우 이런 소리였다.

정매는 답답증이 나서 그 말에는 대답을 않고,

"재미 좋으세요?"

라고 고독하다는 말이 나오도록 유도했다. 그래도 준구는,

"그저 그렇지요."

맹물에 맹물을 탄 듯한 말을 했다.

그런데 속영(續映)한다는 벨이 울리기 시작했다. 준구는 몸을 출입구 쪽으로 돌리며,

"들어가실까요?"
하고 말했다.

정매 눈에는 준구가 영화구경에 걸신이 들린 사람같이 보였다. 중요한 이야기는 한 마디도 안 하고, 벨이 울리기를 기다리고 있었던 듯이 극장 안으로 들어가는 준구.

정매는 할 수 없이 준구 뒤를 따라 극장 안으로 들어갔다.

딸들에게 캬라멜을 사 보내는 정매를 보자 준구는 정매가 자기에게 악감정을 가지지 않았다는 것을 알았다. 건방진 태도를 보인 것도 본의가 아니었으리라고 생각되었다.

역시 다정한 정매다. 누구보다도 강렬한 정열의 소유자.

오십이 다 되었지만 정매는 죽을 때까지 그 정열을 소유할 것이다. 준구는 어떤 향수 같은 것을 느끼며 화장실 가는 정매의 뒤를 따랐다. 딸들 보고는 담배를 피우고 오겠다는 말을 해 두고.

화장실에서 나오는 정매를 만났을 때 정매가 반기는 표정을 보이자 준구는 옛날의 감정이 되살아나는 것을 느꼈다.

'정매 씨.'

준구는 속으로 몇 번이나 정매의 이름을 불렀는지 모른다. 그래서 정매의 반응을 보기 위해 집이 어디냐는 말을 또 물었다.

만약 집을 가르쳐 주고 찾아와 달라고만 한다면 내일로라도 뛰어가 정매의 애정을 구하리라 생각했다.

사실 이십 년 동안 준구는 외로운 생활을 해 왔다. 예술계에서 멀어진 외로움 그리고 월급만으로 사는 가난한 생활, 그러다가 아내가 돈벌이를 시작하자 경제적으로는 조금 윤택해졌지만 아내의 기승스러운 성격에 가정이 싫어질 만큼 감정이 위축된 채 술만을 즐기며 살아 오고 있다. 예술계에서는 자기를 완전히 잊어버리고 있다.

이제 다시 음악계에 나설 수는 없지만 그래도 예술을 잊고 살 수 없는 준구.

218

그는 자기처럼 은퇴하고 있기는 하지만 정매와 만나기만 하면 예술적 정열이 도로 살아날 것 같기도 했다.

정매가 자기 집 주소를 가르쳐 주며 자기를 쳐다보던 눈, 그 눈은 자기를 끌어당기듯 강렬한 것이었다.

이십 년 전 자기를 사랑하던 때의 정열적인 그 눈과 조금도 다름이 없었다.

얼마나 매력적인 눈인가? 이십 년 동안 잊어버렸던 눈이었다. 그러나 끌려들어가는 듯한 그 시선을 보자 준구는 그만 공포감을 느끼고 말았다. 순간적인 감정이었지만 낭떠러지에서 발 아래를 내려다보는 느낌이기도 했다.

이제는 어떻게 할 것인가?

앞으로 정년(停年)까지는 십 년도 남지 않았다. 자식은 자그만치 다섯이나 있다.

불우하게 살아 온 일생인데 앞으로나 평범하게 살다 죽어야 할 것이 아닌가?

준구는 평범하게 살다 죽는 것이 가장 무난한 인생이라고 생각했다.

준구는 정매의 얼굴을 정시하지 못했다. 그 눈초리가 무서웠던 것이다.

벨이 울릴 때 준구는 살 구멍이 터진 듯한 반가운 느낌이었다.

극장 안으로 들어온 정매는 자기 자리로 가지 않았다. 준구와 준구 딸들이 알고 있는 그 자리가 싫었던 것이다. 그래서 아무데나 빈 자리로 가 앉았다.

준구가 알지 못하는 자리. 그런 자기는 준구를 바라볼 수 있는 자리였다.

영화를 보는 동안 정매는 그래도 준구 있는 편으로 고개를 돌리곤 했다.

'바보——.'

이런 말이 자꾸만 입 안에서 맴돌았다. 동시에

'그러니까 사랑하는 자기를 D에게 뺏겼었지.'

라는 생각이 머리에 떠올랐다.

그러면서도 영화가 끝나거든 다방으로 가서 이야기를 해 보리라 생각했다. 차나 마시자는 그것까지 거절할 까닭은 없을 것이다. 같이 가기만 하면 그때 준구의 심경을 알아 낼 수가 있다. 지금 준구가 자기에게 망설이는 태도를 보인 것은 성격 탓이다. 그리고 하도 오래간만에 만났으니 서먹서먹할 것만도 틀림없다.

준구는 필경 외로울 것이다. 예술생활을 못하는 것만도 고독한 일이 아니겠는가? 그리고 예술하던 사람으로 가정에 충실할 까닭이 없다.

외로운 사람과 외로운 사람이 어찌 남처럼 멀리 살 수가 있겠는가?

물론 결혼은 할 수 없을지 모른다. 그러나 옛날 준구를 슬프게 해 주었던 죄과를 메우도록 앞으로나마 준구에게 내 진심을 바치자.

또 결혼인들 못할 것이 무엇인가? 그가 이혼만 하면 얼마든지 가능한 일이다. 내게는 자식이 하나도 없다. 그런 만큼 준구의 자식들을 내 자식처럼 사랑해 줄 수도 있다.

이런 생각을 하며 준구를 또 바라보았다. 열심히 스크린을 보고 있었다. 아무 잡념이 없는 사람 같았다.

정말 구경에 걸신이 들렸는가? 나는 자기를 이렇게 바라보고 있는데 자기는 왜 나를 찾으려고도 하지 않는담.

마음이 그렇게까지 변했다는 말인가? 변했다면 할 수 없는 일이지.

그때 정매는 준구 귀에 입을 대고 무엇인가 이야기하는 준구 딸을 보았다. 준구는 웃는 얼굴로 고개를 끄덕끄덕했다.

역시 딸들의 아버지였다. 아무도 범접할 수 없는 늙은 아버지.

정매는 고개를 돌려 스크린을 바라보았다. 문둥이 어머니가 문둥이 딸을 부둥켜안고 굴 속으로 들어가는 장면이었다. 자식에 대한 어머니의 애정. 그것은 아버지도 마찬가지일 것이다.

정매는 외롭게 살다가 죽어야 할 자기를 생각했다. 예술도 못하면서 세상에 스캔들만 퍼뜨릴 수 없다고 생각했다. 이제 얼마 남지 않은 여생을 추문으로 더럽힐 필요가 없다. 평범하게 살다가 평범하게 죽자.

'벤허'는 문둥이가 된 자기 애인을 동굴로 찾아가 두려움도 없이 붙안고 십자가를 매고 가는 예수 앞으로 갔다. 준구는 눈물이 핑 돌았다. 사랑하는 사람을 위한 순정.

순간 그는 정매를 찾았다. 전에 앉아 있던 자리가 빈 것은 벌써부터 알고 있다. 어디로 갔을까? 기분이 나빠 돌아간 것이나 아닌지?

준구는 정매의 눈에서 공포감을 느꼈던 자기를 후회했다. 사랑에 공포를 느낄 까닭이 무엇인가? 그렇게까지 사랑을 하다가 열매를 맺지 못하고 울던 자기였다. 남편도 없고 자식도 없는 정매가 얼마나 고독한 사람이냐? 고독한 여자를 보고 두려움을 느낀 바보.

준구는 정매를 찾았다. 뒤를 둘러보았고 앞을 내다보았다. 보이지가 않는다. 또 찾았다.

아 ──, 입구 쪽 아까보다도 더 멀리 떨어져 있는 곳에 정매가 있었다. 정매도 자기를 바라본다.

정매! 조금만 기다려 줘. 영화가 끝나기만 하면 당신의 팔을 잡고 거리루 나갈 테야. 딸들? 그까짓 것들은 집으로 보내면 그뿐이거든.

벨이 울렸다. 구경하던 사람들이 욱 일어섰다.

준구는 딸을 보고 먼저 돌아가라고 한 뒤 정매를 잃어버리지 않으려고 사람 틈을 부비며 정매에게로 갔다.

거추장스럽게도 사람들이 길을 비켜 주지 않았다. 그러나 정매를 놓칠 수는 없었다. 부비고 부비며 정매 머리 뒤까지 쫓아갔다.

"정매 씨."

용감하게도 감정을 노골적으로 표현하는 언사를 썼다.

정매가 뒤돌아보았다. 그리고 처음 만났을 때와 꼭같이 냉정한 눈초리로 준구를 쏘아보았다. 정매 씨라고 부른 말이 마땅치가 않은지 대답도 안 했다.

"차나 한 잔 마실까요?"

그래도 정매는 대답을 안 했다. 한참 있다,

"바빠서 가 봐야겠어요."

했다.

준구는 피가 거꾸로 흐르는 것을 느꼈다. 이십 년 전 D와 결혼한다는 말을 들었을 때보다 못지않은 놀라움과 슬픔을 느꼈다. 그러나 준구는,

"그래요?"

라며 헤식은 체념을 했다. 그 체념 속에는 냉소가 깃들여 있었다.

고독한 자기를 생각해서 일부러 뒤쫓아왔던 것인데 제가 뭐라고…….

극장 입구까지 아무 말 없이 나와

"그럼 안녕히 가십시오."

준구가 영원한 작별이라고 생각하며 마지막 인사를 했다.

"안녕히 가세요."

정매는 아무 미련도 없이 뒤돌아서서 걸었다. 준구도 뒤돌아보는 일 없이 집을 향해 걸었다.

(원)《미의 생활》 1962. 9.

배리(背理)의 꽃

　백희(白姫)가 보이지 않기 시작한 뒤 한 달 동안 용(許勇)은 일요일을 독서의 날로 정했다. 그리고는 종일 테이블에 앉아 서쪽으로 난 창을 향해 2층에서 내려다보이는 골목길을 응시하는 버릇을 가지고 있었다.

　책을 펼치고 있기는 하나 하루종일 걸려도 열 장을 읽지 못한다. 열 장쯤 책장을 넘긴다 해도 그 속에 어떤 글이 들어 있는지를 전혀 기억하지 못한다.

　그러나 뒤에서 보면 꼭 책을 읽는 자세다. 좀체로 움직이지 않는다. 시선을 한 곳에만 모으고 있기 때문이다. 그렇기 때문에 아내 정미(貞美)는 용이 독서에 열중하고 있는 것으로만 알고 있다. 용은 시선을 책 있는 방향으로 두고 있으나 시선의 초점은 책에 있는 것이 아니라 어디까지나 행길에 두고 있다.

　어째서 백희는 한 달 동안이나 나타나지 않을까? 이사를 간 것은 아니다. 백희 남편의 문패가 아직 그 집 대문에 붙어 있는 것을 매일처럼 보고 있다. 그러면 어디가 아픈 것일까? 그럴지도 모른다. 그러나 돈 있는 집 아내로서 그렇게까지 고칠 수 없는 병이 무엇일까? 더구나 자취를 감추기 직전까지 백희는 병든 사람 같아 보이지가 않았었다.

　그러면 이혼을 하고 친정으로 가 있는 것이나 아닌가? 만약 그렇다면 용으로서는 더 바랄 것이 없다. 어떤 이유로 이혼을 했든 간에 결혼한 지 일년 남짓하여 이혼했다는 것은 백희에게 불행한 일일 수밖에 없다.

백희를 괴롭혀 주고 백희의 불행을 보고 싶어하는 것이 백희가 자기를 떠나간 뒤부터 이때까지 용이 가지고 있는 단 하나의 욕망이다. 그 욕망 때문에 일 년 반을 살아 왔다. 그것이 삶의 목적이기도 했다.

그러나 백희가 이혼했다는 사실을 확인할 길이 없다. 가끔 골목에서 부딪치는 백희 남편의 얼굴은 언제나 명랑하다. 가끔 물건을 사 들고 자기 집으로 돌아가는 그 남자는 백희와 같이 있을 때나 다름없이 휘파람이라도 불고 싶어하는 표정이었다.

용은 오늘도 이런 것들을 생각하며 혹시 백희가 나타나지나 않는가 행길만 내려다보고 있었다. 그러나 오전이 지날 때까지 백희는 여전히 나타나지 않았다.

"여보 ──."

갑자기 뒤에서 아내 정미의 목소리가 들려 왔다.

용은 깜짝 놀라 그러나 책을 읽고 있었다는 자세를 헝클이지 않고 대답했다.

"점심 잡수셔야죠."

"먹어야지. 벌써 점심때가 됐나?"

용은 넌지시 일어나 정미가 가져다 놓은 밥상께로 갔다. 그리고는,

"수고했군. 우리 마누라."

하며 정미의 어깨를 쳤다. 용은 언제나 정미에게 애정을 보여 주어야 한다는 일을 잊지 않고 있다. 그것은 물론 정미를 진심으로 사랑해서는 아니었다. 애정을 보여 주어야 아내도 자기에게 애정을 보여 준다는 계산에서였다. 자기와 정미가 애정 있는 생활을 한다면 어느 때건 백희가 그것을 보게 된다. 그것을 볼 때 백희는 절대로 유쾌하지가 않을 것이다. 유쾌하지 않은 마음을 백희 가슴 속에 집어 넣어 준다는 것이 자기가 계획하였던 복수의 한 가지에 틀림없다.

"누가 수고했단 말 듣고 싶대요?"

약간 토라진 목소리로 정미가 말했다. 용은 토라진 이유를 잘 알 수 있었다.

"미안해. 책을 읽기 시작하면 끝을 내구 싶어서⋯⋯."

책을 읽는다고 돌아앉기만 하면 한 번도 뒤를 돌아보는 일이 없는 자기의 몰인정을 변명 아니 할 수 없었다.

"그래두 좀 쉬면서 읽어야 하지 않아요?"

"책 읽는 시간이, 일요일밖에 없는 걸 어떡해?"

"그래두⋯⋯."

"내 뽀뽀해 줄게 ── ."

아내의 기분을 상하게 해 주어서는 안 된다. 그래서 밥을 먹다 말고 아내 뺨에 키스를 서비스했다.

한참 동안 밥을 먹다가 아내가 불쑥,

"심심한데 애기나 빨리 낳았으면⋯⋯."

하고 혼자 중얼거렸다. 용은 결혼한 지 석 달이 지나도록 태기가 없는 아내를 처음으로 느꼈다.

"참, 우린 어째서 아직 애기가 없지?"

놀란 듯이 말하자 아내가,

"누가 알아요?"

마치 그 책임이 용에게 있기나 한 듯이 말했다. 그래도 용은,

"나한테 결함이 있나, 병원에 한 번 가 볼까?"

하고 신중한 태도로 말했다. 그것은 아내에게 책임이 있다는 생각을 주지 않기 위한 수단이었다. 자기에게 그런 결함이 있으리라고는 절대로 생각지 않는다. 그럴 까닭이 없다. 성병을 앓고 나면 그런 일이 생기는 수도 있다지만 그런 병에 걸려 본 일이 없다. 그렇다면 애를 못 나을 경우 절대로 그 책임이 자기에게 있지 않을 것이다. 그러나 그런 것을 따져 이야기하면 아내가 실망을 느낄 것이 아닌가?

"남들은 결혼한 지 칠팔 개월 만에두 낳는다던데."

아내가 아직 태기도 없는 것을 궁금히 여겼다.

"그건 속도위반이야. 결혼한 지 석 달밖에 안 됐는데 걱정할 것까진 없잖아⋯⋯."

“그렇긴 하지만…….”

“그런 거 생각지 마. 단 둘이서 자유롭게 얼마 더 지내는 게 좋잖아? 난 그러기를 바래.”

이것은 용의 진심이었다. 월급으로 겨우겨우 살아가는데 애까지 생기면 부자유는 말할 것도 없고 경제적 타격을 받게 된다. 조금이라도 돈의 여유를 만들어 아내의 몸치장을 시켜야 한다는 것이 또한 용의 소망이다. 백희를 따라갈 수는 없지만 그래도 철따라 새 옷을 입혀 주고 싶다. 백희에게 가난하다는 인상을 주어서는 안 되기 때문이었다.

백희가 지금의 남편과 결혼한 것은 결국 돈 때문이었다. 자기에게는 돈이 없고 그 남자에게는 돈이 있기 때문에 자기를 버리고 그리로 갔다. 그러한 백희가 언제까지나 가난하게 사는 자기의 꼴을 보면 유쾌하게 박수를 칠 것이 아닌가?

그런 만큼 용은 애기를 조금도 바라지 않고 있다. 그런데 애기 이야기를 하자 용은 문득 백희가 해산을 한 것이나 아닌가 하는 생각을 했다. 한 달 하고도 훨씬 전인 어떤 날, 용이 퇴근하고 집으로 돌아올 때 합승 정류장에 서 있는 백희가 이상한 쌕 드레스를 입고 있음을 보았었다. 그 기억이 문득 머리에 떠올랐던 것이다. 그때는 그런 생각으로 보지 않았었지만 지금 생각하니 그것이 임신한 여자가 입는 옷인 듯 느껴졌다.

임신 ——.

이렇게 생각하니 몸이 떨렸다. 결혼한 여자에게 당연히 있는 일이겠지만 일종의 질투이리라. 백희와 그 남편과의 애정생활이 눈에 보이는 듯하여 몸서리가 쳐지는 것이었다. 동시에 백희가 자기에게 모든 것을 허락하던 때의 장면이 눈앞에 떠올랐다.

‘나를 그렇게까지 사랑하던 것이…… 나에게 주던 것과 꼭 같은 애정을 딴 남자에게 주고 있겠지…….’

이런 생각을 하고 있을 때 아내가,

“뭘 생각하구 계세요?”

하고 칼로 찌르듯 날카롭게 물었다.

"읽던 책을 생각했어. 읽기는 했는데 뜻을 모를 데가 있어서……."

용은 딴 생각을 하고 있어서 미안하다는 듯이 머리를 툭툭 치며 말했다. 사실은 미안을 생각할 만한 여유가 없는 용이었다. 미안한 표정을 지으면서도 그는 계속해서 백희를 생각하고 있었으니까…….

"오후에는 산보나 가요."

아내가 더 참을 수 없다는 듯이 조를 때 용은,

"그래. 남산에라두 놀러가지……."

쾌히 승낙했으나 속으로는 행길을 바라보고 있어도 소용이 없다는 계산을 한 뒤였다. 해산을 했다면 백희가 쉽사리 외출 안 할 것이 틀림없는 일이다. 설사 외출한다고 해도 해산한 백희를 보는 것은 흥미로운 일이 아니다.

"아이 좋아……."

정미가 밥상을 치우고 와서 용의 뺨에 자기 뺨을 댔다. 그리고는 경대 앞으로 가서 화장을 시작했다.

아내가 화장을 하는 동안 용은 흥미 없는 일이라고 생각하면서도 또 책상 앞에 앉아 행길로 시선을 보냈다. 혹시 애를 안고 외출하지나 않을까 하는 생각을 하며…….

그때였다. 백희가 나타났다. 백희를 지켜 보기 시작한 지 한 달 만이었다. 백희 옆에는 그의 남편이 걷고 있었고 그의 뒤에는 애를 안은 식모가 따르고 있었다. 과연 자기의 상상이 들어맞았다. 동시에 해산한 백희를 목격하는 환멸 또한 상상대로였다. 그러면서도,

'해산 후 첫 외출일까?'

'친정에 나들이를 가는 것일까?'

'오래간만에 극장구경을 가는 것일까?'

이런 생각을 하며 백희가 골목길을 벗어나갈 때까지 그 뒷모습을 바라보고 있던 용은,

'에익!'

소리를 내지르고 싶은 충동을 받으며 의자에서 벌떡 일어났다. 그때,

"당신두 빨리 옷을 갈아 입으세요."

아내의 목소리가 들렸지만 용은,

'산보가 다 뭐야.'

하고 그냥 방바닥에 누워 뒹굴고 싶기만 했다.

"오늘은 당신이 좀 이상하셔?"

아내가 의아스러운 눈으로 바라볼 때도,

'이상하긴 뭐가 이상해?'

하고 소리를 지르고 싶었다.

그러나 그럴 수가 없었다. 아무것도 모르는 정미다. 백희에게 지고 싶지 않아 얼굴이 예쁜 여자로 고른 것이 정미였다는 사실부터 정미는 알지 못하고 있다. 백희보다 예쁜 정미와 결혼해서 행복하게 사는 것을 백희에게 보이기 위해 백희가 사는 집 근처로 셋방을 얻은 사실 그리고 셋방 가운데서도 백희가 지나다니는 길이 잘 보이는 2층 방을 택했다는 사실 ——. 이런 것은 물론이려니와 남보다도 아내를 더 사랑하는 듯이 보이는 것이 오로지 백희에게 자기가 행복하다는 것을 알리려는 수단임을 눈치도 채지 못하는 아내다.

앞으로 목숨이 붙어 있을 때까지 자기는 백희에게 복수를 해야 할 사람이다. 그것을 빼고는 산다는 의미를 상실하게 된다.

그런 만큼 복수의 도구로 쓰여지고 있는 정미에게 그가 도구라는 것을 깨닫게 해서는 안 된다.

"좋아서 그래."

자기가 이상하게 보이는 것은 아내와 같이 일요일을 즐길 수 있기 때문이라는 것을 가장하기 위하여 용은 정미 곁으로 가서 그를 끌어안았다.

"당신두 꼭 어린애 같아……."

정미는 사뭇 쾌감을 느끼는 모양이었다. 뺨을 내밀며 애무를 기다렸다.

"우리 일요일의 외출이 얼마 만이지?"

용은 정말 외출이 즐겁다는 듯이 지껄였다.

"당신 공부 때문이지 뭐……."

"앞으룬 일요일마다 교외루 나갈까?"

"공부는 어떻게 하구요?"

"시험치는 공부두 아닌 걸 안 하면 어때?"

용에게 일요일마다 책을 읽어야 할 필요가 없어진 사실을 정미가 알 까닭이 없다.

"정말요?"

아내는 그저 좋아만 했다. 용도 즐거운 척했다. 남산에 가서는 케이블카를 탔고 케이블카에서는 눈 아래 보이는 서울 장안을 향하여 환호성을 연발했다. 거리를 걸을 때는 항시 아내의 팔을 껴 주었다.

식당에 가서 비빔밥을 먹고 집으로 돌아올 때까지 용은 정말 좋아 죽겠다는 듯이 정미에게 밀착한 채 조금도 거리를 멀리하지 않았다. 그러나 그는 어디서 무엇을 하나 행복해하는 자기의 모습을 백희가 멀리서라도 보아 주기를 바라는 마음을 잊어버리지 않았다.

그리고 집으로 돌아오자 그는 백희에 대한 복수가 달리 또 없을까 하는 것을 생각했다. 지금까지의 복수 심리는 너무나 소극적이었다. 그것으로 백희의 가슴이 아파질 것 같지가 않았던 것이다. 아무리 열심히 복수를 해도 백희는 애기를 낳고 그 애기를 식모에게 안겨 가지고 서울 거리를 활보하지 않는가?

'백희 남편을 죽일까? 백희 집에 불을 놓을까?'

혼자의 생각이지만 너무나 놀라운 생각에 몸서리를 치면서도 용은 어떤 방법으로든 적극적인 복수를 해야 한다는 생각을 했다. 일 년 반의 세월을 복수를 위해 살아 왔지만 결과적으로는 아무런 타격도 주지 못하고 말았다. 살점을 에는 듯한 아픔을 주어야 한다. 배신한 여자가 받아야 할 마땅한 복수를 ── .

용과 백희는 같은 대학의 같은 학년이었다. 과는 달랐지만……. 2학년 때 어떤 연구회에서 알게 되어 4학년 때까지 쭉 사랑을 해 왔다. 첫사랑들이었다.

그러다가 졸업하기 몇 달 전부터 백희가 이유 없이 용을 경원하기 시작했다. 잘 만나 주지를 않는 것이었다. 하학한 뒤에는 도서관에서 만나 같이 거리로 나오는 것이 그들의 일과였는데 열흘 이상 백희가 도서관에를 나타나지 않았다. 용은 시간이 끝날 무렵 백희네 교실 앞에서 백희를 기다렸다.

"왜 도서관에 안 나오지?"

용이 물었을 때 백희는,

"그럴 필요를 느끼지 않아요."

하고 대답했다. 필요를 따진다면 언제는 필요를 느껴서 만났던 것인가? 용은 그 말의 뜻을 이해하지 못했다.

"필요를 느끼지 않다니?"

"바쁠 때는 안 만날 수도 있잖아요?"

"무슨 일이 바쁘지?"

"졸업이 얼마 안 남았는데 안 바쁠 수 있어요?"

이런 말을 할 때의 백희 눈은 무서울 정도로 쌀쌀했다. 오물(汚物)을 꺼리는 듯한 태도였다.

그래도 용은 몇 번이나 백희의 교실 앞에서 그를 기다렸다. 가슴이 터지는 듯한 아픔을 느끼면서. 그러나 백희는 만나기를 피했고 이야기하기를 꺼렸다.

대강 짐작이 가기는 했지만 한 달쯤 뒤 친구들에게서 백희가 딴 남자와 같이 다닌다는 말을 들었을 때 용은 백희 가슴에 칼을 꽂아 주고 싶도록 백희가 미웠다.

또다시 백희 교실 앞을 지켜 서 있다가 백희를 붙잡은 뒤,

"요새 재미 많다지?"

하고 터지는 듯한 가슴을 눌러 가며 말했을 때,

"남이야 어떻든 무슨 상관이세요?"

아주 상관없는 남남처럼 말했다. 용은 그저 백희의 따귀를 갈기고 싶었다. 발길로 걷어차고 싶었다.

"더러운 것 ── ."

하다 못해 침이라도 뱉어 주고 싶었지만 사랑하던 여자의 얼굴에 어찌 침을 뱉을 수가 있는가?

'영원히 당신만의 릴리.'

편지를 할 때마다 편지 끝에 으레 당신만의 릴리라고 쓰던 백희다. 그러

던 백희가 어찌 마음의 변화를 일으켜 딴 남자를 사랑할 수가 있을까?

그것도 미안하다는 태도가 아니다. 당연한 일을 했는데 무슨 상관이냐는 투로 말한다.

"남이야 어떻든⋯⋯."

언제부터 남이었던가? 그렇게도 사랑하던 사람들이 남이 될 수가 있단 말인가?

그래도 용은 백희의 교실을 찾아갔다. 모든 것이 거짓인 것처럼만 생각되었던 것이다. 다시 자기 품으로 돌아오는 것만이 진실인 것 같았다. 인간인 이상 돌아오고야 마는 것이리라 생각했다. 그러나 백희는 용을 만나지 않으려고 학교에도 나오지 않았다. 졸업하기 며칠 전 교정에서 만났을 때,

"곧 결혼하기루 했어요. 나를 그만 괴롭히세요."

백희의 마지막 말이었다. 있을 수 없는 일이라고 생각했다. 그러나 있을 수 없는 일을 예사로 해 치운 백희. 그리고도 도리어 자기를 괴롭히지 말아 달라고 ── .

배신자. 그 뒤부터 용은 백희에 대한 복수를 생각했다. 자기가 죽을 때까지 해야 할 일이 백희에 대한 복수라고 생각했다. 그것을 위해 살리라고 결심했다.

그러나 복수를 하기 위해 백희 집 근처에 셋방을 얻었을 때부터 오늘까지 용은 백희를 증오하면서도 백희의 얼굴을 보아야 하는 것이 자기 운명이라 생각해 왔다. 증오를 하면서도 보고 싶었다. 보면 증오를 느끼나 그 증오스런 얼굴이라도 보아야만 살 수 있는 것 같았다.

용은 생각했다. 백희 집 가까운 데에 셋방을 얻었다는 것 그리고 일요일마다 책을 읽는 척하고 행길만 지켜본 것은 결국 백희가 보고 싶어서가 아니었던가 하고. 복수를 하려면 보이지 않는 곳에서 보이지 않도록 해야만 진짜 복수일 수가 있다. 백희의 얼굴을 보며 그 앞에서 복수를 하겠다는 것도 백희가 보고 싶은 나머지 자기 행동을 합리화시키려고 한 것이 아니겠는가?

이제부터는 만날 생각을 말고 보이지 않는 복수만을 하자.

그러나 용에게는 그 복수의 구체적 방법이 생각나지 않았다. 백희에 대한

복수란 백희가 정신적으로 불행을 느끼도록 만드는 것이다. 그것도 자기를 배신하고 딴 사람과 결혼했기 때문이라는 결론이 나올 만한 불행이어야 한다. 그러한 불행이란 결국 백희의 남편에게서 출발해야 한다. 남편이 죽거나 그렇지 않으면 남편이 백희를 사랑하지 않게 되거나 좌우간 사랑의 파탄이 일어나야 한다.

그러나 파탄을 용의 손으로 어떻게 만들 수가 있을 것인가?

아무리 생각해도 궁리가 나지 않았다. 안타까운 일이었다. 복수를 하기는 해야겠는데 복수할 길이 없다.

용은 그 날 밤. 아내와 자리를 같이 할 때 문득 자기도 애를 낳아야 한다는 생각을 했다. 백희의 애보다 훨씬 잘생긴 애를 낳아야 한다. 그것도 결국 일 년 반 동안 거듭해 온 소극적 복수임에 지나지 않을 것이지만 좌우간 할 일은 다 해야 한다고 생각했다.

외출을 했었기 때문에 아내가 피곤하다고 했지만 용은 아내를 달래었다. 그리고 오늘 밤의 관계로 임신이 성공되기를 속으로 빌었다. 그것은 하루에 그치는 일이 아니었다. 아내가 한 달에 한 번씩 하는 생리적 행사를 중단할 때까지 그런 염원을 가지고 아내와 잠자리를 같이하리라 마음먹었다.

그러면서도 그는 백희에 대한 적극적인 복수를 계획하는 데 조금도 방심을 안 했다.

어떤 날 밤이었다. 용이 아내와 함께 영화구경을 하고 버스 정류장 앞에 서 있을 때 우연하게도 백희와 마주쳤다. 백희는 어쩐 일인지 혼자였다. 그 혼자인 백희가 용을 보자 갑자기 얼굴을 붉혔다. 그리고는 외면할 생각도 못하고 용과 정미를 바라보았다.

용은 좋은 기회라고 생각했다. 이런 때 자기가 백희보다 행복하다는 것을 보여 주어야 했다.

"안녕하십니까?"

용은 넌지시 말을 건네었다. 백희는 대답을 못하고 붉어진 얼굴로 그냥 이쪽을 바라만 보고 있었다. 더욱 좋았다.

"오래간만인데요."

용은 얄궂게 여유 있는 목소리로 웃음까지 보였다. 그러나 백희가 무엇이라고 말을 꺼내려 하는 순간,

"내 첩니다."

하며 아내의 팔을 끼었다. 두 여인이 고개를 숙이고 서로 인사를 하자 용은,

"먼저 실례합니다."

하고 아내의 팔을 낀 채 백희가 말을 꺼내지 못하게 돌아서서 걷기를 시작했다.

'나는 너보다 절대로 불행하지 않다. 너보다는 내 아내가 얼마나 더 예쁘냐? 그리고 우리는 얼마나 다정하냐?'

이런 것을 말 대신 행동으로 보여 준 통쾌감이 복수의식 속에서 불꽃을 튀기면서 일어났다.

아주 무관심한 척 백희에게 말도 할 여유를 주지 않고 먼저 간다는 말만 남긴 뒤 떠나 온 자기의 행동이 영웅적인 태도로 생각되기도 했다.

'너 때문에 괴로워하고 슬퍼할 줄 알았더냐?'

용은 백희를 향해 마음속으로 조소를 보내기도 했다. 용이 흐뭇한 감정 속에 있을 때 아내가,

"우리 집 옆에 사는 여자 아녜요?"

하고 물었다.

"우리 집 옆에서 살아? 내 대학교 동창인데. 과는 다르지만……."

용은 백희가 옆집에 산다는 것도 금시초문이라는 듯 그리고 백희에 대해서는 아무 흥미도 없다는 듯 대답했다. 한 번도 생각해 본 일이 없는 여자라는 것을 밝히기 위해서.

"얼마 전에 해산을 했다던데요."

"그래? 그럼 결혼을 했게……. 그런데 왜 혼자 다닐까?"

"요즘 남편이 집에 없다나 봐요."

이건 처음 듣는 말이었다. 용은 구미가 당겨,

"출장을 다니는 사람인가?"

하고 넌지시 물었다.

"출장이 아니라나 봐요. 집을 피해 나가 다닌다든가……."

특종 기사라 아니 할 수 없었다. 그러나 용은 냉정성을 잃어서는 안 되었다.

"빨갱인가?"

만약 그런 사람이어서 집에 들어오지도 못하고 돌아다니다가 붙잡혀 징역을 산다면……. 용은 얼굴을 붉히고 말을 못하던 백희를 생각했다. 어쩐지 불행이 감도는 얼굴 같았다고 기억을 더듬었다.

"빨갱이는 아니구 병역을 기피했다나 봐요."

용은 약간 실망했으나 그래도 통쾌하기 짝이 없었다. 좌우간 마음놓고 집에 들어오지 못하는 사람이다. 잘못하면 붙잡혀 징역을 살지도 모른다.

결국 그런 남자와 결혼을 했었구나 하는 생각을 하며 용은 아내의 팔을 좀더 힘주어 꼈다. 일찌감치 군대 복무를 끝내고 나온 자기를 보아 달라는 듯이. 아내는 미소를 지었다. 미소에 그치지 않고,

"당신은 할 일을 다 잘했어요."

하고 백희와 대조가 되는 자기의 만족스런 위치를 설명하기까지 했다.

"그럼, 사람이란 할 일을 다해야 하는 거야. 그 여자 꽤 속 쓰겠는데……."

이런 이야기를 하며 집으로 돌아왔다. 집으로 돌아와 옷을 갈아 입자 용은 버스정류장에서 본 백희의 얼굴을 회상했다.

영화를 보고 극장에서 나오는 길은 아니었다. 빚에 쪼들려 돈을 구하러 다니는 여자의 피곤한 얼굴이었다. 남편이 그렇게 되었으니 속이 얼마나 상할 것인가? 그래서 그런지 백희는 용을 보자 얼굴을 붉히었다.

초라한 얼굴을 보인 것이 부끄러웠던 것이겠지. 자기를 떠나갈 때 백희는 공주(公主)가 된 듯한 마음이었을 것이다. 누가 무어라고 하든 자기는 침범당할 수 없는 행복 속에서 모든 사람을 눈 아래로 보며 살아갈 줄만 알았을 것이다. 그렇던 백희인 만큼 초라한 얼굴을 다른 사람도 아닌 자기에게 보였을 때 얼마나 불쾌하고 부끄러웠을까?

용은 이때까지의 생각과 달리 백희가 불쌍하다는 마음을 갖기 시작했다.

앞날을 내다보지 못하고 배신을 당연한 권리처럼 행사하다가 옳지 못한 허세에 도리어 배신을 당한 여자. 그런 마음이 들자 백희가 자기에게 얼굴을 붉혔다는 것이 어쩐지 참회의 뜻이나 아니었던가라고 생각되었다. 결국 행복하지도 못할 것을 가지고 공연히 남의 가슴만 아프게 했다는 배신에 대한 후회를 했을 것이다.

배신에 대한 후회라는 것은 결국 용에 대한 미련이다. 용을 못 잊어하는 마음이리라.

용은 백희가 자기를 미워하지 못하리라고 생각했다. 자기를 증오할 재료와 그리고 권리가 없다. 그러니 자기를 못 잊어할 것도 사실이다. 더구나 백희보다 조금이라도 더 예쁜 아내와 같이 다정스럽게 영화구경을 하고 나오던 것을 보았으니 자기의 경솔을 후회 안 할 수 없었을 것이다.

'백희 —— .'

용은 옛날 백희를 사랑하던 때의 감정으로 백희의 이름을 불러 보았다. 얼마나 아름다운 이름인가?

한 번 만나 보고 싶었다. 만나서 긴 이야기를 나누고 싶었다. 자기들은 서로 증오할 사람들이 아니다. 최고의 사랑을 주고받지 않았던가?

학생 때였다. 방과 후 둘이서 학교를 나올 때 백희가 용의 팔을 끼었다. 연애하는 대학생들이 적지 않게 있지만 학교 근처에서 팔을 끼고 다니는 연인은 하나도 없었다. 동료 학생들의 눈을 꺼리지 않을 수 없을 만큼 학생 사회에는 말이 많다. 그런데도 집으로 돌아가는 학생들의 시선을 무서워함 없이 팔을 끼는 것이었다.

"남들이 보잖아?"

도리어 용이 겁을 먹고 몸을 주춤했다.

"보면 어때요. 보기나 하구 죽으라지."

백희는 대담하게도 팔에 힘을 더 주었다. 그리고는,

"우리는 서로 사랑하기 위해서 세상에 태어났으니까요……."

했다. 서로 사랑하기 위해 세상에 태어난 사람들 —— , 그러니 설사 결혼을 못했다 해도 서로 잊을 수 없는 사람들이 아니겠는가?

용은 혹시 백희가 자기를 찾아오지나 않는가 하는 허망된 바람까지 갖기 시작했다. 꼭 그럴 것 같았다. 백희도 자기가 보고 싶을 것이고 또 미안하다는 말을 하고 싶을 것이다. 그러나 백희는 며칠이 지나도 찾아오지를 않았다. 당연한 일이었다.

그 대신 용은 아내에게 냉정하기 시작했다. 이때까지는 백희에게 복수를 한다는 복수의식에서 아내를 의식적으로 사랑하는 척해 왔다. 그런데 이제는 그런 노력이 필요 없었던 것이다. 과거야 어쨌든 지금 백희가 자기를 보고 싶어하고 자기 또한 백희를 보고 싶어한다. 복수의식을 살려야 할 필요가 없다. 복수의식이 없어지자 무엇 때문에 결혼을 서둘렀던가 하는 생각만이 들었다. 말하자면 결혼을 후회하게 되었던 것이다. 결혼만 안 했더면 좀더 떳떳한 마음으로 백희를 생각할 수 있었을 것을…….

며칠 전 월급날의 일이었다.

"오늘두 일찍 들어오시지요?"

언제나 출근할 때 하는 아내의 말이었다. 그런 말도 전과 달리 고깝게 생각되는 용이었다

"월급날이니까 빨리 돌아오라는 거지."

전에 없이 용은 이렇게 말했다. 그리고 그 날은 아무 예고도 없이 밤늦게까지 술을 마셨다.

"왜 이렇게까지 취하도록 술을 자셨어요?"

술취한 용을 보고 아내가 걱정했다.

"남자는 술두 마시는 거야."

용은 전에 한 번도 해 본 일이 없는 말을 서슴지 않고 했다. 아내가 울었다. 그러나 용은,

"누가 울랬어? 무엇 때문에 우는 거냐 말야?"

하고는 혼자 잠들어 버렸다. 그러한 용의 마음 속에는,

'나는 백희를 사랑한다. 사랑 안 할 수가 없다.'

하는 말이 도사리고 앉아 있었다.

그러니까 백희를 버스정류장 앞에서 만난 뒤로부터 약 일주일이 지났다.

바로 일요일이었다. 책을 읽을 생각도 않고 또 아내와 교외로 피크닉 갈 생각도 않고 멍청하니 앉아 있을 때였다. 뜻밖에도 백희가 용의 집을 찾아왔다.

"웬일이십니까?"

용은 반가워 인사를 했다. 얼마나 기다리던 백희였던가? 용은 백희가 자기를 보고 싶어 찾아온 것이라고만 생각했다. 그러나 웬일인지 백희는 조금도 반가워하는 표정이 아니었다. 웬일이냐고 놀라는 자기에게 도리어 눈동자를 굴리며 적대시하는 태도를 보였다.

"편히 앉으시지요."

친절을 아끼지 않는데도 백희는 대답조차 안 했다. 용은 순간적으로 백희가 자기를 사랑하는 사람이 아니라고 생각을 했다. 배신으로 자기를 괴롭힌 여자라고 되뇌이게 되었다. 그래서 복수의식을 되살렸다.

"여보! 진객이 오셨는데 차라두 좀 끓이구려."

그는 다정한 목소리로 아내를 쳐다보았다. 그리고는,

"커피 있지?"

라고 능숙한 남편의 솜씨를 보였다. 아내가 차를 끓이려 할 때,

"참, 차는 내가 끓일게, 당신은 과일이나 사 오구려."

하고는 자기가 부엌으로 나갔다. 진객이라는 생각에서가 아니었다. 백희에게 자기들이 얼마나 다정한 부부인가를 보여 주기 위함이었다.

아내가 과일을 사 오고 용이 커피를 끓여 백희 앞으로 가져왔을 때 백희의 표정이 더 굳어진 것을 볼 수 있었다. 용은 자기의 행동이 성공적이었다고 생각했다.

"드시지요."

용은 태연한 태도를 가장하며 차와 과일을 권했다. 백희가 좀처럼 먹으려하지 않을 때 용은,

"내 처의 성의를 보아서라두 조금 드십시오."

백희가 속 아파할 것이라고 생각되는 말을 골라 했다.

여전히 굳어진 표정으로 백희가 말을 하지 못할 때 용은 또 한 번,

"제 처 어떻습니까? 괜찮지요?"

하고 백희가 약오를 말을 했다. 정미가 앉아 있는 앞이라 대답을 안 할 수 없었던지,

"참 예쁘신데요."

한 마디 대꾸를 했지만 백희의 표정은 여전히 굳어 있었다. 그리고 무엇하러 왔는지를 의심나도록 입을 다물고 있었다. 용은 정통으로 복수를 했다는 통쾌함을 느끼면서도 백희의 용건이 궁금했다.

만약 백희가 과거의 배거을 용서해 달라고 사과의 말을 한 마디라도 하면 자기는 이때까지의 태도와 달리 자기의 본심을 털어놓으리라 마음먹었다. 그래서 어떤 방식으로나 사과의 말을 해 주기만 기다리고 있을 때 백희가,

"또 오겠어요."

하고 자리에서 일어섰다. 그리고 방을 나갈 때야 그것도 빈말인지 모르지만,

"한 번 놀러 오세요. 다음 다음 집이니까요!"

하고 다시 만나고 싶다는 뜻의 말을 했다.

"알구 있습니다."

용은 벌써부터 알고 있다는 것을 강조했다. 뼈가 있는 말이라 생각하며 한 말인데도 백희는 못 들은 척 대꾸를 안 했다. 백희가 돌아가자 용은 무엇 때문에 왔느냐고 용건을 묻지 못한 것이 후회되었다. 그리고 남편이 피해 다닌다는 사실을 꼬집어 비꼬아 주지 못한 것을 후회했다.

사실은 백희 앞에서 백희 남편의 이야기를 꺼낼까 하고 생각했었다. 그러나 아무리 복수가 중요하다 해도 면전에서 그런 말을 꺼내기가 너무나 야박스러운 것 같아 말을 꺼내지 않았던 것이다. 말하자면 백희의 자존심을 위해 말을 꺼내지 않았던 것인데 백희가 한 마디의 말도 안 하고 그냥 돌아간 것을 생각하자 체면을 돌볼 필요가 없었다는 후회가 들었던 것이다. 동시에 도대체 무엇 때문에 왔던 것일까 하는 의혹이 뿌리를 돋구었다. 그렇게 싱겁게 돌아갈 작정으로 찾아올 리는 없다. 반드시 할 말이 있었을 것이다. 그 말을 왜 하지 않고 돌아갔느냐 말이다.

그러나 백희 앞에서 정미를 자랑했다는 사실만을 통쾌하게 생각하며 다음 만날 때의 복수할 새로운 계획을 꾸미기 시작했다. 앞으로는 정미만을

복수의 수단으로 쓸 수는 없다고 생각했다. 좀더 다른 수단과 방법으로 백희에게 복수를 해야겠는데 그 새로운 방법이 잘 생각나지 않았다.

한참 궁리하던 끝에 병역 문제로 피해 다닌다는 백희 남편을 붙잡아 감옥에 보낼까 하는 생각을 했다. 부서가 다르기는 하지만 용의 직장이 내무부다. 같은 부내에 취재기관이 있으니 가서 연락만 하면 잡아다 가둘 수가 있다. 그리고 전과 달라 병역기피자에게는 용서 없이 처단을 내리고 있다.

용은 치안국에 있는 아는 사람을 생각해 보았다. 그런 말쯤 할 수 있는 사람이 몇 명이나 있었다. 그러나 그런 일을 차마 할 수가 있을까 하고 혼자 반문했다. 그런 반문을 했다는 것은 결국 그런 행동이 정당치 않다는 생각이 들었기 때문이었다. 남에게 해를 끼치는 행동을 해도 좋은가? 그것은 복수라기보다도 죄악이 아니겠는가? 복수를 하기 위해 죄인이 될 수는 없을 것 같았다.

그러면 세상에 복수라는 것은 있을 수 없는가? 용은 생각하고 또 생각했다. 불의에 대해서는 복수를 해도 좋은 것이 아닌가? 그리고 상대방에게 고통을 주는 것만이 복수가 아닌가?

그러나 결론에 가서는 죄만은 지어선 안 된다는 데로 끝을 맺었다. 그러면 복수란 있을 수 없는가? 용은 어렴풋이나마 이런 생각을 했다.

복수는 인간이 하는 것이 아니라 신이 해 주는 것이다……라고. 만약 정말 악한 인간이 있다면 신이 그런 인간을 그냥 내버려 두지 않을 것 같았다. 사람이 책임지지 않는 그리고 눈에 보이지 않는 복수가 있다. 그런 복수야말로 참된 복수다. 그리고 그 복수는 신이 알아서 하는 일이다.

이런 생각을 하며 며칠을 보냈을 때 정미가 아버지 제사로 시골 친정엘 다녀온다고 했다.

"모레는 돌아올게요. 불편하셔두 이틀만 참아 주세요."

그때 용은,

"갔다 와. 오래간만에 가는 길인데 며칠 있다가 와두 좋아."

용은 가장 너그러운 것처럼 말했지만 속마음으로는 네가 없어도 불편을 느끼지 않는다는 것을 생각하고 있었다. 밥해 주는 사람이 없으니 불편을 느낄 것만은 사실이다. 그러나 그런 것이 불편으로 생각되지 않는 용이었다. 백희에 대한 복수의 수단으로서의 아내는 이미 그 사용가치가 상실되었다. 이미 필요로 하는 존재가 아니다. 그런데도 정미는 용의 내심을 모르고 너 그러운 태도에 감사만을 표하며 친정으로 갔다.

아내가 친정으로 간 다음 날이었다. 백희가 다시 찾아왔다. 무슨 용건이 있는 것만은 틀림없었다.

백희는 정미가 없는 것을 알자 지난번과 달리 입을 쉽게 열었다.

"내무부에 다니신다지요?"

첫말이 이것이었다.

"말단 공무원이지요."

"부탁이 있는데요."

"말단 공무원이라고 말씀드렸는데요."

"제 남편이 병역기피루 지금 몸을 피하구 있어요. 돈은 얼마든지 쓸 테니까 좀 무사하게 해 주세요."

"전번에두 그걸루 찾아오셨던가요?"

"네, 그렇지만 그 날 분위기로 말씀드릴 수가 없었어요."

용은 갑자기 가슴을 치미는 무엇을 느꼈다. 사랑을 배신한 여자가 배신한 남자에게 청탁을 하러 찾아오다니. 그것도 자기 남편의 문제를 가지고.

'사실은 당신 남편을 잡아 가두는 일에 앞장서려 했습니다.'

이 말이 목구멍으로 올라오려는 것을 겨우 참고 도리어 듣기 좋은 말로

"안되기는 했습니다만 내게는 그런 힘이 없습니다. 힘이 있다고 해도 될 일이 아니구요."

라고 말했다.

"힘든 줄은 저두 잘 알아요. 그렇지만……."

"어떻게 합니까?"

용은 백희가 체면 없는 여자라고 생각했다. 말할 데가 없어서 하필이면 자기에게 그런 부탁을 하다니…….

"자유당 시대와는 다를 걸요. 돈으로 해결될 문제가 아니니까요."

백희가 가증스럽다고 해도 그런 청탁에 응하지만 않으면 된다. 그래서 용은 끝까지 운동이 필요 없다는 방향으로 이야기를 끌고 갔다.

"한 번만 사정 봐 주세요."

백희가 애걸을 할 때 용은,

'내가 너에게 복수를 하기 위해서 살고 있는 것을 모르지.'

하고 소리를 질러 주고 싶었다. 그러나,

"긴 이야기 할 필요가 없습니다. 내 힘이 도저히 미칠 수 없는 일이니까요."

하고 거절했다.

"되든 안 되든 한 번 말이나 해 주세요."

역시 여자란 어리석다고 생각했다. 교섭도 해 보지 않고 애써 보았지만 안 되었다고 말하면 그때는 어떻게 할 것인가? 거짓말을 해도 곱게 속아 넘어갈 것이다. 용은 귀찮은 김에 거짓말할 것을 미리 예상하며,

"그거야 힘들지 않겠지요. 한 번 말은 해 보겠습니다."

백희를 안심시켰다.

백희가 고맙다는 말을 하고 돌아간 뒤 용은 백희가 아무때 찾아와도 자기는 할 말이 있다는 든든한 마음을 가졌다. 그와 동시에 거짓으로 대답한 것도 모르고 결과가 궁금해 찾아올 백희를 생각했다.

혹시 내일 밤에 다시 찾아온다면 만약 아내가 없는 빈 방에 백희가 다시 찾아온다면 ── . 이런 것을 생각할 때 용의 머릿속에 백희에 대한 직접적인 복수가 구체적으로 떠올랐다. 결혼하기 이전에 이미 육체를 허락한 백희지만 결혼을 한 지금 그것을 요구한다면 펄펄 뛸 것이다. 펄펄 뛰는 백희를 강제적으로 ── .

통쾌한 복수일 것 같았다. 그래서 용은 내일까지 아내가 돌아와 주지 않기를 바랐다. 그리고 백희가 복수를 당하기 위하여 찾아와 주기를 바랐다.

다음 날. 용은 밖에서 저녁을 사 먹은 뒤 일찌감치 집으로 돌아왔다. 다행히 아내는 아직 돌아오지 않고 있었다. 이제 백희가 오기만 하면 된다. 그런데 얼마 안 있어 정말 백희가 찾아왔다. 자기의 복수를 위하여 일이 조직적

으로 운행되고 있다고 생각했다. 백희가 궁금해 견딜 수가 없어서 찾아왔다고 할 때 용은,

"사무 담당자를 만나 간곡히 부탁을 했지만 전과 달라 사바사바가 절대 안 된다던데요."

마치 노력할 대로 했으나 일이 뜻대로 되지 않아 섭섭하다는 듯이 거짓말을 했다.

"그럼 어떡허지요?"

"글쎄올시다. 한 번 더 부탁을 해 보겠지만 잘 될 것 같지가 않은데요."

"돈을 좀 쓰세요. 돈을 드릴 테니……."

백희가 핸드백에서 돈을 꺼내려 했다. 그때였다. 용은 돈을 못 꺼내게 하는 척하며 백희의 손을 잡으려 했다. 백희의 손을 잡기만 하면 그때부터는 힘의 대결이다.

"돈은 무슨 돈예요. 그런 걸 쓰다가는 도리어 큰일납니다."

이런 말을 하며 백희의 손을 잡으려 하는 순간이었다. 백희가 몸을 피하며 하얀 눈동자로 용을 흘겨보았다. 무서운 눈동자였다. 용은 소름이 쫙 끼쳤다. 동시에 만약 창피만 당하면 그때부터는 복수도 못한다는 생각이 들었다. 한 번은 배신을 당하고 한 번은 경멸을 당하고. 그러면 자기는 복수할 자격마저 상실하게 된다.

"아예 돈 쓸 생각은 마십시오."

용은 손을 내저으며 물러나 앉았다. 백희가 만약 오해를 했다면 그것은 백희의 잘못이었겠지 하는 식으로.

"그래두 돈이 필요할 것 같아요. 돈을 싫어하는 사람이 어디 있어요."

마치 남편 생각 이외에 아무 생각도 없는 것처럼 말했다.

"만약 돈을 쓰라고 한다면 나는 이야기두 안 하겠습니다."

용은 자기의 검은 마음을 덮기에 땀을 흘리며 말했다.

"그럼 말만으로라도 잘 부탁해 주세요."

이 말을 남기고 백희가 돌아가자 용은 긴 한숨을 내쉬었다.

복수를 안 한 것이 얼마나 잘한 일인가? 설사 복수에 성공을 했다고 해도

자기는 조금도 통쾌감을 느끼지 못할 것이다. 도리어 부끄럽기만 할 것 같았다. 떳떳치 못한 인간이란 생각과 동시에 자기 자신을 얼마나 경멸해야 할 것인가? 그리고 다음부터는 복수할 권리를 아주 상실해 버린다.

복수란 통쾌감을 느낄 때 비로소 의의가 있다. 이쪽에서 도리어 괴로움과 불쾌감을 느낄 때 복수가 어떤 의미를 가져올 것인가? 용은 몸으로 몸을 복수하지 않은 데 만족을 느꼈다.

다음 날. 아내가 친정집에서 돌아왔다. 장모가 주었다는 인삼과 녹용이 든 보약 한 제를 가지고 와서,

"몸을 튼튼히 하시래요."

하고 말할 때 용은 아내의 애정을 느꼈다. 이때까지 진심으로 사랑해 준 일이 없는 아내. 그래도 아내는 자기를 진심으로 사랑하고 있다. 용은 생각했다. 진심으로 사랑하는 아내를 언제까지나 복수의 도구로 사용해야 하는 것이냐고. 만약 언제까지나 그렇게 대하려면 차라리 이혼을 해 버리는 것이 인간답지 않을까? 정말 용은 아내에게 대하여 진심으로 미안을 느꼈다. 그런데 백희가 다시 또 찾아왔다. 용은 백희를 대하기가 싫었다. 그리고 아내를 대하기가 부끄럽기도 했다. 복수고 뭐고 다 귀찮기만 했다. 그런데 백희가,

"어제 붙들려 갔대요. 공연히 수고만 하셨어요."

기운 없이 말했다.

"거 큰일이군요. 그럼 어떻게 되는 거지요?"

"징역살이를 해야 한대요."

용은 자기가 소원하던 바를 이룬 셈이었다. 그러나 조금도 반갑지가 않았다. 그것을 반가워한다면 자기는 인간 이하의 인간이 될 것 같은 겁이 들기도 했다. 절망과 슬픔이 물 젖은 솜처럼 무겁게 박혀 있는 백희의 얼굴을 볼 수가 없었다. 그 얼굴을 보고 어찌 쾌재를 부를 수 있는가?

복수라는 것이 이렇게 힘이 드는 것인가 하는 생각이 들었다.

용은 정말 힘든 일이라고 생각했다. 그렇게도 복수를 열광했는데 소원이 이루어졌을 때는 어째서 통쾌하지가 않을까? 백희의 그 기운 없는 얼굴을 보자 빨리 돌아가 주었으면 하는 생각만 들었다. 괴로워하는 얼굴이 정말

보기 싫었다. 그리고 백희가 자기를 악마로 보고 있을 것이 더욱 싫었다.

'내게 그런 얼굴을 보여 줄 권리가 있는가?'

용은 백희의 얼굴을 보며 복수를 당하고 있는 사람은 백희가 아니라 자기 자신이란 생각을 했다.

"안녕히 계세요."

백희가 돌아가며 인사를 할 때 용은,

'제발 다시 찾아오지 말아다오. 그 궁상맞은 얼굴은 보기도 싫다.'

혼자서 중얼거렸다. 백희가 돌아가자 아내가,

"나 없는 새에두 집에 왔었어요?"

하고 의심쩍은 태도로 물었다. 그때 용은 손을 내저으며 말했다.

"아니야. 아무것두 아냐."

"아니라니요? 뭣을 부탁했던 것 같던데요."

"자기 남편을 좀 무사하게 해 달라구 부탁했었어. 그렇지만 일은 다 끝났어. 끝났단 말야."

용은 정말 모든 일이 끝났다고 생각했다. 그리고 혼자 생각했다.

'복수란 결국 원수를 미워하기 전에 나 자신을 괴롭히는 일이다. 당장에 백희 옆엣 집에서 이사를 가야 한다. 이사를 가자.'

용이 가슴 가벼운 느낌 속에서 아내의 얼굴을 바라보며,

"오늘은 더 예쁜 것 같은데……."

하고 아내 얼굴에 뺨을 갖다 댔다.

"당신 좀 이상한 것 같다. 정말 바로 말해 봐요. 그새 무슨 일이 있었수?"

"아무 일두 없었다니까? 일이 있었다면 당신이 더 예쁘게 보이도록 내 눈이 달라졌다는 걸 거야."

"정말요?"

"정말이구 말구."

용은 아내를 와락 안았다. 그리고 번쩍 들어 치켜 올리고는 아이들이 바람개비를 돌리듯 아내를 빙빙 돌렸다.

(원)《사상계 114》 1962. 11, (출)『한국단편문학전집 6 고호』 정음사, 1964.

영부기(迎父記)

"아빠! 오늘 할아버지 오셨댔어."

"쉬! 그런 말 하면 못써."

엄마가 큰 소리로 말을 못하게 쉬쉬하는데도 국민학교 1학년짜리 왕산(王山)은,

"할머니가 그러셨는데 할아버지래."

하며 자기 아버지인 경구(慶九)에게 자랑삼아 떠들었다.

"그럼 못쓴다니까……."

어머니 애숙(愛淑)이가 이번에는 왕산의 입을 막으며 말을 못하도록 했다.

경구는 아내와 어린애의 얼굴을 번갈아 보며 아무 말도 안 했다. 아내가 쉬쉬하기 때문은 아니었다. 그만하면 무슨 일이 있었는지를 넉넉히 짐작할 수 있었다. 다만 그런 일이 있었다는 사실이 경구의 가슴을 벙벙하게 했던 것이다.

경구는 집에 돌아오는 길로 어머니에게 가서 다녀왔다는 인사를 했다.

지금 자기 방으로 들어오기 직전의 일이었다. 그때 어머니는,

"빨리 가서 옷을 갈아 입어라."

전과 조금도 다름없는 표정으로 자기를 맞이해 주었다. 아버지가 찾아왔던 기미가 조금도 보이지 않았었다. 정말 아무렇지도 않은 얼굴이었다. 그런데 어린애의 말에 의하면 아버지가 찾아왔던 것이 틀림없는 일이다. 쉬쉬

245

하는 아내가 또 그것을 설명하고 있다.

아버지가 집에 오다니. 그리고 어머니는 왕산에게 그 아버지를 할아버지라고 인사까지 시킨 모양이다. 물론 나에게 아버지 되는 사람이니 왕산에게는 할아버지가 되는 것은 사실이다. 다만 어머니가 왕산에게 '할아버지다, 인사드려라' 하며 그 아버지를 반겼으리라는 사실이 도무지 알 수 없는 일이었다.

옷을 갈아 입고 얼마가 지난 뒤 어머니가 계시는 방으로 가서 온 가족이 밥상을 둘러앉았다. 경구는 눈치채지 않게 어머니의 표정을 살폈다. 십 년 만에 처음으로 아버지가 왔다 갔다. 그 아버지를 만난 어머니의 표정이 어떻게 다른가가 알고 싶었던 것이다.

예순다섯. 인생을 거의 다 산 어머니인 만큼 젊은 사람처럼 감정의 변화가 얼굴에까지 나타나지는 않았을 것이다. 그런데도 어머니가 전과 달리 명랑해 보이는 것은 경구의 선입주견 때문만은 아니었다. 왕해(王海), 진희(眞姬) 그리고 왕산에게 반찬을 집어다 주며 어머니는 별로 들지를 않고 손자들만 먹이려는 그 모습이 아무래도 전과 달랐다.

"오늘 추웠지?"

옆에 앉아 있는 중학교 2학년짜리 진희의 등을 쓸어 주며 필요 이상의 말을 한다. 그런가 하면 국민학교 2학년에 다니는 왕해에게는,

"너는 오늘 왜 늦었지?"

어머니는 숫제 젓가락을 놓고 이야기만 하는 것이었다.

"어머니는 왜 식사를 안 하세요?"

경구가 어머니의 마음을 떠 보기 위해 넌지시 걱정을 했다.

"난 점심을 많이 먹어 별루 생각이 없다."

천연스럽게 대답하는 어머니였지만 구미가 당기지 않는데 불안이 조금도 없었다.

그러면서도 어머니는 아버지가 왔다 갔다는 말을 하지 않았다. 다 알고 있으리라 짐작이 되었기 때문에 말을 안 하는 것일까? 그렇지 않으면 할아버지가 왔다 간 사실을 모르고 있는 왕해와 진희가 있기 때문일까?

경구는 자기 입으로 먼저 꺼낼 성질의 이야기가 아니기 때문에 식사가 끝나고 자기 방으로 돌아올 때까지 통 입을 열지 않았다.

왕해가 자기 방으로 그리고 진희가 할머니 방으로 각기 공부를 하러 간 뒤 왕산이 잠든 것을 보고야 경구는 아내에게,

"아버지가 왔다 가서 어머니 기분이 좋으신가 부지?"

하고 처음으로 입을 열었다.

"그러신 것 같아요."

아내의 대답은 예기했던 대로였다. 그리고 아내의 관찰이 틀림없는 것이라는 생각을 할 때 경구는 이때까지 눌러 오고 있던 감정이 갑자기 폭발하려는 것을 참지 못했다. 그것은 며칠 전 어머니보다 다섯 살이 아래인 고모가 와서 어머니 모르게 하던 말이 기억에 떠올랐기 때문이기도 했다.

"아버지를 모셔다가 같이 살아라. 아버지가 무척 외로우신 모양 같다."

그 말을 들을 때도 경구는 말 같지도 않은 말이라고 고모를 나무라 돌려보냈지만 지금 아내의 입을 통해 어머니의 기분이 좋아졌다는 말을 듣는 순간 경구는,

"어머니두 주책인데……."

하고 소리를 버럭 질렀다. 아내에게 소리를 지른다고 해서 가슴이 시원해질 것도 아니지만 경구는 그만큼 짜증이 났던 것이다.

근 사십 년 동안이나 밖에 나가서 산 아버지다. 결혼한 지 몇 해도 안 되어 맏들인 자기를 낳아 놓고는 금시 어머니와 자기를 돌보지 않고 방탕한 생활을 했다. 그리고 나중에는 어머니와 정식 이혼까지 했다. 그 동안 경구는 아버지의 성만 얻었을 뿐 아버지 없는 고아로 자랐다. 어머니는 홀어머니로 자기를 기르는 데만 정력을 다했다. 마음이 어떻게 내켰던지 십 년 전에도 그 아버지가 집을 찾아왔던 일이 있지만 그때는 어머니와 경구가 꼭 같은 태도로 다시는 얼씬도 못하게 돌려 보냈었다. 그러던 것이 요새 와서는 아버지가 고모를 시켜 아주 돌아올 의사를 표시했고 오늘은 직접 찾아까지 왔으니 심상한 일일 수가 없었다. 더구나 십 년 전과 달리 어머니의 기분은 좋기까지 하다.

"화내시지 마세요. 연세가 그쯤 되면 인생이 너그러워지는 게 아닐까요?"

아내가 점잖게 말했다. 자기도 나이가 들어 인생을 안다는 태도다.

"너그러워두 분수가 있지. 좋아할 것까지야 뭐야?"

경구는 세상이 다 너그러워도 자기만은 너그러워지고 싶지가 않았다. 생각만 해도 지긋지긋한 아버지다. 그런 아버지가 찾아왔는데도 그래도 남편이라고 좋아하는 어머니가 너무나 지성을 잃고 있는 것만 같다.

"노경에 부드러운 감정을 가질 수 있다면 얼마나 다행한 일이에요. 어머니가 한 번이나 그런 부드러운 감정을 가지구 사셨겠어요?"

"아들, 며느리, 손자 있을 것 다 있는데 뭐가 부족하단 말야?"

경구는 인생을 아는 척하는 아내까지가 못마땅하게 생각되었다.

"아들 손주 다 좋지만 여자에겐 아무래두 남편이 제일이거든요."

"남편 아닌 것을 남편으루 생각한다니까 그게 틀렸단 말야."

"어머니가 재혼을 안 했던 것 그리구 당신만을 기르며 살았다는 것이 다 그분의 그림자를 머리에서 씻을 수 없었기 때문이 아니겠어요?"

"듣기 싫어."

아내와 이런 말을 주고받았기 때문인지 경구는 그 뒤 어머니를 대해도 아버지 이야기를 입에 꺼내지 않았다. 물론 어머니가 먼저 이야기 안 하는 것을 자기가 뛰어들어 어른들의 일에 개입할 수 없었기 때문이기도 했다. 무슨 말이라도 한다면 또 모른다. 아무 말도 안 하며 혼자서 좋아하는 것을 무엇이라고 할 것인가?

아버지가 자주 드나들지만 않는다면 경구는 아무 말도 안 하고 지낼 작정이었다. 그런데 어머니도 미안해서 말을 못하는 것이겠지만 말을 못하면서도 태도가 달라지는 것이 눈에 두드러지게 보였다.

육십이 지나도록 직장생활을 했기 때문에 머리를 짧게 자르고 파마하던 옛날 습관이 그대로 남아 있을 뿐 아니라 아직도 아침마다 크림을 잊지 않고 바르는 어머니다. 그뿐 아니라 외출복과 집 안에서 입는 옷을 구별하여 외출복을 절대로 집 안에서 입지 않는 어머니가 요새는 그것을 엄격하게 구별하지 않았다. 외출할 때만 입는 털 자켓을 집 안에서도 입고 있을 뿐 아니라 집 안에서는 손님이 올 때가 아닌 경우 흔히 속치마만 입던 어머니가 요새는 절대로 속치마만을 입지 않는다.

외출 안 할 때는 조반을 먹은 뒤에야 세수를 하던 것이 요새 와서는 일어나자 반드시 세수부터 먼저 했으며 크림만 바르던 얼굴에는 파우더를 바르고 엷은 루즈칠까지 했다.

버선도 사흘 거리로 갈아 신었다.

연애를 하면 마음이 젊어진다고 어머니는 연애하는 소녀처럼 가슴이 부풀어오른 모양이었다. 방도 부지런히 청소를 했다. 경구의 방에 있던 사보텐을 옮겨다 놓았는가 하면 장 속 깊이 넣어 두었던 모본단 수 방석을 꺼내다 방 한구석에 단정히 놓아 두었다.

분명 마음이 변하였다. 그러나 어머니는 그 마음의 변화를 말로는 한 마디도 비치지 않았다. 즉 아버지 이야기를 조금도 꺼내지 않았다.

경구는 환갑이 지난 지 몇 해가 되는 할머니가 어쩌면 저럴까 의심했다. 상상할 수도 없는 일이었기 때문이었다. 여자는 폐경을 하면 남자를 싫어한다고들 한다. 육십이 넘으면 남자가 가까이 오는 것을 무서워한다고 한다. 그런데 어머니는 육십하고도 다섯이 넘었다.

그래서 경구는 어떤 날 어머니에게,

"아버지가 왔다 가셨다지요?"

하고 아버지 이야기를 꺼냈다. 모든 것을 다 알았다는 기색을 보이면 어머니가 마음의 변화를 실토할 것 같았기 때문이었다. 그러나 어머니는 아주 냉냉한 태도로,

"왔다 가셨다. 지나가던 길에 들렀다더라."

마음의 변화가 아버지 때문이 아니라는 것을 밝히려는 태도로 대답했다.

"요즘은 어떻게 지내시나요?"

경구는 자기가 아버지에 대한 증오의 감정이 없는 것처럼 점잖게 물었다. 그래야만 어머니의 진심이 쏟아져 나올 것 같았기 때문이었다.

"그걸 알 수 있니? 물어 보기두 싫구⋯⋯."

어머니는 어디까지나 무관심하다는 태도를 보였다.

"바람 피우실 나이는 지났겠지요?"

"누가 아니? 사내들은 칠십에두 여자를 좋아한다더라. 제 버릇 개 주겠니……."

"같이 살던 여자가 죽었다던가요? 혼자 사신다지요?"

"모르겠다. 십 분두 안 있다 갔으니 이야기할 새나 있었니……."

어머니의 말을 종합해 보면 어머니가 아버지에게 호감을 가지고 가슴이 부풀어 있는 것 같지 않았다. 아버지를 증오 이상 저주까지 하던 경구라 그런 아들 앞이니 일부러 그러는 것이리라 짐작되었지만 일부러 꾸미는 말이 그렇게 태연스러울 수가 있을 것인가?

경구는 어떤 것이 진실된 어머니의 마음인지를 알지 못했다. 말없이 몸과 방 치장을 하는 것이 어머니의 진정 같기도 했고 입으로 아버지를 좋지 않게 말하는 것이 진정인 것 같기도 했다. 그래서 경구는 얼마 전에 찾아와서 아버지를 모시고 살라던 고모의 말을 입 밖에 꺼내지 않았다.

그런데 며칠 뒤 경구는 아내의 입을 통하여 어머니가 아무래도 수상하다는 말을 들었다. 전에는 외출을 할 경우 반드시 가는 곳과 용무를 말하곤 했는데 그 날은 어디를 가느냐고 묻는데도 대답을 회피하고 외출했다는 것이었다.

경구는 그 말을 귀담아 들었지만 좀더 두고 봐야지 하는 생각에 그리 신경을 쓰지 않았다.

그런 뒤 며칠이 더 지났을 때 아내가,

"여보!"

하고 경구를 은밀하게 불렀다.

"오늘 고모님이 왔다 가셨어요. 언젠가 당신한테두 이야기를 하셨다면서 아버님을 모시라지 않아요. 어머님이 앞으루 얼마 살지 모르는데 누가 어머니의 눈을 감겨 주겠느냐는 거예요. 그리구 어머니두 시댁 호적에 입적(入籍)이나 하구 돌아가셔야 하지 않겠느냐구요? 여자가 출가를 하구두 이름이 친정 호적에 있다는 건 시집두 못 가 본 것처럼 보이는 것이라나요?"

아내는 고모가 하던 말이라고 하며 그것을 그대로 옮긴 뒤,

250

"어머니두 그러기를 바라시는 것 같아요. 언젠가 아버님이 왔다 가신 뒤 아주 달라지신 게 눈에 보이잖아요? 정말 얼마 못 사실 어머니의 마음을 즐겁게 해 드리는 것이 좋을 것 같아요."

하고 자기 의견을 말했다.

경구는 어머니 편이 되어 말하는 아내를 나무라지 않았다. 아내를 나무라는 것보다도 어머니의 진의를 알아 내는 것이 중요한 일이었기 때문이었다.

젊었을 때 아버지가 기생 첩을 얻었다. 그리고는 이혼을 청구했다. 그때 어머니는 분한 생각이 들어 이혼을 해 주고는 호적을 도로 찾아왔다. 당연한 일을 했다. 그런데 늙어서 죽음을 앞에 두면 남편과 같이 살지 못하고도 한 번 결혼했던 남자의 호적에 들어가고 싶어하는 것일까? 경구로서는 도저히 이해할 수 없는 일이었다. 자식 손자가 다 있어도 남편이 없는 외로움, 그것은 경구로서도 이해할 수가 있을 것 같았다.

자기만 해도 그렇다. 어머니가 친절히 대해 준다고 해도 그래도 어머니보다는 아내가 더 가깝다. 같이 있는 시간도 그렇다. 좋건 싫건 그래도 남편이 그리울 것이다.

그런데 어떤 날 어머니가 경구를 불러 눈물을 흘리며 며느리를 나무랐다.

"내가 돈벌이를 못한다구 그렇게 푸대접을 할 수 있니?"

그것은 어머니가 며느리에게 용돈을 좀 달라고 했을 때 며느리가 이 달에는 메주를 쑤느라고 돈이 없다면서,

"왕산 아버지가 오면 말해 보지요."

결국 돈을 주지 않았다는 것이었다.

"돈이 없어서 못 드린 것을 그렇게 생각하실 것 없잖아요."

경구가 나무랄 것이 못 되는 일이 아니냐고 말할 때 어머니가,

"많이 달랬대두 모른다. 돈 백 원 달라는 걸 그럴 수가 있니? 서러워 못 살겠다."

어머니로서 그런 말을 할 수 있을지 모른다. 어머니는 홀몸으로 경구를 대학까지 졸업시켰다. 그 동안 학교 선생도 하고 생명보험 외교원까지 했다. 몇 해 전까지는 적십자사에서 일 보며 지방에 출장까지 다녀야 했다. 그렇

게 경구가 결혼한 뒤까지 봉급생활을 하여 살림을 맡아 보았다. 그러다가 정년이 지나 직업을 버린 뒤부터 경구의 월급만 가지고 살게 되어 집안 살림이 자연 며느리에게 넘어가자 어머니는 며느리에게 용돈을 타 쓰지 않을 수 없게 되었다.

그러나 며느리도 어머니를 섭섭하지 않게 해 드리노라고 외출만 하게 되면 자진해서 용돈을 드리곤 했다. 여자가 외출을 하면 돈을 얼마나 쓰겠는가? 그러니 이때까지는 그런 데 대한 불만이 조금도 없던 어머니였다.

경구가 결혼한 뒤 어머니가 며느리 흉을 본 일이 별반 없었는데 돈 백 원 가지고 눈물을 흘리며 서러워 못 살겠다고 하시는 것은 어머니의 마음이 아무래도 이상하게 되어 가기 때문이라고 생각지 않을 수 없다.

더욱이 아내의 주머니 속을 잘 알고 있는 경구다. 돈이 없어서 달라는 것을 못 드린 것이 아내의 죄가 아니라고 생각되었다.

"뭣에 쓰시려구 한 돈인데요?"

그렇다고 해서 아내를 두둔할 수가 없어 필요한 돈이면 지금이라도 드릴 생각으로 경구가 물었다.

"그래 돈 백 원을 쓰는데두 그 용도를 일일이 말해야 하니?"

어머니는 경구에게까지 화를 냈다. 참으로 이상한 일이었다. 그 전에는 돈이 필요할 경우에는 어디 쓰겠다고 버스값까지 포함시켜 용도를 말하던 어머니다. 그리고 돈을 쓰고 난 뒤에는 반드시 얼마 얼마를 쓰고 얼마가 남았다는 이야기를 즐겁게 이야기했던 것이다.

그런데 이 날은 어째서 화만 내고 이야기를 안 하려는 것일까?

"정말 돈이 없어서 그랬을 테니까 너무 나쁘게 생각하지 마세요."

경구는 어머니를 달래는 수밖에 없었다. 그래서 이야기를 그 이상 더 하지 않으려고 하는데 어머니가,

"사내는 예편네 편을 들게 마련이지. 에미가 예편네만큼 중하겠니?"

뜻밖에도 뼈 있는 말을 했다.

경구는 몹시 섭섭했다. 자기는 절대로 그런 뜻에서 말한 것이 아닌데 어머니는 어째서 자기를 어머니 편에서 갈라 놓고 말을 하는 것일까?

경구는 아내에게로 와서,

"어머니가 돈을 달라고 하실 때 섭섭하게 해 드렸수?"

하고 물었다. 아무래도 어머니가 정상적이 아닌 것 같았기 때문이었다.

"글쎄나 말예요. 이 달엔 메주를 담그느라구 돈이 떨어지지 않았어요. 그래서 돈이 없다구 했더니 다짜루 자식을 다 기르구선 홀에미는 죽어야 한다더라 하시잖아요?"

아내는 아내대로 불만이 있는 모양이었다.

그래도 경구는 아내에게 부채질을 해서는 안 된다는 생각에,

"무엇에 쓰실 돈이랬어?"

하고 조용히 물었다.

"전혀 말씀 안 하시는 걸 알 수 있어요."

아내는 이렇게 대답한 뒤,

"당신두 잘 생각해서 하세요. 아무래두 아버지를 모시는 게 좋을 것 같아요."

결국 모든 일이 그것과 결부되는 것처럼 말했다.

경구는 아내가 조금도 악의로 말하는 것이 아니라고 생각했다. 동시에 어머니의 마음을 어느 정도 이해할 수 있을 것 같았다.

다음 날. 경구는 퇴근하고 즉시로 고모를 찾아갔다. 자녀를 다섯이나 두고 남편과 유복하게 사는 고모였다.

경구는 고모를 만나자 자기도 아버지를 모셔야 한다고 생각하지만 과거의 아버지를 생각할 때 어떻게 모실 수가 있겠느냐고 걱정을 했다.

평생 아들을 아들이라고 손목 한 번 잡아 준 일이 없는 아버지다. 학교에 입학하고 졸업할 때는 고사하고라도 결혼식에나마 얼굴을 내밀지 않은 아버지다. 어머니의 소원이 어떻다 해도 차마 모실 수가 없다는 뜻을 말할 때 고모가,

"정이 위루 올라가지는 않는단다라. 그렇지만 철든 자식이 늙은 부모를 안 생각할 수 있니? 나두 오빠를 좋게 생각지 않는다. 그분은 굶어 죽어두 동정할 가치가 없지만 넌 어머니 생각을 해야잖겠니? 여자란 막대기라두 남

편이라구 부를 사람이 옆에 있어야 하는 법이다. 노경에 들어 죽을 날만 내다볼 때는 어린애처럼 외로움을 느끼는 거야. 그 심정을 알아 드려야지. 네게는 얻지 못할 어머니가 아니냐?"
하고 말했다.

경구는 첫마디에 알아듣겠노라고 대답했다. 그러나 아버지의 심경을 몰라서는 안 될 것 같다.

"아버지두 오실 의향이 있겠죠?"
하고 물었다.

"있구 말구. 나두 만나 봤는데 자기의 과거를 진심으루 뉘우치구 계시더라."

고모의 대답에 경구는 오직 자기 마음 하나로 문제는 해결될 수 있는 것이라 생각했다. 그리고 부부의 싸움을 칼로 물을 베기에 비유하지만 부자지간의 싸움도 그에 못지않는 것이라 생각했다. 핏줄이 얽힌 사람들끼리니 과거가 문제될 것 같지 않았다.

아버지가 과거를 뉘우치기만 한다면야 하는 생각으로 돌아왔다.

돌아오자 경구는 어머니 방으로 들어가,

"어머니, 저 지금 고모님을 만나구 오는 길예요."
하고 어머니가 기뻐할 이야기를 꺼내려 했다. 그런데 고모 이야기만 꺼내도 눈치를 채고 좋아할 줄 알았던 어머니가,

"고모한텐 뭘 하러?"

도리어 의아한 눈으로 경구를 바라보았다.

"고모님이 저더러 아버지를 모시라구 하시던데요."

이야기를 좀더 구체적으로 끄집어냈다. 그러면 속으로나마 좋아할 줄 알았던 어머니가,

"글쎄 나두 들었다. 그렇지만 농담두 분수가 있지. 내 꼴을 무얼루 만들려구……."

탐탁치 않게 대답했다.

"노년에 외로우시지 않으세요? 아버지두 오실 의사가 있는 것 같던데 이

번에 모시구 같이 살지요."

경구가 권하듯이 말하자 어머니는,

"사람이 동물과 같은 줄 아니? 싫으면 헤지구 좋으면 같이 살구……."
하며 발각 화를 냈다. 도무지 이해할 수 없는 일이었다. 이때까지의 어머니
태도와 너무나 상반되는 말이기 때문에 경구는 한참 동안 입을 열지 못했다.

자기뿐 아니라 고모까지도 어머니의 변한 마음을 보고 아버지를 모시라
고 몇 번이나 말할 정도였다. 그런데 경구가 정작 아버지를 모시자고 할 때
는 어머니가 왜 화를 내는 것일까?

"그럼 그런 말씀을 다시는 드리지 말까요?"

경구는 어머니의 진정한 마음이 알고 싶었다.

"입 밖에 내지두 말아라."

어머니의 대답은 단호했다. 다른 말을 덧붙일 수가 없어 경구는 그대로
어머니 방을 물러 나왔다.

경구는 생각했다. 어머니의 진심이 어떤 것이든 그런 말을 입 밖에 내지
도 말라고 했으니 말도 말라는 그 말을 따르지 않을 수 없다고.

아내가 그것은 체면상 어찌할 수 없이 하는 말이 아니겠느냐고 했지만 어
떤 뜻에서 한 말이든 그것을 거역할 수는 없다.

그러나 곰곰이 생각할 때 그런 말을 입 밖에도 내지 못하게 한 어머니의
말이 어머니의 진심은 아니라고 생각되었다.

'내 꼴을 무엇으루 만들려구……' 또는 '싫을 땐 헤지구 좋을 땐 같이
살구……' 하던 말에서 '좋을 땐'이란 말.

그것은 좋기는 한데 남 볼 꼴이 안 되어 할 수가 없다는 뜻으로 해석이
되었다.

그러나 어쩔 수 없었다. 입 밖에도 꺼내지 말라는 엄명이 아닌가?

그래서 얼마 동안 경구는 아내에게도 그런 말을 입 밖에 꺼내지 못하게
했다. 사실 경구도 그러는 것이 온당하다고 생각했다. 이혼을 하고 근 사십
년이나 따로 살다가 칠십이 거의 된 지금에 와서 다시 합쳐 산다면 아는 사
람들이 가만 있지 않을 것이다.

본인들도 창피한 일이었다.

그렇지만 그런 말을 입 밖에도 내지 못하게 하는 어머니의 태도가 여전히 전과 다른 데는 이상하게 생각지 않을 수 없다.

며느리에게 돈을 달라고 했다가 나무람이 갔기 때문인지 요새는 경구에게 직접 돈을 요구했다. 그리고는 여전히 행방도 말하지 않고 외출을 했다. 외출하고 돌아와서도 누구를 만났다는 말을 일체 안 했다.

경구는 어머니가 아버지를 만나는 것이라 생각했지만 물을 수도 없는 일이라 눈치만 살피고 있는데 하루는 어머니 방에서 잠자는 딸애가 울면서 경구에게로 왔다. 할머니가 때렸다는 것이었다.

"뭘 잘못했니?"

경구는 딸애가 맞을 일을 했으니까 맞았을 것이란 태도로 물었다.

"내일까지 갖다 바칠 인형을 만들구 있는데 공부를 안 한다구 막 때리지 않아."

중학교 2학년에 다니는 진희는 사뭇 불평이었다.

"숙젠 줄 모르시구 때리셨겠지?"

경구가 어머니 편을 들자 옆에 앉아 있던 아내가,

"전에는 한 번두 그런 일이 없으셨는데……."

사뭇 이상하다는 표정으로 말했다. 그러나 경구는,

"빨리 가서 공부해. 할머니가 미워서 때리셨겠니?"

진희를 욕해서 돌려 보냈다.

그런데 다음 날 아침 진희가 또 울면서 들어왔다.

"왜 이렇게 잘 짜니?"

경구는 진희에게 화를 내고 울지를 못하게 했다.

"난 할머니 방에서 안 잘 테야."

그러나 이렇게 진희가 반항조로 나올 때 경구는 가슴이 서늘해짐을 느꼈다. 아침에 때린 이유는 세수를 하라는데 빨리 일어서지 않았다는 것이라 했다. 애가 조금 말을 안 들었다고 해서 전에 안 하던 손찌검을 하는 까닭이 무엇일까? 심상치 않은 일만 같았다.

어머니는 진희를 때린 것만으로 만족이 안 되는지 경구를 불러들였다. 그리고는,

"애들 버릇을 좀 고쳐 줘라. 말을 좀 잘 듣게."

하고 화가 난 얼굴로 훈계를 했다. 애들 버릇이 없다면 당연히 경구가 책임져야 할 일이다. 그러나 경구는,

"때린다구 버릇이 고쳐지나요?"

하고 불만스런 태도로 대답했다.

"네가 뭘 안다구 그런 말을 하니? 애들은 때려서 길러야 해."

어머니가 자기의 생각이 옳다는 것을 밝히려 했으나 경구는 어머니가 진희를 때렸다는 사실보다 지금 한 말을 더 중요하게 생각했다.

'네가 뭘 안다구…….'

어머니가 하려는 말은 그것이었다. 그러기에 안 해도 될 그 말을 강조해서 말한 것이 아닌가?

아무것도 모른다.

경구는 정말 자기가 아무것도 모른다는 생각을 했다. 아버지를 모시겠다고 했을 때 그 말을 입 밖에 꺼내지도 말라고 한 말을 곧이 듣고 그 말대로 아버지 말을 입 밖에 꺼내지 않는 것은 자기가 아무것도 모르기 때문이다. 어머니는 그렇게 아무것도 모르는 자기를 일깨우기 위해 진희를 때린 일과 관련시켜 훈계를 한 것이다.

내가 아무것도 모르는 사람이 된다면 집안은 무슨 꼴이 될까? 어머니가 때리지 않던 애들을 때리기 시작했으니 애들은 불안 속에서 떨며 살게 될 것이다. 며느리를 나무라게 되면 자연 아들인 자기와도 반목이 생긴다. 집안의 화평이란 유리알처럼 깨지고 만다.

다음 날. 직장인 학교엘 가서 수많은 학생들을 앞에 놓고 수학을 가르칠 때 경구는 이제 스무 살도 못 된 그 학생들이 자기 부모에 대해서 무엇을 알고 있을까 생각했다. 모르기는 하지만 부모를 알아 줄 생각은 않고 부모에게 자기를 알아 달라고 떼만 쓸 것 같았다. 떼를 쓰다가 들어 주지 않으면 그것이 자기 권리처럼 반항을 한다. 그래도 부모들은 자기를 알아 달라는

말을 못하고 자식들의 요구를 들어 줌으로 현명한 부모가 되려 한다.

경구는 그 날 아버지를 찾아갔다. 어머니의 사진첩에서 결혼사진을 위시하여 아버지의 여러 얼굴을 보아 왔지만 대면해서 그 얼굴을 보기는 이 날이 처음이었다.

경구가 중학교 때였다. 어머니와 같이 극장엘 갔다. 극장에 앉아 영화가 스크린에 나타나기만 기다리고 있을 때 어머니가 경구의 옆구리를 치며,

"저기 너의 아버지가 와 있다."

하고 몇 줄 앞에 어떤 여자와 나란히 앉아 있는 아버지를 가리켰다.

경구는 가리키는 대로 아버지를 보았지만 속으로는 내가 아버지를 왜 봐야 하며 아버지를 볼 필요가 없다고 생각했었다. 볼 필요가 없다면서도 얼마나 유심히 보았는지 모른다. 아버지뿐 아니라 그 옆에 앉아 있는 여자까지 구멍이 뚫리도록 자세히 보았다. 그렇게 보면서도 경구는 어머니의 팔을 잡아끌었다. 구경을 그만두고 돌아가자는 것이었다.

그러나 어머니는 그럴 필요가 없다고 말했다.

"다 남남인데 피할 거 뭐 있니?"

아버지의 뒷머리와 영화 스크린을 번갈아 보며 영화가 끝날 때까지 앉아 있지 않을 수 없었다.

어머니는 왜 속이 없을까? 그렇게도 미운 사람을 미움 없이 바라보고 있다니. 아버지의 사진을 앨범에 붙여 두고 그것을 신주처럼 모시고 있는 어머니나 딴 여자와 같이 영화구경 온 아버지 뒤에서 영화를 구경하는 어머니나 모두가 경구로서 이해할 수 없는 일이었다. 자기 같으면 아버지의 사진을 앨범에서 떼어 조각조각 찢어도 시원치 않을 것 같았다. 우연히나마 극장에서 아버지 얼굴을 볼 때 침을 뱉고 극장을 뛰쳐 나와야 마땅할 것 같았다.

어쨌든 아버지의 그 뻔뻔스런 뒷머리를 바라보면서도 끝까지 극장에 앉아 있는 어머니를 속없는 어머니라 생각했던 것이다. 그러나 지금 생각하면 그때나 지금이나 어머니는 아버지를 미워하면서도 진심으로 미워하지를 못했다.

용서해 주겠다는 마음, 그리고 잊을 수 없는 미련을 여유 있게 가슴 한편

에 지니고 살아 온 어머니.

그런 어머니를 지금 처음으로 안 것은 아니다. 어쩌다가 아버지의 말이 나와도 아버지를 험한 말로 욕하려 하지 않던 어머니였다. 그러한 어머니를 옛날부터 알기는 하고 있었지만 알아 준 일은 한 번도 없다.

그런데 경구는 지금 그런 어머니를 알아 주기 위해서 아버지를 찾아가는 것이다. 그래서 그런지 경구는 사십이 다 되도록 아들 노릇을 한 번도 해 보지 못한 것처럼 생각했다. 오늘 비로소 아들 노릇을 하는 것 같았다.

아버지가 사는 집은 초라했다. 그것도 셋방인지 여러 가구가 사는 집 방 하나를 쓰고 있었다. 자기들은 모자가 그래도 집 한 채를 사서 독집을 쓰고 있다. 그러나 아버지는 있던 재산을 다 탕진하고 이제는 셋방살이를 한다. 어머니에게 돌아오고 싶어하는 심정을 이해할 수 있을 것 같았다.

방 안에 들어서자 아버지는 경구가 아무 말도 안 했는데 자기를 알아보고,

"경구가 아니냐?"

하고 반색을 했다. 그러나 경구는 큰 마음을 먹고 찾아갔는데도 아버지에게 반색하지를 못했다. 도리어 아버지 옆에 삼십이 좀 넘어 보이는 젊은 여자가 있는 것을 보고 공연히 왔구나 하는 생각을 했다. 머리가 절반 이상이 희다. 녹지 못한 눈에 먼지가 가득 덮여 더럽게만 보이는 그 눈처럼 흰머리와 까만머리가 지저분하게 보였다.

저렇게 늙은이가 제 집도 없으면서 젊은 여자를 데리고 살다니 하는 생각만 들었다. 어머니의 속을 태울 만한 남자라고 생각했다.

경구는 인사도 않고 그냥 돌아서려 했으나 자기 발로 찾아갔던 만큼 그럴 수가 없었다. 그는 아버지에게 큰절을 했다. 그래야만 어머니를 알아 주는 아들이 될 것 같았기 때문이었다. 아무 말도 않고 큰절을 하고 앉자 아버지가 젊은 여자를 보며 말했다.

"네 오빠뻘 되는 사람이다."

그러니까 오빠뻘 되는 사람에게 인사를 드리라는 것이었다. 젊은 여자가 앉은 채로 고개를 숙였다. 경구는 자기가 모르는 여자 몸에서 얻은 아버지의 딸이라고 생각했다. 아버지의 부인이 아닌 것을 다행하게 생각하는 순간

오빠 대신 오빠뻘 되는 사람이라고 말한 아버지의 말을 생각했다. 그래도 양심의 부스러기는 가지고 있는 것 같았다. 그래서 그런지 악하기만 한 인간이 아니라는 생각이 들었다.

"이거 뭐 대접할 게 있어야지."

아버지가 딸의 눈치를 살폈다. 차라도 대접하고 싶은데 그것도 없는 모양이었다. 딸은 듣고도 못 들은 척했다.

경구는 거북해하는 아버지를 위해서라도 이야기를 빨리 꺼내야 한다고 생각했다.

"제가 아들 노릇을 하구 싶어서 찾아왔는데요."

아버지의 체면을 생각해서 어머니 말을 꺼내지 않았다. 그러면서도 이상스럽게 아버지란 말만은 입 밖에 나오지 않았다.

"애비 구실을 못한 애빈데……."

아버지는 대답하기가 거북한 모양이었다.

"지나간 일을 생각하실 필요가 있습니까? 저두 과거를 잊었기 때문에 찾아온 건데요?"

"글쎄 고맙기는 하다만 내가 체면이 있어야지."

아버지는 아버지 대접을 받고 싶은 마음이 있는 모양이었다. 다만 체면상 그 마음을 표현하지 못할 따름이었다.

"어머니두 돌아오시기를 기대하구 계시는데요."

"네 어머니두 그렇지. 속으루야 받아들이구 싶을지 모르지만 나 같은 남편을 받아들이겠니? 멀리서 생각만 하며 살다가 곱게 죽는 편이 낫지."

멀리서 생각만 하며 살다 죽겠다는 말이 처량하게 들렸다. 어찌 생각하면 젊은 사람들의 장난 같기도 했다.

"제가 양친을 다 모시구 한 번 자식 구실을 해 보고 싶습니다. 아무 생각 마시구 돌아오시지요."

그때였다. 옆에 앉아 있던 누이동생뻘 되는 여자가 입을 열었다.

"가시기는 어딜 가세요."

이유도 설명하지 않고 가서는 안 된다는 결론만 내렸다.

"글쎄 말이다. 가기는 어딜 가니?"

딸의 말에 무조건 순응하는 아버지였다. 딸이 어떤 위치에 놓여 있는지는 모른다. 설사 아버지를 먹여 살리고 있다 해도 딸의 말에 무조건 복종하는 아버지가 무던한 사람으로 보였다.

"제가 맏아들인데 모셔야 하지 않겠습니까? 자식의 도리를 다하려는 것이니까 받아들이셔야지요."

경구가 자기를 내세웠다. 아무래도 어머니 이야기를 하는 것이 거북스러웠던 것이다. 그런데 아버지의 딸이,

"딸은 자식이 아닌가요?"

하고 도전적으로 날카롭게 말했다.

"우리 나라의 법이 어디 그렇습니까?"

경구는 아버지의 딸이 동생이란 실감이 들지 않아 경어를 썼다.

"법은 찾아서 뭣해요. 귀찮게……."

말을 함부로 하는 것으로 보아 보통 여자 같지가 않아 경구는 그 여자의 얼굴을 유심히 바라보았다. 정말 보통 여자 같지가 않았다. 손님을 많이 접하는 직업여성 같았다.

"법을 찾자는 것이 아니라 다 제 구실을 하며 살자는 거죠. 노경에 들면 더구나 의리가 갈망되고 외로움을 느끼게 되는 게 아닙니까?"

경구는 어디까지나 냉정하게 사리를 따지려 했다.

"다 마음이 갸륵하다. 그렇지만 인간이란 체면이 있는 법이니까 마음대루 할 수가 있니?"

아버지가 체면을 한탄하고 있을 때 딸 되는 여자가,

"고생하시던 분은 고생하시다가 돌아가야 해요."

마치 아버지가 자기 손아귀에 들어 있는 것처럼 말했다. 경구는 그 여자가 아버지를 사랑해서 그러는지 그렇지 않으면 미워서 그러는지를 구별할 수 없었다.

어쨌든 더 이야기를 해야 소용이 없을 것 같아,

"제 마음만 알아 주십시오."

하고 아버지 집을 나왔다.

집으로 돌아오며 경구는 생각했다. 여자를 헌신짝처럼 버리던 아버지다. 정식으로 결혼하고 살던 어머니도 버렸지만 그 뒤에도 부인을 세 번이나 갈았다는 아버지다. 그런 만큼 마음만 내키면 자기 하고 싶은 대로만 해 오던 아버지가 속으로는 돌아오기를 바라면서도 어째서 주저를 하고 있는 것일까? 늙으면 그만큼 마음이 약해지는 것인지? 아무리 딸이 극성스럽다고 해도 딸에게 꼼짝 못할 아버지가 아닐 것 같았다.

늙었기 때문에……. 이렇게 생각하니 아버지가 측은하게 보이기도 했다.

집에 돌아와 아내에게 아버지를 만나고 온 경과를 보고했다. 아내는 잘했다고 경구를 칭찬하며,

"그 여잔 둘째 부인의 몸에서 난 딸이래요. 소박 맞구 돌아와 다방 마담 노릇을 한다는데 극성맞다구 그러더군요. 그렇지만 아버지가 오신다는 데야 제가 뭐라구 그러겠어요."

딸 같은 것은 문제가 안 된다는 듯이 말했다. 그리고는,

"당신 할 일은 다 했으니까 다음에는 고모님을 내세우세요. 늙은이들은 무엇보다두 체면을 생각하니까 당신이 나서서는 안 될 거예요."
하고 자기 의견을 말했다.

경구는 아내의 말이 옳다고 생각했다. 자기도 이 이상 더 관여하고 싶지가 않았다. 고모에게 부탁할 필요성도 느끼지 않았다.

그는 아버지를 찾아가서 이야기를 하는 도중 아버지를 아버지라고 한 번도 부르지 않았다. 그것은 그만큼 아버지란 실감이 들지 않았기 때문이었다. 아버지란 실감도 들지 않으며 아버지를 데려오는데 그 이상 더 발벗고 나설 수가 없다고 생각되었기 때문이었다.

"고모님은 당신이 만나 보구려."

자기 일은 다 끝난 것처럼 말하자 아내는,

"그러세요."

경구의 말을 선뜻 받아들였다.

경구는 마음이 가뿐했다. 일이 어떻게 귀결되든 자기는 자기 할 바를 다

했다는 생각에서였다. 만약 일이 성사가 안 되어 어머니가 외롭게 지내신다 해도 내 책임은 아니다.

　그런데 아내가 고모에게 부탁을 했다는데도 사흘이 지나도록 결말이 나지 않았다. 어머니는 마음대로 하라는 식으로 모든 것을 고모에게 일임했다는데 아버지가 시원한 대답을 못하는 모양이었다.

　그런데도 어머니의 태도는 눈에 보이도록 달라졌다.

　할머니가 같이 자기가 싫다고 경구 내외가 쓰고 있는 방으로 와서 자던 진희를 데려갔다. 그것도 꾸짖고 윽박질러 데려간 것이 아니라,

　"진희 착하지. 할머니가 너를 미워서 그랬겠니? 다 예뻐서 그런 거야."

　진희의 머리를 쓰다듬어 주면서 데려갔다.

　식사 때 아내가 달걀찌개를 해서,

　"어머니나 잡수세요."

하고 그것을 어머니 앞에 갖다 놓으면,

　"너희 엄마가 제일이야. 아마 세상에 그런 엄마가 없을 거다. 자 어서들 먹어. 할머니 혼자 먹어 살찌면 뭣하겠니?"

　달걀찌개를 어린애들 앞으로 옮겨 놓으며 며느리 칭찬을 함부로 했다.

　며느리에게뿐이 아니었다. 경구에게까지 친절을 보였다. 경구가 가지고 갈 도시락 뚜껑을 열어 보고는,

　"얘야. 도시락 반찬은 남들이 보기 마련이란다. 계란이라두 한 개 삶아 넣어라."

　이렇게 집안에는 따뜻한 바람이 불기 시작했다.

　경구는 낯간지러운 것 같음을 느꼈지만 어쨌든 험한 바람보다는 따뜻한 바람이 위생상 좋았다.

　내가 이제는 뭘 좀 아는 인간이 되었는가? 내가 무엇을 좀 알게 되었으니까 어머니가 좋아하는 것이겠지.

　그런데 며칠이 지난 어떤 날이었다. 경구가 학교에서 돌아왔을 때 어머니 방에서 울음소리가 흘러나왔다. 소리를 내지 않으려고 하는데도 흐느낌을 참지 못해 터져 나오는 가냘픈 울음소리였다. 갑자기 웬일일까 하고 경구가

방 안에 들어갔지만 어머니는 울음을 참지 못했다.

"웬일이세요? 어머니."

어머니는 대답을 안 했다.

"말씀을 해 보세요."

그래도 어머니는 울음을 그치려고 수건으로 눈물을 닦을 뿐 대답할 생각을 안 했다.

"무슨 일이 생겼어요?"

경구는 아버지가 못 오게 된 것이나 아닌가 생각했다. 그 밖에는 어머니가 울 까닭이 없다. 어머니가 대답 안 하는 것도 결국은 말하기가 거북하기 때문이리라 생각했다. 그래서 몇 번 더 말을 시켰지만,

"그까짓 거 알아서는 뭣하니."

하며 끝까지 대답을 피할 때 경구는 그만 어머니 방을 나오고 말았다. 괴로운 마음을 건드리면 건드릴수록 가슴이 아플 것 같았기 때문이었다.

자기 방으로 돌아오자 경구는 육십이 넘은 노인도 애정에는 눈물을 흘리는가 생각했다. 늙어도 마음속은 꽃을 피우고 싶은 모양이었다. 피기 시작했던 꽃이 피기도 전에 꺾어질 때는 젊은 사람 못지않게 가슴이 아픈 모양이다.

경구는 울고 있는 어머니가 처량했다. 어머니를 처량하게 생각하니 어머니를 울린 아버지가 더욱 미웠다.

까짓 것 잘 됐지. 그런 게 집에 오면 집안은 어떻게 될 것인가? 집에 와서 식구들을 괴롭힐 바에야 차라리 집에 오지 않는 것이 낫지 않겠는가?

잘 됐어. 잘 되고 말구.

경구는 사십 년 동안이나 혼자 살아 온 어머니를 생각했다. 그러니 얼마 남지 않은 여생인들 혼자서 못 살 것이 무엇인가?

그런데 부엌에 나갔던 아내가 들어와서,

"어떡허지요?"

하고 걱정을 했다.

"어떡허긴 뭘 어떡해. 도리어 잘 됐는데……."

경구가 걱정할 일이 못 된다는 태도를 보였을 때 아내가,

"아버님에게 돈을 떼이셨대요. 우리두 모르게 저축해 두었던 돈을요."
하고 말했다.

경구는 놀라지 않을 수 없었다. 어머니가 돈을 떼였다는 사실에도 놀랐지만 어머니가 자기들 모르게 돈을 저축해 두었었다는 사실에 더욱 놀랐다.

"얼마나?"

"오만 원이래요."

"옛날 돈 오십만 환이란 말이지?"

"그래요."

"어떻게 모은 돈인가?"

"우리 모르게 계를 들으셨대요. 아마 당신 장례비루 쓰도록 남겨 주실 작정이었나 봐요."

경구는 어머니다운 일이라고 생각했다.

그런데 그런 돈을 어째서 떼이게 되었단 말인가?

"그건 왜 줬대?"

"빚이 있대요. 그 빚을 가리구야 올 수 있다구 해서 드린 모양이에요. 그런데 돈을 받자 올 수가 없다고 딱 짤라 맸다거든요."

경구는 분했다. 사십 년 동안 어머니를 고생시키고는 당신 장례비에 쓰려던 돈까지 빼앗아 먹다니.

아버지건 뭐건 가서 속 시원히 두들겨 주기나 했으면 하는 마음이 들었다.

"그것두 인간인가?"

경구는 주먹을 불끈 쥐었다.

"그만두세요. 남편이 아무리 미워두 남이 욕하는 건 듣기 싫어하는 법예요."

아내는 어찌 그렇게도 아는 것이 많을까?

"싫어해두 할 수 없어. 이번에는 그냥 두지 않을 테야."

경구는 정말 그냥 둘 수가 없다고 생각했다. 언젠가 신문을 본 기억이 났다. 어머니를 두고 첩 살림만 하는 아버지를 찾아간 아들이 그 집 안에다

똥을 퍼다 부었다는 기사였다. 하다 못해 그렇게라도 해야겠다는 생각을 했다.

"그냥 두지 않으면 어떡허시겠어요?"

아내의 걱정에 경구는 서슴지 않고,

"똥이라두 퍼부어 주지."

하고 대답했다.

"당신두. 그래 나이 사십이 다 된 양반이 그런 짓을 해요? 신문에 나겠어요."

사실 신문에 날 일이었다. 신문에 나면 그것도 경구 자신 얼굴에 똥칠을 하는 것이 된다.

"그럼 어떻게 하란 말야?"

자기보다 아는 것이 많은 아내의 의견이 듣고 싶었다.

"글쎄, 제가 뭘 알아요?"

그것은 아내의 겸손한 말씨였다. 제가 뭘 알아요? 얼마나 좋은 말인가? 나도 아는 것이 아무것도 없다. 그러면서도 나는 아버지에게 똥을 퍼부을 생각을 했다.

"그러지 말구 말을 해 봐. 어떻게 했으면 좋을 것 같나?"

경구가 간곡하게 아내의 의견을 물었다.

"시간이 좀 지난 뒤 아버지를 모셔 와야지요."

경구는,

"알았어."

하고 대답했다. 그렇게 대답을 하고 나니 정말 무엇을 좀 안 것 같았다.

경구는 다시 옷을 갈아 입고 집을 나섰다.

"어디를 가세요?"

심상치 않게 보았는지 아내가 붙들었다.

"걱정 마. 잠깐만 다녀올게."

경구는 아내를 뿌리치고 집을 뛰쳐 나갔다. 그리고는 자기 동료 집으로 가서 사정 이야기를 한 뒤 그 동료를 데리고 아버지 집으로 찾아갔다.

266

웬일이냐고 아버지가 놀라며 떨었다. 저지른 감이 있으니 떨 수밖에 없었을 것이다. 경구는 아무 대꾸도 안 했다. 말이 필요 없었던 것이다. 다만

"가십시다."

한 마디를 한 뒤 동료에게 눈짓을 하고 아버지의 팔을 붙잡았다. 꼼짝도 못하게 양편에서 아버지를 붙들고 그 집을 나올 때,

"왜들 이러지?"

아버지가 발버둥을 쳤다.

"가시면 알 거예요."

경구는 아버지를 끌고 한길까지 나와 택시를 불렀다.

아버지의 딸이 집에 있지 않은 것이 다행이었다.

아버지를 데리고 집에까지 온 경구는 어머니를 불러,

"어머니, 아버지가 오셨어요. 잘못한 것을 다 뉘우치시구 오늘부터 우리 집에서 사신대요."

하고 아버지를 어머니 있는 데로 밀어 보냈다.

(원)《현대문학 100》 1963. 4.

고독한 주로(走路)

* 작자주 : '그미'는 여성 제3인칭 단수대명사.

오후 네 시가 지나야 오는 사람이지만 혜주(惠珠)는 아침부터 화장을 하고 대기 태세로 하루를 지냈다. 한 주일에 두 번, 정해 놓고 웅도(雄道)가 오는 그 날을 혜주는 웅도의 날로 마음하고 있는 것이었다.

아침부터 저녁밥 준비에 시간을 보내다가 맨 마지막으로 쌀까지 씻어 놓은 뒤 시계를 보았을 때 그미는 자기의 시간 측량에 스스로 감탄했다. 네 시까지 일을 끝내 놓으리라고 시간을 재 가며 일을 했던 것이다.

물 젖은 손을 행주치마로 닦으며 방 안으로 들어와 석간신문을 들었다. 그리고는 큰 제목들만 읽은 뒤 신문을 접어 놓았다. 시간 약속을 하지 않고 오는 웅도지만 약속한 것 이상으로 오후 네 시만 되면 나타나곤 했다.

그런데 오늘은 네 시 십 분이 지났는데도 아직 나타나지 않는다. 조바심이 들기 시작했다.

혜주는 남편 경태(慶太)가 첫번째 구라파 여행에서 돌아오던 그 날을 회상했다. 돌아온다는 전보를 받은 날부터 비행장에 나가던 날까지 가슴이 조였었다. 비행장으로 나갈 때는 가슴이 조여지는 도를 지나 방아를 찧듯 가슴이 두근거렸었다. 그리움이었다. 그리고 그것은 그의 가슴에 파묻혀 긴 회오의 한숨을 내쉬고 싶은 간절함이기도 했다. 온몸과 온 마음을 바쳐 그의 소유가 되는데 조금도 인색할 수 없는 그의 아늑한 품. 결혼한 지 십 년이

되었지만 처음으로 몸을 맡기던 결혼 초야 이상의 긴장을 주던 날이었다

일 년 반만의 재회라 그랬을지 모른다. 그리고 그 여섯 달 동안의 자기 생활이 남편 경태의 너그러운 관용을 바라지 않을 수 없을 만큼, 과오의 여정을 밟았기 때문이기도 했을 것이다.

혜주는 가는 한숨을 내쉬었다. 그 여섯 달 동안에 그미는 결정적인 과오를 범하지는 않았다. 단지 과오의 싹을 기르기 시작했던 것이다. 돈에 대한 욕망 그리고 지루한 시간에 대한 공포 그것만 알았었더면 그미는 지금 웅도를 기다리고 있지 않아도 좋았을 것이다.

사실은 돈에 대한 욕망보다도 지루한 시간에 대한 공포가 더 컸었다. 기우에 가까운 그 공포를 남편 경태도 공감했다. 관용성이 넓은 그는 그 공감을 억제하는 것을 혜주에 대한 죄악처럼 생각하고 양품점 경영을 제의했다. 아내 혜주가 자기 친구 가운데 미도파 백화점에서 양품점을 경영하는 여자가 있다는 말을 하자 경태는 당장에 그 친구를 찾아가라고 했다.

운명은 미소를 지으며 다가왔다. 복면을 하고서. 과부로 지내는 혜주의 친구는 때마침 양품점을 팔겠다는 사람이 있다면서 혜주의 구미가 당기도록 양품점 경영을 권했다.

"네가 하믄 남보다 배는 더 팔릴 게다. 남자두 그렇지만 여자들두 상품보다 상품 주인의 얼굴을 보며 물건을 사거든……. 네가 오면 손님들이 너한테만 쏠릴 거 아니니……. 장사두 취미루 하면 재미가 나는 거야."

혜주는 그 말에 새로운 꿈을 내다보기나 하는 것처럼 가슴이 두근거렸다. 물론 남편 경태도 희망에 들뜬 혜주를 만족하게 생각하며 미국으로 떠났지만 혜주는 사회에 몸을 던지는 그 장사에서 병균을 체내에 배양하기 시작했던 것이다. 그러나 그 병균이 아주 성숙하기 전에 그것을 발견하고 뽑아 버린 것을 다행으로 여기고 남편의 귀국을 기다렸다. 병균이 눈에 보이도록 성숙하기 전에 돌아오는 남편이 얼마나 고마웠는지 모른다. 정말 구세주 같았다. 구세주를 맞이하러 김포공항에 나가던 때 혜주는 새로 살아난 듯한 희망을 가지고 경태가 타고 올 비행기를 기다렸었다. 희망의 기다림.

그러나 지금 웅도를 기다리는 기다림은 희망의 기다림은 아니다. 하루의

즐거움을 주는 기다림뿐이다.

혜주는 그것을 잘 알고 있으면서도 지금 감미로운 감정으로 웅도를 기다리고 있다. 시계를 보았다. 다시 이십 분. 올 시간이 되었는데도 오지를 않는다. 매일이라도 오고 싶다는 웅도가 일이 있다고 해서 못 오지는 않을 텐데 ──.

빨리 와서 그 억센 포옹을 해 주어야 할 것이 아닌가, 어서.

혜주는 부엌으로 나가 찬장을 열고 준비해 놓은 반찬과 끓이기만 하면 되는 찌개 그릇을 들여다봤다. 그리고는 웅도가 도착하기만 하면 커피를 타서 마실 수 있도록 불 위에 올려 놓았던 물주전자의 뚜껑을 열어 보았다.

아우성치듯 끓는 물도 웅도가 빨리 오기를 독촉하고 있다.

똑똑.

대문 두드리는 소리가 들렸다. 틀림없는 웅도다. 혜주는 주인 집 식모애가 나가기 전에 대문께로 달려갔다.

대문을 열자 혜주는 벙글벙글 웃는 웅도의 얼굴을 찬찬히 바라보았다. 늦었다는 사과를 듣기 위함이었다.

"늦었지? 미안해. 교수회를 중간에서 뛰쳐 나왔는데두 그만……."

웅도의 미안해하는 말을 듣고야 혜주는 입장권을 받는 문지기처럼 웅도를 대문 안에 들여 놓았다. 그리고는 웅도 앞에 서서 방 안으로 걸어갔다. 방안에 들어서기가 바쁘게 웅도가 혜주를 끌어안았다. 계속되는 키스.

혜주는 황홀경에서 자기를 망각했다. 이 순간을 위해 웅도를 종일 기다리지 않았던가? 웅도는 숨을 돌리는지 잠시 얼굴을 떼고 혜주를 들여다보았다.

"기다렸지?"

"으응."

혜주는 자기의 **황홀된** 감정을 음미하면서 웅도의 가슴에 얼굴을 댔다. 음미하는 시간을 더욱 즐기면서. 그러나 웅도는 손으로 혜주의 턱을 받쳐 입술을 올리고는 또 키스를 했다.

뜨거운 것이었다. 두 번째여서 그런지 혜주는 뜨거운 것을 뜨겁게 느낄 수 있을 만큼 자기를 망각하지 않았다. 뜨거운 것을 느끼면서 그것이 웅도의 특유한 맛이라고 생각했다. 남편 경태에게서는 한 번도 느끼지 못한 박진력이다. 그 박진력이 혜주의 정신을 마취시킨 원동력임을 알면서도 아직까지 그 박진력에 싫증을 느끼지 못하고 있다.

남편 경태가 미국에서 돌아와 일 년도 못 되어 다시 미국으로 유학을 갔다. 박사학위 논문 때문에 일 년 이상을 가 있어야 한다고 했다. 두 번째 미국으로 떠날 때 이번에는 혜주가 다방을 경영하게 되었다. 처음 미국 갔을 때 혜주가 양품점을 경영하면서 동창생 과부와 어울려 남자들과 춤을 추러 다녔었다. 춤병이 들려고 할 때 혜주는 그것이 하나의 병균임을 알고 양품점을 팔았다. 양품점을 그만두면 춤병도 고칠 것이라 생각하고. 그러나 양품점을 그만두고도 춤병만은 고치지 못했다. 그래서 남편이 빨리 돌아오기를 기다렸던 것이지만 병균이 성숙하기 전인 만큼 그것을 남편에게 고백하지 않았다. 병균이 체내에 잠복해 있는 것을 모르는 경태인 만큼 그는 자기 없는 동안 혜주가 느낄 고독을 생각하고 자기 손으로 다방을 하나 사서 주었다. 혜주는 망설였으나 고독이 더 큰 병균을 배양할 것 같아 다방을 경영하기로 했다.

그때 대학교 동창 인희(仁姬)가 자기 남편 웅도를 데리고 다방으로 차를 마시러 오곤 했었다. 그래서 알게 된 웅도와 춤을 추러 다녔다. 춤추러 가자고 유혹을 할 때라든가 카바레에 가서 춤을 출 때 혜주는 웅도가 여자를 끄는 어떤 힘의 소유자라는 것을 알았다. 그것이 혜주에게는 공포가 되기도 했다. 그러나 병이 생기기 전에 경태가 미국에서 돌아오자 그미는 안심했다. 남편이 돌아온 이상 웅도를 만날 기회가 없으리라고 생각했던 것이다. 그런데 웅도는 전화로 만나기를 요청하다가 혜주의 거절로 뜻을 이루지 못하자 혜주네 집 맞은편 여관에 투숙을 하여 환자를 가장하고 경태를 불러 냈다.

경태가 여관으로 가서 환자를 진찰해 보자 아무 병도 없는 것을 알고 환자를 안심시키고 돌아왔다. 다음 날 또 사람을 시켜 부르러 왔기에 여관으로 가서 진찰을 한 다음,

"병두 아니면서 왜 자꾸 부르는 거죠?"

나무랐다.

"골치가 자꾸 아픈데 어째서 병이 아니라는 겁니까? 주사를 놓구 약을 좀 주십시오."

"열두 없구 아무런 이상두 없으니까 주사를 놓을 수 없소."

그래서 또 그냥 돌아왔지만 다음 날 응도는 집으로 찾아와서 자기 이름을 대고,

"당신은 혜주 씨를 진심으로 사랑합니까?"

정신병자 같은 말을 했다.

"거 무슨 말이죠?"

"나는 혜주 씨 없이는 살 수가 없이 됐습니다. 아내하구두 이혼을 했구요. 그러니까 혜주 씨와 헤어져 주십시오."

"이거 무슨 수작을 하는 거야."

경태가 노할 것은 당연하다. 그러나 그런 일을 알자 혜주는 안절부절했다. 어떻게 처신을 해야 할지 알 수 없었던 것이다. 물론 응도가 어떤 짓을 한다고 해도 경태를 사랑하는 마음에 금이 가지 않은 자기다. 그리고 사랑하는 아들과 딸이 있다. 그런데도 응도가 그런 말을 했다는 것은 마치 자기가 응도에게 마음을 주고 있었던 것처럼 오해받기 알맞은 일이었다.

혜주는 경태에게,

"동창생의 남편예요. 다방에 그것두 부부끼리 와서 몇 번 만났던 것뿐예요. 아무리 못된 여자라 해두 자기 친구의 남편과 가까이 지낼 수 있어요?"

거짓말을 섞어 가며 변명을 했다.

"그 친구 좀 돌았나 봐. 돌아두 이만저만이 아냐."

경태로서는 그렇게 생각지 않을 수 없었다. 돌지 않고서야 그럴 수가 없을 것 같았던 것이다.

어쨌든 경태가 혜주를 의심치 않는 것이 고마웠다. 그런데 다음 날에는 경태가 없는데 응도가 찾아왔다. 그리고 할 이야기가 있으니 잠깐 나가자고 했다.

혜주는 자청해서라도 나가 이야기를 해야 할 판이었다. 다시는 생각지도

말자고 따끔히 말해 줘야 할 것 같았던 것이다. 그래서 웅도가 가자는 대로 웅도의 집엘 갔다. 인희가 있다면 더욱 편리할 것 같았다. 그런데 인희는 집에 있지 않았다.

"인희 어디 갔어요?"

"차차 알게 되겠지요."

이상한 여운을 주는 말에 혜주는 웅도를 경계하게 되었으나 그런 표정을 보일 수 없어 2층까지 따라 올라갔다. 2층에 올라가자 웅도는,

"혜주 씨! 사랑합니다. 죽어두 사랑을 안 할 수 없습니다."

하고는 와락 혜주를 포옹했다. 어리둥절해 있는 혜주를 한 번 풀어 놓고는,

"혜주 씨를 사랑하기 때문에 인희와는 이혼했습니다. 어쩔 수 없는 일입니다."

한 뒤 혜주의 대답을 간구했다.

"무슨 말씀을 그렇게 하세요. 그건 절대루 안 돼요."

"한 사람이 죽는 것을 보구 싶습니까? 죽는다는 건 간단한 일입니다."

"내가 알 일이 아니잖아요? 선생님의 자유의사니까요."

그러자 웅도는 다시 혜주를 끌어안고 혜주를 마주 보며,

"정말입니까? 내가 죽어두 혜주 씨는 알 일이 아니란 말이죠? 네?"

애원과 원망이 뒤섞인 그 말 가운데는 지독한 슬픔이 고여 있었다. 그래도 혜주는,

"내가 어떻게 그것을 압니까?"

하며 고개를 돌려 버렸다.

"정말입니까? 네, 정말예요?"

웅도가 정말이냐고 하며 육박해 올 때 혜주는,

"정말예요."

하고 대답했지만 그 말이 전기가 끊어진 뒤 타력으로 도는 기계처럼 헛돌아가는 말임을 느꼈다. 동시에 자기의 육체가 알맹이를 뽑아 낸 곤충의 껍데기 같은 생각이 들었다.

웅도가 혜주를 침대에 눕혔다. 그리고는 옷을 벗겼다. 그때 혜주는 반항

을 했다. 그러나 그 반항도 껍데기만의 반항이었다.

혜주는 웅도에게 그 일을 당하며 반항을 해야 한다고 생각하면서도 이제는 내가 죽을 차례로구나 하는 생각만을 했다.

그 뒤 집으로 돌아와서는 남편 경태를 대했을 때 혜주는 웅도에게 당한 이야기를 남편에게 고백하지 못하면서 웅도에게는 남자다운 매력이 있다고 생각했었다.

"여보 ──. 그새 보구 싶었어."

뜨거운 불을 토하는 듯 말하며 웅도는 또 키스를 했다. 절대로 정상적이 아닌 오늘의 현실을 만들어 준 웅도라고 생각하면서도 들을 때마다 박진력을 느끼게 하는 웅도의 음성이었다.

"그만."

혜주는 웅도를 밀었다. 싫어서가 아니라 준비해 놓은 것들을 우선 먹어야겠기 때문이었다.

"깍쟁이 ──."

웅도는 혜주를 놓아 주고 그미의 히프를 툭 쳤다.

혜주는 부엌으로 나갔다. 물이 끓는 주전자를 내려놓고 밥솥을 올려 놓았다. 그리고는 커피 두 잔을 만들어 가지고 다시 방 안으로 들어왔다.

웅도는 그 뜨거운 커피를 숭늉 마시듯 훌쩍 마셔 버렸다.

"한 잔 더 하시겠어요?"

"싫어."

웅도는 다음 차례를 생각하는 모양이었다. 그러나 혜주는 모른 척 서둘러 커피를 마신 뒤 부엌으로 나갔다. 아직 밥이 끓기 시작도 안 했다.

혜주는 밥상을 보며 밥이 끓기를 기다렸다. 초조하게 다음 차례를 기다리고 있는 웅도에게 기다리는 시간을 주고 싶었던 것이다.

그래서 밥이 끓은 뒤 찌개냄비를 불 위에 올려 놓고 방 안으로 들어갔다.

"찌개가 곧 끓을 거예요. 잠깐만 기다리세요."

"찌개 없으면 밥 못 먹나?"

웅도는 지루한 모양이었다.

274

"신문이나 읽구 계세요."

"다 읽었어."

혜주는 도망치듯 부엌으로 갔다. 그리고 찌개냄비를 지키고 서 있었다. 찌개냄비를 들여다보고 있는 동안 그미는 자기가 궁상맞다고 생각했다. 경태와 살 때 부엌에서 시간을 보낸 일이 한 번도 없었다. 식모가 해다 주는 음식을 먹으면서도 도리어 타박을 하곤 했었다. S대학 부속병원에 근무할 뿐 아니라 개인병원까지 가지고 있는 경태다. 그와 같이 살기만 했다면 죽을 때까지 부엌일을 안 하고 살 수 있었을 것이다. 그러나 지금 그미는 경태에게서 받은 돈 얼마를 가지고 있을 뿐이다. 그것만 쓰고 나면 부엌일 정도가 아니다. 끼니마다 쌀 걱정까지 하게 될지 모른다.

찌개가 끓기 시작했다. 냄비 뚜껑이 덜그렁거린다.

찌개가 끓자 혜주는 밥상을 들고 방 안으로 들어갔다. 공기에 밥을 퍼서 웅도에게 주었다. 그러나 웅도는 밥 먹을 생각을 않고 혜주 얼굴만 쳐다봤다. 밥 먹기 전에 또 딴 것이 하고 싶은 모양이었다. 혜주는,

"빨리 잡수세요."

하고 웅도에게 빈틈을 주지 않기 위해 밥을 먹기 시작했다. 웅도도 할 수 없이 밥을 먹기 시작했으나 두 공기의 밥을 십 분 안에 먹어 버렸다. 혜주는 겨우 한 공기를 먹었으나 그 이상 더 먹을 수가 없어 상을 치우려고 했다.

"내가 내다 놓지."

혜주가 밥상을 들고 나가면 설거지까지 하고야 들어올 것이 겁났던 모양이었다.

"제가 할게요."

남자에게 밥상을 들려 내보낼 수는 없었다.

"아무나 하면 어때?"

"창피하게 어떻게 남자가……."

혜주가 밥상을 들고 일어설 때 웅도는,

"그럼 빨리 들어와. 설거지는 다음에 하구……."

웃지도 않으며 말했다.

혜주는 또 경태를 생각했다. 잠자리에서도 병원에서 수술하던 일을 생각하는지 옆에 누워 있는 자기를 곧잘 잊어버리곤 하던 경태.

"여보 잠들었수?"

할 때야,

"아아니."

하며 혜주를 끌어안아 주곤 했다. 그렇다고 해서 경태를 부족한 남자라고는 한 번도 생각하지 않았다. 그러한 경태에게는 또 다른 맛이 있다. 그러나 웅도 역시 웅도대로 맛이 있는 사람이다.

혜주는 정말 설거지를 안 하고 급하게 방으로 들어갔다. 혜주를 보자 웅도는 벌떡 일어나 이부자리를 펴려고 했다.

"아이 참."

혜주는 그를 제지하고 자기 손으로 이부자리를 깔았다.

"여보!"

십 분쯤 뒤 누운 채 웅도가 혜주를 불렀다.

"네?"

머리에 빗질을 하며 혜주가 대답했다.

"결혼을 해. 이렇게 살 필요가 뭐 있어?"

그러고 난 뒤마다 하는 웅도의 말이었다.

"또 그 소릴……."

그 말이 나올 때마다 대답에 궁해지는 혜주였다. 결혼을 거부할 구실이 하나도 없다. 그러면서도 결혼만은 할 수 없다고 생각하는 혜주였다. 그것은 스스로도 풀 수 없는 수수께끼였다.

"교회에서라두 할 수 있다구 생각해. 멋진 결혼식을 거행하잔 말야."

웅도의 말은 당연한 것이다. 떳떳하게 그리고 멋지게 결혼식을 올릴 수가 있다. 그러나,

"그 이야긴 좀더 있다 하세요."

혜주는 시기상조라는 듯 이야기를 거부했다.

"얼마나 있다가……."

"제가 먼저 꺼낼 때까지……."

"한 달 뒤?"

혜주로서는 한 달 뒤가 될지 일 년 뒤가 될지 전혀 예측할 수 없는 일이었다. 죽을 때까지 못할지도 모른다.

"기한부로 할 수 있는 말이라면 지금 하지요."

"그럼 죽을 때까지 기다리란 말야?"

"설마……."

혜주는 웅도에게 냉정할 수도 없어 생긋 웃었다.

"생각할 것이 뭐야? 암만해두 난 당신의 마음을 모르겠어."

옳은 말이다. 웅도는 인희와 정식 이혼을 했고 자기 역시 경태와 정식 이혼을 했다. 그런데도 결혼이란 말에 끌리지 않는 혜주였다.

물론 인희의 말이 머리에서 떠나지 않기 때문은 아니었다.

"모든 게 다 너 때문이야. 내가 그 사람에게서 어떤 일을 당했는지 아니?"

혜주가 경태와 헤어지기 직전 인희가 찾아와서 경태와 혜주를 앞에 놓고 한 말이었다.

혜주는 이미 웅도와 육체관계가 있은 뒤라 얼굴만 붉히고 말을 못했다.

"너하구 친하게 된 뒤 그 사람은 2층으로 올라가 혼자 살았어. 문을 안으루 잠그기 때문에 아무두 얼씬을 못했지. 그러니까 석 달 전부터 나는 그 사람과 상관이 없는 사이가 되구 말았단 말야. 그래서 어젯밤에는 그이가 돌아오기 전에 그의 방으로 올라가 옷을 홀랑 벗고 그의 침대 속에 들어가 있었어. 어떻게 하나 보기 위함이었지. 그런데 밤늦게 들어와서 내가 알몸뚱이로 누워 있는 것을 보자 담요루 나를 둘둘 말아서 두 팔로 안아다가 층층대루 굴려 버리지 않니? 나는 베개가 굴러떨어지듯 아래층까지 굴러 내려갔어. 그럴 수가 있니? 나는 오늘 아침 도장을 찍어 가지구 그 사람에게 주었다. 이혼을 하자구. 너를 생각해서는 죽어두 이혼을 안 하려구 했어.

세상에 악한 여자가 있다구 해두 너 같은 여자는 없을 거다. 잘 살아라. 두 서방을 모시구 잘 살아. 내 절에 가서 불공을 드리며 잘 살라구 축수할 테……."

모두가 무서운 말이었다. 웅도가 인희를 담요로 말아 층계로 굴러 떨어뜨렸다는 것은 남의 이야기 같지가 않다. 그리고 절에 가서 불공을 드리며 축수하겠다는 말은 화젓가락으로 살을 쑤시는 아픔을 준다.

　　그러나 모두 지나간 이야기다. 인희는 딴 남자와 결혼했고 웅도는 자기를 사랑하고 있다.

　　다만 문제는 경태다. 경태의 체온이 아직 몸에 배어 있다. 경태의 나쁜 점은 하나도 생각나지 않고 잘해 주던 일만이 머리에 떠오른다. 경태가 미워져야 할 텐데 미워지지가 않는다. 그것이 문제였다. 미워지지 않는 사람을 두고 어떻게 웅도와 결혼할 수가 있는가?

　　"언제까지나 이렇게 살 작정이야?"

　　웅도가 불만스럽게 말했다.

　　"언제까지든⋯⋯."

　　"꼭 도둑질하는 것 같아⋯⋯."

　　"그게 스릴 있구 좋지 않아요?"

　　혜주에게는 그것이 정말 더 좋았다. 며칠 안 보면 보고 싶어진다. 보고 싶어졌을 때 만나는 것이 또 얼마나 즐거운 일인가?

　　"구경이나 갈까?"

　　웅도는 할 수 없는 모양이었다. 참 이상했다. 웅도의 성격으로 보아 결혼도 강압적으로 하자고 할 것 같은데 끝내는 혜주의 의견에 따르고 만다.

　　결혼은 차후로 한다 해도 오늘을 즐기자는 웅도의 말에,

　　"마음대루요."

　　혜주는 결혼만을 제외하고는 무엇이나 따를 아량이 있다는 듯이 말했다.

　　"아냐. 좋은 영화두 없으니 뚝섬으루 드라이브나 하지."

　　"좋아요."

　　그들은 뚝섬으로 나갔다. 어둠 속에 달빛이 모래를 훤히 비추고 있었다. 달 기둥이 흐르는 물에 흔들거리는 강가로 갔다.

　　"달 좋지?"

　　"좋은데요?"

278

혜주가 얼굴을 들어 하늘을 쳐다볼 때였다. 웅도가 도둑질을 하듯 혜주를 포옹하며,

"나는 혜주가 옆에 있기 때문에 달이 좋은데 혜주는 누가 옆에 있어서 달을 좋다는 거지?"

하고 물었다.

"달은 혼자서두 좋다구 느낄 수 있잖아요?"

혜주는 웅도가 묻는 말의 의미를 모르지 않았지만 무심하게 대답했다.

"슬픈 때는 보이는 것두 모두 슬프게 보이는 법 아냐? 좋은 때두 그렇구……."

웅도는

'웅도 씨가 옆에 있으니까 좋아요.'

라는 말이 듣고 싶었을 것이다. 그러나 혜주는 딴 것을 생각하고 있다. 웅도는 그것이 불만스러워 자꾸만 캐어 묻는 것이지만 혜주는 그런 웅도의 마음속을 들여다보면서도 웅도가 만족해할 말을 할 수 없었다. 웅도는 경태를 생각하고 있는 것이 아니냐고 묻는 것 같았다.

사실은 경태를 생각하고 있지 않는 혜주였으나 웅도의 말에 그미는 경태의 얼굴을 눈앞에 그렸다.

"그런 소리말구 앉아서 달 구경을 해요."

혜주는 경태를 생각하며 웅도를 무시하듯이 돌축대 위에 혼자 앉았다.

"왜 말하기가 싫어졌어?"

옆에 다가앉으며 웅도가 질투의 눈초리로 물었지만 혜주는 입을 열지 않고 달만 쳐다봤다.

그 날은 오늘처럼 둥근달이 아니었다. 동쪽에서 한참 올라온 하현달이었다. 밤 열두 시가 지나 경태와 같이 경찰서를 나와 집으로 돌아가는 길에 보던 달이었다. 경태는 아무 말도 안 했다. 혜주의 이야기를 들으려고도 하지 않았다. 그때 혜주는 진심으로 경태가 자기를 때려 주었으면 하고 바랐다. 매를 맞고 싶은 심정이었다.

"미안해요."

때려 주기를 바라며 사과를 했으나 경태는,

"달을 봐. 지금은 작지? 그렇지만 며칠 안 있어 둥그래질 거야."

하며 때릴 생각을 안 했다.

혜주는 달을 쳐다봤다. 그러나 커 가는 달이 아니라 작아지는 달이다. 며칠 안 있으면 자취마저 없어질 하현달이다.

"다시는 안 그럴게요. 용서하세요."

그녀는 눈물을 흘려 가며 용서를 청했다.

"용서구 뭐구 있어?"

그렇다. 자기가 사랑하는 아내요 또 앞으로도 사랑할 아낸데 용서고 뭐고 할 것이 있는가? 그러나 그러한 남편을 속였고 그러한 남편의 마음을 아프게 해 주었으니 혜주는 울어 마땅했다.

"그래두 한 마디만 해 줘요. 밉지만 한 번만 용서해 준다구."

혜주는 경태의 팔을 꼈다. 매달리는 것이었다.

"저 달을 보라니까. 당신두 내가 싫어서 그랬을 건 아니잖아."

"달 이야긴 그만둬요. 자꾸만 작아지는 달을 가지구⋯⋯."

"작아졌다가 다시 커지는 거야."

"그래두⋯⋯."

속으로는 초산에 살이 타는 것처럼 아픔을 느끼면서도 경태는 어째서 너 그러운 말만을 할까?

"둥근달이 되겠네요. 절대루 두 번 다시 당신을 걱정시키지 않겠어요."

혜주는 달을 쳐다보며 또 눈물을 흘렸다. 달에게 부끄러움을 느끼면서⋯⋯.

집에 돌아가서야 경태가,

"춤은 언제부터 추기 시작했어?"

하고 물을 때 혜주는 경태가 이제부터 자기를 고문하는 것이라 생각했다. 때려도 할 수 없지만 혜주는 두려움을 느꼈다. 조금 전에는 때려도 아플 것 같지가 않았는데 지금은 아플 것 같기만 했다.

"당신이 미국 가셨을 때에요. 양품점을 하고 있으니까 남자들의 유혹이 많아요. 그래서 당신이 돌아오시기 전에 그걸 그만둔 거예요."

혜주는 경태가 그 뒤의 이야기까지 물으려니 생각했다. 그러나,

"잠이나 자."

하고 옷을 갈아 입기 시작했다.

혜주는 양품점을 그만둔 뒤에도 가끔 춤을 추러 다녔다. 카바레에는 차마 못 가고 비밀 댄스홀에 가서 춤을 추다가 경찰의 급습을 받고 무더기로 경찰서에 끌려가 경범죄로 즉결재판에 넘어가게 되었던 것이다.

다음 날 아침 신문에는 자기의 사건이 게재될지 모른다. 그리고 재판 결과 벌금형이나 구류 처분을 받게 될 것이다.

혜주는 물처럼 땅 속으로 잦아들어 갔으면 했다. 들어간 자리도 없이 그냥 흙이 되어 버렸으면 했다. 같은 죄를 지고 들어온 그 춤 미치광이들의 얼굴이 보기 싫었다. 파랗게 질린 얼굴로 그저 아연하여 말도 못하는 그 춤 친구들이 대포로 쏘아 죽이고 싶게 미웠다.

혜주는 속으로 경태를 불렀다. 자기를 구해 줄 사람은 경태뿐이라고 생각했다.

경태가 슬퍼하고 괴로워할 것을 모르지 않는다. 그러나 자기를 아끼고 사랑해 주는 사람은 오직 경태뿐이다. 그래서 그미는 경관에게 애걸을 해서 경태에게 전화를 걸었다.

"여보! 나 ××경찰서에 있는데 곧 좀 와 주세요."

"무슨 일인데?"

"그냥 빨리 오세요. 오시면 알 거예요."

"그래!"

그래서 경태가 경찰서까지 와서 자기를 끌어내 주었건만 경태는 누구하고 춤추러 갔었느냐는 말도 묻지 않았다. 혜주는 정말 그런 특정의 남자가 없다는 것을 밝히고 싶었다. 웅도와 알기 전의 일인 만큼 호감이 든 남자는 있었어도 좋아한 남자는 없었다. 그저 춤이 좋아 따라다니곤 했을 뿐이었다.

경태가 묻지 않는데 자기 혼자 떠들 수는 없었다. 경태 옆에 누웠다. 희미한 달빛에 남쪽 창문이 허옇게 물들어 있었다.

저 달은 지금 자기 몸을 깎아 먹으면서 돌고 있겠지? 혜주는 그 날 처음으로 달을 구슬픈 존재로 생각했다.

"돌아가!"

웅도가 갑자기 일어섰다. 저으기 기분 나쁜 모양이었다.

"벌써요?"

혜주는 돌아갈 이유가 없지 않느냐는 듯이 물었다.

"이야기두 안 하는 걸 앉아 있어서는 무엇해?"

혜주는 기분 나빠하는 웅도를 달래려고도 하지 않았다. 아무 말 없이 웅도를 따라 일어섰다.

포플러 나무 사이를 걸으며 중천에 걸려 있는 둥근달을 바라보는 맛이 나쁘지 않았다. 경찰서를 나와 경태와 걸으며 보던 달보다는 슬퍼 보이지가 않았다.

다음 날은 아무하고도 약속이 없는 자유스런 날이었다. 이런 날 혜주는 자유라는 것을 느꼈다. 웅도를 만나는 날 부자유를 느끼는 것을 알면서도 웅도를 만나지 않는 날 자유를 느끼는 것은 혜주의 야릇한 감정 때문이었다.

이 날 혜주는 ××유치원을 찾아가기로 했다. 윤수가 다니던 유치원이었다. 혜주는 취직을 하고 싶었던 것이다. 경태에게서 받은 돈을 다 써 버리기 전에 살아갈 길을 열어야 한다고 생각한 끝에 앞으로 살아가는 데는 취직이 제일 좋을 것이라고 마음먹었던 것이다.

양품점이나 다방 같은 것은 돈 벌 수 있는 장사라 해도 남자를 상대로 한다는 점에서 싫증이 났다. 이제는 남자 교제가 싫었다. 더 교제를 안 해도 남자는 알 수 있다는 생각인지 몰랐다. 경태와 웅도 두 사람만 알면 충분하다는 생각인지도 모른다. 어쨌든 그미는 남자 교제에 흥미를 잃었던 것이다. 그래서 취직을 생각하면서도 남자의 접촉이 없는 직장을 생각했다. 남자와 접촉이 없는 직장을 생각한 끝에 유치원을 결정했다. 동시에 윤수가 다니던 유치원을 생각했다. 매일 윤수를 데리고 다니던 그 유치원 보모들은 친한 친구 이상으로 가까웠었다. 가서 사정을 하면 들어 줄지도 모른다. 그곳에 자리가 없다면 다른 유치원에 소개라도 해 주겠지.

혜주는 집을 나와 합승 정류소에서 합승을 기다리고 있었다. 많은 차가 와서 머물렀다가 떠나갔다. 여러 사람 사이에 끼여 차를 기다리는 동안 그미는 혼자가 자랑스러운 마음이 들었다. 언제나 자기 옆에는 남자가 있었다. 한 남자의 소유물처럼 남자 옆에 있는 것을 즐거워했다.

그런데 오늘은 혼자 거리에 서 있다. 그리고 누구의 소유도 아니라는 해방된 자기를 느끼며 해방된 자기를 모든 사람에게 알리고 싶었다.

나는 혼자 살고 싶어하는 것일까? 남자에게 넌덜머리가 났단 말인가? 꼭 그런 것 같지는 않았다. 남자가 왜 싫담. 웅도도 좋고 경태도 좋은데…….

합승에서 내려 유치원 골목으로 걸어갈 때였다. 예닐곱 살난 사내아이 둘이 어른들처럼 서로 붙잡고 싸움하는 것을 보았다. 혜주는 얼른 뛰어가 두 애를 떼어 놓았다.

"싸우면 못써."

그런데도 쌔근거리며 서로 노리고 서 있는 애들을 보자 그미는 한 애에게로 가서 그 애를 붙안고 얼굴을 부비며,

"착하지. 싸우지 마."

하고 달랬다. 윤수가 생각났던 것이다.

지금 초등학교에 다니는 윤수도 어디서 자기 동무들과 싸우고 있지나 않는지…….

어린애는 허리춤을 추켜올리며 혜주의 손을 빠져 나갔다. 그런데 저만치 서 있던 애는 자기 집으로 들어가는데 혜주가 안았던 애는 집으로 돌아갈 생각을 않고 길가에 그대로 서 있었다. 혜주는 그 애에게로 다가가서,

"엄마한테 가. 착하지……."

하며 집까지 바래다 줄 것처럼 손목을 잡았다. 그때 어린애는 그미의 손을 뿌리칠 뿐 딴 곳으로 갈 생각을 안 했다. 딱해 보였다. 혜주는 혹시 그 애에게 어머니가 없는 것이나 아닌가 생각했지만 그 이상 더 머물러 있을 수가 없어 발을 옮겼다.

유치원으로 들어가는 도중 혜주는 가슴이 터질 것 같음을 느꼈다. 실연을 당했을 때의 미칠 듯한 심정이었다. 윤수가 보고 싶었던 것이다. 발작이었는지 모른다.

유치원으로 들어가자 그미는 전화통으로 달려갔다. 선생들이 교실로 들어가 사무실이 비어 있는 것을 다행스럽게 생각할 여유도 없었다. 아마 선생들이 자리에 있다 해도 그미는 인사 한 마디 없이 전화통부터 붙잡았을 것이다.

"여보세요."

저쪽에서 남자 목소리가 들려 왔다. 경태였다. 혜주의 온몸이 떨렸다. 목이 꽉 막혀 말이 나오지 않는 것을,

"윤수가 보구 싶어요. 윤옥이두……."

울음 섞인 목소리로 말했다.

"지금 어디 있어?"

경태는 대답을 피했다.

"윤수를 좀 보게 해 주세요. 지금 유치원에서 전활 걸구 있어요."

"왜 갑자기 그런 말을 하지?"

"갑자기 보구 싶어졌어요. 정말 한 번만이라두……."

"생각을 해 봐야겠는데……."

"제가 그 애들을 낳은 엄만데요……."

"그러니까 문제지……."

"가슴이 터질 것 같아요. 한 번만 만나게 해 주세요."

"………"

"제 소원이에요. 단 하나의……."

"내 다음에 찾아가서 이야기하지."

"언제요?"

"불일간……."

"오늘은 안 돼요?"

"글쎄 ──."

"오늘 애들을 데리구 집으루 와 주세요."

"그러지!"

혜주는 전화를 끊고 유치원을 뛰쳐 나왔다. 유치원 선생들에게 인사할 것도 생각지 않고……

집으로 돌아오자 그미는 흩어진 모습으로 앉아 자꾸만 울었다. 너무 울면 눈이 부을 것을 생각하면서도

'엄마!'

'엄마.'

하던 윤수, 윤옥의 목소리가 화음이 되어 귀를 울리는데 울지 않을 수 없었다. 경태와 헤어진 뒤 다섯 달 동안 윤수와 윤옥을 생각지 않은 것은 아니었다. 그러나 지금처럼 미치게 보고 싶은 것은 처음이었다.

학교엘 갈 때 그리고 학교에서 돌아올 때 윤수는 반드시 나를 찾겠지. 학교에도 못 가는 윤옥은 나를 얼마나 많이 찾을까? 열 달씩 뱃속에 안고 있다가 그 무서운 진통을 겪으며 낳은 애들을 마음대로 볼 수도 없다니…….

혜주는 윤수가 다니는 학교로 달려가고 싶었다. 교실에서 공부하는 윤수를 창문으로 들여다보기만 해도 좋을 것 같았다. 경태가 집으로 찾아올 때까지 기다릴 것 없이 경태에게로 가서 윤옥이라도 보고 싶었다.

그러나 그미는 그러지를 못했다. 자식을 배신한 어머니는 뛰어넘을 수 없는 경계선 저편에 서야 한다. 지금 자기는 그 경계선을 토담이 아니고 유리 담으로 해서 서로 볼 수 있게 해 달라는 요구 이상 달리 바랄 수가 없는 처지에 있다.

넘겨다볼 수도 없게 만든 토담을 헐고 유리 담으로 갈아 달라는 요구를 먼저 해야 한다.

경태 씨는 그 요구를 들어 주겠지. 그 요구만 들어 준다면 매일 윤수와 윤옥을 봄으로써 여생을 삼고 있을 것 같았다.

혜주는 응도의 애정도 생각지 않았다. 경태의 애정도 문제가 아니었다. 오직 윤수 윤옥의 애정만이 필요한 것 같았다. 어머니된 여자만이 가질 수 있는 감정일 것이다.

오후 경태가 찾아왔다. 아무도 데리고 오지 않고 혼자 왔다.

배신한 어머니를 만나게 하는 것이 애들 교육상 옳지 않다는 생각에서이리라.

"잘 있었어?"

경태는 들어서자 무표정한 얼굴로 범연한 인사를 했다. 일체의 감정을 억누르고 있는 경태의 얼굴이 너무나 무거웠지만 혜주는 얼굴이 너무 무겁다는 말을 감히 할 수 없었다.

"네……."

"참 오래간만이군……. 다섯 달두 지났지."

"네 ── ."

"나는 그새 한 번 찾아올 줄 알았어."

"찾아갈 수가 있어요?"

"그래두……. 이혼수속을 이삼 일 전에 했지."

"그래요?"

혜주로서는 할 말이 없었다. 헤어질 때 도장을 찍어 주었는데도 그것을 다섯 달이 지나서야 수속을 했다는 것은 그 동안 이혼을 망설였다는 것을 뜻한다. 그새 찾아가기만 했다면 경태는 자기를 용서하고 받아들였을 것이다.

그렇다면 수속을 하기 전에 왜 한 번 찾아 주지를 않았을까? 그러나 그런 것은 지금 해야 소용 없는 말이다. 다섯 달을 기다렸다고 하나 지금은 다 끝난 일이다.

이미 법적 수속까지 끝낸 일이니 경태로서도 재혼할 여지가 없는 일일 것이다.

"도배두 안 했군……."

경태는 방 안을 둘러보며 퇴색한 벽지에 눈을 멈추었다.

"겨울에는 바람이 들어오겠는데……."

경태는 벽 사이에 들뜬 벽지를 만져 보기도 했다.

"경대두 없구만…… 방이 너무 좁은데……."

경태는 혜주의 살림 걱정까지 했다. 옛날 부부생활을 하던 때의 경태 그

대로였다.

혜주는 그저 부끄러울 뿐이었다. 이렇게도 다정한 사람을 나는 어째서 배반했던가?

경태와 헤어진 뒤 방 하나를 얻어 이리로 이사왔을 때 경태는 사람을 시켜 돈 삼십만 원을 보냈었다. 혜주는 그것이 위자료라는 생각에 즉석에서 돌려 보냈다. 이혼의 이유가 자기에게 있는데 어찌 위자료를 받을 수 있을 것인가? 그런데 경태는 그 돈을 다시 보냈다. 돈이 필요할 테니 아무 생각 말고 받아 쓰라는 것이었다.

그때 혜주는 돈을 가슴에 안고 울었었다.

지금 살림 걱정을 해 주는 경태를 볼 때 혜주는 다시 눈물을 흘리며,

"제 걱정을 하지 마세요."

라고 법적 수속을 끝냈으니 남남이 아니냐는 투로 말했다. 그리고는 애들만 보도록 해 주면 아무 원한도 없다는 듯이,

"초등학교 졸업할 때까지만 애들을 내가 기르겠어요."

당돌한 제의를 했다.

"안 될거야."

경태는 여유를 주지 않는 태도로 말했다.

"왜요? 철이 들 때는 돌려 드린다는데……."

"마음에 티눈이 생길까 해서 그러는 거지. 철없을 때 생긴 티는 죽을 때까지 남는 거니까 —."

"철없을 때 어미 없이 자라는 것이 더 불행하지 않아요?"

"차라리 없다구 생각하면 순수해질지 몰라. 그래서 나는 그 애들에게 새 엄마를 만들어 주지 않으려 해."

"그럼 한 주일에 한 번씩만이라두 만나게 해 주세요."

혜주는 자기가 응도를 한 주일에 두 번만 만나는 것으로 만족하고 있음을 생각했다.

"그러지 않는 게 피차 좋을 거야."

경태는 말을 끝냄과 동시에 몸을 일으켰다. 그리고 뒤따라 일어서는 혜주

를 끌어다 안았다.

"혜주, 생활비루 매달 얼마씩 보내 줄게."

경태는 이 말을 하며 혜주 이마에 키스를 했다. 뺨에도 입술에도.

웅도처럼 뜨거운 것은 아니었지만 점잖고 감미로운 것이었다.

혜주는 미라처럼 서서 경태의 키스를 받으며 경태가 아직 자기를 사랑한다고 생각했다. 웅도와 헤어져 돌아가기만 하면 지금도 받아 줄 것만 같았다.

그러나 염치없는 생각이었다. 이제 어찌 다시 돌아간다는 말을 할 수 있을 것인가?

"애들을 좀 만나게 해 주세요."

혜주가 경태의 애정에 매달리는 듯 할 수 있는 말은 오직 이것뿐이었다. 그때 경태는 양복 안주머니에서 사진 한 장을 꺼내 주었다. 윤수와 윤옥이 단 둘이서 찍은 중판 사진이었다.

이거나 보고 참으라는 거지.

경태는 사진을 준 뒤 다른 말을 하지 못하게 혜주를 떠나 문 밖으로 나갔다. 그 이상 더함이 없는 엄격한 태도였다.

나를 사랑하면서도 애들 문제에는 어째서 이렇게까지 엄격한 것일까?

혜주는 자기에게 자유가 있다고 생각했다. 자기의 몸과 마음은 자기의 것이다. 그것을 주고 싶은 사람에게 주고, 주고 싶지 않은 사람에게는 주지 않을 수 있는 자유가 있다. 그러나 윤수와 윤옥에게만은 자유가 없다. 가장 마음대로 할 수 있는 윤수와 윤옥에게만 자유가 없는 것은 무엇 때문일까?

경태가 돌아간 뒤 혜주가 윤수가 다니는 학교로 갔다. 경태가 무어라고 하든 윤수의 얼굴이라도 봐야 했던 것이다.

학업시간 중이어서 그런지 운동장은 쓸쓸했다.

혜주는 공부하고 있는 윤수를 교실 안으로 들여다볼 수 있으리라는 생각에 도리어 안심을 하고 1학년 3반 담임선생을 찾았다. 그러나 1학년 3반은 오전반이어서 벌써 공부를 끝냈다는 말을 들었을 때 그미의 가슴은 철렁 내려앉았다. 오늘이 아니라도 언제든 얼굴만은 볼 수 있다. 교실 밖에서 안을 들여다보는 것까지 금할 사람이 어디 있겠는가? 그런데도 그미는 오늘 만나지 않으면 소용이 없는 것같이 생각되었다.

꼭 그는 만나 보고 싶었다.

왜 이럴까? 내가 정말 죽으려고 이러는 걸까?

학교 현관에서 대문까지의 운동장이 너무나 넓은 것 같았다. 저기까지 어떻게 걸어간담.

참새 한 마리 없는 운동장을 걸어 나오며 혜주는 옛날 시골에서 국민학교에 다니던 시절을 생각했다.

학교가 파한 뒤 책보를 집에다 두고 다시 학교운동장으로 와서 놀 때 거기에는 개와 닭들이 제 집 뜰처럼 왔다갔다했다. 개와 닭들을 벗삼아 동무들과 소꿉장난을 하며 시간가는 줄을 모르고 있을 때 어머니가 부르러 온다.

"저녁을 먹구 공불 해야지. 너 커서 뭐가 되련?"

꾸지람을 하며 손목을 잡아끌고 집으로 돌아가던 어머니. 그때의 어머니는 자기에게 꿈을 가지고 있었다. 시골 여자들과 조금 다른 여자가 되어 주기를 꿈꾸었을 것이다. 지금 그 어머니는 돌아가시고 자기가 그때 어머니 나이의 여자가 되어 윤수를 생각하게 되었다. 그러나 자기는 윤수에게 꿈을 가질 수가 없다. 꿈은커녕 그 얼굴마저 볼 수 없다.

다음 날 혜주는 일찌감치 학교로 가려 했다. 윤수의 얼굴만이라도 봐야만 살아갈 수가 있을 것 같았던 것이다.

감정이란 광적인 것인지 알 수 없었다. 보고 싶다는 생각이 들자 어쩌면 미칠듯이 윤수와 윤옥 생각만이 드는 것일까?

옷을 갈아 입고 학교로 가려고 할 때 뜻밖에도 웅도가 찾아왔다. 약속하지 않은 일이었기 때문에,

"웬일이세요?"

놀라는 표정으로 물었다.

"결혼 청첩장을 인쇄하려구……."

굳은 표정으로 웅도가 대답했다.

"결혼 청첩장요?"

"아무래두 빨리 결혼식을 올려야겠어."

"누가 결혼을 한대요?"

"그럼 죽을 때까지 이대루 지낼 테야?"

"난 결혼 안 해요."

혜주는 더 긴말 할 필요도 없다는 듯이 방을 뛰쳐 나갔다.

"왜 이래?"

웅도가 혜주의 팔을 잡아끌었지만 혜주는,

"결혼하고 싶으면 딴 여자와 하세요."

하고 대문 밖으로 뛰쳐 나갔다. 그리고는 지나가는 택시를 몰고 윤수의 학교로 달렸다.

자동차 안에서도 혜주는 웅도에게 대했던 태도를 후회하지 않았다. 싫은 것이 하나 없으면서도 결혼을 거절한 자기를 조금도 이상스럽게 생각지 않았다.

인생이란 자기에게 주어진 당연한 코스를 걸어가기 마련이다.

혜주는 자기의 당연한 코스를 걸어가는 것뿐이라고 생각했다.

학교 정문 앞에서 차를 내려 그 넓은 운동장을 걸어가면서 그미는 운동장이 넓다는 생각을 조금도 안 했다. 언젠가 경찰서에서 나와 달을 보며 걸을 때 경태가 하던 말을 회상했다.

"달을 봐. 며칠 안 있으면 둥그래질 거야."

혜주는 학교로 들어가 1학년 3반 교실을 찾아 2층으로 올라갔다. 조용한 복도에서 유리창을 통해 공부하는 어린 학생들을 들여다보았다. 하나하나 골라 가며 윤수의 얼굴을 찾고 있을 때 윤수가 손을 번쩍 들고 일어섰다. 선생의 질문에 대답을 하는 모양이었다.

"넷에서 하나를 빼면 셋입니다."

똑똑한 음성이었다.

그 말을 듣자 혜주는 잠시 얼굴을 떨어뜨렸다. 넷에서 하나를 빼면 틀림없이 셋이다. 경태와 혜주와 윤수, 윤옥, 네 명 가운데서 혜주를 하나 빼면 세 사람밖에 남지 않는다.

혜주는 윤수가 산수 풀이를 하면서도 빠져 나간 하나를 생각하고 있으리라 짐작되었다.

혜주는 창문 밖에서 눈물을 떨어뜨렸다.

눈물을 흘리면서도 그미는 자기의 운명을 생각했다. 자기 손으로 만든 운명! 그러니까 눈물은 흘리나 슬퍼할 수 없는 것이 자기 운명 같았다.

그미는 창문에서 비켜섰다. 혹시 윤수가 자기를 보지나 않을까 하는 생각에서였다.

자기가 흘리고 있는 눈물을 윤수에게는 보여 줄 수가 없었다. 윤수에게 자기 눈물을 보여 주지 말아야 하는 것이 자기 손으로 만든 자기 운명 같았던 것이다.

눈물을 흘리면서도 슬퍼해서는 안 되는 운명 —— .

(원)《신사조 23》1963. 12.

죽음 앞에서

전장(前章)

아버지가 돌아가셨을 때 하시던 할아버지의 말씀을 나는 기억했다.

'사람이 죽으면 육체는 목석이 된다. 맏며느리를 맞이할 때 시어머니는 그 며느리에게 홍두깨를 놓고 염하는 법부터 배워 주느니라. 홍두깨는 나무가 아니냐? 죽으면 다 홍두깨처럼 목석이 되는 거니까 부모의 시체두 목석이라 생각하구 두려워할 것 없이 네 손으로 염을 해야 한다. 부모는 죽어서 두 자식의 손이 몸에 닿는 것을 좋아하는 법이다.'

염이란 직업적인 염쟁이에게 맡기는 것으로만 알고 있던 내가 이러한 할아버지의 말을 들은 뒤부터 생각이 달라졌던 것이지만 정작 내 손으로 내 어머니의 염을 하려니 가슴이 무겁다.

아버지가 돌아가신 것은 내가 열 살 때였다. 내 나이가 어리니까 할아버지는 염쟁이를 데려다 놓고 나서 나에게 부모의 염은 자식이 해야 한다는 말씀을 하셨다. 그래서 그때 나는 염쟁이들이 하는 것을 옆에서 보고 있기만 했지만 그때 나는 염쟁이들을 지옥에서 온 사람들처럼 생각했었다.

죽음이라는 것을 생각만 해도 눈물이 나는데 죽은 사람의 시체를 눈 하나 찌푸리지 않고 한 마디 한 마디에 힘을 주어 가며 열두 마디를 매는 그 몰인정한 염쟁이들!

염쟁이들이란 돈만 주면 시체를 가져다가 삶아라도 먹을 인간들 같았다.

아무리 죽은 사람이라고 하나 그 질긴 베를 한 끝씩 맞잡고 힘을 끙끙 쓰며 시체를 조여 매다니. 나는 염하는 것을 보며 아버지의 시체에서 살이 터져 나오지나 않나 하고 걱정했었다.

그런데 지금 나는 어머니의 염을 내 손으로 해야 한다.

나를 낳아 주신 어머니다. 외아들이라고 해서 삼십이 지난 나를 어린애처럼 사랑해 주신 어머니다. 복막염으로 오래 누워 앓으시면서도 병든 자신보다 성한 나를 더 생각해 주셨다. 그런 어머니의 시체를 내 손으로 묶을 수가 있을 것인가?

나는 자식이 어렸을 때 부모를 여의는 것이 도리어 행복스러운 일이라고 생각했었다. 아버지가 돌아가신 지 이 년 뒤 할아버지가 돌아가셨다. 돌아가시기 직전에 부모의 염은 자식이 해야 한다는 말씀을 하셨지만 나는 열두 살밖에 안 난 소년이었기 때문에 그 말씀을 듣고도 할아버지의 염을 염쟁이들에게 맡길 수 있었던 것이다.

그러나 어머니의 염만은 내 손으로 안 할 수 없다. 할아버지의 말씀이 지엄한 명령처럼 생각되었던 것이다.

염쟁이 한 사람만 사다가 나는 어머니의 염을 하기 시작했다.

'목석이다.'

염을 하기 전 나는 마음 속에서 다짐을 했다. 나를 사랑하시던 어머니의 혼이 들어 있다는 생각을 버리기 위함이었다. 그리고 살아 계시는 동안에 하신 모든 일들을 내 기억 속에서 쫓아 내기 위함이었다.

목석을 다루는 심정 아니고서는 어머니의 시체를 내 손으로 묶을 수가 없었던 것이다.

'목석이다. 숨을 거두시는 순간 어머니의 영은 멀리 달아났다. 영이 나간 시체는 인간이 아니다.'

마음을 다지면서 어머니의 얼굴을 바라보았다. 아무래도 목석이랄 수가 없었다. 눈은 나를 보시던 그 눈 그대로였다. 입은 내게 말씀하시던 그 입 그대로였다.

어젯밤 운명하시기 몇 시간 전에,

"옷을 갈아 입겠다. 새 옷들을 좀 갖다 다오."

하시던 어머니의 음성이 아직 입술에 붙어 남아 있는 것 같았다.

"자, 시작합시다."

염쟁이가 독촉을 했다.

나는 돌아가시는 순간까지 나를 생각해 주신 어머니에 대한 상념을 떨쳐 버려야만 했다. 나는 안팎으로 새 옷을 갈아 입으신 어머니의 시체를 보며 자식인 나에게 추한 인상을 남기지 않으시려고 한 어머니의 마음씨를 생각하고 있었던 것이다.

그러나 염쟁이의 독촉을 무시할 수가 없었다. 죽은 시체는 염을 해야 하는 법이다. 법을 어기면 불효다.

나는 어머니의 겉옷을 벗겼다. 속옷은 어젯밤 갈아 입으신 것이니 벗길 필요가 없었다. 속옷을 그냥 둔 채 그 위에 수의를 입혔다. 살아 계신 어머니에게 옷을 갈아 입히는 것 같은 느낌이었다. 그러나 발에 종이 버선을 신기고 그 위에 종이 꽃신을 신길 때 나는 눈물을 흘렸다. 딴딴한 흙 위로 걷는 사람에게는 절대로 신기지 않는 꽃신이다. 어머니는 꽃신을 신으시고 먼 길을 떠나시는 것이다. 솜보다도 연한 길을 밟으며 걸어가신다. 이승으로 다시 돌아오시라고 신기는 꽃신이 아니란 생각이 내 가슴을 짓눌렀던 것이다.

"백 석이요. 천 석이요. 만 석이요."

나는 슬픔에 젖은 가슴을 앓고 있으면서 염쟁이의 목소리를 들었다. 어머니 입에 쌀을 넣으면서 지르는 소리였다.

저승에 가서도 만석꾼이 되어 잘 살라는 축수겠지만 조금도 실감이 들지 않았다. 죽은 뒤 부귀영화가 어디 있을 것인가?

그러나 나는 염쟁이의 축수에 무관심일 수는 없었다. 부귀영화는 누리지 않는다고 해도 죽어 간 다른 사람들보다 고생하는 일만은 없어 주기를 빌었다. 나는 저승이라는 것을 생각해 본 일이 없다. 그러나 미지의 세계인 저승이라 해도 거기서 어머니가 잘 살아 주기를 바라는 막연한 마음이 저절로 우러나왔다. 그래서,

'천 석이요. 만 석이요.'

라고 나도 모르게 염쟁이의 축수를 받아 마음 속으로 뇌고 있었다. 그것은
아무 뜻도 모르고 그것을 뇌어야만 자기의 기원이 이루어지는 것이라 믿고
나무아미타불을 되풀이하는 불교 신자의 심경과 같은 것이었다.

다시는 이 세상 사람이 될 수 없는 어머니. 이왕 저승 사람이 되었다면
저승에서나마 고생하시지 않고 살아 주기를 바라지 않을 수 없었다.

아버지와 할아버지가 돌아가신 뒤 어머니는 홀몸으로 맏아들인 나와 누
이동생 둘을 기르셨다. 유산이 약간 있어서 그리 궁핍하게 살지는 않았지만
역시 고생살이였다. 내가 장성해서 결혼했을 때는 유산이라고 남은 것이 하
나도 없는 데다가 나의 적은 월급이 어머니를 호의호식하게 해 드리지 못했
었다.

말하자면 어머니는 정신적으로 또는 경제적으로 늘 가난하게 사시었다.
그런 만큼 무능한 자식으로서 어머니의 저승생활이나마 축복해야 한다.

"자, 단기시오."

어느새 염쟁이는 베 한 토막으로 어머니의 상체를 묶고 한 끝을 자기가
쥔 뒤 한 끝을 내게 내밀었다. 나는 내미는 베를 붙잡지 않을 수 없었다. 그
러나 힘껏 잡아당길 수가 없었다. 무엇보다도 어머니가 아플 것 같았다. 그
런데 염쟁이는 두 발을 어머니의 어깨에 대고 낑낑 힘을 주면서 베를 조이
는 것이었다.

"힘껏 단기셔야지."

힘을 주지 못한다고 나를 나무랐다. 나는 할 수 없이 힘을 주어 내가 잡
고 있는 베를 잡아당겼다. 염은 허술하게 하는 법이 아니다. 힘껏 조여서 몸
이 딴딴해지도록 해야 한다. 그래야만 나중에 살이 썩을 때 뼈가 베 안에서
흩어지지를 않는다. 시체가 우직우직 소리가 나도록 힘껏 동이었다.

둘째 마디를 묶을 때부터 나는 염쟁이가 독촉하기 전에 베를 붙잡고 팔에
힘을 주어 베를 잡아당겼다. 어머니가 아파하리라는 것을 생각하지 못했다.

세 매듭 네 매듭 그렇게 해서 열두 매듭까지 매는 동안 너무 심하다는 생
각을 하면서도 나는 염쟁이에게서 나무라는 말을 듣지 않고 염하는 데 열중

했다.

배와 가슴을 동일 때 내장이 터져 나오는 것 같은 소리에 겁이 들어 땅속에서야 뼈가 어찌되든 이렇게 시신을 괴롭힐 것까지는 없지 않은가 생각했지만 그것은 나의 순간적 감상(感傷)에 지나지 않았다.

감상이 눈을 찌푸리게 해도 할 것은 해야만 했던 것이다.

염을 끝내고 막대기처럼 빳빳해진 어머니의 시체를 볼 때 나는 어머니가 숨을 다시 쉬게 되는 경우에도 살아나지는 못하리라 생각했다. 그래서 염이란 것은 죽은 사람이 다시 살아나지 못하게 하는 말하자면 생명에 대한 마지막 절단이라고 생각했다

염을 끝내자 곧 입관을 했다. 입관을 한 뒤 뚜껑을 덮고 못을 박는데 못만은 허술하게 박았다. 다시 살아날 경우 호흡을 하고 있도록 공기가 유통할 수 있는 구멍도 만들어 놓는 모양이었다. 그러나 입관을 할 때 나는 염할 때와 달리 소리를 지르며 울었다. 어머니의 육신을 보는 것이 마지막이라는 슬픈 생각 때문이었다.

조객들이 올 때마다 의무적으로 곡을 하던 때와 달리 뜨거운 눈물이 저절로 넘쳐 흘렀다. 내 아내도 나만 못지않게 슬피 소리를 내며 울었다.

매장을 하기까지 닷새 동안 나는 관을 잠시도 떠나지 않고 수없이 울었지만 입관할 때보다 더 슬프게 운 적은 없었다. 돌아가셨다는 슬픔보다도 이제는 시체마저 볼 수 없다는 슬픔이 더 실감 있게 가슴을 두들겼던 것이다.

닷새 동안 형식적인 곡을 하면서 나는 곡이라는 것이 정말 형식적이라는 것을 느꼈다. 슬픈 감정이 치솟아오르지 않는 때도 조객이 오면 '아이고'를 연발해야만 했던 것이다. 슬픈 감정이 치솟아오르지도 않을 때 곡을 해야 한다는 것이 무의미한 일인 것 같았지만 어쩔 수 없는 일이었다.

할아버지가 생존해 계실 때 상주는 불현치(不顯齒)라고 하신 말씀이 머리에서 떠나지 않아 장례식이 끝날 때까지 나는 이를 남에게 보여서는 안 된다고 다짐하고 또 다짐했다. 필요 이상의 말도 해서는 안 된다. 음식도 오래 씹는 고기 같은 것을 먹을 수 없었다.

하루는 돌아가신 아버지의 친구분 되는 이가 조상을 와서 나를 웃기었다. 너무나 슬퍼하는 것처럼 보이기 때문에 상주인 나를 위로하려고 한 일이겠지만 불현치의 예절을 지키려던 내가 소리를 내고 웃고야 말았으니 이 얼마나 불효한 일이겠는가.

"경시야. 상주가 정말 슬퍼서 '아이고'를 연발하는 줄 아니? 천만의 말씀이다. 옛날 어떤 상주가 아버지를 잃고 마룻바닥에 엎드려 울고 있는데 조객이 찾아왔다. 그러니까 일어나서 인사를 해야겠는데 엎드렸던 몸을 일으키려 하니까 무엇이 아랫배를 잡아 다니는 것이 아니겠니? 쪽마루 사이에 불알이 끼었던 모양이지. 그러니 일어서려는 순간 그것이 째지는 것처럼 아플 수밖에. 그래서 '아이고' 소리를 냈던 거야. 되게 끼었던지 일어서려 할 때마다 그것이 아파 '아이고' 소리를 연발한 것이 습관이 되어 지금은 으레 곡을 하게 된 거야."

이 이야기를 듣자 나는 나도 모르게 소리를 내어 웃었다. 그리고는 내가 앉아 있는 마루를 유심히 들여다보았다. 혹시나 쪽마루나 아닌가 하고. 다행히 쪽마루가 아니었기 때문에 안심을 했지만 나는 내 배 밑을 만져 보았다. 혹시 그것이 옷 밖으로 나오지나 않았나 하고.

상주를 웃기려고 일부러 꾸며 낸 우스개 소리겠지만 어쨌든 나는 소리를 내어 웃은 게 사실이다. 웃고 나자 나는 온몸에 소름이 쪽 끼치는 것을 느꼈다. 동시에 자라목처럼 목이 움츠러들어갔다.

방 안에 앉아 있는 사람들을 볼 수가 없었던 것이다.

'불현치'라는데 상주라는 자가 소리를 내어 웃다니…….

나는 천벌을 받아야 한다고 생각했다. 벼락과 같은 천벌이 내려 당장에 고꾸라져 죽어 마땅하다고 생각했다. 상주가 빈소에서 소리내어 웃었다는 소문이 퍼질 것이 분명하다. 돌아가신 어머니에게는 고사하고 살아 있는 일가친척들에게 무슨 면목으로 얼굴을 들 수가 있을 것인가? 씻을 수 없는 집안 망신을 시키고 말았다.

불효자식.

나는 참개(慙慨)의 눈물을 흘렸다. 그래서 곡을 할 때마다 소리를 높여 울었다. 조객이 없을 때도 소리를 내어 계속적으로 울었다. 나만큼 우는 상주가 세상에 없으리 만큼 울고 또 울었다. 그것은 내가 참개하는 내 마음을 잊기 위함이었다. 천하의 죄인이란 생각을 잊기 위해서는 쉴 새 없이 우는 방법밖에 없었다.

그 결과 나는 장례식 전날 울음을 잃고 말았다. 목이 쉬어 울음소리가 나오지 않는 것이었다.

'불현치'니 말을 못하게 된 것이 다행한 일이다. 그러나 소리를 내어 울지를 못하니 보는 사람들이 무엇이라고 할 것인가? 상주가 울지도 않는다고 할 것이 분명했다.

나는 소리를 못 내는 대신 몸부림을 쳤다. 방바닥을 주먹으로 두들겼으며 몸을 꼬아 비틀었다.

"좀 그만 울게. 산 사람은 살아야 하지 않는가?"

집안 어른들이 걱정을 했다. 나를 웃게 만든 아버지의 친구분도,

"세상에 자네 같은 상주는 처음 봤네. 무슨 울음을 그렇게 우나?"

하고 도리어 나를 못마땅하게 말했다. 그때 나는,

'누구 때문인데요?'

하고 한 마디 해 주고 싶었으나 목이 쉬지 않았다고 해도 그런 말을 어떻게 할 것인가?

"곡하는 사람을 하나 사지."

목쉰 것이 보기 딱했던지 집안 어른들이 제언을 했다. 나는 벙어리처럼 손짓으로 그것을 거부했지만,

"상가에 곡소리가 들리지 않아서 되겠나?"

군이 곡하는 사람을 사 오려 했다. 옛날부터 곡하는 사람을 사 오는 법이 있다고 하지만 눈알이 멀쩡한 상주를 두고 상주 대신할 사람을 돈으로 사 온다는 말이 있을 수 있을까?

곡하는 사람을 사 오면 나는 무표정한 얼굴로 장승처럼 서 있기만 해야 한다. 차라리 녹음기를 틀어 곡소리만 나게 한다면 몰라도 상주 자리에 대리 상주를 세워 놓을 수는 없다.

나는 가슴을 치며 그것만은 안 된다고 거절했다. 비록 곡소리가 문 밖에 들리지 않는다고 해도 어머니 시체 옆을 떠날 수는 없었던 것이다.

다음 날. 어머니를 미아리 공동묘지에 모셨다. 어머니를 묻고 돌아오니 세상이 허무하기만 했다. 어머니의 얼굴을 다시 볼 수 없다는 것도 허무스런 일이기는 했지만 생전에 그리 불효라는 말을 듣지 않고 살다가 돌아가신 뒤 불효자식이 되고 말았다는 것이 무엇보다도 허무스러웠다.

나를 웃긴 아버지의 친구분이 원망스러웠다. 뭐 할 일이 없어 상주를 웃기러 다닌단 말인가?

그러면서도 그 쪽마루 이야기를 생각만 하면 또 웃음이 터져 나오려는 것을 억지로 참는 데 나는 고심을 했다.

장례를 치른 다음 날이었다. 아내가,

"어머니 비녀를 뽑지 않았어요. 어떡하지요?"

어머니가 돌아가셨을 때 못지않게 놀란 얼굴로 말했다.

"………"

나도 놀라지 않을 수 없었다. 시체에 금붙이가 달려 있으면 죽은 이의 혼이 잠들지 못한다고 한다. 그리고 잠들지 못하는 혼이 금속성(金屬性)의 소리를 낸다는 것이다.

"염하실 때 어째서 그걸 못 보셨을까?"

아내가 원망 아닌 불만을 말했다.

'당신은 왜 그걸 지금에야 생각했수?'

만약 내가 말을 할 수 있다면 이렇게 아내를 원망했을 것이다. 나는 염을 하라기에 딴 정신이 없었다. 그래서 어머니 머리에 꽂혀 있는 금비녀를 보고도 그 생각을 못했을 것이다. 보고도 생각지 못하는 사람에게 한 마디 일깨워 주었다면 이런 일이 생길 까닭이 없다.

목이 쉬어 아내를 원망하지도 못하는 나에게 아내는,

"저두 염을 할 땐 정신이 없었어요. 염쟁이는 왜 미처 그걸 생각지 못했을까."

잠시 뒤 아내는 또 말했다.

"아침에 머리를 빗다가야 생각했어요. 그래서 어머니의 패물들을 살펴봤더니, 정말 비녀가 없잖아요?"

시체 앞에서 소리를 내어 웃은 죄도 용서받을 수 없는 일인데, 어머니의 혼을 잠들지 못하게 한 죄를 어떻게 벌받아야 할 것인가.

"이제 무덤을 팔 수두 없구 어떡허지요."

말 못하는 나 대신 아내가 혼자서 걱정의 말을 했다.

"무덤을 파면 모르는 사람들은 어머니의 패물이 탐나서 그런달 거구……."

아내의 말은 내 마음 그대로였다. 기특한 아내라고 말하지 않을 수 없었다.

'어떻게 해야 한담…….'

나는 그 날부터 밤잠을 제대로 자지 못했다.

"할 수 없잖아요. 못할 짓을 했지만 세상 사람들은 아무두 알지 못할 테니까요."

아내는 그래도 나보다 마음이 편한 모양이었다. 밤잠을 못 잤다는 말도 듣지 못했다.

식초에 계란을 풀어 마시며 잠긴 목을 틔게 한 뒤 출근 준비를 하기 시작했지만 일이 손에 잡히지 않았다. 자꾸만 공동묘지의 무덤이 눈앞에 나타났던 것이다.

그리고 수의를 입고 머리를 단정히 빗은 어머니가 무엇이라고 말씀하시는 모습이 눈앞에 보이는 것만 같았다. 밤이 되면 그것이 더욱 심했다. 며칠이 지난 뒤부터는 밤마다

'경시야! 나는 내가 갈 데루 못 가구 있구나. 이 비녀를 빨리 빼 주지 못하겠니…….'

어머니의 목소리가 들렸다. 그것은 어머니의 육성 비슷하나 육성이 아니었다. 풍경이 울리는 것 같은 금속성이었다.

밤마다 열두 시가 지나면 어머니의 목소리가 들렸고 어머니 목소리가 들리면 무서워 몸을 떨며 잠을 못 잤다.

어머니의 목소리가 들릴 때,

"여보! 당신에겐 들리지가 않우?"

아내를 흔들어 깨웠지만 아내는,

"뭐가요?"

하며 내 얼굴을 의아스럽게 바라보았다.

"어머니가 뭐라시는데……."

"당신두…… 고정하시구 잠이나 주무세요."

나는 아내에게 정신착란증에 걸렸다는 말을 들을까 두려워 그 뒤부터는 아무 말도 안 했다.

꼭 같은 밤을 닷새쯤 지낸 뒤 가족들을 데리고 어머니 산소엘 갔다. 삼우제까지 했지만 다시 제사를 하면 어머니의 금속성 목소리가 안 들릴지도 모른다는 생각에서였다. 그러나 무덤 앞에 이르렀을 때 아직 잔디를 덮지 않은 빨간 무덤이 내 몸을 누르는 것 같은 중압감을 주었지만 굳게 다진 흙을 뚫고 어머니의 금속성 목소리가 새어 나올 것 같은 공포가 더욱 컸다.

만약 밤마다 들리는 어머니의 목소리가 아내와 어린 아들 그리고 어린 딸이 서 있는 이 무덤 안에서 새어 나온다면 어떻게 할 것인가? 제사를 치르고 난 뒤였다.

"할머니가 이 속에서 자구 있어?"

네 살난 어린 딸이 무덤에 손가락질을 하며 물었다.

"그래. 할머니는 주무시구 계셔."

"우리가 왔는데두 왜 나오지 않아?"

"주무시는데 나오실 수 있나?"

"그래!"

딸애는 수긍이 간다는 듯 고개를 까딱까딱했다.

다행히도 별일 없이 무덤을 떠나 집으로 돌아왔지만 밤 열두 시만 되면 으레 어머니의 목소리가 들렸다. 그리고 나는 꼭같이 잠을 이루지 못했다.

날이 갈수록 나의 몸은 쇠약해 갔다. 몸이 쇠약해 가는데 잠을 자지 못하니 나는 병자처럼 침울하지 않을 수 없었다.

나는 생각했다. 이러고는 살 수가 없다고. 어떻게 해서든 어머니의 혼을 잠들게 해 드려야 내 건강도 유지할 수 있다. 그래서 아내에게 의논을 했더니 아내는 무당에게 가서 푸닥거리를 해 보겠다고 했다. 나는 아내의 말을 묵인했다. 어머니의 혼을 잠들게 할 수 있다면 아무런 짓도 가릴 필요가 없다고 생각했던 것이다.

그러나 아내가 연 이틀 동안이나 무당을 찾아가서 푸닥거리를 했지만 어머니의 그 금속성 목소리는 여전히 들렸다.

'경시야! 언제까지나 나를 내버려 둘 작정이냐?'

돌개바람 같은 소리가 금속성으로 내 귀를 울렸다.

불효다. 돌아가신 지 한 달이 지나도록 나는 어머니의 혼을 잠들게 해 드리지 못했구나.

'어머니 용서하십시오.'

나는 자리에서 일어났다. 그리고는 삽과 장도리를 들고 무덤을 향해 갔다.

'경시야, 너 정말 오는구나.'

무덤으로 걸어가고 있는데 어머니가 내 이름을 불렀다. 꼭 같은 거리를 두고 약 십 미터 전방에서 내 이름을 계속 부르는 어머니의 목소리였다.

그 어머니의 목소리는 내가 무덤에 도착해서 첫 삽을 무덤에 찔렀을 때까지 계속됐다.

삽으로 무덤의 흙을 찔렀을 때 어머니의 목소리가 끊긴 것은 내가 무엇하러 왔는지를 어머니가 알고 계시기 때문인 것 같았다.

깊은 밤. 하늘에는 잔별들이 오종총 떠 있었다. 어머니가 마음대로 여행하실 수 있는 넓은 세계였다. 이제부터는 땅 속에서 뛰쳐 나가 마음대로 저 넓은 세계를 편력하실 수 있겠구나.

다지고 다진 무덤이라 무덤을 파헤치는 것도 그리 쉬운 일이 아니었다. 그러나 날이 밝기 전에 나는 장도리로 관 뚜껑을 열 수 있었다. 그리고 썩어가고 있는 시체에서 생생하게 남아 있는 어머니 머리털을 헤치고 금비녀를 뽑아 냈다. 그 질척질척하고 코를 찌르는 신체의 악취. 다리로 시체를 밀며 베를 잡아당기던 그 염을 할 때의 일은 호사였다. 얼굴의 형태도 몰라보도

록 피부가 미어져 나간 시체를 만진다는 것은 극약 속에 몸을 잠그는 이상
으로 가슴이 저렸다. 슬프다는 감정이 아니었다. 내가 인간이 아니고 무덤을
파고드는 여우 같았다.

사람이 죽으면 목석과 같다고 하신 할아버지의 말씀은 염할 때에만 적용
되는 말이다. 형태가 변해서 악취가 나는 그 시체를 보고 어찌 목석이라고
들 부를 수 있겠는가?

날이 거의 다 밝았을 때 나는 집으로 돌아와 어머니의 금비녀를 아내에게
주었다.

"파 오시구야 말았군요. 저두 그렇게 하는 것이 제일 좋은 일이라구 생각
했었어요."

아내는 금비녀를 치맛자락으로 닦으며 소중히 어루만졌다.

'네가 그 시체를 목격하지 않았으니까 금비녀를 소중히 여길 수 있지.'

나는 혼자 생각했다. 만약 아내가 어머니의 시체를 목격했다면 금비녀를
손에 잡지도 않으려 할 것이라 생각했다. 나는 내 할 일을 다했다는 생각밖
에 없었다. 그것으로 모두가 끝난 것이다. 끝났다는 사실 그것만이 중요했다.

무덤에서 돌아온 뒤 나는 식사도 안 하고 자리에 누웠다. 한 달 동안 못
잔 잠을 전부 자고 싶었던 것이다.

점심때도 깨웠고 저녁때도 깨웠으나 나는 통 식사를 안 했다. 어머니의
썩어 가는 시체 생각이 나서 밥맛을 찾을 수가 없었다.

후장(後章)

이십오 년 뒤. 나는 지금 죽을병에 걸려 있다. 간장경화증이라는 불치의
병에 걸려 벌써 여섯 달째 고생을 하고 있다. 나는 이 병으로 죽고야 만다.
그것도 며칠 안에 죽는다.

큰딸은 벌써 시집을 가서 아이를 둘이나 낳았다. 아들은 대학 졸업을 하
고 어떤 회사에 취직하고 있다.

마지막 딸애가 지금 대학교 졸업반이니 몇 달 안 가서 졸업만 하면 출가
할 수가 있다.

그러니 내가 죽는다고 해야 늙은 아내가 슬퍼하기는 하겠지만 그리 한되는 일은 없다. 한됨이 없이 죽는다는 것은 행복스러운 일이다. 내 나이 쉰다섯 그러니까 좀더 살 수 있는 나이에 죽는 것이 한스럽다고나 할까. 그러나 인간은 천명이라는 것을 알아야 한다. 살고 죽는 것은 자기 힘으로 어쩔 수 없는 일이다. 천명을 천명으로 생각할 줄 모르는 데 인간의 슬픔이 있지 않을까?

그렇기 때문에 나는 딸 둘에 아들 하나밖에 두지 못한 것을 그리 슬퍼하지 않는다. 할아버지 대로부터 내 아들의 대까지 말하자면 사대가 모두 독자다. 그래서 가족적인 고독을 느껴 나만은 아들을 단수가 아닌 복수로 낳아야 한다고 생각했었다. 그런데 아내는 또 아들 하나만을 낳았다.

어쩔 수 없는 일이다. 아내를 나무랄 수도 없는 일이요, 나 자신을 탓할 수도 없는 일이다.

내 죽을병에 걸렸으니 이제 죽으면 나로서는 끝이다. 끝을 잘 장식하면 그뿐이다.

나는 어머니의 금비녀를 파내던 일을 생각했다. 그 공포와 오예(汚穢) 속에서도 내 임무를 끝냈을 때 나는 내 할 바 일을 끝냈다는 안도감만을 느꼈었다. 그 뒤 어머니 목소리는 들리지 않았지만 일주일 동안을 정신 모르게 앓았다. 앓고 난 뒤 나는 내가 해야 할 일을 못했었기 때문에 어머니의 혼을 괴롭혔고 또 나 자신을 괴롭힌 것이 당연한 일로 생각됐었다.

내가 죽기까지 내가 할 일을 다하자. 나는 이 생각밖에 다른 생각이 없었다.

그러면 나는 죽기 전에 해야 할 일이 무엇인가? 무엇보다도 나는 내가 죽을 날을 알아야 한다. 죽는 날을 모르면 내가 할 일을 다 못하고 죽게 된다. 어머니가 돌아가시기 전날 새 옷을 갈아 입으신 것은 어머니가 돌아가실 날을 알았기 때문이다.

그런데 나는 아직 며칠은 더 살 것 같다. 며칠 전 고열로 정신을 잃었을 때 아들 명식이가 의사를 데려다가 여러 가지 주사를 놓아 다시 살아났다. 다시 살아난 뒤 별 이상이 없다고 해서 가족들은 내가 좀더 오래 살 줄 알고 있지만 그렇지는 않다. 고열로 정신을 잃었던 것은 죽음을 예고하는 일이다. 지금 내 호흡이 편하고 별 고통도 느끼지 않고 있지만 결코 오래 살 수는 없다.

나는 내 죽음이 언제쯤 오리라는 것을 대강 짐작하고 있다. 이제부터 내 마지막 할 일들을 시작하자.

무엇보다도 먼저 할 일은 내 친구들의 이름과 주소를 적어 놓아야 하는 것이다. 그래서 부고를 여러 곳에 내도록 해야 한다. 부고를 많이 내야 부의금(賻儀金)이 들어온다. 그래야만 최소한도 내 장례식에 빚을 지지 않을 수 있다. 남겨 주는 것은 없다 해도 빚을 지게 할 수가 있는가? 흔히들 장례 때는 부의금으로 장례를 치르고도 돈이 남는다고 한다. 가족들에게 돈푼이라도 남겨 주어야 할 것이 아닌가?

나는 이 세상에 와서 돈을 한 푼도 불리지 못했다. 재산이라고 선조에게서 물려받은 집 한 채가 있지만 그것을 팔아 먹지 않은 것만이 다행스럽다.

스무 칸짜리 기와집 ── . 이것을 내 장례 때문에 팔게 된다면 저승에 가서라도 나는 선조들을 대할 면목이 없을 것이다. 이 집만은 언제라도 팔지 않아야 한다. 만일 아들과 막내딸이 결혼할 경우, 집에 현금이 없으면 이 집을 팔게 될지도 모른다. 그러니 내 가족은 후에 자식들에게 현금을 조금이라도 남겨 주는 일을 해야 하겠다.

나는 아내를 불렀다. 책상서랍 속에 모아 놓은 명함과 편지봉투 그리고 내가 졸업한 학교 동창생 명부를 가져오게 함이었다. 그런데 때마침 회사에서 돌아온 아들이 아내와 함께 들어왔다.

"이걸 좀 잡수세요."

내가 부른 뒤 들어온 아내가 왜 불렀느냐는 말은 묻지 않고 들고 온 대접을 내 베개 옆에 놓으며 말했다.

"뭔데?"

"사과즙예요."

"먹지."

나는 밥을 먹지 못했지만 죽과 과일즙 같은 것은 어느 정도 먹을 수 있다.

그리고 먹으라는 것을 먹어야 아내와 아들이 안심할 것 같아 자리에서 일어나 앉았다. 내 손으로 사과즙을 몇 숟가락 떠 먹은 뒤 아들에게,

"좀 나가 있거라."

아내에게 따로 할 말이 있음을 암시했다. 그런데 아들은 내 말을 들은 척도 하지 않고 그냥 앉아 자기 어머니만을 지켜보고 있었다.

"나가라니까……."

아내가 아들을 독촉했다. 그때 아들이,

"그 이야기 정말 하지 마세요."

하고 아내에게 다짐했다.

"그래, 걱정 말구 나가 있어."

아들이 나가자 나는 그 하지 말라는 이야기가 무엇이냐고 물었다. 내 방에 들어오기 전에 승강이 비슷한 것이 있었음을 짐작했기 때문에 묻지 않을 수 없었다.

"당신이 계신 ××국 국장이 돌아가셨대요."

아내는 서슴지 않고 대답했다.

"언제?"

"어젠가 봐요. 저두 부고는 보지 못했지만……."

"그 애는 어떻게 알았나?"

"그 애가 대문 안에 들어설 때 부고가 떨어져 있었나 봐요. 불길하다구 그걸 집 안에 들여오지두 않구 찢었다더군요."

나는 나보다도 나이가 아래인 국장이 죽었다는 데 놀라지 않을 수 없었다. 그리고 무슨 병으로 죽었는지가 궁금했다 그러나 부고를 보고 알았다니 거기 병명이 적혀 있을 까닭이 없다.

"나보다두 먼저 가다니……."

나는 한숨을 내쉬었다. 그리고는 부고를 내게 알리지 말라고 한 아들의 심정을 생각했다. 불길하다고 해서 부고를 집 안에 들이지도 않은 것은 필경 나의 죽음을 걱정한 때문이리라. 그리고 목전에 죽음을 놓고 있는 나에게 정신적 타격을 주지 않으려는 마음이리라.

306

나는 내 아들이라고 해서 그렇게 생각했을지 모르지만 내 아들은 남달리 자기 부모를 극진히 여기는 기특한 아이라고 알고 있다. 요즘 젊은 사람들은 자기 개인을 위주로 생각하기가 일쑤인데 이 애는 부모가 시키지 않는데도 월급의 대부분을 집에 들여왔다. 그리고 얼마 남지 않은 금액 중 얼마만을 저축했다가 자기 결혼비용으로 쓰겠다는 것이었다. 그래서 나이 삼십이 다 되고도 아직 장가갈 생각을 않고 있다.

　그런 아들이니 만큼 부고를 집 안에 들여 놓지 않은 일쯤 능히 있을 수 있는 일이다.

　그런 착한 마음을 가진 만큼 그 아들도 잘 살기는 틀렸다는 생각을 했다. 처음 생각하는 것은 아니었지만 마음이 놓이면서도 불안한 생각을 주는 처사였기 때문이었다. 미신 같은 것을 곧이듣는 마음 약한 아들.

　"내가 말했다는 말은 하지 말구 그 상가에 부의금을 보내두록 하시오."

　"말씀드렸다면 어때요. 출근하시게 되면 인사라두 가셔야 할 거 아네요?"

　아내는 내가 완쾌되어 출근할 때가 오리라 믿고 있는 모양이었다.

　"그렇지. 당신 말이 맞았어."

　나는 아내의 말을 긍정했다. 아내의 말을 긍정하고도 명함들과 동창생 명부를 가져오라는 것이 안되기는 했지만 할 수 없었다. 우선 명함과 봉투를 가져오게 했다. 아내는 시키는 대로 하면서도,

　"그건 갑자기 뭣하시게요?"

　의아스런 눈으로 나를 보았다.

　"좀 필요가 있어서……."

　아내가 그 이상 더 묻지 말아 주었으면 하고 바랐는데 다행히 아내는,

　"좀더 잡수세요."

하고 사과즙을 권했다.

　"천천히 먹지. 나가서 일 봐."

　저녁때가 되었기 때문인지 아내는 아무 말 않고 나갔다. 아내가 나가자 나는 아들이 들어올 것을 알았다. 얼마 안 있어 막내딸도 돌아올 것이다. 그렇게 되면 나는 혼자 있을 시간이 없게 된다. 동시에 명함 정리를 혼자서는

할 수 없다. 그래서 누가 옆에 있든 할 일을 시작해야 했다.

나는 서류를 넣는 큰 종이 봉투를 내 앞으로 당겨 놨다. 묵직했다. 오륙백 장 이상의 명함이 들었을 것이다.

무엇이나 버리는 성격이 아니기 때문에 한 장 한 장 모은 것이 이렇게 쌓이게 된 것이겠지만 나는 내가 죽을 때를 위해 계획적으로 모아 두었던 것처럼 느껴졌다.

그렇다고 해서 슬퍼진 것은 아니었다. 젊었을 때부터 죽음을 준비했다면 어떠랴는 생각이 들었던 것이다. 그런데 봉투 속에 손을 넣어 꺼낸 첫째 명함이 전혀 기억에 없는 사람이었다. 언제 어디서 받은 명함인지도 기억이 나지 않았다. 둘째 번에 꺼낸 것도 마찬가지였다.

그때 나는 서글픔을 느꼈다. 내가 말석에서나마 관리로 근무해 온 만큼 당사자는 그 명함을 줄 때 최고의 경의를 표하며 중요한 일을 부탁했을 것이다. 중요한 일을 부탁했을 경우 한 번만 만나지 않았을 것이 분명하다. 그런데도 나는 사람의 이름은커녕 얼굴 모습도 기억할 수가 없다. 이 봉투 속에 들어 있는 명함 가운데 기억할 수 있는 이름이 과연 몇이나 될까?

계속해서 만나지 않으면 기억 속에서 사라지고야 마는 인간들. 오십여 년을 살며 숱한 사람을 교제했을 것이지만 지금 내 머릿속에 자리잡고 있는 사람은 내 가족 정도가 아닐까. 죽음이 가까워 올수록 가족에 대한 기억도 희미해지겠지. 그리고 숨을 거둘 때는 가족에 대한 기억마저 숨과 더불어 사라지고 말 것이다.

피곤했다. 더 앉아 있을 수가 없었다. 그런데 아들이 들어왔다.

"누우세요. 앉아 계시면 어떡허세요."

나는 아들이 눕혀 주는 대로 몸을 눕혔다. 그리고는 봉투 속의 명함들을 꺼내어 한 장 한 장 그 이름을 읽으라고 했다.

"걸 읽어서 뭣하시게요?"

"옛날에 알았던 사람들을 한 번씩 회상해 볼려구……."

나는 내 의도를 말할 수가 없었다. 어쩐지 내 죽음을 팔아 먹는 인상을 아들에게 주는 것 같았기 때문이었다. 자식들을 위해 하는 일이지만 아들이 그런 인상을 갖게 되는 날, 아들은 그렇게 해서 들어오는 부의금을 도리어 불쾌하게 생각할 것이 분명했다.

"그건 회상해서 뭣하세요. 가만히 누워 계시기나 하세요."

아들로서 당연한 말이었다. 새삼스럽게 아는 사람들을 회상해 보겠다는 것은 내가 내 죽음을 계산하고 있다는 사실을 알려 주는 일이기 때문에 아들로서는 그러한 나를 보고 싶지 않을 것이다. 그러나 나는 고집했다.

"하라는 대루 해라. 아는 사람들을 한 번씩 생각하며 하나하나 하직해야겠다."

"그런 말씀을 왜 하셔요. 누가 돌아가신다구 그래요.."

"글쎄. 내 말을 들어라. 그래야 내가 눈을 감을 수 있잖느냐."

아들은 할 수 없이 명함을 한 장 한 장 읽기 시작했다. 명함을 읽는 아들의 눈에 눈물방울이 맺혔다. 나는 그것을 못 본 척 아들의 목소리만 들었다. 그런데 열 장을 읽었는데도 기억에 남는 사람은 하나도 없었다. 열세 번째야 겨우 알 만한 이름이 나왔다.

"그 사람 주소가 어디냐?"

그 주소가 달라졌을 것을 생각하며 물었다.

"종로 2가 명신화원입니다."

"그럴 거다. 오 년 전 명함이니까. 공평동 협신산업주식회사 사장이라구 써 넣어라."

이렇게 해서 나는 사오백 장의 명함 가운데서 겨우 쉰 장의 명함을 골라 놓았다. 그리고는 쉰 장 이외의 것들은 불태워 버리라고 말했다.

명함을 고른 뒤에는 몇 시간을 쉬었다가 동창생 명부를 꺼내 읽게 했다. 그 명부에서는 아는 사람들의 이름에 체크만 하게 했다. 거기에 체크한 사람은 삼십여 명뿐이었다.

직장 관계부서에 보내는 부고에는 개인의 이름을 쓰지 않아도 괜찮을 것 같아 나는 부고에 대한 것은 그것으로 끝냈다. 그러나 친척과 직장 동료들을 빼 놓고 부고를 보낼 만큼 친교가 있는 사람이 겨우 팔십 명밖에 안 된다는 것을 생각할 때 내 생활 범위가 군대로 말하면 일개 중대도 못 된다는 서글픔이 들었다. 학교로 말하면 한 반 동급생 정도다. 너무나 좁은 울타리 안에서 살다가 가는구나…….

다음 날. 나는 가장 중대한 일을 계획했다. 금니를 뽑아야 하는 것이었다. 나는 양쪽 어금니에 금니를 해 넣었다. 이 금니를 빼지 않은 채 죽으면 나는 금속을 가진 채 무덤 속에 들어가야 한다. 그렇게 되면 옛날 내 어머니처럼 내 혼이 아들에게 나타나 금속성의 소리를 내게 된다. 따라서 아들은 내가 받은 것과 꼭 같은 고통을 받다가 나중에는 무덤을 남몰래 파고 썩은 시체에서 금니를 뽑아 내야 할 것이다.

나는 평소에 아들과 딸에게 상사가 났을 때는 곡을 하지 말라고 말했다. 아버지 친구의 우스운 이야기로 어머니 빈소에서 웃음을 터뜨렸던 이야기는 하지 않았지만 곡이 불필요한 형식임을 역설했다. 속으로 우는 것이 참된 슬픔이라는 것을 말해 주었던 것이다. 염도 하지 말라고 했다. 어머니를 염한 쓰라린 체험이 있기 때문에 나만은 그런 것이 싫다고 했다. 그런 만큼 시체에 금붙이가 붙어 있으면 영혼이 금속성의 소리를 낸다는 말은 입 밖에도 꺼내지 않았다. 딴 데서 들었다면 모르지만 내가 아는 범위에서는 내 아들이 그런 지식을 갖고 있을 것 같지 않았다. 그런 것을 모르고 있다면 내가 금니를 뽑지 않는다 해도 아들은 내 혼의 금속성 소리를 듣지 못할지도 모른다. 내가 내 어머니의 금속성 소리를 듣고 괴로워한 것은 신경성 때문인지도 모르는 일이니까. 따지고 보면 그럴지도 모른다. 어찌 혼이 금속성 소리를 낼 수 있을 것인가?

그러나 어머니 때 너무나 혼이 났었기 때문에 나는 그런 일이 절대 있을 수 없다고 단언할 자신이 없다. 죽은 뒤의 일을 누가 단언할 수 있는가? 설사 그런 일이 있을 수 없다고 해도 내 아들이 어디서 그런 말을 들었을지 모른다. 한 번 들은 일만 있다면 잠재의식으로 남아 있을 그 지식이 자기도 모르게 발동하여 신경성 현상을 일으킬 수도 있다.

만사는 불여튼튼이다. 고통스러워도 금니를 뽑아 버리는 것만 같지 못하다.

그런데 흔들리지도 않는 두 개의 금니를 어떻게 뽑을 것인가? 치과의사를 불러 올 수는 없는 일이다. 그러면 우선 치과의사가 비웃을 것이다. 비웃을 뿐 아니라 뽑아 주지도 않을 것이다.

그리고 생니를 뽑는 것도 아닌데 의사까지 부를 필요가 없다고 생각했다. 공연히 자식들에게 죽음에 대한 공포심만 일으키게 한다. 그렇지 않아도 내가 죽는 것을 슬퍼할 그 애들이 미신적인 행동을 보고 평생 죽음에 대한 강박관념에 떨면 어떻게 할 것인가?

나는 어머니의 장례 이후 죽음이란 것을 정말 싫은 것으로 생각했다. 싫은 것이란 생각이 머리에 젖어 내 일생을 우울케 했다. 어린 아들이 철모르고 까부는 것을 보아도 저놈이 내가 죽으면 내 시체에서 소리가 나도록 베로 염을 하겠지 하는 생각이 들면 어린애에 대한 애정도 사라지곤 했었다.

자식들에게 어두운 인생을 만들어 주어서는 안 된다는 생각을 하니 아무도 모르게 혼자 금니를 빼는 수밖에 없었다.

나는 손을 입 안에 넣어 금니를 흔들어 보았다. 끄덕도 안 했다. 손으로는 도저히 뽑아 낼 수가 없다. 연장이 있어야 하겠는데 집안에 집게가 있을 턱이 없다. 집게가 있다고 해도 내 기운으로는 뽑을 수가 없다.

결국 칼로 벗겨 내는 도리밖에 없었다. 그런데 칼도 방 안에는 없다.

나는 생각 끝에 사과를 한 알 가져오라고 했다. 즙이 싫어서 사과를 생으로 먹겠다고 하면 가족들도 병이 나아지는 것이라 생각하고 좋아할 것이다.

아들이 사과 두 개를 쟁반에 담아 가지고 왔다. 나는 사과 옆에 놓아 가지고 온 과도를 눈여겨봤다. 끝이 뾰족한 외국제 과도였다. 십상이라고 생각했다.

"반만 깎아라."

많이 먹을 수도 없지만 조금만 깎아야 칼을 내가지 않을 것 같았던 것이다.

나는 반쪽도 다 먹지 못했지만 두고두고 먹겠다는 뜻을 표했다. 그런데 혼자 있어야만 하겠는데 옆을 통 비워 주지 않았다. 내가 병든 뒤부터 아들이 쭉 내 방에서 잔다. 그런데 이 날은 시집간 맏딸이 문병을 와서 밤에는 온 가족이 내 방에 득실거렸다. 그러니 혼자서 금니를 뺄 기회가 없었다. 맏딸이 돌아갔는지 어떤지도 모르고 나는 잠이 들었다.

눈을 떴을 때는 아들의 코고는 소리만 들릴 뿐 방 안에는 아무도 없었다.

나는 절호의 기회라고 생각했지만 몸을 움직일 수가 없었다. 몸이 나른해서 고개를 돌릴 수도 없었다.

나는 머지 않아 죽는 것이라고 생각했다. 죽음이 눈앞에 내다보이는 것이 었다.

죽는다는 것이 무섭지는 않았다. 관청에서 퇴근을 하고 집으로 돌아간다. 집을 향해 걷고 있으면 저절로 집에 이른다. 지금 나는 집 가까이까지 걸어 왔다. 곧 대문 안에 들어선다. 죽음이란 것이 그저 그런 것만 같다. 금니를 뽑아야 한다는 생각도 없다.

그러니 나는 죽음이 멀지 않았다는 것을 느끼지 않을 수 없다. 내일이면 죽을 것이다. 내일이면 틀림없이 죽는다.

죽을 때를 알아야 한다고 했던 내가 나를 배반하지 않았다고 생각했다. 다행스런 일이었다.

그러니 죽기 전에 내가 할 일을 해야 한다는 생각이 들었다. 나는 과일 쟁반에서 과도를 집었다. 손이 떨렸으나 내 마지막 기운을 내야 했다. 아들 이 잠을 깨지 않도록 소리를 죽여 가며 손가락으로 금니를 더듬었다. 그리 고는 한쪽 금니에 칼끝을 가져다 댔다. 잇몸 속으로 파고들어간 금니의 끝 을 찾아 내기가 힘들었다. 그러나 칼끝으로 잇몸을 헤치고 금니를 퉁겨 내 고야 말았다. 힘들지 않게 한 켠 이가 떨어져 나왔다. 한 편 이도 그렇게 뽑 으려 했다. 그런데 이번에는 조금 힘이 들었다. 잇몸을 몇 번이나 헤쳤는데 도 칼끝이 금니 가장자리에 닿지가 않았다. 그래서 몇 번이나 잇몸을 쑤시 고야 금니를 빼 낼 수 있었다.

이 위에 덧붙였던 것인 만큼 기운이 쇠진하고 떨리기만 하는 손으로도 그 것을 뽑아 낼 수 있었지만 빼고 난 뒤가 좋지 않았다. 다친 잇몸에서 피가 나오고 있는 것이었다. 나도 모르게 가는 신음소리를 냈다.

그때 옆에서 자던 아들이 벌떡 일어나며,

"아버지 왜 그러세요?"

내 옆으로 바싹 다가와 앉았다.

나는 얼핏 뽑아 낸 금니를 내가 깔고 있는 요 밑에 감추었다. 그런데 베

개 옆에 놓여 있는 과도를 본 아들이 칼을 집어 들고,

"아버지. 웬일이세요?"

하고 당황한 표정을 지었다. 아마 칼로 자살하려 했던 것이나 아닌가 오인한 모양이었다.

나는 대답을 못했다. 무엇이라고 대답을 하면 입이 열려질 것이다. 입을 열면 입 안에 고인 피가 보일 것이고.

절대로 피만은 보일 수가 없었다. 눈을 뜨고도 말을 못하니 아들의 놀람은 더욱 커졌다.

"아버지, 아버지."

흔들며 나를 불렀다. 보기가 딱했다. 딱해도 할 수가 없었다.

"정신 좀 차리셔요."

아들은 내가 정신을 잃고 있는 줄 아는 모양이었다. 그래도 나는 입을 열지 못했다.

입 안에는 피가 고여 있었다. 뱉아 버리고 싶었지만 아들에게 피를 보일 수가 없어 뱉을 도리가 없었다.

"응."

입을 다문 채 응 소리만 쳤다. 정신은 잃지 않고 있으니 안심하라는 뜻이었지만 아들이 그것을 알아들을 리 없다.

아들이 방을 뛰쳐 나갔다. 옆방에서 자고 있는 내 아내를 깨우려는 모양이었다.

"어머니. 좀 가 보세요."

아들의 목소리를 들으며 나는 이 기회에 입 안에 있는 피를 처리해야 한다고 생각했다. 베개 위에 있는 휴지를 생각했다. 그러나 손이 닿지 않았다. 설사 손이 닿는다고 해도 거기다 피를 토할 수는 없다. 피가 폐장에서 나온 것이라고 생각할 것이 겁났다.

아들과 아내가 내 방으로 들어오는 소리가 들렸다. 나는 순간 피를 처리할 방법이 없어 그것을 그냥 삼켜 버렸다. 싫었다. 피는 내 몸에서도 가장 중요한 일부인데 그 맛이 왜 그렇게도 언짢은 것일까? 독을 먹는 것 같았다.

"여보!"

아내가 나를 흔들었다. 얼굴이 창백해 있었다. 나는,

"응."

하며 안심을 시켰지만,

"정신 차리세요. 나예요. 아시겠어요."

안타까이 울부짖었다. 나는 손으로 내 입을 가리고,

"알아. 알구 말구……."

하고 아내를 안심시켰다. 그러자 아내는 입술을 덮고 있는 내 손을 잡아 내려 이불 속에 집어 넣었다.

나는 혹시 입술에 피가 묻지나 않았나 걱정하면서도 손을 다시 입술로 가져갈 수가 없었다. 도무지 팔에 힘이 주어지지 않았다. 그리고 옆에 있는 아내와 아들의 얼굴이 멀리 보였다. 그들의 안타까워하는 표정이 내 마음에 아무런 작용도 일으키지 못했다. 나는 가까이 있는 것도 멀리 보며, 보는 것에 대한 감동을 잃어버린 것이다.

그새 피가 또 입 안 그득히 고였다. 불쾌하다는 것도 모르고 삼켰다. 몇 번이나 삼켰는지 모른다.

"여보, 새 옷을 갖다 주오."

내가 할 말은 그것밖에 없었다. 죽기 전에 해야 할 마지막 일이었기 때문이었다.

아내가 허둥지둥 나갔다. 분명히 가까운 것을 눈치챘던 모양이었다.

옷들을 가져오자 나는 아내와 아들을 잠시 나가 있으라고 했다. 그리고는 혼자서 속옷과 겉옷을 갈아 입었다. 옷을 갈아 입었을 때 아들이 의사를 데리고 왔다.

위기를 느끼고 모셔 온 모양이었다. 의사는 맥을 짚어 보고 눈꺼풀을 뒤집어 본 뒤 주사를 놓았다. 강심제라고 생각되었지만 나는 주사바늘이 피부를 찌르는 감각도 느끼지 못했다.

아내와 아들이 의사에게 무엇이라고 물어 보는 모양이었으나 무슨 말을 묻든 나는 그것을 알려고 하지 않았다. 세상 모든 것이 나와 먼 거리에 있는 것 같았다. 나와 아무런 상관도 없는 것 같았다.

나는 앞으로 내가 죽는 것인지 사는 것인지도 생각하지 못했다. 그저 아득할 뿐 내 존재마저 느낄 수 없었다. 의사는 아무 대답도 않고 방을 나갔다. 치료를 할 필요도 없다고 생각한 모양이었다.

의사를 돌려 보내자 가족들이 모두 내 곁에 모여들었다. 운명을 보려는 모양이었다. 당장에 죽을 것 같지는 않은데 가족들은 어째서 이렇게들 초조해 할까?

내 죽음을 지켜 보고 있는 가족들의 가쁜 숨소리를 듣자 나는 죽을 준비를 해야 한다고 생각했다.

"내가 죽거든 골라 놓은 명함과 체크한 동창생들에게 부고를 보내라."

유언이었다. 내가 죽기 전에 가족에 남길 유일한 말이었다. 아들이,

"더 하실 말씀은 없으세요?"

내가 마지막으로 한 말만 가지고는 만족할 수가 없는 모양이었다.

"없다."

곡을 하지 말고 염도 하지 말라는 말이 하고 싶었다. 그리고 모두들 잘 살라는 인삿말도 하고 싶었다. 그러나 그런 말이 나오지 않았다. 가족과 나 그리고 세상과 나는 이미 관계를 끊고 만 것 같았다. 말도 필요가 없는 것 같았다.

"아버지!"

내가 죽고 있다고 생각했는지 아들이 내 손을 부여잡고 울기를 시작했다.

"여보!"

아내가 내 팔에 얼굴을 대고 내 어깨를 쥐어 흔들었다. 나는 그들이 몸부림치고 울어도 그것이 나와 아무 상관이 없는 것이라고 생각했다. 그들을 보려고도 하지 않았다.

"여보. 말씀을 좀 하세요."

아내가 안간힘을 쓰며 나를 흔들었다.

그때 나는 입을 열었다. 말을 하기 위함이 아니었다. 아내에게만은 보여야 할 것이 있었던 것이다.

입을 벌리고 피가 고여 있을 입 안을 보였을 때 아내는,

"그건 왜 빼셨수?"

금니를 뽑지 않아도 내 무덤을 파는 일이 없을 것이라는 뜻의 말을 했다. 나는 곧 입을 다물었다. 자식들이 피투성이의 입 안을 보지 못하게 함이었다.

"입 안에 피가 있지 않우?"

아들이 아내에게 묻는 말이 들렸다.

"잇몸에서 나온 피겠지."

아내는 현명하다. 피의 유서를 알면서도 그것을 자식들에게 설명하지 않았다. 나는 입을 다문 뒤 눈을 감았다. 볼 것도 없다고 생각했다. 내가 할 일을 다했으니 보고 들어서는 무엇할 것인가? 내가 세상에 나와 오십여 년 동안 한 일이 별로 없다. 남긴 것도 없다. 그러면서도 할 일을 다했다고 생각하니 가슴 속이 아늑했다. 오늘 밤 아니면 내일 나는 죽을 것이다. 죽으면 내가 할 일을 완전히 다한 셈이 된다. 편안하다. 내 얼굴도 아마 평화스러운 표정을 짓고 있으리라.

(원) 《현대문학 109》 1964. 1, (출)『한국단편문학전집 6 고호』 정음사, 1964.

아무것도 아닌 것

　관악산 보현암(普賢庵)에서 서울로 향해 내려오는 골짜기 길은 경사가 그리 심하지 않다. 위태롭지 않게 발을 편히 내디디며 걸을 수 있는 비교적 평탄한 길이다. 더구나 사철 동안 등산객이 쉴 새 없어 길은 넓을 대로 넓어져 심산의 암자를 향해 뻗은 길 같지가 않다.

　황(黃) 노파는 이 길을 오르내릴 때마다 늘 깊은 생각에 잠기곤 한다. 암자로 올라갈 때는 약간 숨이 가쁘지만 그래도 쉬는 일 없이 걸으며 깊은 생각에 잠기곤 했다. 그러나 지금 그미는 그냥 걷기에만 바쁘다. 치맛자락에서 바람이 일도록 있는 힘을 다해서 걷는다.

　'혹시 떠나기라도 했으면…….'

　그미의 머리 속에는 오직 그 생각 하나뿐이었다.

　며칠 전 성(成) 노인을 만났을 때,

　"아무래두 가봐야겠어. 가다가 죽는 한이 있어두!"

하던 말이 귀에 쟁쟁했던 것이다. 죽는 한이 있어도 가야겠다던 성 노인이니 지금쯤 떠나버렸을지 모르는 일이다.

　그 말을 들은 지 며칠이 되었는데도 왜 이때까지 마음을 늦잡고 있었을까?

　황 노파는 오늘 아침까지 성 노인이 설마 떠나랴 하고만 생각했었다. 떠난들 그렇게 급히 떠나리라곤 생각지 못했었다. 그런데 오늘 아침 조반을 먹다가 문득 혹시 떠나지나 않았을까 하는 생각을 했다. 그 생각을 하니 마음이 불안하기 시작했다.

그렇게 여러 번 만난 것은 아니지만 만날 때마다 못 살겠다는 말만 하던 성 노인이 아닌가? 그가 죽는 한이 있어도 가봐야겠다는 말을 했을 때 어째서 자기는 그 말을 심상히 들었었을까? 그미는 자기 소견이 너무나 좁은 것을 탓했다.

아무리 칠순이 넘은 노인이라고 해도, 못 살겠다는 말만을 하다가 죽어도 가겠다고 했으니 그 말을 하던 다음 날로 떠났을지도 모를 일이다. 십중팔구는 떠나고야 말았을 것 같았다.

그 날, 왜 같이 가자는 말을 못했을까? 나 역시 가다가 죽어도 한이 없을 여잔데…….

황 노파는 성 노인의 말을 실현성 있는 말로 생각지 않았던 것을 후회했다. 후회가 들자 늦었을지는 모르나 성 노인을 찾아봐야 한다는 생각이 들었다. 사정이 있어서 아직은 떠나지 못하고 있을지도 모른다. 떠나지만 않았다면 같이 갈 수가 있다.

'아직 떠나지 않고 있어 주기만 했으면…….'

황 노파는 이마에서 흘러내리는 땀도 씻을 생각을 않고 걸었다. 그러나 아무리 빨리 걸어도 늙은이의 걸음이다. 이십 리 내리막길을 세 시간이나 거의 걸려서야 흑석동에 이르렀다. 흑석동에 이르자 그미는 택시를 불렀다. 타 볼 생각을 한 번도 해 보지 못하던 택시다. 그리고 돈도 아까운 줄 몰랐다. 차도(車道) 가운데까지 나가 서서 지나가는 택시들에게 손을 흔들다가 자기 앞으로 와서 멈춰주는 택시에 올라타고는 한숨을 내쉬었다. 자기로서 할 수 있는 최선의 일을 다했다는 생각이었다. 이렇게 최선을 다해서 가는데 성 노인을 만날 수 없다면 그것은 자기의 잘못이 아닐 것 같았다. 그미는 자동차 안에서 눈을 감고 합장을 한 뒤 '나무아미타불'을 불렀다. 그리고는 자기가 좋아서 늘 외는 법문(法文)을 외기 시작했다.

내가 세운 이 원(願)은 세상에 없는 일

위 없는 바른 길에 가고야 말리.

이 원을 성취하지 못할진댄

언제라도 부처는 안 되렵니다.

(48원 중에서)

그러면서도 머릿속에서는 성 노인이 이미 떠나고 없을 것만 같은 생각이 들었고 그 생각이 그미를 안절부절 하게 했다.

'떠났으면 어떻게 한담!'

황 노파가 성 노인의 집에 들어갔을 때 성 노인의 맏며느리 되는 여자가 수심에 잠긴 얼굴로,

"집을 나가신 지 벌써 이틀이 됐어요."

할 때 황 노파는 가슴이 써늘해짐을 느꼈다. 아뜩했다. 마지막의 기회를 놓치고 말았다는 생각이 들었던 것이다. 황 노파는 실신한 사람처럼 남의 집인데도 마루에 털썩 걸터앉아 한숨을 길게 내뿜었다. 우수에 잠긴 남의 집 안을 생각할 여유가 없었다. 한참 동안 멍하니 앉아 있다가야 비로소,

"어딜 가신다는 말씀을 하시구 나가셨나요?"

하고 성 노인 며느리에게 물었다.

"말씀을 하구 나가셨으면 걱정을 안 하게요…….."

오십이 다 된 그 며느리의 대답은 가족들이 성 노인의 행방을 전혀 모르고 있음을 말해주었다.

가족들에게는 이북으로 떠나간다는 말을 하지 않고 떠난 모양이었다. 그렇다면 성 노인의 비밀을 아는 사람은 황 노파 자기 한 사람뿐이었다. 그러나 가족들에게 걱정을 끼치지 않기 위해 말하지 않고 떠난 성 노인의 비밀을 아는 척할 수가 없었다.

"가실 만한 곳을 찾아보셨나요?"

"찾아보구 말구요."

"어디루 가셨을까?"

황 노파는 성 노인이 혹시 이북으로 넘어가지 않고 서울 어디에 숨어 있

기나 하면 하는 기대를 가지고 혼잣말을 했다. 그런데 며느리 되는 여자는,

"이틀 전 새벽이었어요. 네 시 새벽기도회에 가신다고 집을 나가신 뒤 돌아오시지 않았지 뭡니까? 아무래두 이북으루 넘어가신 것 같아요. 늘 살 재미가 없어서 못 살겠다는 말씀을 하였으니까요."

하며 황 노파에게 실망을 주는 말을 했다.

가족들이 그렇게 짐작하고 있다면 자기에게 죽는 한이 있어도 가보겠다던 말이 자기만이 아는 비밀이 아니다. 그렇다고 해서 실망을 느낄 일도 아니었다.

'정말 떠나고야 말았구나…….'

"떠나셨다면 삼팔선을 넘을 수 있을까요?"

황 노파는 갑자기 성 노인의 성공을 빌고 싶은 마음이 들었다. 비록 자기는 따라가지 못했다고 해도 성 노인만은 목적을 달성해 주기를 바랐다. 만약 이북으로 넘어가 고향에 있는 아내를 만난다면 성 노인이 얼마나 즐거워할 것인가? 그야말로 성 노인은 사는 맛을 느끼리라. 죽어도 한이 없다고 생각할 것이다.

"노인이니까 차라리 넘기가 쉽지 않을까 하구들 생각하지요."

그러면서도 며느리는 한숨을 내쉬었다.

황 노파는 생각했다. 양쪽 군대가 철옹성같이 지키고 있는 삼팔선 이쪽에서 붙잡히면 저쪽 간첩이라 하고 저쪽에서 잡히면 이쪽 간첩이란 혐의를 받는다. 칠십 된 노인이라고 간첩 혐의를 받지 않을 수가 있을까? 그런데도 이집 며느리는 삼팔선을 그리 무서워하지 않는다. 비록 적과 적이지만 노인의 심정을 이해해줄 수 있는 같은 피의 동족이라는 데 일루의 희망을 품고 있기 때문일 것이다.

그러면서도 한숨을 내쉬는 것은 무엇 때문일까? 시아버지가 아들 며느리 그리고 손자들보다도 이북에 남아 있는 아내를 더 사랑한다는 차질 있는 감정에 대한 슬픔이란 말인가?

황 노파는 그러한 며느리의 감정을 이해할 수 없었다. 얼마 남지 않은 여생을 평생의 반려자인 아내 옆에서 살다가 편안한 숨을 거둘 수 있는 성 노

인의 마음이 얼마나 평화로울 것인가? 그미 자신도 성 노인과 꼭 같은 욕망을 갖고 살고 있다. 남편 옆에서 살다가 숨을 거두기만 바라고 있다. 그미에게는 며느리가 없다. 그 대신 딸이 있고 사위가 있다. 딸과 사위도 이 집 며느리처럼 자기를 못마땅하게 생각한다. 생각해야 소용없는 아버지를 단념하고 자기들과 함께 오붓하게 살자고들 한다. 젊은 사람들은 어째서 망각이라는 것을 좋아할까? 그리움에 대한 망각이란 과연 있을 수 있는 것인가?

황 노파는 지금쯤 그리던 아내를 만나 그 동안 떨어져 있으면서 겪던 이야기들을 나누며 한숨 없는 날을 보내고 있을지도 모르는 성 노인을 선망의 감정으로 상상하고 있다. 아내 곁에 있는 것만으로 생활의 전부를 한꺼번에 느끼고 있을 그!

황 노파는 자기 남편을 생각했다. 고향에 남아 사는 것도 아니요 제 발로 걸어가 사는 것도 아니다. 반동분자라는 이름이 붙어 끌려갔으니 집이라도 있을 리 없다. 상공부의 일개 과장으로 월급쟁이에 불과했으니까 직업을 주어 일을 시킬지는 모른다. 일을 시킨다고 한들 집을 마련하고 살 만한 여유는 없을 것이다. 설사 생활의 여유가 있다 해도 육십이 넘은 사람으로 새 결혼을 했을 리는 없다. 혼자서 하숙생활 할 것이 고작이리라.

내의 하나 제 때에 빨아 줄 사람이 없는 그 하숙생활이 얼마나 고달플까? 황 노파는 온 몸에 소름이 오싹 끼침을 느꼈다. 몸이 부르르 떨렸다. 같이 사는 동안 숱한 고생을 시킨 남편이다. 그러나 그런 생각을 잊은 지 이미 오래 된 황 노파다. 오직 지금 혼자 고생하고 있을 남편만 생각하며 그 남편 만날 꿈만으로 나날을 보내고 있는 황 노파다.

'성 노인과 같이 갔더라면……'

황 노파는 성 노인이 부러운 동시 성 노인이 원망스럽기도 했다. 같이 가자는 말 한 마디만 했다면 자기도 따라 나섰을 것이 아닌가? 자기는 아내를 찾고 남의 여편네는 외로움 속에 내버려두어도 심상하게 생각하는 성 노인.

'나는 혼자 못 갈까?'

여자라고 해서 못 간다는 법이 없을 것 같았다. 피를 가진 사람들이라면 아내를 찾아가는 남자보다 남편을 찾아가는 여자를 더 동정할 것이다. 삼팔선이 어디 붙어 있는지 지리에 대한 지식이 없어 걱정이 되지만 그것쯤 물어 알 수 있는 일이다.

'나도 가야지 —.'

황 노파는 즉석에서 결심했다. 그리고 이때까지 그런 생각을 못해 본 자기를 냉소했다. 가면 능히 갈 수 있는 길을, 갈 생각도 못하고 있었다니…….

황 노파는 빨리 가서 떠날 준비를 하려고 했다. 그런데 그 집 며느리가 혼잣말처럼 중얼거렸다.

"글쎄 망령이 드셨나 봐요. 아무 걱정 없이 몸 편하게 사시면 그뿐이지, 다 돌아가시게 된 나이에 마나님 생각이 나서 그 험한 삼팔선을 넘으시다니……."

그 말을 듣자 황 노파는 저것이 미쳤나 하고 생각했다. 부부라는 것은 죽을 때까지 같이 있어야 한다. 거기에 나이가 있을 리 없다. 그런데도 마나님을 찾아 떠난 성 노인을 망령이 들었다고 했다.

자기가 겪어보지 못하고서는 인생을 모르는 것이 인간인 모양이었다.

"빈 말이라두 그런 소릴 마시우. 망령 드신 것이 아니라 인생을 올바르게 살아가시는 일입니다. 그게 어째 망령 드신 일이겠우……."

그미는 그 집 며느리에게 정중한 훈계를 했다.

"의식 걱정이 없으시겠다. 자식 손자 잘 되는 것만 보시며 살면 그뿐 아녜요. 그 이상 더 바랄 것이 뭡니까? 살아 계신지도 모르는 분을 오매불망 생각하는 것이 자식들에게 미안한 일이 아닐까요?"

황 노파는 그 며느리가 점점 더 얄밉게 생각되었다. 떠나가고 없는 사람이라고 해서 자기 시아버지를 그렇게 험구할 수가 있을 것인가?

"늙어서두 아버지에게 마나님을 얻어 드리는 것이 효자랍니다. 삼팔선을 넘어가시지 않게 마나님을 얻어 드리시질 왜 않았오?"

"얼마나 말씀 드렸다구요. 그렇지만 그런 말씀을 드리면 되려 미쳤다구 이 편을 나무라시는 걸 어떡 헙니까?"

"마나님이 살아 계신데 딴 여자를 얻을 수 있어요? 그 분을 욕되게 하는 말이지…….”

황 노파는 성 노인의 성격을 약간은 알고 있었다. 그렇기 때문에 그를 변호할 수 있을 뿐 아니라 변호해 주고 싶었다.

성 노인은 원래 기독교 신자. 그런데 6·25 때 고향을 떠나 월남한 뒤 오늘까지 십여 년 동안을 하루도 빼지 않고 새벽 기도회에 나갔다고 했다. 신앙심이 굳기 때문이기도 하겠지만 혼자만 이북에 남겨 두고 온 아내의 평안을 갈구하는 마음이라고 해석할 수 있는 일이다. 아내를 사랑하는 굳은 마음.

그래서 종교가 다르지만 성 노인을 가끔 찾아오곤 하던 황 노파였다.

“이북서 단신으루 넘어온 남자 치구 다시 결혼 안 한 남자가 있어요?”

며느리가 자기 변명 같은 말을 할 때 황 노파는 그녀를 욱박질러 주었다.

“부모의 속마음을 알아주는 것이 효도라우. 잘 먹이구 잘 입히는 것만이 효돈 줄 아시우?”

그리고는 성 노인의 집을 떠나 왔다. 우선 딸네 집엘 가야 했다. 자식이라고 하나밖에 없는 딸이다. 그리고 자기 마음을 꺾으려고 하지 않는 살뜰한 딸이다. 그 딸에게 가서 자기가 이북으로 넘어가겠다는 말을 해야 한다고 생각했던 것이다. 십여 년 동안 지나온 자기의 생활을 알고 있는 딸인 만큼 이북으로 떠난다고 해도 억지로 막으려 하지 않을 것이다.

삼청동에 있는 딸의 집에 이르자 황 노파는 방 안에 들어가 앉기가 무섭게,

“나 네 아버지가 계신 데루 떠나야겠다.”

단도직입적으로 말했다.

“네?”

딸이 놀라지 않을 수 없었다.

“지금 내 아는 사람을 찾아갔었는데 칠십이 다 된 그분이 글쎄 이북으루 떠나지 않았겠니? 떠나간 지 이틀이 지나도록 소식이 없다니 삼팔선을 넘은 게 틀림없지 않니?”

황 노파는 예사로 말했다. 그러나 딸은,

"어머니가 꿈을 꾸시나. 어떤 사람이 삼팔선을 넘어요?"

마치 정신이상에 걸린 사람을 대하는 태도로 말했다.

"아무리 금지된 길이라 해두 칠십이 다 된 노인을 잡아 죽이겠니? 빨갱이 두 사람이겠지……."

"그런 말씀 하지두 마세요. 노인이구 어린애구 할 것 없이 넘어가지 못하게 돼 있어요. 국군은 넘어가라구 내버려둘 줄 아세요?"

"자기 부인이 보고 싶어 간다는데 못 가게 할 건 어디 있니?"

"그런 사정 봐주다가는 삼팔선이 무너져 버리구 말게요? 두구 보세요. 그분두 머지 않아 되돌아오구 말 테니……."

"좌우간 가서 사정이나 해보겠다. 인간이 인간의 사정을 안 들어 줄라구……."

"정 가시려거든 목숨을 걸구 가세요. 것두 밤에 몰래 넘기나 한다면 모르지만……."

"몰래라니? 양쪽 군인이 쪽 깔려 있다는데 몰래 넘어갈 수가 있니?"

"깔려 있다구 해두 빈틈이 있지요. 팔을 벌려 맞잡구들 있나요?"

"그러다가 잡히면 어떡허니?"

"간첩으루 몰리지 별 수 있어요? 노파 간첩은 없는 줄 아십니까?"

"그래 육십이 다 된 년이 할 일이 없어 그런 짓을 하겠니?"

"그건 어머니 생각이지요. 간첩에 연령 제한이 있나요?"

황 노파는 잠시 입을 열지 못했다. 가다가 붙잡혀 고생을 한다면 어떻게 하나 하는 걱정이 슬그머니 들었기 때문이었다. 사실은 황 노파도 삼팔선을 넘는 것이 불가능하다는 것을 전부터 알고 있었다. 그러나 성 노인이 넘어갔다니 자기도 넘어갈 수가 있으려니만 생각했던 것이다. 황 노파가 주춤한 기색을 보이자 딸이,

"엄만 이제 그런 생각 좀 그만 두시구 집으로 와서 사세요."

언제나 하던 말을 다시 꺼냈다.

"와서 네 새끼들이나 봐주며 살림을 맡아 해달란 말이지?"

딸이 자기 집에 와 있으라는 말을 할 때마다 황 노파가 그 딸의 입을 막

기 위해 하던 말을 또 했다.

"그러시면 어때요? 어린애들이 있는 집에는 경험이 많은 노인이 계셔야 한다던데……."

"글쎄 난 싫다. 오죽 못난 예편네가 딸네 집에서 밥을 얻어먹구 살겠니? 난 혼자 살다 혼자 죽겠다."

"엄만 너무 하세요. 내가 엄마를 모시구 살겠다는 거지, 엄마를 일 시켜 먹겠다구 그랬어요? 애 아버지두 엄마를 얼마나 섭섭하게 생각하구 있는지 아세요?"

"그만 둬라, 해야 소용없는 이야길……."

황 노파는 자기 고집을 굽힐 수 없었다. 그러나 사위의 마음씨를 나쁘게 생각할 수는 없었다. 딸과 사위의 속마음을 잘 알고 있기 때문이었다. 지금 혼자서 암자에 가 살고 있지만 한 달에 육칠천 원씩 생활비를 월급처럼 주고 있는 딸과 사위다. 그리고 자기 역시 말은 혼자 살고 싶어 딸의 집에 들어오지 않는 것처럼 말하고 있지만 속마음으로는 남편이 죽기만 했다면, 하고 생각하는 황 노파였다. 만약 남편이 죽었다는 것을 확실히 안다면 남편을 그리워할 것도 아니요 또 딸의 식구들에게 마음을 안 주려고 하지 않을지도 모른다. 그러나 남편이 살아 있다고 믿는 한 딸네 집에서 신세를 지며 남편 향한 마음을 다른 일로 메울 수는 없었다.

"정말 엄마의 마음은 알 수가 없어요. 그렇게두 속을 썩히던 아버지 아녜요? 그리구 지금까지 살아 계실지두 모르는 분이구요. 십중팔구는 돌아가셨을 거예요. 이북에 끌려간 사람치구 살아 있다는 분이 몇 명이나 있나요?"

이것도 밤낮 되풀이하는 딸의 말이다. 황 노파의 마음을 돌이키려는 말이리라. 그러나 그 말이 거짓말이 아닌 것도 황 노파는 잘 알고 있다. 잘 알고 있으면서도 남편을 잊을 수 없는 것 또한 어떻게 할 것인가?

"누가 모른다던? 다 알구 있는 말을 뭣 때문에 자꾸 하니?"

"이젠 암자에서 내려오세요. 집집마다 찾아다니며, 부적(符籍)을 노놔 주는 엄마 얼굴을 생각할 때마다 몸에 소름이 끼쳐요. 체면두 생각하셔야 할 게 아녜요?"

"글쎄, 그만 두라니까……."

황 노파는 딸의 입을 막으려 했으나 딸은 하고 싶은 말을 다 하고야 말 모양이었다.

"부적을 고맙게 몸에 지니구 다닐 사람이 이 세상에 얼마나 있겠어요? 그런 미신으루 아버지가 돌아오시려니 생각 마시구 하루 빨리 삼팔선이 깨어지기나 기도하세요?"

이것도 몇 번이나 한 이야기다. 그러나 백 번을 들어도 해야 한다고 마음 먹은 일이니 안 할 수 없는 일이다.

"나 간다."

황 노파는 딸의 집을 떠나는 수밖에 없었다. 들어야 소용없는 말을 자꾸 하게 만든다는 것은 딸과 자기와의 사이를 멀게 하는 것밖에 안 된다고 생각되었기 때문이었다.

딸이 뒤따라 나오며,

"그래두 이북으루 떠나시겠어요?"

한편 못마땅하고 한편 의혹에 찬 눈으로 물었다.

"좀더 알아보구 떠나겠다."

"잘 알아보시구 떠나세요. 가다가 고생을 하시지 말구……."

딸은 불가능한 일이라 황 노파의 재량에 맡기는 듯 말했다.

"알아서 할 테니 걱정 말아."

"그래두 떠나실 때는 들렸다 가세요."

"그러구 말구……."

이렇게 대답하면서도 황 노파는 자기가 정말 떠나게 될 때는 딸을 찾아볼 필요가 없다고 생각했다. 딸은 자기를 방해할 것이 분명하니까…….

딸의 집을 나오자 황 노파는 바로 보현암으로 돌아갔다. 보통 때 같으면 시내에 나왔다가 그렇게 일찍 돌아가는 일이 없었다. 부적을 나눠주려고 해가 있는 한 가가호호를 방문해야 했던 것이다. 그러나 이 날은 그것보다도 청운 스님을 빨리 만나야 한다는 마음이 바빴던 것이다. 그를 만나서 의논을 해야만 했다. 그는 황 노파의 마음의 스님이었다. 일 년 전 청운 스님이

용하다는 말을 풍문에 듣고 찾아간 이래 황 노파는 오늘까지 그 스님의 말을 좇아 살아오고 있다.

'이북으로 떠나야 하는 것이 옳은 일인지 빨리 가서 물어봐야지······.'

황 노파는 아침 성 노인 만날 생각만을 하며 내려오던 관악산 골짜기 길을 이번에는 청운 스님 만날 것만을 생각하며 올라갔다.

'뜻이 그렇거든 떠나보시오.'

청운 스님은 꼭 이렇게 말해줄 것 같았다. 만일 그렇게 말해준다면 자기는 넉넉히 삼팔선을 넘을 수 있다. 넘게 되고야 말 것이다.

"백 사람이 지니고 다니도록 해보십시오. 좀 어려운 일이지만 고행에 보람이 없을 수 없겠지요. 그땐 부군을 만나게 될 것입니다."

일 년 전 스님이 한 말이다. 어렵기는 하나 고행 끝에 보람이 온다던 그 말을 믿고 일 년째 부적을 나누어주는 것을 생활의 전부로 삼고 있다. 그 스님이 자기에게 해 되는 말을 해줄 턱이 없다. 그러나 만약

'갈 수가 없을 겝니다. 무모한 일을 하는 것은 부처님의 뜻이 아닙니다.'

하고 떠나기를 거부한다면 어떻게 할까? 할 수 없는 일이지. 스님이 그릇된 말은 안 하실 테니까······.

암자에 이르렀을 때 과연 스님은,

"가실 수 있다면야 지금까지 계셨겠습니까? 무모한 일은 아예 생각지두 마십시오."

황 노파의 생각을 무모한 것이라 단정했다. 황 노파는 옳은 말이라 수긍하지 않을 수 없었다. 갈 수 있는 길이라면 이때까지 이러고 있었을 까닭이 없다.

"알겠습니다."

그녀는 머리를 숙이고 순종하는 뜻을 표했다.

"아무 생각 마시구 남에게 선행을 하시고, 때가 오기를 기다리십시오."

부적을 나눠 주는 일에나 열심 하라는 스님의 말이었다.

"알겠습니다."

스님에게 머리를 조아린 뒤 법당으로 가 독경을 하고는 자기 처소로 돌아

와 저녁을 짓기 시작했다.

쌀을 씻고 불을 때는 동안 황 노파는 딸이 하던 말을 생각했다.

"그렇게두 속을 썩히던 아버지가 아녜요."

사실 그렇다. 6·25 때 이북으로 납치되어 갈 때까지 하루도 속을 썩히지 않은 날이 없던 남편이다. 그런 남편을 납치되어간 뒤부터 결혼 당초보다도 더 못 잊어 생각하는 까닭은 무엇일까? 방금 청운 스님의 말에 머리를 조아리고 나왔으면서도 그래도 성 노인이 무사히 넘어가기만 했다면 하는 생각을 하고 있는 황 노파였다. 성 노인만 무사히 넘어갔다면 자기라고 해서 넘어가지 못할 까닭이 없다. 그렇다면 그것은 무모한 생각이 절대로 아니다. 무모한 생각이 아니라면 부처님이 꾸중하실 까닭도 없다.

말하자면 청운 스님에게 복종한다고 해도 황 노파의 미련은 완전히 사그라진 것이 아니다. 남편에 대한 애절한 마음 어찌 죽일 수가 있을 것인가?

그렇게도 속을 썩히던 남편이지만 할 수 없었다. 지금까지 반동분자라고 해서 꽁꽁 묶여 있지나 않을까? 젊은 사람들에게 개돼지 같은 대우를 받고 살지나 않을지? 하루도 술 없이는 살지 못하던 사람이 술 생각도 못하고 바짝 말라 있지나 않은지? 그 좋아하던 계집들. 이제는 계집 생각도 못하고 늙어빠진 자기를 멀리 그리워할 것이 아닌가? 남자란 궁해질 때 조강지처를 생각하게 마련이라는데…….

이제 다시 만나기만 한다면 속을 썩히지 않겠지. 그럴 근력두 없겠지만 그 만큼 고생을 했으면 철이 들었을 것이 아닌가?

아궁이에서 나무가 타며 콩 튀는 듯한 소리를 낸다.

톡탁, 톡탁…….

어디선가 남자 오줌발 소리가 들린다. 마치 거센 빗줄기가 땅바닥을 후려치는 듯한 소리였다.

암자에 있는 동승이 부엌 뒤에서 오줌을 누고 있었다.

황 노파는 몸이 오싹해짐을 느꼈다. 멀리 사라졌던 불결한 것이 갑자기 온 몸을 덮어씌우는 것 같았던 것이다. 정말 잊어버렸던 일이다. 남편을 그리워해도 남편의 육체를 생각하며 그리워한 적은 없었다.

황 노파는 아궁이 앞에서 불을 지피며

'아아난다야, 이 세계의 여섯 갈래 중생들이 누구나 음란한 마음만 없으면 바로 생사(生死)를 해탈(解脫) 할 수 있을 것이다. 네가 수도하는 목적은 본래 번뇌를 벗어나려고 하는 것인데 음란한 마음을 끊지 않으면 절대로 번뇌를 벗어날 수 없는 것이다. 설사 기상(氣像)이 훌륭하여 선정(禪定)이나 지혜가 생겼다 해도 음행을 끊지 아니 하면 반드시 마도(魔道)에 떨어져서 으뜸은 마왕(魔王)이 되고 중간에는 그 백성이 되고 끝으로는 그들의 계집이 될 것이니 그들도 떼거리가 있어서 제각기 위 없는 도를 얻었노라 할 것이다.(반야, 계율부)'

불경을 외었다. 잠시 머릿속에 깃들였던 환상이나마 지워버리기 위함이었다. 그리고는 부처님이 <수제나>에게 하신 말씀을 생각했다.

"비구들이여, 차라리 남근(男根)을 독사의 아가리에 댈지언정 여자의 몸에는 대지 말라."

황 노파는 벌떡 일어났다. 그리고는 솥뚜껑을 열었다. 잡된 상념을 버리기 위함이었다. 내버려둬야만 끓는 쌀이 곱게 가라앉을 것이지만 주걱으로 쌀을 젓고 또 저었다. 아궁이 앞에 앉으면 혹시 또 불결한 상념이 떠오를까 해서 나무가 아궁이 밖에서 타고 있는 것을 선 채로 발로 밀어 넣었다.

그리고는 몸을 움직여야 한다는 생각으로 설거질 해놓은 그릇들을 물그릇에 담고 다시 씻기를 시작했다.

그런데 문득 남편의 음행이 머리에 떠올랐다. 수많은 여자와 음행한 남편. 첩을 두고 자식까지 본 남편. 그미의 눈앞에 그 첩이란 여자의 얼굴이 나타났다.

아들까지 낳은 그 여자는 자기 남편을 아직도 생각하고 있을까. 젊은 여자니 딴 남자를 얻어 살림을 하겠지. 그렇지만 그 살림이 불행하다면 남편을 얼마나 원망하고 있을 것인가?

황 노파는 씻던 그릇을 그대로 놓고 아궁이 있는 데로 와 아궁이 밖에서 타오르는 나무를 발로 밀어 넣었다. 그런 생각도 말아야 한다는 마음이었다. 그러면서도,

"업보(業報)지."

하고 혼자 중얼거렸다. 지난날에, 해서 안 될 일들을 너무 많이 했으니까 지금 이북에 끌려가서 고생을 하는 것이 아닌가? 그러나 한번 선정(禪定)을 하면 인(因)도 과(果)도 없다고 하셨다. 남편이 과거를 뉘우치고 부처님에게로 귀의(歸依)하기만 한다면…….

"관세음보살."

그미는 선 채 합장을 하고 묵념을 했다. 이제 음행에 빠질 나이도 지난 남편이니 마음만 바로 잡는다면 남편이 부처님께 귀의할 가능성이 얼마든지 있을 것 같았다.

저녁을 먹자 그미는 불당으로 들어가 청운 스님 옆에서 밤이 깊을 때까지 독경을 했다.

북두칠성이 절 뒷산 봉우리로 기울어져갈 때 법당에서 나오던 스님이 뜰을 거닐며

"마음이 진정되셨습니까? 보살님의 마음은 잘 알고 있습니다만 무상(無常)의 진리, 고(苦)의 진리, 공(空)의 진리, 그리고 무아(無我)의 진리를 깨달으십시오."

이북으로 넘어가겠다고 하던 황 노파의 마음을 어루만지며 말했다.

"네, 알겠습니다."

황 노파는 마음이 진정되었다는 말을 못했다. 그러면서도 스님이 안심할 수 있도록 적당히 대답했다.

"보살이란 뜻을 아시지오? 아무 이유 없는 것이 보살의 이유입니다. 왜냐하면 보살에게는 의지할 곳도 없고 나[我]라는 것도 없기 때문입니다. 공중에 나는 새가 자취가 없는 것처럼, 꿈, 환(幻), 불꽃, 소리, 그림자를 붙잡을 수 없는 것처럼 보살의 이유도 없는 것입니다. 보살님, 나라는 것 그것도 무상(無相)이라는 것을 깨달으시고 나로 말미암아 생기는 환(幻)을 떨어버리십시오."

스님은 황 노파를 보살이라고 불렀다. 그렇기 때문에 보살로서 살며 보살 가운데서도 완전한 보살이 되기 위해 살기를 바라고 있는 것이다.

지금 칠십이 넘은 청운 스님은 일 년을 가야 속세에 발을 옮기는 일이 한 번도 없다. 속세에 대한 이야기를 입밖에 꺼내는 일도 없다. 몇 평의 밭을 갈아 초식으로 연명하며 그것을 고행이라고도 생각지 않는다. 황 노파의 눈으로는 성불이 다 된 인간 같았다.

　그러한 스님의 말에 사(私)가 있을 수 없고 욕(慾)이 있을 수 없다. 다만 스승의 말대로 참다운 보살이 되지 못하는 자기가 죄송하고, 또 완전한 보살이 될 생각도 못하는 자기가 죄스러울 뿐이었다.

　"스님! 멀리서 고생하는 남편 생각도 해서는 안 된다는 말씀인가요?"

　"네, 그렇습니다. 이때까지는 그런 말씀을 드리지 않았지만 앞으로는 공(空)의 진리를 깨닫고 오로지 보살의 길을 걸으시는 것이 좋겠습니다."

　"그러면 부적을 만들어주시며 그것을 백 사람이 지니고 다니도록 하면 남편을 만날 수 있다는 말씀은 웬일로 하셨을까요?"

　"그것은 속세에서 속인들과 같이 사시는 동안 하실 수 있는 일입니다. 그러나 이제 보살님은 속세를 떠나셔도 좋을 때가 아닐까 합니다."

　"속인 마음을 가지고는 부처님을 믿을 수가 없다는 말씀입니까?"

　"믿는 것과 보살이 되는 것과는 다릅니다."

　"저는 믿는 사람이 되고 싶습니다. 그래서 밖에 나가서는 제가 보살이라는 말을 한 번도 해본 일이 없습니다."

　그 뒤 스님은 말을 끊었다. 왕모래가 깔려 있는 흰 뜰을 거닐다가,

　"안녕히 주무십시오."

　한 마디를 남긴 뒤 자기 처소로 들어갔다.

　밤이 새도록 스님 방에서는 목탁소리가 들렸다. 황 노파는 필시 자기를 위해 염불하는 것이라 생각하며 그미 역시 잠을 이루지 못했다.

　스님을 위해서라면 보살이 되어야 할 것 같았다. 모든 것이 공(空)이다. 남는 것이라고 하나도 없는 만상(萬象) 속에서 무엇을 구하고 무엇을 바랄 것인가? 이제 얼마 남지 않은 여생을 참 뜻에서 살다 죽는 것이 얼마나 거룩하고 값있는 일일까?

　그러나 황 노파는 자기가 인간이라는 것을 부정하지 못함과 동시에 인간

에 따르는 그리움을 버릴 수 없다고 생각했다. 혹시 가까운 곳에서 잘 산다면 모른다. 알지도 못하는 땅에서 고생하며 지낼 남편을 어찌 생각지 않을 수 있으며 어찌 그리워하지 않을 수 있는가?

밤잠을 못 자며 생각했지만 다음 날 아침 청운 스님에게,

"이북에 갈 생각은 그만두었습니다. 그렇지만 부적을 돌리러 나가겠습니다."

하고 고개를 숙여 그의 승낙을 구했다.

한참 동안 말이 없던 스님이,

"가 보십시오. 선행을 쌓는 일도 극락에 가는 길입니다."

한 마디를 남긴 뒤 법당으로 들어갔다. 불만스런 태도의 표시였다. 그러나 황 노파는 할 수 없는 일이라고 생각했다. 세상에서 정(情)이라는 것을 알았고 또 세상에 정을 남겨둔 이상 청운 스님처럼 세상을 버릴 수는 없다. 청운 스님은 인간의 정을 모르고 입산을 했는지, 인간의 정을 알기는 했으나 기약하고 싶지 않은 정만을 맛보았는지, 어쨌든 그와 자기와는 사람이 다르다고 생각했다. 자기는 본시 청운 스님과 같은 사람이 되기 위해 입산한 것은 아니다.

언제든 뜻을 이루면 다시 속세로 내려갈 생각으로 입산을 했다. 그러니 청운 스님이 마땅치 않게 생각한다고 해서 인간의 정을 버릴 수는 없다.

황 노파는 청운 스님에게서 얻어 두었던 부적을 가지고 서울을 향해 떠났다.

보현암에서 서울까지 이십 리 길을 걷는 동안 그미는 여러 가지 생각을 했다. 성 노인은 정말 삼팔선을 무사히 넘었을까? 넘었다면 지금쯤 자기의 아내를 만났을 것인가?

며칠만 더 있다가 성 노인을 찾아가 보자. 그때까지 돌아오지 않았다면 그는 아주 넘어간 것이 분명할 것이다. 만약 성 노인이 넘어간 것이 틀림없다면 나는 어떻게 할까? 다들 못 넘어간다고 하지만 성 노인이 넘어간 길을 나라고 해서 못 갈 리가 있을까?

그것은 성 노인의 소식을 확실히 안 뒤 결정하기로 하고 또 다른 생각을

했다.

　세상 사람들은 자기에게 좋으라고 준 부적을 왜 간직하고 있지들 않을까? 미신을 믿지 않으려는 마음이겠지만 가지고 있다고 해서 해로울 것이 없는 그것을 내버리는 까닭이 무엇이람. 그새 나누어준 부적이 삼백도 넘는다. 그런데 지금까지 보관하고 있는 사람은 오십 명도 안 된다.

　세상 사람들은 자기가 잘 되기를 바라면서도 잘 되겠다는 마음에 성실하지가 못하다는 것일까? 부적쯤 주머니에 넣고 다니는 것이 무어 그리 귀찮은 일이라고.

　남편을 만나건 못 만나건 시작했던 일을 끝내 봐야겠다. 그런데 일이 이루어지지 않는 것은 남편 만날 운명을 못 타고 났기 때문이나 아닐까? 그렇다면 남편은 이북 땅에서 고생을 하다가 그대로 죽어야 하는 것인가? 그것이 인과요 업보라면 만나려는 노력이 헛수고에 지나지 않을까?

　청운 스님이 자기더러 보살이 되라는 것도 그 헛수고를 알기 때문인 것 같았다. 인간의 진리를 알고 있고 인간의 앞날을 내다볼 줄 아는 스님으로서 능히 할 수 있는 말인 것 같았다. 동시에 자기를 위해 가장 올바른 말을 해준 스님이라고도 생각했다.

　그러나 올바른 말이라고 생각하면서도 보살이 될 생각을 못하는 것은 무엇 때문일까? 정말 황 노파는 자기가 보살이 되고 성불할 생각은 갖지 않았다. 그의 눈앞에는 속세만이 보였기 때문이었다. 마음 속에는 속세에 대한 생각만이 가득 차 있었다. 그것을 버리면 자기라는 것이 송두리째 없어지는 것처럼 생각되었다.

　내가 없어지는데 어찌 다시 내가 나를 없이 할 수 있을 것인가?

　이런 생각을 하며 서울까지 걸었다. 흑석동을 지나 전찻길까지 이르자 황 노파는 서대문 방향으로 가는 버스를 탔다. 이 때까지는 가난한 사람들이 사는 해방촌 근방을 두루 다녔다. 그 근처에도 찾아가지 못한 집이 수두룩하지만 어쩐지 방향을 돌려보고 싶은 생각이 들었던 것이다. 해방촌 근방에는 이북에서 넘어온 사람들이 많이 살고 있다.

　그들은 누구보다도 현실적이어서 부적 같은 것을 믿으려고 하지 않는다.

그래 부적을 믿고 지닐 만한 사람들을 찾아 구역을 이동해 보자는 마음이었다. 그미는 서대문에서 버스를 내려 인왕산 산턱으로 올라갔다. 그리고는 가난에 쪼들려 운명의 신에 손을 내밀고 있을 판잣집 주인을 찾아 게딱지 같은 집을 무턱 찾아 들어섰다. 젊은 부인 혼자서 바느질을 하고 있었다. 그미는 방 안에 들어가자마자 두 손을 모아 간단한 염불을 한 뒤

"부적을 가지구 왔습니다. 모든 액을 막고 부귀를 이룰 수 있는 부적입니다."

하고 자기가 찾아온 목적을 밝혔다. 오랜 동안의 체험으로 용건을 먼저 이야기해야만 상대방이 경계를 안 한다는 것을 알기 때문이었다.

"부적이라니요?"

젊은 부인이 의아한 눈으로 물었다. 부적이 무엇인지도 모르는 모양이었다.

"왜 있잖아요? 마스코트라구 하든가 요새 사람들두 가지고 다니는 것 말예요. 몸에 지니구 다니면 좋다는 수호신(守護神) 있잖아요?"

황 노파는 신식 술어를 써가며 부적을 설명했다.

"어떤 건데요?"

젊은 부인은 약간 흥미를 느끼는 모양이었다.

황 노파는 주머니 속에서 부적 한 장을 꺼내 펴놓고 읽기 시작했다.

일념팔백 전심지송 (一念百八 專心持誦)
양신보호 필견환희 (養神保護 必見歡喜)
죄업소멸 거상여의 (罪業消滅 去祥如意)
수복증장 의식구족 (壽福增長 衣食具足)
지혜총명 능면악직 (智慧聰明 能免惡疾)
무불지해 불침사마 (無不知解 不侵邪魔)
거난처위 생불치횡액 (居難處危 生不致橫厄)
일념가면 사불타삼도 (一念可免 死不墮三途)

"말하자면 악질과 횡액을 막고 지혜총명을 얻어 의식이 풍족해지는 진언부(眞言符)입니다. 그냥 드릴 테니 몸에 지니구 계시기만 하십시오."

"왜 그냥 주시지요?"

젊은 부인은 그냥 준다는 말이 이상스럽게 들렸던 모양이다.

"중생에게 자비를 베풀라는 것이 부처님의 뜻이지요. 돈을 받구 주는 것은 자비를 베푸는 것이 아닙니다."

그미는 이런 말을 하면서도 마음이 찜찜했다. 부처님의 뜻으로 선을 베푸는 것은 틀림없는 사실이다. 그러나 착한 뜻을 받들어 부적을 나눠주는 보시(布施) 뒤에는 남편을 만나겠다는 욕망이 숨어 있다. 만약 그 욕망이 두드러지게 나타나 보인다면 부적 받는 사람들이 자기 얼굴에 침을 뱉을 것이다.

그렇지만 이 때까지 그 욕망을 숨겨왔다. 그리고 부적받는 사람들은 그저 고맙게만 생각하고 있다.

고맙게 생각하며 받는 사람들이 그것으로 복을 받는다면 자기 욕망을 보여줄 필요가 무엇이며 자기는 또 그런 욕망을 가졌다고 해서 꺼림칙하게 생각할 필요가 무엇인가?

황 노파는 부적을 나눠줄 때마다 거의 매번 그런 생각을 하면서도 자기의 목적이 불순하다고 그 일을 중단하지는 않았다.

"정말 좋으신 일을 하시는군요."

젊은 부인이 감탄할 때 황 노파는 자기가 선한 일을 한다는 생각만으로

"버리시지 말구 꼭 지니구 계십시오. 잃어버렸을 때는 다시 갖다 드리겠어요."

하며 자기 마음을 안정시켰다.

"그걸 왜 내버립니까?"

황 노파가 채곡채곡 접어 개는 부적을 바라보는 젊은 부인에게도 일루의 희망이 싹트는 모양이었다.

"헝겊에 싸서 지니구 계십시오."

황 노파는 젊은 부인이 그 부적을 정말 지니고 있을지 의심하면서도 부적을 소중하게 만지며 내주었다.

뜻밖에 행운을 만난 듯 젊은 부인은 앉은 자리를 고치며 황 노파를 황송하게 대했다. 그리고는 아무것도 대접할 것이 없다면서 송구스러워했다. 황 노파가 나올 때는 울타리 바깥까지 배웅 나와 허리를 굽혀 절을 하며 보냈다.

'저런 사람은 버리지를 않겠지.'

황 노파는 마음이 든든했다. 모두들 저래 주었으면, 얼마나 좋을까?

그런데 인왕산 빈민촌 사람들은 해방촌 사람들과 달랐다. 거의가 다 부적을 믿었고 그것을 소중히 간직할 것처럼 보였다.

여남은 집을 도는 동안 그녀는 해방촌 대신 인왕산을 골랐다면 벌써 남편을 만나지 않았을까 생각했다. 성 노인과 같이 삼팔선을 넘었을지도 모르고 그렇지 않으면 또 다른 수가 생겼을지도 모를 일이다.

누가 아는가? 삼팔선이 저절로 무너져 이북과 이남의 구별이 없어졌을지.

'아아, 그랬으면 얼마나 좋을까…….'

황 노파는 자기가 나눠주는 부적이 백 사람 품에서 떠나지 않게 되는 날 삼팔선이 저절로 무너질지도 모른다고 생각했다. 전에는 생각도 못했던 일이다. 그러나 지금 민족 전부가 무너지기를 바라는 그 삼팔선이 무너질 수 없다는 말이 성립될 수 없을 것 같았다.

삼팔선만 무너지면 남편을 저절로 만나게 될 것을 생각하며 그미는 다음 집 뜰로 들어섰다. 거의 다 마찬가지지만 비탈을 깎고 세운 집이었다. 울타리도 없었다. 판잣집 가운데서도 엉성한 것이, 집에 손질하는 사람도 없는 것같이 보였다.

"계십니까?"

주인을 불렀지만 대답도 없었다.

"아무두 안 계신가요?"

그때야 부엌문이 열리며 사십 대의 여자가 얼굴만을 내밀었다.

"주인이신가요?"

"네……."

부인은 그대로 얼굴만 내민 채 스스럽게 대답했다.

황 노파는 부인 가까이로 갔다. 바쁜 일을 하는데 일을 방해해서는 감정을 돋구게 된다. 감정을 돋구어 놓으면 할 이야기도 다 못하게 된다.

"일을 하십시오. 저는 절에서 왔습니다."

그미는 합장을 하고 '관세음보살'을 뇌이며 경계 안 해도 좋다는 태도를 보였다.

솥에서는 김이 올라오고 있었다. 그리고 냄새로 보아 솥 속에서 고구마가 익고 있음을 알 수 있었다.

"무슨 일인데요?"

부인이 황 노파를 쳐다보며 물었다. 동냥 얻으러 온 것이라 생각한 모양이었다. 쳐다보던 부인의 시선이 정지되고 얼굴의 표정이 굳어졌다. 줄 돈이 없으니 빨리 딴 데나 가보라고 말할 그런 표정이 아니었다. 이 여자가 언제부터 중이 되었던가 하고 혼자서 놀라는 그런 표정이었다.

황 노파는 그런 표정을 유의할 필요가 없었다. 그런 표정을 얼마든지 보아왔기 때문이었다.

깨끗하게 생긴 여자가 왜 그런 짓을 하며 돌아다닐까? 자기가 준다고 해서 내가 그런 것을 가지고 다닐 사람인 줄 아는가 부지? 따위의 냉소와 경멸쯤 얼마든지 받아온 황 노파였다.

"저 부적을 나눠 드리려구 왔습니다. 고달픈 살림을 하는 사람들이 병에 걸려서 되겠어요. 질환을 몰아내구 횡액을 물리치는 부적입니다."

황 노파는 부엌 앞에 선 채 부인의 동정을 살피며 말했다. 그런데 부인은 부적에 대한 이야기는 묻지 않고,

"언제부터 중이 되셨나요?"

부드러운 음성으로 물었다. 확실히 황 노파를 알고 있는 여자의 말투였다.

황 노파는 그 부인의 얼굴을 유심히 바라보았다. 그미도 본 기억이 있는 여자였다. 그러나 어디서 본 여자인지는 알 수 없었다.

"한 일 년 지났습니다."

그미는 우선 묻는 말에 대답을 해 놓고 어디서 본 여자일까를 생각했다. 그래도 생각이 나지 않았다.

"저를 모르시겠어요?"

여자가 이렇게 묻는데도 기억이 떠오르지 않았다.

"글쎄요."

상대편은 자기를 알고 말하는데 자기는 상대편을 전혀 모른다는 말을 하기가 안 되어 어물거렸다.

"성칠이 에민데요……."

성칠이 에미? 성칠이가 누구더라? 황 노파는 기억을 더듬었다. 그러나 여러 가지로 미루어 그 여자가 누구라는 것을 알아내기는 그리 힘들지 않았다.

"바루 성칠이 어미요?"

이름도 기억하고 있지 않던 애였지만 성칠이라는 발음을 똑똑히 했다.

"네……."

부인은 그래도 그리 반가워하는 표정은 아니었다. 부엌 앞에 서 있는 황 노파를 방 안으로 모실 생각도 안 했다.

황 노파 역시 표정을 달리하지 못했다. 남편과 같이 살 때 원수처럼 미워하던 여자다. 남편 주머니에서 그 여자와 어린애 사진을 꺼내 본 뒤 그 여자를 찾아 말을 가리지 않고 욕설을 퍼부어 주기도 했었다.

그 여자가 지금 남자의 마음을 끌 만한 젊음을 잃은 얼굴로 눈앞에 나타나 있다. 그리고 화려한 옷 대신 비할 데 없이 누추한 옷으로 몸을 가리고 있다. 솥에서는 장사할 고구마가 쪄지고 있다.

황 노파는 미워해야 할지 반가워해야 할지 모르는 정돈되지 않은 감정 속에서 말을 꺼냈다.

"성칠이가 컸겠군요?"

"그럼요. 스무 살이나 됐는데요."

"그 동안 여기서 살았나요?"

"몇 해 전에 이리루 왔어요. 숭인동 집을 팔구……."

황 노파는 무슨 말을 해야할지 몰랐다. 그러나 자기 감정을 나타내서는 안 된다는 생각에,

"단 두 식구세요?"

하고 가족상황을 물었다. 만난 이상 그 여자가 재가했는가 안 했는가에 대해서만은 알아야 할 것 같았기 때문이었다.

"그럼요, 두 식구두 살기가 힘들군요."

재혼을 안 한 것이 틀림없었다. 우선 갸륵한 생각이 들었다. 명색이 첩인데도 없어진 남편을 잊지 않고 청춘을 혼자 보냈다는 것은 갸륵한 일이 아닐 수 없었다.

한 남자를 다같이 남편이라고 생각하는 여자들이었다. 저 여자도 내 남편을 그리워하면서 살겠지 하고 생각하니 갑자기 그 여자에게 친근감을 느꼈다. 그러나 남편 말을 입 밖에 꺼낼 수는 없었다 한 남자를 가지고 두 여자가 싸우던 추잡한 감정을 되살리고 싶지가 않았던 것이다.

"성칠이는 어디 갔나요?"

집 안에 없는 것이 분명했기 때문에 화제를 성칠에게로 돌렸다.

"놀러 나갔나봐요."

성칠 엄마도 남편의 이야기를 꺼내지 않았다. 성칠 엄마는 재가를 하지 않고 아들 성칠만을 기르며 살고 있다. 그러니 마음 속에는 남편의 그림자가 그대로 남아 있다. 더구나 남편의 본부인을 대할 때 남편에 대한 생각이 생생하게 떠올랐지만 남편 말을 참아 꺼낼 수가 없었다. 그것은 단순히 말하기가 어려웠기 때문이다. 서로 남편 말을 꺼내지 못한 채,

"성칠이 녀석 한 번 봤으면 좋겠군……."

황 노파가 빈말에 가까운 말을 하고는 그 집을 나오려고,

"고생을 하누만……."

하며 집을 다시 한 번 둘러보고 있을 때였다. 더벅머리 사내애가 집으로 들어왔다. 성칠이라고 직감됐다.

"성칠이냐?"

황 노파는 서슴지 않고 성칠의 이름을 불렀다. 성칠이가 호기심에 찬 눈으로 황 노파를 바라볼 때,

"큰어머니시다."

부인이 황 노파를 한 마디 말로 소개했다.

"그래요?"

성칠은 알았다는 듯이 말하고는 인사할 생각도 않고 방 안으로 들어갔다. 역시 사내 녀석이라 자기대로의 감정을 죽이지 않는 모양이었다. 그런데 '그래요'하며 방 안으로 들어가는 성칠의 옆얼굴이 꼭 자기 남편 얼굴과 같음을 느낀 황 노파는 모른 척하고 그 집을 떠날 수가 없었다. 남편과 같은 얼굴을 한 번 더 보고 싶었던 것이다. 그미는 아무 말도 않고 방 안으로 따라 들어갔다. 그리고는 성칠의 얼굴을 하나하나 뜯어보았다. 눈도 남편을 닮고 코도 남편을 닮았다. 도장 찍어 놓은 것 같다더니 어쩌면 그렇게도 닮았을까? 성칠과 이야기가 하고 싶었다.

"학교에는 다니지 않니?"

학교에 못 다닌다면 그 애의 감정을 건드릴 위험성이 있는 말이었다. 그러나 할 수 있는 말이 그것뿐이었다.

"안 대녀요."

성칠의 음성은 거칠었다. 조금도 친근감을 느끼지 못하는 모양이었다.

"학교엘 다녀야지……."

황 노파는 성칠을 위해 걱정하는 말을 했다. 그것은 십여 년 전 성칠이 어렸을 때 성칠 엄마를 찾아가 행패부린 죄과에 대한 사과이기도 했으나 남편을 대하는 듯한 야릇한 감정의 표현이기도 했다.

"다니고 싶지 않아서 안 다니나요?"

"그렇겠다. 그런데 다니려면 다닐 데는 있니?"

황 노파는 성칠의 학비를 대 줄 수 있다는 생각을 했다.

"작년에 그만 뒀는 걸요."

그러니까 다니던 학교에 다닐 수 있다는 뜻이다. 그러나 첫날부터 지나친 호의를 보이는 것이 경박한 일 같아,

"어떤 학교에 다녔지?"

하고 성칠의 이야기만 물었다.

"K고등학교예요."

"몇 학년이었노?"

"이 학년요."

그럴 때 성칠 엄마가 찐 고구마를 한 접시 들고 들어왔다.

"장사 할 걸 먹으면 어떡허지?"

황 노파는 그것을 얻어먹어서는 안 된다고 생각했다.

"괜찮아요, 좀 드세요."

"아니. 난 또 가봐야겠어."

황 노파는 할 말이 많다고 생각했다. 분위기로 보아 이야기를 할 수 있을 것 같기도 했다. 그리고 이야기만 하면 서로 친밀해질 것 같기도 했고.

'가까워질 수밖에 없는 사람들인데…….'

이렇게 생각하면서도 황 노파는 그 집을 나오고야 말았다. 가까워질 수밖에 없는 사람들인 것 같으면서도 한자리에 같이 있을 수는 없는 것 같았기 때문이었다.

반갑지도 밉지도 않은 냉랭한 얼굴로 헤어진 뒤 울타리도 없는 집 뜰을 나와 딴 집 모퉁이를 돌아설 때 황 노파는 뒤를 돌아보며,

"신통히두 닮았다."

혼자 중얼거렸다. 그리고는 곧장 딸네 집으로 갔다. 가서는 성칠 모자 이야기를 했다. 그러나 거기서는 성칠이가 자기 남편과 닮았다는 말은 하지 않았다. 다만,

"가난해서 학교두 못 다니더라. 젊은애가 학교엘 다니지 않으면 결국 불량해지구 마는 거 아니겠니? 그래두 너희 집 대를 이을 애라군 그 애 뿐인데……."

성칠의 취학 문제를 이야기했을 뿐이다.

"그까짓 첩의 자식이 대를 이으면 뭣해요? 내버려두세요. 난 보기만 해두 눈에 쌍심지가 돋을 것 같은데."

딸이 도리어 흥분해서 말할 때 황 노파는,

"생각하면 그렇지. 그렇지만 네 아버지의 피를 받은 애가 아니냐? 아버지가 계시다면 모르지만 그 앨 모른 척할 수 있니?"

어떻게 해서라도 공부를 시켜야한다는 자기 주장을 내세웠다.

"엄마두 참 이상해지셨어. 엄마가 그 애 때문에 죽는다구 소동까지 일으키시잖았어요?"

사실이다. 남편에게 첩이 있고 또 자식까지 있다는 것을 알았을 때 황 노파는 그 첩의 집을 찾아가 행패를 부렸을 뿐 아니라 남편 앞에서는 죽어버린다고 극약까지 먹었던 일이 있다. 그러나 그때의 일이 옳지 못했다고 후회되는 것은 아니면서도 그미는 지금의 생각이 또한 잘못된 것이라 여겨지지 않았다.

그때는 그때고 지금은 지금이다. 사람이란 그때그때 옳다고 생각되는 생각에 의해 행동하는 것이 아닌가?

"그땐 네 아버지가 계셨으니까 그랬을 꺼야. 아버지가 미워서. 그렇지만 지금 네 아버지만 미워할 수 있니? 내가 아들을 났다면 또 모르겠다. 내가 예펜네 구실두 못했는데 아버지의 피를 모른 척할 수가 있느냐 말이다."

"그러니 어떡 허라는 거예요?"

"학비를 대줘야잖겠니? 대학은 몰라두 고등학교 졸업은 시켜야 할 테니까 말이다. 이 학년까지 다니다가 말았다니 기껏해야 이 년만 대주면 될 텐데……."

"전 못하겠어요. 무책임하게 낳아 논 그런 애까지 찾아다니며 도와줄 수 있어요?"

딸이 딱 잘라 말했다. 딸의 입장에서는 그럴 수도 있을 것 같았다.

황 노파는 더 말하지 않았다. 출가하고도 자기를 먹여 살리는 딸이다. 그런 만큼 딸을 나쁜 여자라고 생각할 수가 없었다. 한 달에 돈 천 원씩만 보태주면 될 애다 자기가 매달 딸에게서 받은 돈 가운데서 천 원씩만 떼준다면 문제는 해결된다. 싫어하는 딸의 신경을 건드릴 필요가 없었다.

"정 싫으면 할 수 없지. 한 번 의논을 해본 것뿐이다."

자기도 고집을 부리지 않겠다는 의사를 표시하고 절로 돌아갔다. 절로 돌아오자 스님에게 오늘 부적 돌린 성적이 좋다는 것을 간단히 말한 뒤 저녁을 지어먹었다. 그리고는 법당에 들어가 스님과 함께 독경을 했다.

오늘부터 아니라 먼 옛날도 사람은 서로 헐고 뜯었다. 말이 많아도 비방을 받고 말이 없어도 비방을 받고 말이 적어도 비방을 받고, 비방 받지 않는 사람 세상에 없다.

성냄을 버려라. 거만을 버려라. 모든 애욕과 탐심을 버려라. 정신에도 물질에도 침착하지 않으면 고요하고 편안해 괴로움이 없다.

너는 너의 귀의할 곳을 만들어라. 부지런히 힘써라. 어질고 지혜로와라. 마음의 때를 버리어 어려움이 없는 사람은 하늘의 거룩한 곳에 갈 것이다. (법구경)

이런 경을 읽는 동안 황 노파는 스님이 자기 얼굴을 엿보는 것이나 아닌가 하고 신경을 썼다. 경을 읽으면서도 그 경의 가르침과 성칠에 대한 것을 관련시키며 생각하고 있는 마음이 자기 얼굴에 드러나는 것만 같이 느껴졌기 때문이었다. 그러면서도 그미는 성칠을 버리지 말아야 한다고 생각했다. 그 애를 도와주는 것이 남편을 생각하는 다음 가는 일이라 생각했다.

그 대신 스님에게는 성칠의 이야기를 입 밖에 꺼내지 않았다. 그런 이야기를 하면 세상에 대한 집착이 한 가지 더 늘었다는 사실을 알리는 결과가 된다. 보살이 되라는 스님에게 걱정만 끼치는 이야기다.

다음 날도 인왕산 밑으로 부적을 나눠주려고 떠났다. 인왕산 판자집촌에 이르자 황 노파는 우선 성칠이를 만나고 싶었다. 그냥 보고 싶었던 것이다. 그리고 학비에 대한 것도 말해주고 싶었다. 그러나 발길을 딴 데로 돌렸다. 할 일을 다 하고 돌아갈 때 들르는 것이 좋을 것 같은 생각이 들었던 것이다.

한 집 한 집 찾아다니는 동안 그미는 성칠을 만나는데 성급하지 않아도 좋을 것이라 생각했다. 성칠을 생각만 해도 외롭지가 않은 것 같았다. 성칠뿐 아니라 성칠 어머니도 어쩐지 가족 같은 생각이 들었다. 남편이 없다 해도 남편을 대신할 가족들이 있다는 생각에 마음이 든든한 것 같기도 했다.

이 날은 이십여 집을 돌아다니며 부적을 나눠주었다. 대부분이 고마워하는 사람들이었다. 그러니까 받은 부적을 내버리지 않을 사람들이었다.

해방촌에서는 일 년 가까이 다니며 겨우 삼백 장을 나눠주었다. 그들 가운데는 받기조차 꺼려하는 사람이 많았던 것이다. 그런데 여기서는 받는 사람마다가 거의 버리지 않을 것 같으니 이삼 일만 지나면 목표로 하고 있는 백 명을 초과할 수 있다.

백 명만 초과하면…….

막연하게나마 희망이 보이는 것 같았다. 황 노파는 성칠을 만나야겠다는 새로운 의욕이 생겼다. 성칠과 모든 것을 의논하면 성칠은 마치 남편처럼 모든 일을 해결해 줄 것 같았다. 어리기는 하지만 남자다. 아무래도 남자가 낫다. 남자니까 아버지가 생각하는 것을 생각할 수 있지 않겠는가?

헛기침을 두어 번 하고 성칠네 집 문을 열었다. 성칠이 혼자 앉아 있었다. 그런데 황 노파를 본 성칠이 피우고 있던 담배를 재떨이에 끄는 것이 보였다.

'저 녀석이 벌써 담배를…….'

황 노파는 순간 실망을 느꼈다. 돈이 없어 학교에도 못 간다면서 담배를 피우다니.

그러나,

"오셨어요?"

반가워하지 않는 태도나마 인사말 하는 것을 들을 때 목소리까지 제 아버지를 닮았다고 생각한 그미는,

"집을 보구 있구나……."

성칠을 기특하게 여겼다. 그미는 성칠의 대답도 기다리지 않고 물었다.

"너 아버지에 대한 기억 있니?"

"없어요."

"너와 꼭 같다. 거울을 보면 아버지 얼굴을 보는 것과 같을 거야."

그래도 성칠은 무뚝뚝하니 대답을 안 했다.

성칠이 황 노파를 좋아할 까닭이 없다. 어머니의 적이라고도 할 수 있기 때문이었다. 더구나 황 노파가 다녀간 뒤 어머니에게서 황 노파에 대한 이

야기를 좋지 않게 들었다. 그러니 황 노파의 말에 신이 날 까닭이 없었다.

신이 나 하지 않는 성칠을 보자 황 노파는 화제를 돌려,

"학비를 대 줄 테니 학굘 다녀라. 학교두 못 다니는 걸 네 아버지가 아시면 얼마나 걱정하시겠니?"

자기의 호의를 구체적으로 나타냈다.

"학교 안 다녀두 괜찮아요."

"젊었을 땐 공불 해야지. 내가 학비를 댄다니까 그럴지두 모르지만 네 아버지가 주시는 것으루 생각해라. 알지두 모르지만 너한테 누나가 되는 딸이 있다. 그 딸이 부잣집에 시집을 가서 나를 도와 주구 있으니까 네 학비쯤 문제 없다.

"공부하구 싶은 맘 별루 없어요. 돈을 벌어야지……."

황 노파가 길게 자기 형편까지 이야기하며 취학하기를 권했지만 성칠은 흥미가 없다는 듯 간단하게 대답했다. 그래서 황 노파는 성칠이 자기를 경원하는 것이라 생각하고 우선 마음으로 가까울 수 있는 사이를 만들어야겠다는 생각에서,

"너 아버지 보구 싶지 않니?"

하고 이야기를 꺼냈다.

"보고 싶으면 뭣해요? 돌아가신 거나 마찬가진데……."

"정 보구 싶으면 만날 수가 있잖겠니? 지성이면 감천이라구 내가 들으니까 삼팔선두 넘을 수 있다더라. 만약 가서 만나면 아버지가 얼마나 기뻐하시겠니?"

"삼팔선을 어떻게 넘어요. 간첩들두 넘다가 붙잡힌다는데……."

"그래두 간첩이 수없이 내려온다지 않던? 간첩이 넘나드는데 우리라구 못 넘겠니?"

황 노파는 속으로 성 노인을 찾아가 봐야 한다고 생각했다. 오늘까지 돌아오지 않았다면 아주 넘어간 것이 틀림없다. 성 노인이 넘어가기만 했다면 자기도 떠날 수 있다. 잘 이야기를 하면 성칠도 떠날 것이 아닌가? 성칠과 같이 떠나기만 한다면 혼자 가는 것보다 얼마나 마음 든든할 것인가?

좌우간 그 이야기는 성 노인 집엘 다녀와서 다시 하기로 하고,

"우리 집안에 사내라구 너 하나밖에 없지 않니? 그러니까 우리 집 대를 이을 네가 공부두 하구 그래서 앞으루 잘 돼야 하잖겠니? 너만 좋다면 내가 너희를 데리구 같이 살구 싶다. 네 어미가 말을 안 들으면 너만이라두 나하구 같이 살았으면 좋겠는데……."

성칠과 자기 사이를 밀접하게 만들 수 있는 방법에 대한 이야기를 했다.

그것은 진심이었다. 남편을 만날 수 없다면 남편과 꼭같이 생긴 성칠과 같이 살기만 해도 남편을 생각하는 마음을 어느 정도 충족시킬 수 있을 것 같았다. 그리고 남편의 피로 된 성칠을 데리고 살며 교육을 시킨다면 남편에 대한 떳떳한 사람이 될 것 같기도 했다.

"모르겠어요. 생각을 좀 해봐야지."

"그래 잘 생각을 해봐라. 그리구 나 있는 델 한번 놀러 오기두 하구……."

황 노파는 자기가 살고 있는 암자를 가르쳐주었다. 그리고 일요일만은 외출 않고 암자에 있다는 말을 해주었다.

그 집을 나올 때 황 노파는 성칠의 손을 잡고 손가락을 만지작거렸다. 길죽길죽한 손가락도 남편 그대로였다. 그미는 주머니에서 백원 짜리 한 장을 꺼내주며,

"담배라두 사 피워라."

한 뒤,

"내 아들이구나."

하고 성칠을 껴안았다.

황홀한 일이었다. 내가 사랑할 수 있고 나를 사랑해줄 수 있는 사람을 품 안에 느끼다니…….

처음 남편에게 안길 때 황 노파는 그냥 좋았다. 아무것도 모르고 좋아했다. 그러나 지금 성칠을 안은 황 노파는 그냥 좋은 것이 아니었다. 알맹이가 있는 즐거움이었다.

성칠을 떠나 성 노인 집으로 가는 동안 황 노파는 자기가 외롭지 않다는

것을 느꼈다. 이제는 암자에서 살지 않아도 좋을 것 같고 남편을 찾아 삼팔선을 넘지 않아도 좋을 것 같았다.

그러면서도 성 노인의 집이 가까워질 때 그미는 속이 떨리는 것을 느꼈다.

만약 성 노인이 삼팔선을 넘지 못하고 돌아왔다면 부적 지닌 사람이 백 명을 넘을 때 남편 만난다던 희망이 수포로 돌아가고 만다. 만약 성 노인이 돌아오지 않았다면, 성칠이 반대할 경우 자기 혼자서라도 성 노인처럼 떠나야 한다. 자기가 떠나버리면 성칠은 학교에도 다니지 못하고 고구마 장사하는 어머니 밑에서 가련하게 살 것이다.

말하자면 지금 황 노파에게 있어서는 삼팔선을 넘는 것도 넘지 않는 것도 모두 힘든 일이 되었다. 그래서 그미는 성 노인이 집에 있기를 바란다든가, 없기를 바란다든가, 뚜렷한 소망을 갖지 못한 채 성 노인의 집엘 들어섰다. 놓여져 있는 현상을 방관한다는 태도로 집 안에 들어섰을 때 그미는 성 노인이 아직 돌아오지 않았다는 말을 듣고

'그럼 나두 떠나야지.'

혼자 결심을 했다. 그것이 운명이라면 할 수 없는 일이었다. 성칠을 만나지 않은 셈만 치면 성칠을 잊는다는 것은 힘든 일이 아닐 것 같았다.

'그렇게두 힘들다구들 하더니……'

삼팔선을 절대 넘지 못한다고들 하는 세상 말을 비웃고 싶은 심정이었다.

황 노파는 하루 빨리 떠나야 한다고 생각했다. 부적을 부지런히 돌려 목표인 백 명을 빨리 초과한 뒤에 떠나자. 그때 떠나면 틀림없이 남편을 만나게 될 것이다.

황 노파는 암자로 돌아가 딸에게 편지를 쓰기 시작했다. 이삼 일 중으로 떠날 테니까 그 전에 써두었다가 보낼 생각이었다. 만나서 말로 해야 들어줄 딸이 아니다. 그러니까 편지로 성칠에 대한 부탁을 하려는 것이었다.

'현주에게,

나는 떠난다. 삼팔선을 넘을 수 있다는 것을 알면서도 떠나지 않을 수 있니? 그것을 알면서도 떠나지 않는다면 나는 네 아버지에게 죄인이 되고

말 것이다. 저승에 가서 만날 면목이 없는 죄인이 된다. 저승에서 만날 수 없는 죄인보다 더 큰 죄인이 어디 있겠니? 그러니까 너를 만나지도 않고 떠나는 어미를 나쁘게 생각지 말아라. 아무에게도 이야기하지 않고 떠나려 한다. 이야기를 하면 누구나가 나를 미친 여자루 취급할 테니까 차라리 이야기 안 하고 떠나겠다.

　그런데 너한테 부탁이 있다. 전번에 이야기한 성칠이 말이다. 성칠은 어쩌면 그렇게도 너의 아버지를 닮았니? 너도 보면 놀랄 거다. 나는 그 애를 데리구 살려 했다. 그 애만 봐두 네 아버지를 보는 것 같은 걸 어떡하겠니? 네 아버지두 내가 그 애를 데리구 산다는 말을 들으면 좋아하실 것이다. 멀리 떨어져 있는 사람의 마음을 기쁘게 해주는 일보다 더 큰 일이 어디 있겠니? 그렇지만 나는 떠나지 않을 수 없다. 떠나게 되니 그 애를 돌봐줄 사람이 없게 되었구나. 너는 그 애를 미워하지 말구 사랑해 줘라. 그리고 꼭 공부를 시켜라. 우리 집 대를 이을 하나밖에 없는 혈손이 아니냐? 만약 네가 그 애를 공부시키지 않는다면 나나 네 아버지는 너를 저승에서 만나도 반가워하지를 않을 것이다. 애비 에미와 딸이 저승에서 만나서도 반가워하지 않는다면 그 얼마나 무서운 일이냐? 내 마지막 소원이다. 이제 떠나가면 영 못 만날지도 모른다. 그러니 내 마지막 소원을 네가 안 들어줄 수 있겠니. 잘 있거라. 저승에서 기쁜 얼굴로 만날 때만 기다리겠다.'

　황 노파는 편지를 쓰는 데 몇 시간을 보냈는지 모른다. 쓰며 생각하며 또 쓰는 데 자정이 넘을 때까지 걸렸다.
　편지를 다 쓰고 나자 그미는 자기가 할 일은 다 했다고 생각했다. 머지 않아 남편을 만나게 되고 또 뜻밖에도 성칠을 만나 공부를 시키게 되었으니 더 할 일이 무엇이겠는가?
　모두가 부처님의 덕택이라고 생각했다. 만약 자기가 청운 스님을 만나지 않았다면 하나도 이룰 수 없는 일들이다. 관상쟁이를 몇 번이나 찾아다녔는지 모른다. 점쟁이도 용하다는 사람은 하나도 빼놓지 않고 찾아갔었다. 무당을 찾아가 굿도 몇 번이나 했다. 청운 스님 이야기를 듣지 못했다면 지금까지도 관상쟁이나 무당을 찾아다니고 있었을 것이다.

그러나 청운 스님을 만났기 때문에 부적을 돌리기 시작했고 그래서 성 노인을 알게 되었을 뿐 아니라 성칠이까지 만나게 되었다. 지성이 감천인 탓이다.

다음 날 아침 황 노파가 시내로 나가려 할 때였다. 빨리 가서 부적을 부지런히 돌리리라 생각하여 암자를 떠나려고 할 때 뜻밖에도 성칠이 찾아왔다. 황 노파는 우선 성칠이가 그렇게도 일찍 온 데 놀랐다. 몇 시에 떠났기에 이십 리 길을 걸어 아침나절에 도착했을까?

어쨌든 반가웠다. 자기를 어머니라 생각했기에 이렇게 일찍 찾아왔을 것이 아니겠는가?

"웬일이냐? 성칠이가……."

성칠을 반가이 맞아들인 뒤 밥을 지어 조반을 먹이려 했다. 그런데 성칠은 한사코 조반을 먹지 않겠다고 했다. 밥을 먹고 떠났다는 것이었다. 밥을 먹고 떠났다해도 그새 다 내렸을 것이라고 하면서 정 그렇다면 찬밥이라도 먹으라고 했다. 그랬더니 그때야 성칠은,

"그럼 찬밥이 있으면 한 술 주세요."

하고 밥을 청했다. 황 노파는 부엌으로 나가 찬밥을 데워 반찬 없는 절밥을 들여왔다.

"오는 줄 알았더면 없는 반찬이라두 좀 준비해 놓았을 걸……."

생전 처음 대접하는 식사가 너무나 초라해서 마음이 언짢았다. 이삼 일 중에 떠나게 되면 생전 만날 수 없게 된다. 그렇게 되면 이것이 처음이자 마지막일지도 모른다. 그미의 마음은 더욱 언짢았다.

"하루 놀다 가렴. 내가 지은 밥두 먹어 보구."

다만 한 끼나마 따뜻한 밥을 먹이고 싶은 심정이었다. 식사가 끝나자 가야한다는 성칠을 보고,

"처음으루 날 찾아왔는데 그냥 돌려보낼 수 있니? 절 구경두 하구 하루 놀다 가라. 착하지……."

성칠을 만류했으나,

"바쁜 일이 있어 가야 해요."

성칠은 고집불통이었다.

"내가 나가지 않을게 하루 같이 있자. 이렇게 갈 수 있니?"

정말 황 노파는 하루를 쉰다고 해도 성칠을 그냥 돌려보내고 싶지 않았다. 그러나 성칠은 고집을 부렸다. 그 대신 다음에 또 오겠다면서 자기 청을 하나만 들어달라고 했다.

"무슨 청인데?"

황 노파는 청이 있다는 말에 귀가 번쩍 했다. 청을 하는 성칠이가 고맙게 생각되었으며 또 무슨 청이든 들어주리라 생각했다.

"양키물건 장수를 하려는 데 돈 만 원만 돌려 주십시요. 틀림없이 돈벌이가 됩니다. 돈을 벌면 꼭 갚아드리겠어요."

황 노파는 그런 생각 말고 공부나 다시 시작하라고 말했다. 돈이 아까워서가 아니었다. 성칠을 진심으로 생각한 나머지였다.

"공부를 해두 우선 돈을 벌어 어머니 고생을 덜 시켜야겠어요."

성칠은 황 노파의 말을 듣지 않았다. 끝까지 고집할 모양이었다. 황 노파는 할 수 없다고 생각한 뒤 선반 위에 개켜 논 이부자리 밑에서 조그마한 나무 궤짝을 내려 패물과 같이 넣어둔 돈을 꺼내 주었다. 고집이 센 성칠의 마음을 돌릴 수 없다고 생각했을 뿐 아니라 돈을 주지 않으면 어머니 고생을 덜어주겠다는 마음도 알아주지 못하느냐고 야단칠 것 같아 겁이 났던 것이다.

그미는 딸에게서 받아 아껴 쓰면서 모아 두었던 돈 전부에서 절반 이상이나 꺼내 주면서도 그 돈이 아깝다고는 생각지 않았다.

"공부두 해야 한다. 정말 학비는 내가 대 줄 테니."

적지 않은 돈 만원을 받고도 성칠은 고맙다는 말을 안 했다. 그래도 황 노파는 아무렇지 않았다. 정말 친아들에게 돈을 주는 기분이었다. 그저 성칠이가 자기 하고 싶은 일을 할 수 있게 해주었다는 것이 기쁠 뿐이었다.

그래서 그미는 산 보람을 느끼며 종일 피곤한 줄도 모르고 부적을 나눠주었다. 다음 날도 그랬다. 그리고 사흘째 되는 날은 부적 받은 사람을 찾아다니며 부적 버리지 않은 사람의 수를 세어 보았다. 인왕산 밑에서 돌려준 것 가운데서만도 오십 명이 넘는 것을 알았다. 그러니 해방촌 사람들을 합치면 백 명이 넘는 셈이었다. 청운 스님이 하라는 것을 다 했다. 그래서 황 노파는 내일 삼팔선을 향해 서울을 떠날 결심을 했다. 그리고 써 가지고 다니던 편지를 딸에게 부쳤다.

그런 뒤 마지막으로 성 노인의 집을 찾아갔다. 성 노인이 정말 돌아오지 않았는가를 확인하려함이었다. 그것만 확인하면 그미로서 할 일이 하나도 없다. 이제는 떠나기만 하면 그뿐이다.

그런데 성 노인의 집을 찾아갔을 때 황 노파는 너무나 의외의 일을 보았다. 성 노인이 돌아와 누워 있는 것이었다. 삼팔선도 넘지 못하고 일 주일 동안 어디를 가 있었을까?

"웬일이세요?"

그때 성 노인이 긴 한숨을 내뿜으며 그새 고생한 이야기를 했다.

성 노인은 임진강 북쪽 삼팔선까지 갔었다. 그 근처에 살고 있는 어떤 농가에 들어가 자기 사정을 이야기하고 삼팔선을 넘게 해달라고 했다. 이틀을 묵으면서 간청을 했지만 젊은 사람도 넘을 수 없다고 청을 들어주지 않았다. 성 노인이 삼팔선 근처에서 죽겠다고 하며 서울로는 돌아가지 않을 뜻을 밝혔을 때, 말하자면 사흘째 되는 날 밤에야 그 집 주인이 성 노인을 삼팔선 근처로 안내했다. 완충지대 근처에서 넘어가는 길목을 가리켜 주고 있을 때 가장 안전하다던 그곳에 국군이 나타났다. 성 노인은 놀라 그저 아연 실색 몸을 움직이지 못했지만 농부는 혼비백산 도망을 쳤다. 도망치는 농부를 향해 총알이 날아갔고 농부는 시체로 쓰러졌다. 그리고 성 노인은 군대로 잡혀갔다. 간첩혐의를 받고 성 노인은 며칠을 두고 문초를 받았지만 마침내는 간첩이 아님이 밝혀져 오늘에야 돌아왔다.

"하느님의 뜻을 거역했던가 보우. 아까운 생명만 하나 잃구……. 이젠 자식들 대할 면목이 없게 됐습니다……."

성 노인은 말끝을 맺으며 또 긴 한숨을 내뿜었다.

황 노파도 더 물어볼 말이 없었다. 성 노인이 넘어가지 못한 삼팔선을 자기라고 넘겠다는 생각을 할 수가 있겠는가?

"그럼 마나님을 영 만날 수 없게 됐군요?"

그미는 자기가 남편을 영 만날 수 없게 된 것을 생각했다.

"천당에나 가서 만나지요."

"천당에서요?"

"천당에선 꼭 만날 겁니다. 그러니까 이젠 빨리 죽기나 해야지요."

황 노파는 그래도 자기가 성 노인보다는 월등 낫다고 생각했다. 자기는 저승에 가는 날까지 남편이 가장 걱정하고 있을 그의 분신인 성칠을 위해 주며 살 수 있다. 이제 삼팔선을 넘지 못하게 된 이상 성칠을 공부시키고 성칠을 위해 줌으로 남편 생각하는 마음을 대신하리라.

슬퍼해야 할 황 노파였지만 성칠을 생각하며 그리 슬퍼하지도 않는 감정으로 성 노인의 집을 나왔다.

암자로 돌아오는 길이었다. 비록 남편 대신 성칠을 얻었다고 해도 황 노파의 마음이 하늘 북쪽 흰 구름 밑으로만 달려가는 것을 어찌 할 길 없었다. 저 구름 밑에는 남편이 홀로 고생하며 살겠지. 그이도 저승에 가서나 나를 만나리라 생각하고 있을 것이다.

외로운 남편.

꼭 만날 줄 알았던 남편을 이제는 영영 만날 수 없게 되었구나.

이십 리 산길을 걸으며 그미는 몇 번이나 치맛자락을 눈물로 적셨는지 모른다.

산길은 왜 그리도 먼 것일까? 이십 리가 이백 리도 넘는 것 같았다.

'무엇 때문에 나는 이 길을 또 걷고 있는가?'

황 노파는 암자를 찾아 올라가는 자기를 의심했다. 십년공부 도로 아미타불인데 청운 스님을 찾아가서는 무엇하자는 것인가?

그러면서도 그미의 발은 그냥 암자를 향해 옮겨졌다. 희망은 사라졌지만 어둠에 익숙한 사람처럼-.

저녁도 먹지 않고 누우려 했다. 스님에게는 돌아왔다는 인사라도 해야 했지만 부적을 백 사람에게 가지고 다니게 하면 남편 만날 날이 올 것이라던 스님의 말이 거짓말로 된 오늘 인사할 생각도 없었다. 그미는 자리를 깔고 누워버리려 했다. 그래서 이불을 선반에서 내리려 할 때 황 노파는 이불 밑에 숨겨두곤 하던 패물 상자가 없어진 것을 알았다.

놀랐다. 그래서 사방을 둘러보았으나 아무 곳에도 보이지 않았다. 황 노파는 스님에게로 가서 누가 자기 방에 들어가지 않았었느냐고 물었다.

"일전에 왔던 학생이 다녀갔습니다."

청운 스님은 그 학생을 의심쩍게 생각했지만 남을 의심하는 말을 입 밖에 내서는 안 된다. 그래서 담담하게,

"그 학생이 누구지요?"

하고 물었다.

황 노파는 성칠에 대한 것을 설명할 수 없었다. 더구나 패물 상자를 잃었다는 말은 더욱 할 수 없었다.

"친척 조카예요."

황 노파는 자기 방으로 돌아왔다. 그리고는 일생 동안 모아두었던 반지, 비녀, 가락지 등 적지 않은 패물들과 만 원이나 거의 되는 현금을 생각했다.

'그렇지 않아도 다 제 것이 될 텐데……'

그미의 눈에서 눈물이 핑 돌았다. 가지고 있어야 쓸데가 있는 것은 아니지만 결혼한 뒤부터 사 두었던 패물 전부였다. 자기 몸뚱이를 도둑에게 다 빼앗기고 남은 것은 영혼뿐인 것 같은 느낌이었다. 팔과 다리를 움직여도 그것이 자기의 육체 같지가 않았다.

황 노파는 자기를 잃었다는 슬픔과 함께 성칠을 잃었다는 슬픔을 느꼈다. 그런 짓을 했으니 아무리 좋게 해준다고 해도 성칠이 자기 앞에 나타날 리가 없다.

남편을 잃었고, 재산 전부를 잃었고, 성칠마저 잃었으니 무엇을 바라고 살아야 한담.

그미는 죽음을 생각했다. 차라리 빨리 죽기라도 하면 저승에 가서 남편이나 만날 수 있지 않겠는가?

그러나 남편이 이승에 살아 있는지 저승에 가 있는지 알 수 없는 일이다. 남편이 아직 저승에 가지 않고 있다면 자기 혼자 저승에 가서는 무엇 할 것인가? 저승에 가서도 혼자 외롭게 살 수밖에 없다.

황 노파는 자기도 모르게 법당으로 걸어갔다. 언제 들어갔는지 청운 스님이 두들기는 목탁 소리가 밤 공기를 울렸다. 목탁 소리와 함께 독경하는 목소리도 들렸다.

'나'와 '내 것' 이치를 몰라
오로지 말에만 사로잡히면
'유'와 '무'의 한 쪽에 빠져
자기도 망치고 세상도 망친다.

잘 이법을 보아 살피면
모든 허물을 여일 수 있으리
          (농가경)

황 노파는 독경하는 청운 스님의 목소리가 나는 곳을 향하여 합장을 하고 머리를 숙이었다.

(원) 《현대문학 114》 1964. 6, (출) 『추정』 성문각, 1968.

옛날만 남고

영화감독 Y형과는 매일처럼 만나는 당구장에서 친해졌다. 무척 좋은 분이다. 나이가 오십이 넘었는데도 당구를 칠 때는 멋있게 치려고 재미있는 포즈를 취한다. 그리고 어려운 것을 맞추고 나면 어깨를 으쓱하며 자기 실력을 자랑하는 태도가 역시 예술가다웠다. 더욱이 당구를 유일한 운동으로 즐기는 나와 공통적인 취미에 우리는 무언중 가까운 사이가 되었다.

그러나 당구를 치고 나면 바로 집에 돌아오는 나의 습관에 그와 어울려 식사를 같이한다든가 술좌석을 만들 기회가 없었다. 당구장에서 만나 당구장에서 헤어지는 것을 일 년 이상 계속한 우리의 교우관계였다.

그런데 오늘은 우연히도 시나리오 라이터 K형이 당구장에 나타났다. 오래간만에 만나는 친구라 셋이서 같이 당구를 치고 집으로 돌아오려는데 K형이 술이나 같이하자고 했다. 원체 술을 좋아하지 않고 또 술을 조금이라도 마시면 원고를 쓰지 못하기 때문에 처음에는 사양을 했으나 나와 세계가 다른 그 두 분과 어울려 보는 것도 의의 있는 일이라 생각되어 가는 데까지 끌려갔다.

대개 문학에 종사하는 사람은 소심하고 소극적이며, 모든 일에 자신을 가지지 못한다. 그러나 같은 예술이지만 영화는 종합예술인 동시 많은 사람을 직접 사용하는 하나의 기업이기도 하기 때문에 이십여 년 동안 영화계에 종사했고 또 영화계의 원로로 존경받는 Y감독은 언제나 명랑해 보였고 언제나 호걸 같은 기풍을 보여 주었다. 당구장으로 조감독 또는 옛날 부하들이 찾아오면 당구를 쳐 가며 그 부하들을 다루는 솜씨가 마치 사병을 대하는 장교 같기도 했다. 말하자면 능숙하고 자신이 있어 보였다.

그래서 술을 마시러 따라가면서도 나는 나와 다른 감독의 성격을 관찰하는 데 큰 흥미를 느꼈다.

우선 명동에 있는 조그마한 일본식 술집으로 들어갔다. 동그란 호떡집 의자 같은 데 술을 마시는 손님이 빽빽하게 앉아 있었다. 앉아서 술을 따르는 여자는 하나도 없고 돌아다니며 주문만 맡는 여자가 둘 있었다. 그 여자 중 하나가 물수건을 가지고 옆으로 왔을 때 Y감독은,

"좀 앉아. 모레쯤 전셋방 하나 얻어 줄게……."

하고 농담을 걸었다. 그러나 여자가,

"Y감독 선생님, 참 고마우셔."

하고 그 농담을 받자,

"안 돼. 신문에 나면 큰일나. 요새 영화계 사람들은 제 예편네하고도 같이 못 다닌다구."

하며 여자를 옆에 오지 못하게 했다.

최근 영화계에 있는 스캔들이 신문에 자주 보도되고 있는 사실을 말하는 것이다. 그러나 얼마도 안 되어,

"복어 지리 있어?"

하고는 그 여자의 반쯤 드러난 팔을 잡고 쓸어 보는 것이었다.

"다 나가고 없는데요."

"껍질은 있겠지?"

"다 팔렸어요."

"그럼 복어알이라두 가져와. 오늘은 죽어두 복어를 먹어야겠어."

"선생님두. 남을 살인범으로 만들고 싶으신가 봐!"

"네가 살인범 되는 게 억울하냐? 내가 복어알 먹구 죽는 게 원통하냐?"

술을 마시기도 전에 웃음판이 벌어졌다.

오뎅과 정종을 주문해서 술을 마시기 시작하는데 Y감독은,

356

"한 잔밖에 못하겠어. 눈에 부스럼이 나서⋯⋯."

하고 미리 술을 권하지 말라는 말을 했다. 사실 그는 눈두덩에 반창고를 열십자로 붙이고 있었다. 최근에는 영화감독을 하지 않고 주로 시나리오를 쓰는데 이틀 동안 밤샘을 하며 글을 써서 피로가 부스럼으로 터졌다는 것이었다.

나는 원체 술을 못하니까 권할 생각도 안 했지만 K형이 혼자 마시는 게 싱거웠던지,

"그런 걸로 술을 안 마실 만큼 몸을 아끼십니까?"

하고 빈정거렸다. 그래도 Y감독은,

"나이 탓이라 할 수 없어. 옛날에는 영화를 만들 때 사흘을 꼬박 새우고도 까딱 안 했는데 이젠 할 수 없어."

하며 술 마실 생각을 안 했다.

"술을 본시 많이 안 하시는가요?"

나는 Y감독과 처음으로 술을 마시기 때문에 그의 주량을 몰라 이렇게 물었다.

"술로 돈을 뿌리고 다니는 사람인데 안 하기야 왜 안 하겠수?"

"그래요?"

그때 K형이,

"명동에 Y감독의 외상 없는 술집이 없을 겁니다."

하고 Y감독의 호주벽을 설명했다.

"지금도 외상값이 삼백만 환(구화)쯤 되지요. 그렇지만 외상 있다고 술 안 주는 집도 없지요."

그만하면 그의 음주생활을 능히 짐작할 수 있었다.

"그래요?"

나는 놀라 입을 벌릴 뿐이었다. 돈 천 원 빌려 써도 불안해서 못 사는 나 같은 소심쟁이와 비교가 되지 않았다.

내가 놀라 입을 벌리고 있으려니까 한 잔밖에 안 한다던 Y감독이 술잔을 비우고 그것을 나한테 내밀었다.

"난, 술을 본시 못합니다."

사양을 했더니 그런 법이 어디 있느냐고 하며 부득부득 권했다. 할 수 없이 반 잔쯤 받아 마시고 잔을 돌렸더니 Y감독은 서슴지 않고 잔을 받은 뒤

"기분 좋아. 자 마십시다."

하며 잔을 연거푸 비웠다. 역시 술에는 몸을 아끼지 않는 사람이라고 생각했다.

나는 무엇보다도 그의 외상 술값이 삼백만 환이라는 말이 잘 소화가 되지 않아,

"외상 술값은 안 갚아도 괜찮은 건가요?"

하고 물었다

"왜 안 갚아요. 돈이 생기기만 하면 갚아야지요."

그는 아무런 걱정도 보이지 않으며 대답했다.

"시나리오 몇 편을 써야 하시겠군요."

"영화를 제작하렵니다. 아무래도 제작을 해야 돈맛을 좀 볼 수 있으니까……."

그때 K형이,

"제작만은 그만두세요. 시나리오를 쓰시고 또 감독을 하면 되잖아요?"

제작을 위험하게 말했다.

"왜 하지 말어? 난 하고야 말 테야."

영화를 제작하면 꼭 성공할 자신이 있는 모양이었다.

"좋아요. 난 Y감독의 그 자신 있는 태도가 좋은데……."

내가 이렇게 말하자 Y감독은,

"재작년에 영화를 제작하다 집 한 채를 고스란히 날려 보냈습니다. 지금은 셋방살이를 하지만 그래도 나를 도와 줄 사람이 있지요. 영화만 만든다면 도와 주구 말구요."

하고 허탈한 웃음을 웃었다.

나는 또 한 번 놀랐다. 영화 한 편을 제작하려면 적어도 사오백만 원이 든다고 하는데 알몸뚱이밖에 없는 사람에게 그런 돈을 돌려 준다는 영화계

가 다른 사회와 너무나 대차적인 인상을 주었기 때문이었다.

"그러다가 만일에 실패를 하시면……."

"허허……, 실패를 하면 또 만들지요. 밤낮 실패만 하라는 법이 있나요."

그때 K형이,

"시나리오를 쓰시고 또 연출을 하면서 예술적인 활동을 하면 되지 제작은 뭣 때문에 합니까?"

하고 또 제작을 반대하자,

"그래 내가 남의 밑에 살기만 해야 되겠나? 영화인의 최종 목표는 영화 제작에 있는 거야."

Y감독의 이 말에 나와 K형은 입을 다물지 않을 수 없었다.

사실은 Y감독이 영화를 제작하다가 실패를 하여 이삼 년 동안 감독도 안 하고 있음을 알기 때문에 K형은 제작을 굳이 만류했던 것이지만, 그의 결심이 그런 이상 무엇이라 말할 수가 없었을 것이다.

나와 K형이 말을 못하고 있으니까

"제작자에게 연출료를 받아 술값을 치르고 나면 한 푼 남는 게 없거든요. 그 생활을 어떻게 해요."

혼잣말처럼 하다가 갑자기 내 어깨를 툭 치며,

"박 선생! 사실 돈이란 필요 없습니다. 하지만 잔돈은 필요하지요. 여자를 데리고 우이동쯤 갈 잔돈은 주머니에 있어야 한단 말입니다. 그놈이 없으면 섭섭해."

하며 또 호걸 웃음을 웃었다.

여자와 같이 우이동에 가려면 적어도 이삼천 원이 필요할 것인데 그런 돈을 잔돈이라고 하는 그의 용어에 나는 입을 벌렸다. 어느새 술 반 되를 마시고 다시 반 되를 청했다. 그 반 되를 또 다 마시자 그때 Y감독이,

"우리 이차로 갑시다. 박 선생한테 좋은 구경을 좀 시켜 드려야지……."

하고 자리를 일어섰다.

나는 술을 좋아하지 않으면서도 Y감독이 좋아 다니는 곳이 어떤 곳인가가 보고 싶었다. 그래서 사양 없이 뒤따랐더니 미도파 앞에서 자동차를 멈

춰 세웠다. 나는 멋있는 바라든가 고급 여자가 있는 곳으로 안내하는 줄만 생각하며 자동차에 올랐다.

그런데 자동차가 멎은 곳은 미도파에서 오 분도 못 가 있는 을지로 2가였다. 을지로 2가에서 을지극장 뒷골목으로 들어갔다. 전기도 없는 으슥한 골목이었다. 나는 정말 비밀장소로 데리고 가는 줄만 알았다. 그랬더니 의외에도 불고기집이었다.

"고기를 좀 먹읍시다."

불고기집에 들어가면서 고기를 먹자고 하니 불고기를 먹자는 말에 틀림없겠지만 어쩐지 그냥 불고기 같은 생각이 들지 않았다.

그런데 불고기집에 들어서자 Y감독은 일하는 애에게,

"마담 좀 불러와."

하고 마담을 부르는 것이었다. 마담을 통해서 색다른 무엇을 꾸미려는가보다 생각하며 마담이 들어오기를 기다리고 있는데 사십이 넘어 보이는 얼굴이 휜한 여자가 들어왔다. 마담은 Y감독을 보자 쓸어안을 듯 반기며,

"Y감독. 이거 몇 해만입니까?"

하는 것이었다.

Y감독은 그 말에 대답을 안 하고,

"우리 새끼 잘 있어?"

하고 물었다. 그랬더니 여자는 웃지도 않고,

"잘 있구 말구요. 그렇지만 제 자식 보러 한 번도 안 오는 아버지가 어디 있수?"

넌지시 농담을 받아넘겼다.

"애비가 바빠서 애비 구실도 못하누만. 자식은 둘째고 예편네 궁둥이도 두들겨 주지 못하구."

"글쎄나 말이지요."

그때야 서로 웃었다. 그리고 나서는,

"고기 줘. 배가 고파. 외상이기는 하지만……."

하고 불고기와 술을 청했다.

"얼마나 잡수시겠다구 외상 걱정을 하시죠?"

마담은 돈 이야기를 하는 것부터가 이상하다는 투로 말했다. 그리고는 바쁘다고 하며 나갔다. 마담이 나가자 Y감독은,

"젊었을 때는 예뻤습니다. 평양 명기였지요. 진짜 평안도 소릴 할 줄 알구……."

하고 그 여자를 소개했다.

불고기에 술을 마시기 시작했다. 그런데 불고기는 보통 불고기집과 다름이 없었다. 도리어 양이 적으면 적다고나 할까.

그런데도 자동차를 타고 찾아온 것은 그 마담 때문이라고 생각되는데 마담은 바쁘다고 나간 뒤 통 소식이 없었다.

나는 이상스런 감이 들어,

"상당히 오래 전부터 사귄 여자 같은데 이런 법이 어디 있어요?"

하고 그 여자를 못마땅하게 이야기했더니 Y감독은,

"제 밥벌이가 바쁘면 다 그런 거지요."

하고 초연한 듯한 눈으로 나를 보았다.

그때 K형이,

"보통 사이가 아니었을 걸요……."

하고 빙그레 웃으니까,

"그런 게 뭐 중요한 일인가? 지나가면 다 그렇구 그런 건데……."

Y감독은 아무것도 아니란 듯이 말하며 술만 들이켰다.

"사랑을 했다면 그럴 수가 있을까요?"

내가 Y감독의 흉중을 건드려 보자 그는 대단치도 않은 일이라는 듯

"사랑이 다 뭡니까? 난 사랑 사랑 하는 사람들 보면 우스워서……."

하고 대답했다.

"그래 박 선생은 사랑을 한 번도 안 하셨습니까?"

"글쎄요. 사랑을 했다고 해서 사랑을 했다고 생각해야 할 필요가 뭡니까?"

"진정한 사랑을 했다면 잊을 수가 없을 테니까요."

"부모가 죽고 자식 새끼가 죽어도 다 잊어버리는데, 연애쯤 잊지 못할 게 뭐지요?"

"그럼 그 많은 불고기집을 두고 하필이면 이 집에 온 이유가 뭐지요?"

"그저 옛 여인들이 어떻게 살고 있나 보기 위함이죠."

"그것이 잊지 못해하는 현상이 아니라고 말할 수 있을까요?"

"늘 생각해야만 잊지 못하는 것이지 보통 때 한 번도 생각지 않는 여자를 어찌 잊지 못하는 여자라고 말할 수 있겠소?"

"늙으셨군요."

나는 그가 늙었다고 생각했다. 정열을 잃도록 늙은 사람은 설마 아름다운 추억이 있다고 해도 그것을 가까이 불러들일 생각을 안 한다.

"그럴지도 모르지만, 아직도 여자 두엇쯤은 거느릴 정열과 능력이 있을 걸요. 그렇지만 사랑은 유치해……."

나는 Y감독이 철저한 현실주의자라고 생각했다. 술에 얼근해지자 그는 그런 이야기에 흥미가 없다면서,

"또 갑시다. 이번엔 멋쟁이 집으루 안내할까……."

하며 음식값을 계산했다. 간다고 하니 마담이 나타나서 왜 벌써 가느냐고 입에 발린 말을 했다.

"술이 좀 모자라. 조금만 더 마시고 올게. 이불을 깔고 기다리고 있어."

Y감독은 마담의 궁둥이를 툭툭 치고는 그 집을 나왔다.

전찻길에 나서자 그는 또 택시를 불렀다. 나는 먼 곳으로 가는 줄 알았다. 그런데 택시에 오르자 그는 운전수에게 반대방향으로 돌리라고 말했다. 운전수가 시키는 대로 차를 돌려 맞은편 쪽 차도를 달리려고 할 때 그는 차를 스톱시키고 우리를 내리게 했다. 나는 어리둥절해서 웬일이냐고 물었더니 바로 이 골목이라고 하며 골목길을 가리켰다.

"그럼 택시는 뭣 때문에……."

"건느는 길이 아닌데 건느다가 붙잡히면 귀찮잖아요."

나는 속으로 웃고 말았다.

그런데 차에서 내린 곳은 바로 어떤 가구점 앞이었다. Y감독은 그 가게

앞에 우뚝 서서 그 상점 안에 있는 호화스러운 소파 등 가구를 들여다보며 주인을 불렀다. 주인이 황급히 달려와,

"들어오십시오."

하자 Y감독은,

"여기 있는 거 전부 다 해서 얼마요?"

하는 것이었다. 주인이 어이없어 웃기만 하고 있을 때,

"전부 다 해서 얼마냐니까……."

"무얼 쓰시려는 거지요?"

"에익, 장사하기가 싫은가 보군……."

그는 흥이 깨졌다는 듯이 발길을 돌렸다. 조그만 골목길로 접어들자 그는

"이 집 마담은 옛날 가수였지요. 극단에도 따라다녔고……."

하며 사전 소개를 했다.

극단에서 가수 노릇을 했다는 여자니까 그런 여자가 경영하는 술집은 보통집과 다르리라는 기대를 갖고 나는 Y감독을 따라갔다.

그러나 들어간 집은 너무나도 기대와 어긋났다. 쓰러질 듯 나지막한 집인데 덜컹거리는 유리문을 열자 그 안은 왕대폿집 그대로였다. 식탁이 드럼통을 거꾸로 세운 것 대신 판자로 만든 것이 다르다고나 할까. 그러나 그 허술한 식탁에는 손님이 하나도 없어 호젓하기 짝이 없었다. 우리가 들어가자 주모 자리에 앉아 있던 나이든 여자가 벌떡 일어나 우리 쪽으로 달려와 Y감독의 손을 잡으며,

"오셨어요?"

하고 반겼다. 그 여자가 바로 옛날의 가수였던 마담인 모양이었다. 이마에 주름이 쪼록쪼록했다. 후줄근한 옷에 허리를 노끈으로 질끈 잘라맨 모습이 시골 나루터 근처의 술집 색시를 연상케 했다.

마담이 반가워서 어쩔 줄을 모르며 우리를 방으로 안내했다. 방으로 들어가며 보니 손님이 전혀 없는 것이 아니었다. 손님이 있기는 한데 모두 방 안에 들어가 있다. 이 집 특색은 색시를 두고 손님을 방 안으로 모시는 것인 모양이었다. 마담이 Y감독 옆자리에 앉았다. 마담은 나이가 서른 댓은 되어

보였다. 까만 저고리에 까만 치마를 입었는데 손을 올릴 때마다 치마 허리가 드러나 보였다. 그 치마 허리가 까맣게 때묻은 것으로 보아 수입이 어느 정도라는 것을 짐작케 했다. 어쨌든 그 여자는 Y감독을 예전부터 알고 있는 모양이었다. 친한 척 수다를 떨면서 영화를 만들고도 왜 초대권 한 장 안 보내느냐고 Y감독의 옆구리를 툭툭 쳤다.

"초대권은 어디서 그냥 나오는 줄 아냐?"

Y감독은 첫마디부터 해라였다. 그래도 여자는,

"너무 그러지 마세요. 자기가 감독한 영화 초대권 한 장 못 줄 건 뭐고?"
하며 Y감독의 허벅다리를 꼬집었다.

"요새 내가 감독한 영화 봤니?"

"많겠지요 뭐……."

"이젠 늙어서 영화감독도 못한다……."

"거짓말……."

"술이나 가져와. 맛있는 안주하고……."

이 말이 떨어지기가 무섭게 마담은 손뼉을 쳤다.

색시 하나가 들어왔다. 그리고는 가장 친한 사람을 대하듯 그러나 정중한 태도로,

"무슨 술을 올릴까요?"
하고 물었다.

"정종하고 좋은 안주를 조금……."
하고 말이 나오자 색시는 그 자리에서 방을 나갔다.

들어온 안주는 빈대떡과 우랑이었다. 하필이면 우랑을 주는 것일까? 색시와 우랑 그런 것으로 손님을 끄는 것이 이 집인 모양이었다. 안주를 다 먹자 그 다음에 들어온 안주도 우랑과 찌개였다.

"값을 두 번 받으려고 우랑만 가져오냐?"

Y감독이 마담의 궁둥이를 치며 말했다. 얼마간 술을 마시다가 K형이 그 마담 손을 잡아 자기 옆으로 끌었다. 그리고는 함부로 여자의 몸을 만져 보기 시작했다. 여기저기 가릴 것 없이 주무를 때 마담은 몸을 피하며 그러지

말라고 했다. K형이 그런 말을 들은 척도 않고 가슴을 파고 손을 집어 넣을 때 마담이 갑자기 울기를 시작했다. 이상한 일이었다. 나는 가짜로 그러는 줄 알았지만 가짜가 아니었다. 몸을 흔들며,

"이런 장사를 한다고 너무 천하게 보지 마세요."

하는 것이었다. 이상한 일이었다. 몸도 만지지 못하게 한다면 누가 그런 집에 술을 마시러 갈 것인가?

Y감독이 그 여자를 달래며 자기 옆으로 끌었다.

"울긴? 취했나?"

그 여자는 확실히 전작이 있었다. 그러나,

"취하긴 누가 취했어요."

한 뒤,

"자식이 없으면 난 벌써 죽었을 거예요. 자식 때문에 죽지두 못하구 이런 장사를 하지. Y선생님은 알아 주실 거야⋯⋯."

하고 자기 하소를 하는 것이었다. 그리고 나서는,

"그 애가 스무 살 나서 대학에 들어가기만 하면 나는 자살할 테예요."

했다. 진담인지 뭔지 알 수 없지만 어쨌든 슬픔이 있는 여자임에 틀림없었다.

"알았어. 알구 말구. 잘만 됐다면 지금쯤 가수로 첫째 손가락을 꼽힐 건데⋯⋯ 그렇지만 다 지나간 일 소용 있나 술이나 마셔⋯⋯."

Y감독이 마담의 어깨를 툭툭 쳤다.

얼마 뒤. 울음을 그친 그 여자는 Y감독 가슴 속에 손을 집어 넣고 그의 가슴을 만졌다.

자기 것은 만지지 못하게 하고 남의 것을 만지는 그 심리를 이해할 수 없었다. Y감독의 가슴 속을 사람들 앞에서 만지는 것은 그 여자가 Y감독 이외의 아무 남자에게도 몸을 맡기지 않는다는 자기 의지를 보이기 위함이 아닌가 생각했다. 사실 그런 것 같았다. Y감독이 K형과 같은 행동을 한다면 그 여자는 울거나 몸부림치지는 않을 것 같았다. 그러나 Y감독은 K형처럼 그 여자를 주무르지 않았다. 그 대신 여자가 Y감독에게 감기며,

"나 일기를 쓰고 있어요. '눈물의 일기'예요. 그걸 가지구 영화를 만들면 정말 기막힌 게 될 거예요. Y선생님, 영화를 하나 만들어 주세요. 그리고 그 영화에서 내가 노래를 부르게 해 주세요."

하고 졸랐다. 어처구니없는 이야기였다. Y감독은 아무 대답도 않고 술만 마셨다. 그리고는 노래를 부르기 시작했다. 옛날 일제 시대의 유행가였다. 자기가 한 마디를 부르자 K형에게,

"상송을 하나 불러. 왜 작곡한 것 있지."

하고 말했다. K형은 시나리오를 쓰면서도 상송에 조예가 깊은 사람이다. 상송에 대한 지식이 풍부할 뿐 아니라 몇 개 작곡한 것도 있다. 특히 그의 히트곡으로 널리 알려져 있는 '명동 엘레지'는 그가 왜 음악계로 진출하지 않는가를 의심하게 할 정도다.

K형은 서슴지 않고 시인 박인환이 작사 한 그 '세월은 가고'를 부르기 시작했다.

'지금 그 사람 이름은 잊었지만
그 눈동자 그 입술은
내 가슴에 있네.
사랑은 가고 옛날은 남는 것.'

이런 대목에 가서는 Y감독이 K형과 합창을 했다. 노래가 끝난 뒤에는,

"그 친구 좋거든. 그런 말을 쓸 줄 알다니…… 사랑은 가고 옛날은 남았다. 하하……."

하며 시인의 언어 구사에 탄복을 했다. 그는 몇 번이나 사랑은 가고 옛날만 남았다를 되뇌었다. 그리고는,

"사랑할 때부터 인간은 이별을 생각하거든. 거기 사랑의 매력이 있는 거야. 하하……."

Y감독은 허탈한 웃음을 크게 웃었다.

술도 엔간히 마셨다. 밖에서는 술을 마시고 돌아가는 손님과 술값을 계산

하며 또 오라고 아양을 떠는 색시들의 목소리가 거칠게 들려 왔다.

"우리도 갈까⋯⋯."

그때 마담이 나갔다가 계산서를 가지고 들어왔다. 마담이 오래간만에 Y 감독을 만나 마음이 이상해져서 그만 실례를 했다고 하며 K형에게 친절한 목소리로 다음에 또 오라는 말을 했다.

그때 Y감독은 마담의 손을 잡아 끌어당기며,

"강도 같은 년!"

하고 또 호탕스런 웃음을 하하 소리내어 웃었다.

나는 왜 그가 화를 냈는가 하고 눈을 크게 떴다.

"강도 같은 년. 그 밖에 더 좋은 말이 있어야지."

Y감독이 마담의 뺨을 꼬집으며 빙그레 웃었다.

그 술집을 나오며 Y감독은 그래도,

"사랑은 가고

옛날만 남았네!"

박인환의 시를 또 한 번 혼자 뇌이는 것이었다.

(원)《문학춘추 4》 1964. 7, (출)『추정』 성문각, 1968.

백미러

4부제라고 해서 사흘 일하고 하루 쉬기로 되어 있지만 이때까지 그 하루를 온전하게 쉬어 본 일이 없었다. 그러니 밤낮 피곤이 몸에 배고 있었는데 어제만은 자동차를 서비스 공장에 집어 넣었기 때문에 오래간만에 하루를 완전히 쉬었다.

모르는 사람들은 정 쉬고 싶을 때는 차를 일부러 고장내어 수리공장에 집어 넣으면 되지 않느냐고 말할지 모른다. 그러나 운전수들이 왜 그런 것을 생각하지 못하겠는가? 누구보다도 먼저 생각했을 것이다. 그런데 차주들이 이제는 운전수 이상으로 차에 대한 지식을 가지고 있다. 갑자기 난 고장을 보면 일부러 고장낸 것이라 알아 내고 도리어 운전수의 월급에서 그 수리비를 빼 버린다. 그러니 일부러 고장을 낼 수는 도저히 없다.

그런데 어제는 축전지(蓄電池)가 새기 시작했다. 축전지 한편 모서리에 금이 가고 전기가 새는 것을 보자 차주도 자연적인 고장임을 알고 군소리 없이 수리공장에 넣으라는 말을 했다. 그 고장만 아니었더라면 어제가 쉬는 날이지만 오후부터는 자동차를 운전했어야만 했을 것이다.

그러니까 쉬는 날도 오전만 쉬고는 오후부터 일을 해야 하는 것이 자동차 운전수의 직업인데 어제만은 종일 쉰 셈이다. 문창희(文昌熙)는 어제 하루 종일 그새 밀렸던 잠을 잤다. 종일 잠으로 몸에 뱄던 피곤을 풀어서 그런지 오늘은 아침부터 기분이 좋았다.

368

비행기가 아닌 자동차지만 그것을 끌고 하늘로라도 올라갈 듯한 가벼운 마음이었다. 그래서 그런지 오늘은 손님과 다투는 일도 없이 포켓머니가 제법 들어올 것 같은 육감이 들었다.

"날씨는 왜 이리 좋을까?"

창희는 고층건물에 가려 태양이 아직 보이지 않았지만 구름 없는 파란 하늘을 보며 휘파람을 불었다. 실은 비가 내려야 손님이 그치지 않고 수입을 올릴 수 있다. 그래야 차주도 좋아하고 자기 주머니에 들어오는 국물도 생긴다. 그러나 비 오는 날에는 차가 더러워진다. 손님들도 극성스럽다. 좁은 골목까지 차를 끌고 가려고들만 한다.

수입이 준다 해도 깨끗한 날씨가 마음에 들었다.

서비스 공장에 가서 자동차를 찾아 타고 엔진을 걸었다.

그리고 축복받은 날이란 느낌을 가지고 종로에서 서울역을 향해 자동차를 달리기 시작했다. 그런데 을지로 입구 그리고 미도파 앞을 지나는데도 자동차를 부르는 손님이 없었다. 문득

'재수 없을 거야.'

하는 생각을 했다. 일곱 시가 조금 지났을까 말까 한 이른 아침이라 해도 서울에서 제일 번화하다는 거리에 자동차를 부르는 손님이 하나도 없다는 것은 단순히 자기 재수 탓이란 생각이 들었던 것이다.

"아빠 빠이빠이."

전에 없이 어린애를 안고 대문 밖에까지 나와 아기 손을 잡아 흔들던 아내의 모습이 눈앞에 떠올랐다.

언제나 집을 나설 때면,

"잘 다녀오세요."

하며 조심스런 얼굴로 말도 제대로 못하던 아내다. 애교가 없고 무뚝뚝하기만 하던 그 아내가 오늘 따라 애교띤 웃음을 보였다는 것은 재수 없는 일임에 틀림없다.

"제길, 것두 여자라구……."

창희는 혼자 고소(苦笑)를 터뜨렸다. 오래간만에 종일 집에 있으면서 자

기를 좀 좋게 해 주었다고 전에 없이 애교를 다 보이다니. 아무리 좋은 일을 해 주어도 목석처럼 무감동한 태도만을 보이던 것이……

명랑하던 기분이 갑자기 흐려지는 것 같았다. 그놈의 애교가 하루의 재수를 잡치고 말았다는 생각이 들었던 것이다.

서울역에 이를 때까지도 손님이 없었다. 이상한 일이라 생각하며 후암동 골목으로 접어들었다. 버스 종점 근처에 가면 손님이 있을까 하는 생각이었다. 그런데 국방부 앞을 조금 지났을 때 어떤 한복 차림의 젊은 여자가 인색하게도 손가락 하나만 움직이며 차를 세웠다. 팔을 늘어뜨린 채 둘째 손가락만 내밀고 까딱거리니 그것이 보일 까닭이 어디 있는가? 그러나 창희는 치맛자락 밖으로 뱀대가리만큼 내민 그 손가락을 보고 차를 멈추었다.

첫손님이 여자라는 데 마음이 선뜻 내키지 않았다. 아무래도 여자란 재수 없는 손님이다. 삼십오 원의 요금이 나왔을 때 오 원짜리 거스름돈을 꼬박꼬박 받고야 마는 것은 전부가 여자 손님이다. 그렇게 깍쟁이 짓을 하면서도 비밀을 보장해 달라는 얌체 족속이기도 하다.

"운전수 양반, 누가 물어두 어디서 타구 왔다는 걸 말하지 말아요."

남편 모르게 비밀장소에 갔다가 오는 여인의 소청이었다. 이런 청을 한 뒤 여자의 자취가 사라지기도 전에 어떤 남자가 불쑥 나타나 이 차가 어디서 왔느냐고 물으면 아주 정반대 방향에서 왔다고 대답을 해 주지만 속으로는 여자들이 얌체라는 생각을 더욱 굳게 가진다.

자동차를 멈추고 문을 열어 주며 창희는 이 여자도 얌체겠지 하는 생각을 했으나 이미 때는 늦어 있었다. 차를 세우고 문까지 열어 주었으니 안 태울 수가 없었던 것이다. 그러나 여자가 올라타기 전에,

"어디까지 가시죠?"

하고 물었다. 안 태울 수 있는 기회가 아직 남았던 것이다.

"온양까지 얼마 받겠어요?"

생기기도 괜찮았다. 삼십이 되었을까 말았을까 한 여자가 무식해 보이지도 않았다.

"사천 원만 주십시오."

창희는 원거리가 싫었다. 그래서 삼천 원이 시센데도 천 원을 더 붙여 불러 보았다. 그런데 여자는 암말 않고 차 안으로 들어와 앉고서는,

"가십시다."

정중하게 명령했다.

안 갈 수가 없었다. 달라는 대로 다 주겠다는데 안 갈 수가 있는가?

창희는 액셀러레이터를 누르며 생각했다.

두어 시간 재미 보겠군…….

창희의 아내 고정원(高靜媛)은 남편이 떠난 뒤 애들 세수를 시키고 조반을 먹었다. 그리고 위로 두 애를 학교에 보낸 뒤 이제 두 살된 아기를 업고 방 소제를 시작했다. 방이라야 세로 들어 있는 단칸방이다. 비질을 하고 걸레질을 하면 된다. 그런데 걸레질을 하느라고 앉은뱅이 걸음을 하고 있을 때 등에 업혀 자던 애가 몸이 불편한지 잠을 깨고 칭얼거렸다. 정원은 할 수 없이 일손을 멈추고 일어서서 아기 궁둥이를 두들겨 주며 잠을 재웠다. 그런데 아기가 좀체로 잠을 자지 않고 울기만 했다. 선잠이 깨서 그러려니 생각했지만 울음이 길어지자 그미는 '재수'라는 것을 생각했다. 남편이 위험한 직업을 가지고 있기 때문에 그미에게 있어서 가장 예민한 것은 재수가 나쁘면 남편이 실수를 하여 자동차 사고를 일으킬지 모른다는 생각이다. 그미가 가장 걱정하는 것은 남편이 자동차 사고로 죽지나 않을까 하는 것이었다. 언제 어떤 일로 그런 일이 생길지 모른다. 그러기에 그미는 하루 한 시간도 마음을 놓지 못하며 살고 있다.

그런데 지금 어린애가 재수 없게 자꾸만 울고 있다. 그렇지 않아도 남편이 집을 나갈 때 자기가 전에 없이 애교 있는 웃음을 보였는데도,

"그래."

무뚝뚝한 대답으로 뒤도 돌아보지 않던 일이 가슴에 걸리고 있는 중이다.

자기가 무뚝뚝하고 남편이 상냥하던 것이 오늘은 그 반대였다. 그런데 그렇게 보채지 않던 아기가 유별나게 오래 운다. 젖을 물려도 먹을 생각을 않고 울기만 한다.

"재수 없으려나……."

엉덩방아를 찧으면서 달래도 울음을 그치지 않을 때 정원은 자기도 모를 불길한 예감 속에서 안 생각해도 될 것까지 생각했다.

왜 자기는 오늘따라 전에 없이 애교를 보였을까? 성격적으로 애교를 떨어 본 적이 없는 자기다. 남편이 무뚝뚝하기만 하다고 불만을 말할 때 일부러라도 애교를 떨어 보려고 했지만 낯이 간지러워 그런 일을 한 번도 해 보지 못했었다. 낯이 간지러울 뿐 아니라 남편을 위해서 또한 그럴 수가 없었다. 운전수들이 실수하는 것은 술을 마셨거나 옆에 예쁜 여자가 앉아 있을 때라고 한다. 말하자면 정신이 흥분상태에 빠지면 사고를 내고야 만다고 한다. 그런데 운전하는 중 애교 떨던 자기를 생각하다가 사고를 내면 어떻게 할 것인가? 남자나 여자나 할 것 없이 사람은 극히 좋았던 일을 추억할 때 흥분하기 쉬운 법이다.

남편이 군대에 들어가 자동차 운전면허를 얻어 가지고 나와 운전수 노릇을 한 뒤부터 지금까지 육칠 년 동안 그미는 하루도 남편의 무사고를 빌지 않은 날이 없었다. 남편의 무사고를 바란다면 남편에게 흥분할 재료를 주지 말아야 한다.

그렇기 때문에 어떤 일이 있어도 남편에게 싸움을 걸어 본 일이 없는 그미였다. 자기를 욕하고 때릴 때나 심지어는 밖에서 본 여자를 칭찬을 할 때도 그미는 이를 악물어 가면서 참았다. 싸움을 하고 나면 그것이 직접적으로 남편의 자동차 운전에 영향을 줄 것 같았던 것이다. 그 중에서도 아침을 더욱 조심했다. 아침 집을 나갈 때 남편을 불쾌하게 만들어 주면 종일 불쾌해할 것이 두려웠기 때문이었다. 불쾌한 마음을 가지고 자동차를 운전해도 사고를 일으키기가 쉽다. 자동차 사고는 일으키지 않는다 해도 손님들에게 불쾌하게 대할 것은 틀림없는 일이다.

그런데 오늘 아침에는 어떻게 하다가 그런 실수를 했을까? 아기가 보채어 재수가 나쁠 것 같은 생각이 들지만 않았다 해도 한 번 애교를 떤 것에 그리 후회를 안 해도 좋았을지 모른다. 아기가 전에 없이 우는 바람에 그미는 오늘 아침 애교 떤 것을 자꾸만 후회했다.

"재수 없게 애교는……."

운전대에 앉은 남편이 이런 말을 자꾸만 되풀이하지나 않을지. 재수 없다고 생각하면 기어이 재수 없는 일이 생기고야 만다.

아기가 남편을 보고 손만 내흔들지 않았더라면…… 그리고 떠나가는 남편이 전에 없이 무뚝뚝하지만 않았더라면…….

그런 일만 없었더라면 그미는 애교를 절대 떨지 않았을 것이다. 그런데 남편은 오늘따라 왜 무뚝뚝했을까? 남편은 나흘에 하루 쉬는 날이면 비록 아주 쉬지는 못한다 해도 조금 일찍 돌아올 때가 있다. 그런 때는 술을 마시고 오는데 술을 마시는 날만은 약간 주정을 한다. 그런 때는 자기를 미라처럼 감정도 표정도 없는 여자라고 비난한다. 때로는 공연한 트집을 부리며 욕을 하고 때리기까지 한다.

그러나 술만 먹지 않으면 언제나 좋은 남편이다. 자기를 위해 주는 척한다.

종일 운전을 하다가 밤늦게야 피곤한 몸으로 돌아와도 그때까지 자지 않고 기다리고 있는 자기를 보며,

"우리 마누라 제일이야."

하며 심지어는 궁둥이까지 두들겨 주곤 한다. 아침 집을 나갈 때도,

"다녀올게."

반드시 웃어 보이곤 하던 남편이다. 그런데 오늘따라 남편은 얼굴을 찡그리고 기분 나쁜 표정을 지었다. 어제 종일 집 안에 박혀 있었으니까 진력이 나서 그랬을지는 모른다. 그래서 찡그린 얼굴을 펴고 집을 나가게 하려고 자기는 일부러 애교를 떨었는지 모른다.

'대단한 애교도 아닌데…….'

정원은 이렇게 생각하면서도 그것이 자꾸만 가슴에 걸렸다. 아기는 아직도 울음을 그치지 않고…….

지금쯤은 아직 자동차들이 쏟아져 나오지 않았을 것이다. 그러나 자동차 사고야 일어나지 않겠지만 혹시 교통위반 사고로 경찰에게 면허증을 뺏기고 불쾌하게 지내지나 않을지?

정원은 아기를 업은 채 뜰로 나가 몸을 흔들거렸다. 바깥 시원한 공기를

쏘여서 그런지 애기는 곧 잠이 들었다. 그미는 애기가 잠들었지만 방 안에 들어가면 다시 깰 것 같은 겁이 들어 마당을 서성거렸다.

"일찌감치 밖으로 나올 걸."

아기의 울음이 그치자 불길했던 생각들이 저절로 사라지기 시작할 때 그미는 가벼운 한숨을 내쉬었다.

"별일 없겠지……."

남편의 무사함을 빌며 그놈의 노랭이나 빨리 왔으면 하고 생각했다. 매일 한 번씩 찾아오는 거지애다. 그놈에게 동전 한 푼만 쥐어 주면 오늘도 무사할 것 같은 생각이 들었던 것이다.

한 달 전 그 노랭이란 놈이 대문 안을 들어서서 구걸을 했다. 마침 주인집이 비어 있기 때문에 다음에 다시 오라고 했더니 그 노랭이가 집 주인만 동냥을 주느냐면서 버티고 서 있었다. 셋방에 들어 있는 사람이 거지 동냥줄 돈이 어디 있느냐고 했더니 셋방에 든 사람은 밥 먹지 않고 사느냐고 대들었다.

"조그만 놈이 입만 살았구나……."

"입이 살아야 죽지 않구 살지 않습니까."

"고아원에라두 갈 것이지 뭣 때문에 동냥을 다녀……."

"아줌마, 그러지 마십시오. 거지 동냥 잘 주는 집이 잘 삽디다."

"귀찮다. 빨리 가거라. 머리는 왜 노랗노……."

"누가 압니까? 그까짓 대가리 노라면 어떻구 하야면 어때요."

"좌우간 빨리 가, 돈 없어."

"누가 돈 달랍니까. 밥 한 술만 줍쇼."

어떻게나 질긴 놈인지 몰랐다. 그래서 할 수 없이 동전 한 푼을 주어 보냈는데 그 날 밤 돌아온 남편이 잘못했더라면 꼭 사람을 죽일 뻔했다는 말을 했다. GMC 트럭 뒤를 따라 달리고 있었는데 교차로가 아닌 지점에서 어떤 늙은 남자 하나가 트럭이 지나가는 것만 보고 남편 차 앞으로 뛰어들었다는 것이었다.

그 말을 듣자 그미는 노랑머리 거지에게 적선을 했기 때문이나 아닐까 생

374

각했다. 그래서 다음 날 그 노랭이가 다시 왔을 때 매일 들르라고 했다. 매일 일 원을 준다고 해도 한 달에 삼십 원이다. 삼십 원이 적은 돈은 아니지만 그 돈으로 남편이 무사해진다면 절대로 비싼 값이 아니다.

사실 노랭이에게 매일 돈 한 푼씩 주기 시작한 지 한 달이 지나도록 남편은 한 번도 사고를 내지 않았다. 그러니 오늘도 그놈에게 한 푼만 집어 주면 재수가 풀릴지도 모른다. 그래서 남편이 오늘도 제발 웃는 낯으로 돌아왔으면…….

자동차가 영등포를 지나 경수(京水)가도를 달리기 시작했다. 이제부터는 교차로도 없고 교통순경의 감시도 없다. 속력을 내어 달리기만 하면 그뿐이다. 그런 데 신경 쓸 데가 없는 대신 눈이 자연 백미러로 올라갔다.

창희에게 있어서 재미라고 하면 백미러를 쳐다보는 일뿐이다. 종일 한 자리에만 앉아 있으려니 허리가 뻐근하고 온몸이 쑤실 때도 백미러에 비치는 멋있는 광경을 바라보면 피곤을 잊게 된다. 어떤 때는 백미러를 쳐다보기에 정신을 잃고 운전을 잊는 순간이 있다. 위험한 장난이기는 하지만 떼 버릴 수도 없는 백미러다.

더구나 두 시간 이상을 계속해서 달려야만 하는 무료한 이 시간에 백미러에 비치는 사람은 삼십이 되었을까 말았을까 하는 아름다운 여자다.

새침을 띠고 창 밖을 내다보며 무엇인가를 생각하고 있다. 생각하는 여인처럼 아름다운 것은 없다.

저렇게 아름다운 여자가 무엇 때문에 혼자 자동차를 전세내어 먼 길을 갈까?

창희는 혼자 생각하기를 시작했다.

저것이 남자와 같이 간다고 하면 백미러로 바라보는 운전수를 완전히 무시하고 남자와의 애정 교류를 마음대로 펼치겠지.

창희는 자동차 안에서 허리를 끼고 키스하는 남녀들을 생각했다. 미치게 되면 사람도 눈에 보이지 않는지 백미러로 바라보는 운전수가 뻔히 있는데도 하고 싶은 짓을 할 대로 다하고야 만다. 그것은 젊은 축들이 더하지만 삼십대도 거의 마찬가지다.

　말 한 마디 건네지 않고 창 밖만 내다보고 있는 저 여자 머릿속에는 어떤 놈과 키스하던 장면이 떠오르고 있을까. 돈푼이나 가지고 있는 모양이니 나쁜 짓이란 모조리 다 해 보았을지도 모른다. 그런데도 내가 무엇이라고 말을 걸면 발끈 화를 내며

　'꼴값을 하누만. 손님에게 버릇없이…….'

　몽둥이라도 있으면 후려갈길 것처럼 덤벼들 것이다.

　'꼴값이라니, 그래 무엇이 어떻게 생겼단 말이요. 운전수는 사람 축에도 못 낀답디까?'

　창희는 투덜거릴 것이다. 그러면 여자가

　'빨리 가기나 해요. 바쁜 길을 가는 사람에게 농두 분수가 있지…….'

　화를 참고 점잖이 말할 것이다. 화를 내야 자기에게 불리할 것을 알기 때문이다.

　창희는 자동차를 세우고 뒤로 뛰어넘어가 키스를 해도 여자가 꼼짝 못하리라는 것도 생각한다. 그러나 창희는 자동차를 멈추지는 않았다. 그 대신

　'내가 운전하는 자동차에 올랐다는 것은 자기 생명을 내게 맡겼다는 뜻이 아니겠는가?'

하고 생각했다. 믿는 것이 습관화됐으니 망정이지 운전수를 믿지 못한다면 자동차 탈 사람이 하나도 없을 것이다. 운전수를 믿는 것은 운전수도 죽고 싶어하지 않는 인간이라고 전제하기 때문일 것이다. 그러나 운전수가 살고 싶어하는 인간이 아니라면 어떻게 될 것인가? 더구나 먼 지방으로 자동차를 몰고 갈 경우에는 사람 하나 없는 벌판 가운데를 통과할 수도 있다. 그런 때 자기는 죽지 않고 손님만을 죽이고 달아날 수가 없다고 누가 보장하겠는가?

　자동차가 수원에서 십 리쯤 떨어진 지지대 고개에 이르렀다. 앞으로 한 오 리쯤 인가가 없는 지점이다. 창희는 언젠가 신문에서 어떤 남자가 여자의 돈이 탐나서 그곳까지 데리고 와 죽인 뒤 시체를 지지대 고개에 파묻었다는 신문기사를 상기했다.

　창희는 백미러에서 여인의 모습을 유심히 살폈다. 여전히 창 밖만 내다보

고 있는 여자의 얼굴이 요염하게 보였다. 미라처럼 눕히면 눕고 안으면 안길 뿐인 아내의 무감각하고 무감동한 여자와는 천양지차이다.

감각에 예민할 저 여자를 한 번만 안아 보자.

창희는 차를 정거시켰다. 그리고는 차 밖으로 나가 오줌을 누는 척했다. 그리고 나서는 손님용 문을 열고 여자 옆으로 들어갔다. 키스라도 한 번 하고 싶었던 것이다. 그런데 여자가 기겁을 하고 반대편 문으로 뛰쳐 나갔다.

이렇게 되면 창희는 뒤따라 나가 강제로 끌어다 앉혀야만 뜻을 이루게 된다. 그러자면 노상에서 아웅당거려야 한다. 끊임없이 지나가는 자동차에서 그 광경을 보면 어떻게 될 것인가?

창피를 당하고 자동차 삯도 못 받게 된다. 창희는,

"내 자리로 들어가던 것이 그만 문을 잘못 열었습니다. 어서 타십시오."
하고 자기부터 자기 자리에 들어가 앉았다. 그때 여자가,

"난 안 타요."
하고 오르지 않을 기세를 보였다. 창희는 변명하는 수밖에 없었다.

"정말입니다. 운전수가 손님에게 딴 마음을 가질 수 있습니까? 절대루 오해를 마십시오. 그럴 수가 있나요, 착각을 일으켰던 것이지요."

"싫어요. 딴 차루 갈래요."

"빈 차가 어디 있습니까. 그러시지 마시구 빨리 타십시오."

"걸어라두 가요."

여자는 걷기를 시작했다. 그러나 창희가 자동차를 몰고 그 여자 옆에까지 가서 세우고 아무 말 없이 뒷문을 열었다. 그때야 여자는 할 수 없다는 듯이 차 안에 올랐다.

창희는 차를 몰면서,

"미안합니다."

백미러를 보며 사과를 했다. 그러나 내심으로는 밤낮 남녀 손님들에게 서비스만 하는 자기가 한 번쯤 그런 일을 하려고 했기로서니 무슨 죄 되랴 하고 생각했다. 목숨까지 내맡기고 탄 여자에게 키스 한 번쯤 요구한 것이 큰 문제될 것이 무엇인가?

어디 보자. 가는 도중에 기회만 있으면 죽여 버릴지도 모르는 일이 아닌가? 그는 바지 주머니에 들어 있는 잭나이프를 생각했다. 손님이 강도로 변할 경우를 생각하고 언제나 준비해 가지고 다니는 무기다. 그것으로 한 대 찔러 길가에 버리고 가면 누가 죽였는지 알 것이 무엇인가?

창회는 한 손으로 잭나이프가 들어 있는 주머니를 만져 봤다. 그리고는 백미러로 자기 칼에 꽂힐 여자의 목덜미를 유심히 보았다. 토실토실하고 기다란 목.

살의를 품고 있으면서도 창회는 재수가 없다는 생각을 했다. 아침 집을 떠날 때 재수 없게 애교를 부리던 아내 생각이 났던 것이다. 누가 자기를 좋아한다고 애교를 부린담.

자기가 아내에게 좋게 대해 준 것은 절대로 좋아서가 아니었다. 종일 백미러를 통해 보는 멋있고 애교 있는 여자들을 하나도 마음대로 할 수 없다는 서글픔을 잊기 위해 조작적인 웃음을 보여 주었던 것뿐이다.

마음대로 할 수 있는 여자들과 멋없는 아내를 구별하여 아내를 미워하기 시작하면 절대로 같이 살 수가 없다. 이혼한다고 해서 멋있는 여자와 결혼할 수 있는 것도 아닐 게고. 그러니 싫기는 하나 일부러라도 좋게 대해 주며 살아야 할 것이 아닌가? 그러한 자기 마음도 모르고 저를 진심으로 좋아서 웃는 줄만 안다면 아내는 바보다. 물론 바보 이상의 여자라고 생각해 본 일은 없지만…….

재수 없게 여자에게 창피당한 것을 생각하며 백미러에 또 시선을 주었다.

그런데 바깥만 내다보고 있던 여자가 자기에게 시선을 보내고 있었다. 정면으로 보이는 얼굴.

역시 아름다웠다. 기다랗고 새까만 속눈썹이 가짜가 아니어서 더욱 좋았다.

'용서해 주지.'

창회는 그 여자가 아름답기 때문에 죽이려던 것을 용서해 주리라 마음먹었다. 잭나이프는 아니래도 사고를 내서라도 죽이려고 하면 죽일 수 있는 여자다. 그러나 살려 주자. 살려 주면 평생 고맙게 생각하겠지.

그런데,

"성냥 가지셨어요?"

여자가 정면으로 말을 건네었다. 창희는 성냥갑을 꺼내

'내가 너를 살려 준다.'

는 뜻으로 고개를 돌려 그 여자를 보며 성냥갑을 내밀어 주었다. 그리고 여자가 담배를 피워 문 뒤 성냥을 돌려 줄 때는 관심이 없다는 듯 손만 뒤로 보내어 성냥갑을 받았다. 그리고는 담배를 피우는 저 여자가 어떤 여잘까 하고 생각했다.

바나 카바레에 있는 여자. 그런데 그렇게 보이지는 않았다. 속을 태우며 혼자 사는 과부. 그럴 것 같았다. 그러나 아침에 자동차를 타고 온양까지 가는 것은 뭣 때문일까?

창희는 상상력을 넓혀 가며 생각했다. 바람난 남편이 색시를 데리고 온양 갔다는 말을 들었기 때문에 현장으로 달려가는 것인가? 그렇지 않으면 온양에 살고 있는 친척이 위급하다는 전화를 받고 가는 길일까?

남편 모르는 애인을 온양에 보내 놓고 먼저 가 있는 그 애인을 만나러 간다면 이른 아침 자동차까지 전세를 내어 갈 까닭이 없겠지.

백미러 속의 여인이 담배를 폭폭 내뿜고 있다. 걱정이 있는 것만은 사실이다. 그리고 남자들 앞에서도 마음놓고 담배 피울 수 있는 대담한 여자임도 틀림없었다.

내가 돈이 많은 남자라면 애교를 떨며 접근하려고 할지도 모르는 여자란 생각이 들었다. 돈만 있다면 돈을 뿌려도 아깝지가 않겠지.

마누라 같은 것은 백 개 갖다 놓아도 비교가 안 될 것이다. 자동차를 전세로 타고 저 여자와 둘이서 온천에 가는 길이라면…….

그러나 자동차가 온양에 이르렀을 때 관광호텔로 가라는 말을 듣는 순간 창희의 모든 꿈은 사라지고 말았다. 호텔로 간다는 것은 반드시 어떤 남자를 만나기 위함이다. 틀림없는 사실이다.

그런데 창희를 호텔 앞에 기다리게 해 놓고 안으로 들어갔던 여자가 십분쯤 지난 뒤 다시 나와 암말 않고 자동차에 올라타고는,

"미안하지만 다시 서울로 가세요."

하는 것이었다. 무척 흥분한 태도였다.

창희는 무슨 연고일까 하고 생각했다. 기다리기로 했던 남자가 없다는 것일까? 있기는 있는데 딴 여자와 같이 있는 것을 목격했다는 것일까? 도시 알 수 없는 일이었다.

그러나 그런 것이 창희에게는 중요하지 않았다. 돌아가는 길의 차비를 정하는 것이 우선 급한 일이었다.

"갈 때는 얼마 주시겠습니까?"

그런데 여자는 그 물음이 의외라는 듯,

"빈 차로 가실 텐데 갈 때두 돈을 받아요?"

창희를 노려보았다.

"빈 차루 간다구 해두 차를 타신다면 차비를 내셔야지요, 가다가 손님이 있을지 누가 압니까?"

"그럼 내리겠어요."

그 여자는 올 때에 정했던 사천 원을 세어 주고는 차에서 내렸다.

"좀 덜해 드릴 테니 타시구 가시죠."

한 마디 해 보았지만 그 여자는 대답도 않고 걸어갔다. 돌아가는 길은 급하지가 않은 모양이었다. 급하지만 않다면야 돈 백 원만 내도 이등 기차를 탈 수 있을 텐데 비싼 자동차를 탈 필요가 무엇이겠는가?

창희는 할 수 없이 빈 차를 몰고 서울로 향했다.

빈 차를 달리는 동안 창희는 백미러에 그 수수께끼 같은 여자의 영상이 떠오름을 보았다. 역시 말은 없으나 갈 때와 달리 자꾸만 자기를 노려보는 것이었다. 그리고

'이놈. 네가 나를 겁탈하려고 했지? 또 죽이려구까지 했지?'

중얼거리는 것이었다.

근 칠 년 동안 운전수 생활을 하고 있지만 손님의 영상이 백미러에 떠오르기는 이것이 처음이었다.

창희는 백미러를 약간 비뚤게 놓았다. 뒷자리가 비치지 않도록 한 것이다. 그러나 얼마도 안 되어 자기 얼굴 옆에 그 여자의 영상이 나타났다. 어

쩐지 자기를 감시하는 것만 같아 불쾌했다.

창희는 그 영상을 없애 버리려고 고개를 돌려 손님용 시트를 살펴보았다. 텅 비어 있다. 틀림없이 비어 있으니 여자의 얼굴이 다시는 보이지 않으리라 생각했다.

그러나 얼마 안 가서 또 그 여자의 얼굴이 백미러에 비쳤다. 감시하는 눈으로!

'도둑놈!'

여자의 목소리가 또 들려 왔다.

창희는 백미러에 시선을 주지 않기로 했다. 백미러를 보지만 않는다면 여자의 영상이 비칠 까닭이 없다. 그래서 백미러를 외면하고 앞만을 보며 운전했다.

그런데 천안시에 이르자 백미러를 안 보려야 안 볼 수가 없었다. 전후로 자동차가 달리고 있으니 사고를 방지하기 위해서라도 보아야만 했던 것이다.

백미러에 신경을 주며 천안을 빠져 나오자 얼마 안 있어 그 여자의 영상이 또 비치기 시작했다.

'죽을 때까지 자동차 운전이나 해 먹어라.'

여자는 악담까지 했다.

창희는 백미러를 아주 돌려 버렸다. 거울이 반대쪽으로 돌아가 자기 편에서는 거울의 뒷잔등만이 보이게 해 놓았다.

창희는 조금 안심을 하고 속력을 내었다.

그러나 속력을 내고 달리는 가운데도 백미러의 뒷잔등이 거울로 변하고 그 거울에 여자의 모습이 떠올랐다.

'저놈을 아주 떼 버렸으면…….'

하고도 생각해 보았으나 호신용이요 또 사고의 미연방지용으로 불가결의 물건이다.

창희는 어느 시냇가에 자동차를 세우고 차에서 내려 물가로 가 세수를 했다. 세수를 하면 정신이 깨끗해질 것 같았던 것이다.

그러나 소용이 없었다. 직업에 충실치 않았고 절도 없는 욕망을 채우려

했고 또 자기 권한의 한계를 잊었던 과잉의식을 힐난하는 그 여자의 목소리가 그치지 않았다.

'너는 생활을 유희로 아느냐? 직업은 유희가 아니다. 따라서 인생도 유희는 아니다.'

창희는 자기의 과거생활을 생각 아니 할 수 없었다. 정말 유희였나 아니었나를 가려 봐야겠기 때문이었다.

손님에게 돈을 받는 순간 이외에는 모두가 유희였다는 생각이 들었다. 백미러를 통해 젊은 남녀의 애욕 난무를 보는 것으로 즐거움을 삼았다. 젊은 여자들의 얼굴에서 흥분을 사려 했다. 그래서 아내를 진정으로 사랑하지 않았다. 진정으로 사랑하지 않으면서도 사랑하는 척하므로 자기 만족을 채웠다. 돈과 여자 그리고 흥분만이 자기의 생활 전부였다.

'인생을 유희로 사는 놈은 멸망한다.'

여자의 악담이 들려 왔다.

창희는

'건방진 년. 내가 어떻게 살던 너와 무슨 상관이냐? 나는 아무와도 상관없다.'

속으로 부르짖었다. 평생 자동차 운전이나 해 먹을 놈이 아무렇게나 살면 어떠냐는 것이었다.

'손님이 있기 때문에 운전수가 있고 운전수가 있기 때문에 손님이 있는 것 아니냐? 어째서 아무와도 관계가 없다는 말인가?'

'돈을 받고 운전을 해 주면 그뿐이다. 거기 무슨 관계가 있다는 말인가?'

'손님은 돈을 내고 운전수는 운전한다는 그것이 바로 연대책임인 거야.'

'듣기 싫다.'

어떤 여자이기에 쓸데없는 수작을 자꾸만 지껄이는 것일까?

창희는 창 밖으로 침을 탁 뱉었다. 그리고 신경질난 표정으로 백미러를 바로 놓았다. 감시를 하거나 훈계를 하거나 마음대로 하라는 배짱이었다.

'아니꼬운 것. 인생이 그리 복잡해서야 어떻게 산단 말이냐? 나는 나대로 살 뿐이다.'

창희는 그 여자를 완전히 무시하고 속력을 놓았다. 사십 마일, 오십 마일, 육십 마일. 교차로 없는 교외의 아스팔트 길은 자동차의 속력을 제한하지 않았다. 핸들을 쥔 손에 온 신경을 경주하고 속력을 냈기 때문에 그 여자의 영상은 자동차 바람에 사라지고 말았다.

'제기랄. 이렇게 스피드 속에서 사는 인간이 인생을 찾을 여가가 어디 있어…….'

창희는 스며드는 쾌감을 느끼며 그 여자를 무시했다.

그런데 어느덧 수원을 지나고 지지대 고개를 넘을 때였다.

그 여자가 번개처럼 나타나 잭나이프를 뽑아 들고

'아까 이 길을 지날 때 나를 죽이려 했지.'

하며 어깨를 잡는 것이 아닌가?

"으악."

창희는 소리를 쳤다. 그리고는 여자의 손에서 빠져 나가기나 하려는 것처럼 자동차에 속력을 더 가했다.

지지대 고개를 넘은 내리막길에서 칠십 마일의 속도로 달리고 있을 때 거의 구십도 각도의 커브가 들이닥쳤다. 창희는 핸들에 힘을 주고 핸들을 급히 돌렸다. 그러나 속력이 죽지 않은 채 급커브한 자동차는 자기 속도에 견디지 못하고 가로수를 받아 버렸다.

정원은 다시 잠든 아기를 자리에 눕힌 뒤 방 소제를 하고 빨래를 했다. 그리고는 학교에서 돌아올 애들을 기다리며 잠든 아기 옆에서 파리를 잡기 시작했다. 파리 때문에 아기가 잠에서 깰 것을 걱정했던 것이다.

그런데 파리채로 파리를 번번이 헛치기만 했다. 전에는 잘 잡히던 파리가 오늘은 어쩐지 그리 잘 도망치는 것일까? 도망갔던 파리가 정원을 놀리는 듯 앉았던 자리에 다시 와 앉았다.

정원은 팔에 힘을 주고 파리채를 정확하게 내리쳤다. 그런데 파리는 또 빗맞고 날아가 버렸다.

"재수 없군……."

그미는 다시 재수를 생각했다. 재수가 나쁘지 않다면 파리가 안 잡힐 리 없다. 정원은 파리채로 파리를 때리는 대신 파리를 날리기만 했다. 재수라는 데 신경을 쓰고 싶지 않았던 것이다. 그러면서도 남편이 무슨 사고를 내지나 않는가 하고 신경줄이 켕기는 것을 느꼈다.

근 칠 년 동안 별반 사고를 내지 않았는데도 자기는 왜 매일 하루도 빠짐없이 남편의 사고에 대해 신경을 쓰며 불안해할까?

인간에게는 망각이라는 기능도 있는데 어째서 필요 이상의 불안을 느끼며 살아야 하는가? 참으로 모순덩어리의 인간이다. 불안에 떨다가도 밤늦게나마 남편이 돌아오면 그 불안을 잊어버리고 말게 된다. 이렇게 지나간 불안을 잊으면서도 또 내일에 대한 불안 때문에 자기 감정을 제대로 표현하지 못하고 무뚝뚝한 대화를 나눈다.

그야말로 허망된 인간이 아닌가? 파리 한 마리가 잠자는 아기 콧잔등에 와 앉았다. 끈덕지고 심술궂은 파리라 생각했다. 어째서 잠든 아기를 깨우려고 콧잔등에 앉을까? 정원은 손으로 그 파리를 날렸다. 그런데 그놈의 파리는 허공을 한바퀴 빙 돌고 방바닥에 와 앉았다. 마치 정원을 놀리는 것 같았다. 그미는 속으로 화가 나서 옆에 놓아 두었던 파리채를 잡고 잽싸게 그놈을 후리쳤다. 그러나 파리는 또 맞지를 않고 천장을 향해 소리를 내며 날아갔다.

그런데 파리채로 방바닥을 때리는 소리에 잠들었던 아기가 눈을 떴다. 잠을 충분히 잤는지 울지를 않았다. 그미는 혹시 또 울지나 않을까 해서 젖을 물렸다. 한참 동안 젖을 물리고 있는데 학교에 갔던 둘째가 소리를 내어 울며 돌아왔다.

정원은 깜짝 놀랐다. 우는 애가 걱정스럽기보다 악을 쓰며 우는 그 울음소리가 어떤 마귀의 울음같이 들렸던 것이다. 재수 없는 울음.

순간적으로 이런 생각이 들자 그미는 아기에게 물렸던 젖을 빼고 대문께로 달려갔다. 그리고는 왜 우느냐는 말도 묻지 않고 우는 애의 입을 손바닥으로 막았다. 울음이 터져나오는 입을 막자 애는 몸부림을 쳤다.

"울지 마. 다친 데두 없는데……."

그미는 둘째를 번쩍 안고 방 안으로 들어왔다. 그리고는 울음소리가 새어 나오지 못하게 어린애의 얼굴을 자기 가슴으로 가리고 눌렀다. 그 결과 울음소리는 새어 나오지 않았으나 애가 숨을 쉬지 못해 발버둥을 쳤다. 질식해서 죽으면 어떻게 하나 하는 걱정보다 그 마귀를 연상시키는 울음소리가 들리지 않는 것이 다행했다.

애는 가슴이 답답한지 양손으로 그미의 가슴을 떠밀며,

"엄마! 엄마!"

하고 소리쳤다. 숨이 가빠 울음소리가 나오지 않는 모양이었다. 그미는 어린애를 풀어 놓았다. 울음을 그친 어린애는 울지도 못하게 한 엄마가 밉다는 듯이 조그만 다리로 그미의 다리를 걸어찼다. 그미는 조금도 아픔을 느끼지 않았지만 아파도 상관없다고 생각했다. 그 불길한 울음소리가 터져 나오지 않는 것이 고마웠던 것이다.

"왜 울었지? 응!"

그미는 국민학교 1학년짜리 둘째 아들의 눈물 자국을 닦아 주며 이야기를 시켰다.

"짜아식들이 남의 가방을 뺏어 길에다 동댕이치지 않아. 기분 나쁘게."

어린애가 운 이유를 설명했다.

"너의 반 애들인데?"

"응."

"네가 미움받을 일을 했던가 부지."

"아냐."

"아냐가 뭐야? 혼자서 뭘 사 먹기라두 했지. 안 그래?"

"내 돈으루 내가 사 먹었는데 뭣이 잘못이야."

"그래, 그래!"

정원은 어린애와 입씨름하기가 싫어 부엌으로 나가 점심상을 차리기 시작했다. 점심상을 차리며 혼자가 되자 그미는 아침부터 축적되어 온 불안이 한 덩어리로 되어 머리를 짓누르는 것 같은 우울을 느꼈다.

왜 오늘따라 애들이 울기만 했을까? 그리고 파리도 맞아 죽지를 않고…….

　그런데 노랭이가 오늘따라 나타나지 않는 것이 더 이상했다. 그 애만 나타났고 또 자기는 매일처럼 동전 한 푼을 그 애에게 주기만 했다면 불길한 일을 불길한 일로 생각 안 해도 괜찮을 것 같은데 그 애가 나타나지 않음으로 해서 대단치 않은 일까지 불길하게 생각되는 것 같았다.

　애들이 학교에 갈 때쯤이면 반드시 대문을 두들기곤 하던 그 노랭이가 오늘은 병이 들었단 말인가?

　정원은 둘째와 점심을 먹고 나자 젖먹이 애를 업고 길가로 나섰다. 노랭이를 마중 나가는 것이었다. 마중 나간다고 해서 올 애가 아니지만 혹시 길가에서 놀고 있지나 않은가 하는 생각이 들었던 것이다.

　그미는 눈을 두리번거리며 거지애를 찾는 동안 오늘은 그 애에게 오 원짜리 백동전을 한 푼 주리라 생각했다. 거지애에게도 일 원은 대수롭지 않은 돈이라는 생각이 들었던 것이다. 그러나 매일처럼 오 원을 줄 수는 없다. 가끔 가다가 오 원을 줄 것처럼 암시를 해서 매일 찾아오도록 해야지. 이런 생각을 하며 전찻길까지 나왔을 때였다. 노랭이가 딴 거지애와 함께 지나가는 여학생을 붙잡고 돈을 구걸하는 것이 보였다. 여학생이 돈 없다는 말을 하자 거지애들은 스커트 자락을 잡고 놓지를 않았다. 여학생이 스커트를 잡아빼고 달아나려고 할 때 노랭이가 그 시꺼먼 손바닥에 침을 뱉아가지고 여학생을 따라가며 스커트에 대고 문질렀다.

　이런 일을 본 정원은 노랭이에게로 달려가,

　"이 애가…….."

하며 손을 잡아끌었다. 그랬더니 노랭이가 해해 웃으며,

　"아주머니 어디 가세요?"

하고는 친구 거지와 함께 달아나 버렸다.

　그미는 노랭이에게 돈 줄 생각을 못했다. 지나가는 여자들을 괴롭히는 그 애가 짓궂게 생각되기만 했다. 남의 동정으로 사는 거지들이 심술궂은 장난을 하다니…….

　그러나 장난이라도 할 수 있는 여유을 가진 거지애들에게 증오심이 가지

않았다. 배가 고파 밤낮 얼굴을 찡그리고만 다닌다면 거지애들을 보기가 더 괴로울 것이 아닌가?

장난칠 만한 마음의 여유도 없이 밤낮 불안하게 살기만 하고 있는 자기보다 거지애들이 도리어 자유를 느끼며 사는 것 같았다.

정원은 노랭이에게 주려고 생각했던 오 원으로 아이스캔디 하나를 샀다. 집에 있는 둘째 아들을 주기 위함이었다. 밤낮 사 달라고 졸라도 사 주지 못했던 아이스캔디였다. 조르지도 않는데 사다 주면 둘째 놈이 얼마나 좋아할까? 둘째 애가 좋아할 것을 생각하며 집에까지 돌아갔다. 과연 둘째 애는,

"신난다."

하며 아이스캔디를 입에 물고 밖으로 뛰쳐 나갔다. 좋아서 춤추듯이 뛰어나가는 애를 보자 응결되었던 불안이 풀리는 것 같았다.

불안감이 풀리자 그미는 아침 나절에 빨아 널었던 옷가지들을 걷어 풀을 먹이기 시작했다. 가벼운 마음으로 풀을 먹이고 있을 때 학교에 갔던 맏아들이 돌아왔다. 국민학교 3학년인 맏아들이 대문 안에 들어서며,

"엄마, 내일 돈 가져오래. 십 원 이상 가져오라는데 난 이십 원 가져 갈래."

마치 반가운 소식이나 전하듯 말했다.

"무슨 돈인데?"

"적십자비래."

"아버지한테 달래서 주지……."

"꼭 이십 원 줘야 해."

"십 원 이상이라면 십 원 가져가두 되는 거야. 우리가 무슨 부자라구 이십 원을 가져가니……."

"그래두 이십 원 가져가야 뽐낼 수 있단 말야."

"그까짓 거 가지구 뽐내서는 뭣하니?"

"싫어. 난 뽐내구 싶은 걸……."

"너 그런 소리 하면 아버지한테 꾸중듣는다……."

"꾸중 들어두 좋아. 이십 원 꼭 줘 응."

정원은 대답을 안 했다.

그 애 마음을 돌이킬 기회가 있으려니 했기 때문이었다.

"점심이나 먹어라."

점심상을 차려 주고는 다시 옷가지에 풀을 먹이고 있을 때였다. 어디서 날아들어 왔는지 애들 장난감 공이 날아와 풀먹이는 옷가지 위에 떨어졌다. 동시에 하얗게 빨아 놓은 옷가지에 꺼먼 점이 생겼다.

그미는 순간 또 재수가 없다고 생각했다. 그래서 공을 들고 대문 밖으로 뛰어나갔다. 국민학교 4학년쯤 되는 애 두 명이 겁도 없이 그미 앞으로 다가와,

"공 주세요. 내 거예요."

하며 손을 내밀었다.

"안 줘."

손을 내밀고 있는 애들에게 따귀라도 쳐 줄 생각이었으나 그미는 한 번 소리를 질렀을 뿐,

"여기서 놀지들 말아."

하고는 공을 내주고 말았다. 재수가 없는 일이라고 생각되었지만 애들을 때리고 괴롭히면 자기에게 돌아오는 재수가 그만큼 더 커질 것이 겁났던 것이다.

다시 돌아와 흙 묻은 빨래를 물에 헹구고 풀을 먹이면서,

"이 양반이 정말 무사한가?"

하고 잠시 없어졌던 불안을 되살렸다. 그러나 그 불안이 자기의 적 같은 생각이 아니었다. 자기에게서 떨어져서는 안 되는 자기의 소유물 같은 느낌이었다.

그것은 불안을 잊는다는 것이 남편에 대한 걱정을 잊는 것 같은 느낌이 들었기 때문이었다. 남편에 대한 걱정을 잊는다는 것은 남편을 생각지 않는다는 것이 된다. 남편을 생각지 않고 무엇을 생각할 것인가?

남편을 걱정하며 무사하기를 비는 마음, 그것이 자기의 전부인 것 같기도 했다. 그렇기 때문에

'이 양반이 정말 무사한가?'

하고 생각을 하는 순간 그미는 일종의 행복감 같은 것을 느꼈다. 그러나 그 행복감이 얼마도 안 가 산산조각이 났다. 풀 먹인 옷가지들을 빨랫줄에 널고 있을 때 낯 모르는 남자 한 명이 대문 안에 들어서며,

"문창희 씨 댁이죠?"

하고 물은 뒤 정원이 그렇다고 대답하기가 바쁘게,

"부인이시로군요. 빨리 가십시다. 문창희 씨가 사고를 일으켜 안양병원에 입원하고 있습니다."

하고 서둘렀다.

하늘이 캄캄해졌다. 아침부터 계속했던 불안이 풍선처럼 터지고 말았다.

"사고라니요?"

남편이 꼭 죽었을 것만 같은 예감이었다.

"자동차가 가로수를 받고 쓰러졌습니다."

"생명은?"

그미는 끝까지 묻지를 못했다.

"가 보시면 아실 겁니다."

"돌아가셨단 말씀인가요?"

"그런 것 같습니다."

하늘이 무너지는 말이었다.

그미는 방 안으로 들어가 젖먹이 애를 업었다. 그리고 밥 먹고 있는 맏애에게,

"좀 다녀올게, 집 잘 보구 있어."

하고는 낯선 남자의 뒤를 따랐다.

불안은 아주 사라졌다. 이제부터는 매사에 재수를 덧붙여 생각할 필요가 없게 되었다.

사람을 희롱하는 그놈의 재수. 인간은 생활을 희롱하고 생활은 인간을 희롱하는데도 중간에서 인간의 운명을 저울질하며 인간을 불안케 하는 그 재수가 이제부터는 그미와 관계없는 것이 되고 말았다.

정원은 계속해서 흘러내리는 눈물을 의식하지 못하며 남편의 시체가 있는 곳을 향해 달음질치고 있었다.

슬펐던 것이다. 슬프기 때문에 눈물은 그치지가 않았던 것이다. 그러나 그 슬픔은 남편과의 사별에서 오는 것만이 아니라 불안과의 결별에서 오는 것인지도 몰랐다. 또다시 다가올 새로운 불안에 대하여 뼛속으로 느끼는 슬픔인지도 몰랐다.

불안이 떠난 뒤의 자기 존재를 생각할 수 없기 때문이리라.

(원)《문학춘추 6》1964. 9.

거취

경미(柳慶美)는 지난 밤 뜬눈으로 밤을 새웠다. 그것은 남편 상우(蘇相祐)가 또 외박을 했기 때문만은 아니었다. 외박쯤 문제가 아니었다. 집을 나갈 때 또 외박할 눈치가 보여 옷 입고 구두를 신을 때까지 가까이 가 거들어 주지 않았다. 그랬더니,

"내가 싫어졌지? 싫어졌는데 뭣 때문에 이 집에서 살고 있는 거야."

하며 그 집에 살고 있는 것을 트집잡았다.

물론 경미가 싫으니까 밤낮 딴 여자를 교제하며 다니는 것이겠지만 그러면서도 경미가 그를 싫어하는 것처럼 엉뚱한 트집을 부리는 데는 가슴이 아프지 않을 수 없었다.

잘못 생겼다든가 성격이 틀려먹었다든가 그렇지 않으면 어디 부족한 데가 있다든가 하는데 그미를 미워하는 이유가 있다고 하면 할 수 없는 일이다.

그러나 결혼한 지 육 년 동안 그미는 남편을 먼저 싫어한 일은 없었다. 그것은 정말 벼락맞을 일이다. 결혼한 지 삼 년 되는 해부터 남편은 바람을 피우기 시작했다. 바람 피우는 남편을 좋아할 까닭은 없다. 그러나 바람피우는 그 일 자체를 미워했지 남편을 미워한 적은 없었다. 그것은 경미가 남편과 이혼하겠다는 마음을 한 번도 가져 본 일이 없었다는 것으로 알 수 있는 일이었다.

남편이 늦게까지 돌아오지 않으면 또 외박을 하는 것이라 생각하면서도

통금 사이렌이 불기 전까지 자리에 누워 본 일이 없는 경미다. 돌아올 때는 대개 열 시에서 열한 시 사이에 들어온다. 그래서 그 시간 안에는 변소에 가고 싶은 일이 있어도 참고 대문에 귀를 기울였다. 남편이 돌아올 때는 반드시 자기가 나가 대문을 열어 줘야 하기 때문이었다. 그것은 오늘까지 계속하고 있다.

그런데 그저께 갈아 입은 팬티까지 벗어 놓고 새 옷을 입은 남편을 보자 외박할 준비라는 눈치를 챘기 때문에 양복을 입혀 주지 않고 구두도 손질을 안 해 주었던 것이다.

남편은 자기가 내의를 가져다 주며 갈아 입으라는 말을 하기 전에 한 번도 자기 손으로 내복을 갈아 입은 일이 없었다. 그런데 외박하는 날에는 틀림없이 자기 손으로 옷을 꺼내다가 갈아 입는다. 그래서 외출하는 남편을 거들어 주지 않았는데 그것을 이유로

'내가 싫어졌지…….'

하며 남편을 싫어하는 여자와 어떻게 같이 살 수 있느냐는 식으로 말한다는 것은 경미를 인간적으로 무시하고 모욕하는 태도라 말하지 않을 수 없었다.

부부생활을 계속하면서도 딴 여자와 관계를 맺는 것보다 더 아내를 무시하고 경멸하는 행동이 없을 것이다. 말로만 무시하고 경멸하는 것이 아니라 행동으로 그것을 보여 주는 일이기 때문이다.

경미는 그런 경멸을 받으면서도 삼 년 동안을 참아 왔다. 그런데 어제 아침 책임을 전가시키려는 남편의 말을 듣자 경미는 어떤 경우보다도 더 격렬한 통분을 느끼고 밤잠까지 자지 못했다. 결혼하기 전부터 여자관계가 많은 남편임을 잘 알고 있다. 그러니 딴 여자와 동침하는 현장을 목격했다고 해도 경미는 그렇게까지 통분하지 않았을 것이다. 딴 여자와의 관계야 세월이 지나면 자연 끊어지고 말 일이다. 일 년 이상 관계를 계속해 본 일이 없는 남편이니까…….

그런 이유로 그를 싫어하면서도 나가지 않고 그와 같이 사는 것을 도리어 성격도 없는 여자처럼 말했다는 것은

'너는 나를 싫어할 자격도 없는 여자다.'

또는

'싫으면서도 같이 산다는 것은 결국 내 재산이 탐나서 그러는 것 아니냐?'

고 비웃는 일이 아니겠는가?

같은 인간으로서의 아내에게 배신적 또는 모욕적인 행동을 하면서 도리어 아내를 경멸하니…….

만약 남편이 외박을 안 하고 집으로 돌아오기만 했다면 그래도 밤잠을 못 자는 일은 없었을 것이다.

아무리 화를 냈다가도 남편이 옆에 있기만 하면 대개의 경우 싸움은 끝나기 때문이다. 남편도 집에 들어올 때는 말만으로라도 늘 자기가 잘못했다는 의사를 보여 준다.

그런데 어젯밤에는 외박을 하고 돌아오지 않았으니 스물네 시간 꼬박 혼자서 속을 태운 셈이다.

경미는 조반을 먹자 시부모들에게도 간다 온다 말없이 집을 나왔다. 그리고는 늘 만나는 친구를 찾아갔다. 누구에게나 자기의 썩은 속을 털어 놔야 숨을 쉴 수 있을 것 같기도 했지만 친구의 조언으로 자기 마음의 결정을 짓고 싶었던 것이다.

경미가 이런 때 찾아가는 친구는 두 사람이다. 하나는 생각할 필요도 없다면서 남편을 내쫓으라는 은숙이요 또 하나는 남편이란 언제라도 본부인에게 돌아오는 법이니 참고 견디라는 충희였다. 그런데 이 날 경미가 찾아간 곳은 충희의 집이었다. 아무리 참고 견디라는 충희라고 해도 어제 일을 들으면 남편을 내쫓으라고 할 것 같았기 때문이었다. 밤잠을 못 자며 생각한 것이 남편에게는 도저히 희망을 걸 수 없다는 것이었다. 그렇기 때문에 충희의 말을 듣고 자기의 결심을 더욱 굳게 가지려 했다.

그런데 충희는 여전히,

"남자란 바람을 피울 때는 눈이 뒤집히는 법이야. 눈이 뒤집힌 사람의 말을 상대로 할 필요가 뭐 있니?"

하며 전과 조금도 다름이 없는 말을 했다.

"지금의 여자와 떨어진다구 해두 또 딴 여자하구 그럴거야, 그런 남자한테 뭘 기대하구 사니?"

"물론 그런 남자하구 같이 산다는 것은 불행한 일이야. 그렇지만 이혼을 한다구 해 봐. 그 뒤에 올 네 불행을 생각해 보란 말야. 네 나이 사십이 가깝지 않니? 애를 셋씩이나 낳구. 그러니 총각한테 시집가기는 틀렸지 않니. 자식이 주렁주렁 달린 홀애비와 결혼을 하면 계모 노릇을 해야 하지 않니? 세상에 못할 것이 계모 노릇일 거다. 그뿐이냐? 네가 낳은 애들 생각은 어떡하구……. 그러니 죽었소 하구 참는 수밖에 없는 거야."

"난 내일을 생각하기가 싫어. 당장 오늘의 모욕을 면하구 싶어."

"그게 감정이야. 감정으루 살 수 있니?"

"감정이래두 좋아. 인간 이하의 대접을 받으면서 어떻게 산단 말이냐? 사족동물(四足動物)은 싫어. 자유라든가 사랑은 없다구 해도 최소한도 사족동물은 될 수 없단 말야."

"세상에 사족동물 아닌 사람이 어디 있니? 돈 아니면 지위 또는 권력의 노예가 인간이거든. 자연의 지배를 받고 기계의 지배를 받고 심지어는 자기 마음의 지배를 받고. 진정으로 자유스런 인간은 하나두 없는 거야."

"그래두 애정을 느끼며 살지를 않어?"

"연애를 할 때면 몰라두 결혼생활하는 사람은 모두가 애정의 노예들이야. 의무적으루 사랑하구 습관적으루 사랑하는 거지. 그러구는 그 애정에 얽매이구. 가정에 대한 또는 자식에 대한 의무감이 없다구 해 봐. 그리구 일부일처제를 절대의 윤리루 생각지를 않구. 그렇게 되면 부부생활을 길게 할 사람이 하나두 없을 거야."

"그럼 나는 어떻게 하라는 거니? 굴욕 속에서 그래두 썩으라는 거냐?"

"너 언젠가 그런 말을 했지? 너의 친정 할머니가 씨앗을 봤을 때 옆에 사람들이 밥만 먹여 주면 되지 않느냐고 위로를 했다지. 너의 어머니가 씨앗을 봤을 때는 좀 빌려 주면 어떠냐는 말을 들었고. 요즘 사람들은 너보구 남편을 내쫓아 버려라 하구 말할 게다. 모두 시대를 반영한 말이라구 생각해. 경제권이 없는 여성 그리구 남편의 횡포에 체념하고 살아야 하는 여성 또 요즘은 인권을 주장하는 여성들. 인간적인 자각면으로 볼 때 너는 마땅히 남편을 내쫓거나 그렇지 않으면 이혼을 해야 할 거야. 그렇지만 나는 그렇지 않다구 생각해. 인간적인 자각이란 의무와 권리 행사로만 얻을 수는 없는 것이라구. 우선 상대방을 자각시켜야 할 거야. 상대방을 자각시키려면 반항만 가지구 안 돼. 희생과 애정 같은 것으루 감화를 시켜야지. 고리타분한 소리 같지만 할 수 없는 일이라구 생각해. 그리구 여자는 여자의 생리를 알아야 해. 아무리 훌륭한 여자라두 있을 때에 월경이 없다구 해 봐. 아마 삶의 보람을 잃어버릴 거야. 여자는 물에 빠져 죽을 때두 얼굴을 하늘루 향하구 떠서 죽는다지 않나? 애를 낳을 때보다 더 큰 고통이 어디 있겠니? 남자들은 상상도 할 수 없는 고통이지. 그렇지만 그 고통이 싫어서 애를 안 낳겠다는 여자는 없거든. 여자는 그늘 밑에서 살되 한 그늘 밑에서 살아야 하는 거야. 생리적으로……."

충희의 지론은 변함이 없었다. 그리고 그것은 경미의 지론이기도 했었다. 그러기에 이때까지 이혼을 안 하고 남편 그늘 밑에서 살아 온 것이 아닌가? 그러나 굴욕을 굴욕으로 느끼지 않았을 때의 말이지 굴욕을 참을 수 없는 통분으로 의식할 때 어찌 사족동물적 태도로 자기를 썩힐 수 있을 것인가?

"그만둬라. 행복하기만 하니까 밤낮 꼭 같은 말만 하는구나."

"행복하지. 그렇지만 행복이란 주관적인 거야. 불행하다구 생각하면 나두 불행하기 짝이 없어. 네 남편은 원체 재산이 있으니까 너는 그런 걸 모르구 살거야. 내 남편은 소위 학자라구 돈을 모르구 살아. 돈에 대해선 걱정두 않구. 거기서 오는 남모르는 고통이 어떤지 아니? 그리구 집에 있을 때는 밤낮 책상에만 앉아 있으니 이야기 한 번 제대로 할 시간이 없어. 이게 무슨 재미냐? 요새 결혼 전의 젊은 여자들 같으면 굴욕적인 생활이라구 이혼을 주장할 거다. 그렇지만 나는 남편의 발전을 위해 썩구 있는 거야. 그렇다구 해서 썩구 있는 나를 슬퍼하지 않아. 세상두 썩구 있는 나를 못난 여자라구 그러지 않구……."

"그만두라니까. 다 알구 있는 이야기야. 다 알구 있는 이야기를 자꾸만 되풀이해서 뭣하니?"

"듣기 싫은 말만 하는데 왜 찾아오는 거지? 언제 와두 나는 꼭 같은 말만 할 거야."

"그럼 다음부터는 안 올게……."

"오구 안 오는 것은 너의 자유지만 그래두 마음이 아플 때는 오게 되구야 말걸!"

"그건 악담이니?"

"내가 왜 악담을 하니, 애두. 네가 갈망하는 인생을 알기 때문에 하는 말이지……."

경미는 그 이상 충희의 이야기를 듣고 싶지 않았다. 충희의 말이 실리적(實利的)인 것이라 해도 지금의 경미로서는 받아들일 수가 없었기 때문이었다.

우선 반항하고 싶었다.

"가 보겠다."

경미가 일어섰다. 그때 충희가 미진한 태도로.

"그래 남편을 내쫓아 버릴래?"

하고 물었다.

"마음이 내키는 대루 하지 뭐."

경미가 구체적인 말을 피하고 나오려고 할 때 충희가,

"이왕이면 쫓겨나지 말구 내쫓아라."

비꼬는 어조로 말했다.

경미는 대답하기가 싫어 그냥 그 집을 나와 버렸다.

골목길을 지나 큰길까지 나오는 동안 경미는 충희의 마지막 말을 불쾌한 감정으로 거듭 생각했다.

쫓겨나지 말고 쫓아 내라는 말은 남편을 내쫓기보다 남편에게 쫓겨날 가능성이 많다는 뜻을 내포한 것이 아닌가?

쫓겨나다니? 불성실한 남편이 싫어 이혼을 한다면 이혼의 주도권은 자기에게 있다. 이혼의 주도권을 가진 내가 남편에게 쫓겨나다니…….

그러나 이혼을 할 경우 지금 살고 있는 남편의 집을 자기가 점령하고 남편을 그 집에서 내쫓을 권한이 자기에게 있는가 하는 것을 생각했다. 모든 재산은 시아버지 이름으로 되어 있다. 재산의 소유자로 되어 있는 시아버지를 감히 쫓을 수 있는가? 시부모를 내쫓을 수는 없다. 그렇다면 그 집을 자기가 점령한다는 것은 말이 안 된다. 결국 쫓겨나는 것은 남편이 아니라 나다. 아마 위자료로 돈 백만 원쯤 받으면 많이 받는 셈이 되겠지. 받는 돈은 둘째로 하고 쫓겨나는 것은 결국 나다.

이렇게 생각하니 충희의 말에 뜻이 있음을 알 수 있었다.

비록 여자가 주도권을 가지고 이혼을 한다 해도 쫓겨나는 것은 여자다.

경미는 억울한 생각이 들었다. 이혼을 당하는 것은 남자인데 쫓겨나는 것은 여자라니. 있을 수 없는 일 같았다.

'쫓아 내야지.'

경미는 어떤 방법으로라도 남편을 쫓아 내리라 생각했다. 지금 살고 있는 집이 삼백만 원 이상의 값을 가지고 있다. 돈으로 청구하는 위자료보다 비싼 것일지 모르나 위자료를 돈 대신 집으로 달라고 하면 될 것이 아닌가?

경미는 거리를 걸으며 변호사 간판을 찾았다. 변호사의 법률적 의견을 듣고 변호사의 의견에 따르리라 생각했던 것이다.

어떤 고층건물 2층에서 변호사 간판을 보고 그리로 올라갔다. 그리고 자기 이야기를 다 듣고 난 변호사가,

"위자료루 집을 청구할 수는 있습니다. 그렇지만 쌍벌죄루 고소를 해야 하니까 상대방의 주소 성명은 물론 간통의 구체적 사실을 말씀해 주십시오."

할 때 경미는 곧 알아 가지고 다시 오겠다는 말을 했다. 경미가 변호사 사무실을 나오려 할 때 변호사가 수수료에 대한 말을 했다. 십만 원은 받아야 한다는 것이었다. 경미는 승소만 한다면 집값의 반이라도 좋다고 생각했다. 그래서 바삐 집으로 돌아와 남편의 귀가를 기다렸다.

남편은 예상한 대로 저녁 전에 귀가했다. 외박한 다음 날은 어느 때보다도 일찍 귀가하는 것이 그의 습관이었다.

남편을 만나자 경미는 다짜고짜로,

"어떤 여자지요? 주소 성명을 말해요."

라고 물었다. 물론 졸렬한 질문이라는 것을 모르지 않았다. 그러나 남편이 대답 안 할 수 없으리라는 속셈이 있어 졸렬한 대로 물었을 때 상우가,

"누굴 가지구 그러는 거야?"

하고 이야기의 초점을 밝히라는 듯 말했다.

"상관한 여자가 몇백 명이 있어두 관계없어요. 어젯밤 자구 온 집만 알면 그뿐예요."

"그건 알아서 뭣하지?"

"뭣하긴 뭣해요, 어제 아침에 출근하며 싫어졌는데 무엇 때문에 이 집에서 살구 있느냐구 그랬지요? 살기 싫어졌으니까 그거나 알구 나갈려는 거지요."

"나가는 사람이 그런 건 알아서 뭣해?"

"그것두 모르구 어떻게 나가요, 그것만 알면 당장에 나가겠어요."

"알 필요두 없구 알 만한 가치두 없는 일야."

"왜 가치가 없어요. 내 대신 올 여잔데……."

"당신 대신 올 여자는 아냐."

"그럼 뭐예요? 돈 주고 자는 갈보란 말예요?"

"그 비슷한 거지. 돈 안 주면 두 번 다시 만나려구두 안 하는 여자란 말야."

"거짓말 말아요. 그런 여자한테 미쳐 다니는 바보가 어디 있어요."

"바보는 아니래두 미치는 수가 있지."

경미는 갑자기 화가 치밀어올랐다.

"어떤 말을 해두 나는 쌍벌죄루 고소할래요."

홧김에 그미는 해서 안 될 말을 하고 말았다.

"쌍벌죄? 아직두 그런 법이 있나? 또 돈 주고 산 여자와 같이 자는 것두 간통에 속하나? 웃기지 말어."

"내가 할 테니 두구 봐요. 정 대지 않으면 흥신소에 부탁해서라두 조사해 내구야 말테니까……."

"좋두룩 해. 그렇지만 흥신소에 줄 돈을 절약하기 위해 전부를 말하지.

398

직업은 댄서, 주소는 청파동 2가 ××번지. 이름은 김춘자. 동거생활은 아니고 한 주일에 한 번 가 자구 한 오천 원씩 주는 정도야. 자, 쌍벌죄루 고소를 해 봐."

남편이 조소(嘲笑)가 숨어 있는 얼굴로 말할 때 그미는 맥이 탁 풀리는 것을 느꼈다. 그래서,

"도대체 다 해서 몇 여자째지요?"

하고 내뱉듯이 물었다.

"글쎄, 나두 수효를 모르겠는데. 다음부터는 기억에 남기기 위해서라두 관계한 여자의 이름이나 적어 두기루 할까."

어이없다고 생각되는 순간 그미의 손뼉이 상우의 뺨을 후려쳤다.

"왜 때리지?"

매를 맞고도 빙그레 웃는 상우였다.

"그게 자기 아내 앞에서 하는 말예요?"

"못할 거 뭐야? 오입쟁이라구 만천하가 다 아는데."

"듣기 싫어요."

"듣기 싫을 것 없잖아? 이혼하겠단 말을 자기 입으루 하구……. 그렇지만 이혼을 하려면 내 도장이 있어야 할걸. 합의이혼이 아니면 이혼이 성립 안 되니까 말야."

"도장은 해서 뭣해요. 고소를 하는데……."

"해 볼 대루 해 봐. 그렇지만 난 당신을 놔 주지 않을 테니까. 죽어두 말야."

설사 고소를 하기로 했다 해도 자기를 놔 주지 않겠다는 남편 말이 마음을 움직였다.

"그런 사람이 오입을 그렇게 해요?"

"오입이야 불장난이지 진심인가. 살아가는데 불장난두 좀 있어야 흥이 나지 않아?"

"그놈의 흥이 사람을 죽여두요?"

"불장난을 할 수 있을 때 산 보람을 느끼는 거야. 당신두 내가 불장난을

못하게 되면 섭섭해할 걸……."

"듣기 싫대두……."

"듣기 싫긴…… 사실이 그런 걸……."

염치없는 상우는 경미를 와락 끌어안으며 강제로 키스를 했다.

강제로 키스를 당한 경미는 상우를 밀치고 난 다음,

"에익, 더러워."

하며 자기 입술을 손등으로 닦아 냈다. 그리고는 변호사를 찾아가리라 생각하고 옷을 갈아 입기 시작했다. 그때였다. 식모가,

"아저씨 손님 오셨어요."

창 밖에서 말했다.

"어떤 손님이냐?"

"젊은 부인이예요."

식모의 대답에 상우가,

"당신 좀 나가 보우. 난 없다구 그러구!"

경미에게 부탁을 했다. 젊은 부인이란 말에 상우의 부탁이 아니라도 자기가 나갈 생각이었다. 집으로까지 찾아오는 여자가 누굴까 하고 대문께로 나갔을 때 삼십도 못 되어 보이는 여자가,

"소 선생님 계신가요?"

라고 물었다.

"안 계신데 누군신가요?"

경미는 직업여성 같은 그미를 아래위로 훑어보며 말했다.

"어젯밤 저의 집에서 물건이 없어졌어요. 그래서 혹시나 하구……."

여자는 당황한 표정으로 말끝을 맺지 못했다.

"무슨 물건인데요?"

"진주 목걸이예요, 가짜가 아닌……."

"그래요? 돌아오시거든 물어 보죠."

이야기가 너무 이상스러워 경미는 다른 말을 조금도 못했다. 이 년 전 남편이 좋아하는 여자를 만나 호되게 욕을 해 주어 다시는 만나지 못하게 한

일이 있었다. 그러나 그 뒤에도 남편이 버릇을 고치지 못할 때 경미는 죄 없는 여자를 찾아다니지 않기로 했다. 남편의 잘못을 상대방 여자에게 책임지우는 어리석은 행동을 않기로 결심하고 그런 일에 무관심한 듯 지내고 있지만 남편이 미쳐 다니는 장본인을 면전에서 대했을 때 경미로서 홍분하지 않을 수 없었다. 그러나 남편이 그 여자의 물건을 홈쳤다는 이야기는 경미의 홍분을 냉각시켰던 것이다. 그래서 그 여자에게 잠깐만 기다리라 해 놓고 방 안으로 뛰어들어와 상우에게 물었다.

"여보, 어젯밤 잔 집에서 진주 목걸이를 가져왔수?"

"응, 그년이 취한 줄 알았더니 다 본 모양이군. 이거야."

남편이 양복 주머니에서 진주 목걸이를 꺼내 경미에게 보여 주었다.

"이젠 도벽까지 생겼군요."

경미는 그 목걸이를 다그채어 빼앗았다.

"내 말 좀 들어 봐. 그게 적어두 십만 원짜리는 될 거거든. 내 돈 주구는 살 수 없는 물건이지. 돈이 아까워 그걸 어떻게 사. 그래서 몸뚱아리를 팔아 얻은 말하자면 공짜루 얻은 물건을 좀 실례했지. 그년두 그리 아까울 것 없을 거 아냐. 덕택에 당신이 진주 목걸이 한 번 걸어 보라구⋯⋯."

상우는 빙그레 웃으며 목걸이를 도로 뺏으려 했다. 경미는,

"정말 장난이 심하군요. 내가 그런 걸 목에 걸구 다닐 줄 아세요?"

하고 목걸이를 두 주먹 속에 움켜쥐었다.

"장난이지. 인생 자체가 장난인 걸 어떡해. 돌려 줘두 한 번만 걸어 본 뒤 갖다 줘⋯⋯."

"에이구, 에이구."

경미는 웃을 수밖에 없었다. 웃으면서 상우의 팔뚝을 함부로 꼬집고 또 꼬집었다. 그리고는 대문 밖으로 나가,

"내 남편은 도벽이 있는 분이니까 앞으로는 상종 마세요. 알겠어요? 다음엔 이것보다 더 중한 것을 잃어두 난 책임 안 져요."

하며 목걸이를 돌려 주었다.

"네, 알았어요."

여자는 잃었던 물건을 도로 찾은 것만이 다행인 듯 총총걸음으로 돌아
갔다.

"그렇지만 장난이었을 거예요."

경미는 돌아가고 있는 여자 뒤를 향해 채 못한 말을 혼자 중얼거렸다.
그리고 충희가 말한 대로 어떻게 하면 남편을 자각시킬 수 있을까 하고 생
각했다.

(원) 《문학춘추 7》 1964. 10, (출) 『신한국문학전집 13, 박영준 선집』 어문각, 1972.

농민과 산업훈장

창문이 검정 빛깔에서 잿빛으로 변했다. 훤하게 밝았다고 말하기에는 아직 삼십 분이나 더 있어야 할 것이다. 집집의 닭들이 목청이 찢어져라 울고 있다.

경화는 눈을 뜨는 순간 자리에서 벌떡 일어났다. 창문이 희미한 잿빛을 띠기 시작할 때면 자연 눈을 뜨게 되고 눈이 뜨이기만 하면 벌떡 일어나는 것이 경화의 버릇이었다.

그는 자리에서 일어나자 옷을 주워 입고는 소리가 나지 않게 문을 살그머니 열고 밖으로 나갔다. 밖으로 나가서는 헛청간에서 삽을 집어 들고 포도밭을 지나 고구마밭으로 걸어갔다.

세 마지기 이상의 고구마밭 가운데 집에서 먹기 위해 고구마를 캔 십여 평의 빈 땅 한가운데 삽을 꽂아 놓고 소변을 보기 시작했다. 소변을 보며 하늘을 쳐다보았다.

아직 어둠이 깔려 있는 하늘에는 별이 그대로 살아 있었다. 오늘도 날은 좋을 모양이었다.

소변을 끝내자 그는 삽을 들고 땅을 파기 시작했다. 삽끝을 땅에 대고 한 발로 그것을 누를 때 땅 속으로 파고들어가는 삽소리가 발끝을 울렸다. 삽소리가 발끝에 울리는 것을 느끼는 순간 사방이 너무나 조용하다고 생각됐다. 닭이 깨어 있을 뿐 모두가 잠들어 있는 꼭두새벽이다. 한 사람도 깨어 있지 않은 꼭두새벽에 혼자서만 일을 하고 있다는 것을 생각할 때 경화는 자기가 엔간히 건강하다고 여겼다. 비가 와서 바깥일을 할 수 없는 날만 빼고는 하루도 이런 시간보다 늦게 일어나 본 일이 없다. 농촌으로 돌아온 지 근 십 년 동안 하루같이 남보다 일찍 일어나 일을 했다. 밤에도 일찍 자는 일이 별반 없다. 농번기만을 빼고는 밤마다 야학을 열었다. 야학이 끝난 뒤에는 밤늦게까지 책을 읽는다. 병적인 성격이라고 말하는 사람까지 있지만 할 수 없었다. 농사를 지어도 농사에 대한 새 지식을 섭취해야만 진보적인 농사를 지을 수 있다고 생각하는 경화였다. 그리고 야학을 지도해 나가려면 새로운 지식을 섭취하지 않을 수 없었던 것이다. 어젯밤에도 서울에서 부쳐 온 농업잡지를 읽느라고 밤 한 시까지 잠을 자지 못했다. 그런데도 삽날을 흙 속에 꽂고 발로 누르는 데 피곤을 느끼지 않았다.

나이 사십이면 내리막길을 걷기 시작한다고들 한다. 종일 일을 하고 나면 가끔 허리가 쑤신다. 그럴 때면 나이를 생각하여 일을 해야 한다고 혼자 생각하기도 하지만 아직은 잠 부족으로 피곤을 느끼지 않을 만큼 건강이 지속되고 있기 때문에 그는 건강에 신경을 쓰지는 않는다. 건강에 신경을 쓰지 않으면서도 유지되는 건강에 스스로 탄복하는 것은 역시 연령에 대한 잠재의식이 깃들어 있기 때문이리라.

그러기에 그는,

'내년부터는⋯⋯.'

하는 생각을 금년 들어 몇 번이나 했는지 모른다.

내년부터는 과로를 이길 만큼 건강이 유지되지 못할지도 모른다. 그러나 내년부터는 과로를 안 해도 농사를 지을 수 있다는 생각이었다.

근 십 년 동안 혼자서 나무가 꽉 차 있던 언덕진 땅을 개간했다. 금년으로 잡목이 우거져 있던 만 평이나 되는 그 땅을 완전히 개간했고 그 땅 전부에 씨를 뿌렸다. 그러기 위해 남들이 자는 시간에까지 일을 해 왔다. 그러나 내년부터는 개간해 놓은 땅에 씨를 뿌리고 거두기만 하면 된다.

고구마 저장고를 만들기 위해 땅을 파고 있는 경화의 이마에 땀이 흐르기 시작했다.

하늘의 별들이 자취를 감추며 동쪽이 훤해 왔다.

내년부터 고구마를 다 수확하도록 해야지. 금년에는 고구마 순을 기르는 데도 별다른 방법을 연구하지 않았다. 그리고 개간한 지 얼마 안 되는 땅에 비료도 많이 주지 못했다. 그래서 고구마 알이 별로 크지 못하지만 땅에 비료를 주고 고구마 순을 좀더 살이 찌도록 길러서 꽂으면 다수확의 가능성은 얼마든지 있다. 한 마지기당 삼백 관 정도의 수확을 오백 관 정도로는 올려야 한다. 가능성을 발견하고 거기에 성의와 노력을 가할 때 이루어지지 않는 것이 없다.

얼마전 면에서 나와 개간에 대한 것을 조사해 갔다. 중앙에 보고해서 산업훈장(産業勳章)을 받게 한다는 것이었다. 그 뒤 군에서까지 와서 실지 조사를 해 갔지만 과연 그러한 상을 받을 수 있을지는 아직 모르는 일이다. 그렇지만 군에서까지 와서 조사하고 포상의 대상이 될 수 있다고 말한 것은 자기가 가능성을 발견하고 거기에 성의와 노력을 가했기 때문이 아니겠는가? 사람을 한 번도 산 일 없이 순전히 혼자의 손으로 만 평의 황무지를 개간했다는 것은 쉬운 일이 아니다. 정부의 보조를 얻어 수천 정보의 땅을 개간한 것보다 얼마나 귀한 일인가?

경화는 자기 자신에 만족하기도 했다. 그 만족이 불손한 것이라고 생각지는 않았다. 십 년 동안 개간한 땅에 포도나무를 심었다. 밤나무와 감나무도 심었다. 약초도 심었으며 깨와 콩 그리고 고구마를 심었다. 온상재배로 채소와 수박을 심기도 했다.

이제부터는 땅을 기름지게 하고 땅을 가꾸어야 하는 일이 남았지만 있는 땅을 전부 활용할 수가 있고 또 그만큼 수입을 올릴 수도 있다.

만족감을 느껴도 불손한 마음이 아니라고 생각했다.

태양이 동쪽 산봉우리에 얼굴을 내밀었다. 여섯 평의 땅이 거의 한 자나 패어졌다. 이마에서 땀방울이 뺨으로 마구 흘러내렸다. 경화는 허리에 찼던 수건을 잡아 빼어 땀을 씻었다. 땀을 씻으며 자기가 개간한 땅을 한 번 둘러보았다. 절대로 넓다고 생각되는 땅이 아니었다. 그 넓지도 않은 땅을 십 년 동안이나 걸려 개간을 하다니……. 기계농업을 하는 나라 같으면 한 달도 안 걸려 개간할 땅을! 지나간 세월을 생각하면 눈을 감고 느끼던 만족감이 어느새 불만감을 불러온다.

그런 불만감이 깃들기 시작하면 또 일을 해야 한다. 불만감은 일을 하는 데서만 잊을 수 있기 때문이었다.

수건을 허리띠에 집어 꽂고 삽질을 다시 시작하는데 밭 경계선으로 뚫린 길에서 어떤 사람의 기침소리가 들렸다. 지나가는 사람이려니 하고 거들떠 보지도 않고 삽질을 하는데 발자국 소리가 가까워지며

"땅을 파는 건가?"

이웃에 살고 있는 황 서방이 말을 건네었다.

"고구마 저장고를 팝니다."

경화가 대답하자 황 서방은 감탄조로,

"고구마값이 오른 뒤 팔려는 것이군."

하는 것이었다. 남의 일에 감탄은 할 줄 아는 모양이었다. 남의 일에 감탄할 줄은 알면서도 어째서 자기가 남에게 감탄을 받을 일은 못할까? 경화는 황 서방을 볼 때마다 딱한 마음이 든다. 자기보다 오랫동안, 아니 그의 일생을 흙 속에서 살아 온 황 서방이다. 그런데도 그는 가지고 있던 땅까지 전부 팔아 버렸다. 그리고 지금은 순전히 품팔이로 입에 풀칠을 해 가고 있다.

"그렇기두 하지만 내년 봄 고구마 순을 길러 낼 데두 없구 해서요."

"좀 쉬지. 내가 좀 파 줄게……."

황 서방이 경화의 삽을 뺏다시피 했다.

"괜찮습니다."

하는데도 부득부득 삽을 뺏는 데는 옹졸하게 거절할 수가 없었다. 황 서방이 그렇게 선심을 쓰는 데는 반드시 무슨 곡절이 있을 것을 짐작했기 때문이었다. 들어 줘야 할 청탁이라면 선심을 거절 말아야 한다. 선심을 거절하면 청탁하려는 황 서방을 무색하게 만드는 일이 되기 때문이다.

황 서방이 삽질을 하는 동안 경화는 그가 쌀을 꾸어 달라고 왔을 것이라고 생각했다. 논김이 끝난 지 반 삭이 지났으니 품팔이할 일이 없어졌다. 그러니 양식이 떨어졌을 것은 능히 짐작되는 일이었다.

한 오 분쯤 삽질을 한 황 서방이 한 손에 삽자루를 쥔 뒤 허리를 펴고,

"말하기 어렵지만 보리 한 되만 빌려 주소."

예측했던 대로의 말을 꺼냈다. 놀랄 것은 없었다.

그러나 기분이 좋지 않았다. 황 서방으로서는 그래야 죽지 않을 수 있겠지만 식량을 구걸하러 온 것이 몇 번째인지 모른다. 물론 경화는 식량을 빌려 줄 때 돌려 줄 것을 바라지 않았다. 그것은 황 서방에게 돌려 줄 능력이 없음을 알고 있기 때문이었다. 돌려 줄 것을 바라고 있지 않다고 해도 다른 사람에게는 품으로라도 갚는 것을 알고 있기 때문에 황 서방이 자기를 마치 자선사업가처럼 생각하고 있는 것이 불쾌했다.

자기는 자선사업가가 아니다. 갚을 만한 여유가 없는 사람에게 갚으라고 악발스럽게 요구를 할 수 없을 뿐이다.

"얼마나요?"

물어 볼 것도 없이 한 되쯤 주면 생색이 날 것이다. 그러나 경화는 상쾌한 기분이 아닌 만큼 채권자 같은 질문을 했다.

"한 됫박만 주시지."

그 이상은 달랄 면목이 없을 것이다. 황 서방이 누런 이를 내보이며 히죽 웃었다. 할 수 없는 일이었다. 경화는 앞장을 서서 집을 향해 걷기 시작했다.

뒤에 따라오는 황 서방을 등으로 느끼며 걷고 있을 때 경화는 농촌 지도를 하려면 구제사업까지 해야 하나 하고 생각했다. 그것은 농민을 조금이라도 잘 살게 하는 것이 지도사업이지 가난한 사람을 구원해 주는 것이 지도사업이 아니라고 생각되었기 때문이었다.

가난하다고 해서 동정을 한다면 그것은 지도가 아니라 가난에 대한 방임이다.

쌀을 꾸러 오는 사람은 황 서방뿐이 아니다. 땅 한 뙈기 없는 이 동네의 열한 가구가 번갈아 가며 거의 다 찾아온다.

무엇으로 그들 전부를 구제할 수가 있겠는가?

그래서 이따금씩, 자기네도 식량이 없다는 말로 그냥 돌려 보내는 때가

있다. 그런 때면 자기네가 굶주리며 살던 몇 해 전의 일을 생각하며 마음이 언짢아 다음부터는 한 됫박씩이라도 퍼다 준다. 그렇게 몇 번을 하고 나면 다시 마음이 냉정해지기도 하고.

"사람 구실두 못하며 무엇 때문에 사는지 정말 모르겠는걸요."

뒤따라오던 황 서방이 체면막이로 혼자 중얼거렸다. 그 말을 듣자 경화는 황 서방네가 어제부터 굶고 있는 것이리라 생각했다. 굶으면서도 식량을 빌릴 데가 없으니까 자기를 찾아왔으려니 생각하며 암말 말고 보리 한 되를 주어 보내리라 마음먹었다. 그런데 황 서방은,

"고구마가 잘 됐군요."

"콩두 잘 됐는데요."

하다가는,

"포도를 보게, 송이가 주먹 같구만."

그냥 따라오기가 계면쩍어 하는 소리였겠지만 경화에게는

'먹을 것두 많아라.'

하는 것처럼 들렸다. 먹을 것이 없어 당장 굶고 있는 사람도 있는데 자기네는 두고두고 먹을 것까지 가지고 있으니 미안하지 않을 수 없었다. 그러나 미안한 생각이 들기에 앞서 부지런히 일해서 얻은 것들인데 부러워할 것도 없지 않느냐 하는 생각이 들었다.

경화가 이 동네에 오자 젊은 사람들을 모아 놓고 가장 역설한 것이 부지런하자, 그리고 땅을 사랑하자 하는 것이었다. 그 결과, 부지런하고 땅을 사랑하는 사람은 그래도 굶지 않고 살아간다.

아직도 마을 뒷산 밑에는 황무지가 적지 않게 있다. 그런데도 땅 한 평 없이 품삯만으로 연명해 나가는 열한 가구 중 그 황무지를 개간하려는 사람이 하나도 없다. 경화는 몇 번이나 권했는지 모른다. 그러나 얼마 동안은 소출도 많지 않은 것을 애만 써서 개간해서는 무엇 하느냐. 땅주인 좋은 일만 시키는 것이라고 하며 응하지를 않고 있다.

부지런하지 않기 때문이다. 그리고 땅을 사랑하지 않기 때문이다. 농촌에서 부지런하지 않고 땅을 사랑하지 않는 사람을 무엇에다 쓸 것인가?

청간으로 들어가 보리쌀 한 되를 꺼내 황 서방이 가지고 온 자루에 쏟아 줄 때였다. 황 서방이 청간 안을 둘러보며,

"보리를 하나두 팔지 않았구만……."

마치 먹을 양식이 많으니 보리 한 되쯤 주어도 아깝지 않을 것이라는 듯이 말했다.

가난은 체면까지 잡아먹는가? 경화는 참을 수가 없었다.

"언제쯤 갚지요?"

그냥은 줄 수 없다는 뜻이었다.

"갚아야지요."

황 서방이 무책임하게 수월한 대답을 했다.

"그래두 몇 번에 한 번쯤은 갚아 주셔야 다시 빌려 드릴 수 있잖아요."

야박하다고 생각하면서도 야박해지고 싶은 심정이었다.

"갚구 말구요. 그냥 달랄 수가 있나요."

황 서방의 대답은 능글맞았다. 그 이상 달리 할 말도 없겠지만 능글맞게 보이는 황 서방이 비위에 거슬려,

"갚기 전에는 다시 빌리러 오지 마세요."

경화는 표독스런 말까지 하고야 말았다.

황 서방이 돌아간 뒤에도 그는 억울한 것 같은 감정에 사로잡혀 있었다. 남들은 한 되면 반 되 이상의 이자를 붙여서 받는데 자기는 이자를 요구한 일이 없다. 그런데도 떼먹는 것은 자기 것뿐이다. 사람을 만만히 보는 것만 같았다.

조반이 다 됐기에 밥상을 대하고 앉았다. 어린애 셋과 아내 그리고 자기의 다섯 식구가 식상을 마주하고 식사를 하고 있을 때 아래켠에 살고 있는 김 영감이 찾아왔다. 또 식량을 구하려 온 것이려니 생각하며 방 밖으로 나갔다. 아니나 다를까 김 영감은,

"어려운 길을 왔소. 어떻게 할 수가 있어야지. 보리나 고구마라두 좀 빌려 주시구려."

기운 없는 말을 했다.

경화는 황 서방에 대한 감정이 채 가라앉지 않은 터라 우리 집에도 빌려
줄 만큼 여유가 없어요, 하고 그냥 돌려 보내고 싶었다. 그러나 육십이 넘은
노인이 기운 없이 고구마라도 빌려 달라는데 차마 냉혹한 말을 할 수가 없
었다. 그는 잔말 않고 부엌으로 나가 고구마 한 바가지를 가져다 주었다. 그
리고는 황 서방에게처럼 한 번 갚아 보기도 하라는 말조차 하지 않았다.

한 번은 표독스런 인간이 됐었지만 계속해서 표독한 인간이 될 수 없었기
때문이었다. 그런 일에 한 번도 간섭해 본 일이 없는 아내가,

"가난 구제는 나라두 못한다지 않아요?"

하고 의미 있는 말을 했지만,

"가난을 구제하는 것이 아니야. 할 수 없으니까 주는 거지."

하고 다음 말을 하지 못하게 했다. 그러면서도 마주 앉아 밥을 먹고 있는 맏
딸 지향을 바라보며 몇 해 전의 일을 회상했다.

흉년이 든 해 봄이었다. 소나무 껍질과 칡뿌리로 연명하고 있을 때 열 살
밖에 안 된 지향이 종자로 쓰기 위해 감추어 두었던 깨를 꺼내 씹어 먹고
있었다. 얼마나 배가 고파 감춰 둔 깨까지 쑤셔 먹을까 하는 생각에 앞서 쥐
보다도 더 괘씸한 년이란 생각이 들어 철없는 지향의 뺨을 사정없이 후려쳤
다. 그때 지향이 쓰러져 우는 것을 보고 그는 자기의 손을 잘라 버리고 싶은
충동을 받았었다. 죄 없는 어린 자식을 때리다니.

쓰러져 울다가 지향은 우는 채 땅바닥에 쏟아진 깨알을 주워 씹었다. 울
면서도 깨알을 주워 씹는 어린애를 볼 때 경화는 더 참을 수가 없어 방 안
으로 뛰어가 남모르게 혼자 울었다. 그리고 지향을 때린 손을 목침으로 두
들겼다.

황 서방이나 김 영감 그 밖에도 식량이 떨어진 빈농들에게는 종자로 쓸
깨도 없을 것이다. 물론 굶어 죽지는 않는다. 그렇지만 그들이 어떻게 소털
같이 많은 앞날을 살아갈 것인가?

부지런하지 않은 것도 사실이다. 그러나 부지런하다고 해도 땅이 절대량
에서 부족하다.

남의 나라에서는 농가 한 호당 경작하는 토지 면적이 평균 이 정보 이상

이다. 그런데 우리 나라 농민의 경작 면적은 평균 반 정보 정도다. 한 가구가 반 정보(천 평)를 가지고 여유 있는 농사를 어떻게 지을 것인가? 그뿐만 아니다. 인구는 기하급수적으로 팽창하고 있다. 봉건성을 띤 농촌에서 가족 계획이란 바랄 수도 없는 일이니 인구가 늘어 감에 따라 농토는 더욱 좁아들 것이 뻔한 일이다.

농경방법을 개량하고 황무지를 개간한다고 해도 농경지의 부족을 메울수가 없다.

경화는 전부터 생각해 오고 있는 문제지만 새삼스레 암담을 느꼈다. 어떤 짓을 한다고 해도 한국의 농민은 가난을 면할 길이 없는 숙명에 놓여 있다.

숙명적으로 못 살게 되어 있는 농촌을 지도하려면 어떻게 지도해야 하는가?

조반을 먹고 방을 나오다가 사랑채 기둥에 달려 있는 '성지학원'(聖地學院)이란 간판을 올려보고 저것을 떼 버리고 말까 하는 생각을 했다. 땅을 사랑하라, 땅은 거룩한 것이다 하면서 농민 학원의 이름을 '성지'라고 붙였던 것이지만 부족한 땅을 가지고 '성지'라 불러서는 무엇할 것인가?

부족한 땅을 가지고 사는 농민들을 잘 살게 해 보려고 학원을 경영한다는 것도 우스운 일 같았다. 그래도 학원 덕택에 마을 청년들이 다른 마을 사람들에 비해 견실한 생활을 하고 있다. 다각농을 해 보려고 애쓰기도 한다. 우선 다른 마을에 비해 동네가 깨끗하다.

결과가 아주 나쁜 것은 아니지만 역시 가난한 사람을 없애지 못하고 있다. 농한기에 들어서기만 하면 식량을 빌리러 다니는 사람이 십여 가구나 된다.

경화는 그냥 농업학교 선생으로 있었더라면 하는 생각을 했다. 농업학교 선생 노릇을 그대로 했다면 매달 주는 월급으로 걱정 없는 생활을 할 수 있었을 것이 아닌가? 대학을 졸업하지 못했다는 이유로 전혀 승진이 안 되는 것을 불만삼아 학교를 그만두고 농촌으로 돌아온 것이지만 사실은 농촌지도를 해 보겠다는 주제넘은 생각에 그 불만을 학교에 있을 수 없는 이유로 삼았던 것이다.

농촌에 광명을 주자. 농민을 잘 살게 해 주자는 생각으로 십 년 동안 잠도 안 자며 일해 왔다. 일을 안 하며 그리고 생활의 안정을 얻지 못하고는 농촌지도를 할 수 없다는 마음에 정말 농민의 사표가 될 만큼 부지런히 일했고 또 농민을 지도해 왔다.

그러나 오늘 '성지학원'의 간판을 보고 부끄럼을 느낀 나머지 그 간판을 떼 버리고 싶은 충동을 받다니…….

경화는 간판을 떼 버리지 못했다. 간판에 쓰여져 있는 글자가 무서운 눈초리로 노려보는 것 같았기 때문이었다. 그래서야 쓰느냐고 꾸중하는 것 같기도 했다.

경화는 다시 고구마 저장고를 파기 시작했다. 얼마 동안을 파고 있을 때 야학생인 명구가 찾아왔다.

"길수네가 오늘 서울루 떠난대요."

명구는 침울한 표정으로 말했다.

"벌써부터 떠난다는 소문이 있더니 기어이 떠나구야 마는구나……."

경화도 삽을 놓고 멍청하니 말했다. 황 서방이나 김 영감네처럼 땅 한 평 갖지 못하고 품팔이로만 끼니를 때우고 있던 길수네다. 서울 가면 친척집에서 잠만은 잘 수 있으니 지게꾼 노릇을 해서라도 밥은 굶지 않을 것이라면서 서울로 이사간다는 말이 벌써부터 전해 오고 있었다. 그 소문을 들었을 때 경화는 할 수 없는 일이라고 생각했었다. 서울 가면 먹고 살 수가 있다는 사람을 어찌 가라 말아라 할 수 있겠는가?

어차피 시골에서는 살 수 없는 사람들이다.

그래서 모른 체만 하고 있었지만 지금 명구의 말을 듣자 그는 쓴 약을 먹은 것처럼 속이 쓰린 것을 느꼈다.

말이 지게꾼이지 지게꾼이 먹고 살기 쉬울 리 없다. 농터만 있다면 무엇 때문에 떠날 것인가?

"가서 살 만하면 편지를 할 테니 우리두 서울루 오라지 않아요."

"그래 너희 아버지두 서울 가신다던?"

"편지만 오면 가신대요."

"그래?"

살 수만 있다면 서울 가는 것을 말릴 필요가 없다. 서울이 대한민국의 전부처럼 생각하는 서울 사람들에게 가난한 사람들을 자꾸 보내어 서울 사람들도 가난이 어떻다는 것을 직접 눈으로 보아야 할 것 같았다. 같은 서울 사람들끼리니 굶겨 죽이지는 않겠지.

그래서 경화는 다들 가거라 하고 혼자 긴 숨을 내뿜었다. 그때였다. 길수가 뛰어와서,

"선생님, 우리 오늘 서울에 가요."

마치 자랑이라도 하러 온 것처럼 말했다.

"그래?"

"기찰 타구 가는 거예요."

"좋겠다."

"얼마 안 있어 명구네두 가구요."

"서울 사람들이 반가워하겠다."

"전찻값이 제일 싸대요. 뿡뿡 소리내는 전차가……."

"그렇대더라."

"서울 사람들은 제일 싼 전차를 많이 안 탄다던대요. 건 왜 그럴까요?"

"서울 사람들은 돈이 많으니까 그렇지. 서울 사람들은 누룽지두 안 먹는다더라."

"누룽지만 얻어먹어두 굶어 죽지는 않겠네요."

"자긴 안 먹어두 남은 안 준대더라."

경화는 쓴웃음을 웃었다.

"선생님 서울 오시거든 꼭 들러 주세요."

"그러마."

"그럼 선생님 안녕히 계세요."

길수는 허리를 꾸부리고 인사를 하자 달음질쳐 자기 집으로 돌아갔다. 명구도 길수를 뒤쫓아 뛰어갔다.

야학을 할 때 농촌을 떠날 생각을 해서는 안 된다고 입이 닳도록 말했건

만 철없는 애들은 멋도 모르고 서울이 좋아라 떠나고 있다.

막을 수 없는 일이기는 하지만 어쩐지 자기의 지도가 부족한 결과처럼 생각되어 경화는 한참 동안 땅파는 일을 잊고 멍청히 서 있었다.

초가을 맑은 하늘이 바다처럼 푸르게 보였다. 끝없는 하늘이었다.

경화는 하늘을 쳐다보며 한국의 자랑인 저 하늘이 흙으로 된 땅이었으면 하고 생각했다. 그렇기만 하다면 경작할 땅이 부족하다거나 농민들이 서울로 떠나가는 일이 없을 것 같았다.

하늘을 멀거니 바라보고 있던 경화는 삽을 땅에 꽂아 놓고 집으로 들어갔다. 그리고 달걀 한 꾸러미를 싸 가지고 길수네 집으로 갔다. 짐을 다 꾸려 가지고 그것을 메고 이고서 막 떠나려는 때였다.

십여 명의 동네 사람들이 모여서 작별을 아끼고 있는데 모두가 굳은 표정들이었다. 보내는 사람들은 떠나는 사람들에게 서울 가거든 부디 잘 살라는 마음을 가지고 있을 것이다. 그러나 그런 말하는 사람은 하나도 없었다.

"짐을 화물로 부치게. 돈은 안 받으니까."

"말만 잘하면 버스에두 짐을 실어 줄 거야."

"어서 가. 기차 시간에 늦지 않게."

이런 말만을 주고 있을 때 길수 어머니 혼자만이 치마끈으로 홀러내리는 눈물을 닦고 있었다. 그러나 울지 말라고 말하는 사람은 하나도 없었다.

"서울선 생사람 눈을 뺀답디다."

그것만이 떠나는 이에게 줄 수 있는 말인 모양이었다. 울고 있는 길수 어머니 옆에서 어떤 부인이 말했다.

경화는 보따리를 짊어지고 앞장서서 걷기 시작한 길수에게로 가 달걀꾸러미를 쥐어 주었다.

"고맙습니다."

길수가 고개를 끄떡했다. 철이 없어 그렇기는 하겠지만 그 중 명랑해 보이는 길수가 좋았다.

"구두닦이를 해서라두 야학엘 다녀라."

경화는 길수가 명랑해 보이기 때문에 이런 말이라도 할 수 있었다.

"네. 공부를 하다가 방학 때 놀러 내려오겠어요."

길수는 눈을 반짝이며 생글생글 웃었다. 생글생글 웃는 길수를 보자 경화는 가슴이 콱 막히는 것을 느꼈다. 아무것도 모르며 그래도 꿈을 가지고 있는 길수.

가는 사람들을 따라나오던 사람들이 동네 어귀에서 발을 멈추고,

"잘 가시오."

로 마지막 인사를 보낼 때,

"잘들 계세요."

하고 가는 사람들이 몸을 돌이키고 우뚝 섰다. 더 할 말이 있을 턱이 없다. 죽으러 간다고 해도 '잘 가시오' '잘들 계세요'면 그뿐일 것이다.

그러나 경화는 그 말도 못했다. 어른이 애들 장난하는 것을 보고도 무관심한 태도를 보이듯 몸을 돌리고 집으로 걷기를 시작했다. 입이 떨어지지 않아 잘 가라는 말도 못하고 그러면서도 가장 대범한 사람처럼 혼자 돌아오고 있을 때 김상대 씨가 저쪽에서 오다가,

"잘 만났습니다."

하고 걸음을 멈추었다.

"길수네가 떠나는 것을 보구 오는 길입니다."

묻지도 않은 말이지만 아무래도 화제가 되고야 말 것 같아 경화는 길수네 이야기를 꺼냈다.

"참 그런 말이 들리던데 오늘 떠났군요."

상대는 정말 관심도 없는 사람처럼 말했다. 돈이 있는 사람은 돈 없는 사람에게 대해 언제나 무관심한 태도를 보이는 법이다. 관심이라도 보이면 손해를 보기 때문이리라. 김상대는 동네에서 그 중 잘 사는 사람의 하나다. 그래서 가난한 사람들과는 땅과 구름처럼 어울리는 법이 없다.

경화는 그런 사람에게 가난에 쫓겨 서울로 떠난 길수네 이야기를 더 할 필요가 없다고 생각했다. 그래서 그와 헤어져 집으로 가려고 하는데

"그렇지 않아두 지금 윤 선생을 찾아가는 길이었소."

하며 경화를 붙잡았다.

"무슨 일인데요?"

경화는 의아하지 않을 수 없었다. 가난한 사람들끼리는 담을 터놓고 살지만 돈 있는 사람과는 담을 높이 쌓아 놓고 사는 곳이 농촌이다. 그런 만큼 그들은 서로 찾아다니는 일이 한 번도 없었다. 그런데 자기를 만나러 가던 길이라니…….

"다름이 아니라……."

상대는 노상에서 만난 것을 도리어 다행하게 생각하는 듯 이야기를 꺼냈다.

"내 아들놈이 있지 않습니까? 금년 고등학교를 졸업한 동오란 놈 말입니다. 그 애를 군 농사지도소에 취직을 시키려구 하는데 윤형이 그곳 소장을 한 번만 만나 주셨으면 취직이 될 것 같습니다. 버스값은 내 드릴 테니 한 번 수고해 주실 수 없겠습니까?"

상대의 이야기를 듣자 경화는 무엇보다도 그 청탁을 들어 주지 않을 때의 일을 생각했다. 만약 자기가 농사지도소장을 만나러 가 주지 않는다면 상대는 반드시 자기를 죽일 놈이라고 단정하고 욕할 것이다. 욕뿐이 아니라 앞으로는 상대도 안 하려 할 것이다. 그렇게 되면 동네에 적이 생기기 시작한다. 하나의 적이 생기면 그 수효는 차츰 늘어날 것도 사실이다. 무엇보다도 겁나는 일이다.

달포도 못 된 얼마 전의 일이다. 비료배급이 제대로 나오지 않아 농민들은 암거래로 비료를 사지 않을 수 없었다. 배급가격은 한 포대당 사백 원인데 암거래의 가격은 삼천오백 원이었다. 농민들은 다들 죽는 소리를 했다. 나라를 원망하기도 했다.

그러면서도 그 비싼 비료나마 사지 않으면 쌀 구경을 할 수가 없게 된다. 빚을 내서라도 사야만 했다. 그러나 빚을 얻을 데가 만만치 않았다. 그래서 동네 사람들이 경화에게로 찾아왔다. 농사지도소와 직접 관계가 있을 뿐 아니라 협동조합과도 통하는 사이니 동네 대표로 가서 특별 융자를 해 오라는 것이었다. 경화는 안 갈 수가 없었다. 가서는 농민들의 사정을 말하기 전에 정부의 시책을 반박했다. 어느 달에는 비료가 필요하다는 것쯤 농사에 관여하는 사람은 누구나 알고 있는 일이다. 중농정책을 쓴다는 정부에서 비료에 대한 대책을 세우지 않았다면 중농정책이란 무엇하자는 것이냐 하며 말로만 농촌 농촌 하지만 농민을 죽이는 것은 도리어 정부라는 말을 했다. 그런 말을 안 할 수가 없었던 것이다. 사백 원짜리를 삼천오백 원에 팔아 먹는 장사꾼도 도둑놈들이다. 그러나 그 장사꾼들은 비료를 어디서 가져다가 파는 것인가? 외국 비료의 수입이 늦어서 배급을 못 준다 하지만 암거래로 돌고 있는 비료는 장사꾼들이 만들어 낸 것일까? 작년에 쓰다가 남은 것이라 해도 농민에게 주어야 할 것을 장사꾼의 손으로 넘긴 사람이 있기 때문일 것이다.

경화는 비료를 배급해 주거나 그렇지 않으면 특별 융자를 해야 한다고 주장했다. 그러나 암매 비료를 사라고 줄 돈은 없다는 것이었다. 전국적인 문제인 만큼 중앙에 신청은 해 보겠지만 중앙에서 들어 줄 것 같지도 않다고 했다. 경화는 곧 중앙에 가서 교섭을 해 오라고 했다.

그러나 융자는 실현되지 않았다. 농민들은 빚을 얻어서 또는 있는 양식 전부를 팔아서 암매 비료를 사서 썼다.

그 뒤 동민들은 경화를 경원하는 눈치였다. 그것은 경화가 그러려니 생각했기 때문인지도 몰랐다. 농민을 위하여 융자를 얻어 주지도 못하는 것이 무슨 농촌지도 운운하느냐는 눈으로 보는 것 같았다. 자기가 농촌지도자로 자처하고 있는 것은 아니지만 야학을 통하여 계몽운동과 농사지도를 한다고 해서 군에서는 그를 농사지도소 면소장(面所長)의 직분과 4H 구락부 면지도원 위원장직을 맡기고 있다. 그런 직책을 맡고 있으면서 동민을 위해 직접 해 준 일이 무엇인가 하고 질책하는 것 같기도 했다.

물론 눈에 보이는 성과를 올려 농민들을 위해 일한 흔적이 나타난다면 자기 마음도 기쁠 것이다. 그리고 앞으로 일해 가는 데도 편리한 점이 많을 것이다. 그러나 농촌을 위해 일한다는 것은 앞장을 서서 관청이나 찾아다니는 것이 아니다. 당연한 것을 요구한다고 해도 청탁을 할 경우에는 머리를 숙이고 아첨을 해야 한다. 이득을 위하여 아첨을 부끄러워하지 않는 것은 정치 모리배들이나 할 일이다. 진심으로 농민을 대하며 살아야 할 사람이 어찌 정치 모리배가 될 수 있을 것인가?

그런데 지금 상대가 자기를 정치 모리배로 취급하고 있다. 불쾌하지 않을 수 없었다.

"저보다야 이장이나 협동조합장이 유력하지 않겠습니까?"

경화는 점잖게 거절했다. 그런데도 상대는,

"지도소장이야 누구보다도 윤 선생의 말을 더 잘 들을 것이 아니겠소?"

경화가 피할 수 없는 골목길로 몰았다.

"취직될 애라면 제가 말 안 해두 될 것이구 안 될 형편이라면 제가 말해두 소용이 없을 것입니다."

사실 그렇게 생각했다. 청탁을 하면 되고 안 하면 안 된다면 세상에 공평이란 것이 있을 수 있겠는가? 그러나 말을 해 놓고 보니 노골적인 거절이 되어 버렸다. 상대가 얼굴색이 달라지리라 생각했는데,

"되든 안 되든 한 번 가봐 주기나 하십시오. 물론 귀찮은 일이지만……."

비굴할 정도로 웃음을 지으며 말했다.

동네 어떤 사람에게도 그런 태도를 보여 준 일이 없었을 것이다. 동네 모든 사람에게 채권자적 위치에서 채무자들을 자기 영토 안의 피통치인처럼 취급하는 상대다. 그런 만큼 자기에게 끈덕지게 들러붙는 것은 본의와 다른 이상기후(異常氣候)에 틀림없다. 그런 만큼 경화로서는 굴할 수가 없었다.

"고등학교를 졸업했다구 취직을 시켜야 한다는 법이 어디 있습니까? 공부한 사람이 농사를 싫어하는 사상을 버려야 한다구 생각합니다. 가난한 사람은 먹을 것이 없어서 농촌을 떠나구 공부한 사람은 일하기가 싫어 농촌을 떠나면 농사는 누가 하는 거지요?"

상대로서는 반드시 화낼 말을 했다.

경화는 상대가 화를 내주기 바랐다. 그래야만 취직 부탁을 단념하고 돌아갈 것 같았던 것이다.

"나를 훈계하는군?"

과연 화를 내는 태도였다.

"훈계는 아닙니다. 제가 훈계할 자격이 있습니까? 평소에 생각하구 있던 것을 말씀드린 것뿐이지요."

"그만두시오. 당신 아니래두 취직은 시키구야 말 테니."

상대는 인사말도 없이 돌아가 버렸다. 가슴이 후련했다. 하고 싶던 말을 다했고 경멸해야 할 정치브로커를 면할 수 있었다는 안도감이었다.

그러나 동네 사람 전체가 자기에게서 이탈해 가고 있다는 생각을 할 때 경화는 고독감 같은 것을 느꼈다.

경화는 내년부터 협동조합 일에 좀더 적극적으로 활동하리라 생각하고 있었다. 정신적인 면과 농사기술면을 지도하는 한편 직접적인 경제문제를 지도해야만 농민생활은 향상된다고 생각했던 것이다. 그런데 농민들의 마음이 자기에게서 이탈해 간다면 협동조합 일은 고사하고 이때까지 해 오던 일도 효과를 얻지 못하게 될 것이 아닌가?

상대 같은 사람은 문제가 안 되었다. 자기가 잘 살면 그뿐, 농촌 전체에 대해서는 관심도 없는 사람이다. 자기를 조금도 필요로 하지 않는 사람인 만큼 자기에게서 이탈한다고 아쉬울 것이 조금도 없다. 그러나 비료에 대한 융자사건이 있는 데다가 상대의 아들 취직사건으로 동네 농민들이 자기를 성의 없는 사람으로 생각할 것이 두려웠다. 동네 사람들도 상대의 아들을 취직시켜 주지 않았다고 해서 자기를 비난하지는 않을 것이다. 그들도 상대의 아들이 취직을 해야만 한다고는 생각지 않을 것이니까. 그러나 동네 농민에 대해 성의가 없는 사람이란 생각만은 가질 수 있을 것 같았다.

"될 대루 되라지……."

거짓말로라도 가서 부탁하겠노라는 말을 했더라면 하는 생각을 했으나 다 지나간 일이라 그는 상대의 일을 머릿속에서 떨어 버리고 집으로 돌아갔다.

군의 보고에 의해 농림부에서 사람이 왔다 갔다. 군에서는 군의 명예를 위해 과장해서 보고했을 것만이 사실이었다.

농림부에서 내려온 사람은 군에서 보낸 보고서를 검토할 뿐 그리 까다롭지가 않았다. 농장을 한 바퀴 돌아보고 난 뒤 돌아가기 직전,

"정부에 대해서 하고 싶은 말씀은 없습니까?"

하고 물었다.

경화는 기다리고 있었던 기회가 왔다는 듯,

"정부에서 중농정책을 쓰는 것만은 고맙습니다. 그렇지만 농민들이 전보다 잘 살지 못하는 까닭을 규명하셔야 할 것입니다. 물론 외국 농민들처럼 잘 살 수 있다는 것은 전혀 가망이 없습니다. 그렇지만 농민들이 국한된 땅에서 그 땅을 최대한으로 이용하고 농사짓는 일에 성의를 다하도록 해야 할 것입니다. 그러기 위해서는 농촌교육에 획기적 변혁을 일으켜야 할 것입니다. 농촌에서 공부하는 애들과 도시에서 공부하는 애들이 조금도 다른 것을 배우지 못합니다. 어렸을 때부터 흙에 대한 애착심을 길러 줘야 한다고 생각합니다.

그리고 농림부와 협동조합이 이원적 지도를 하고 있는데 거기서 오는 폐단도 연구해야 한다고 생각합니다. 지도하는 사람 편에서는 지도기관이 많을수록 좋을지 모르지만 받는 편에서는 고단하기만 할 뿐 얻는 것이 적습니다.

좌우간 정부는 좀더 농민의 편이 되어야 하며 농민의 정신을 농토에 뿌리 깊이 박도록 해 줘야 한다고 생각합니다."

"잘 알았습니다."

농림부 관리가 할 일을 다했다는 듯이 떠나려고 하는데도 경화는,

"지난번의 비료배급 지연으로 농촌에 어떤 일이 일어났었는지 아십니까? 사정이 있어 그렇게 됐겠지만 한 가지 잘못으로 농민들이 정부에 대한 인식을 아주 달리한다는 것을 아셔야 합니다. 농민이 정부를 불신하면 누구를 믿고 살 것입니까?"

이야기는 그치지 않았다.

"잘 알았습니다. 오늘은 군에까지 들어가야 하기 때문에 다음 만나는 기회에 자세한 말씀 듣겠습니다."

농림부 관리는 타고 온 지프차로 돌아가고 말았다.

보름쯤 지나서였다. 농림부에서 산업훈장을 수여키로 결정되었으니 수여식에 참석하라는 통지가 왔다.

꿈만 같았다. 오래 전부터 그런 이야기가 있어 왔지만 과연 자기에게 그

런 상을 주리라고는 기대하지 못했던 것이다. 국가에서 주는 그런 상을 탈 만큼 큰일을 한 것도 아니라고 생각했던 것이다.

그런데도 산업훈장 가운데서도 금탑 상을 타게 되었다는 것은 의외의 일이라 아니 할 수 없었다. 의외의 일이라고 해도 상금 오만 원의 국가 상을 받게 되었다는 것은 반가운 일이었다. 평생 처음 타 보는 상이다. 그 상을 타기 위해 일생을 살아 온 느낌이기도 했다.

경화는 4H구락부 회원들을 모았다. 그리고는 이번에 국가 상을 받게 되었다는 말을 한 뒤 상금을 가지고 동네 공회당을 지었으면 어떻겠느냐고 물었다.

경화는 상금을 동네 공익사업에 쓸 생각이었던 것이다.

그때 청년들은 좀더 두고 생각해 보는 것이 좋지 않겠느냐고 말했다. 돈만 있다면 할 일이 공회당 건축뿐이 아니라는 것이었다. 공동 목욕탕, 이발관, 정미소, 유치원, 그리고 장학금 등 필요한 것들을 들었다.

경화도 동의했다. 좀더 생각해서 좀더 효과적으로 쓰는 것이 좋을 것 같았던 것이다. 그래서 돈의 용도는 돈을 타 가지고 온 뒤에 결정짓기로 하고 우선 그 상금을 공익사업에 쓸 것만 약속해 두었다.

상을 타기 위해 서울로 출발하는 날이었다. 버스를 타려고 국도로 나갔을 때 뜻밖에도 많은 마을 사람들이 버스정류장까지 나와 있는 것을 보았다. 길수네가 서울로 떠날 때는 동구 앞까지 배웅해 주었을 뿐 버스정류소까지 나간 사람이 하나도 없었다. 그런데 며칠 있다가 돌아올 자기를 위해서는 이렇듯 성대한 배웅을 해 주는 까닭이 무엇일까?

경화는 그것이 설사 실리적인 행동에서 온 현상이라고 해도 고마운 일이라 생각했다. 동네의 명예를 한 몸에 짊어지고 장도에 오르는 기쁨이 가슴을 설레게 했다.

어제 이발을 했고 허름한 것이지만 양복에 넥타이까지 맸으니 동네 사람들의 환송을 받아 무방하다고도 생각했다.

버스를 타고 삼십 리 길을 가는 동안 경화는 고생의 보람이란 반드시 있는 것이라고 생각했다. 지난 십 년 동안의 일들이 주마등같이 눈앞을 지나갔다. 만약 농업학교 선생을 그대로 하고 있었다면 지금도 몇 푼의 월급에 매달려 그늘 밑의 잡초처럼 보람 없는 생활을 하고 있을 것이다. 후배를 기른다는 즐거움은 있을지 모르나 독창적이요 생산적인 즐거움은 털끝만큼도 맛볼 수 없을 것이다.

그런데 ××역에 이르러 차표를 사 가지고 홈 안으로 들어섰을 때였다. 뜻밖에도 동네 처녀 순이가,

"선생님!"

하며 경화 옆으로 왔다. 경화는 놀라지 않을 수 없었다. 서울에 갈 일이 없는 순이가 소문도 없이 서울행 기차를 타려고 정거장까지 왔다는 데는 필유곡절이 있을 것이다.

"어떻게 된 일이냐?"

"저두 서울 갈려구요."

순이는 잘못을 저지른 것처럼 경화의 눈치를 살폈다.

"서울은 뭣하러?"

"식모살이라두 할래요."

"식모?"

"네."

"부모 승낙은 받았니?"

"아아니요."

순이의 집안을 잘 알고 있는 만큼 식모살이 간다는 것은 어느 정도 수긍이 되었다. 그러나 부모의 승낙을 받지 않았다는 데는 그냥 넘길 수가 없었다.

"부모들이 걱정하시지 않겠니?"

"할 수 없지요."

순이는 대담하게 대답했다. 이상한 일이었다. 시골에서만 자라난 이제 열일곱 살밖에 안 되는 처녀가 부모 승낙도 없이 서울로 간다는 데 그렇게까지 대담할 수가 있을 것인가?

"할 수 없다니? 그래서야 쓰나!"

경화는 순이에게 집으로 돌아가란 말을 했다. 그가 정거장에서 순이를 만

났는데도 돌려 보내지 않고 그냥 같이 갔다고 하면 나중에 순이의 부모는 무엇이라고 할 것인가? 꾀어 갔다고까지는 하지 않겠지만 섭섭해할 것만은 사실이다. 더구나 보통이 아닌 계모가 무어라 할 것인가. 나이 어린 애들이 잘못하는 일을 할 경우에는 반드시 충고하고 뉘우치게 해 주어야 하는 것이 어른이다. 충고해서 뉘우치게 해 주지 않으면 공모자가 될 수도 있다.

"선생님두 저희 집안 사정을 잘 아실 텐데요."

결심이 굳으니까 집을 떠나기까지 했겠지만 순이는 도리어 경화의 이해 부족을 탓했다.

"사정을 모르지는 않지만 부모가 걱정하실 걸 생각해야지……."

집으로 돌아가야 한다는 말의 뜻을 거듭 밝혔다. 그것밖에 내세울 말이 없었던 것이다. 순이는 계모의 밑에서 살며 계모에게 지독한 학대를 받고 있다. 가난하게 살면서 학대까지 받고 있는 순이를 불쌍히 여기지 않는 사람이 없다. 그렇기 때문에 경화는 순이가 집 나가는 이유를 짐작하고 있으며 따라서 집 나가는 일에 대해서 잘못이란 말을 할 수 없었다.

"저희 이모두 떠나라구 그랬어요. 선생님이 이 차로 떠나신다면서 같이 가라구 해서 저는 새벽에 집을 떠나 여기까지 걸어왔어요."

순이는 집을 나가는 것이 자기 개인의 의사로만 결정한 것이 아니라고 말했다.

"이모님이?"

"네."

이성태의 부인이 순이 생모의 동생이라는 것도 알고 있는 일이다. 순이가 계모에게 매를 맞고 그 이모집에 도망가면 계모가 거기까지 쫓아가서 머리채를 잡아끌고 집으로 데려다가 대문 밖에도 못 나가게 하는 것은 동네에서 유명한 이야기이기도 하다. 어쨌든 순이의 이모가 순이를 경화와 동행하게 했다는 것은 이해할 수 있는 일이었다. 그래서 순이를 돌려 보낸다는 것도 힘든 일이라 생각했다.

그러나 순이 부모에 대한 의리는 지켜야 한다. 그래서 역 사무실로 가서 순이 아버지에게 전보를 쳤다. 순이가 서울로 떠나고 있으니 서울로 데리러 오라는 전보였다. 그들이 전보를 받고 서울로 오고 안 오는 것은 자기의 알 바가 아니다. 전보로 알려 놓기만 하면 그 뒤의 책임은 자기에게 없다는 생 각에서였다.

전보를 치고는 순이와 함께 기차에 올라탔다. 기차에 올라탄 뒤,

"서울 가면 있을 집이 있니?"

하고 물었다.

"없어요. 그렇지만 소개소라는 것이 있어서 갈 곳을 마련해 준대요."

순이의 대답은 간단했다.

"그게 그리 쉽게 될까?"

경화는 어리고 무식한 시골처녀의 사고방식을 위태롭게 생각하며 반문 했다.

"서울까지 데려다가 소개소만 알려 주세요."

그 뒤는 걱정이 없다는 태도였다.

"서울이 어떤 곳인데…… 생눈을 뽑아 먹는 곳이라지 않아?"

"선생님만 믿고 가는 거예요."

순이는 엉뚱한 말을 했다. 소개소를 믿고 간다더니 소개소를 믿는다는 것 도 결국 자기를 믿는다는 뜻이 아닌가?

당연한 말이라고 생각되었다. 제가 언제 서울엘 갔었다고 소개소를 믿을 것인가? 경화도 순이를 소개소까지 데려가 주는 것으로 자기의 책임을 면할 수도 있다고 생각했다. 최소한도 순이가 가는 집까지 데려다 주어야 한다고 생각했다.

그런데 화제가 순이의 계모에게로 옮겨졌을 때 순이는 눈물을 글썽이며

"정말 지독한 여자예요. 잠시두 가만두지를 않아요. 어머니가 살아 계셨 어두 놀구는 먹지 못했을 것이라구 생각해요. 그래서 일시키는 것은 조금두 섧지가 않아요. 그렇지만 일을 시키면서두 잠시나마 내버려 두지를 않거든 요. 이걸 좀 보세요."

치맛자락을 걷어 올리고 순이는 부끄럼도 없이 자기 넓적다리를 보여 주 었다. 정말 상상할 수도 없는 일이었다. 그 가느다란 넓적다리가 검은 콩이

깔린 듯 멍든 자국으로 차 있었다.

"온몸이 다 이래요."

몸뚱이 전부가 그런 모양이었다. 심한 계모란 말은 들어 왔지만 꼬집혀 멍든 자국들을 직접 눈으로 볼 때 세상에 그런 여자도 있을 수 있는가 생각했다.

경화는 자기의 어린 딸처럼 순이를 가슴에 깊이 안아 주고 싶은 충동을 느꼈다.

가난 속에서 학대라는 고통까지 받으면서 목숨을 이어 가지 않을 수 없는 생명은 어떤 저주받을 신의 창조물일까? 그는 인간을 창조한 신을 저주하고 싶었다. 경화는 농촌에 국한되지 않은 이 인생 문제를 생각하는 데 자기의 힘이 부족함을 느꼈다. 자기의 힘으로는 어떻게도 할 수 없는 문제 같았다.

경화는 생각했다. 자기로서 할 수 있는 일은 무엇일까 하고. 순이는 최소한도 고통과 학대 속에서 탈출하려 하고 있다. 그 탈출은 각성과 이성에 앞서 생리적인 요구일 것이다. 배고파하는 사람이 먹을 것을 요구하는 것이나 마찬가지의 일이다. 그런 요구를 어찌 마다할 것인가? 그는 최소한도 자기가 해야 할 일은 순이로 하여금 계모에게서 탈출하도록 협력해 주는 일이라고 생각했다. 그것만은 해 주어야 한다. 그리고 또 해 줄 수도 있는 일이다.

"알지도 못하는 집에 가서 식모 노릇을 어떻게 하지."

식모자리를 소개해 줄 전제로 이런 말을 했다.

"알지두 못하는 집에 시집두 가는데요."

순이의 대답이었다. 그렇다. 농촌 여자들은 아직 한 번 가 보지도 못한 집에 시집을 간다. 산다는 것을 힘들지 않게 남에게 맡기는 데 습성화됐다.

"네가 좋다구 하기만 한다면 문제 없지!"

경화는 시상식을 전후해서 농림부 관리들과 만날 것을 생각하고 그들에게 순이를 부탁하리라 생각했다. 소개소를 통해 보내는 것보다는 이름이라도 알 수 있는 사람에게 보내는 것이 좋을 것 같았던 것이다.

그런데 서울에 도착하여 농림부가 지정해 준 호텔로 들어가자 경화는 다시 순이 아버지에게 전보를 쳤다. 전보를 쳐도 찾아보지 않으려니 하는 마음이었지만 자기는 자기대로의 책임을 다해야 한다고 생각했던 것이다. 순이네는 서울에 올 만한 여비도 가지고 있지 않을 것이다. 그리고 순이를 데리러 서울까지 올 만큼 순이에게 관심을 가지고 있지도 않을 것이다. 그러기에 전보는 더욱 쳐야 한다고 생각했다.

서울에 도착했으니 호텔로 찾아오라는 전보를 써서 호텔 보이에게 부탁한 뒤 경화는 자기 방에 같이 들고 있는 순이에게로 가서 전보 보낸 것을 이야기했다.

그때 순이는 깜짝 놀랐다.

"잡으러 오면 어떡해요?"

경화는 웃으면서 안심시켰다.

"오기는 누가 오겠니? 찾아올 사람들이라면 너를 도망치게 하지두 않았을 거다."

그러나 순이는 안심이 안 되는 모양이었다. 쪼그리고 앉아 몸을 펴지도 못했다.

"누가 알아요?"

경화는 저녁을 먹자 순이를 데리고 거리고 나갔다. 거리구경이나 시키면서 순이의 불안을 잊게 해 주자는 것이었다.

종로로 해서 명동 근처의 복잡한 거리를 구경시킬 때 순이는 정말 별천지에 온 듯한 느낌인 듯했다.

"전깃불에 염색을 다 했네요."

"전깃불이 깡충깡충 뛰네요."

감탄사를 연발했다. 그러면서 환한 상점의 쇼윈도를 들여다보며 유행의 첨단을 걷는 상품들을 홀린 눈으로 바라보기도 했다.

경화는 자기들이 촌사람이란 것을 느꼈다. 서울 사람들은 본체만체 지나가는 것들을 자기들은 탄성을 올리며 구경하고 있기 때문이었다. 그것뿐만도 아니었다. 넓다란 바지에 빨간 흙이 묻은 운동화가 촌사람 그대로였다. 순이는 짧은 인조견 치마에 고무신을 신었으니 서울 처녀에게서는 찾아볼 수 없는 차림이었다. 겉모양뿐이 아니었다. 서울 사람들은 세계 모든 사람들

426

과 어깨를 겨누며 멋있는 생활들을 하고 있다. 그러나 자기들은 문명의 그림자도 구경 못하며 인간의 가장 말석에서 먹고 사는 문제만을 가지고 아귀다툼을 하고 있다.

명동거리의 미끈한 신사숙녀들을 볼 때 그는 그들과 자기네가 인종이 다른 사람 같은 착각을 느꼈다.

그러면서도 경화는 이 서울 장안에 길수네도 살고 있으리라는 생각을 했다. 시골에서도 살지를 못해 도망쳐 와 사는 사람이 끼여 있을 서울.

갑자기 길수네가 보고 싶었다. 친척집을 의지하고 올라왔다는데 그 친척집만 알면 찾아갈 수가 있다. 그러나 떠날 때 그것을 물어 보지 않았으니 찾아갈 길이 전혀 없었다.

'굶지나 않고 살고 있는지?'

'길수는 야학에나 다니고 있는지?'

서울로 떠나던 날 아침 경화를 찾아와 좋아하던 길수가 보고 싶었다. 제발 촌때를 벗고 서울 사람다운 애가 되었으면 하고 바라기도 했다.

다음 날에는 시민회관에서 시상식이 있었다. 수상자 이십여 명 중에서도 금탑훈장을 받는 사람은 다섯 명밖에 안 되었다. 경화는 그 다섯 명밖에 안 되는 수상자 속에 끼여 대통령 이하 고급관리와 관계 기관장들이 모인 성대한 자리에 참석했다. 사진기자들의 플래시가 끊임없이 번쩍거렸다. 모든 사람들의 시선이 선망을 표하는 것 같기도 했다.

상장과 상금을 받은 뒤 기념촬영까지 하고 나서 혼자의 시간을 가질 수 있을 때 경화는 변소로 가서 상금 봉투를 뜯어 보았다. 틀림없는 오만 원짜리 수표였다. 서울 사람들은 거짓말을 안 하는구나 하고 생각했다. 그리고 그 돈으로 공회당을 지어야 한다고 생각했다. 필요한 것이 많겠지만 그 필요한 것의 가장 모체가 될 것이 공회당이라고 생각했던 것이다. 공회당만 있으면 야학도 할 수 있지만 수시로 농민의 집합을 가질 수 있다. 집합을 가지게 되면 동네를 위한 일이 얼마든지 논의되고 결정될 수 있다. 그뿐 아니라 무엇보다도 필요한 계몽과 지도사업을 할 수 있다.

시민회관에서 나오자 수상자들은 전원 농림부로 집합되었다. 농림부에서 계획한 앞으로 며칠 동안의 프로그램 설명을 듣고 중앙청 식당에서 점심을 먹을 때였다. 경화는 얼마 전 공적을 조사하러 자기의 집까지 내려왔던 농림부 관리를 만났다. 감사하다는 인사를 안 할 수 없어 고맙다는 말을 한 뒤 순이 이야기를 꺼냈다.

자기가 책임진다고 한 뒤 식모로 써 달라는 말을 하자 그 관리는 그렇지 않아도 식모가 없던 참이니 오늘 집에 가서 의논을 한 뒤 내일 데려가겠다고 대답했다. 일이 너무나 간단하게 결정된 것 같았지만 믿을 수 있는 사람에게 순이를 맡기게 된 것을 무엇보다도 다행하게 생각했다. 순이를 그분에게 맡기고 나면 자기 할 일은 다한 것처럼 어깨가 가벼워질 것을 느꼈다.

그 날 좌담회와 방송녹음을 한 뒤 호텔로 돌아가 순이와 함께 저녁을 먹을 때 경화는 순이에게 일이 잘 되었다는 말을 했다. 내일부터는 취직한 집으로 갈 수 있다는 말을 홀가분한 마음으로 말했는데 어쩐 일인지 순이는 밥숟가락을 놓고 한숨을 쉬었다.

"관리 가운데서두 높은 분이구 또 식구도 적다더라. 그리 고생될 것두 없을 테니 걱정 말어."

그런데도 순이는 한숨만 짓는 것이었다. 그리고 하는 말이,

"선생님은 내려가시지요?"

하는 것이었다.

가슴이 이상하게 찌릿했다. 나이가 조금만 더 먹었다면 애정관계라 할 수 있는 말 같았기 때문이었다. 그러나 이제 열일곱 살 난 순이란 생각을 할 때 아주 심상한 태도로 대답하지 않을 수 없었다.

"내일 모레까진 일이 있으니까 일이 끝나면 가야지."

"선생님이 서울서 사신다면……."

경화는 순이의 말을 이해할 수 있었다. 의지할 사람 없이 살아 온 소녀다. 부모 밑에서도 부모를 의지하지 못하며 살다가 생뚱 같은 서울에서 혼자 살게 되었으니 마음으로 의지하고 싶은 사람이 필요할 것이다.

"서울에야 집이 있어야지……."

이렇게 대답하자 순이는,

428

"부모들한테 제가 있는 집을 가르쳐 주지 마세요."

최후의 부탁처럼 말했다.

"그럼. 알려서 되나……."

이렇게 대답은 했지만 과연 그럴 용기가 있을지 의심스러웠다. 부모들이 꼭 알려 달라고 하면 알려 줘야 할 것이 아니겠는가? 그렇지만 경화는 순이와의 약속을 극력 지키리라 생각했다. 비록 나이는 어리지만 자기의 인생을 걸고 지켜 달라는 약속을 어떻게 지키지 않을 수 있을 것인가?

그런데 저녁을 다 먹은 뒤 순이를 데리고 나가 영화구경이라도 시켜 주려고 할 때였다. 순이의 계모가 호텔에 나타났다. 나타나자 순이의 머리채를 잡아쥐고 때리기부터 시작했다. 경화는 방임해 둘 수가 없었다.

"이러지 마시구 말루 하세요."

순이를 계모의 손에서 떼 놓았다. 그리고는 절대로 손을 대지 못하게 순이를 보호했다.

"남의 자식을 부모두 모르게 서울루 끌구 온 것은 무엇 때문이죠? 남의 딸을 팔아 먹을 작정이죠?"

계모는 못할 말이 없었다. 경화는 어이가 없어 대답을 못하고 있었다.

"농민을 위해 일합네 하구 떠들더니 남의 집 딸 꾀어 내다 팔아 먹는 일까지 하는군."

경화는 참을 수 없었다.

"여보시오. 아무리 고약한 인간이기로서니 입을 그렇게 놀리는 법이 있소?"

"사실이 그런 걸 어떡허우? 어떡해?"

계모는 다시 순이에게 달려들려 했다.

"이년아, 무엇이 부족해 서울루 도망왔냐, 응? 벌써 사내 생각이 나던!"

경화는 어떻게 해야 할지를 몰랐다. 욕할 수도 없고 때릴 수도 없었다. 그렇다고 내쫓을 수도 없었다.

"내일 아침에 오셔서 이야기를 하시지요."

어떻게 해서든 하룻밤만이라도 무사하기를 바랐던 것이다.

"왜 내일까지 기다려. 난 당장 데리구 갈란다."

계모는 경화에게까지 삿대질을 했다.

"글쎄 고정하세요. 순이는 좋은 집으루 가게 되었으니까 화내실 것 없잖아요? 넉넉지 못한 살림에 식구 하나 준 것만두 고맙게 생각하셔야지."

경화는 어디까지나 침착하게 말했다.

"굶어두 너희 집 밥 한 술 구걸해 먹지 않았다. 고양이 쥐 생각하듯 남의 생각 작작해. 네가 우리 집과 무슨 상관이야?"

이야기를 해야 소용이 없었다.

"난 이 계집애 팔아 먹구 갈란다. 제 소원이 그건데 색주가루 보내면 좋아하겠지."

계모는 순이의 팔을 잡아끌었다.

"안 됩니다. 절대루 안 됩니다."

경화가 계모의 팔을 잡아 뿌리쳤다.

"네가 이 애 사내냐? 상관이 무슨 상관이야. 두구 봐라. 시굴 가서 이 애 몸값을 받아 내나 안 받아 내나……."

계모는 경화를 순이의 간부로 취급했다. 참을 수가 없었다.

"못된 년!"

따귀를 갈겨 버렸다.

"사람 살려라."

계모는 소리를 질렀다. 그래서 여관 보이들이 밀려들어왔다.

"남의 계집애를 따 먹구 사람을 때려!"

계모가 더욱 기승을 부릴 때 보이들이,

"여자를 때리면 법에 걸립니다."

하며 경화를 밖으로 끌어 냈다.

"상해죄루 고소하면 어떻게 하실려구요."

보이들은 경화를 동정해서 말했다. 그러나 경화는 훈장을 받은 날 소녀를 유괴했다는 죄명과 사람을 때렸다는 상해죄로 고소를 당하면 어떻게 될까 하고 가슴 떨었다. 보이들이 끄는 대로 끌려 호텔 사무실까지 가서 앉아 있

는데 보이 한 명이 와서,

"돌려 보냈습니다. 별일 없겠지요."

하고 안심시켰다. 방으로 돌아오자 경화는 가슴을 치고 울고 싶었다. 이것이 인생인가 하는 생각뿐이었던 것이다.

다음 날 아침 경화는 순이가 어디로 갔을까 하고 생각했다. 정말 색주가로 팔려 갔을까? 그렇지 않으면 시골로 끌려갔을까? 어떻든 불행한 순이다. 그리고 자기는 순이에게 해야 할 최소한도의 일도 못해 준 사람이 되고 말았다.

이 날은 수원에 있는 농과대학 실습지를 견학하기로 되어 있었다. 그래서 집합장소인 중앙청까지 갔지만 그는 순이를 데려가기로 했던 관리에게,

"식모애는 오늘 아침 사정이 있어 고향으로 내려갔습니다."

한 뒤 자기도 볼일 때문에 오늘 귀향하겠다는 뜻을 전했다. 그 관리는 식모야 할 수 없는 일이지만 경화만은 하루만 더 있어 달라고 했다. ××재단에서 주는 문화상 가운데 근로상이 있는데 거기에 경화를 추천하기로 결정되었다는 것이었다.

"천만의 말씀입니다. 가능만 하다면 어제 받은 산업훈장도 돌려 드리고 싶습니다. 상을 탈 만한 사람도 아니지만 상을 타기 위해 일한 것도 아니니까요."

경화는 확실하게 말했다.

"그것이 윤 선생의 좋은 점입니다. 좌우간 추천하기로 결정했으니까 오늘 하루 더 머물러 계시면서 서류를 만들도록 하십시다. 상금이 자그만치 십만 원입니다."

상금 십만 원이란 말이 귀에 솔깃했다. 그러나 더 상을 탈 수는 없었다. 하나의 인간에게도 자유를 주지 못했다. 아무리 오래 살아도 그런 일을 해볼 수가 없다.

순이가 부끄러워 어떻게 상을 또 탈 수 있을 것인가? 순이! 순이는 지금 나에게 실망을 느끼고 있겠지. 무력한 인간이라고!

"저는 사양하겠습니다."

경화는 잘라 말하고 중앙청을 나왔다. 그리고는 서울역을 향해 걷는 것이었다.

서울의 넓다란 보도를 걸으며 그는 생각했다.

'이제 나는 농촌으로 가서 무엇을 할 것인가? 훈장을 탔으나 순이를 배신한 나…….'

(원)《현대문학 119》 1964. 11.

연무(煙霧)

　그 날은 서정해(徐正海) 일병에게 편지 복이 떨어진 날이었다. 아침 훈련에 나가기 직전 고향에서 온 옥경(玉卿)의 편지를 받았는데 훈련을 끝내고 돌아왔을 때는 어떤 여학생의 위문편지를 받은 것이다. 흰 사각 봉투에 군인 아저씨에게라고 쓴, 말하자면 아무나 받아도 무방한 편지였다.

　그러나 뒷면에 ××여자고등학교 강미향(康美鄕)이라고 쓴 이름을 볼 때 정해는 군인 아저씨가 바로 자기며 미향이란 처녀는 바로 육군 일병 서정해를 위해 편지를 써 보낸 것이라 생각했다. 그 많은 군인 가운데 미향의 편지가 자기에게로 왔다는 것은 거기에 부정할 수 없는 어떤 인연이 있는 것이라 생각했던 것이다.

　편지를 받자 정해는 우선 봉투를 코에 갖다 대고 냄새를 맡았다. 처녀의 냄새가 풍길 것만 같았던 것이다. 경험을 못했기 때문에 어떤 것이라 말할 수는 없지만 어쨌든 처녀의 손에서 나온 것인 만큼 처녀의 냄새가 묻어 있을 것 같았다. 그러나 잉크 냄새도 휘발해 버린 지가 오랬을 것이다. 종이 자체에 냄새가 있을 리도 없고…….

　아무런 냄새가 없는데도 정해는 코를 봉투에 대고 킁킁 냄새를 들이마셨다. 수많은 위문편지가 가마때기 속에서 습기에 차 있었을 그 습긴지 몰랐다. 날 듯 말 듯한 야릇한 냄새를 처녀의 냄새라고 생각했는지 정해는 눈을 징긋이 감고 봉투를 뺨에 댔다. 처녀의 뺨을 느끼면서 ──.

"자아석, 빨리 읽어 보기나 해."

자기 몫으로 받은 위문편지를 벌써 읽고 난 전우 한 사람이 정신나간 것 같은 정해의 옆구리를 툭 쳤다. 그 서슬에 눈을 뜬 정해는,

"내용이야 보나마나 아니가?"

하고 처녀의 향기에 계속 도취되려고 하는데 옆 친구가 또,

"편지가 살아 있는 줄 아니? 허깨비야."

하고는 편지를 뺏으려 했다.

"놔 둬 임마."

정해는 할 수 없이 봉투를 뜯었다. 내용은 정말 보나마나 날씨가 추운데 일선에서 안녕하십니까? 조국을 위해 피땀을 아끼지 않는 국군 장병에게 감사를 드린다는 것이었다. 그러나 맨 끝 한 줄에,

"제 편지를 받으시는 분에게 행운이 있으시기를 진심으로 바랍니다."

라고 씌어 있는 것을 읽을 때 정해의 가슴은 두근거렸다. 자기 이름을 몰라서 쓰지 못했을 뿐 서정해의 행운을 빈다는 강미향의 향기로운 마음이 가슴을 두들겼던 것이다. 이번에는 편지를 가슴에 댔다. 미향의 가슴에 자기의 가슴을 부닥쳐 보는 것이었다.

"자아석. 편지를 보내두 회답두 안 하는 처녀들이야."

그러니까 그만 미치라고 옆 친구가 또 쿡쿡 찔렀다. 정해는 자기가 생각해도 자기가 너무 지나친 것 같았다. 알지도 못하는 처녀가 그것도 자기 개인 앞으로 보낸 것이 아닌데 그렇게까지 좋아할 것이 무엇인가? 잘 알고 있는 고향 처녀 옥경의 편지는 본척만척한 자기가 아니었던가? 옥경이도 못생긴 처녀는 아니지만 옥경의 편지에서는 향기 같은 것을 한 번도 맡아 본 일이 없었다.

시골뜨기. 국민학교밖에 졸업하지 못한 무식쟁이, 그런 선입관이 있기 때문인지 모른다. 아버지와 어머니가 편지를 쓰시지 못하기 때문에 대필로 늘 편지를 보내지만 그이의 편지를 가슴에 품어 보거나 봉투에 코를 대고 냄새를 맡아 본 일은 한 번도 없었다.

정해는 자기가 아무래도 좀 이상한 사람이란 생각을 했다. 그래서 옥경의

편지를 바지 뒷주머니에서 꺼내 다시 읽었다. 아버지가 몸살로 누워 앓으시다가 어제부터 일어나셨으니 걱정을 말라, 그리고 금년엔 풍년이 들었으니 먹고는 살 것이라면서 군대 일에나 충실하라는 편지였다.

맨 끝줄에 가서,

"몸성히 계시다가 제대해 나오실 그 날만을 기다리고 있습니다."
라고 한 한 마디가 옥경의 마음을 보여 주었지만, 아무래도 감격을 주는 것은 아니었다.

정해는 옥경의 편지를 다시 바지 뒷주머니에 넣고 웃저고리 가슴팍 주머니에 넣었던 미향의 편지를 꺼냈다. 향기가 풍기는 듯한 이름.

정해는 편지 겉봉을 손바닥으로 슬슬 쓸면서 머지않아 제대할 자기 그리고 제대한 뒤에는 서울서 취직할 자기를 생각했다. 취직을 하고 나면 미향을 찾아보아야지. 취직을 하고 옷도 남처럼 뻔질하게 입고 찾아가면 미향은 꿈에 본 사람처럼 반가워할 것이다.

그 날 밤 정해는 사병 휴게실로 가서 편지를 쓰기 시작했다. 제대한 뒤 찾아가려면 미리 편지를 해 두어 자기 이름을 알려 두어야 하기 때문이었다.

"미향 씨 ── ."

편지 서두를 이렇게 써 보고는 종이를 찢어 버렸다. 처음으로 보내는 편지가 그리고 얼굴도 모르는 사람으로 미향 씨라고 하면 실례가 될 것 같았기 때문이었다.

"강미향 씨에게."

이렇게 써 보았지만 고등학교 학생에게는 알맞지가 않는 것 같았다.

"강미향 앞."

이렇게 쓰니 너무 거리가 먼 것 같았다. 몇 장을 찢어 버린 뒤 서두를 빼고

"오늘 편지 받았소. 참으로 고마웠소. 공부 잘해서 훌륭한 여자가 되시오."

이렇게 써 보았지만 그것이 편지라고 할 수 있을까 하는 의심이 들었다. 좀더 정이 들어 있어야 할 것 같았다. 그래서 또 쓰고 썼지만 하나도 마음에 들지 않았다.

국민학교나 겨우 졸업한 놈이 연애편지를 어떻게 써? 그는 자기 자신을 비웃었다. 그런 실력으로 고등학교에 다니는 처녀의 마음을 살 수 있도록 글을 쓴다는 것은 남에게 비웃음이나 사는 일이라고 생각했다. 그래서

"오늘 편지를 받았소. 나는 이곳에서 근무하는 서정해 일병인데 편지를 받기 좋아하오. 또 편지 보내 주시오. 제대하면 찾아가겠소."

짤막하게 쓴 것을 봉투에 넣었다. 다음 날 남모르게 편지를 부치고는 회답을 기다렸다. 옥경에게는 물론 회답도 안 썼지만 그까짓 것이야 편지를 하건 말건 내 알 바 무엇인가 하는 생각이었다.

몇 달도 안 있어 만기 제대가 된다. 그때는 죽어도 고향으로 가지 않으려고 하는 정해다. 밤낮 일만 해도 먹고 살 수 없는 시골. 군대 물을 먹은 사람이 똥을 만지고 흙탕물 속에서 살 수가 있는가? 서울서 취직해서 미향이 같은 고등학교 졸업생과 결혼해서 산다. 옥경이 같은 것을 생각할 필요가 무엇인가?

그런데 편지를 써 보낸 지 한 주일이 지나도 미향에게서는 회답이 없었다. 그렇게 진심으로 감사한다던 여자가 어째서 회답을 안 할까?

그런데 얼마 전에 새로 부임해 온 중대장이 자기 가족을 데려와야 한다면서 정해더러 서울까지 갔다 오라는 명령을 내렸다. 정해는 참 좋은 기회라고 생각했다.

직접 미향을 찾아볼 수 있다고 생각했던 것이다. 그래서 뛰는 가슴으로 서울을 향해 떠났다. 서울에 이르자 용산에 있는 군인 숙박소에서 하룻밤을 잔 뒤 정해는 중대장의 집을 찾아가기 전 ××여자고등학교로 갔다. 그리고 미향을 면회했다.

응접실로 나온 미향은 정말 깨끗하게 생긴 여학생이었다. 정해는 차렷 자세를 하고 씩씩한 모습으로 거수경례를 했다. 그래야 씩씩한 군인이라는 인상을 줄 것 같았던 것이다. 얼굴이 빨개 가지고 어쩔 줄을 모르는 미향에게,

"일전에 편지를 한 서정해 일병입니다."

상관에게 신고를 할 때처럼 자기 이름을 말했다.

그래도 어리둥절해서 입을 열지 못하는 미향에게,

"위문편지는 고마웠습니다. 내 회답은 받았겠지요?"

정신을 잃어서는 안 된다는 생각으로 말을 똑똑 떼어 분명한 어조로 말했다.

"받았어요."

미향이 죄진 사람처럼 간단한 대답을 했다.

"그럼 왜 회답을 안 보냈지요?"

신문조로 딱딱하게 질문하자,

"학교에서 회답을 못하게 해요."

미향이 떨리는 음성으로 대답했다.

"그래요? 그런 놈의 학교두 있담. 교장을 만나 기합을 줄까."

군대에서 쓰는 말을 그대로 했다.

"그러심 안 되요. 제가 큰일나요."

미향은 정말 부들부들 떠는 것이었다.

"그럼 제대한 뒤 다시 찾아오지요."

여학생 응접실에서 그 이상 긴 이야기를 할 수 없다고 생각했다. 실은 더 이야기할 수가 있다고 해도 할 말이 없었을 것이다. 처음 대하는 처녀에게 무슨 말을 할 것인가? 그뿐도 아니었다. 사실은 정해도 속으로는 떨고 있던 것이다.

생전 처음 대하는 여자다. 그런데다가 미향이 보낸 위문편지를 받고 가슴 설레이던 자기가 갑자기 부끄럽게 생각되었던 것이다.

학교를 나와 중대장의 집으로 가는 도중

'학교에서 회답을 못하게 해요.'

하며 얼굴을 붉히던 미향을 잠시도 잊지 못했다. 그 말은 결국 회답을 하고 싶었지만 학교에서 못하게 해서 못했다는 뜻이 아니겠는가?

제대를 하고 난 뒤 만나면 그때는 미향의 집을 알 수 있다. 집으로 찾아가 그 동안 말 못했던 이야기를 털어놓자 그러면 미향은 활짝 핀 얼굴로 내

가슴에 와 안기겠지. 몇십 년째 앓고 있던 체증이 완쾌한 것 같을 그때의 행복감.

이런 생각을 하여 중대장의 집을 찾아 골목길을 헤매고 있을 때였다.

짤랑짤랑 가위질을 하며 자기 앞을 지나가는 엿장수가 있었다. 얼핏 보아 몇 달 전에 제대한 정동소(鄭東昭) 같았다.

"동소 아냐?"

하며 엿장수 가까이로 가서 그 얼굴을 자세히 살폈다. 틀림없었다.

"어. 너 정해로구나……."

그들은 반가운 악수를 했다.

"돈 많이 벌리니?"

정해가 의아해하는 태도로 질문했다. 취직을 않고 이런 장사를 하는 것으로 보아 수입이 많은 장사일 것 같았던 것이다.

"많이가 다 뭐냐? 죽을 수 없어서 하는 노릇이지."

"그럼 왜 취직을 안 하니?"

"취직이 뉘 집 애 이름인 줄 아니?"

"그럼 고향으루 가던가……."

"이렇게 살다가 집에 갈 면목이나 있니……."

참 알 수 없는 소리였다.

"창피하지는 않니?"

정해는 동소가 창피한 줄을 모르고 그런 장사를 하는 것이나 아닌가 생각했다.

"말 마라. 그렇지만 창피 생각하다가 야 굶어 죽게."

"딴 장사를 하지."

"돈이 있니? 돈이 있어야 장사를 할 수 있는 거야."

"그래두 서울 장안에서……."

"삼백만 인구가 사는 서울서 나 같은 게 발을 붙일 수나 있니……."

정해는 아무래도 믿어지지가 않았다.

제대 군인이 엿장사를 하다니……. 그들은 부대의 이야기를 하다가 그냥 헤어졌다.

어디 가서 점심이라두 먹었으면 했지만 엿 달구지를 처치할 수가 없다고 해서 그냥 헤어지고 말았다.

제대하고 돌아온 자기를 반가이 맞아 줄 줄만 알고,

"나 오늘 제대하고 돌아오는 길이야."

미향을 만나자마자 이 말부터 했다. 그런데 미향은,

"기쁘시겠습니다."

남의 말을 하듯 할 뿐 기뻐하는 기색을 보이지 않았다

"집이 어디지? 다음부터는 집으로 찾아갈게."

그런데도 미향은,

"집에 오시면 부모님들이 야단치실 거예요."

하며 조금도 달가워하지 않았다. 군대에서 삼 년 동안이나 고생하고 돌아온 사람이 집을 찾아가는데 야단칠 사람이 어디 있을 것인가?

"부모님의 승낙을 받구 교제를 하려구 하는데 왜 야단을 치셔?"

"아직 남자 교제를 못하게 해요."

"좌우간 집 주소나 가르쳐 줘. 직접 부모님을 만나 이야기를 해 볼게."

"안 돼요."

미향은 끝까지 자기 주소를 가르쳐 주지 않았다.

"그럼 내가 조금두 반갑지 않아?"

"반갑기는 뭐가 반가워요?"

정해는 여자란 정말 알 수 없는 동물이라고 생각했다. 수고한다고 감사를 했고 행운이 있기를 진심으로 바란다던 여자가 이제 와서 반가울 것이 없다고 하다니…….

"그럼 좀 있다 하학한 뒤 어디서 만나."

정해는 미향을 만나 조용히 이야기하고 싶었다. 미향의 본심을 알고야만 견딜 것 같았던 것이다.

"일찍 집에 가야 해요."

미향은 만나는 것까지 거절했다.

"그럼 하학할 때쯤 내가 교문 앞에 와서 기다리구 있지."

미향은 그것도 곤란한 모양이었다.

"남들이 보면 어떡해요?"

"보면 어때? 남자하구 여자가 만나는 거 예사 아니야."

"그럼 케잌집에서 기다려 주세요. 그리루 나갈게요."

그들은 종로 2가에 있는 어떤 과자집에서 만나기로 약속했다.

그런데 미향은 약속시간이 지나도록 거기에 나오지 않았다. 한 시간 이상을 기다렸는데도 나타나지 않았다.

자기 입으로 약속장소와 시간을 정해 놓고도 나오지를 않다니. 그러나 할 수 없는 일이었다. 정해는 군인 숙박소에 가서 하룻밤을 잤다. 귀향하는 군인이 하룻밤은 잘 수 있는 곳이었다. 다음 날 정해는 모회사 사장을 찾아갔다.

그분은 제대 군인이다. 그런데 그 회사에서는 사장을 만나게 해 주지 않았다. 그리고 취직하려면 시험을 치라는 것이었다. 시험을 칠 것 같으면 개인을 찾아다닐 필요가 어디 있담. 시험을 친다면 불합격할 것이 뻔하다.

정해는 하는 수 없이 단념하고 미향을 찾아갔다. 그런데 면회 청구를 하자 서무에 있는 사람이 무엇 때문에 면회하려느냐고 까다롭게 물었다. 그냥 만나련다고 말하니,

"아예 딴 생각 말구 돌아가시오. 그 학생은 당신을 만나지 않을 거요."

말도 반말로 냉정하게 말했다. 군복을 입지 않았다고 깔보는 것인가 하고 생각했다. 그 학생 주소라도 가르쳐 줄 수 없느냐고 물었더니,

"알아야 소용 없다니까요. 그 학생이 와서 당신이 다시는 못 오도록 해 달라구 그랬소."

송충을 보는 것보다도 더 역한 얼굴로 말했다. 정해는 서무 일 보는 그 사람도 미웠지만 미향이 더 미웠다. 다시는 오지 못하도록 해 달란다니……. 그는 교문으로 나가 거기서 미향이 나올 때까지 기다리기로 했다.

몇 시간을 기다렸는지도 모른다. 여학생들이 물결처럼 밀려 나오는 틈에

서 미향을 발견했을 때 정해는 미향을 붙들고 다짜고짜 뺨을 한 대 쳤다. 그리고는,

"오지도 못하도록 해 달라고 했다지?"

하고 '위문편지를 보낼 때는 언제구 오지두 말랄 때는 언제냐?' 때리지 않을 수 없는 심정을 말했다. 그러자 미향은 교문 바로 안에 있는 수위실로 뛰어갔고 얼마 안 되어 수위 두 사람이 나와 정해를 붙들어 가지고 수위실로 끌고 들어갔다. 그리고 무지 매를 때렸다.

정해는 자기가 군복을 입고 있기만 하다면 이렇게 따지지 못하겠지 하고 생각했다. 매를 맞고 나니 분하기 짝이 없었다. 그러나 어디 가서 호소할 것인가? 헌병도 자기 편이 되어 줄 것 같지 않았다.

무교동으로 가서 이십 원짜리 밥 한 그릇을 사 먹고는 잘 곳을 구하려 거리를 헤맸다. 몇 푼 안 되는 돈을 가지고는 여관에 들 수가 없었기 때문이었다. 그는 할 수 없이 서울역 대합실에서 하룻밤을 지냈다. 미향을 속으로 저주하면서. 괘씸하기 짝이 없는 미향을 잊을 수 없었지만 역 대합실에서 떨며 밤을 보내려니 엿장사를 하던 동소가 눈앞에 떠올랐다.

농촌으로 돌아가라고 하던 연대장의 말이 생각났다. 가진 꿈을 품고 자기를 기다린다던 옥경의 얼굴이 눈앞에 떠올랐다. 그러나

'이제 돌아갈 수나 있니…….'

그래서 엿장사를 한다던 동수의 말도 머리에 떠올랐다.

제대 군인이던 모회사 사장도 생각했다.

'제대 군인이 제대 군인을 푸대접한담.'

어느새 잠이 들었었는지 누가 흔들어 대는 바람에 눈을 떴다.

"정해 아냐?"

그는 동소였다.

"옹! 동소 너는 웬일이냐?"

"정말 거지가 됐어, 그래서 고향으루 가는 길야. 너는?"

"취직을 하려구 했는데 재대 군인들두 푸대접을 하지 않아……."

"풋내기 같은 소리 마라. 제대 군인이라구 제대 군인을 다 취직시켜 주면

실직자가 하나두 없게. 너 내 꼴 되지 말구 빨리 고향으루 가."

정해는 정말 자기도 거지가 되고야 말 것 같은 예감에,

"갈까⋯⋯."

하고 혼자 중얼거렸다.

"엿 달구지가 자동차에 부닥쳐 산산조각이 났어. 그런데두 동정하는 사람 하나 없더라. 그래두 시골 인심이 나을 거야."

동소는 정말 서울이 싫어진 모양이었다. 정해는 옥경의 얼굴을 상기했다. 자기보다 학식도 못하지 않다. 그런데도 자기를 그리워하고 있다.

"시굴 가서 장가나 들어야겠다. 서울서는 장가갈 수도 없어."

동소의 이런 말이 정해 마음을 또 찔렀다. 자기야말로 서울서는 장가도 들 수 없다는 것을 생각했던 것이다.

그들은 같은 기차를 탔다. 그리고는 정해가 산 도시락을 같이 먹었다. 도시락을 먹으며 동소가,

"너 나 아니드면 거지될 뻔했지."

하고 말했다. 그러니 도시락 산 것을 아깝게 생각지 말라는 것 같았다.

"거지 노릇두 한 번 해 보는 것이 좋기는 할 텐데⋯⋯."

정해는 마음놓고 소리를 내어 웃었다.

동소는 수원에서 내렸고 정해는 조치원에서 내렸다.

조치원에서 내려 오 리 길이 되는 고향으로 걸어가고 있을 때 시골 마을을 안개처럼 덮은 아침 연기가 그림처럼 보였다. 조반들을 짓는 모양이었다. 아늑하고 평화스러운 농촌이었다. 젖빛 같은 아침 연기. 저 아름다운 연기 속에서 옥경이 자기를 기다릴 것이 아닌가? 정해는 아버지 어머니 그리고 옥경의 얼굴을 눈앞에 그리며 발걸음을 빨리했다.

(원) 《전우》 1964. 12.

치사한 인생

"선생님! 창고에 도둑이 들었어요."

밴드부 학생 하나가 직원실로 뛰어들어오며 이 날 당직교사인 노봉대(盧鳳大)에게 숨가쁘게 말했다.

"뭐?"

봉대는 반사적으로 얼굴을 쳐들었다. 그리고는 더 긴 이야기를 들을 여유도 없이 직원실을 뛰쳐 나갔다. 창고로 달려가면서야 뒤쫓아오는 학생에게

"어떤 놈이던?"

현재 창고 안에 도둑이 들어 물건을 훔치고 있는 것을 연상하며 물었다.

"자물쇠가 하나 없어졌어요."

이 말에 봉대는 약간 긴장이 풀리는 듯했으나 발걸음을 늦추지는 않았다.

'하필이면 내가 당직인 날에 도둑이 들다니…….'

봉대는 순간적으로 이런 생각을 했다. 도난당한 물건에 대해서는 당직이 책임을 지기로 되어 있기 때문이다.

'재수 없군.'

봉대가 혼자 투덜거리며 창고 출입문 앞에 이르렀을 때 뒤쫓아오던 학생이,

"자물쇠가 두 갠데 하나가 없어졌어요."

하며 자물쇠가 없어진 빈 고리를 가리켰다. 그런데 자물쇠 하나는 그대로

있었다. 도둑이 들었다고 하면 나머지 하나도 없어졌어야 할 것이 아닌가?

"하나는 그대로 있는데……."

봉대는 도둑이 들지도 않았는데 공연히 떠든 것이 아니냐는 듯 학생에게 핀잔 비슷이 말했다.

"한 시간 전까지 연습을 하고 악기들을 제가 넣었어요."

학생의 변명을 듣지 않아도 그 학생을 의심할 수는 없었다. 봉대는 걸려 있는 자물쇠를 만져 봤다. 어찌된 일인가 하고. 만약 그것이 튼튼히 잠겨져 있기만 하다면 도둑은 들지 않았을지도 모를 일이다. 그런데 자물쇠를 만지자마자 털렁 하고 그것이 땅에 떨어졌다.

이상한 일이었다. 이때까지 고리에 끼여 있던 것이 조금 건드렸다고 해서 그냥 떨어지다니.

봉대는 떨어진 자물쇠를 집어 들었다. 집어 드는 순간 그는 고리에 끼는 자물쇠의 꼭지가 두 토막으로 끊어져 있음을 발견했다. 이상한 일이었다. 어린애 손가락만큼이나 굵은 쇠줄이 톱으로 자른 듯 싹둑 잘려져 있는 것이었다.

그러나 잘라진 과정을 생각할 시간이 없었다. 도둑이 들었던 것만은 틀림없는 일이니 안으로 들어가 보지 않을 수 없었다. 창고 안에는 여러 가지 악기와 운동기구들이 가득 차 있었다. 유달리 비어 있는 자리를 찾아 낼 수가 없었다.

봉대는 학생을 남겨 두고 창고를 뛰쳐 나왔다. 도둑이 들었던 것만은 사실이니 도둑이 들어갔으면 물건이 없어졌을 것도 빤한 일이다. 그리고 도둑이 든 것이 한 시간 이내의 일이니 혹시 학교 구내에 잠복해 있을지도 모를 일이다.

봉대는 곧 학교 출입구 앞으로 달려가서 수위에게,

"수상한 사람이 나가는 거 못 봤수?"

하고 물었다.

"못 봤는데요. 왜 그러시죠?"

당황해하는 봉대의 표정을 본 수위가 어리둥절해 물었다.

"창고에 도둑이 들었어……."

"네?"

수위가 머리를 저으며 그 사이 출입문을 지나간 사람들의 모습을 생각해 내고 있었다. 잠시 후 수위가 무슨 물건을 잃었느냐고 물었다.

"한 삼십 분 전에 이상한 보따리를 들고 나간 학생 하나가 있기는 했는데요."

봉대는 범인에 대한 단서를 잡기나 한 듯,

"몇 학년 학생이죠?"

하고 다그쳐 물었다.

"그건 잘 모르겠습니다. 하여튼 우리 학교 학생입니다."

"이름두 모르겠어?"

"그걸 알 수 있습니까?"

"얼굴은 기억하겠수?"

"대강 짐작은 하겠지만……."

봉대는 얼핏 생각나는 것이 있었다.

학생 앨범이었다. 그래서 수위를 데리고 직원실로 가서 학생 앨범을 뒤지기 시작했다. 자물쇠를 자르고 물건을 훔쳐 간 놈이라면 중학생은 아닐 것이다. 그래서 고등학교 학생 앨범을 샅샅이 살피고 있을 때 수위가,

"이 학생 비슷한데요."

하며 고등학교 3학년 학생의 사진을 가리켰다.

"틀림없수?"

"확실치는 않지만 그런 것 같습니다."

"더 찾아보우. 혹시 다른 애일지도 모르니까."

봉대는 수위가 지적한 학생이 자기가 작년에 담임했던 반 학생으로 공부도 잘할 뿐 아니라 품행이 단정한 학생이었기 때문이었다.

그러나 앨범을 끝까지 살펴보던 수위가,

"꼭 그 학생 같은데요."

하며 달리 의심할 여지가 없다는 것을 말할 때 봉대는 도리어 안심이 되었

다. 조병주가 공부 잘하고 얌전하다고 해도 도난사건의 진범인으로 분명히 드러나기만 하면 우선 자기의 책임이 가벼워지는 것이다.

도난당한 지 한 시간도 못 되었으니 도난당한 물건이 아직 처리되지 않았기가 쉽다. 설사 물건은 팔았다 할지라도 팔아 먹은 돈은 아직 소비하지 못했을 것이다. 물건을 도로 찾거나 판 돈을 압수하기만 한다면 자기의 책임은 없어진다.

봉대는 그 학생의 주소를 살폈다. 그리고는 밴드부 학생을 데리고 조병주의 집으로 달려갔다.

시청 뒤 골목길을 메우고 있는 판잣집 가운데 병주의 집이 있었다. 서울 한복판에 이런 판잣집이 있었던가 의심이 났지만 어쨌든 대문도 없는 게딱지 같은 집이었다. 부엌으로 들어가는 문과 부엌에서 단칸방으로 들어가는 문 외에 창이 하나도 없었다.

간신히 집을 찾아 부엌문을 열었을 때 집 안에 있는 병주를 보자 봉대는 우선 미안한 마음이 들었다. 이렇게 가난하게 살면서도 고등학교까지 다니는 병주가 생각했던 대로 선량한 학생이라는 생각이 들었던 것이다. 선량한 학생을 범인으로 생각하고 달려온 자기가 도리어 악한 인간 같은 생각이 들기도 했다.

"집에 있었구나."

봉대의 목소리는 부드러울 수 밖에 없었다.

"네, 집을 보고 있습니다. 어머니가 장사를 하시니까요."

대답하는 병주의 태도가 겁에 질리어 흔들리었다.

흔들리는 태도를 보자 봉대는 이 애가 역시 선량한 애로구나 하는 생각이 들었다. 선량한 애가 아니라면 반항을 할 테니까.

선량한 애를 괴롭힌다는 것은 자기 역시 괴로운 일이 아닐 수 없다. 그러나 그렇다고 해서 용무를 잊어버릴 수는 없었다. 미안한 대로 알아볼 것은 알아보아야 했다.

"그래 학교에서 돌아와 아무데도 나가지 않았었니?"

유한 목소리나마 형사와 같은 저의를 가지고서 유도심문을 시작했다.

"네, 아무데도 나가지 않았습니다."

풀이 죽기는 했지만 딱 잘라 말하는 데는 달리 물어 볼 말이 없었다.

봉대는 너를 의심했던 내가 미안하다 하고 발길을 돌리고 싶었다. 만약 추궁하고 조사한 결과 아무런 증거도 찾지 못할 때 그때는 병주에게 무엇이라고 말할 것인가? 스승으로서의 체면이 땅에 떨어지기 전에 아무 눈치도 보이지 않고 돌아가는 것이 좋을 것 같게만 생각됐다.

그러나 병주의 순간적으로 풀이 죽은 태도가 의심스러웠다. 그리고 용의자로 지목된 학생을 조사하지도 않고 후퇴한다면 학교당국에 말할 면목이 없게 된다. 도난사건에 대한 책임을 회피할 길도 없게 된다.

"학교에 사고가 생겨서 그러는데 나쁘게 생각지 말아. 잠깐만 조사해 볼 테니까!"

말하기가 거북스러웠으나 입을 떼고야 말았다. 그때 병주가 봉대 앞으로 다가앉으며,

"선생님, 전 잘못한 것이 없어요."

울 듯이 말했다. 약간 이상스러웠다.

만약 도둑질을 안 했다면 우선 불쾌한 표정을 지을 것이다. 그리고 무슨 일이냐고 사건의 내용을 물을 것이다. 그런데 병주는 무턱대고 잘못한 일이 없다고 애원했다.

봉대는 조사를 해야 한다고 생각했다. 대낮인데도 어두컴컴한 방 안이었다. 사과상자 위에 병주의 책과 노트가 옆으로 놓여 있고 방 한 구석에 퇴색한 이부자리가 몇 개 포개져 있을 뿐인 방 안에서 찾아 낼 물건이 있음직하지는 않았다. 그러나 봉대는 벽에 걸린 것부터 살피기 시작했다. 세수 수건 하나와 병주의 모자, 그리고 병주 어머니 것이라고 짐작되는 허름한 치마 하나가 걸려 있을 뿐이었다.

봉대는 문득 생각하였다. 한 시간 전에 집에 돌아왔다면 윗양복은 왜 입고 있을까 하고. 그러나 물어 보지는 않았다. 달리 입을 옷이 없다고 대답할 것 같은 마음이 들었기 때문이다.

벽에서 눈을 내린 봉대는 이부자리 옆으로 갔다. 냄새가 나는 것 같았다.

그때 병주가 봉대의 앞을 가로막아 앉으며,

"선생님, 전 정말 잘못한 것이 없어요."

하고 똑 같은 말을 했다. 봉대는 병주를 물리치고 조사를 계속했다.

그런데 이부자리와 벽 사이에 흰 보자기로 싼 물건이 눈 안에 들어왔다.

만져 보았다. 케이스였다. 그것도 두 개였다.

그 순간 병주는 돌아앉아 울기 시작했다.

케이스 안에서는 플루트와 피리가 나왔다. 봉대는 밴드부 학생에게 보이며,

"이게 우리 학교 꺼냐?"

하고 물었다.

"틀림없습니다."

학생의 대답이 떨어지기가 무섭게 봉대는 병주의 따귀를 갈겼다. 속았다는 분함에서였다.

"그래두 잘못한 것이 없어?"

그때야 병주는,

"미안합니다."

그것도 냉정한 표정으로 말했다.

"더 훔쳐 온 건 없니?"

"다른 건 없습니다."

봉대는 다른 물건도 나올 것 같았다. 그래서 눈을 돌리다가 석유상자 옆에 있는 병주의 책가방을 보았다. 가방을 끌어다가 속을 뒤졌다. 그 속에서 자물쇠 하나가 나왔다. 꼭지가 잘라져 있었는데 잘라진 꼭지가 따로 떨어져 있었다. 봉대는 그것을 밴드부 학생에게 보이며 그것이 학교 창고의 자물쇠인가를 물었다.

"틀림없습니다."

학생의 대답이 떨어지자 봉대는 또다시 병주의 뺨을 갈겼다. 선량하다고 믿었던 병주에 대한 실망 때문이었다.

"무얼루 이걸 짤랐니?"

"짤르는 기계가 있습니다."

"그건 어디 있니?"

"오다가 길가에 감춰 두었습니다."

"기계는 어디서 났니?"

"철물점 하는 친척집에서 빌렸습니다."

"도둑질했겠지, 빌리기는……. 만약 도둑질을 안 하구 빌렸다면 너는 단독범이 아니고 공범자가 있다는 걸 말하는 거야. 훔쳐 낸 물건을 그 집에 갖다 둔 것 없니."

"없습니다. 절대 없습니다. 학교에 가서서 조사해 보시면 아실 것입니다."

"잔소리 마."

봉대는 정말 형사처럼 소리를 빽 질렀다. 아무런 말을 해도 괜찮다고 생각되었기 때문이다. 그러나 빽 지른 자신의 목소리를 의식한 순간 봉대는 병주의 눈에서 눈물을 보았다.

'내가 형사는 아닐 텐데…….'

잊어버린 물건도 찾았는데 무섭게 그럴 필요가 어디 있겠는가?

"한 번만 용서해 주십시오. 정말 죽을죄를 졌습니다. 먹을 것이 없어서 그랬습니다."

참회의 눈물을 흘리며 봉대에게 빌 때 봉대가,

'내가 형사일 수는 없지.'

하는 생각을 했다. 학교 선생이지 형사는 아니다.

"어머니가 장사를 하신다면서?"

"남대문 시장에서 고춧가루 장사를 하고 있습니다. 그렇지만 두 사람 먹을 것도 벌지 못하고 있습니다."

그것은 거짓말이 아닐 것 같았다. 집안 꼴을 보아 넉넉히 짐작할 수 있었다.

"그렇다고 그런 짓을 하면 어떡하지?"

봉대의 말소리는 다시 부드러워지지 않을 수 없었다.

"제 정신이 아니었습니다. 한 번만 용서해 주십시오."

봉대는 그 자리에서 동정의 빛을 보일 수는 없었다. 처벌하는 사람으로서

의 위신을 지키며,

"좌우간 학교엘 가자. 가서 조사를 해야 할 테니까……."

그리고 병주를 데리고 학교엘 갔다.

직원실에는 음악선생과 그 밖에도 몇몇 선생이 모여 있었다. 수위가 말을 했던 모양이다.

봉대가 손에 악기를 들고 들어서는 것을 보자 음악선생이,

"플루트와 피리 둘 다 있었습니까?"

라고 묻더니,

"바로 저 학생이 훔쳐 갔던가요?"

하고 재차 물었다.

봉대는 대답 대신에,

"잃은 물건이 이것뿐입니까."

냉정한 태도로 말하며 들고 온 악기들을 펼쳐 놓았다.

"두 개뿐입니다."

그 말에 봉대는 안심했다. 자기가 책임을 질 일은 없게 되었기 때문이었다.

음악선생이 악기들을 만져 보며,

"교장선생에게는 보고하셨나요?"

하고 물었다. 봉대는 약간 기분이 좋지 않았다. 일은 다 끝났는데 교장선생 이야기는 무엇 때문에 꺼내는 것일까? 사건을 무사히 끝내고 싶어하지 않는 마음이 들여다보이는 것 같았다.

"보고했습니다."

안 한 것을 꾸며 거짓말을 했다.

"그래요? 그럼 경찰에 연락하여야 되지 않습니까?"

음악선생이 당직으로서 해야 할 일을 왜 하지 않느냐고 문책하듯이 말했다.

"일이 다 끝났는데 경찰에는 왜 연락합니까?"

봉대가 신경질적으로 대답하자 음악선생은,

"도난사건은 형사문젭니다. 경찰에 연락 안 할 수 있습니까?"

이런 말을 주고받을 때 병주의 담임선생이 병주에게 도둑질한 동기를 묻고 있었다. 묻는 말씨가 퍽이나 부드럽게 들렸다. 그러나 봉대는 그들의 대화를 무시하고 음악선생에게 응수했다.

"학원 안에서 일어난 일은 학원 안에서 해결지을 수 있습니다. 이러한 사소한 문제까지 경찰에게 괴로움을 끼칠 필요가 뭡니까?"

굳이 죄를 씌워야겠다는 음악선생이 미웠던 것이다.

"학원은 치외법권 지역인가요? 사소한 문제라도 사회 문제는 법적으로 해결해야 됩니다."

"이미 해결된 문제 그리고 교육으로써 잘못을 시정할 수 있는 사건이라고 봅니다. 교육으로 인간을 만들려는 곳이 학교가 아닐까요? 구태여 경찰의 힘을 빌릴 필요는 없다고 생각합니다."

"이 애가 퇴학을 맞으면 자연 사회 문제가 되는 겁니다. 그때 선생님은 형사 문제를 형사 문제화시키지 않은 책임을 어떻게 지시지요?"

"퇴학시키고 안 시키는 것은 교장의 재량입니다. 그걸 우리가 논할 필요는 없잖습니까?"

"틀림없는 퇴학감입니다."

음악선생은 강경한 태도였다. 자기가 관할하던 물건이 없어졌던 만큼 그런 태도를 취하는 모양이었다.

봉대는 사건의 전말을 교장에게 보고한다면 병주가 지능적 절도범으로 퇴학당할 것이 틀림없다고 생각했다. 그것이 공정한 법적조치이다. 그러나 학원이란 곳은 특수하다. 법만으로 다스리는 곳이 아니라 지(智)와 덕(德)으로 인간을 만드는 곳이다. 학원에는 연구의 자유가 있다지만 그것보다도 인간을 선도한다는 자율적인 책임이 있다. 거기에 학원으로서의 존엄성이 있는 것이다.

"퇴학을 시켜도 교장이 시킬 테니까 걱정하지 마십시오."

봉대는 이런 말로 음악선생의 입을 막았다. 그런 말 밖에 달리 할 말이 없었던 것이다. 그때 병주 담임선생이 봉대에게 와서,

"잠깐만……."

하고는 한편 구석으로 끌고 갔다.

"정말 교장선생에게 보고하셨습니까?"

음악선생이 듣지 못하도록 가는 목소리로 물었다. 봉대는 그의 속마음을 들여다볼 수 있었다. 그래서,

"아직 보고하지 않았습니다."

하고 대답했더니

"보고하지 마십시요. 사건이 다 해결됐는데 보고 안 하면 어떻습니까? 그 애 사정을 잘 알고 있는데 정말 불쌍한 앱니다. 그리고 이제 한 달만 있으면 졸업이 아닙니까? 퇴학을 준다는 것은 그 애 일생을 망치게 하는 일입니다."

담임선생으로 당연히 할 수 있는 말이다. 아니 교육자로서 그렇게 해야 될 말이다.

"저도 그러구 싶습니다."

만약 음악선생만 아니라면 교장에게 보고할 필요도 없는 문제라고 생각했다. 보고만 안 하면 문제는 이것으로 끝나고 마는 것이다.

"그러면 제게 맡겨 주십시요. 선생님에겐 책임이 돌아가지 않도록 하겠습니다."

병주의 담임선생인 배금호(裵今虎)가 이렇게 말할 때 봉대는 가슴이 후련해짐을 느꼈다. 뭐니뭐니 해도 졸업반 학생이다. 그 졸업이 며칠 남지 않았다. 그런 학생을 구태여 퇴학시켜서 어떻게 하겠다는 건가? 그런데 배금호가 책임을 지겠다니 이제는 사건이 자기에게서 떠나가고 만다.

"그렇지만 저 선생이……."

봉대가 음악선생 방성규(方聖奎)를 가리킬 때,

"제가 적당히 말하지요."

하고 배금호가 봉대를 안심시켰다. 그리고 병주를 돌려 보냈다. 그때 병주가 마룻바닥에 꿇어앉아 마룻바닥에 이마를 대고 절하는 것이 보였다. 봉대는 눈시울이 뜨거워짐을 느꼈다. 역시 선량한 학생이었던 것이다.

그런데 악기 도난사건이 곧 온 교원 사이에 전파되었다. 병주가 지능범이라는 것 그리고 도둑질이 한 번만이 아니라는 말까지 퍼졌다.

452

방학중인데도 졸업식 준비로 당직 여부 없이 모여드는 선생들 입에서 그런 말을 들을 때 봉대는 가슴이 두근거렸다. 혹시 교장의 귀에까지 그런 말이 들어가지나 않았나 하고. 그렇게 되면 자기는 책임 추궁을 당하고야 말 것이다.

　　그런데 졸업식을 두 주일쯤 앞둔 어떤 날 교장이 봉대를 부르고야 말았다. 졸업식 안내장을 찾으러 인쇄소에 갔다 오니 사환애가 교장이 찾는다는 것이었다. 가슴이 두근거렸다. 그러나 가지 않을 수는 없었다. 가서 소신대로 이야기하자는 생각을 했다. 절대로 죄를 저지른 것은 아니다. 양심적으로 가책받을 일은 더더구나 없었다. 이런 생각으로 교장실에 들어갔을 때 교장의 첫마디가,

　　"노 선생은 어찌해서 중요한 사건을 보고하지 않으셨소?"
하고 문제의 초점을 보고하지 않았다는 데 두고 말했다.

　　처사는 어떻게 했든 보고하지 않았다는 것은 잘못이다.

　　"죄송합니다. 일이 다 해결됐기에 그만……."

　　말끝을 흐리는 수밖에 없었다.

　　"학교에 대한 책임자는 나라구 생각하는데 내가 학교 일을 몰라서 어떡하란 말이지요?"

　　"죄송합니다."

　　"그 애는 지능범이라면서요? 또 한 번만도 아니고……."

　　교장이 화제를 돌렸다.

　　"저도 그런 말을 들었습니다만 이제 며칠 안 있어 졸업할 애가 아닙니까? 그리고 한 번만이 아니라는 말은 믿을 수가 없습니다."

　　"글쎄, 나도 그걸 모르지는 않지만 애가 그렇게 악질이라면 졸업한 뒤에도 반드시 범죄를 저지르고야 말 것입니다. 그렇게 되면 학교의 위신은 어떻게 되지요? 차라리 졸업을 안 시키는 것만 못하지……."

　　교장은 침착했다. 움직일 수 없다는 태도가 눈에 보였다.

　　"그렇지만 그 애의 일생 문제가 된다고 생각합니다. 졸업장도 못 받으면 더 나빠질 우려가 있으니까요."

"알았습니다. 좌우간 앞으로는 무슨 일이나 보고해야 한다는 것을 잊지 마십시오."

할 이야기는 다 했으니 나가라는 것이었다.

교장실을 나온 봉대는 사건이 어떻게 처리될 것을 짐작했다. 가만둘 것 같지가 않았다. 그러던 차에 비상교원회가 소집되었다. 물론 병주 문제 때문이었다.

봉대는 배금호와 몇몇 선생에게 이야기했다. 퇴학만은 주지 말자는 것이었다. 그러나 직원회의에서는 퇴학을 시키기로 결정하고야 말았다.

"그 애의 가정이 빈곤하다는 것은 잘 알고 있습니다. 동정할 여지가 다분히 있습니다. 그렇지만 개인에 대한 동정으로 학교의 위신을 손상시킬 수는 없습니다. 더구나 그 애는 지능범으로……."

교장의 주장이 변함이 없었고 또 대부분의 교원들이 교장의 주장에 찬동했던 것이다. 봉대와 금호의 반대의사는 생선 속의 가시 같은 대우를 받았다.

결국 닭 쫓던 개가 지붕 쳐다보는 격이 되고 말았다. 사실은 그 정도가 아니었다. 퇴학에 동의한 대부분의 선생들이 퇴학을 반대한 노봉대와 배금호 등 몇몇 선생을 아주 경멸하는 태도였다. 회의가 끝나고 교장선생이 자기 방으로 들어갔는데도 봉대나 금호에게 안됐다고 말 한 마디 해 주는 사람이 없었다. 마치,

'퇴학을 반대하다니! 유치한 것들…….'

하고 속으로 조소하는 것만 같았다. 그것은 패배자의 설움 정도가 아니었다.

분노가 겸한 치욕감이었다.

봉대는 사표를 써 낼까 하고 생각했다. 자기가 교육자적 신념을 가지고 학교에 봉직하고 있는 것은 아니다. 다만 몇 푼의 월급 때문에 분필가루를 마시며 학생들 앞에서 목청을 돋구고 있는 것이지만 어쩐지 너무나 탁한 공기를 마시고 있는 것 같았다.

산다고 하는 삶의 자존심이 꺾이고 만 것 같기도 했다.

그러나 봉대는 사표를 쓰지 못했다.

집에서 자기를 기다리고 있는 처자의 얼굴이 눈앞에 떠올랐던 때문이다. 죄 없는 처자를 굶길 수는 없었다.

'동정 때문에 학교 위신을 떨어뜨릴 수는 없습니다.'

하던 교장의 말이 생각나기도 했다. 그래서,

"격분을 느낀다 해도 나 자신을 희생시킬 수는 없지."

하고 생각했다. 그러나 그런 생각을 하는 자기가 너무나 치사스러운 것 같았다.

치사스러운 인생 ——.

봉대는 자신이 너무 치사스럽다고 생각하며 집으로 돌아올 때 같이 걷고 있던 금호가,

"할 수 없지."

했다. 금호도 자기 자신을 치사한 인간이라고 생각하는 모양이었다.

"할 수 없지."

봉대도 자존심에 대한 스스로의 변명이기나 한 것처럼 중얼거리며 걷고 있었다.

(원)《한양 35》 1965. 1.

파동(波動)

"하느님!"

그미는 자기도 모르는 새 눈을 감고 하느님을 불렀다. 교회 근처에 가 본 일도 없는 그미였다. 그런데도 국태(朱國泰)가 손을 잡는 순간 저절로 하느님을 부른 것이다. 그리고 국태의 손에서 오는 뜨거운 촉감을 느끼면서 눈을 감고,

'어떻게 하면 좋을까?'

혼자서 질문을 던지는 것이었다. 그러나 대답이 있을 리 없었다. 뜨거운 국태의 손에서 오는 감촉이 온몸으로 퍼져 올 뿐이었다. 그미는 그 감촉이 온몸에 번져 감을 느끼면서 그 감촉에 말려들어가고 있었다. 어떻게도 할 수가 없었던 것이다.

국태의 손은 가만 있지를 않았다. 그미의 반응을 살피면서 힘을 놓았다가는 힘을 주었다 하곤 했다. 한편 그미의 얼굴을 옆눈으로 살피기도 했다.

그미는 허공을 바라보고 있었다. 손에는 힘을 빼고 있었다. 마치 감동 없는 여자처럼.

한편 하이킹 온 사람들이 조용한 숲 속을 찾아온 자기들처럼 자기 옆으로 와 주었으면 하고 바랐다. 그리고 국태가 빨리 손을 놓아 주었으면 하고 바라기도 했다. 그래야만 될 것 같았다. 그렇다고 국태에게 냉정할 수도 없었지만, 국태가 하자는 대로 할 수도 없었던 것이다. 그것은 하느님의 지시가

아니라 자기 자신의 판단이었다. 국태가 아무 예고도 없이 자기 손을 잡았다. 그것을 맞받아 자기 역시 손에 힘을 주고 국태의 손을 잡는다면 국태의 다음 행동이 예상 밖의 방향으로 발전할지 누가 알 것인가? 그럴 수는 없었다.

"내려가실까요?"

어쩔 수 없이 이런 말을 하고야 말았다. 그러면서도 그미는 먼저 일어서지를 못했다. 국태가 자진해서 손을 놓고 일어서기 전엔 먼저 일어설 수가 없었던 것이다. 그때 국태가 손을 놓았다. 그러나 심술난 얼굴로 앉은 채 일어서지를 않았다. 그미는 이런 때 자기가 먼저 일어서기만 하면 그뿐이란 생각을 했다. 불만스럽겠지만 국태는 할 수 없이 따라오고야 말 것이다. 그런데도 그미는 먼저 일어서지를 못했다. 국태에게 무안감을 줄 수가 없기 때문이었다. 자진해서 일어서게 해야 했다.

"내려가다 또 쉬어야 하지 않아요?"

그미가 부드럽게 독촉을 할 때 국태는 할 수 없다는 듯이 일어서서 궁둥이를 털었다. 그미는 뒤따라 일어서며 바바리 코트를 집어 국태에게 입혀 주었다. 그미는 국태가 싫지 않다. 그렇기 때문에 싫어하는 기색을 보이기 싫은 것이었다.

국태는 돌아서서 두 팔을 내뻗고 그미가 입혀 주는 코트를 입었다. 그리고는 마호병과 먹다 남은 과자가 들어 있는 등산 백을 집어 들었다. 마후라를 쓰고 국태의 뒤를 따르는 그미는 국태가 어떤 길로 돌아가려고 하는지가 궁금스러웠다. 북쪽으로 걸어가면 흑석동(黑石洞)에 이르는데 걷는 거리가 멀다고 했다. 서쪽길로 내려가면 안양에 이른다고 하지만 국태가 걸어 보지 못한 길이라고 했다. 올 때 안양 풀로 해서 걸어온 길도 있기는 하지만 온 길을 다시 걸을 맛은 없을 것이다.

궁금하기는 했지만 국태의 마음을 건드리기나 하면 하는 생각에 묻지도 못하고 따라가는데 국태는 말없이 걷기만 했다. 사람의 발자국으로 길이 이루어진 소나무 사이의 산등성이를 걸어 삼막사(三幕寺)로 가는 것이었다. 삼막사에 이르러 낙엽을 쓸고 있는 여승에게,

"이 길이 안양까지 가는 길입니까?"

하고 물을 때야 그미는 국태가 초행길을 택하는 것이라 생각했다.

"유원지 입구까지 갑니다."

"몇 리나 됩니까?"

"십 리 좀 넘습니다."

그때 국태는 처음으로 그미에게,

"이 길루 내려갑시다."

하며 그미를 바라보았다.

"좋두룩 ── ."

그미는 명랑한 목소리로 무조건 복종의 뜻을 표했다. 그리고는 좁은 길이지만 국태 뒤에서가 아니라 그의 옆에서 걷기를 시작했다.

아름다운 계곡이었다. 양편 높은 산에는 단풍이 빨갛게 들어 있고 두 산 틈바구니엔 시냇물이 계속해 흘러내리고 있었다. 시냇가에는 바위가 깔리고 또 솟아 있어 아무데서나 쉬며 발을 씻을 수가 있게 되었다. 시냇물을 끼고 꾸부정하게 생긴 좁은 길가에는 수목이 별반 없어 가을 햇빛을 마음껏 빨아들이고 있다.

그미는 별로 사람이 없는 고요한 산길을 내려오며 국태가 혹시 속으로 화를 내고 있지나 않나 걱정했다. 국태도 그리 용감한 성격을 소유한 남자는 아니다. 용감하지 못하면서도 용기를 내어 취한 행동에 아무런 반응을 보지 못했을 경우 그는 후회를 하거나 그렇지 않으면 동조하지 않은 자기를 비난할 것이다. 그미는 국태가 그 두 가지를 다같이 느끼지나 않을까 하고 생각했다. 두 가지가 다 불안한 일이었다. 후회를 하게 되면 결국 자기와의 관계를 끊으려는 생각까지 가지게 될 우려가 있다. 또 자기를 비난하게 되어도 몰인정한 여자라 취급하고 흥미를 잃게 되기가 쉽다.

그미는 국태가 손을 잡을 때까지도 손에 힘을 주어 그의 손을 꼭 잡아 줄 걸 하고 후회했다. 손을 잡는 것쯤 어떠할 것인가? 국태도 모르기는 하지만 그 이상의 것을 바라지는 않을 것이다. 고요한 산 속에서 단 둘이 앉아 점심을 먹고 커피를 마셨다. 그리고 이야기도 적지 않게 했다. 어찌 손쯤 잡고 싶지 않았을 것인가? 자기 역시 국태의 손에 잡혔을 때 가슴이 떨리기는 했지만 절대로 불쾌하지는 않았다. 서로 좋아하는 사이에 그러한 분위기 속에 젖어들면 누구나 손쯤은 잡을 것이다.

십오 분쯤 걸어 내려왔을 때 그미는,

"좀 쉬고 가지요."

하고 말했다. 국태가 다시 손을 잡을 수 있는 기회를 만들기 위함이었다.

"그럴까?"

국태도 그러기를 기다리고 있었던 것처럼 발을 멈추었다. 그러나 시냇물이 있는 데까지 가서는 곧 신발을 벗고 발을 물에 담가 버렸다. 그리고는,

"시원한데. 한 선생은 발 안 씻으세요?"

하고 돌아보았다. 그미는,

"양말 벗기가 귀찮아서요……."

하고 두 사람이 넉넉히 앉을 만큼 넓은 바위에 앉았다. 속으로는 앉아 있으면 국태가 빨리 발을 씻고 자기 옆으로 와 앉으리라는 생각을 하면서.

"양말 벗기가 뭐 귀찮아요?"

국태는 또 말을 안 듣느냐는 투로 말했지만 그미는 좋은 기회라 생각하고

"여자가 양말을 어떻게 신는지 모르세요?"

자기의 코르셋을 암시했다. 웬만큼 친하지 않고서는 그런 암시를 할 수가 없다고 계산을 하면서.

"여자 양말은 신는 법이 따루 있나요?"

국태의 둔감에 그미는,

"부인이 한복만 입으시는 거로군요?"

하고 그의 무식을 찔렀다.

"그렇기는 하지만……."

"양장하는 여자는 코르셋이란 걸 하는 거예요. 그래서 양말 신는 수속이 약간 복잡하다나요."

"코르셋이 뭔데?"

"그건 부인한테 가서 물어 보세요."

그때야 국태가 머리를 긁으며 싱긋이 웃었다. 알고 웃는 것인지 모르고 웃는 것인지 알 수 없었지만 그미는,

"선생님은 여성에 대한 것을 많이 공부하셔야 할 것 같은데요."

하고 이야기를 이었다.

"모르는 것이 뭔데?"

"그럼 여자의 립스틱에 몇 가지 빛깔이 있는지 아세요?"

"한 가지겠지요. 빨간 것⋯⋯."

"그러니까 많이 배우셔야 한다는 거예요. 웬만한 여자는 대개 예닐곱 종은 가지구 있어요."

그미는 국태의 아내도 한 가지밖에 가지고 있지 않느냐고 묻고 싶었지만, 남녀 간에 가정 이야기를 꺼내는 것은 졸렬한 일이라 생각하고 일반적인 말만 했다.

"그럼 한 선생두 그렇게 가지구 있습니까?"

"저요? 저는 한 가지밖에 없어요."

"그러니까 내 지식으루 충분한 거지 뭡니까? 한 선생에 대한 것만 알면 그뿐이니까⋯⋯."

"참 그렇기는 하겠구만요."

그들은 다같이 웃었다. 활짝 핀 웃음이었다. 한 번 웃음으로 그새 멀어졌던 거리가 다시 회복되었는지 국태는 시냇물을 떠서 그미에게 퉁기었다.

"아이⋯⋯."

그미는 싫은 척하며 자갈을 집어 국태가 앉아 있는 곳에 던졌다. 물방울이 퉁기어 국태 얼굴에 튀었다. 그러자 국태는 다시 손으로 물을 떠가지고 그미에게 던졌다.

"옷 버려요."

조금 큰 소리를 지르면서 또 돌멩이를 집어 시냇물에 던졌다. 그때 국태는,

"좋아."

하며 두 손으로 물을 떠가지고 그미에게로 와서 그 물을 그미 얼굴에 뿌리려 했다.

"정말 싫어요."

그미가 화난 것처럼 말하자 국태는,

"용서했다."

하면서 물을 바위 위에 쏟고 그미 옆자리에 앉았다. 그미는 국태가 자기의 손을 잡을 때가 왔다고 생각했다. 그러나 국태는 조금도 그러지를 않았다. 한 번 실패한 일을 두 번 거듭하지 않을 생각인지 옆에 앉으면서도 상당한 거리를 두고 앉은 그였다. 그미는 자기가 먼저 잡아 볼까 생각했다. 그러면 국태가 얼마나 좋아할 것인가? 그러나 그럴 용기가 없었다. 용기가 없어서 망설이고 있을 때 그 마음 속을 들여다보았는지 국태가 그미의 허리로 팔을 뻗쳤다. 포옹을 하려는 것이었다.

그미는 깜짝 놀라 벌떡 일어섰다. 그리고 생각할 여유도 없이,

"그럼 안 되요."

하고 고개를 숙였다. 정말 그러리라고는 생각 못했던 일이었다. 고작해야 손이나 잡으리라 생각했던 국태가 한 단계를 비약해서 포옹을 하려 하다니……. 비약을 하지 않고 점층법을 쓴다 해도 그것만은 안 될 일이라 생각했다. 포옹을 하게 되면 키스를 하게 될 것이고, 키스를 하게 되면 그 선까지 넘게 될 것이 분명하다. 그럴 수야 없다.

그미가 놀라 일어서는 순간 국태도 잘못을 느꼈는지,

"다시는 안 그러겠습니다."

얼마 전 손을 잡았을 때와 달리 그 자리에서 잘못을 사과했다.

이번에는 그미가 도리어 무안함을 느꼈다. 슬쩍 넘겨 버려도 좋을 일을 정색하고 사과할 필요가 무엇인가? 그만큼 국태가 순진한 때문일지도 모른다. 그만큼 순진한 데가 있기 때문에 자기가 그를 좋아하는지도 모른다.

어쨌든 국태가 다시는 포옹할 생각을 갖지 않으리라는 점에서 그미는 안심을 했다. 그래서 다시 걷기를 시작했을 때,

"누군가가 그랬다죠? 사랑을 수없이 했다. 그러나 사랑이 무엇이라는 것에 대해서는 한 번도 생각해 본 일이 없다구요. 그게 현대적 연애관인가 보지요."

하고 현대적 연애관에 대한 비판을 시작했다. 그것은 그런 연애를 비판함으로 자기들의 사랑을 어떤 선에서 한정시키려는 의도이기도 했다.

"글쎄요. 그것이 현대적인 연애관인지도 모르지요. 그렇지만 윤리를 전혀 무시한 그런 것이 오래 계속되지는 않겠지요."

"전 정말 그런 연애는 이해할 수 없어요. 그거야 기분이지 연애예요? 사르트르의 연인인 보봐르 부인은 사르트르를 사랑하면서도 딴 남자를 사랑했다지요? 사르트르두 그랬구. 그런 게 있을 수 있을까요?"

"있을 수야 있을지 모르지요. 그렇지만 이율배반이겠지요."

"고차원의 애정관 같지만 절조가 없고 순결성이 없는 것 같아요."

"역시 연애란 순간적이라 해도 성실한 것이어야 하겠지요."

"물론 그래야 한다구 생각해요."

그들은 꼭같이,

'우리들처럼.'

이란 말을 하고 싶었을 것이다. 그러나 다같이 그 말을 할 수가 없었다. 그들의 사랑이 정신적인 것이란 데 대해서는 성실하고 깨끗한 것이라 말할 수 있을지 모르지만 다같이 배우자를 가지고 있다는 점에서 성실하고 깨끗하다는 말을 내세울 수 없기 때문이었다. 그들은 사랑하고 있는 것을 서로 부정하지 못한다. 그렇기 때문에 그들은 사람이 많은 곳엘 가지 못한다. 번잡한 명동이나 종로 같은 데서는 다방에도 못 갈 뿐 아니라 같이 걷지도 못한다. 자기네 사랑이 떳떳치 못한 것을 잘 알고 있기 때문이다. 그뿐만 아니었다. 서로 사랑하면서도 사랑한다는 말을 서로 못하고 있다. 그런 말 하기가 쑥스러운 때문만은 아니었다. 그런 말이 용납되지 않는 것 같기 때문이었다. 그러면서도 그들은 사랑하고 있다. 어쩔 수 없는 것이라 생각하면서…….

그미는 떳떳하지는 못하나마 어쩔 수 없이 시작된 사랑을 요 정도로 유지하며 오래오래 계속하고 싶었다. 그것은 자기의 부부생활이 결코 행복해질 수 없다는 타산 때문만은 아니었다. 국태 같은 사람을 놓치고 싶지 않다는 욕심이 덧붙어 있기 때문이었다. 국태를 안 지 벌써 석 달이다. 그는 대학교에서 국사(國史)를 십 년 동안이나 강의해 온 학자다. 인격 면에서나 지성

면에서나 능히 신뢰할 만한 사람임을 알고 있다. 오늘 처음으로 손을 잡았고 포옹을 하려 했지만 그는 욕정을 능히 참고 견딜 사람이다. 내가 원하지 않는 것이라면 무엇이나 이해하고 공명해 줄 사람이다. 학자적인 자존심을 가지고 있으면서도 인생의 초년병 같은 순진한 데가 있다. 자기의 생활이 어떻게 변하든 옆에 두고 오래오래 벗하고 싶은 사람이다.

안양 입구에 이를 때까지 그들은 계속해서 이야기를 했다. 그미는 자기 동창생들의 부부생활 이야기를 주로 했고, 국태는 요즘 젊은 사람들의 생태에 대한 것을 주로 이야기했다. 안양 유원지 입구에서 지나가는 합승을 타고 서울역 앞에 내릴 때까지도 그들은 지루하지 않게 이야기를 했다. 역전 근처 다방에서도 그랬다. 다방에서 나와 저녁을 먹을 때도 그들은 즐거웠다. 거의 열두 시간이나 되는 긴 시간을 같이 보내면서도 지루한 줄을 몰랐던 것이다. 그 동안 그미는 남편 생각도 안 했고 집안 생각도 잊고 있었다.

그러나 밤 열 시가 거의 되어 텅 빈 집에 들어갔을 때 스스로 미안을 느꼈다. 아내로서 불충실한 자기를 느꼈던 것이다. 그러나 남편이 들어와 있지 않은 것을 보았을 때 그미는 한 남자의 아내라는 것을 생각했다. 일요일, 바쁜 일도 없을 텐데 아침에 자기보다도 일찍 나간 남편이 아직 돌아오지 않았다. 그도 자기처럼 재미를 보고 있을 것이 분명했다. 남편을 자기와 같은 범죄자라 생각하면서도 그미는 화가 났다. 자기가 국태를 알게 된 것은 오직 남편 때문이었다. 애를 못 낳는다고 경멸하지 않고 충실한 남편 노릇을 해 주었다면 자기는 국태를 알 리가 없었다. 애를 못 낳는다는 것은 여자의 결함일지 모른다. 그러나 그것이 젊은 부부생활에 금이 갈 이유는 되지 못한다. 남편이 자기가 사건을 일으키고 있다는 사실을 눈치채지 못할 까닭이 없다. 그러면서도 그는 잘했다는 듯이 전보다 외박이 더 잦고 생활비 부담에 대한 책임감도 점점 박약해져 가고 있다.

오늘도 외박인가 하는 생각을 하면서도 기다렸다. 국태에게 손을 잡혀 보았고 또 포옹을 당할 뻔했던 일이 있어서 그런지 이 날 따라 남편의 외박에 유달리 신경이 쓰여졌다. 그 여자는 어떤 여잘까? 손을 잡으면 좋아서 손장난을 하겠지. 호텔로 가자면 못 이긴 척하고 따라갈 것이고.

열두 시가 지나도록 남편이 돌아오지 않을 때 그미는 단념을 했다. 기다려야 소용도 없는 일이지만 기다려 줘야 할 필요가 무엇인가 하는 생각이 들었던 것이다. 남편이 기다려 줄 만한 가치가 있는 사람이 못 된다고 생각했던 것이다. 그러면서도 그미는 잠을 못 이루었다. 잠이 오지 않는 것이었다.

"술이라는 걸 좀 마셔 봤으면 좋겠어요."

국태는 놀랐다. 그미 입에서 그런 말이 나오리라고는 정말 생각도 못했던 일이었다. 두 달 전 관악산에 갔을 때 그미는 손을 잡는데도 떨었다. 포옹을 하려고 할 때는 기겁을 했다. 그리고 이때까지 매일처럼 만나면서도 조금도 흐트러지지 않은 자세를 고수해 왔던 것이다. 국태는 약간 망설였다. 술을 마시고 싶어하는 마음 속에는 어떤 변동이 일어나고 있음이 분명했다. 말하자면 이때까지의 자세를 고수할 힘을 잃어버린 것이다.

안 될 일이지. 내가 내 자세에서 좌절되려고 할 때 그미는 나를 부동의 자세를 취하게 만들어 주었다. 이제는 내가 그미의 자세를 붙잡아 줘야 한다. 그러나 알게 된 뒤 오륙 개월 만에 처음으로 청하는 말이다. 나 이외 어떤 사람에게 그런 말을 할 수 있겠는가? 마셔야 얼마도 마시지 못할 것이다. 소원을 들어 주자. 그것이 그미가 엿보고 싶은 세상이라면…….

국태는 자기가 그미를 사랑하게 된 동기를 생각해 보았다. 서재에서 조선실록이니 고인들의 개인 문집들이니 따분한 책을 읽으며 또 논문을 쓰는 데만 온 정력과 시간을 소비해 왔었다. 그렇게 사는 동안 그는 교수가 되었고 여섯 애의 아버지가 되었다. 쪼글쪼글 늙어 가는 아내는 살림과 애들 걱정으로 국태의 세계를 더욱 더 좁혀만 주었다.

자유로운 것 같으나 자유를 잃은 유폐된 생활. 그가 이런 생각을 하게 된 것은 교수가 된 지 반 년쯤 되는 어떤 날 천축사로 등산을 간 때부터였다. 높은 산과 아름다운 풍경, 높은 곳에서 하계를 내려다보는 통쾌감 같은 것에서 자기가 너무나 세상을 모르고 살아 왔다는 생각을 했다. 모르는 것이 너무나 많다는 것을 느꼈다. 유폐된 서재에서 바깥 세상을 넘겨다보고 싶은 충동을 느꼈다. 그럴 때 그미를 알게 되었고 그미에게서 상상도 못했던 세계를 엿보는 쾌감을 느꼈던 것이다. 그미 역시 마찬가지였다. 결혼한 지 사오 년밖에 안 되었지만 주부라는 제약된 범주 안에서 가정에 충실하려고 했다. 어떻게 된 일인지 애를 낳지 못했다. 남편은 방탕한 생활을 시작했다. 그리고 가정을 지켜야 했다. 세상이, 인생이 그렇게 단순하지 않은 것 같은데 단순하기만 한 생활에서 권태를 느꼈다. 그래서 외출을 시작했고 자기 동창생이 경영하는 다방에 출입했다. 국태 친구 부인의 먼 일가되는 마담이 경영하는 다방이었다.

거기서 서로 알게 된 두 사람은 그 뒤부터 그 다방 마담의 눈을 피하여 딴 장소에서 만나기 시작했다. 모르던 세계를 맛보기 위함에서였다.

지금 그미가 술을 먹고 싶다는 것도 또 다른 세계를 엿보고 싶은 심정에서일 것이다. 그만한 욕망쯤 이루어 주지 못할 것이 무엇인가?

"갑시다."

그래서 간 곳은 어떤 중국집 구석진 방이었다. 거기서 그리 독하지 않은 정종을 마셨다. 그미는 한 잔쯤 마셨으나 가슴이 찢어지는 것 같고 입이 쓰다면서 더 마시지를 못했다. 국태는 마시기 편한 술을 생각했다. 그래서 언젠가 친구들과 한 번 가 본 일이 있는 반도호텔 스카이라운지로 가서 페퍼민트를 주문해 주었다.

"색깔이 고운데요. 이 속에 잠기구 싶군요."

그미는 술의 색채에 매력을 느끼고 그것을 마셨다. 맛도 좋다고 했다. 달콤한 입맛에 알콜 성분을 생각지 못하는 모양이었다. 더 마시려 했다. 그러나 한 잔 이상 더 마시지 못하게 했다.

그래도 두 사람은 유쾌했다. 특히 국태는 그러했다. 자유인들이 출입하는 반도호텔 꼭대기에서 서울 장안을 내려다보며 아름다운 그미와 자유롭게 술을 마시다니…… 누가 보고 뭐래도 괜찮을 것 같았다. 교수가 유부녀와 같이 술을 마시는 법이 어디 있느냐고 힐난을 해도 무방하다. 해 보고 싶은 일을 하면 그뿐이 아닌가?

국태는 술을 마시며 그미의 얼굴을 음미했다. 인형처럼 아름다운 얼굴이었다. 위로 뜨며 자기를 바라보는 그미의 검은 눈동자는 보석처럼 윤이 났다. 그 자그마한 몸매. 안으면 한 팔에 감기고도 남음이 있을 가는 허리.

애를 여섯이나 낳고 드럼통처럼 굵은 아내의 허리가 눈에 떠올랐다. 국태는 술잔을 들고 그미의 눈을 뚫어지게 보며,

"그 허리 한 번 안아 봤으면……."

하고 빙그레 웃었다. 술김이니 할 수 있었을 것이다. 그런데 그미는 아무 대답도 않고 빙그레 웃기만 했다. 해 보라는 뜻인 것 같았다.

스카이라운지에서 나오자 국태는 택시를 불렀다. 처음으로 그미를 바래다 주고 싶었던 것이다. 그리고 차 안에서 그미를 안아 보고 싶었던 것이다. 그미는 아무 말 없이 택시에 올라탔다. 그리고 택시가 달리는 도중 그가 그미의 허리를 안았을 때 그미는 꺾어진 나무처럼 국태에게 쓰러졌다. 그리고 쓰러진 채 웃음을 머금고 국태를 올려다봤다. 무엇인가를 더 갈망하는 눈초리였다.

국태는 입맞춤을 했다. 운전수가 백미러로 바라보고 있을 것을 생각지 못했다. 어쩔 수 없었다. 누구나 그런 분위기에서 그러지 않을 수가 있겠는가?

그미를 그미의 집 앞까지 바래다 주고 그 차로 돌아올 때 국태는 세상에 이런 일도 있을 수 있을까 생각했다. 그것은 자기 부정이 아니라 새로운 자기를 발견한 데 대한 도취감이었다. 내일 지옥에 간다 해도 좋다고 생각했다.

그런 것을 모르고 살아 온 과거를 조롱해 주고 싶었다. 어둡고 좁은 그 구속된 세계에서 뛰쳐 나온 해방감만 해도 천지를 얻은 느낌이었다.

그 뒤 그들은 번화한 거리를 걷기도 했다. 겁없이 만나 같은 즐거움을 반복했다. 어떤 날 그들이 어떤 다방에 앉아 있을 때였다. 그미가 불쑥,

"언니가 선생님을 한 번 만나 보구 싶대요."

했다. 언니라는 여자에 대한 이야기를 들은 적이 있기는 하지만 그미가 자기를 보고 싶어하리라고는 상상도 못했던 일이다.

"나를요?"

"내가 좋아하는 사람이니까 보구 싶다는 거예요."

동생을 꾸짖지 않고 도리어 동생의 애인을 만나고 싶다는 그 언니의 마음을 알 수 없었다.

"보면 어떡허게요?"

"어떡허긴 뭘 어떡해요. 그냥 보구 싶다는 거지."

"알 수 없는 일인데. 내가 어떻게 언닐 만날 수 있어."

"제 옷을 보세요. 처음 보시는 옷이지요? 선생님을 만나러 간다니까 언니가 자기 옷을 내주며 입구 가랬어요. 선생님께 잘 보이라구 하면서……."

국태는 벙벙해서 말을 못했다. 공인을 받고 있다는 점에서 유쾌하기도 했지만 비밀에 부쳐야 할 일이 천하에 드러났으니 가슴이 섬찟하지 않을 수 없었다.

국태가 벙벙하고 있을 때 그미는 다시 입을 열었다.

"언니가 뭐라는 줄 아셔요? 네가 처음으로 좋아하는 분이 하필 애가 여섯이나 되는 사람이니 하잖아요?"

"그래 한 선생은 뭐라구 했소?"

"운명이니 할 수 없다구 했지요."

"운명……."

국태는 혼자 중얼거렸다. 자기가 걷고 있는 현재의 과정이 두 사람에게 운명을 만들고 있다는 생각을 할 때 그 과정이 단순한 과정 같지가 않았다. 역사란 구체적 사실들을 종합한 데서 이루어진다. 구체적 사실이란 하나도 버릴 수가 없다. 그러면 자기도 자기 개인의 역사를 만들며 살고 있다. 지금 그미를 사랑하는 것도 역사의 한 토막이다. 그 한 토막의 사실이 자기 운명을 창조해 나간다. 가슴이 섬찟하지 않을 수 없었다.

어떤 날 학교에서 어떤 교수가,

"요즘 재미 많이 보신다지요?"

하는 말을 했다. 재미 많이 보시더군요 했다면 그가 자기의 행동을 보고 하는 말인데 많이 보신다지요 하는 것은 그도 남에게 들어 안다는 뜻이다. 그렇다면 자기 생활이 여러 사람 입에 오르내리고 있음이 분명했다.

국태의 가슴이 뜨끔했다.

그 날 학교에서 집으로 돌아갔을 때 그미에게서 전화가 왔다. 으레 하는 말로 그미는 첫마디에,

"제가 보구 싶지 않아요?"

했다. 국태는,

　　"어제 봤는데 뭐."

하고 대답했지만,

　　"보구 싶어요. 저는 선생님이 강의를 끝내고 댁으루 돌아오실 시간만 기다리구 있었어요."

　　그미가 이렇게 말할 때 국태는 그만,

　　"나두 보구 싶어. 왜 안 보구 싶을 거야."

하고 말했다. 사실은 자기도 보고 싶었던 것이다.

　　"저 지금 자리에 누워서 전활 걸구 있어요. 괜찮지요? 네?"

　　"괜찮지, 어때?"

　　누워서 전화를 걸며 자기가 보고 싶다는 그미를 생각할 때 국태는 그만 그미의 집으로 달려가고 싶은 충동을 느꼈다.

　　"오늘은 거기에 안 나오세요?"

　　만나자고 하는 말의 서론이 나왔다. 그런 줄 알면서도 국태는,

　　"나갈 일이 별루 없는데……."

　　무감각을 가장하며 대답했다.

　　"나두 집에서 일을 좀 해야겠어요."

　　그미는 자기도 외출 안 할 것처럼 말했다.

　　"그래야지. 주부가 밤낮 나돌아다니기만 해서 돼?"

　　"아이, 기분 나빠."

　　그미는 신경질을 내고 전화를 끊었다. 국태는 어이가 없었다. 혼자 만들어 신경질 부리는 그미가 경멸하고 싶을 정도였다. 그러나 오 분도 안 되어 전화가 다시 걸려 왔다. 물론 기대했던 일이지만.

　　"그래 전화를 끊었는데 다시 걸어 주지두 않아요?"

　　아직 화가 덜 풀린 목소리였다.

　　"신경질 부리고 전화 끊는 사람한테 어떻게 거노?"

　　"알았어요. 그만큼 저를 생각지 않는 분이란 걸 ——."

"아직 신경질이야? 좌우간 왜 전화를 끊었지?"

"주부가 뭐예요. 주부니까 살림이나 잘하라는 거죠? 화 안 낼 수 있어요?"

"그게 잘못한 말인가?"

"그럼 잘한 말이라구 생각해요?"

"글쎄……."

"볼일이 없으니까 나오시지 않겠다구 할 때부터 말이 꼬였어요. 만나구 싶지 않으면 그냥 안 만나겠다구 그러세요."

그미는 말을 끝맺기 전부터 훌쩍이는 소리를 내다가 그만 울기를 시작했다.

"여봐!"

국태는 그미를 달래려고 했다. 그러나 그미는 국태의 말을 들으려고 하지 않았다. 그저 울음소리만 수화기로 보낼 뿐이었다.

"여봐. 그러지 말구 내 말두 들어 봐. 내가 왜 안 보구 싶을 거야. 나두 전화 올 것을 생각하며 강의가 끝나기 바쁘게 집으루 온 거야. 좀 있다 나와. 다섯 시 수송동에 있는 그 다방으루 나와, 응?"

말을 다 끝냈을 때야 그미는,

"미안해요. 내일 만나두 좋으니까 무리하지 마세요."

울음을 삼키며 말했다.

"아니야. 보구 싶어. 내일까지 기다릴 수 없어."

그래서 전화를 끊었지만 국태는 다섯 시까지 기다리기가 지루했다. 정말 보고 싶었던 것이다. 누가 뭐라든 안 만나고 배길 수가 없었다.

국태는 그 동안 면도를 했다. 그미를 안 뒤부터 그는 아침에 면도를 하지 않고 외출하기 직전에 하는 버릇을 가졌다. 면도를 한 뒤 머리에 기름칠을 했다. 그리고는 학교에 갈 때 입었던 와이셔츠를 벗고 새 것으로 갈아 입었다. 말하자면 외출 준비를 다 하고 나서 책을 들었다. 머리에 들어오지 않지만 시간을 보내기 위함이었다. 그러다가 시간이 다 되었을 때 집을 떠났다.

다방에서 그미를 만났을 때 그는,

"마이 골보 ── ."

하고 빙그레 웃었다. 그러자 그미도,

"마이 에고이스트."

하고 생긋 웃었다.

"내가 왜 에고이스트야?"

"가슴에 손을 대고 생각해 보세요."

국태는 정말 가슴에 손을 댔다. 그리고 생각했다. 결과 틀림없는 에고이스트임을 자인했다. 자기가 그미를 사랑하는 것은 자기의 유폐된 생활에서 새로운 세계를 내다보기 위함이었다. 그미를 사랑하기 때문에 그 좁은 세계를 뛰쳐 나오려고 함이 아니었다. 어찌 에고이스트란 말을 부정할 수 있을 것인가?

"에고이스트는 연애를 할 수 없나?"

"에고이스트일수록 연애를 더 잘할 수도 있겠지요."

"한 선생은 에고이스트가 아닐까?"

"전 더한 에고이스트일지두 몰라요."

"그럼 잘 됐구만, 에고이스트들끼리……."

"모르겠어요. 전 정말 점점 천치가 돼 가는 것 같아요."

"건 또 무슨 말이죠?"

"바람이 불면 물결이 일지 않아요. 물결이 스스로 파동을 치는 건 아닐 거예요. 증권파동이니 정치파동이니 하는 말이 있지만 그것두 저절루 일어나는 것이 아닐 거예요."

"그러니까?"

"그러니까 인생두 그렇게 사는 것 같아요. 파동을 일으키며……. 연애를 수없이 했지만 연애라는 것을 생각해 본 일이 없다는 말두 수긍이 가는 것 같구요."

"그럴까?"

국태는 자기 의사를 구체적으로 표시할 수가 없었다. 행동을 하면서도 그것을 이론화시킬 수 없을 때가 많다. 어쩔 수 없다고 생각하며 행동할 때는 아무렇지도 않지만 그 행동을 이론화시키려 할 때 행동까지 좌절되는 경우가 많기 때문이었다. 잠시 말을 중단했던 그미가 이번에는,

"저 이혼할래요. 오래 두구두구 생각했지만 할 수 없어요."

하는 것이었다. 몇 달 전에도 들은 일이 있는 말이었다. 그때는 이혼해야 될 것 같다고 말했는데 이번에는 이혼하겠다고 단정적인 말을 했다.

"그게 쉽게 되나?"

"쉽게 안 되니까 이때까지 끌었지요."

국태는 그 뒷말을 잇지 못했다. 무엇이라고도 할 수가 없었던 것이다. 그러니 그미도 그 이야기를 더 길게 하지 못했다.

그 날도 그들은 술을 마셨고 또 입맞춤을 했다. 그러나 국태는 벌에 쏘인 사람처럼 마음 한구석에 통증을 잊어버리지 못했다. 그리고 다음 날부터는 전화벨이 울려도 자기가 받지 않고 아내를 불러 받게 했다.

"전화가 저절루 끊기네요."

전화를 받던 아내가 번번이 이런 말을 했다. 여자의 목소리를 듣고 수화기를 놓는 그미의 마음을 생각하면서도 국태는 그미에게 전화를 걸지 않았다.

이혼을 한다는 것이 곧 자기와의 결혼을 의미하지는 않는다. 여섯 애의 아버지임을 알고 있는 그미가 어떤 경우에라도 자기와 결혼할 생각은 갖지 못할 것이다. 그러나 이혼한다는 것이 싫었다. 이혼의 원인이 자기에게 있는 것이 아니라 해도 자기와 연애하는 도중에 이혼을 했다면 남들이 그렇게 보지 않을 것만이 사실이다.

역사는 구체적 사실을 종합해서 기록하는 것이다. 그미의 이혼을 부당한 사실로 이루어진 것처럼 기록할 수는 없다.

괴로웠다. 내가 보고 싶지 않나요 하던 그미의 말이 잠시도 귀에서 떠나지 않았다. 그러나 만날 수는 없었다.

전화로 통하지가 않자 그미는 학교로 찾아왔다. 전화도 안 받는 이유를 알아야 하겠다는 것이었다. 국태는,

"바람 때문에 일어났던 파동은 바람이 잔잔할 때 꺼지고야 말 운명에 놓여 있습니다."

부당한 요구를 하러 온 학부형을 대하듯 엄격한 태도로 말했다.

"무슨 뜻인가요?"

"나두 모르겠습니다. 모르던 것을 알게 해 준 데 감사를 드립니다만 새로 안 것을 또 모르게 되고 말았습니다."

"결국 내가 보구 싶지 않다는 거죠?"

"그것두 모르겠습니다."

그리고는 교수회가 있다는 거짓말을 하고 자기의 연구실을 나와 버렸다. 괴로운 일이었다. 그렇게도 사랑하던 사람에게 그렇게까지 냉정할 수가 있는가? 그럴 수 있었다는 자신에게 증오를 느끼지 않을 수 없었다.

며칠 후 그미에게서 전화가 왔다. 이번에는 국태가 받았다. 혹시 그미의 말에 자기의 마음이 다시 무너지기를 스스로 바라면서. 그런데 이번에는 그미가 냉정한 목소리로,

"제가 이혼을 한다니까 선생님에게 결혼을 강요할 줄 아셨나요?"

라고 물었다.

"아닙니다. 그런 것은 생각해 본 일도 없습니다."

"고맙습니다. 그것만 알고 싶었어요. 학문의 세계가 현실의 세계보다도 더 넓을 테니까 넓은 세계를 새로 개척하세요."

그 말로 그미는 전화를 끊었다.

(원)《문학춘추 13》 1965. 4.

개와 그 여인

"컹 컹……."

칼멘의 짖는 소리가 이상스러웠다. 짖는 소리의 꼬리가 높은 것으로 보아 처음 오는 낯선 손님임에 틀림없었다. 종영(姜鐘暎)은 고무신을 끌며 누굴까 하는 궁금증에 가슴을 죄며 대문께로 나갔다. 어둠이 찾아오고 있는 황혼, 느지막하게 성북동 이 먼 길을 찾아오는 손님이 누굴까? 좀체로 찾아오는 사람이 없는 종영의 집에 손님이 찾아온다는 것은 반가운 일이 아닐 수 없었지만 아무리 생각해도 찾아올 사람이 마음에 짚이지 않았다.

계속해서 짖고 있는 칼멘을,

"가 있어!"

개집이 있는 곳으로 보낸 뒤 대문을 향해,

"누구시지요?"

대문 두들긴 사람이 누군가를 물었다.

"유문탭니다."

유문태(劉文泰), 잊을 수 없는 스승의 이름이었다.

"어머나, 선생님이……."

종영은 대문을 황급히 열었다. 정말 반가운 손님이었다. 가끔 시내에서 만나는 일은 있었지만 집으로 찾아온 일이 없는 분이다. 그런 사람이 예고도 없이 찾아오다니…….

대문 안에 들어선 문태가 뜰 한편 구석에 우뚝 서서 자기를 노려보고 있는 개에게 겁을 집어먹고,

"괜찮습니까?"

걷지를 못하고 종영의 대답을 기다렸다.

"상관없어요. 어서 오세요."

종영이 자신 있게 말했지만 문태 눈에는 그 개가 자기를 향해 달려들 것만 같아 보였다. 키가 석 자는 넘을 것이다. 키가 클 뿐만 아니라 눈을 부릅 뜨고 네 발에 힘을 주어 버티고 서 있는 셰퍼드의 모습은 맹견(猛犬) 그대로의 무서운 인상이었다. 그래서 문태는 한 걸음도 내디디지 못하고 개의 눈치만 살폈다. 그때 종영이,

"칼멘! 앉아 있어."

하고 셰퍼드에게 명령을 했다. 그러자 셰퍼드는 서 있던 자리에 앉았지만 그래도 문태를 감시하는 눈을 쉬지 않았다. 문태는 약간 안심을 하고 종영의 뒤에 숨어 방 안으로 들어가서야 가벼운 한숨을 내쉬고 의자에 앉았다.

"개가 무서운데요."

역시 개에 대한 공포심을 아주 버리지를 못했다.

"무섭기는 하지만 아무나 물지는 않아요."

종영이 심상하게 대답했지만 문태는 그 뒤에도 개의 족보가 있느냐 나이는 몇 살이냐 암컷인가 수컷인가 개에 대한 것을 꼬치꼬치 물었다. 개가 보통 개가 아니라는 종영의 설명을 듣자 문태는,

"값이 꽤 나가겠군요."

하고 값을 물었다. 그때 종영은 불쾌한 낯을 보이지는 않았지만,

"글쎄요."

하고 정확한 대답을 피했다. 마치 개를 길러 팔아 먹는 사람처럼 취급당한 것 같았기 때문이었다. 그리고는 화제를 돌렸다.

"커피를 드릴까요?"

이렇게 화제를 돌리자 문태는 서양식으로 사양 없이 대답했다.

"네, 한 잔 주십시오."

그러자 종영은 식모애를 불러 커피를 끓이라 하고 딸 연희를 불러 손님에게 인사를 드리게 했다. 열대여섯 살 되어 보이는 연희가 응접실로 들어와 고개를 숙여 인사를 할 때 문태는 가지고 온 케이크 상자를 내밀어 주며,

"따님이시군요. 굉장히 컸는데요."

감탄사를 연발했다.

연희가 케이크 상자를 들고 안방으로 돌아갔을 때 종영이 세월이 빠름을 새삼스레 느끼듯 말을 꺼냈다.

"그 애를 보신 지가 칠팔 년 되셨지요? 연지동(蓮池洞)에 살 때 와 보셨으니까……."

"그게 벌써 칠팔 년이나 됐나?"

"그 애가 벌써 고등학교에 다니구 있지 않아요. 그땐 국민학교 이 학년 때였구요."

"참 세월이 빠르군."

문태는 정말 오래간만인 듯 서투른 눈으로 방 안 구석구석을 둘러보았다. 여자 혼자 사는 집이 분명하도록 구석구석이 깨끗하게 손질되어 있었다. 화초도 적당히 놓여 있었고 책장 옆에는 고려자기가 얌전하게 앉아 있었다. 비록 혼자 살고 있지만 직업을 가지고 있는 여자인 만큼 취미도 살리고 있다고 생각했다.

"건평이 얼마나 되지?"

문태는 가옥에 대한 관심을 보이기 시작했다.

"스물두 평입니다."

"방은 몇 개구?"

"방이 네 갭니다."

"그래서 응접실이 널찍하군……."

"마루 겸 응접실이지요. 넓은 방이 하나라두 있어야 좀 시원해 보이잖아요."

"참 좋은데……."

이때 커피가 들어왔다. 찻잔들이 예뻤다. 찻잔의 빛깔도 주인의 취미를

말해 주는 것 같았다. 종영은 대학생 때 누구보다도 냉정하다는 인상을 주었고 몸매가 누구보다도 단정하다는 인상을 주었었다. 머리 같은 것도 언제나 빗질만 하면 단정하게 보일 숏컷을 하고 다녔다. 대학을 졸업하고 결혼을 할 때는 안정된 직업인을 골라 은행 사무원과 결혼했다. 빈틈이 없는 여자였다. 남편이 죽자 취직을 해야겠다고 찾아온 것이 그미가 졸업한 지 삼년 뒤의 일이었다. 그것이 그미가 졸업 뒤 문태를 처음으로 찾아간 날이었다. 그때 그미는 남편이 죽었다는 말을 간단히 말했을 뿐 조금도 표정을 흐트리지 않았다. 그리고 여자고등학교에 취직하고 싶다는 소원을 분명하게 말했다. 즉 여자고등학교가 아니면 취직을 안 하겠다는 태도였다.

문태는 수소문을 해서 종영을 취직시켰지만 그미는 그를 자기 집으로 한번 초청을 했을 뿐 그 뒤는 찾아온 적이 한 번도 없었다. 사오 년이 지난 뒤 문태가 종영의 결혼을 위해 종영의 집을 찾아갔던 일은 한 번 있었지만……. 그 뒤 우연히 길에서 만난 일이 있었고 우연히 만난 뒤 전화를 걸어 저녁을 먹은 때가 있기는 하지만 그런 때도 학생 시절과 같이 종영은 언제나 냉정한 인상을 주었다.

그렇게 외면적으로 쌀쌀한 여자일수록 자기 개인생활에는 충실한 법이다. 문태는 그릇 하나에까지 신경을 쓰며 자기 취미를 살리고 있는 종영의 성격을 이해할 수가 있었다. 그래서,

"혼자 살아두 그렇게 고독하지는 않겠군요."

하며 커피를 마시었다.

종영은 고독하지 않느냐고 묻는 문태가 마음 속을 막연하게나마 들여다 볼 수가 있었다. 칠팔 년 전 전화를 걸고 집으로 찾아온 문태는,

"결혼할 생각은 없소?"

하고 묻던 일이 생각났다. 그때는 문태가 스승이요, 또 취직까지 시켜 준 분이라 중신을 들려는 것이라 해석하고,

"아직 그럴 생각은 없습니다."

하고 거절을 했었다. 그 뒤에는 만나는 기회가 있어도 그런 말을 꺼낸 일이 없었지만 또 결혼 중신을 하려는 거나 아닐까 하는 생각이 들었다. 그런 용

건이 있기 때문에 한 번도 놀러 와 본 일이 없는 자기를 찾아왔을 것이다.

종영은 아직도 재혼할 생각은 가지고 있지 않다. 그때보다도 재혼 안 할 결심이 더 굳어져 있다. 그래서,

"고독을 느낄 시간두 없는 걸요."

중신 이야기를 막을 만한 방파제를 만들어 놓았다.

"참 다행이군요."

문태는 뜻밖에도 다행이란 말을 썼다. 마치 고독하지 않다는 말을 기대하기나 했던 것처럼.

종영은 그러한 문태에게 가벼운 실망을 느끼면서도,

"제 가장 친한 친구를 한 번 보여 드릴까요?"

하고 고독하지 않은 증거를 보여 주려 했다. 그때야 문태는 놀라는 표정을 지으며,

"이 집에 같이 있나?"

하고 물었다. 어떤 남자와 동거생활을 하고 있는 것이라 생각한 모양이었다. 종영은 웃음을 참으며,

"네 같이 있어요."

"그래요? 언제부터?"

"벌써부텁니다."

"그걸 통 모르구 있었군. 혹시 내가 의심을 받지나 않을까? 소식두 없이 찾아와서……."

"들어오실 때부터 의심하는 것 같던데요."

"오해를 풀기 위해서라두 인사를 하구 가야겠군."

"그러세요."

말을 끝내기가 무섭게 종영은,

"칼멘!"

하고 소리를 질렀다. 칼멘을 부르자 셰퍼드가 출입문 앞에 와서 앞발을 들고 출입문을 밀었다. 그때 종영이 출입문을 열어 주었고 동시에 셰퍼드가 응접실로 들어왔다.

문태는 조금 전의 일을 생각하며 그녀가 셰퍼드를 불러들여 자기를 내쫓으려는 것이나 아닌가 생각하며,

"어쩔라구 그러는 거지?"

얼굴이 파랗게 질렸고 목소리가 떨려 나왔다.

"조금두 걱정 마십시오."

종영은 문태에게 안심을 시키고는 곧 칼멘에게,

"앉아!"

하고 명령했다. 그때 칼멘은 종영 옆으로 다가와 앉고는 다음 내릴 명령을 기다렸다. 명령을 기다리며 종영을 쳐다보고 있는 셰퍼드의 눈이 맹견답지 않게 부드러워 보였다.

"선생님, 담뱃갑 좀 빌려 주십시오."

설명없이 담뱃갑을 내놓으라는 말에 문태는 어리둥절했지만 파고다갑을 내주었다. 그랬더니 종영은 담뱃갑을 셰퍼드 코에다 잠시 댔다가 그것을 들고 안방으로 들어갔다. 안방에 들어갔다 나온 종영이 그때까지 가만히 앉아 있던 셰퍼드에게,

"가서 담뱃갑 가져와."

하고 명령했다. 명령이 내리자 셰퍼드는 안방으로 걸어갔다. 셰퍼드가 보이지 않는 동안 종영이 말했다.

"깊숙이 감춰 뒀지만 찾아 가지구 올 테니 보십시오."

문태는 종영이 자기의 개를 자랑하려는 것이라 생각하며 셰퍼드가 다시 나올 때를 기다렸다. 과연 셰퍼드는 그 담뱃갑을 입에 물고 종영 옆에 섰다.

"이리 줘!"

종영이 개 입에서 담뱃갑을 빼앗아 그것을 문태에게 주자 셰퍼드는 문태를 전과 달리 다정한 눈으로 바라보았다. 자기 주인과 친한 사람이라는 것을 안 모양이었다.

"이게 바루 가장 친한 친굽니다."

종영은 빙긋이 웃었다. 문태가 놀랄 것을 기대하면서. 문태는 정말 놀랐다. 고독을 느낄 틈이 없을 만큼 친하게 지낸다는 것이 바로 셰퍼드란 말인

가? 교제하는 남자가 없다는 증거물 같아 한편 안심이 되기도 했지만 문태는 새로운 의심을 품게 되었다. 즉 이 여자가 그새 변태성욕자가 된 것이나 아닌가 하고. 그래서,

'수컷인가?'

하고 묻고 싶었으나 차마 입 밖에 꺼낼 수가 없어,

"이름을 왜 칼멘이라구 지었지?"

하고 물었다.

"제가 좋아하는 여자가 칼멘이니까요."

종영의 대답은 간단했다. 그러나 그 말로 셰퍼드가 암캐라는 것을 짐작하고,

"그럼 암캐로군요?"

하나의 의혹이 풀려 안심된다는 듯이 물었다.

"보구두 모르세요?"

종영의 말에 문태는 안심을 했다. 그러나 개를 친구라 했고 개와 친함으로써 고독을 느낄 틈도 없다는 말이 이해되지 않아,

"개가 사람의 고독을 덜어 줄 수 있을까?"

하고 물었다.

"고독을 만들어 주는 사람보다 몇 배 낫지요."

"그럴까?"

문태는 이해할 수 없다는 표정을 짓자 종영은,

"참, 저녁은 잡수셨나요? 여쭈어 보지두 않았어요."

화제를 돌려 버렸다.

"저녁두 안 먹구 남의 집 방문을 할라구……."

문태는 문득 시계를 보았다. 벌써 아홉 시가 지나 있었다.

"너무 늦었군. 가 봐야겠는데."

그는 일어섰다. 그때까지 종영과 그의 사이에 앉아 있던 칼멘도 일어섰다. 문태는 칼멘의 머리를 쓸어 주며,

"충신이군요."

처음으로 칼멘 칭찬을 했다.

"누군가두 그런 말을 했어요."

종영은 충신이란 말이 그리 부당한 말이 아니라는 것을 부연할 뿐 문태를 붙잡으려 하지 않았다.

"또 놀러 오세요. 늘 집에 있으니까요."

인사 치렌지 모르지만 다시 오라는 말만을 했다. 사실 문태라면 자주 놀러 와도 무방하다고 생각했다. 스승이요 취직을 시켜 준 분이다. 현직 대학 교수일 뿐 아니라 인격적으로도 믿을 수 있는 사람이다.

문태가 방을 나설 때 종영은 새삼스럽게,

"혹시 잊으신 건 없으신가요?"

하고 물었다. 가지고 왔던 것이 케이크 상자뿐이란 걸 알면서도 그렇게 물어 본 것이 혹시 할 말을 잊어버리고 가는 것이 아니냐는 뜻이었다.

"잊을 게 있어야지……."

문태는 종영의 말뜻을 알았는지 몰랐는지 웃음띤 대답을 하고는 대문을 나섰다. 대문 밖에서야,

"또 정말 놀러 와두 괜찮을까?"

하고 다시 또 올 마음이 있음을 암시했다.

"정말 오세요. 저두 심심하니까요."

종영이 진심으로 환영한다는 뜻을 표할 때 문태는 잘 있으란 말만 남기고 훌쩍 떠나 버렸다.

문태를 돌려 보내고 들어온 종영은 문태가 틀림없이 자기의 결혼에 중매를 설 마음으로 찾아왔던 것이라고 생각했다. 그렇지 않고서는 일부러 찾아올 리가 없었다. 긴요한 말 한 마디도 안 하고 돌아간 것이 더욱 수상했다. 그러나 그 말을 채 꺼내지도 못하게 하고 돌려 보낸 것은 잘한 일이라고 생각했다. 물론 문태가 권한다고 해서 안 할 결혼을 할 것도 아니지만 구차스런 이야기는 아예 꺼내지도 않는 것만 같지 못하다. 다음에 찾아와도 역시 오늘과 같이 말을 꺼내지도 못하게 해서 돌려 보내야지.

그런데 며칠 뒤 학교에서 수업시간에 들어갔다 나왔을 때 옆 책상에 앉아

있던 가사선생 C가 조금 전에 X대학교 유문태 교수에게서 전화가 왔다는 말을 전했다. 딴 말은 없었느냐고 물었을 때 C는 딴 말은 없고 그저 전화 걸었다는 말만 전해 달라더라고 한 뒤,

"유문태 선생을 어떻게 아시지요?"

하고 물었다.

"제 대학교 스승인 걸요. 이 학교에 취직두 시켜 주셨구."

종영은 숨길 것이라고는 털끝만큼도 없는 사이임을 밝혔다.

"그래요?"

C는 약간 놀라는 표정이었다. 종영은 놀라는 이유가 무엇인지를 몰라 C의 보충 설명을 기다리며 그미의 얼굴을 빤히 쳐다보았다.

"바루 내 오촌 시숙이세요."

C는 세상이 넓고도 좁다는 말을 하고 싶었을 것이다. 그러나 종영은 그러니 어떻단 말인가 하는 마음으로 다음 수업 준비를 하고 있을 때 C가,

"참 착한 분이지요."

하고 필요 이상의 말을 했다. 그 정도는 자기도 알고 있기 때문에,

"착한 분이구 말구요."

동의함으로써 이야기를 중단시키려 했다. 그런데 C는 그것으로는 부족하다는 듯이,

"요즘 퍽 고독하게 지내시는가 봐요."

문태 이야기를 계속했다. 종영은 못 들은 체하고 교과서를 살피고 있는데

"남자는 아무래두 혼자서 살기가 힘든가 부지요. 상처를 한 지 일 년이 지났으니까 그렇기도 하겠지만……."

혼자서 중얼거렸다. 혼자서 중얼거리는 것이지만 결국 종영에게 들으라는 말임에 틀림없었다. 종영은 그 말까지 못 들은 체할 수가 없었다. 문태가 상처를 했다는 것은 금시 초문이었기 때문이었다.

"언제 상처를 하셨는데요?"

보던 교과서를 덮으며 놀란 눈으로 물었다. 그녀는 유문태 선생에게서 가장 중요한 일을 모르고 있었다는 자기의 무성의를 느꼈다. 몰랐기 때문에

위로의 말도 못한 자기의 소홀을 깨닫기도 했다.

"작년 이맘 때였어요."

이야기를 하는 도중에 종영은 C가 문태 이야기를 열심히 들려 주는 의도를 알 수 있을 것같이 느껴졌다. 그래서,

"그래요?"

알았다는 말을 김빠진 음성으로 하고는 다시 교과서를 펴 들었다.

학교 선생들은 독신자에 대한 관심을 유달리 크게 가지고 있다. 기회만 있으면 어째서 결혼을 안 하느냐고 공격을 해 온다. 그리고 중매를 서겠다고 나서는 선생도 적지 않다. C도 그런 선생의 하나였다. 종영에게 중신을 서겠다고 정식으로 말을 꺼낸 일도 있었다. 그런 만큼 유문태 선생에 대해 열심인 것도 은근히 결혼을 종용하는 것이라 추측하지 않을 수 없었다. 더구나 며칠 전 별일 없이 찾아와서 고독하지 않느냐고 묻던 문태를 생각할 때 그 추측이 틀림없다고 생각되었다. 그런 만큼 문태의 상처에 대해서 그 이상 더 관심을 보이기가 안 되어 C와의 대화를 중단하고 종치기를 기다려 교실로 들어갔다.

교실에서 강의를 하면서도 종영은 며칠 전에 예고 없이 찾아와서 고독하지 않느냐고 물은 것도 문태가 자기의 결혼 중신을 서려고 한 것이 아니라 본인이 자기와 결혼하고 싶은 의사표시가 아니었는가 하고 생각했다. 상처를 한 사람이라면 자기를 제쳐 놓고 남의 중신에 앞장을 설 수는 없을 것이다.

만약 결혼 의사가 있어서 찾아왔었다면 문태도 상식적인 사람이 못 된다. 아무리 제자라고 해도 그런 문제를 가지고 직접 집으로 찾아올 수가 있을 것인가?

그럴 수가 없다고 생각되었다. 아내가 죽은 지 일 년밖에 안 되었다고 한다. 재혼을 한다 해도 좀더 세월이 지난 뒤에 해야 한다. 그리고 소위 스승이 제자에게 직접 프로포즈를 할 수 있을 것인가? 인격적으로 학생들에게 존경을 받아 오던 문태가 그런 생각 이하의 행동을 할 것 같지가 않았다. 그러나 말 한 마디도 못하고 돌아간 유문태를 생각할 때 유문태다운 데가 아직 있다는 호감이 들었다. 어쨌든 종영은 문태에 대한 생각을 좀체 떼 버릴

수가 없었다. 시간이 끝나자 서무실로 가서 문태의 학교로 전화를 걸었다. 상처한 것을 안 이상 제자로서 가만 있을 수가 없었기 때문이었다. 전화로라도 위로의 말을 해야겠는데 C가 있는 교무실에서는 전화가 하기 싫어 서무실 전화를 썼다.

다행히 문태는 학교에 있었다. 문태가 전화에 나오자 종영은 다짜고짜로,

"선생님 사모님이 돌아가셨다지요?"

라고 물었다.

"그게 언젠데."

문태는 맥빠진 사이다 같은 대답을 했다.

"전 오늘에야 C선생에게서 들었어요."

"그래? 벌써 옛날 이야긴 걸."

"지난번에 집으로 오셨을 때 위로의 말씀두 드리지 못해 죄송했어요."

"좋은 일두 아닌데 끝까지 모르고 있지 않구."

"일부러 오셔서까지 그런 말씀두 안 하신 건 너무 해요."

"그 이야긴 그만해. 그 날은 내 생일이어서 그저 찾아갔던 것뿐이야."

"그것두 왜 그 날 말씀 안 하셨어요?"

"혼자서 생각할 일이지, 남에게 이야기할 일은 못 되니까."

"그럼 축하를 해 드렸을 거 아녜요."

"그런 날 강 여사를 찾아간 것만으로 나는 흡족했으니까."

"강 여사가 뭐예요?"

"그럼 뭐라구 그럴까?"

"옛날처럼 종영이라구 부르세요."

"거야 그럴 수 있나!"

"아까 전화 거셨다지요? 무슨 말씀이라두?"

"별일은 없었어."

"선생님두 싱거우신데요."

"칼멘 잘 있어?"

"아이 선생님두."

"오늘 저녁 바쁜 일 없는가? 내가 저녁을 사지."

"저녁은 제가 살게요."

종영은 저녁 한 번쯤 대접해야 한다고 생각했다. 상처한 사실을 알았고 생일이 며칠 전이었다는 것을 안 이상 가만 있을 수는 없었던 것이다. 문태가 자기를 결혼 대상으로 생각하고 있건 무엇으로 생각하고 있건 그것은 관여할 바 아니었다. 모른 체하면 그뿐이다. 그리고 자기가 지켜야 할 도리만 다하자.

그 날 저녁 그들은 X그릴에서 만났다. 문태는 침울해 있었다. 고름은 짜 버려야 시원한 것인데 그것을 짜 버리지 않으면 통증이 내부로 스며드는 법이다. 문태는 하고 싶은 말이 있는데 그것을 표현하지 못하고 있으니 우울할 수밖에.

종영은 그렇게 생각했지만 거기 관여하지 않았다.

"C선생이 선생님의 조카며느리라면서요?"

"그렇지."

"참 명랑한 분이세요. 저하구 한 사 년째 같이 있는데 한 번두 짜증부리는 걸 못 봤어요. 조카분은 뭣 하구 계시지요?"

"샐러리맨이지……."

"같이 벌구 있군요? 그게 좋을 것 같아요. 가정의 책임을 공동으로 지구 있어야 남녀평등이 실현되는 거니까요."

"그럴지두 모르지."

문태는 억지로 대답을 하는데 종영은 쉬지 않고 조잘거렸다.

"사모님은 무슨 병으로 돌아가셨어요?"

"동맥경화증이라나?"

"어마, 여자두 그런 병에 걸리나요? 술 마시는 남자들에게나 있는 병인 줄 알았는데……."

"………"

"어린애는 몇이나 되는데요."

"열아홉 살난 아들 하나뿐이야."

"그래요? 왜 하나밖에 없을까? 가족계획을 하셨나요? 그렇지만 많지 않은 게 다행이로군요. 어떤 학교에 다니는데요?"

"××고등학교 졸업반이야."

"한 해가 늦었군요? 대학교에 들어갔을 나이인데……."

"그 애두 몸이 약해서 일 년 휴학을 했지……."

"어머니가 본시 약하셨던 거로군요? 아버지는 건강하신데……."

그러면서도 종영은 문태의 우울은 건드리지 않았다. 부인이 돌아가고 일 년이나 되었으니 지내기가 얼마나 불편하느냐 따위의 말을 입 밖에도 꺼내지 않았다.

그런데 한 일주일쯤 지난 어떤 날 저녁상을 막 물리고 났을 때 칼멘이 흥분하지 않은 목소리로 짖기 시작했다. 악을 쓰지 않고 짖는 것이 누가 찾아왔다는 것을 알리는 정도였다. 종영은 칼멘의 목소리를 듣고 찾아온 사람이 거진지 장사꾼인지 그리고 처음 오는 손님인지를 분간한다. 지금 온 손님을 확실히 칼멘이 잘 아는 사람임을 알고 대문께로 나갔다. 문태였다.

"어마나 선생님이셔."

종영은 한 번밖에 와 본 일이 없는 문태가 왔는데도 칼멘이 순하게 짖은 데 놀란 것이다. 그러나 문태는 자기를 반겨 주는 것으로 해석한 모양이었다.

"별일 없었지?"

올 집에 온 것처럼 선뜻 대문 안에 들어서서야,

"개!"

하고 겁먹은 소리를 한 뒤 발을 멈추었다.

"걱정 마세요. 칼멘이 선생님을 알아보구 있으니까요."

정말 칼멘은 문태를 알아보고 있었다. 문태가 대문을 두들릴 때 몇 번 짖었을 뿐 문태를 경계하지도 않았다. 이상한 일이었다. 여자 손님이라 해도 종영이 야단칠 때까지 짖고야 마는 칼멘이다. 하물며 두 번째 오는 낯선 손님을 경계하지 않다니…….

"영특하군. 사람을 알아보니……."

문태가 안심을 하면서도 칼멘에게서 눈을 떼지 못하며 집 안으로 들어갔다.

"개라구 깔보지 마세요. 사람보다두 나으니까요."

종영은 속으로 '저 개 때문에 나는 결혼할 생각도 안 하는 걸요' 마음하며 칼멘 자랑을 했다.

"아무리 사람보다 나은 개가 있을라구?"

"그렇게 경멸하면 다음부턴 함부로 짖어 댈 테니 두구 보세요."

"설마 그럴라구."

"칼멘 앞에서 식모애하구 연희가 싸우는 체를 했어요. 그랬더니 칼멘이 식모애 치맛자락을 물고 끌지 않아요? 아무래두 연희보다는 식모애가 자기를 덜 사랑한다는 걸 알구 있거든요."

"그러니까 강 여사가 칼멘을 사랑하기 때문에 칼멘이 강 여사 말을 잘 듣는다는 거군요?"

"거야 물론이죠. 사랑의 심도를 얼마나 잘 측정하게요. 저는 칼멘이 없으면 못 살 것 같은 심정입니다. 칼멘두 그렇구요."

"강 여사는 그런 심정을 알 수 있지만 칼멘이야 설마……."

문태는 비꼬듯 말하고는 종영을 쳐다봤다.

"언젠가 친구네 집에 가서 자구 온 일이 있어요. 그 날 밤 저는 칼멘이 나를 얼마나 기다릴까 하는 생각을 하며 잠이 잘 오지 않았어요. 그래두 잠을 아주 자지도 못한 것은 아닌데 다음 날 새벽 연희에게서 전화가 오지 않았겠어요? 칼멘이 밤새 잠을 안 자구 끙끙거렸는데 지금은 밥을 주어두 먹지를 않는다구요. 조반두 안 먹구 집으로 달려왔어요."

"칼멘하구 연애를 하구 있군?"

문태의 입에서 꼭 나오리라고 생각했던 말이었다. 약간 불쾌했다.

"수컷이라면 그런 말을 들을 수두 있겠지요."

종영은 수긍하는 것 같으면서도 반항적인 어조로 말했다. 종영은 만약 문태가 사람하구 연애를 해 보시지요 하고 말한다면 그때는 사람이 싫어서 개를 좋아합니다 하고 대답할 말을 미리 준비하고 있었다. 그러나 문태는 그렇게 야박한 말을 하는 사람이 아니었다.

"나두 칼멘하구 좀 친해 보구 싶은데."

이 말을 할 때 종영은 안심을 했다. 하고 싶지 않은 말을 하게 만든다면 종영은 문태에게 실망을 느꼈을 것이기 때문이었다.

"정말 친해 보세요. 사랑 안 할 수 없게 될 테니까요. 언젠가 여름이었어요. 장마비에 수챗구멍이 막혀 식모애가 수챗구멍에 놓아 두었던 빨랫돌을 들어 옮기느라구 끙끙거리다가 뒤루 자빠졌어요. 그것을 본 칼멘이 위험하다구 생각했는지 식모애 등에 업혀 식모애 어깨를 자꾸 끌어당기며 돌을 만지지 못하게 하지 않아요? 그래도 식모애가 돌을 굴려 옮겨 놓구 말았지만 칼멘은 흥분해 버리고 밖으로 뛰어나가 지나가는 개를 물어뜯었어요."

"정말 같지가 않은데."

"언젠가 칼멘이 잔디밭에 누워 있는 걸 봤어요. 새로 심은 잔디가 망가질까 봐 화를 내고 칼멘을 불렀어요. 조금 때려 줘야 다시는 안 그럴 것 같아 막대기를 들고 오라고 했는데 순순히 오지를 않겠어요? 매를 맞으러 걸어오는 칼멘을 보니 측은한 마음이 들었어요. 그래두 본보기를 하느라구 두어 차례 때렸지만 맞으면서두 도망을 안 쳤어요. 그리구 그 뒤부터는 잔디밭 옆을 지날 때마다 한 다리를 들구 걷구요."

"그러니까 결론은 칼멘이 사람보다 낫다는 거지?"

"결국 그런 거겠지요. 그렇지만 그보다 더 중한 것이 있어요. 사람은 배신을 하는데 개는 배신을 안 한다는 거 말입니다."

"기르는 개한테 발꿈치 물린단 말이 있지……."

"개새끼니 개 같은 놈이니 하구 사람을 욕할 때 개 이름을 들추기들 하지만 그건 다 모르는 말예요. 개를 진심으로 사랑해 보세요. 개가 왜 주인의 발꿈치를 뭅니까? 고양이는 주인을 배신합니다. 토끼는 주인의 정을 몰라보구요. 그렇지만 개는 절대루 주인의 충복입니다."

"칼멘만이 그렇겠지……."

"천만에요. 저는 어떤 개든 칼멘처럼 만들 자신이 있어요. 그건 사랑을 해 주면 되는 거예요. 개를 천한 동물이란 생각을 갖지 않구요."

"그럴 수 있을 지두 모를 일이지……."

"선생님은 자꾸 회의적인 말씀만 하시는데 개를 한 번 길러 보세요. 그럼 아실 거예요. 언젠가 화단을 만들려구 뒷산에 가서 자갈들을 주워 왔어요. 그때 칼멘은 시키지두 않았는데 자갈을 입에 물고 집으로 갖다 놓았어요. 내가 한 번 갔다 오는 동안 열 번은 그랬을 거예요. 나를 도와 주려는 그 마음씨를 보구 나는 눈물을 흘렸어요."

"참 훌륭하군. 그렇지만 개의 정보다는 인간의 정이 더 귀한 것이 아닐까? 나는 개를 기를 생각은 조금두 없어."

"선생님, 이건 실례의 말씀이지만 아직 인간에게 기대를 가지구 계십니까? 그렇겠지요?"

"그럼 강 여사는 인간에 대한 기대를 버렸나?"

"기대를 버렸다는 것보다는 인간에게 배신당할 것을 두려워한다고나 할까요?"

"배신당할 것이 겁나 기대를 안 가진다는 건 하늘이 꺼질까 봐 밖에 못 나가는 것이나 마찬가지 아닐까?"

"아무래도 좋아요. 어쨌든 배신당하는 건 싫어요."

"많이 배신당해 본 모양이군?"

"약간."

"자라에게 놀란 사람은 솥뚜껑 보구두 놀란다지. 사람이 다 꼭같을 수 있나! 속는 줄 알면서두 기대를 걸구 살아가는 것이 인간인데……."

문태의 말이 자기만은 배신할 사람이 아니라는 것을 암시하는 것 같았다. 사실 문태의 인간성으로 보아 그는 배신할 사람 같지가 않았다. 그렇지만 배신이 두려워 인간.교제를 제한하고 있을 뿐 아니라 결혼도 않기로 작정한 지 이미 오래된 종영으로 문태에게 기대를 걸어 본다는 것은 있을 수 없는 일이었다. 그렇다고 해서 문태를 앞에 놓고 자기 속을 노골적으로 보일 수도 없어,

"다 자기 생각대루 사는 거지요. 저는 저대루 살려구 해요."
라고 자기 생각이 하나의 신념이란 것만 말했다.

문태는 종영의 신념적인 말을 듣고도 그 신념을 움직이게 하려고 여러 가

지 어려운 말을 했지만 종영은 끝내 자기 신념이 좀체 흔들릴 성질이 아님을 보여 주었다. 자기의 신념을 움직이려는 문태의 저의가 무엇인가를 짐작할 수 있었기 때문에 종영의 고집은 더 굳어졌을지 모른다.

"인간에게 기대를 가지지 않는다니 이젠 찾아올 수두 없겠군……."

문태가 최후적인 말을 할 때도 종영은,

"꼭 기대를 가져야만 사람을 만나는 건가요. 스승과 제자의 관계는 언제나 순수한 거구, 그 순수한 관계에는 배신두 있을 수 없잖아요. 저는 선생님을 그런 마음으로 대하는데요."

하고 자기 생각을 명백히 했다. 그렇게까지 나오는데 문태가 자기 감정을 표현할 수 없었을 것이다.

"거야 나두 그렇게 생각하구 있어. 강 여사는 어디까지나 내 제자니까……."

"그럼 언제나 만날 수 있는 거 아녜요?"

"내 말을 오해한 게 아닌가? 나두 강 여사와 꼭 같은 마음이야. 정말 오해하지 마."

문태가 거북스럽게 자기 변명하는 것을 보자 종영은 도리어 미안한 것 같음을 느꼈다.

"아직두 강 여사예요? 아이 싫어."

그녀는 일부러 친밀감을 보이며 웃음을 지었다.

"아무래두 이름만 부르기가 어색해서……."

"어색하시다는 것이 이상하지 않아요? 틀림없는 제잔데……."

"제자래두 결혼하구 애까지 낳은 사람인데……."

"할머니가 되었어두 제자는 제자 아녜요? 다시 또 강 여사라구 그러시면 선생님 마음을 의심하겠어요."

"곤란한데…… 그럼 앞으룬 이름을 부르지……."

그래서 그들은 어색하지 않게 대할 수 있게 되었고 그야말로 친숙한 사제 지간처럼 담담하게 헤어질 수 있었다.

종영은 흐뭇함을 느꼈다. 어떤 이야기를 하다가도 뒷맛을 조금도 남기지 않고 떠나가는 문태가 좋았던 것이다. 정말이지 그미는 문태와 그런 이야기를 하면서도 정신적인 부담을 조금도 느끼지 않았다. 동시에 아무때 찾아와도 무방하다는 생각을 했다.

그런데 두 주일이 지나도 문태는 찾아오지 않았다. 아침 눈을 뜰 때 오늘 저녁에는 찾아오려니 하는 육감을 느껴 보지만 그는 나타나지 않았다.

혹시 어디 불편하지나 않은가? 학교에 바쁜 일이 생겼는가? 그래서 학교로나 그의 집으로 전화를 걸어 볼까도 생각했지만 그러지는 못했다. 오지 않는다고 전화를 걸면 와 달라는 뜻이 된다. 오면 만나 준다고 하고 오라고 해서 만나기는 싫었다. 사제지 관계를 고수하고 그 관계에서 한 걸음도 나가지 못하도록 묶어 놓았기 때문에 나무람이 간 것이나 아닌가도 생각했지만 그런 생각을 할수록 전화를 더 걸 수가 없었다. 사실은 외로울 텐데……. 생일날 축하해 주는 사람이 없어 케이크를 사 가지고 나를 찾아왔었으니 얼마나 외로운 생활을 하는 것일까? 그런 문태를 조금 더 따뜻하게 해 줄 수도 있을 것인데…….

문태를 만난 지 두 주일하고도 며칠이 더 지난 날이었다. 그미는 학교에서 C선생에게,

"요새 유 선생님 만나세요?"

자진해서 문태의 이야기를 꺼냈다.

"못 만났는데요."

친척이라는데 왜 만나지를 않을까? 종영은 C선생이 이상스럽게 생각되었다.

"오촌 시숙이시라면서요?"

"만날 일이 있어야지요."

아무리 시숙이라 해도 만날 일이 없으면 만나지 않을 것이다. 그런데도 만나지 않는다고 이상하게 생각한다는 것은 결국 그렇게 생각하는 자기가 이상한 것이다. 자기를 이상하다고 생각하면서도 그미는 또 문태에 대한 것을 물었다.

"아드님이 있다죠?"

"네."

"잘생겼나요?"

"아버지를 닮았어요, 공부두 잘하구⋯⋯."

"스무 살이라든가요?"

"아버지가 스물일곱 살 때 낳았다니까 그렇겠지요."

C선생은 그미가 묻는 말에만 대답을 했다. 전 같으면 좀더 열심히 이야기 해 줄 것 같은데 왜 그럴까? 참 C선생의 변덕도⋯⋯.

문태에 대해 관심이 커지는 자기를 이상하다고 느끼면서도 문태에 대한 생각을 자꾸만 했다. 아들이 스무 살 났다면 아버지를 이해할 나이겠지. 혼 자 사는 아버지를 동정두 하고⋯⋯.

생각이 여기까지 미치자 그미는 눈을 감고 있었던 듯이 눈에 힘을 주어 크게 뜨고 사방을 둘러보았다. 사방을 둘러보았다는 것은 결국 자기 자신을 돌이켜 본 것이다.

얼핏 죽은 남편을 생각했다. 사무적으로 빈틈없는 생활을 한다고 호감을 갖고 결혼했던 남편이 술을 과음했다. 다른 결점은 없었다. 오직 술을 과음 한다는 것이 탈이었다. 건강에 해로울 것이라고 말했지만 듣지를 않았다. 집 안에 애정을 가졌다면 술 먹을 시간이 어디 있느냐고 애정 문제까지 들고 나왔지만 막무가내였다. 고독하다고 울며 호소했어도 소용이 없었다. 그러 고는 술로 오는 고혈압에 심장마비를 일으켰다. 술에는 충실했는지 모르지 만 자기에게는 배신을 한 남편이었다. 배신으로밖에 달리 생각하고 싶지가 않았고 술 먹고 늦게 들어올 때마다 불만을 보였지만 그것을 조금도 유의치 않고 술을 마시다가 자기를 완전히 고독한 사람으로 만들어 버렸기 때문이 었다.

종영은 K를 생각했다. 남편이 죽은 지 삼 년째 되던 해 안 사람이었다. 술을 전혀 못한다는 것이 믿음직스러워 교제를 했다. 4급 공무원으로 넉넉 지 못한 수입만 의지하고 있는 사람이지만 결혼까지 할 생각이었다. 그래서 키스까지를 허락했었다. 사귄 지 다섯 달만에 처음으로 허락한 키스였다. 그 러자 그는 종영을 자기의 아내처럼 생각했다. 요구하는 것이 자꾸만 늘어갔다. 육체도 요구했고 돈도 요구했다. 그미는 육체 대신 돈을 주었다. 그런데 나중에는 집문서를 빌려 달라고 했다. 남편에게서 물려받은 유일한 재산이었다. 그것을 저당에 넣어 빚을 내 가지고 장사를 해 보겠다는 것이었다. 설사 그것을 이용해서 결혼생활을 윤택하게 하려는 것이라 해도 그미는 싫었다. 그런데 K의 마음은 그런 것이 아니었다. 공금을 쓰고 그것을 갚으려는 것이었다. 그것도 솔직한 고백이 아니라 그미의 육감으로 알아 낸 일이었다. 그것을 알자 다음 날부터 만나지 않았다. 그도 역시 배신자라고 결정지었기 때문이었다.

사랑을 했었다. 그래서 키스까지 했었다. 그러나 남자는 그 사랑을 배신했던 것이다.

배신당하고 싶지만은 않다. 어떤 경우에도 그리고 누구에게도 배신만은 당하고 싶지 않다. 배신이 싫어 결혼을 단념하고 있는데 문태를 또 생각하다니……. 문태라고 배신 안 한달 수가 있는가?

당신의 아들. 나의 딸. 우리의 애기. 그러한 가정 분위기가 우선 싫었다. 만약 문태의 아들과 그미의 딸 사이에 트러블이 생기면 문태는 무조건 자기 아들을 나무라겠지. 싫다. 무조건이란 벌써 차별 관념인 것이다.

나이가 십 년이나 위니 나보다 먼저 죽을 것도 뻔한 일이다. 사랑하는 사람을 두고 먼저 죽는다는 것도 하나의 배신이 아닐 수 없다.

싫다.

종영은 수업이 끝나자 곧 집으로 돌아와 칼멘을 데리고 성북동 뒷산으로 올라갔다. 삼청동까지 뻗은 길을 걸었다. 칼멘이 옆에 바싹 붙어 걷는다. 자기를 보호하기 위함이리라. 그런데 종영은 자기 치맛자락을 스치도록 바싹 옆에 붙어 걷는 칼멘에게서 지금 자기는 칼멘과 아베크를 하고 있다는 느낌이었다. 칼멘의 체온이 느껴지는 것 같았다. 그미는 발을 멈추고 길가에 있는 바위 위에 앉았다. 그리고는 칼멘의 목을 쓸어 안았다. 역시 체온이 몸으로 스며들었다. 배신할 줄 모르는 칼멘.

그미는 칼멘을 데리고 산보할 때마다 가지고 다니는 정구볼을 경사진 길로 내던졌다. 그것은 칼멘을 훈련시키는 행동이었다. 그러나 이 날은 아니었다. 칼멘의 충직을 눈으로 보고 싶었던 때문이었다.

굴러가는 공을 따라 달려가던 칼멘이 그 볼을 입에 물고 돌아왔다. 그미는 또 볼을 던졌다. 역시 달려가 물고 왔다. 다섯 번 열 번을 계속했지만 칼멘은 조금도 불평이 없었다. 씨근덕거리면서도 더 빨리 달려간다. 열다섯 번 스무 번. 모두 마찬가지였다. 볼을 던지는 팔이 아팠다. 권태로웠다. 자기는 권태를 느끼는데도 칼멘은 피곤한 줄도 모른다. 볼을 물고 와서는 칭찬을 기다리며 종영을 쳐다본다.

그미는 칼멘의 목덜미를 쓸어 주며 칼멘이 실망 안 하도록 만족해하는 얼굴을 보여 주었다. 그러나 속으로는

'바보.'

라고 생각했다. 배신할 줄 모르는 충직이 만족스러우면서도 칼멘이 바보스럽게 생각되는 것은 무엇 때문일까?

종영은 칼멘을 데리고 곧 집으로 돌아왔다.

다음 날 아침 세수를 할 때 뒷산에서 까치소리가 들려 왔다. 종영은 오늘 문태가 찾아오는 것이 아닌가 생각했다. 하필이면 그런 생각이 왜 들었을까? 자기도 그 이유를 모르면서 학교에 있는 동안 내내 문태의 전화를 기다렸다. 허사였다. 동시에 서운했다. 병원에 입원하고 있다는 소식이라도 있었으면. 그러면 꽃다발을 사 가지고 찾아갈 텐데…….

'인간에게 기대를 가지지 않는다니 이젠 찾아올 수도 없겠군…….'

하던 문태의 쓸쓸한 얼굴이 눈앞에 나타났다. 인간에 대해 조금도 적의를 느끼지 않고 있는 문태의 그 너그러운 얼굴이 자꾸만 클로즈업되어 눈앞에 육박해 왔다. 그런데 문태에게 전화 걸 용기는 나지 않았다.

'속으로 나를 얼마나 욕하고 있을까?'

종영은 문태가 자기를 쌀쌀한 여자라고 욕하고 있을 것만 같았다. 사실 자기는 이때까지 누구에게나 쌀쌀하게 대하며 살아 왔다. K를 사랑하고 그에게 키스를 준 뒤부터 그미는 그러한 생활을 해 왔다. 딸 연희를 사랑하면서도 저것도 커서 연애를 하면 나를 속이고 배신하겠지 하는 생각에 애정에 대한 한계선을 긋고 있다. 의식적인 행동은 아닐지라도 역시 거리감을 느끼

고 있는 것이다. 할 수 없는 일이었다. 인간에 대한 거리감은 피가 자기 모르게 체내를 돌고 있는 것처럼 그미 몸에 젖어들고 있는 것이었다. 그러면서도

'유 선생님이 나를 욕한다면⋯⋯.'

하는 생각이 그미 머리에서 떠나지 않았다.

내가 그이를 배신한 일은 없지만⋯⋯. 배신한 것은 없다고 생각되면서도 문태에 대한 미안감이 마음을 사로잡았다. 허전한 마음으로 집에 돌아와 대문을 두드렸다. 반겨 줄 칼멘에나 기대를 걸면서. 그런데 식모애가 대문을 여는데도 이 날만은 칼멘이 뛰어오지를 않고 담모퉁이에 웅크리고 앉은 채 꼼짝을 안 하고 있었다. 전 같으면 대문 두드리는 소리만 듣고도 그미라는 것을 알고 달려와서는 대문을 열어 주려고 대문에 기어올라 발버둥을 치던 칼멘이었다. 그런데 오늘은 그미가 대문 안에 들어서도 본둥만둥이다.

종영은 칼멘이 병난 것이나 아닌가 생각했다. 그래서 핸드백을 방 안에 던지고 칼멘에게로 가서,

"어디 아프니?"

하고 머리를 쓸어 주었다. 그런데도 멍청하니 앉은 채 눈만 껌벅일 뿐이었다.

"밥 먹었니? 토한 일두 없구?"

그미는 식모에게 칼멘의 동정을 물었다.

"밥을 잘 먹지 않아요, 토한 일두 없는데요."

식모애도 모를 일이라는 듯 희미하게 대답했다.

"병원에 갈까?"

종영은 칼멘에게 물었다. 그런데도 아무런 반응이 없었다. 언젠가 약 먹은 쥐를 물어뜯은 때가 있었다. 그때 칼멘이 먹은 것을 토하며 몹시 괴로워했다. 그래서 병원에 가야지 하고 칼멘을 보았을 때 칼멘은 벌떡 일어섰었다. 그리고 병원 입구에 가서는 자기가 병원문을 밀고 뛰어들어갔다. 좋지 않은 것을 먹고 배탈이 났을 때 병원에 가서 병을 고쳐 본 일이 있기 때문이었다. 그런데 이 날은 병원에 가자고 목을 끄는데도 일어서지를 않았다.

종영은 퍼뜩 작년 이때의 일을 생각했다. 어떤 일인지 그즈음 칼멘이 침울해 있는가 하면 아무도 온 사람이 없는데 혼자 짖기도 했다. 미친 것처럼 뜰 안을 뛰어 돌기도 했다. 알고 보니 암내를 피우는 것이었다. 그미는 칼멘에게 교미를 시킬까 생각했다. 그러면 새끼를 낳고 돈벌이도 된다. 그러나 어쩐지 그것이 싫었다. 칼멘에게 죄를 만들어 주는 것 같았다. 자기처럼 혼자 깨끗하게 살게 하고 싶었다. 그래서 끝까지 교미를 시키지 않았었는데 그때가 바로 일 년 전이란 생각이 미치자 그미는 칼멘이 또 그 증세에 걸린 것이나 아닌가 생각했다.

그 다음 날부터 칼멘이 공연히 허공을 향해 짖기 시작했다. 정신없이 뜰 안을 빙빙 돌기도 했다. 틀림없는 그 증세였다. 종영은 금년만은 교미를 시켜야 한다고 생각했다. 그것은 새끼를 얻자는 욕심이 아니었다. 안타까워하는 칼멘을 그대로 볼 수가 없었던 것이다.

저렇듯 안타까워하는 칼멘을 이 년씩이나 그냥 내버려 두는 것이 죄 되는 일 같았다.

"내일 데리구 가 줄게……."

그미는 중얼거리며 칼멘의 등을 쓸어 주었다. 애견협회에 가면 네 짝이 있을 테니까.

'금년엔 시집을 보내 줄게. 날 욕하지 말구 응…….'

다음 날 종영은 애견협회에 전화를 걸고 족보 있는 좋은 셰퍼드를 준비해 달라고 부탁한 뒤 칼멘을 데리고 그리로 갔다.

병원이 아닌 애견협회에 가는 것을 어떻게 알았는지 칼멘은 무척 초조해했다. 얌전히 걷지를 못하고 자꾸만 딴눈을 팔았다. 끈을 매어 붙잡고 가는데도 종영 앞으로 뛰어갔다가는 옆으로 미끄러져 나가기도 했다. 도중에 개만 보이면 그것이 똥개건 발바리 새끼건 개한테로 가려고 발버둥을 쳤다. 칼멘을 데리고 다니기가 이만큼 힘든 때가 일찍이 없었다. 그미는 시종 끌리다시피 하며 애견협회에까지 갔다. 애견협회에 이르자 칼멘은 더욱 안절부절이었다. 여기 저기 개들이 보였기 때문이었다. 종영은 칼멘의 심정을 이해하면서도 너무 심하다는 생각을 했다. 체면이 없었던 것이다. 그러니까

'개'라는 거지 하는 생각도 했다.

그런데 칼멘을 보고 있던 애견협회 직원이 칼멘의 어미가 누구 누구네 집에 있는 개가 아니냐고 물었다. 그렇다고 대답했더니,

"잘 됐습니다. 어서 이리 오십시오."

종영이 만족해할 만한 셰퍼드를 보여 주었다.

"이건 어떤 갠데요?"

종영이 그 수캐를 보며 물었을 때,

"꼭 같은 족보의 갭니다."

직원이 싱긋이 웃었다. 칼멘의 아버지란 뜻이었다. 개에게는 어미가 있어도 애비가 없는 모양이었다. 그러기에 애견협회 직원은 같은 족보란 말만 했지 칼멘의 아버지란 말은 안 했다. 꺼림칙하기는 했지만 같은 족보라는 말에 종영은 애견협회 직원이 하는 대로 내버려 두었다.

'그래서 개라는 거로군!'

이런 생각을 하며 끝나기를 기다렸다. 이천 원이란 엄청나게 비싼 값을 치르고 돌아올 때 칼멘은 갈 때와는 아주 달리 점잖아졌다. 옛날 모습 그대로였다. 길을 가는데도 딴눈을 팔지 않고 종영을 떠나지 않았다. 집에 돌아와 밥을 주었을 때 밥도 전처럼 잘 먹었다.

다음 날 아침 또 까치가 울었다. 오늘은 문태에게서 전화라도 오려는가 하는 생각을 했다. 자기도 모르게 그런 생각을 하고는 얼굴을 붉혔다. 암내를 피우던 때의 칼멘이 생각났던 것이다. 이제는 유 선생을 생각도 말아야지 하고 혼자 다짐을 했다.

학교에서는 몇 번이나 전화를 걸고 싶었다. 저쪽에서 전화를 걸지 않으니 이쪽에서라도 걸어야 할 것 같았다. 그것은 문태가 그미를 욕하고 있을 것 같은 마음 때문이 아니었다. 그저 걸어 보고 싶은 마음이었다. 전화라도 걸어 봐야 마음이 편할 것 같았다. 혹시 나를 완전히 잊고 있는 것이나 아닐까 하는 안달이 생겼던 것이다. 한편 그래서는 안 된다는 것도 생각했다. 교제의 한계선을 긋고 한 걸음도 그 선을 넘지 못하게 해 놓고 먼저 전화를 걸다니. 그러면서도 그미는 전화를 걸고야 말았다. 안 걸고는 배겨날 수가 없

었던 것이다.

"웬일이지?"

문태의 첫마디 말이었다. 반가워하기보다는 심외라는 듯 놀라는 것이었다.

"그럼 전화를 끊을까요?"

잡아끌듯 반가워해 줄 것을 기대했던 만큼 종영은 피가 역류함을 느꼈다.

"강 여사가 전화를 걸어 주는 때가 다 있다니 한 말이지. 그래 그새 별고 없었나요?"

문태가 전화를 끊지 못하도록 말을 길게 했지만 그미는 불만이었다.

"또 강 여사예요?"

종영은 전에 없이 신경질적인 악센트를 붙여 가며 불평을 말했다.

"또 잊었군……. 미스 강이라구 그랬으면 자연스럽게 부를 것 같은 데……."

이 말을 할 때야 종영은 약간 신경질이 풀렸다.

"그건 조금 우습구요."

"서양식으로 하면 당연한 일이지. 어때? 미스 강이라구 부를까?"

"마음대루 하세요. 그런데 그새 아프신 건 아니세요?"

"아프기는 어디가?"

"전화두 안 걸어 주시구 그래서 혹시……."

"달가워하지 않는 것 같아 그랬지."

"재미있는 일이 생기셨나요?"

"아무런 변동도 없습니다."

문태는 경어를 써 가며 정중히 말했다. 종영은 자기가 경망했다는 것을 느꼈다. 그런 말을 전화로 물은 자기가 시시하게 생각되기도 했다.

"한 번 놀러 오세요."

그미는 예전으로 돌아가 담담한 태도로 말을 했다.

"가지요. 오늘 밤에라두 갈까……."

"좋으시두룩 하세요."

전화를 걸고 나니 전화 걸기 전보다 마음이 훨씬 개운해졌다. 다시는 안타까이 전화를 걸고 싶어지지 않을 것 같기도 했다.

'결국 아무것도 아닌 것을…….'

문태를 사랑한 것도 그리워한 것도 아니란 생각이 들었던 것이다. 다시는 남자를 사랑해서 안 된다는 잠재의식이 고개를 든 때문인지도 몰랐다. 어쨌든 모두가 아무것도 아니라는 생각을 하며 집으로 돌아갔을 때였다. 대문이 잠겨 있지 않아 그냥 밀고 안으로 들어서는 순간 가슴이 섬찍했다.

아무리 칼멘이 집을 잘 지킨다고 해도 대문을 늘 잠가 두곤 했었는데 이 날은 잠겨져 있지 않았기 때문이다. 칼멘이 달려와서 마구 기어오르는 것도 수상했다. 밖에 나갔다가 돌아올 때마다 반가워서 뛰어오르는 것은 보통이지만 이 날은 유달리 견딜 수 없이 외로웠다는 표정이었다. 앞으로만이 아니라 뒤로 와서도 기어올랐다. 기어올라와서는 애무를 기다리는 것이 아니라 올랐다 내려왔다 하며 잠시도 가만 있지를 못했다. 종영은 무슨 일이 생겼나 해서 식모애를 불렀다. 그런데 집 안에서 대답하는 이가 아무도 없었다. 연희도 학교에서 돌아오지 않은 모양이었다. 이상한 생각이 들어 방 안으로 뛰어 들어가 다시 식모애를 불렀지만 역시 대답이 없었다. 그미는 방과 부엌을다 들여다보았지만 식모애는 보이지가 않았다.

종영은 불길한 생각이 들어 방 안에 있는 물건들을 살펴보았다. 전축이니 텔레비전이니 모두 제 자리에 있었다. 옷장도 그대로였다. 조금도 흐트러져 있는 것이 없었다. 약간 안심이 되면서,

'집을 비우구 시장엘 갔나.'

못마땅해하면서도 그렇게 생각해 보았다. 그래도 안심이 되지 않아 옷장 속 빼닫이를 열어 보았다. 소중한 귀금속을 넣어 둔 곳이었다. 그런데 늘 잠그고 다니던 그 빼닫이가 잠겨져 있지 않았다. 그리고 그 빼닫이 속이 깨끗하게 비어 있었다. 가슴이 떨렸다. 결혼 때의 반지며 금목걸이 등 많다고는 할 수 없지만 종영의 귀금속이 전부 없어진 것이었다.

'식모애의 짓이로군.'

종영은 그렇게 생각지 않을 수 없었다. 도둑이 들어왔다면 그것만 가져갈 리가 없다. 집안 사정을 잘 아는 식모애가 훔쳐 가지고 도망간 것이다.

그미는 자기 핸드백 속을 열어 봤다. 열쇠가 들어 있는가를 살펴본 것이었다. 이상했다. 매일 가지고 다니는 열쇠들이 보이지 않았다. 아침에 까치가 우는 바람에 열쇠를 넣고 갈 경황도 없었던가 하고 자조를 하며 테이블 있는 데로 가 보았다. 열쇠뭉치가 테이블 위에 있는 것을 보았을 때 그미는 자신을 후회하는 수밖에 없었다. 열쇠만 가지고 갔더라면 아무 일도 없었을 것이라고 생각했기 때문이었다.

신원이 확실하다고 해서 두었던 식모애가 끝내 그런 짓을 하고 도망치다니……. 그미는 식모 방에 들어가 보았다. 역시 식모애의 옷이 하나도 없었다.

고향집 주소를 아니까 경찰에 연락해서 붙잡아 오도록 해야지. 제가 가야 어딜 갈 것인가?

그러나 그렇게 해야겠다는 생각에 앞서 마음이 슬퍼졌다. 애가 얌전하게 일을 잘했다. 마음씨가 고운 것 같아 식모라 해도 믿고 정을 주어 왔었다. 그러던 것이 자기를 속이고 배신을 했다.

K와 연애를 하고 있을 때 학교에서 같이 일 보던 A의 배신이 머리에 떠올랐다. 대학동창이라는 관계로 가장 가깝게 지내던 여자였다. 그 여자가 K와 자기와의 관계를 과장해서 퍼뜨렸다. K에게 키스밖에 허락한 것이 없었는데 K와 동거생활을 한다는 소문이 퍼졌었다. 교장선생님에게까지 불리어 갔던 일이 있었지만 우정에 배반당했을 그때의 서글픔, 종영은 지금 그때의 서글픔에 못지않은 충격을 받고 있다.

결국 믿는다는 것은 자기 손해다.

그미는 경찰에 연락하지도 못했다. 배신의 고통 속에 젖어 꼼짝도 못했던 것이다. 그리고 수색원을 냈댔자 그 애가 집으로 돌아갔을 것이 아니란 생각이 들었다. 누구의 꾐을 받아 서울 어디에 있을 것 같기만 했다. 수색원을 내도 소용이 없을 것이다.

늦게 돌아온 연희와 저녁밥을 지어 먹고 났을 때 그미는 허무하다는 생각에 심신의 피로를 느꼈다. 일생이 배반 속에서 소모된 듯한 허무감 앞으로도 배반만 당하고 살 것 같은 허무감이었다.

가장 가까운 곳에 있는 사람이라고는 딸 연희 하나뿐이다. 연희마저 자기를 배반하고야 말 애 같은 막연한 서글픔 속에 젖어 있으면서도 그미는 문태를 기다렸다. 오늘 밤에 온다고 한 문태다. 그가 오기만 하면 그래도 허무감이 약간 감소될 것 같은 기대를 가졌던 것이다. 왜 문태에게만은 기대를 가지는지 그것은 자기도 몰랐다. 자연스런 감정이기 때문일까? 자연스런 감정에는 이유를 따질 필요가 없다. 또 따질 수가 없기도 하다.

그런데 기다리고 기다려도 문태는 오지 않았다. 밤 열 시가 되었을 때 종영은 그가 안 오는 것이 당연한 일이라고 생각했다. 기다릴 때 오면 자기 기대가 이루어지는 것이다. 기대했던 것이 이루어진다면 자기의 인생이 달라질 것 같았다. 운명을 고칠 수가 있는가?

동시에 기다리는 자기의 기대를 이루어 주지 않기 위해 찾아오지 않는 문태는 결국 자기와 관계가 없는 사람이란 생각을 했다. 관계없는 사람에게 기대를 갖는다는 것은 허망된 일이다.

허망된 일이란 생각을 하면서도 그미는 울고 싶은 심정이었다. 자기가 필요로 할 때 자기를 생각해 주지 않는 문태 역시 자기에 대한 배신자란 생각이 들었던 것이다.

"엄마. 왜 경찰에 연락을 안 하우?"

우울하게 앉아 있는 종영이 잃어버린 물건 때문이리라 생각했던지 연희가 말했다.

"연락한다구 찾을 것 같으니?"

종영은 세상에서 자기가 잃어버린 것을 도로 찾을 수 있는 것이 하나도 없다는 심정이었다. 잃어버리기만 하면서 살지. 그런데 다음 날 저녁 문태가 찾아왔다. 종영은 문태가 이제는 자기에게 필요 없는 사람 같았다.

"어제는 기다리고 있었는데요."

그러니까 오늘은 기다리지도 않았다는 것을 솔직히 표현했다.

"오기가 피로해서……."

문태는 종영이 이해할 수 없는 변명을 했다. 변명의 근거를 캐묻고 싶은 흥미도 없었다. 그때 문태는,

"한 번 올리면 얼마만한 용기가 필요한지 알아?"

결국 용기가 없어서 찾아오지 못했다는 것을 설명했다. 그 마음은 이해가 되었다. 역시 선량한 사람이니까 이쪽에서 경계하는 것 같을 때 그것을 무시하고까지 용감하게 찾아올 사람이 못 된다. 그렇지만 종영은 홍미를 잃어버린 사람처럼,

"그래요?"

허공을 향해 말을 흐트려 버렸다.

"어젯밤에는 술을 좀 마셨어."

오고 싶으면서도 올 수 없는 마음을 술로 달랬다는 말이리라. 그러나 종영은,

"저두 술을 마시구 싶은 심정이었어요."

자기 감정의 과정을 솔직히 말했다. 그런 문태는 종영도 자기를 기다린 것이라 생각하고,

"앞으룬 내가 마음대루 찾아올 수 있두룩 해 줄 수는 없을까?"

사랑해 달라는 뜻을 비교적 솔직히 말했다. 종영은 그 말에는 대답을 않고 문태의 때묻은 넥타이를 보면서,

"넥타이가 하나뿐인가요?"

하고 물었다.

"응! 하나뿐이야."

문태는 아무렇지도 않게 대답했다. 그는 그런 것에 별 관심이 없는 사람이다. 책 같은 것은 열심히 사 들여도 넥타이 같은 것은 살 생각을 않는 사람이다. 종영은 넥타이를 맨 매듭에 새까맣게 때가 절어 있는 것을 바라보며

'저이가 사람을 사랑할 수 있을까?'

혼자 생각했다. 사람을 사랑할 줄 모르는 사람에게 가질 수 있는 기대란 어떤 것일까? 사랑할 줄 모르는 사람들 사이에 있을 수 있는 것이란 결국 배신뿐이 아닐까?

"전 누구에게나 기대를 가질 수 없는 사람입니다. 기대를 줄 수두 없구요."

종영은 잘라 말했다. 행여나 하고 기대를 가지고 왔던 문태가 또다시 실망을 느꼈는지

"인간에게 기대를 가질 수 없다는 것은 결국 비극이 아닐까?"

자기보다는 종영 자신이 불쌍하다는 듯이 말했다.

"그럴지두 모르지요."

막연하게 대답했지만 종영은 슬픈 사람은 결국 자기뿐이란 생각을 했다. 자기만이 슬픈 것이지만 그것을 고수해야 하는 것이 또한 자기의 숙명 같았다.

"혹시 생각나거든 전화나 걸어 줘."

문태가 쓸쓸하게 돌아갔다. 문태가 돌아갈 때 그미는,

"전화 걸 일이 별로 없을 겁니다."

하고 문태가 들리지 않게 대답했다. 그리고는 대문 잠그고 나서 칼멘을 얼싸안고,

"칼멘! 칼멘."

하고 칼멘의 이름을 두 번 불렀다. 칼멘은 눈을 둥그렇게 뜨고 종영에게 몸을 맡기었다.

칼멘이 좋아서 개 이름을 칼멘이라고 지은 때도 있었건만. 칼멘의 등허리를 쓸어 주고 있는 종영은 먼 하늘의 잔별들을 바라보며

"칼멘! 너만을 사랑할게……."

하고 혼자 중얼거렸다.

(원)《신동아 11》1965. 9, (출)『신한국문학전집 13 박영준 선집』어문각, 1972.

김 교수

김 교수의 전공은 한국 근세사이다. 그렇기 때문에 주로 상급반 학생들에게 한국 근세사, 한국 근대 외교사 그리고 일본의 한국 침략사 등을 가르치고 있지만 그 밖에도 1학년 교양필수인 문화사를 맡고 있다. 문화사가 그의 전공과 동떨어진 것도 아니지만 시간 강사를 될 수 있는 한, 채용치 않기로 하고 있는 B대학의 시책에 의해 사학과 교수들은 김 교수를 비롯하여 초과 시간으로라도 문화사 시간을 담당치 않을 수 없었다.

김 교수는 교양학부 시간에만 들어가면 교재에 없는 인생 문제를 곧잘 이야기한다. 대학에서는 전공과목 이외에 인생을 이야기할 시간이 별반 없다고 생각하기 때문이었다. 학문이 중요하기는 하지만 학문과 더불어 인생을 가르쳐 주는 것도 중요한 일이 아닐 수 없다. 그런데 우리 나라 교육과정을 보면 중·고등학교에서 대학에 이르기까지 종합적인 인생 문제를 이야기할 수 있는 시간이 배정되어 있지 않다.

그래서 신입생이 들어오면 첫 시간에는 강의를 전폐하고 대학교육의 특수성을 설명한다. 대학 가운데서도 특히 리버럴 아트[文科]계통에서는 중·고등학교와 달리 취입식(吹入式)으로 학문을 가르치지 않는다. 교수들은 학문하는 방향만을 가르치는 것이니까 학교에서 배우는 책보다 혼자서 읽는 책이 더 많아야 한다. 그리고 독서로 말미암아 자기 개인의 인격이 형성되어야 한다. 인격의 형성 그것이 리버럴 아트의 목적이다. 지도교수를 정하라. 그래서 학문적인 면에서나 인간적인 면에서 자기가 정한 교수의 지도를 받으라. 어렵다든가 쑥스럽다든가 하는 생각으로 지도교수를 찾아다니지 않으면 그만큼 학생이 손해. 학교에서는 학생들을 개인적으로 지도하라고 교수에게 오피스 아워(사무적인 시간)를 만들게 하고 개인 접촉을 하게 하고 있다. 교수는 학문에 있어서도 그렇지만 인생 체험에 있어서도 학생들을 능히 지도할 위치에 있으니까 지도교수를 잘 이용함으로 여러분의 대학생활을 의의 있게 하라.

김 교수는 최근 대학생들이 너무나 공부를 하지 않는다고 생각하고 있다. 공부 대신 시류(時流)적인 풍조에 휩쓸려 유명무실한 대학생활들을 하고 있기 때문에 알맹이가 없는 껍데기만의 대학생들이라 보고 있다. 허영과 자존심은 강해 가는데 주체성이 없어 보이는 것이다.

"독서를 해야 해. 독서를 통해서만이 지식을 얻을 수 있는 거야. 지식을 얻어야 지성인이 될 수 있는 것이고. 대학생은 우리 나라의 최고 지성이거든. 집에서는 땅을 팔고 집을 팔아 학비를 대는데 학생들은 유행가나 배우고 트위스트 따위에 정신을 판다면 어떻게 되겠소? 그런 학생이 많다면 국가는 어떻게 될 것이고 — . 정신들을 차리시오."

이런 식의 설교조는 학년이 시작할 때부터 학년이 끝날 때까지 쭉 계속된다.

개강을 한 지 두 달쯤 지난 어떤 날 김 교수는 문화사 시간에 들어가 시간 십 분쯤 전에 강의를 끝내고 또 인생 문제를 펼쳐 놓았다.

"여러분은 지금 가장 예민한 감수성을 가지고 있어요. 무엇을 보든 가장 느낌이 많을 때요. 그런데 요즘 학생들은 그런 감수성을 덮어 버리고 산단 말야. 몇 해 전 이런 학생을 봤소. 길에서 백 원짜리 지폐 한 장을 주웠소. 그런데 주운 돈을 잃은 사람에게 돌려 줘야 할 텐데 돌릴 도리가 없었어. 경찰에나 신문사에 갖다 주어도 그것이 본인의 손에 들어갈지가 의심스러웠소. 자기가 쓰자니 양심에 거리끼고, 그래서 돈 백 원을 가지고 잠도 못 자며 고민을 하다가 나중에는 그것을 불태워 버리고 말았단 말이오."

잘했다고는 생각되지 않지만 작은 일을 가지고 그만큼 생각했다는 것은 딴은 기특한 일이오. 여러분들은 사색을 하시오. 그리고 회의(懷疑)를 해 보시오. 자살을 해서는 안 되지만 자살 직전까지 가도록 한 번 인생 문제를 회의해 보란 말이오."

그것은 학생들이 너무나 질문이 없기 때문에 두뇌가 담벽처럼 되어 있지 않는가 하는 생각에서였다. 강의를 끝내고 질문시간을 주지만 질문하는 학생은 한 명도 없고 거의 모두가 시간 다 됐습니다, 그만둡시다, 하는 말들만 한다. 인생에 대해 무엇인가를 알고 싶은 마음이 있다면 그럴 수가 없을 것 같았다.

좀더 사색하는 생활을 하라는 뜻으로 그런 말을 하고 나왔을 때였다. 어떤 학생이 그를 뒤따라 그의 연구실까지 왔다.

"저, 선생님 시간이 있으실까요?"

김 교수는 할 이야기가 있어서 찾아온 듯한 그 학생을 쳐다봤다. 키가 큰 데다가 얼굴도 잘생긴 편이었다.

"왜?"

김 교수는 약간 동요를 느끼면서도 교수의 권위를 생각해서 무감동한 표정을 지으며 반문했다.

"좀 드릴 말씀이 있는데요."

"무슨?"

"아까 선생님께서 말씀하신 것이 저의 경우와 꼭 같은 것 같아 제 개인 이야기를 드리려구 합니다."

학생은 어려운 듯 멀찌감치서 김 교수의 눈치를 살펴 가며 이야기했다.

"그래? 거기 앉아."

김 교수는 손님용 의자를 손가락으로 가리켰다. 반가웠던 것이다. 자기를 찾아와 인생 문제를 의논하려는 학생이 금년 신입생 가운데서는 처음이었기 때문이었다.

"시간이 계신지요?"

학생은 또 한 번 시간을 내줄 수 있는가에 대해 물어 왔다. 교수의 시간을 빼앗는 것이 미안한 모양이었다.

"괜찮어. 앉아서 이야길 해 보지."

김 교수는 다음 시간에도 강의실에 들어가야 했다. 그렇지만 인생에 대해 진지한 태도를 가진 듯한 보기 드문 학생을 놓치기가 싫었다. 학생은 의자에 앉으며 김 교수의 표정을 살폈다.

"말해 봐. 무슨 이야긴데……."

김 교수가 재촉을 했지만 학생은 말문을 열지 않았다.

"가정 문젠가?"

김 교수는 학생의 말문이 열리도록 구체적인 이야기로 유도해 보았다. 그제야 학생은,

"저 개인의 일입니다."

하고 자기가 백 원짜리 지폐를 주워 어찌할 바를 모르다가 그것을 불태운 학생과 비슷하다는 말을 했다.

"저는 인생이 무엇인가 생각해 보았습니다. 위선적인 인생의 본질이 무엇인가 아무리 생각해두 알 수가 없는 것 같아 자살을 하려고 약을 두 번씩이나 먹었습니다. 그렇지만 죽지를 못했습니다. 마음대루 죽을 수두 없는 것이 인생 같았습니다. 그렇다구 살아야 한다는 생각두 없습니다. 어떻게 했으면 좋을까요?"

이야기를 듣자 김 교수는 역시 사색을 하며 사는 학생도 있다는 마음에 보물을 발견한 듯한 기쁨을 느꼈다.

"언제 약을 먹었었나?"

김 교수는 빙그레 웃으며 학생에게 친근감을 주었다.

"고등학교 삼 학년 때입니다."

"그럼 대학 입시준비는 어떻게 했지?"

"두 번이나 자살을 하려다가 실패한 뒤 공부나 해 보자고 결심했습니다. 그래서 일 년을 쉬면서 입시준비를 했습니다."

김 교수는 그 학생이 정말 인생을 고민하는 학생이라 생각했다. 보기 힘든 귀한 존재 같았다.

"이름이 뭐지?"

"주둥숩니다."

김 교수는 주동수(周東秀)라 속으로 뇌까리며 출석부를 펴서 그 학생 이름 옆에다 동그라미를 쳐 놓았다. 그 이름을 잊어버리지 않기 위함이었다.

"부모는 다 계신가?"

그는 동수가 이질적인 가정환경 때문에 병적인 사고방식을 가진 것이나 아닌가 생각했다. 그러나 동수가,

"두 분 다 계십니다."

하고 가정환경에 이상이 없다는 것을 명확히 말할 때 그는 안심을 했다. 주동수의 고민이 환경과 아무 관계가 없기를 바랐기 때문이었다. 그래도 가정환경을 좀더 정확히 파악하기 위해,

"아버지 직업은 뭐지?"

하고 물었다.

"대구서 얼마 떨어지지 않은 곳에서 농사를 짓구 계십니다."

"농사를 지어서 학생 학비를 댈 수 있나?"

"그것쯤 문제 없습니다. 이십 마지기쯤 농사를 짓구 있으니까요."

그렇다면 동수의 인생 고민은 순수한 것이라고 볼 수 있다. 그래도 인생 고민의 원인이 따로 있을 것만 같아,

"혹시 연애에 실패한 것은 아닌가?"

하고 물었다.

"연애두 해 봤습니다. 그러면 고민을 잊을까 해서요. 그래서 고등학교 때 여자 대학생과 열렬한 연애를 해 보았습니다. 그 여자를 만나러 서울까지 일부러 올라온 일두 있었으니까요. 그렇지만 시시해서 그만두구 말았습니다."

인생 문제를 객관적으로 고민하고 있음이 틀림없었다.

"그래, 아직까지두 고민을 하구 있나?"

"네. 종일 집에 앉아 있어두 인생이 우습기만 하구 공부는 해서 뭣하는가 하는 생각만이 들어 꼼짝을 못하구 있습니다. 친구들이 정신병원엘 가 보라구 해서 병원엘 갔더니 정신분열증이라구 그러더군요."

김 교수는 보통 일이 아니라고 생각했다. 그냥 방임해 두면 정신병 환자

가 될지도 모른다는 겁이 들었다. 그는 동수가 자기를 찾아온 것이 잘한 일이라고 생각했다. 만약 협조자가 없이 혼자서만 고민을 하다가 정말 정신병자가 될 위험성이 많다고 생각했기 때문이었다.

"동수 술할 줄 아나?"

그는 교수와 학생이란 위치를 잊어버렸다. 일 대 일의 인간관계로 지도하지 않아서는 안 된다는 생각이 들었던 것이다.

"많이 마셔 보았습니다. 그래두 소용이 없습니다."

"그럼 친구들과 당구를 쳐 보지."

"당구두 백오십을 칩니다."

"바둑두 둬 봤나? 낚시질 같은 건?"

"다 해 보았습니다."

김 교수는 자기의 지혜를 가지고 그 학생을 지도할 방법이 없음을 깨달았다.

"그럼 어떡허지? 그런 경우에는 인생 문제를 잊어버리구 타성적으로 살거나 인생에 취미를 느끼면서 고통 같은 것을 잊으며 살아야 하는데……."

이렇게 막연한 이야기를 했을 때 동수가,

"살려구 아귀다툼하는 인간 대열에 끼구 싶지가 않습니다. 제가 자살하려할 때 바다루 갔었는데 내가 죽으면 뼈가 모래알이 될 것을 생각하며 모래속에 몸을 묻고 약을 먹었었습니다. 지금두 자꾸만 모래알이 되구 싶은 생각이 듭니다."

"그래서는 안 돼. 그건 일시적인 생각인데 얼마의 세월만 지나면 그런 생각을 안 갖게 될 수 있는 거야. 절대루 죽어서는 안 돼. 죽는다는 건 결국패배야. 패배자가 된다는 것은 가장 수치스런 일이구."

그때 비로소 김 교수는 시계를 보았다. 휴게시간 십 분이 지났고 다음 강의시간도 이십 분이 경과했다. 삼십 분 동안 이야기를 한 셈이다. 그는 강의시간이 있는 것도 잊어버리고 이야기를 했던 것이다. 그러나 십오 분이 지나면 학생들은 휴강으로 인정하고 흩어진다. 지금 교실로 가야 학생들은 한명도 없을 것이다. 안 되기는 했지만 어쩔 수 없는 일이라 생각하고 그만 주저앉아 동수의 이야기를 기다렸다.

"죽지는 않기루 했습니다. 그렇지만 학교에두 다니구 싶지가 않습니다. 시골루 가서 농사나 지을까 하는데요."

김 교수는 그것이 참 좋은 방법이라고 생각했다.

"만약 주군이 거기서 만족을 느낄 수 있다면 그게 좋은 방법일지두 몰라. 인간은 보람을 느끼며 살면 그뿐인 거야. 반드시 대학을 졸업해야 한다는 법두 없어. 농촌이 주군과 같은 사람을 얼마나 요구하구 있는지 알아? 그들을 지도해 가며 주군이 보람을 느끼는 생활을 한다면 그보다 귀한 생활두 없을 거야."

"잘 알았습니다."

동수는 김 교수에게서 신통한 해결책이 나오지 않을 것을 짐작했던지 어떤 결론도 내리지 않고 나가려 했다. 김 교수도 시원한 방안을 제시할 수가 없었기 때문에 동수를 붙잡지 못하고,

"종종 찾아와 이야기를 해."

하는 정도로 동수를 내보냈다. 자기를 찾아 준 데 고마움을 느끼면서도 신통한 해결책을 제시 못한 것이 찜찜했지만 어쩔 수가 없었다. 더구나 사색하는 생활을 하라고 열을 올려 이야기한 자기가 주동수라는 개인에게는 사색을 피하고 인생을 잊으라는 말밖에 할 수 없는 빈곤한 두뇌를 서글퍼했다.

김 교수는 담배를 피우며 창 밖을 내다보았다. 강의가 없는 학생들인지 교정을 내왕하며 희희닥거렸다.

희희닥거리는 저 학생들도 혼자가 되면 무엇인가를 깊이들 생각할 것인가?

그는 학생을 개인적으로 만난다는 것이 겁나는 일이라 생각했다. 그저 가슴이 멍멍할 뿐이었다. 담배 한 개를 다 태우고 새 담배를 꺼내 계속해서 불을 붙이려고 할 때였다. 문리과 대학 급사애가 교내 신문을 배달해다 주었다. 그는 우선 교내 소식이 나 있는 삼면을 들쳤다. 그리고 삼면 기사 가운데 가장 크게 낸 톱기사의 제목을 읽었다.

"교수들에게 연구비 지급."

"그것은 자기와도 관계가 있는 기사였다. 그래서 기사 가운데서 자기 이름을 찾아보았다. 연구비를 지급받게 된 열세 교수 가운데 자기 이름도 끼여 있음을 본 김 교수는,

"십만 원 ──."

하고 휘이 한숨을 내쉬었다. 십만 원이란 거금을 평생 처음 만져 보게 되었다. 연구비를 주든 안 주든 자기는 학문을 연구하는 것을 직업으로 하고 있는 사람이다. 그런데도 십만 원을 주니 그 십만 원은 공짜나 다름없다. 누구보다도 아내가 좋아할 것을 생각했다. 월급만 가지고는 살 수가 없다면서 계를 하고 또 이자 돈놀이를 하고 있는 아내다. 십만 원을 갖다 안겨 주면 하늘에서 떨어진 호박이라 생각할 것이다. 그리고 앞으로는 자기를 남편으로 조금쯤 존경을 하겠지.

김 교수는 오전 중 강의를 다 끝냈다. 그리고는 교내 식당에서 점심을 먹은 뒤 연구실에 남아서 책을 읽기 시작했다. 그가 연구하는 논문의 제목은 조선 시대(朝鮮時代)의 아전연구(衙前研究)였다. 그런 만큼 이조실록을 비롯해서 이조 시대에 관한 문헌은 모조리 살펴야 했다. 그래서 몇 달 전부터 강의가 없는 날에도 학교로 나와 책을 뒤적거리고 있는 것이었다. 더구나 연구비까지 지급받게 되었으니 책임감을 느끼지 않을 수 없었다. 그는 연구실 문을 안으로 잠그고 통근 버스가 떠나는 다섯 시까지 책을 읽었다. 책을 읽으면서 상놈 계급에 속하는 아전(또는 吏胥)이 지방 관아에 딸린 천한 족속이면서도 천한 대로 정치 이면에 끼친 영향을 살피는 것이었다. 뇌물의 전달, 여론의 조작, 관아에 대한 반항 등 정치에 미친 영향과 그리고 끝내는 천대받는 계급으로 끝나는 그들의 역사를 살피는 것이었다.

통근버스로 집에 돌아갔을 때 김 교수는 대문을 열어 주는 식모에게 아내가 집에 있는가 없는가를 우선 물었다. 연구비 타게 된 기쁜 소식을 아내에게 알려 주고 싶은 마음이 조급했던 것이다. 그러나,

"아직 안 들어오셨어요."

하는 식모의 대답에 그는 약간의 실망을 느꼈다. 그러면서도 그는 곧 범연해졌다. 언제나 그러한 아내에 대해 정신적인 타성을 가지고 있기 때문이었

다. 그리고 외출하는 아내에게 불만을 가질 수도 없었기 때문이었다. 자기의 월급만 가지고는 생활비와 애들 교육비가 모자라는 것을 그 자신이 모르지 않고 있다.

　김 교수는 옷을 갈아 입고 대학교 1학년에 다니는 맏딸 방으로 갔다. 어머니를 닮았는지 밤낮 나다니기만 하는 딸애가 오늘도 늦는가 하는 생각에 서였다. 뜻밖에도 딸애는 책상머리에 앉아 책을 읽고 있었다. 기특한 생각이 들어,

　"무슨 책을 열심히 읽지?"

하고 옆으로 가 책뚜껑을 들춰 봤다. 이태리 작가 모라비아의 『권태』(倦怠)라는 소설이었다.

　김 교수는 놀라지 않을 수 없었다. 화제에 올랐을 때 김 교수도 읽었지만 섹스문학 가운데서도 대단한 소설이다. 육십이 지난 노(老)화가와 열일곱 살 난 소녀와의 변태에 가까울 만한 성생활을 가리움 없이 노골적으로 표현한 그 소설을 대학교 1학년 학생이 탐독하고 있다. 김 교수는 숨이 콱 막히는 것을 느꼈으나,

　"저녁 아직 멀었니?"

하고 책을 못 본 척했다. 생각 같아서는,

　'너 무슨 책인 줄 알구 그런 걸 읽니?'

하고 그 책을 뺏고 싶었다. 아버지의 권위로 그렇게 할 수도 있다. 그렇지만 김 교수는 그렇게 하는 것이 요즘 아버지로서의 권위가 아니라고 생각했다. 자식이 아닌 일반 대학생이 그런 책을 읽는다고 해서 그것을 압수할 수는 없다. 남에게 할 수 없는 일을 딸에게라고 해서 강요를 한다면 그것은 딸을 독립된 인격자로 취급하지 않는 것이 된다. 그것은 둘째 문제다. 만약 그런 책을 읽어서는 안 된다고 그것을 뺴앗을 때 딸은 어떻게 생각할 것인가? 세계적으로 화젯거리가 된 책도 읽지 말라는 소리를 대학교수라고 할 수 있는가 항의를 할 것이다. 교수는 학생들에게 어떤 책이나 많이 읽으라고 권한다. 그런데 문학적 가치가 있다고 노벨문학상의 후보작이라고까지 하는 소설을 읽지 못하게 할 수는 없다.

김 교수는 딴 애들 방에는 들어갈 생각도 않고 자기 서재로 돌아왔다.

'참 재미있는 소설예요. 아버지두 읽어 보세요.'

만약 딸애가 이런 말을 하며 책을 갖다 준다면 어떻게 할까?

'난 그런 책 안 봐.'

읽지 못한 척 그리고 전혀 관심도 없는 척할 것이다. 대학교수로서 또 아버지로서 어린 딸과 섹스문학에 대한 이야기를 할 수가 있을 것인가?

김 교수는 섹스가 팽창해질 대로 팽창해졌으니 거기 대한 반발도 일어남 직한 때가 왔을 텐데…… 하고 생각했다. 섹스가 정신적인 죄악의 근본이 라고 하여 그것을 은폐시켜 오던 시대에 반발한 것은 신을 부정하던 근대부 터의 일이다. 연대로 보아 지나치게 개방된 섹스에 대해 다시 반발을 일으 킬 만한 시대가 온 듯도 한데…….

김 교수는 자기의 나이 아직 오십도 못 되었는데도 섹스에 대해 그리 큰 관심을 가지고 있지 않음을 상기했다. 아내가 있으나 몇 달을 떨어져 자도 별 지장을 느끼지 않는다. 밤낮 책을 읽고 또 논문 쓸 일을 생각하고 있기 때문에 성신경이 쇠약해졌는지는 모르나 그에게 있어서 섹스는 그리 중요하 지 않은 것으로 되어 있다.

저녁식사 때였다. 애들과 함께 식탁을 마주하고 있을 때 그는 맏딸의 얼 굴을 쳐다봤다. 밥을 먹는 데 여념이 없는 것 같았으나 머릿속에는 섹스에 대한 것만이 가득 차 있을 것을 생각하니 정말 인생이 싫어지는 것 같았다.

주동수는 인간의 허위성에 대해 미칠 것처럼 고민하고 있다지만 대학교 1학년밖에 안 되는 처녀가 벌써 섹스에 대한 책만을 탐독한다는 것은 그런 허위성을 벗겨 버린 인간 본연의 자세를 나타내는 일이란 말인가?

인간 본연의 자세대로만 산다면 저 애는 장차 무엇이 될 것인가?

김 교수는 배가 아주 차지 않았지만 숟갈을 놓고 자기 거실인 서재로 돌 아왔다. 그리고는 책을 읽다가 잠을 잤다. 아내가 돌아오지 않은 것 같았지 만 아내 때문에 잠 손해를 볼 수는 없었다. 지금은 하나의 버릇처럼 되어 있 어 아내가 늦게 돌아오는 데도 신경을 쓰지 않고 있다.

잠이 들었다가 대문 흔드는 소리에 아내가 돌아온 것을 알았지만 그는 일

512

어날 생각을 않고 계속해서 잠을 청했다.

　두어 주일쯤 지난 뒤였다. 첫째 시간에 1학년 교실에서 출석부를 부르는
데 주동수가 대답을 안 했다. 동수는 그 뒤 계속해서 출석을 잘했고 강의 도
중에는 언제나 김 교수에게 시선을 보내며 열심히 강의를 듣고 있었다. 김
교수는 자기와 이야기한 뒤 마음을 돌려 잡은 것이라 안심하고 있었던 만큼
주동수의 무단결석에 낙담 같은 것을 느끼지 않을 수 없었다. 대학생 가운
데 정근생이 별반 없다. 말하자면 한 주일에 한 번쯤은 대개가 결석을 한다.
그런 만큼 주동수라고 해서 하루쯤 결석 못할 것이 없는 일이지만 주동수의
심경을 알고 있는 김 교수이기 때문에 불길한 예감까지 들었던 것이다. 그
렇다고 해서 학생 전체를 향해 주동수의 결석 이유를 물을 수도 없는 일이
라 속으로 의아한 생각을 가질 뿐 강의를 시작했다. 강의를 끝내고 연구실
로 돌아올 때 반 대표를 불러 주동수의 동정을 물어 보았으나 반 대표도 전
혀 알지 못한다고 했다. 저으기 걱정이 되었지만 별일이야 있지 않겠지 하
고 스스로 안심하는 수밖에 없었다. 친구들과 어울려 노느라고 하루쯤 쉬는
것이겠지 정도로 생각하고 있을 때였다. 3학년 여학생 한 명이 찾아왔다. 공
부도 곧잘 하고 성격도 얌전한 여학생이라 혹시 경제적인 걱정이 있어 찾아
온 것이나 아닌가 지레 짐작을 했다. 그런데 여학생은,

　"선생님, 아무런 이야기두 들어 주시지요?"
하고 전제한 다음 자기 연애 이야기를 꺼냈다. 몇 달 전까지 좋아한 남잔데
얼마 전부터 갑자기 싫어졌다는 이야기를 하고는 자기가 싫다고 하는데도
남자가 끈덕지게 따라다니며 못 살게 구니 이 일을 어떻게 했으면 좋겠느냐
는 것이었다.

　김 교수는 여학생까지 찾아와 연애 문제를 의논할 만큼 자기가 학생들 간
에 신임이 있다는 것을 생각하니 가슴이 흐뭇했다.

　"싫어진 이유는 뭐지?"

　그는 학생들의 문제라면 어떤 것이나 다 처리해 준다는 자신과 친절을 가
지고 물었다.

"이유 없이 싫어졌어요."

"그럴 수야 있나? 무엇인가 이유가 있겠지."

"아무리 만나두 새로운 맛이 없어요. 친해질수록 싫어지는 타입인가 봐요."

이유가 너무나 막연하지만 그런 일도 있을 수 있는 일이라 생각하고 여학생을 타이르기 시작했다.

"요즘 젊은 사람들은 너무나 감각적이야. 그래서 센서블한 것만 찾거든. 애정이란 자극적인 데서만 오는 것이 아니야. 참구 이해하는 가운데 애정이 생기는 거야. 연애를 할 때는 은근한 맛만 있으면 되는 거구. 결혼을 해 봐. 그때는 부부니까 무조건 같이 살게 되는 거야. 일평생 자극적인 애정만 느끼다가는 생명이 닳아서 단명해질 거야. 애를 낳으면 애들 때문에 사는 거구. 그러니까 자극적인 것만 바라지 말구 그 사람과 연애를 계속해. 공연히 한 남자의 전도를 망치게 만들지두 모르는 일이니까. 그리구 사람이란 다 별 차이가 없는 거야. 어딘가 새로운 것이 있는 것 같아 사귀어 보지만 알고 나면 마찬가지 평범한 인간이거든. 내 말 알아듣겠어?"

김 교수는 자기의 체험으로 여학생의 마음을 움직여 보려 했다.

"그래두 이미 싫어진 것을 어떡해요. 한 번 부러진 나무를 다시 붙여 살릴 수 있어요?"

"마음먹기 나름이지. 처음부터 싫었다면 모르지만, 처음엔 좋았던 남자 아냐? 미운 사람에게도 희생할 수가 있는데 좋아하던 사람에게 희생할 수가 없어? 만약 그 남자가 학생 때문에 자살이라두 하면 어떡할 테야?"

"연애하다가 자살할 남자라면 일찍 죽는 편이 낫겠지요."

"그럴 수는 없지. 나 때문에 한 사람이 죽는다고 하면 정신적 책임을 면할 수 있나?"

"무슨 책임예요. 제가 죽으랬나요?"

여학생의 생각이 너무나 당돌하다고 느껴졌다. 한두 번 이야기 해가지고는 마음을 돌리게 할 수가 없음을 알고

"그 남자가 우리 학교 학생이라면 내가 그 학생을 만나서 이야기해 주

지."

하는 정도로 이야기를 그치려 했다.

"우리 과 사 학년 최성민예요."

"그래? 설마 그 학생이 그럴라구? 내게 맡겨. 정 싫다는 걸 따라다녀서는 뭣해."

"부탁드리겠어요."

여학생은 조금도 주저하는 태도를 보이지 않고 돌아갔다.

여학생이 돌아간 뒤 김 교수는 최성민이라는 학생을 불러 볼까 생각했지만 함부로 불러 이야기할 성질의 일이 못 됨을 깨달았다. 최성민은 사학과 전체를 망라한 학회(學會) 회장이다. 이름이 알려져 있는 학생인데 그런 학생을 불러다가 여학생 꽁무니를 그만 따라다니라고 말한다면 그 학생은 인격을 모독당한 것이라 생각하게 될 것이다. 아무리 스승이라 해도 학생의 인격을 모독하기는 힘든 일이다.

결국 그는 최성민을 부르지 못했다. 그 대신 인격의 모독을 느끼지 않도록 듣기 좋게 말해 줄 방법을 생각하기로 했다.

며칠이 또 지났다. 한일회담 정식조인이 며칠 남지 않았다고 국민 전체의 신경이 한일회담으로 쏠리고 있을 때였다. 김 교수는 하필이면 을사년에 한일회담이 이루어질까 하고 생각했다. 사학가로서 그러한 미신을 생각한다는 것이 금물로 되어 있지만 그래도 마음이 미신적으로 흘러가는 것을 어쩔 수 없었다. 육십 년 전 을사년에는 우리 땅을 일본에게 빼앗기는 조약을 맺었었다. 육십 년 뒤 오늘에는 과거의 침략에 대한 배상금과 원조금을 받는 조약을 체결한다. 그 조약의 성격이 아주 다른 것 같지만 우리가 선심을 쓰고 주는 입장에 있다면 몰라도 없어서 원조를 받기 위해 조약을 맺는다는 것이 아무래도 불길했던 것이다. 을사년이라 생각 말고 1965년이라 생각을 하자.

조약의 내용은 둘째로 하고 을사년이라는 연호에 대한 관념이 그의 머리에서 빠지지 않았던 것이다.

김 교수는 조약의 내용을 검토해 보았다. 그 중에서도 어업 문제, 어업 문제 가운데서도 기국주의(旗國主義) 같은 것은 형편없는 일이었다. 선박이라든가 어업에 대한 기술이 동등하다면 모른다. 우리가 형편없이 뒤떨어지고 있는데 기국주의를 쓴다면 일본이 제멋대로 아무데서나 고기를 잡아가도 어찌할 도리가 없다. 대등한 위치에 있을 때야만 평등한 조약이 성립될 수 있다. 역사적으로 볼 때 대등하지 않은 나라끼리의 평등호혜조약이란 한편의 피침략을 의미하지 않았던가?

국제 정세와 국내 정세로 보아 체결 안 할 수 없는 일이기는 하나 체결 뒤에 손해 볼 일은 가급적 하지 말아야 할 것이다.

그리고 일본이 한일협정을 서두는 것은 우리와 사정이 다르다. 우리 나라를 원조하겠다는 것이 본심이 아닐 뿐 아니라 한일 국교로 이득을 보려는 뱃심이다. 그런 뱃심을 우리는 투시해 볼 줄 알아야 할 것이다.

야당의 움직임과 더불어 대학생들의 한일회담 반대운동이 전개되기 시작했다. 있음직한 일이었다. 한일회담을 저지시키지는 못한다 해도 한국 사람들이 일본의 뱃심을 투시하고 있다는 사실만은 알릴 필요가 있다고 생각했다. 국민의 반응이 전혀 없는 가운데 한일회담이 완결된다면 일본 사람들은 한국인을 깔보고 무슨 짓을 더 할지 모른다.

김 교수는 한일회담이 완결된다고 해도 국민운동은 계속돼야 한다고 생각했다. 일본 상품을 함부로 사 들이지 말고 일본 문화를 함부로 받아들이지 않는 국민운동 없이 일본과 맞서 나갈 수 없는 것이 우리 나라의 실정이다.

이런 생각을 하고 있을 때 사학회 회장인 최성민이 찾아왔다. 한일회담 반대투쟁을 해야겠는데 학생들이 호응 안 하니 교수들이 강의시간에 한일회담에 대한 내용을 설명해 달라는 것이었다. 중대한 문제인 만큼 심각하게 대답해야 할 일인데도 김 교수는 우선 여학생의 꽁무니나 따라다니는 학생이 그런 일에 앞장을 섰다는 데 약간의 불쾌감을 느꼈다. 그새 불러다가 주의를 시키려 했으나 상대방이 모독으로 느끼지 않을 말을 생각해 내기에 시일을 보내다가 요 며칠 동안은 그 문제를 잊어버리고 부를 생각조차 못하고 있던 터였다. 그러던 참에 최성민이 중대한 문제를 가지고 찾아왔으니 어느 정도 당황하지 않을 수 없었다. 그러나 한일회담과 최성민의 연애를 결부시킬 수는 없었다.

"글쎄, 학생들이 왜 움직이지 않을까?"

김 교수는 학생들 전체의 동향이 의심스럽다는 태도로 말을 꺼냈다.

"다들 방관만 하구 있습니다. 정식조인만 끝내면 그뿐 아닙니까?"

"그런데 학생들은 어째서 방관적 태도를 취하느냐 말야?"

김 교수는 학생들의 방관적인 태도가 불만스럽다는 듯이 반문했다.

"잘 모르겠습니다."

"거 참 이상한 일이지?"

김 교수는 의아스럽다는 태도만 보이며 최성민의 요구에 대해서는 구체적인 말을 회피했다.

"그러니까 선생님께서 학생들에게 말씀을 좀 잘해 주십시오."

최성민이 거듭 요구할 때도 김 교수는

"내가 이야기한대서 효과가 있을까?"

하며 약속을 회피했다.

"선생님이 한일관계에 대해 전문가이시니까 말씀만 해 주시면 납득이 되겠지요."

사실 김 교수는 일본의 한국 침략사를 강의하고 있다. 한일 문제에 대해서 학생 앞에 나서서 이야기할 사람은 B대학에서 최적임자라 말하지 않을 수 없다. 그런데도 김 교수는,

"알았어."

할 뿐 똑똑한 대답을 안 했다. 현재 전개되고 있는 한일 문제는 정치 문제다. 과거에 일본이 한국을 침략한 것은 학문적으로 연구할 역사의 문제지만, 김 교수의 고민은 여기 있는 것이다. 학문은 하되 정치에는 관여하고 싶지가 않았다.

김 교수가 그런 태도를 취하고 있는 데는 달리 이유가 있었다.

그것은 정당정치를 하는 나라에서 현 정부의 시책을 반대한다는 것은 새 집권자를 머리에 두고 하는 일이어야 하는데 김 교수가 기대할 만한 인물이 한국에는 없다는 것이다. 뚜렷한 인물이 없는 나라에서 정부 교체만 자주

하면 그만큼 혼란만 커진다는 것이 그의 지론이기도 했다.

그렇기 때문에 한일협정으로 일본과의 국교가 정상화되면 일본의 경제와 문화가 우리 나라를 휩쓸 것이라고 걱정을 하면서도 학생들 앞에서 투쟁을 요구하는 말을 할 수가 없었던 것이다. 그래서 알았다는, 다시 말하면 자기 의사에 맡기라는 말로 최성민의 말을 받아들인 척만 하고는 화제를 끊었다. 그렇지만 최성민이 집요하게 또 그 이야기를 꺼낼지도 모르는 일이기 때문에,

"자네 ××하구 연애했나?"

하고 화제를 돌려 버렸다.

"왜요?"

최성민은 얼굴을 붉히며 반문했다.

"상대방이 싫어하면 단념할 줄 아는 미덕두 가져야 할 텐데……."

될 수 있는 대로 최성민의 신경을 건드리지 않으려고 했는데도 최성민이

"그 애가 그런 소리를 하구 다닌다지요? 실은 제가 먼저 싫어한 겁니다. 여자가 없어서 그런 애를 따라다녀요."

최성민은 격분한 태도로 말했다.

"그래? 그렇다면 더 할 말이 없네."

김 교수는 어떤 것이 정말인지 의심이 갔지만 그 이상 그런 문제에 개입하고 싶지가 않아 최성민을 돌려 보냈다.

'참 모를 일이군…….'

의아심을 가진 채 강의실로 들어갔다. 주동수의 반이었다. 김 교수는 출석을 부르면서 주동수가 출석한 것을 알고 우선 안심을 했다. 아무 일 없이 학교엘 잘 다녀 주었으면 하고 속으로 바라며 강의를 시작하려 했다.

그런데 입이 잘 열려지지가 않았다. 강의를 시작하기 전에 한일회담 문제를 언급해야겠다 생각하면서도 말이 나오지 않는 것이었다. 최성민의 얼굴이 떠올랐다. 하기는 해야 할 것 같은데 입이 벌어지지 않았다.

최소한도 학생들은 자기의 주체성을 가지고 살아야 한다. 주체성으로 사물을 판단하고 또 행동해야 한다는 극히 추상적인 말이라도 해야 할 것 같

았다. 그러면 영리한 학생들은 자기 말을 자기들 멋대로 이해하겠지. 그러나 이 말도 할 수가 없었다. 입이 떨어지지 않는 것이었다.

김 교수는 눈을 한 번 감았다 뜨고는 교재를 펴고 강의를 시작했다. 강의가 제대로 되는 것 같지 않았으나 할 수 없었다.

강의를 끝내자 속이 허전했다. 아무래도 해야 될 일을 못한 것 같은 자기 불만이었다. 그는 강의실을 나오며 주동수를 부르는 것으로 자기 불만감을 메우려 했다. 그새 결석했던 이유를 묻고 그에게 도움이 될 말을 해 주기 위함이었다. 한 학생의 위기를 살려 주는 것이 얼마나 중요한 일인가? 정치는 자기 아니더라도 할 사람이 얼마든지 있다. 그러나 주동수 개인을 살려 줄 사람은 오직 자기 한 사람밖에 없는지도 모른다.

그런데 주동수의 이름을 부르고 자기 방까지 오라고 했는데 주동수는 다음 시간이 끝날 때까지도 나타나지 않았다. 이상하다고 생각했다. 오라는 말을 잘 알아듣지 못했을까? 갑자기 무슨 급한 일이 생겼을까? 여러 가지로 생각해 보았지만 결과적으로는 주동수의 불응이 김 교수에게 고독감을 가져다 안겨 주었다. 오라고 했는데도 오지 않았다는 것은 하나의 불복종이다. 불복종은 불신임에서 오는 것이다.

김 교수가 이래저래 고독감을 느끼며 연구실을 지키고 있을 때 영문과 D 교수가 노크를 하고 방 안에 들어섰다.

일주일 후 문리과 대학 전체 교수회가 있는데 그때 한일회담에 대한 교수들의 의사를 종합하여 요로에 제출하자는 것이었다. 김 교수는 그 정도라고 하면 상관없을 것이라고 생각했다. 교수들이 전체적으로 의사를 표시한다는 것쯤 무방할 것 같아 D교수의 제안에 찬성을 했다.

그러나 일주일 후 교수회는 유회되고 말았다. 재적인원 과반수인 삼십오 명 이상이 참석해야 하는데 칠팔 명밖에 참석치 않았던 것이다. 김 교수는 잘 된 일이라고 생각해야 할지 잘못된 일이라고 생각해야 할지를 몰랐다. 토의할 안건을 미리 알고 참석치 않은 교수들이 그렇게 많으니 자기도 거기 따르는 수밖에 없다고 생각하면서.

교수회가 유회된 뒤 연구실로 돌아왔을 때 1학년 학생 한 명이 찾아와 주동수가 자살했다는 말을 전했다. 자기가 불렀을 때 찾아오지 않았고 그 뒤 계속해서 결석을 했던 주동수였다. 결국 나를 불신했었구나. 자기 인생을 바로잡는 데 내가 도움이 될 인물이 못 된다고 단정했었구나.

"어디서?"

김 교수는 어디서 자살했느냐고 죽은 장소나 물어 보는 수밖에 없었다.

"하숙집에서 그랬습니다."

김 교수는 그 이상 더 물어 볼 말이 없었다. 다만 주동수의 죽음을 자기에게 알려 주는 까닭이 무엇인가 하는 것만을 생각하고 있을 때 학생이 주동수의 유서를 내놓았다. 김 교수 앞으로 쓴 것이었다. 길다란 유서였지만 죽을 수밖에 없다는 사연이었다.

유서를 읽은 김 교수는 자기도 모르게 눈물을 흘렸다. 한 목숨이 사고(思考) 과잉에서 목숨을 버렸다는 슬픔보다도 하나의 인간에게서 불신을 당했다는 주관적인 슬픔이었다.

김 교수는 눈물을 흘리고 있는 자기가 진짜 자기인 것 같지 않아 눈물을 닦아 버렸다. 눈물 흘리고 있는 자기를 바라보는 또 다른 자기, 서로 다른 이중으로 형성되어 있는 자신을 보는 것 같아 눈물을 흘릴 수가 없었던 것이다.

그때 전화가 걸려 왔다. 회계과에서 연구비를 타 가라는 것이었다. 김 교수는 연구비를 타서 연구나 하는 것이 자기여야 한다는 생각을 했다. 학교에서도 그러한 자기를 인정하고 연구를 권장하는 것이라 생각했다.

그는 회계과로 가서 평생 처음 만져 보는 십만 원을 탔다. 혼자서는 들고 갈 수도 없으리 만큼 무거운 돈이리라 생각했던 큰 돈이었다. 그러나 손바닥만큼도 못 되는 수표였다. 내용은 무거울지 모르나 감각은 가볍기 짝이 없는 것이었다. 그래도 아내가 즐거워할 것을 생각했다. 요즘은 밖에서 밤잠까지 자고 들어오는 아내였다. 김 교수는 외박하는 이유를 물어 보지 않았지만 차라리 잘 된 일이라고만 생각하고 있었다. 아내가 없으면 책을 한 페이지라도 더 많이 읽을 수 있다는 생각 때문이었다. 그러한 김 교수지만 돈을 십만 원이나 안겨 주면 외박하는 일도 없어지리라 생각했다. 역시 속으로는 외박만은 안 해 주기를 바랐던 것인지 모른다.

그래도 그는 퇴근 버스가 나갈 때까지 연구실을 지키고 있었다. 돈을 받았다고 해서 일찍 나가는 자기의 경솔을 보이고 싶지 않았던 것이다.

'이거 연구비로 받은 거야.'

그는 돈을 아내에게 줄 때도 이 말 한 마디 이외에 다른 말을 하지 않으리라 생각했다. 아내는 살림을 하고 자기는 공부만 하면 된다. 살림에 보탬을 주었다고 해서 살림에 간섭을 할 필요는 없다.

이런 생각을 하며 집으로 돌아가기 위해 버스 있는 데로 가고 있을 때였다. 최성민이 바로 그 여학생과 사이좋게 이야기하며 그의 앞을 지나갔다. 앞을 지나가면서도 그에게 인사를 안 했다. 그는 알 수 없는 일이라 생각하면서도 본 체도 안 하는 그들에게서 불쾌감 같은 것을 느꼈다. 불쾌와 고독감이 그의 가슴을 때렸다. 모든 학생들에게 불신과 농락을 받은 것처럼 느껴졌던 것이다. 정신이 없었다. 정신없이 집에 이르렀을 때였다. 딸애가 마중 나오듯 나와 대문을 열어 주며,

"아버지는 뭐예요?"

하고 김 교수를 찌를 듯이 불신하는 눈으로 쳐다봤다.

"뭐라니?"

김 교수는 어리둥절했다.

"엄마가 이젠 안 들어오신대요."

"뭐? 안 들어오다니……."

"당연하지 뭐예요. 아버지는 어머니에게 남편 구실을 했어요? 남편 구실 못하는 남편과 어떻게 살아요?"

딸애는 말을 그치기도 전부터 울기를 시작했다.

김 교수는 전혀 알지 못했던 새 지식을 안 것 같은 느낌이었다. 그러면서도 알 수 없는 일이라는 듯,

"엄마가 너희들두 사랑하지 않았니?"

하고 물었다. 아내가 자기를 사랑하지 않았다 해도 자식만은 사랑하는 줄 알고 있었기 때문이었다. 자식만이라도 사랑한다면 그래도 부부생활을 유지

할 수 있을 것 같았다. 그런데 딸애의 대답이 그를 더욱 놀라게 했다.

"자식보다 더 소중한 것이 있잖아요?"

딸애는 눈물을 흘려 가며 발악하듯 말했다. 그럴 수는 없다고 생각했다. 오십이 다 된 사람이라면 자식을 사랑하는 마음으로 다른 불만을 능히 참을 수 있지 않겠는가. 무관했을지는 모르지만 자기도 사랑하지 않은 것은 아니었는데……. 그는 딸애에게 아무 말도 못했다. 무엇인가 잘못한 데가 있는 것이라 생각하고 있을 때 딸애가 울음 섞인 목소리로 또,

"아버지 뭐예요, 네?"

그가 대답할 수 없는 말로 공박해 왔다. 학생들에게는 인생을 가장 잘 아는 것처럼 말하던 김 교수의 입이 실로 꿰맨 것처럼 붙어 있었다.

(원)《사상계 152》1965. 10, (출)『추정』성문각, 1968.

전사시대(前史時代)

제1부

바리메[鉢山里]는 그 동네의 뒷산 바리메[鉢山峯]의 이름을 그대로 따서 붙인 이름이다. 바리는 주발의 발이 음운변화로 생긴 말 같은데 사실 바리메는 꼭 주발을 거꾸로 엎어 놓은 것과 같은 형상을 하고 있다. 어느 산이나 다 위가 뾰족하고 밑이 넓은 법이지만 바리메는 그러한 형태가 균형져 있을 뿐 아니라 산에 바위가 하나도 없어 선이 매끄럽게 보이는 게 특징이다.

이 산의 삼분지 일은 우거진 소나무로 덮여 있고 나머지 삼분지 이는 억새 같은 풀로 덮여 꼭대기까지 이르고 있다. 소나무 숲은 동네와 맞붙어 있기 때문에 영수(永洙)는 서당에서 돌아와 저녁을 먹기 직전인 짧은 시간에도 차(새 잡는 틀)를 가지고 새를 잡으러 올라가곤 했다. 작은 차에는 아름답게 생긴 참새만한 피껍새가 잡혔다. 그것을 잡아서는 긴 실로 다리를 잡아매어 집 안에서 기른다. 새장이라는 것이 없기 때문에 방 안에 놔서 기르는 것이지만 피껍새는 제멋대로 날아다니다가 며칠이 안 가서 죽는다. 신경질적인 새여서 그런지 잡아다 놔두면 오래 살지를 못한다. 그러니 자꾸자꾸 잡아야 한다.

그리고 큰 차에는 까치만한 콩새가 잡힌다. 살이 많고 또 맛이 있는 새로 이것은 잡아다 구워 먹는다.

차를 나무 밑에 감춰 놓고 멀리 새들이 있는 데로 가서 쉬쉬하며 새를 쫓아 차가 있는 데로 몬다. 그러면 새들이 쫓겨 차가 있는 근처 나무에 앉았다가 숨겨 놓은 차에서 버러지가 오물오물 움직이는 것을 보고는 그것을 쪼아 먹다가 차에 치인다. 차에 치여 펄떡이는 것을 먼발로 바라보다가 뛰어가서 콩새를 산 채로 잡아 바짓가랑이 속에 넣는다. 그러면 콩새는 바짓가랑이 속에서 푸드득푸드득 날개를 치며 날으려고 한다. 그때의 쾌미란 형언할 수가 없다. 묵직한 바짓가랑이가 풀럭풀럭 하면 더 잡을 생각도 않고 집으로 뛰어온다.

"오만, 콩새 또 잡았다."

우선 어머니에게 자랑을 하고 바짓가랑이 속에서 콩새를 꺼낸다. 무섭기만 한 할아버지는 어린 영수가 콩새를 잡아와도 칭찬을 해 주지 않기 때문에 어머니에게만 자랑을 하는 것이었다.

"또 귀 먹간? 아궁지 속에 얼른 넣어라."

어머니는 할아버지 모르게 그것을 구워 먹게 한다. 영수는 털을 뽑고 내장을 꺼낸 뒤 그것을 아궁이 속에 넣어 구워서는 소금에 발라 먹는다. 참으로 맛이 고소했다. 그것을 많이 먹으면 밤눈이 밝아진다고도 한다. 그래서 영수는 겨울에서 봄에 이르는 동안 매일처럼 새를 잡으러 바리메에 올라가는 것이었다.

그러나 입춘이 지나고 바리메에 새 풀이 돋기 시작하면 영수는 새를 잡는 대신 풀뿌리를 캐먹기 시작한다. 쑥잎 비슷한 찰냉이 싹이 움트기 시작하면 손가락으로 흙을 파서 찰냉이 뿌리를 파 먹는다. 수분이 그리 많지 않으나 감칠맛이 있게 달다. 찰냉이와 비슷한 지러기(더덕 비슷하나 쓴 맛이 없다)도 있다. 물론 들에 가면 메가 있지만 메에 비할 것이 못 된다. 칡뿌리도 캐 먹는다. 설탕이라는 것이 별로 없던 시절이다. 더구나 시골에서는 설탕 구경은 고사하고 설탕이란 이름도 듣지 못하는 터였다. 그래서 당분을 섭취하기 위해 그런 풀뿌리를 뽑아 먹었는지도 모른다. 얼마 동안 풀부리를 캐먹고 나면 접둥이란 풀이 솟아난다. 쑥대처럼 대가 생기는 식물인데 그것이 세기 전에는 당분이 있어서 몇 움큼이라도 씹어 먹을 수가 있다. 진이 나는 식물이기 때문에 그것을 먹고 나면 입이 시꺼멓게 되지만 입이 시꺼멓게 되면 접둥이를 많이 뜯어 먹었다는 자랑도 된다.

접둥이를 뜯어 먹게 되면 싱아라는 것이 또 나온다. 그것도 길다란 대로 되어 있지만 접둥이보다 대가 굵다. 그리고 딸기보다 새큼한 맛이 도는 풀이다. 싱아를 먹고 나면 그 뒤 진달래가 핀다. 진달래 맛이야 대단치 않은 것이지만 그래도 그 연한 감촉 때문에 무진장 뜯어 먹는다.

겨울에서 봄이 되는 동안 바리메의 소년들은 하루도 빠지 않고 산에 오른다. 그런 것밖에 모르며 자라난 영수가 하루는 할아버지와 어머니와 함께 몸을 숨기기 위해 바리메 소나무 숲으로 올라가지 않으면 안 되었다.

양력 삼 월 초순이니 한참 풀뿌리를 파 먹을 때였지만 할아버지와 어머니와 같이 산에 오른 영수는 풀뿌리를 생각할 여유가 없었다. 오직 겁에 질린 눈으로 소나무 사이를 통해 자기의 집을 내려다보는데 간이 콩알만 해 있었다.

일본 순경(그때는 순금이라고 했다)들이 동네에 온 것이었다. 그것도 영수네 할아버지를 잡으러 온 것이었다.

일곱 살밖에 안 된 소년이었지만 영수는 일본 순경들이 할아버지를 잡으러 온 이유를 알고 있었다. 그렇기 때문에 할아버지와 어머니 손에 끌려 산 속으로 도망올 때 왜 도망가는 거냐고 묻지를 않았다. 동네 맨 끝에 살고 있는 살구나무집 아저씨가 달려와서 읍내로 가는 신작로 저쪽에 일본 순경들이 우리 동네로 걸어오고 있다는 말을 듣는 순간부터 영수는 겁에 질렸던 것이다.

"누구한테두 우리 집에서 태극기 만들었단 말하디 말아라."

할아버지와 어머니가 몇 번이나 다짐하던 말이 머리에 떠오르며 그것 때문에 할아버지는 잡혀가는 것이라 생각했던 것이다.

영수는 소나무 사이로 자기네 집을 내려다보며 일본 순경들이 산 속까지 쫓아오면 어떻게 하나 하고 가슴을 떨었다. 집에 왔다가 아무도 없는 빈 집을 보고 그냥 돌아갈 것 같지가 않았다.

혹시 모두 다 도망을 했다고 빈 집에다 불을 놓으면 어떻게 할까 하는 걱정도 했다. 정말 가슴이 떨렸다. 어제까지도 새를 잡으려 차를 놓고 새를 몰곤 하던 소나무 숲이다. 그 까치만한 콩새가 따콩따콩 울고 있었다. 알룩알룩 예쁘기만 한 피껍새가 피껍피껍 하고 울었다. 그러나 영수의 귀에는 새 소리도 들리지 않았다. 요란하게 짖는 동네 개들의 소리가 그저 어린 가슴을 죄게 할 뿐이었다.

"아버님, 왔디오? 새까만 입성을 입은 사람들이……."

어머니가 숨을 죽여 가며 영수네 집을 가리켰다.

"서너 명 되는가 부디."

할아버지는 그래도 노인이니까 겁이 적은지 비교적 태연하게 말했다.

영수는 네모난 자기 집과 장독대가 있는 뜰을 살펴보았다. 새까만 옷을 입은 사람들이 왔다갔다하는 것이 보였지만 셋인지 넷인지 분명히 셀 수가 없었다.

"그걸 잘 됐디?"

할아버지가 물었다.

"뒤지 속 달걀 바가지 밑에 감춰 뒀어요."

그리고는 할아버지와 어머니가 말을 잃고 있었다.

며칠 전 할아버지는 동네 청년 몇을 데려다가 집에서 그것을 만들었다. 넓다란 광목에다 사발을 대고 사발보다 더 큰 둥그러미를 그렸다. 둥그러미 속에는 퍼런 물감과 빨강 물감으로 색칠을 했다. 그 둥그러미 네 모퉁이에는 석 삼자 비슷한 줄을 그었다. 숨을 죽여 가며 깃발을 다 만들어 놓은 뒤 할아버지가,

"내일 밤이야."

한 마디를 하시고는 청년들을 돌려 보냈다.

다음 날 밤이었다. 동네 청년 사오십 명이 영수네 집 마당으로 모여들었다. 그때 할아버지가 전날 밤 만든 깃발을 길다란 장대에 매 가지고 나갔다. 영수도 따라나섰다. 달이 밝아 더욱 좋았다. 깃발을 앞세운 청년들이 동네를 한 바퀴 돌며,

"대한독립 만세"

를 소리 높여 불렀다.

오 리밖에 안 되는 읍내에서도 들으라는 듯이. 동네 앞 곽 초시네 밭에서는 더욱 크게 만세를 불렀다. 영수도 어른들을 따라 목청을 높여 두 손을 하늘로 올리며 만세를 불렀다.

그 깃발을 할아버지가 걱정하고 계신 것이었다.

영수는 가슴을 떨면서도 일본 순경들이 왜 그 깃발을 싫어하는지 몰랐다. 천을 훔쳐다가 만든 깃발은 아니었다. 누구를 때리고 싸운 것도 아닌데, 동네 사람끼리 만세만 부른 것을 가지고 할아버지를 잡아가려 하다니…….

"이젠 가나 부다."

"글쎄요. 아랫동네서 개들이 짖누만요."

할아버지와 어머니의 이야기였다. 사실 영수네 집 근처는 잠잠하고 아랫동네만이 개소리로 요란스러웠다. 얼마 안 있어,

"신작로루 나섰다."

"다 돌아들 가구 있쉬다."

영수의 눈에도 읍내로 가는 신작로에 검은 양복을 입은 순경들이 보였다. 세 명이었다. 영수는 한숨을 쉬었다. 왔다가 그냥 돌아가니 아무 일도 없는 것이라 생각되었던 것이다. 그러나 할아버지와 어머니와 함께 집으로 내려올 때 그의 가슴은 여전히 두근거렸다. 일본 순경들이 새 잡는 차 같은 것을 땅속에 파묻어 두어 잘못 걸어 들어가다가는 그 차에 치여 콩새처럼 꼼짝도 못하게 되지나 않을까 하는 겁이 났던 것이다.

조심스럽게 마당을 지나 대문 안으로 들어섰을 때였다.

"쌍놈들!"

어머니가 우뚝 섰다. 할아버지도 그랬다. 영수는 웬일인가 하고 뜰 안을 들여다보았다. 네모진 뜰에는 새까만 물이 그득 괴어 있었다. 그리고 간장 냄새가 코를 찔렀다. 뜰 안에 있는 장독대의 독이라곤 모조리 깨어져 있었다. 그리고 간장 바다가 된 뜰 안에는 재봉틀과 옷가지들이 널려 있었다.

어머니는 무엇보다도 먼저 재봉틀 대가리를 건져 냈다. 그리고는 녹이 슬어 못 쓰게 될 것이라면서 걸레로 간장을 닦고 있었다. 그러나 할아버지는 그런 것은 아랑곳하지 않고 방 안으로 뛰어들어가 뒤지(옷장) 속을 뒤지기

시작했다. 잠시 후 다시 뜰로 나온 할아버지가,

"이건 못 봤구ㄴ."

하며 태극기를 펼쳐 보이었다.

"하나님께서 도와 주셨군요."

어머니는 그 자리에서 고개를 숙이고 감사를 드렸다.

"글쎄 달걀 바가지는 비워 놓구 그 밑에 있던 태극기는 보디를 못했구나."

"달걀 먹기에 정신이 나갔던 모양이디오?"

다행한 일이 아닐 수 없었다. 계란 몇 개를 잃어버렸지만 조금도 아깝지 않은 마음에 할아버지와 어머니는 한숨을 내쉬었다.

그 날 밤 영수네 집에서는 기독교인들이 모여 기도회를 열었다. 달걀로 일본 순경들의 눈을 어둡게 하신 하느님의 은혜에 감사드리는 기도였다.

그러나 며칠이 안 되어 일본 순경들은 밤이 깊은 때를 골라 영수네 집엘 다시 왔다. 그리고 할아버지를 붙잡아 가고야 말았다. 그뿐만도 아니었다. 평양에서 목사 일을 보고 있던 아버지도 붙잡혀 갔다는 소식이 왔다.

어머니와 영수는 수심에 잠긴 나날을 보내지 않을 수 없었다.

영수는 그래도 서당엘 다녔지만 글공부가 제대로 될 리 없었다. 새를 잡으러 나가지도 못했다. 풀뿌리를 캐먹으러 다니지도 못했다.

어머니는 함종(咸從)읍에서도 삼십 리나 되는 강서(江西)경찰서로 할아버지를 면회하러 가끔 가셨다. 갔다 와서는 한숨만 쉬었다. 아버지 걱정을 하는 것이었다. 평양에는 고모네가 살고 있기 때문에 아버지의 옷과 음식은 고모네가 차입을 해 주고 있었다. 평양까지는 백 리 길이 넘는데 어머니가 평양에 간다면 영수가 혼자 남게 된다. 그래서 어머니는 당일로 갔다 올 수 있는 강서골에만 다니었는데 강서경찰서에 갔다 오기만 하면 한숨을 짓고 눈물까지 흘리곤 했다.

"오만, 할아버지 얼굴 봤어?"

영수가 물으면,

"웅, 봤다. 칠십이 다 되신 할아버지가 그래두 우리 걱정을 하구 계시더라."

하고 치맛자락으로 눈물을 닦았다.

정말 할아버지는 칠십이 거의 다 되었다. 영수하고 동갑이라는 말을 늘 했는데 영수보다 꼭 육십 년 위였다. 예순일곱이면 칠십 노인이 아니고 무엇이겠는가?

"언제나 나온데?"

"글쎄, 그런 노인을 가둬서 뭣하니. 내놓을 생각도 안 하는 것 같더라."

"디옥 같은 데서 살갔네."

"그렇디. 유티당이 디옥보다 날 것 있갔니……."

영수는 예배당에서 늘 듣는 지옥을 생각해 보았다. 숨이 콱콱 막히는 불구덩이. 사방이 불이지만 몸은 타지 않는다. 그러니 얼마나 안타까울까?

알 수 없는 일이었다. 깃발을 만들어 만세를 한 번 부른 것이 무슨 죄가 되어 그런 지옥 같은 유치장에 할아버지를 가두어 둘까?

"아버지는 어떻게 디나시는디 모르갔다."

드디어 어머니는 아버지 걱정을 하셨다.

"오만, 평양에두 한 번 갔다 오디 왜."

영수는 어른처럼 어머니에게 말했다.

"너두 가간?"

어머니는 영수가 같이 가기만 하면 평양에 갈 생각이었다. 그러나 영수는 평양에 가고 싶지 않았다. 오십 리를 걸어가야 기차를 타는데 오십 리 걷는 것이 무서워서는 아니었다. 지옥과 같은 곳에 갇혀 있는 아버지 보기가 무서웠던 것이다. 아버지가 괴로워하는 것을 어떻게 볼 수 있담.

"난 안 갈래. 나 혼자 밥해 먹구 살디 뭐."

"네가 열 살만 났대두……."

어머니는 영수가 어려서 오십 리 길을 걷지 못할 것이라 생각한 모양이었다.

봄이 지나고 또 여름이 되었다. 어머니는 밭에 나가 농사를 지어야 했고 영수는 들에 나가 소를 먹여야 했다. 영수는 큰 암소를 끌고 들로 나가 풀을 먹여야 했지만 그 일이 귀찮은 줄을 몰랐다. 새벽에 나갔다가 저녁 늦게야 돌아오는 어머니가 불쌍할 뿐이었다. 아버지가 교회 일을 보고 할아버지가 집에서 감농(監農)을 하시면 어머니가 그런 고생을 안 해도 괜찮을 것이 아닌가? 한 해 여름에 어머니 허리가 눈에 보이도록 굽어진 것 같았다. 밭의 김을 매기에 허리가 얼마나 아팠을까?

밤을 따기 시작한, 추석이 조금 지난 어떤 날 반 년만에 할아버지가 돌아왔다. 할아버지는 여섯 달 동안이나 고생을 했는데도 정정했다. 며칠도 쉬지 않고 들엘 나갔고 산엘 올랐다.

영수는 밤을 따러 산에 갈 때는 할아버지를 따라나섰다. 조그마한 구럭을 메고 산에 가서는 할아버지가 장대로 떨어뜨리는 밤송이를 주워 담아 가지고 왔다. 집에서 밤송이를 까고 밤알을 주워 내며 그 풋밤을 씹어 먹는 맛이란……

평양 감옥에 갇혀 있는 아버지가 아직 나오지 못했지만 영수는 그래도 할아버지 밑에서 별 걱정을 안 하고 지냈다.

그런데 다음 해 이른 봄 아버지가 감옥에서 돌아갔다는 말을 들었다. 할아버지는 걸어서 평양으로 떠났다. 어머니는 동네 사람들의 주선으로 말을 타고 떠났다. 그때 어머니가 같이 가자고 했다. 말에 안장을 얹고 양 옆에 빈 사과상자를 비끄러매어서 말 위는 평상을 깔아 놓은 것처럼 평평했다. 그 위에 올라앉기만 하면 편안히 갈 수가 있었지만 영수는 그때도 고개를 흔들었다. 그저 무서웠던 것이다. 일본 사람들이 무섭다는 공포심이 어린 영수 마음을 풀어 주지 않았다. 모두가 무섭기만 할 것 같았다. 상주니까 가야한다고들 했지만 영수는 끝내 말을 타지 않았다.

장례식을 끝내고 돌아온 할아버지와 어머니가 수심 속에서도 장례식 때 찍은 사진들을 보며,

"그런 장례식은 평양서두 처음이었다더라."

"한 삼천 명 모였디요?"

"머리 풀구 소복 입은 녀학생만두 오백 명은 될 것 같더라."

아버지의 장례식을 자랑삼아 이야기했다. 그때 영수는 자기도 갔더면 하

고 생각했지만 안 간 것을 그리 후회하지 않았다. 어린 영수의 마음 속에는 자기도 모르는 공포심이 너무나 크게 자리잡고 있었던 것이다.

아버지가 돌아가신 지 얼마 안 있어 읍내 보통학교 훈도들이 학생 모집을 왔다. 학교 선생들인데도 순경과 비슷한 검정 옷을 입었고 순경 비슷한 칼을 차고 있었다. 영수는 그런 훈도들을 보자 만세를 부른 뒤 할아버지와 어머니와 같이 도망갔던 바리메 소나무 숲 속으로 도망가 숨었다. 아랫동네 개들이 요란하게 짖고 훈도들이 도망가는 것을 바라보고서야 집으로 돌아왔다. 그때 할아버지가,

"너 보통학교 다녀야디, 어칼래?"

하고 걱정했다. 그러나 영수는,

"그냥 서당에 대니갔시오."

하고 대답했고 한 해 동안 서당엘 더 다녔다.

제2부

이십 년 뒤 영수는 할아버지가 갇히었던 바로 그 경찰서 유치장에 갇히게 되었다. 할아버지가 돌아가신 지 사 년이 지난 겨울이었다. 무엇 때문에 붙잡혔는지 영수는 서울에서 이송되어 강서에 이르기까지 그 이유를 몰랐다.

십일 월 하순경이었다. 전문학교를 졸업한 지 일 년이 가깝도록 취직이 안 되어 실의 속에 나날을 보내고 있을 때 생각지도 않았던 손님이 하숙방으로 찾아왔다. 그 손님은 자기가 누구란 것도 설명하지 않고 영수의 손을 오랏줄로 묶었다. 그리고는 가자는 것이었다.

영수는 웬 영문인지를 몰랐다. 그렇다고 해서 왜 붙잡아 가느냐고 물을 수도 없었다. 죄를 지은 기억이 없는데도 반항은커녕 잡아가는 이유도 물을 수 없으리 만큼 공포에 떨었던 것이다. 일제 시대의 경찰이란 노예의 주인보다도 더 무서웠으니까.

생전 처음으로 유치장에서 밤을 보냈다. 밥이 목구멍에 넘어갈 리 없었고 잠이 올 까닭이 없었다.

다음 날 아침 영수는 유치장에서 끌려 나와 어제처럼 오랏줄에 묶이어 거

리로 나와 전차를 탔다. 어디로 가는 것인지 몰랐다. 그래도 묻지를 못했다.

서울역 앞에서 전차를 내리자 영수를 끌고 가던 형사가 영수를 서울역으로 끌고 갔다. 아침이었기 때문에 서울역에는 영수가 졸업한 S전문학교 학생과 선생들이 차를 기다리고 있었다. 영수는 부끄러웠다. 자기의 죄명을 알았다면 그렇지도 않았을지 모른다. 무엇 때문에 묶여 가고 있는지를 모르기 때문에 남들에게 파렴치범처럼 보일 것이 겁났던 것이다.

영수는 고개를 들지 못하고 플랫폼까지 나아가 경의선(京義線) 열차에 올랐다. 열차 속에 앉아서도 그는 형사에게 자기가 무엇 때문에 붙잡혀 가는가를 묻지 못했다. 아무리 일제의 형사라 해도 같은 한국 사람이니 통사정을 해 볼 수도 있을 것이지만 영수는 그 한국인 형사가 일본 사람보다도 더 무섭다고 생각했다. 일본 사람들 앞에서 일을 하려면 일본 사람들에게 잘 보이지 않을 수 없다. 잘 보이기 위해서는 일본 사람들보다도 더 무섭게 한국 사람을 혹독하게 다루어야 한다는 것을 알고 있기 때문이었다.

도중 평양경찰서 유치장에서 또 한 밤을 지냈다. 한 방에 들었던 어떤 사람이 끌려 나가 심한 고문을 받았다. 고문실이 어디쯤 있는지 고문당하는 사람의 비명소리가 바로 옆방에서처럼 똑똑히 들렸다.

영수는 소름이 온몸에 끼침을 느꼈다. 자기도 저런 고문을 받을 것이란 생각이 들었던 것도 사실이지만 아버지가 이 경찰서에서 고문을 받았으리라는 생각이 들었기 때문이었다. 아버지는 그 당시 서른여섯 살의 젊은 목사였다. 젊은 목사이면서도 평양에서 감리교(監理敎) 가운데 가장 큰 교회라는 남산재(南山峴) 교회를 맡고 있었다. 가족은 시골에 내버려 둔 채 돌보지도 않고 교회 일에 헌신했다. 그러다가 독립 만세 사건이 일어났을 때 최선봉에 나서서 교인들을 지휘하다가 체포되었다. 그러니 고문도 심했을 것이다. 고문 때문에 복막염이 걸려 옥사를 했다.

아버지를 옥사케 한 고문. 그 고문만 아니었다면 아버지는 아직도 살아 있을 것이다. 아버지가 옥사를 했기 때문에 선교회에서 나오는 자녀 교육비로 영수는 중학교와 전문학교를 졸업할 수 있었다. 그러나 반 보조 반 고학이었다. 어머니는 순전한 소작농으로 땅을 파야 먹고 살 수 있는 형편이다.

만약 아버지가 살아 있다면 어머니는 고생을 안 해도 좋을 것이 아닌가? 자기만이라도 학교를 나오자 취직이 되었다면 어머니를 모실 수가 있을 것이다. 그러나 학교를 졸업한 지 일 년이 되도록 취직을 못했다. 혼자서 연명해 나가기도 힘들 지경이다.

그 무서운 고문을 지금 어떤 청년이 당하고 있다. 영수는 그 청년이 살아서 돌아올 것인가를 걱정했다. 밤이 깊어서 청년이 돌아왔다. 그러나 기운이 하나도 없었다.

"때립데까?"

수감자 한 명이 물었다.

"때리구 물을 먹이고, 죽는 줄 알았지요."

고문당하고 온 청년이 울상이 되어 대답했다.

영수는 그 청년에게 무슨 일로 그런 고문까지 받았느냐고 묻고 싶었다. 그러나 입이 열리지 않았다. 묻는 자체가 무서운 일 같았던 것이다.

다음 날 아침 영수는 또 끌려 나가 이번에는 버스를 탔다. 고향 근처까지 왔으니 고향으로 가는 것이라 생각되었지만 영수는 어디로 가는 것이냐고 묻지를 못했다.

버스를 타고 한 시간쯤 가서 내린 곳은 틀림없는 강서였다. 할아버지가 육 개월 동안 고생하신 곳이다.

올 데를 다 왔다고 생각한 영수는 이제부터 자기에게도 고문이 있을 것을 예감했다.

영수를 잡아 가지고 예까지 끌고 온 형사가 영수를 묶어 맨 오랏줄을 잡은 채 경찰서 사무실로 들어갔다. 그리고는 고등계 주임인 일본 수사부장 앞으로 가서 거수경례를 하고,

"성공했습니다."

하고 영수를 가리켰다. 수고했다는 일본인 부장의 치하 말이 나오자 옆에서 일하던 순사들이,

"거물을 잡았군……."

합창하듯이 말했다.

영수는 자기의 죄목이 무엇인지를 모르면서도 가슴이 뜨끔했다. 거물이
라니 굉장히 큰 죄를 지은 사람으로 취급당하는 것이 분명했다. 그렇다면
고문도 그만큼 혹심하게 당할 것이 분명했다.

운동회에서 우승컵을 탄 선수가 그 우승컵을 가지고 자기 상관에게 가서
보고 겸 자랑을 하는 것처럼 영수를 잡아 온 형사는 의기양양했다. 영수를
고등계 주임 옆 마룻바닥에 앉히고 오랏줄을 책상다리에 맸다. 개처럼.

영수는 소위 거물인 자기를 감상하려는 것이라고 생각했다. 자기 옆을 지
나다니는 순사들마다,

"자아식!"

하고는 경멸의 눈초리를 던졌다. 어떤 순사는,

"숨을 재간이 없었니?"

"운이 진했구나……."

조소를 보내기도 했다.

그 날 밤 영수는 오랏줄에 비끄러매인 채 책상 옆에서 잤다. 가마때기 한
잎을 깔고 담요 한 장을 덮었다. 무척 추웠다. 차라리 유치장 속에 넣어 주
었으면 춥지만은 않을 것인데 왜 유치장에 넣지 않고 사무실 마룻바닥에 재
우는 것일까? 마룻바닥에 뱉은 침이 꽁꽁 얼었다. 그러나 춥다는 생각보다
도 자기 죄가 무엇일까 하는데 더 정신이 쏠렸다. 아무리 생각해도 죄 될 일
을 한 기억이 없었다. 그렇지만 아무 죄 없는 사람을 가지고 거물이란 말을
할 수 있을까? 정말 모를 일이었다.

무슨 죄를 뒤집어씌우려는 연극은 아닐까? 만약 그런 연극이라면 고문이
더 심할 것이 사실이다. 나도 아버지처럼 될 것인가?

다음 날 아침 영수는 드디어 고문실로 끌려갔다. 숯불이 담겨 있는 화로
가 있고 검도(劍刀)에 쓰는 '시나이더'(여러 조각의 참대로 만들어진 몽치)가
있었다. 호떡집 걸상 같은 데 앉았는데 그 옆에는 물주전자도 있었다.

영수는 눈을 감았다. 자기 몸에 닥쳐올 고문이 무서웠던 것이다.

고등계 주임인 일본인 순사부장이 직접 심문을 시작했다. 주소 성명을 묻
고 할아버지와 아버지 이름을 주워섬겼다. 그러니 너의 집안 전부가 옳지

못한 사람들이라는 것을 알려 주는 말이리라.

영수는 생각했다. 어떤 죄를 뒤집어씌운다고 해도 반항을 말자. 고문 대신 감옥살이를 하자. 그래야 아버지처럼 죽지를 않는다.

집안 이야기가 끝나자 순사부장은,

"고××를 알지?"

하고 물었다.

고××는 바리메에서 십 리쯤 떨어져 있는 골메라는 마을에 사는 사람이다. 중학교 다닐 때 친하게 지냈고 또 문학 클럽을 만들어 시와 수필을 써서 서로 감상을 했다. 그 친구가 농촌에서 어떤 운동을 하다가 잡혔단 말인가?

"네, 압니다."

영수는 고분고분 대답했다.

"그 사람과 지낸 이야기를 해 봐."

영수는 요령 있게 대답할 말이 생각나지 않았다. 될 수 있으면 그들이 원하는 대로 이야기를 해 주고 싶었지만, 고××가 무슨 죄를 지었는지 그것을 모르는 이상 고등계 주임이 만족해할 말을 꾸밀 수가 없었다. 그래서,

"고××가 무슨 죄를 졌습니까?"

하고 물었다.

"건방지게, 묻는 말이나 대답해."

고등계 주임의 말소리가 거칠어지기 시작했다. 영수는 학생 시절의 문학 클럽 이야기를 했다. 그 밖에 한 가지 더 이야기하고 싶은 것이 있었다. 그러나 묻지 않는 말을 해서 새로운 죄까지 만들 필요가 없다고 생각한 나머지 그 이야기는 입 밖에 꺼내지 않았다.

"언제 골메에 갔었지?"

고등계 주임은 영수가 안 한 이야기까지 끌어 내려는 것 같았다.

"전문학교 삼 학년 때니까 지금부터 삼 년 전입니다."

"그때 가서는 무슨 이야기를 했나?"

문제는 거기 있는 모양이었다.

"아직두 문학공부를 하느냐구 물었습니다. 그리구 동네 청년들을 지도해

서 문학들을 하게 해 보라구 말했습니다."

영수는 삼 년 전 여름방학 때 골메를 지나간 일이 있었다. 그때 골메에서 십 리쯤 서쪽으로 들어간 해변가에서 불이농장(不二農場)이 간사지(干瀉地)를 막고 있었기 때문이었다. 몇십 리나 되는 간사지에 봇둑을 막고, 바닷물이 들어오지 못하게 한 뒤 간사지를 개간하려는 그 공사를 구경하러 갔던 것이다. 굉장히 큰 공사였다. 한국 사람으로는 도저히 생각도 할 수 없는 어마어마한 공사가 일본 사람의 손에 의해 이루어지고 있음을 볼 때 영수는 또 하나의 슬픔을 느꼈다. 저 농장에 들어가 소작인이 되어 일본 사람의 배를 기름지게 할 사람은 오직 한국 사람일 것이라고. 그래서 돌아오는 길에 고××를 만났다. 문학 클럽 같은 것이라도 만들어 글을 쓰게 하면 청년들이 현실을 좀더 정시할 수 있지 않을까 하는 생각에서였다. 그것뿐이었다. 그러나 영수는 불이농장 이야기를 안 했다. 그런 말을 했다가는 정말 화가 치밀지도 모른다는 생각에서였다.

"똑바루 말해. 알았지?"

고등계 주임이 협박을 했다. 고문이 시작될 기세였다.

"솔직하게 전부를 말씀드리겠습니다. 그래 고××가 무엇을 했습니까?"

"독서회를 조직했단 말이야. 그 지도는 네가 하구."

기막힌 말이었다. 당시의 독서회는 공산주의 운동의 초보적인 조직체라고 해서 일본 경찰이 마구 탄압하던 것이었다. 그러나 고문이 무서워 영수는,

"네, 제가 지도했다구 말할 수 있습니다. 문학서클을 만들라구 했으니까요."

하고 자기의 죄를 시인했다.

"어떻게 지도를 했나?"

"불행히 학교 다니고 있던 때라 서울에 가느라고 그 이상 더 지도를 못했습니다."

"좋아──."

심문은 일단 거기서 끝났다. 영수는 고문당하지 않은 것만을 다행으로 생각했다. 고문실에서 나오자 이 날은 영수를 유치장으로 들여보냈다. 할아버

지가 여섯 달이나 계시던 유치장이란 생각을 하며 일종의 향수 같은 것을 느끼게 하는 곳이었다. 그런데 세 개밖에 없는 유치장은 시골 청년으로 초만원을 이루고 있었다. 유치장이 모자라 연무장(宴武場)에까지 유치되어 있다는 말을 들었지만 그들이 모두 독서회 사건으로 온 줄은 몰랐다. 영수는 그들이 자기 모르는 동안 조직활동을 한 것이라고 생각했다. 동시에 그런 조직활동의 지도자격이 된 자기가 거물이란 말을 듣게 된 것도 무리는 아니라고 생각했다.

그러나 유치장 안에서 지방 청년들의 말을 들으면 그들이 한 일은 하나도 없다는 것이었다. 문학서클을 만들어 시나 수필을 써서 돌려 가며 읽은 것이 한 번 있을 뿐 그 뒤에는 문학 활동도 없었다고 했다. 불이농장에 소작인을 넣기 시작하게 되니까 소작인들이 조직체를 만들어 소작쟁의라도 일으킬까 겁을 먹은 나머지 그런 명목으로 좀 똑똑하다는 청년들을 전부 잡아 넣었다는 것이었다.

영수는 고××도 잡혀 왔느냐고 물었다. 잡혀 오기는 했지만 그 동안 ×× 보통학교 선생으로 가 있었기 때문에 동네에서는 살지도 않았다는 대답이었다.

엉터리 같은 사건이었다. 그런데도 영수는 거의 매일처럼 불려 나가 심문을 받았다. 그리고 영수는 그들이 묻는 대로 대답하여 정말 독서회의 지도자가 되고 말았다. 그러나 기적적으로 고문은 당하지 않았다.

한 달쯤 지나 어머니가 면회를 왔다. 할아버지와 아버지를 생각하며 슬픔에 젖어 있는 어머니였다. 그래도 영수는,

"오만, 난 몸이 건강하니끼니 걱정하디 말라우요."

그새 안 쓰던 사투리까지 쓰며 어머니를 위로했다. 죄명은 크지만 죽지는 않을 테니 걱정 말라는 뜻이었다. 사실 영수의 염원은 죽지 말아야 한다는 것뿐이었다. 그래야 어머니를 공양할 수가 있다. 불쌍한 어머니라 아니 할 수 없다. 자식이 전문학교까지 졸업했는데도 자작농으로 농사를 손수 지어야 겨우 입에 풀칠할 수 있는 어머니가 아닌가? 어머니를 위해서 살아야 한다.

심문이 끝나고 조서까지 다 꾸며졌는데도 재판소의 검사가 오지 않아 감

옥소로 넘겨 보내지를 않았다. 검사의 일이 너무 많아 틈을 낼 수 없다는 것이었다. 그래서 영수는 몇 달을 유치장 속에서 살아야만 했다. 그럴 수는 없는 일이었다. 죄가 있으면 재판을 해서 징역을 언도하거나 죄가 없으면 석방을 해야 한다. 그런데도 영수는 다섯 달을 말 한 마디 못하고 유치장 속에서 썩었던 것이다.

세수도 할 수 없고 운동도 할 수 없는 유치장보다 감옥이 훨씬 낫다고들 했다. 영수도 빨리 감옥으로 보내 줬으면 하고 생각했다. 그런데 여섯 달째 되는 오 월 어떤 날 드디어 검사라는 사람이 왔다. 검사는 왔지만 피의자들을 하나하나 만나지 않았다. 그래도 검사가 왔다 간 이상 그들이 유치장에서 감옥으로 옮겨질 것만은 틀림없었다. 영수는 기분이 홀가분해지는 것 같았다.

그런데 이삼 일이 지난 어떤 날 영수는 석방이 되었다. 뜻하지 않은 일이었다. 영수뿐 아니라 연류자 전부가 석방이었다.

아무 죄도 없으며 여섯 달을 고생한 억울함보다도 태양을 자유롭게 볼 수 있는 즐거움이 더 컸다.

할아버지도 여섯 달만에 나오셨는데…….

영수는 운명 같은 것을 생각하며 어머니가 있는 고향으로 갔다.

제3부

1945년 8월, 소련이 일본에 선전포고를 하고 소만국경에서 소련군과 일본군과의 전투가 벌어진 지 며칠도 안 된 날, 일본은 미국을 비롯한 연합군에게 항복을 선언했다.

일본이 항복하자 일본군이 점령하고 있던 만주에는 중앙군(中央軍 — 蔣介石軍)이 진입한다고 만주 사람들이 좋아서 떠들었다. 그러나 만주에서 반관반민단체인 H회에 근무하고 있던 영수는 불안해지기 시작했다. 장개석군은 일본 사람을 미워하는 나머지 일본 옷이나 게다(나막신)는 물론 일본 말 서적까지 압수한다고 했다. 유치장을 나온 뒤 삼 년 동안 영수는 취직운동을 했지만 끝내 취직을 못했다. 그때 만주의 친일단체인 H회에서 조선인을 쓴다는 말을 듣고 만주로 왔다. 오직 목숨을 살리기 위해서였다. 특히 불온 분자로 블랙 리스트에 올라 있는 그로서 어찌할 수 없는 일이었다. 할아버지와 아버지를 생각할 여유가 없었다. 그래서 영수는 이름까지 일본식으로 기노시다(木下)라 고쳤고 직장에서 집으로 돌아오면 유까다(일본 여름옷)나 단젱(일본 겨울옷)을 입고 게다를 신는 생활을 하지 않을 수 없었다. 그러니 장개석군이 들어오면 일본인의 앞잡이라고 어떤 해를 끼칠지 모른다. 그래서 그는 일본 옷들과 게다 그리고 일본 서적들을 전부 태워 버렸다. 그러나 그렇다고 해서 안심되는 것은 아니었다. H회라고 하면 오족협화(五族協和)를 표면에 내세우면서 일본정책을 실천한 정신적인 강력한 조직체였다. 그런 만큼 만주 사람 전체가 H회에 대한 원한 같은 것을 품고 있다. 그런 기관에 있던 사람을 장개석군이 들어오기 전 만주 사람들이 먼저 처리할지도 모른다. 그것은 영수의 불안뿐이 아니었다. 일본인 밑에서 일하던 선계(鮮系)는 물론 일본인들의 이간정책으로 만주 사람들과 친밀하게 지내지 못하던 선계는 너 나 할 것 없이 품고 있는 불안이었다.

하루는 그래도 영수와 개인적으로 친밀하던 만주 사람 B가 찾아와 사태가 위험할지도 모르니 자기 집에 가서 몸을 피하고 있으란 말을 했다. 영수는 B에게 감사를 느꼈으나 그 말을 듣자 불안이 더 커져 도리어 B의 집에 가지를 못했다.

그 날 밤 만주 사람들이 관청과 일본 사람들의 집을 털고 돈과 물건들을 약탈했다. 선계들의 불안은 극도에 달했다. 다음 차례는 선계일 것 같았기 때문이었다. 그래서 다음 날 선계들은 될 수 있는 대로 집단을 지어 살도록 했다. 영수는 선계가 경영하는 정미소로 짐들을 옮겨 갔다.

다행히 며칠 동안은 아무 일 없었다. 도리어 중앙군이 들어오기만 하면 한국 사람들을 극력 보호한다는 방송이 있었다고 하여 만주 사람들이 선계를 호감으로 달렸다. 그래서 한국 사람들은 하루빨리 장개석군이 들어오기를 기다렸지만 기다리는 장개석군은 좀체로 들어오지 않았다. 그 대신 들어온 것은 뜻밖에도 소련군이었다. 소련군이 들어올 때 만주 사람이나 한국 사람이 똑같이 실망했지만 그들은 잠시 들어왔다가 중앙군에게 실권을 넘겨 주는 것이라고들 생각했다. 그리고 소련군은 얼마 동안 만주 사람이나 한국 사람을 조금도 경계하지 않았다. 다만 일본 사람들만 모아서 남자들은 기차를 태워 어디론가 보냈고 여자들은 마음대로 겁탈을 했다.

영수는 겁탈을 강하면서도 반항조차 못하는 일본 여자들 이야기를 들을 때 정말 인생의 허무를 느꼈다. 며칠 전까지만 해도 그 세력이 빨랫줄 같던 일본 사람들이다. 천하에 무서울 것이 없던 일본 사람들이 전쟁에 지자 하루아침에 생명의 권리조차 주장할 수 없는 그런 인간들로 변하였다.

일본 여자들이 열을 지어 거리로 행진하는 것을 영수는 목도했다. 모두가 내노라 하던 여자들이다. 영수는 H회에서도 국방부인회(國防婦人會)를 맡아 보고 있었기 때문에 일본 여자들의 얼굴을 대부분 짐작하고 있다. 부현장(副縣長) 부인, 만철(滿鐵) 탄광사장 부인, 농사합작사 이사장 부인 등 모두가 각 기관에서 으뜸 노릇을 하던 사람들의 부인이다. 그런 일본 여자 사십여 명이 힘 하나 없이 어깨를 늘어뜨리고 게다짝을 끌며 걷는 것을 볼 때 국민이란 국가를 잘 타고나야 한다는 것을 절실히 느꼈다.

영수는 일본 여자의 대열 속에서 수비대장(守備隊長) 부인을 보았다. 삼십이 될까말까 한 여자다. 국방부인회 일로 만나면 자기가 에돗고(江戶子＝東京 태생)라면서 고등지식을 자랑하던 명랑한 여성이었다. 언젠가 일본 소설『전락(轉落)의 시집(詩集)』을 읽고 그 이야기를 하다가,

"문학을 좋아하시는군요. 이야기가 통하겠는데."
한 뒤부터 영수에게 호감을 보이던 여자였다.

얼굴도 예뻤지만 지성도 있었다. 그리고 일본 여성 특유의 애교를 가지고 영수를 대했기 때문에 영수도 적지 않은 호기심을 가졌었다. 언젠가는 자기 집으로 놀러 오라는 말까지 했었다. 다행히 그미에게는 어린애가 없었다. 또 남편은 퇴근시간이 아니면 늘 집을 비운다. 방해될 것이 없었다. 그래서 영수는 그미의 집을 찾아갈 생각을 하고 있었다.

영수는『적과 흑』에 나오는 레날 부인을 생각했던 것이다. 적개심을 가지고 귀족부인을 사랑하는 척하며 정조를 유린하는 그 소설 이야기를 실현해 볼 생각이었다

얼마나 통쾌한 일일까? 만주국을 한 손에 쥐고 마음대로 흔드는 관동군(關東軍)의 수비대장 부인이다. 비록 대위에 지나지 않지만 현(縣)에서는 일본인 부현장보다도 더 무서운 존재다. 그러한 수비대장 부인을 정복한다면 이때까지 받아 온 민족적 설움을 씻을 수가 있을 것 같았다. 어렸을 때부터 느껴 오던 일본인에 대한 공포심과 증오심을 수비대장 부인 정복에 불태워 버리자.

그런 생각은 그때가 처음이 아니었다. 일계(日系)니 선계니 또는 만계(滿系)니 해 가지고 민족을 구별한 다음, 월급은 물론 물품 배급통장까지 차이를 두고 따로따로 만들어 줄 때 민족적 설움은 그칠 새가 없었다. 무슨 기관에서나 실권을 잡고 있는 것은 일본 사람이었다. 일은 가장 많이 하면서도 책임 있는 자리를 차지할 수 없었던 선계의 설움.

영수는 자기가 일보는 H회의 기관장과 나이가 비슷했다. 그런데도 그 기관장은 영수를 부를 때 언제나 아무 아무개 군(君) 하고 해라를 했다. 그이뿐 아니었다. 청소년 반장(靑少年班長)인 C는 영수보다 지위와 또 나이가 아랜데도 영수더러 군이라 부르며 반말질을 했다. 오직 일본 사람이라는 이유에서였다. 영수는 그런 말을 들을 때마다 눈에서 불이 튀는 것 같았다. 그래도 나라 없는 백성이라 참지 않을 수 없었다. 그래서 한 번은 신경(新京) 출장을 가서 일본 유곽(遊廓)을 찾아갔다. 일본 여자를 정복해 보고 싶었던 것이다. 사실은 정복도 아니겠지만. 돈으로 일본 여자의 육체를 산다는 통쾌감을 느끼며 그것으로 일본인에 대한 복수를 대행하려 했던 것이다. 그러나 일본 유곽 현관에 들어가자 일본 여자들은 영수를 어떻게 선계인 줄 알았던지 선계는 들어올 수 없다고 거절을 했다. 영수는 더할 수 없는 수치와 더불어 경멸감에서 오는 분노를 느꼈다. 수치와 분노를 느끼면서도 나라 없는 백성이니 어디 가서 호소할 수도 없었다.

그런 일이 있었던 만큼 수비대장 부인과 접촉을 할 때 그는 이것이야말로 하늘이 준 기회라 생각했다.

그러나 그는 끝내 수비대장 집엘 가지 못했다. 밤낮 긴 칼을 차고 다니는 그미의 남편 수비대장이 무서웠던 것이다. 만약 그런 마음을 먹고 집으로 찾아갔을 때 수비대장이 집에 와서 이런 자기를 본다면 당장에 그 긴 검으로 자기 목을 자를 것만 같았던 것이다. 또 수비대장 부인이 그런 자기 마음을 알고 자기 남편과 짜고 자기를 초대하는지도 모른다. 그녀가 자기에게 호감을 가진 척하지만 그것이 연극인지 누가 알 것인가?

그러한 수비대장 부인이 며칠 사이에 소련군에게 겁탈을 당했을지 모른다. 그리고 언제 겁탈을 당할지 모르는 집단수용소로 지금 끌려가고 있는 것이다.

영수는 그때 수비대장 부인을 정복하지 못한 것을 후회할 정신적 여유가 없었다. 우선 자기가 불안한 상태에 놓여 있었다. 그리고 수비대장 부인이 너무나 초라해 보였던 것이다. 커다란 보자기에 무엇인가 그득 싸서 둘러메고 걸어가고 있다. 무엇이 들었는지 모르지만 자기가 가지고 갈 수 있는 재산의 전부일 것이다. 그것으로 얼마 동안이나 살 수 있을까?

에돗고라고 자랑하던 명랑한 얼굴은 자취를 감추고 초라하기만 한 그 얼굴. 영수는 나라가 없던 자기만도 못한 사람들이라고 생각했다.

일본 사람들이 한 명도 남지 않게 되면서부터 소련 군인은 점점 그 수효가 늘었다. 쌀 그리고 탄광에 있던 기계도 값나가는 것들을 기차로 실어 어디론가 가져갔다. 그리고 선계를 숙청한다는 소문이 떠돌기 시작했다. 관청에 있던 사람과 일본 사람 앞에 나서서 일하던 사람, 심지어는 선계 부락의 툰장(屯長＝里長)까지도 숙청한다는 것이었다.

영수는 겁을 먹지 않을 수 없었다. 고향으로 나가는 수밖에 없었다. 중앙군이 들어와 치안이 확보되고 교통질서가 잡히면 가족과 같이 나가려던 생각을 포기해야만 했다. 거기 남아 있다가는 언제 어떻게 숙청당할지 모르기 때문이었다.

그때 영수에게는 애가 둘이 있었다. 그리고 아내는 임신 중으로 해산달이 멀지 않았다. 가족과 같이 나올 수는 없다고 생각했다. 그래서 걸을 각오를 하고 만주 길림성(吉林省) 땅을 떠났다. 아무것도 가진 것이 없었다. 돈이라든가 물건을 가지고 나가다가는 소련군에게 붙잡혀 빼앗길 것은 물론, 그런 것으로 피해가 더 클 것을 두려워했던 것이다. 말하자면 그의 반생은 공포와 억압으로 일관한 생애였다. 그러나 해방을 맞은 고국에 희망을 품고 생전 처음 자기가 국가를 가진 백성이란 생각을 했다. 국가를 되찾았으니 이제는 민족도 살 수 있으리라는 희망에 가슴이 부풀었다.

북간도로 해서 두만강을 넘고 청진, 함흥을 거쳐 전곡 삼팔선까지 이르는데 무려 보름이 걸렸다. 그 동안 반은 걸었고 사오 일은 전혀 밥알 구경도 못했다. 그러면서도 서울에만 가면 하는 희망 속에서 고생을 고생으로 생각지 않았다.

전곡 근처에 이르렀을 때였다. 영수는 수많은 피난민이 여기저기 서성거리는 것을 보았다. 거기서 삼팔선을 넘어야 하는데 삼팔선에는 소련군이 경비를 하고 있기 때문에 밤에나 넘어야 한다는 것이었다. 영수도 밤이 되기를 기다리는 수밖에 없었다. 그러면서도 삼십 리만 걸어 한탄강(漢灘江)을 건너가면 삼팔선 이남인 동두천에 이를 수 있다는 생각에 서울에 다 온 것 같은 안도감을 느꼈다.

날이 어둡자 피난민 대열은 움직이기 시작했다. 어디가 어딘지 모르면서도 영수는 피난민들만 따라가면 삼팔선을 넘는 것이라 생각했다. 걷고 또 걸었다. 산도 기어올랐고 들판을 걷기도 했다. 삼십 리라고 하는 길을 몇 시간 동안 걸었는지 모른다. 소련군이 나타나지나 않을까 숨을 죽여 가며 다섯 시간 이상 걸었을 때 드디어 한탄강이 나왔다. 삼팔선이었다. 이것만 건너면 사는 것이다. 모두들 긴장했다. 소련군이 나타나지 않는가 모두들 귀를 기울였다.

다행히 소련군은 보이지 않았다. 피난민들은 거기 있는 조그마한 나룻배에 오르기 시작했다. 저마다 먼저 타려고 아우성이었다. 한 번에 다 못 타면 몇 번이라도 나눠 탈 수 있을 것인데 첫배를 타지 못하면 소련 군인에게 붙잡히기나 하는 것처럼 결사적이었다. 영수도 그랬다. 영수는 단신이라 몸을 날쌔게 움직여 배에 오를 수가 있었다.

정말 배 안에는 입추의 여지가 없었다. 누구 하나 잘못 움직이기만 하면 배는 전복되고야 말 것 같았다. 그래도 사람을 너무 많이 태웠다고 불만을 말하는 사람이 하나도 없었다.

배는 움직이기 시작했다. 사공은 소리가 나지 않게 기술적으로 노를 저어 강 중간까지 갔다. 그때였다.

"오도짱(아버지)."

하는 일본 애의 목소리가 들렸다. 일본 사람도 탔는가 하는 의아심을 품는 순간 영수는 첨벙 하고 물 위에 떨어지는 무엇을 보았다. 바로 자기 옆에 서 있던 사람이 '오도짱' 하던 자기 애를 물 위에 내던진 것이다.

일본 사람이라는 것이 드러난 공포심에서 자기 애를 내던진 것이리라. 영수는 자기도 모르게,

"바가야로(바보 자식)."

소리와 함께 그 일본 사람의 따귀를 갈겼다. 지금 다 같이 생명만을 안고 공동운명체인 삼팔선을 넘고 있는 데 누가 누구를 두려워할 것인가?

"들어가 어린애를 건져 와."

영수는 일본 사람을 강물 속으로 떠밀었다. 그리고는 뱃사공에게,

"배를 잠깐만 덤춰요."

하고 소리를 질렀다. 무슨 소리거나 소리를 질러서는 안 되는 곳이었다. 어쨌든 배는 멎었다. 일본 사람은 물 속에서 어린애를 붙안고 허우적거렸다.

영수는 삿대를 내밀라고 소리질렀다. 누군가가 뱃전에서 삿대를 꺼내 한 끝을 물 위에 던졌다.

삿대를 잡고 끌려오는 일본 사람이 한 손으로 어린애를 쓸어안고 배를 따라오고 있었다. 그러나 일본 사람이라고, 내버려 두라고 말하는 사람은 배 안에 한 사람도 없었다.

(원)《현대문학 135》1966. 3, (출)『추정』성문각, 1968.

절부리(節婦里)

기차가 움직이기 시작하자 정임은 가벼운 한숨을 내쉬었다. 동수가 아직 플랫폼을 떠나지 않고 자기와 멀어지고 있는 기차를 향해 멀거니 서 있을 것이지만 정임은 그로부터 해방되었다는 어떤 후련함을 느끼고 있었다. 이 제는 떠나지 말라는 말도 못할 것이고 빨리 돌아오라는 말도 못하게 되었다. 이제 너와 나는 아무 관계가 없다. 몇 달 동안 동거생활을 했다고 해서 나를 마치 아내처럼 취급하고 옆을 떠나지 못하게 하던 너와는 마지막인 것이다.

기차가 발차하기 직전 동수가 기찻간에서 내려간 뒤부터 창 밖을 내다보지 않고 있던 정임은 기차가 용산역을 통과할 때 비로소 창 밖으로 시선을 보냈다. 낯익은 거리에 낯익은 전차와 버스들이 달리고 있었다. 내가 타고 다니던 전차와 버스가 남의 것처럼 생각되지 않았지만 오늘부터 그것들이 자기와 거리가 먼 것들이 되는 것 같은 생각이 들었다. 사십여 일밖에 안 되는 여름방학이다. 사십여 일만 지나면 다시 내가 타고 다닐 수 있는 것들이다. 그런데도 동수처럼 그것들이 나와 상관없는 것으로 여겨지는 것이다.

그미는 문득 자기가 도망을 가고 있지 않나 생각되었다. 그러나 그녀가 도망쳐야 할 이유는 아무것도 없었다. 동수가 싫어졌다. 그와 헤어진 것뿐이다. 헤어졌을 때 방학이 되었으므로 고향에 내려가는 것이다. 만약 방학이 아니었더라면 딴 집으로 하숙을 옮기고 혼자 살면 그뿐이다. 그런데 그녀는

545

서울을 떠남으로써 전차나 버스가 자기와 관계가 없어지는 것처럼 느껴졌다.

서울에서 만난 남자들이 싫어졌다는 것만은 사실이다. 그렇다고 해서 남자라는 것을 전체적으로 싫어하는 것은 아니다. 이때까지 만난 남자들이 싫어졌다는 것뿐이다. 앞으로야 좋은 남자도 만날 수가 있겠지. 그리고 뭐니뭐니 해도 남자는 서울에서 골라야 한다. 그런 만큼 다음 학기 서울에 올라와서는 새로운 희망을 걸고 남자들을 만나게 될 것이다.

정임은 한강을 지나며 유유히 흐르는 맑은 물과 수십 수백의 차량들을 품에 안아 나르는 철교를 애정어린 눈으로 바라보았다. 어느 모로 보나 서울 시민에게 즐거움을 주는 한강이다. 그리고 서울 시민들의 말에 자유를 가져다 주는 한강철교.

철교가 있기 때문에 정임은 홍기와 같이 한강 건너로 아베크를 할 수 있었다. 홍기는 정임이 동수와 동거생활을 하기 이전의 애인이었다. 홍기와 같이 한강을 얼마나 즐겼던가?

한강과 한강철교에 애정을 느끼면서도 정임은 서울의 모든 남성에게 아듀를 하고 싶은 심정이었다. 물론 그 속에는 홍기도 끼여 있다. 아듀를 해도 아깝지 않은 서울의 남자들!

언젠가 뚝섬에서 홍기와 같이 보트를 탔을 때였다.

"보트가 뒤집혔으면……."

홍기가 상기된 얼굴로 말했다.

"살기가 싫으세요?"

"이런 감정을 가진 채 죽으면 행복할 거 아냐?"

"왜 죽어서 행복을 느껴요? 난 살래요."

그때 정임은 정말 모든 것을 홍기에게 바치고 싶었다. 바치고 싶을 뿐 아니라 바치겠다는 생각을 가졌었다. 모든 것을 바침으로 더한 행복을 느끼고 싶었던 것이다.

그런데 며칠 뒤 홍기의 하숙에서 홍기가 정임의 옷을 벗기려 했다. 그때 정임은 단지 처녀의 본성 때문에 그것을 가로막았다. 본의가 아니면서도 자연 그렇게 되었던 것이다. 그러자 홍기는 토라졌다. 그 뒤부터는 만나지도 않으려 했다. 정말 시시했다. 시시한 남자에게 자기 내심을 밝힐 필요가 없었다. 갈 남자라면 일찌감치 가 버려라. 억울한 것은 그런 시시한 남자를 좋아했던 사실이다.

그 뒤 쇼핑을 하러 백화점엘 갔다가 동급생인 숙희를 만났다.

"왜 혼자 다니니?"

"같이 다닐 남자가 있어야지."

"그 사람 있잖아 왜?"

홍기를 두고 하는 말이었다.

"발구락 같은 친구? 이젠 안 만나기루 했어."

이렇게 그를 경멸해 버린 일이 있지만 그래도 콧구멍에 들어가 있는 밥알처럼 생각할수록 재채기가 나게 하는 남자다.

그런 홍기를 생각할 때 홍기가 살고 있는 서울은 불쾌한 곳이다. 지금 그불쾌한 서울을 떠난다. 영영 다시 안 와도 좋을 것 같은 서울.

기차가 영등포를 지나고 있었다. 공장의 높은 굴뚝들이 보였다. 남자의 담배연기처럼 쉴 새 없이 연기를 토해 내고 있는 굴뚝들.

지금쯤 동수는 뻑뻑 담배연기를 뿜어 내고 있을 것이다. 아마 '쎄느' 다방에 앉아 있겠지. '쎄느'는 그들이 처음 만났던 다방이다. 동수는 파란 담배연기 속으로 그때 일을 회상하며 방학이 끝나는 대로 그미가 다시 자기에게로 돌아왔으면 하고 있겠지. 바보, 남자가 어쩌면 그럴 수 있담. 한 번 언약한 것을 지킬 줄 알아야 할 게 아닌가? 더구나 그 약속이 없었다면 애당초 가까워질 수도 없었을 사람들인데.

설사 그 약속을 잊어버릴 만큼 둘 사이가 애정으로 변했다면 애인을 존중할 줄 알아야 할 것이 아닌가?

자취하기 시작한 지 한 달도 못 되어 그는 약속과 달리 누워 먹으려 했다. 밥짓는 일, 방 소제하는 일, 모두가 내 차례로 되었다.

아침에는 아홉 시가 되도록 눈을 뜨지 않는다. 학교 갈 생각도 않고 마냥 늦잠이다. 밥을 다 해놓고 깨워야 겨우 눈을 부벼 뜬다. 지난 밤에 나를 즐겁게 해 준 대가를 그런 식으로 받으려 하는 셈이었다. 쳇, 즐겁기는 나 혼자만 즐거웠던가? 저녁때면 방 안에 죽치고 앉아 저녁을 독촉한다. 빨리 밥 먹고 놀러 나가자면서도 거들어 줄 생각은 조금도 않고 반찬을 사 오래도 그런 일을 남자가 어떻게 하느냐는 것이었다. 남자란 건망증 환자들인지 자취를 시작할 때 결정했던 분담 사항을 그는 고스란히 잊고 있었다.

그래 놓고도 자취생활을 그만두자고 했을 때는 뻔뻔스럽게도 무엇이 불만이냐고 도리어 역정을 냈다. 어처구니없는 노릇이었다. 생활비는 언제나 반반씩 부담했다. 그런데도 자취를 그만두자는 이유를 알 수 없다는 듯이 들이대다니.

담배나 실컷 피우고 콧구멍이 연통처럼 되어라.

기차는 쉬지 않고 달려 수원을 지나 천안에 닿았다. 얼마 안 가면 온양온천이 있는 지점이다.

온양온천. 정임은 온양온천엘 한 번도 가 본 일이 없었다. 홍기와 알 때 그와 함께 가 보았으면 했으나 그 말을 입 밖에도 꺼내 보지 못하고 홍기와 헤어졌다.

아마 홍기는 온양온천엘 가 본 일이 있겠지. 나중에 안 일이지만 홍기는 나와 알기 전에 대여섯 명의 여자와 관계를 했다고 한다. 육체관계까지 하고는 모두 무자비하게 끊어 버렸다는 것이었다. 여러 여자들이 헤어질 때 울었을 것이다. 더러는 우는 대신 허탈하게 웃어 버린 여자도 있겠지. 어쨌든 그 다른 여자들도 나처럼 홍기의 고독에 매력을 느꼈을 것이다. 아버지가 죽은 뒤 재취한 어머니와 같이 산다는 홍기의 몸에는 고독이 배어 있었다. 시점을 잃고 명상에 잠겨 있는 그의 모습을 보면 어쩐지 인생의 심연을 바라보는 것 같았다. 그 심연 속에 빠져들어가는 것 같았다.

지금도 어떤 다방 구석에 앉아 시점 없는 눈을 껌벅이며 고독을 씹고 있겠지. 바보 고독하면 그 고독을 사랑하는 여자의 애정 속에 묻어 버리면 될 것이 아닌가? 고독과 인생을 양립시킬 까닭이 무엇인가? 인생 속에서 고독을 묻어 버릴 수 있다면 그는 그렇게 여러 여자와 관계를 안 해도 좋을 것인데…….

"졸업한 뒤 취직을 하면 어머니와 같이 살지 않아도 되잖아요? 그땐 독립

된 자기 인생만 생각하면 그만일 테니까. 고독두 없어질 거구……."

그러니까 졸업한 뒤를 생각하며 지금부터 고독을 없애라는 말을 했을 때
"취직? 난 그런 거 생각해 본 일 없어. 일생 등산이나 하다가 죽을 테야."
"등산으루 살 수 있어요? 결혼도 하구 가정을 가질 생각을 해야지."
"산이 더 좋지. 죽어두 말이 없는 산하구 살겠어."

그는 이렇게 말해 왔다. 일요일마다 등산하는 것을 알고 있지만 산과 결혼한다는 것은 농담일 수밖에 없다. 인간에 대한 불신에서 그는 고독을 죽을 때까지 버리지 않겠다는 것일 게다. 그 고독을 짓씹으며 여자들을 발가벗기는 홍기. 그는 지금도 어떤 여자의 옷을 벗기고 있을지 모른다. 그러나 그의 목적은 여자의 옷을 벗기는 데 있을 뿐 온양이나 관광지를 찾아다니며 여자와 환경의 조화를 꿈꾸는 일 같은 것을 안 할지도 모른다. 향락이 목적이 아니라 고독의 배설이 목적일 테니까.

기차가 대전에 멎었다. 벌써 두 시간이 지난 모양이었다. 앞으로 두 시간만 가면 대구가 되고 거기서 두 시간 동안 버스를 타면 고향에 이른다. 정임은 정거하는 시간을 이용해서 플랫폼으로 나갔다. 혹시 집에 가지고 갈 선물이 없을까 해서. 그미는 동수가 감시하는 가운데서 떠나는 준비를 해야 했기 때문에 집에 가지고 갈 선물을 조금도 준비하지 못했던 것이다.

선물이라야 동생들에게 줄 것이니 먹을 것을 좀 사면 된다. 이왕 서울에서 사지 못한 바에야 기차 안에서 샀다면 싸구려 물건이라도 좋아들 하겠지. 다 큰 애들이니 좋아하고 싫어할 것도 없지만 따지고 보면 어머니를 생각해서 사는 것이었다. 배가 다르니까 선물 하나 사 주지 않는다고 고깝게 생각할 수 있는 어머니. 자기가 낳은 애들보다 내가 나이 위지만 그래도 그미는 큰어머니다. 큰댁 어머니로서의 도량을 보이려고 겉으로는 나를 자기 친자식보다 더 살뜰하게 대해 준다. 그렇지만 속으로는 그렇지 않을 것이 분명하다. 어른이 다 된 내가 그것을 몰라서 되겠는가.

정임은 역 구내에 있는 판매점으로 가 봤다. 별로 살 만한 것이 없었다. 대구 가서, 하는 생각으로 다시 기차에 오르려 할 때 그미 눈에 들어온 것이 있었다. 호두였다. 햇호두가 멀지 않아서 나올 테니 지난 해의 호두는 귀한

물건이 아닐 수 없다. 시골에서는 신기한 것이 아닐지 모르지만 그미는 귀한 물건이란 생각에 백 원짜리 한 봉지를 샀다. 아무것이면 어떤가? 잊지 않고 선물을 샀다는 자기 성의만 알아 주면 그만이다.

정임은 기차에 올라 호두를 여행백 속에 넣고 시선을 창으로 보냈다. 순간 그녀의 눈앞에 떠오르는 영상이 있었다. 시골에 사는 덕호였다. 중학교 때 만나기만 하면 자기 집 과수원에서 딴 것이라면서 사과 한 알씩을 주곤 하던 덕호. 학교가 다르기 때문에 우연한 기회가 아니면 서로 만날 수가 없었다. 그렇지만 인접 부락에서 읍내 학교엘 다녔기 때문에 며칠에 한 번씩은 우연하게나마 만날 수가 있었다.

그렇지만 언제 만날지도 모르면서 밤낮 사과를 가지고 다니다가 만나기만 하면 그것을 먹으라고 주던 덕호였다. 과일 때는 사과뿐이 아니었다. 어떤 날은 복숭아를 주었고 어떤 날은 배를 주었다. 어떤 날에는 감도 주었다. 어쨌든 그는 한 번도 빼놓지 않고 자기 집 과수원에서 딴 과일 한 개씩을 주었다. 절대로 한 알 이상 준 일이 없었다. 실컷 먹을 수 있게 집으로 오란 말도 해 본 적이 없었다. 숫제 말이 없는 아이였다. 과일을 주면서도 그것을 내밀어 줄 뿐 그 뒤는 앞장을 서서 혼자 걸어가곤 했다.

그러던 덕호의 영상이 머리에 떠올랐던 것이다. 이상한 일이었다. 고등학교를 졸업하고 대학에 입학해서 서울로 올라간 때부터 한 번도 생각해 본 일이 없는 그가 아니었던가? 고향으로 가는 길이어서 생각난 것일까? 고향에야 방학마다 내려갔다. 네댓 차례 있던 환향(還鄕)이었지만 그 동안 그를 생각해 본 일은 한 번도 없었다. 호두 때문일까? 호두도 나무 열매니까 나무 열매에서 오는 연상작용일지 모른다.

덕호는 고등학교를 졸업하자 대학 진학은 꿈도 꾸지 않고 자기 집 과수원 일을 보고 있다. 지금도 과수원 일로 바쁘게 지낼 것이다.

그런데 중학교를 졸업할 때까지는 만날 때마다 과일 한 개씩을 잊지 않고 주던 사람이 고등학교에 들어가서부터는 왜 한 번도 주지 않았을까? 고등학교 다닐 때도 등교할 때나 하학하고 돌아올 때 가끔 들길에서 만나곤 했다. 그런데도 그는 피식 웃을 뿐 그냥 스쳐 지나가기만 했다. 고등학교를 졸업할 때까지 삼 년 동안 그와 이야기한 말이 몇 마디나 되었을까?

지금 생각하니 참으로 이상한 남자다. 속으로 좋아했던 것이 분명하다. 좋아했으니까 말을 못한 것이겠지. 고등학교 때는 그렇다고 해도 스물이 지난 지금까지 말이 없음은 무슨 까닭일까? 방학 때면 그래도 만날 기회가 있었다. 만났을 때 머리에 남을 말 한 마디만 해 주었다면 삼 년 동안 그를 아주 잊고 있지는 않았을 것이 아닌가? 철없었던 때의 일이라고 일소에 붙이고 만 것일까?

딴 동무들과 같이 가다가 만났을 때는 남이 모르게 사과를 꺼내 내 책가방 속에 슬쩍 넣어 주고는 멀찌감치 달아나곤 했지.

열다섯 살 때의 가을이었다. 학교에서 집으로 돌아오는 길에 개천을 건너고 있었다. 물이 없는 개천 징검다리를 하나하나 뛰어 건너갈 때였다. 개천 건너편 모래사장에 앉아 있던 덕호가 궁둥이의 모래를 털고 일어나 정임에게로 걸어왔다. 그리고는 책가방에서 빨간 사과 한 개를 꺼내 그녀에게 주며,

"책상 위에 놓구 봐."

하고는 뒤도 돌아보지 않고 달아나 버렸다. 정임은 유달리 빨간 사과를 보며, 놓고 보기나 하라는 말의 뜻을 알아 냈다. 사과 표면에 '최'라고 하얗게 씌어 있는 글자가 보였던 것이다. 물감으로 쓴 것이 아니었다. 그렇다고 칼로 판 것도 아니었다. 빨간 표면에 하얀 글자가 채색되었는데 그것이 마치 사과알 속에서 솟아오른 글자 같았다. 그녀는 침칠을 해서 지워 보았지만 조금도 지워지지 않았다.

어떻게 했을까? 그러나 그미는 글자를 어떻게 썼을까 하는 것보다도 사과에 자기 성을 지워지지 않게 써다 준 덕호의 마음을 생각했다. 맹랑한 일이었다. 만날 때마다 사과 한 개씩을 줄 때는 받아 먹는 맛에 별다른 것을 생각지 않았었다. 그러나 자기 성을 써다 주는 사과를 받았을 때 그녀는 덕호를 맹랑한 애라고 생각했다.

정임은 덕호 말대로 그 사과를 책상 위에 놓고 보고 또 보았다. 그것을 볼 때마다 덕호가 맹랑한 애라는 생각을 했지만 그 뒤 덕호가 아무 말도 없었기 때문에 더 깊이 생각지를 않았다.

그 맹랑하던 애가 지금도 맹랑한 생각을 하고 있을까? 이번 고향엘 가면 덕호를 한 번 만나 봐야지. 그리고 눈치를 한 번 봐야지.

'어때? 앞으루두 만날 때마다 사과 한 알씩 주지 않을래?'

그러면 덕호는 뭐라고 말할까? 성숙한 사내가 됐으니까

'한 알만 줄라구? 상자루 갖다 주지.'

마음이 커졌다는 것을 보여 줄지 모른다.

'덕호가 주는 사과가 먹구 싶어. 그래서 난 방학하자마자 내려온 거야.'

이렇게 나오면 덕호는 어쩔 줄을 몰라하겠지. 그 뒤 그의 과수원으로 놀러 간다. 그리고 키스를 요구해 본다. 그러면 자기를 사랑하는 줄 알고 황홀해하겠지.

정임은 이번 방학 때 덕호를 꼭 만나 한 번 장난을 해 주리라 생각했다.

어느덧 대구역에 도착했다. 정임은 어떤 역에나 하차할 때마다 느끼는 혹시 누가 마중 나오지나 않았을까 하는 막연한 기대를 갖고 출찰구에 모여 있는 사람들을 살피며 역을 나섰다. 마중 나올 사람이 있을 까닭이 없었다. 그 차로 대구까지 간다는 것을 알린 데가 없다. 또 알릴 사람도 없었다. 그러니 마중 나올 사람이 없는 게 당연한 일이다. 당연한 일이라고 생각하면서도 가벼운 실망을 느끼며 버스정류소로 발을 옮기려 할 때였다.

"정임이 왔노?"

정임을 향해 손을 저으며 다가오는 사람이 있었다.

아버지였다.

"아버지!"

반갑지 않을 수 없었다. 그미는 아버지에게로 달려가 아버지의 손을 잡았다.

"이 차루 올 줄 알았다."

며칠 전 언제쯤 내려가겠다는 편지를 보낸 일이 있었다. 그런데 아버지가 막연한 그 편지를 보고 시골서 대구까지 마중을 나오다니. 역시 부모란 고마운 존재다.

그런데,

"어서 가자. 피곤하겠다이."

하며 아버지가 걸어가는 방향은 버스정류소가 아니었다. 시내버스를 타고 시외버스 정류장까지 가야 할 것인데

"아버지, 어디루 가시는 기오?"

"응, 여관으루 가는 기다. 하룻밤 쉬고 가자."

"지금 가두 버스가 있을 텐데요?"

"누가 버스 없다카나? 볼일두 좀 보구 하룻밤 자구 가자이."

모를 일이었다. 시골서 농사나 짓는 아버지로서 대구에 볼일이 무엇일까? 그것도 여관에서 잠까지 자면서.

"그냥 가십시다."

정임은 아버지의 볼일이 있다는 말을 무시하고 말했다.

"여사 일이 아니다. 딴 말 말구 나 하자는 대루 해라."

정임은 아버지의 말을 거역할 수 없었다. 그래서 아버지를 따라 여관으로 갔다. 따라가면서도 아버지의 용건에 대해 입을 열지 않았다. 꼭 알고 싶은 마음이 없었던 것이다. 혹시 자기 결혼과 관련된 일일지도 몰랐다. 어떤 신랑감과 맞선을 보이기 위한 것이라면 아예 물어 보지 않는 것만 같지 못한 일이다. 모른 척하고 있다가 하라는 대로 선을 보여 주고 돌아가자. 까짓 것 선쯤 보이는 것이 뭐 대단한 일이라구. 부모가 시키는 결혼은 무조건 안 할 작정이지만 그 대신 끌려 다니는 일은 얼마든지 해 준다.

여관에 들어서자 아버지는 여관주인의 안내도 기다리지 않고 어떤 방으로 들어갔다. 방 안에는 아버지의 비닐백이 있었다. 대학 1학년 때 정임이 가지고 다니던 물건이었다.

정임은 아버지가 적어도 하루 이상 여관에 묵고 있음을 알았다. 자기를 마중 나온 것이 아니었다. 사실 대구까지 마중 나온 일이 없었다. 그런데도 자기를 맞이하러 일부러 대구까지 나온 것이라 생각했던 자기 자신에게 실망을 느끼며,

"아버지, 언제 오셨능기요?"

하고 물었다.

"응, 아아레 안 왔나?"

아버지의 대답을 듣자 정임은 정신을 바짝 차려야 할 일이 자기를 기다리고 있는 것이라 생각했다. 웬만한 일이 아니면 이삼 일씩 묵으며 자기를 기다릴 까닭이 없었다. 그러면서도 아버지가 운을 떼기까지는 입을 열지 않기로 했다. 그런데 아버지가,

"서울 여자들은 대단하다잖나? 신문을 보니께 남편과 자식이 있는 아낙이 딴 서방을 보다가 자기 남편을 죽였더래이. 뭐 가시나들두 변변한 게 별루 없다 카지?"

하며 서울 이야기를 꺼냈다.

"말이 아니지요. 저의 학교에두 진짜 처녀가 반밖에 안 된다구들 안 그럽니꺼?"

아버지가 서울 여자들의 부도덕을 개탄하는 이면에는 정임의 순결성을 바라는 마음이 깃들어 있었다. 그것을 알기 때문에 정임은 아버지를 안심시키도록 대답 안 할 수가 없었다.

"세상이 망하려구……."

아버지는 혀를 쯧쯧 찼다.

"정말 말세가 다 됐나 봐요."

정임은 맞장구를 쳤다.

"대구서두 대낮에 팔들을 끼구 다니더라. 부모들두 그런 걸 보구 그냥 놔두니 세상 다 됐지."

"어떡허겠어요. 죽일 수도 없잖능기요."

정임은 당신의 딸두 그러구 있습니다. 그렇지만 죽일 수 없을 게구 어떡허겠습니까 하고 속으로 빈정거리며 아버지를 쳐다봤다.

"그러니께 시굴이 제일 아니가? 시굴에서 우리 나라 도덕을 살려야 한다이."

아버지는 자기가 대구에 온 이유를 설명하기 시작했다.

정임네 동네 이름은 대학리(大學里)다. 학자라고는 한 명도 나온 동네가 아니면서도 글을 소중히 여기는 뜻으로 크게 배우는 동네라고 이름지었다

한다. 그 대학리에 꼭 한 사람 인물이 났다. 무식한 여성이었다. 임진왜란 때 그 부인이 자기 시집인 바로 옆 부락에서 왜병에게 능욕을 당할 뻔했다. 채 당하지는 않았다. 왜병이 그녀를 능욕하려고 그녀를 붙안고 유방을 만진 것뿐이었다. 그때 그녀는 죽을힘을 다해서 왜병의 손아귀를 벗어나 도망쳤다. 그리고는 왜병의 손에 더럽힌 유방을 칼로 잘라 대접에 담아 놓고 죽었다. 그래서 그 뒤 그 동네 사람들은 자기 동네 이름을 절부리(節婦里)라고 부르기 시작했다.

그 절부리의 절부가 바로 정임네 최씨였다. 말하자면 최씨댁 가문에 난 여자가 절부리로 시집을 가서 절부가 된 것이다.

덕호가 살고 있는 옆 부락 절부리에서는 8·15 해방을 맞으며 동네에 기념비를 세우고 동네 이름도 도로 절부리라고 불렀다. 일제 시대 일본 사람들은 절부리의 뜻을 알고 동네 이름을 갈아 놓았던 것이다.

"그 절부가 최씨네 사람이지 김가네 사람이냐? 생각해 봐라. 김가네가 비석을 해 세우구 동네 이름을 절부리라구 지었지만 천만부당한 말이제. 그래서 우리 동네서 더 큰 비석을 해 세우기로 했다이. 그리구 우리 동네를 절부리루 고치도록 도청에 진정을 하구 있는 거다. 며칠 동안 도청 사람들을 만났지만 내일은 도지사를 만나 보기루 했잖나?"

"그래요?"

정임은 아버지가 자기 일로 대구에 온 것이 아니란 것을 알았다. 우선 안심이 되었다.

"절부리가 하나 있으면 되지 둘씩 있어서는 뭣해요?"

아버지가 애쓰고 있는 일이 실감 있게 느껴지지가 않아 정임은 대견치 않다는 태도로 물었다.

"그렇지. 그렇구 말구. 하나뿐이어야 하는데 그 하나가 우리 동네여야 한다는 말이다. 절부의 본고장이 문제지 시집가서 살던 동네가 절부리일 수 있느냐 말이다."

"그래, 교섭하신 결과 가능성이 있어 보입니까?"

"힘들다더라. 힘들지만 해야지. 우리 가문이 천년 만년 두구 후손에 남길 일인데."

정임은 자기가 관여할 일이 아니라고 생각했다. 하다가 안 되면 그만둘 일이다. 그리고 대부분 안 되기가 쉬운 일이다. 걱정 안 해도 좋을 것 같았다.

그런데 아버지는 비석 이야기까지 자랑삼아 꺼냈다.

"김가네들은 조그만 비석을 댕그라니 세워 놨지만 우리는 비각을 짓구 거기다 큼직한 비석을 세울 작정이다."

이 말에 정임은 아버지가 무모한 짓을 한다고 생각했다. 비각을 짓고 비석을 세운다면 그만큼 큰 돈이 들 것이다.

동네에 최씨가 삼십여 호 살고 있지만 모두가 영세 농가이다. 그 중 낫게 산다는 이가 정임이네지만 정임이네도 땅 팔십 마지기 정도다. 누가 그런 돈을 낼 것인가?

"비용은 얼마나 드는데요?"

"백만 원 들거다."

"백만 원요?"

정임은 놀랐다. 그날 그날 살기도 힘든 영세농들이 그 돈을 어떻게 낼 것인가? 돌아가는 현금이 없을 테니 모두 땅을 팔아야 한다.

"다들 돈을 낸답니까?"

"내구 말구. 벌써 석공을 데려다가 돌을 깎구 있다."

"네?"

"금년 안으로 일을 끝낼 작정이다."

정임은 할 말이 없었다.

일이 그 정도로 진척되고 있다면 자기의 이견(異見)을 말했댔자 아무런 효과도 거두지 못할 것이 뻔했던 것이다. 절부의 기념비를 세우건 탕부의 기념비를 세우건 그리고 동네가 망하건 자기가 참견할 바 아니었다.

다음 날 도청에 갔다 온 아버지가 집으로 가자고 했다. 도지사를 만나 봤는지 또는 도지사와의 면담 결과가 어떤 것인지 정임은 물어 볼 생각을 않고 아버지를 따라 버스정류소로 가 버스를 탔다. 아버지도 말이 없었다.

버스가 대구 교외를 달릴 때야 아버지는,

"결국 돈을 먹자는 거야."

혼잣소리 비슷하게 말했다. 그 말로 도지사와의 면담 결과를 대강 짐작할 수 있었지만 정임은 그 일에 관심도 보이기가 싫었다.

"돈을 먹여야지. 돈 먹이구 안 되는 일이 있나."

아버지는 돈을 모아다 줌으로 성사를 시키고야 말겠다는 것을 독백처럼 말했다.

잘한다. 동네는 점점 망하누나. 정임은 혼자 생각하며 아버지의 처사를 속으로 비웃었다. 그런데 아버지가,

"넌 동네 부인들을 모아 놓구 절부에 대한 이야기를 해라. 썩어 가는 서울 이야기두 하면서, 부인네들이 앞장을 서야 돈두 잘 걷힌다."

정임을 끌고 들어가려 했다.

그것만은 싫었다. 어떤 일을 해도 무방하지만 자기가 그 속에 끌려들어가고 싶지 않았던 것이다. 그런 일에 앞장 설 수도 없는 여자다. 절부하고는 천 리나 거리가 먼 자기로서 절부 찬양하는 말을 어떻게 할 수 있을 것인가?

"전 못해요. 그런 말을 할 줄 몰라요."

정임이 거절하자,

"우리 동네에 대학생이라구 너 하나뿐인데 그래 네가 나서지 않는대서야 말이 되나?"

아버지가 펄쩍 뛰는 표정을 지었다.

"말을 할 줄 모른다니까요."

하기 싫은 것이 아니라 구변이 없다는 것을 강조하자 아버지는,

"네 마음을 말하면 되는 거지 구변이 무슨 소용 있냐. 넌 절부 최씨네 가문에 태어난 명문집 딸이라. 명문집 딸루 부끄럼이 없는 여자라."

"우리 동네 여자들은 전부가 절부에 가까운 여자들인데 이야긴 해서 뭣 해요? 돈 이야기라면 남자들끼리 하는 것이 직효가 나지 않아요?"

"거 모르는 소리다. 몇 달 전 최만복의 딸이 남편과 이혼하구 왔는데 나 같아선 동네에서 내쫓구 싶더라만 동네 여자들이 그 가시나를 감싸 주구 있잖나? 그럴 수가 있나? 여자란 사내 밑에서 죽어야 하는 법인데 남편이 과

음을 하구 손찌검을 한다구 해서 이혼을 하구 왔으니 용서할 수 없는 일이라. 그런데 촌여자들이 그걸 잘했다구 도리어 두둔해 주니 절부의 교훈을 굳게 펴쳐야 하겠다. 그런 일을 할 수 있는 여자가 너 밖에 또 누구고?"

정임은 대꾸를 안 했다. 자기를 절부의 후예로 믿고 있는 아버지에게 무슨 말을 할 것인가? 일이 닥치면 그때 임기응변으로 처리하자.

집에 이르자 가족들이 모두 반겨 주는 통에 정임은 심심한 줄을 몰랐다. 어머니는 닭을 잡아 준다, 떡을 만들어 준다, 야단이었다. 동생들은 학교에 갔다 오기가 바쁘지 정임을 둘러싸고 서울 이야기와 영화 이야기를 졸라댔다. 어머니는 첩의 딸이라고 푸대접하기가 싫어 소중하게 다루는 것이지만 배 다른 동생들도 배가 다르다는 데 차별감을 갖고 있지 않았다. 정임의 꽁하지 않는 성격이 동생들을 그렇게 만들었는지 모른다. 어쨌든 무료하지 않은 며칠을 보냈지만 원체 바쁜 어머니다. 아버지 대신 안팎살림을 맡아 봐야 하는 어머니라 앉아 있을 새가 별반 없다. 며칠이 안 되어 권태를 느끼기 시작했다. 권태를 느끼는 가운데 정임은 덕호를 생각했다. 한 번 찾아가 보고 싶었다. 찾아가서는 중학교 시절에 덕호가 자기에게 품고 있던 감정을 반복시켜 보고 싶었다. 그때와 같은 감정을 도로 살려 준다면 덕호는 어떻게 나올까? 어른이 다 됐으니 감정표현도 달리 하겠지. 사과 한 개씩 쥐어 주던 작은 손이 지금은 돌멩이처럼 억세졌을 것이다. 그 억센 손으로 나를 어떻게 할까?

며칠 뒤 그미는 덕호를 찾아 그의 과수원으로 가고야 말았다. 오륙천 평이 넘는다는 과수원이다. 울창한 숲을 연상시키는 과수 사이로 덕호네 집앞에 이르자 어디서 일을 하고 있었는지 작업복을 입은 덕호가 헐레벌떡 달려왔다. 구릿빛 피부의 건강한 얼굴이었다.

"웬일이십니꺼?"

숨을 헐떡이며 정임 앞에 이른 덕호의 첫마디 말이었다.

"뭐라구?"

정임은 가볍게 조소를 하며 따지듯 말했다. 어처구니가 없고 또 우스웠던 것이다. 몇 해 동안 통 만나지 않았던 사이이기는 하지만 이애 저애 하던 사이에 웬일이십니꺼가 무어란 말인가?

덕호는 얼굴을 붉히고 말을 못했다.

"어른이 됐으면 그런 말을 써야 하니?"

정임도 몇 해 만에 만나는 덕호에게 어렸을 때의 용어를 쓰기가 거북했다. 그렇지만 그래야만 옛날의 감정이 되살고 또 대화가 자연스러울 것 같아 용기를 냈던 것이다.

어리둥절한지 덕호는 입을 열지 못했다.

"잘 있었니?"

정임이 덕호에게 말을 시키기 시작했다.

"응."

"몇 해 만이지?"

"글쎄."

"돈 많이 벌었어?"

"돈은……."

"지금 무슨 일을 하니?"

"사과에 봉투를……."

"그럼 바쁘겠구나? 나 돌아갈까?"

"아아니."

덕호는 끝내 말의 끝을 맺지 못했다. 말꼬투머리만 꺼내고는 어물어물이다. 차마 해라를 할 수가 없는 모양이었다.

"반갑지두 않은 사람 있어서 뭣하니? 그만 갈란다."

"그러지 마. 오래간만에 만났는데 들어가, 어서."

덕호가 동물을 몰듯 손짓을 하며 방 안으로 들어가자고 했다.

"들어가선 뭣하니?"

"방학하구 왔단 말은 들었어. 한 번 찾아가볼까 하던 참인데……."

정임은 그만큼이라도 말하는 덕호가 제법이라 생각하며 방 안으로 들어갔다. 꽤 깨끗한 방이었다. 책장도 있고 전축도 꽤 큰 것이 놓여 있었다. 돈을 많이 번 모양 같았다.

"전기가 오니?"

전기도 없는데 전축이 무슨 소용이냐는 듯이 물었다.

"조그만 발전기를 하나……."

그 말을 듣고 보니 방 안에 전등시설이 돼 있었다.

"나 몇 해 동안 덕호가 주는 사과를 먹지 못해서 오늘 사과 얻어먹으러 왔어."

"그래?"

덕호의 얼굴이 빨개졌다.

"덕호가 주는 사과를 먹으면 살이 찔 것 같아서 왔는데 그냥 가야겠어."

"왜?"

"앉아 있어두 사과를 줄 것 같지 않아서. 줘두 옛날처럼 맛있을 것 같지 않구……."

"참……."

덕호가 머리를 벅벅 긁었다.

"노인들두 친한 사람끼리는 해라를 하잖아. 그래야 친한 맛이 나거든. 한 번 해 봐. 그래야 앉아 있을래."

덕호는 피식 웃으며 머리를 또 긁었다. 그러나 끝내 말을 못하고 그 대신 사람을 불러 사과와 꿀물을 가져오게 했다.

"들어."

덕호가 권했다.

"먹어 해야 먹을 테야."

덕호는 또 머리를 긁고 나서,

"먹어."

하고 빙그레 웃었다. 정임은 그때야 됐다는 듯이 꿀물을 마셨다. 꿀물 한 잔을 다 마신 뒤 정임은 핸드백을 열고 대전역에서 사다가 동생들에게 주고 남은 호두 한 알을 꺼냈다.

"내가 전에 사과 많이 얻어먹었어. 내가 주는 것두 하나 먹어."

단 한 알의 호두였지만 덕호는,

"그래?"

하고 받은 뒤 그것을 소중하게 만지작거렸다. 그러다가 그것을 무릎 위에 놓고는 사과를 깎기 시작했다.

"깎아 주는 거 싫어. 옛날처럼 그대루 한 알 줘."

정임은 사과를 깎지 못하게 했다. 그러자 덕호는 예쁘게 생긴 것으로 한 알을 골라 바짓자락에 문지른 뒤 정좌를 하고 정임에게 내주었다. 암말 않고 내미는 그 사과를 받았다. 오륙년 전 주고받던 정경이 머리에 떠올랐다.

"그때 덕혼 왜 나한테 사괄 열심히 줬지?"

"몰라!"

"정말 몰라?"

"응."

"그래? 그럼 이거 안 받을 테야."

정임은 사과를 도로 내밀고 덕호에게 주려 했다.

"그러지 말구 받아 줘."

"싫다니까, 아무 의미두 없는 거. 이것두 그런 거 아냐?"

정임은 자기가 장난을 하기 시작하는 것이라고 생각했다. 그러면서 덕호의 손을 붙잡고 사과를 쥐어 주었다. 억센 손이었다. 서울서 만져 본 어떤 남자의 손과도 다른 감촉이었다. 나무껍질 같은 손바닥이었지만 그런 대로 감촉은 독특한 게 싫지가 않았다.

"어서 받어."

하면서 덕호가 정임의 손을 잡아끌었다. 전 같으면 어림도 없는 일이었다. 역시 남자로 성숙한 모양이었다. 덕호는 사과를 정임의 손에 다시 쥐어 주고 난 뒤,

"내 손으루 가꾸어 만든 사과야."

라고 말했다. 그러니까 의미가 있다는 것이리라.

"맛있게 먹을게."

정임이 덕호의 마음을 받아 준다는 식으로 말하자 덕호가,

"이건 먹지 않구 두구 볼 테야."

하며 호두를 만지작거렸다.

정임은 덕호가 아직도 순진한 소년이란 생각을 했다. 서울의 청년들은 이런 경우 호두를 우선 까먹을 것이다. 까먹으며 그 맛으로 준 사람의 마음을 음미할 것이다. 그런데 덕호는 먹지 않고 보관해 두겠다고 한다. 그러나 잘못하다가는 심각한 이야기가 나올 것 같아 새로운 장난을 구상하기 시작했다. 마음의 부담이 되는 심각한 이야기를 회피하기 위해서라도. 그래서,

"과수원을 좀 구경시켜 줘."

하며 자리에서 일어났다. 그리고 방 안을 한번 다시 둘러본다. 그런데 책장 안에 들어 있는 알크올 병이 눈에 띄었다. 그 알코올 병 안에는 조그만 탱자 하나가 들어 있었다. 아무 가치도 없는 물건을 표본으로 만들어 놓은 것이 이상해서 가까이 다가가 보았다. 역시 노랗게 변한 알코올 속에는 탱자 한 알이 있을 뿐이었다.

"이건 뭐야?"

"탱자지 뭐야?"

"탱자가 없어서? 우리 집에서 좀 갖다 줄까?"

"이건 누구 건데?"

덕호가 빙긋이 웃었다.

"누구 거라니?"

"정임이 준 거야."

"내가?"

정임은 조금도 기억이 없었다.

"중학교 삼 학년 가을이었어."

"거짓말."

거짓말 같았다. 동네 어디나 있는 탱자를 무엇 때문에 주었을 것인가? 만날 때마다 사과를 받아 먹었으니 그 대신 주었을지 모르지만 그런 걸 사과 대신으로 줬을 까닭이 있을까?

덕호는 거짓말이라는 정임의 말에 설명을 가하려고도 하지 않고 혼자 웃기만 했다. 그런 것으로 보아 거짓일 수는 없을 것 같았다. 그러나 이야기를

계속하면 또 심각한 말이 나올 것 같아 과수원 구경을 핑계로 방 안을 나왔다. 방 안을 나와 과수원을 거닐면서 정임은 가슴이 찡해 옴을 느꼈다. 오륙 년 전에 준 탱자를 알코올 병 속에 넣어 두고 있는 덕호의 마음.

"일 년에 수입이 얼마나 돼?"

정임은 찡한 가슴을 날려 보내기 위해 이야기를 꺼냈다.

"얼마 안 돼."

"백만 원?"

"풍작이 들면……."

힘껏 불러 본 금액이 들어맞았다. 예측이 들어맞은 실망을 느끼며 정임은 시시한 대화였다고 생각했다.

그래서

"언젠가 사과 알에 내 성을 새겨 준 적이 있었지?"

"있었지."

"이번엔 내 이름을 새겨서 줘."

"정말?"

"으응."

자기가 생각하고 있는 여자에게서 구체적인 요구를 들었을 때 순진한 남자는 행복감을 느끼는 것이다. 그는 집 안으로 뛰어들어가 붓과 먹물을 가지고 왔다. 그리고 사다리로 올라가 높은 가지 위에 있는 사과에 정임의 이름을 쓰기 시작했다. 한 알뿐이 아니었다. 여러 알에 한문으로도 쓰고 국문으로도 썼다. 그리고 난 뒤 사다리를 내려와,

"가을에 서울루 부쳐 줄게."

하는 것이었다.

"먹으루 썼는데두 흰 글자가 돼나?"

"먹이 닿은 데는 태양광선이 침투 못하거든."

"그래?"

정임은 처음 들은 이야기지만 그렇게 신기스럽게 느껴지지 않았다. 그래도 신기해 죽겠다는 듯이,

"꼭 보내 주지?"

하며 덕호의 손을 잡았다. 무성한 사과나무 숲 속이라 보이는 사람이 없었다. 그런데도 덕호는 사방을 둘러봤다.

"덕혼 좋은 사람인가 봐."

정임은 호들갑을 떨며 덕호의 가슴에 얼굴을 묻었다. 그리고는 두 손으로 덕호의 허리를 껴안았다. 덕호도 정임을 껴안았지만 팔에는 힘이 하나도 없었다.

포옹이 끝나자 정임은,

"또 놀러 와두 괜찮지?"

하고 덕호의 반응을 살폈다.

"응."

가슴이 벅차 말을 잘 못하는 덕호였다.

"낮에는 일에 방해가 되니까 밤에 놀러 올게."

"그래."

정임은 쾌감을 느꼈다. 내일 밤부터 매일 눈이 빠지도록 자기를 기다릴 덕호. 기다리다가 지칠 때쯤 해서 찾아가야지.

이 날 집으로 돌아간 정임은 동생들과 저녁을 먹으며 덕호 이야기를 했다. 일 년에 수입이 백만 원이나 된다는 둥 돈이 있으면서도 공부할 생각을 않고 일만 한다는 둥 덕호의 칭찬이었다. 그것은 아버지나 어머니 귀에 들어가게 하기 위한 하나의 작전이었다. 덕호가 고등학교밖에 졸업하지 못했다는 조건이 되겠지만 그보다도 절부리 관계로 서로 반목하고 있는 가문이라는 이유로 부모들이 펄쩍 뛸 것을 예상했던 것이다.

절부가 생긴 뒤 김씨와 최씨네는 사돈이란 관념에 서로 결혼을 꺼려 오는 터였다.

그런데 다음 날 아버지는 그런 이야기를 듣고도 일부러 모르는 척하는 것인지,

"오늘 밤 동네 부인들이 모인다. 잘 이야기해서 돈이 많이 나오도록 해라."

하는 것이었다. 정임은 돈 이야기에 신경이 곤두섰다.

"아버진 용화교를 만드시는 건가요?"

"그게 무슨 말이고?"

"신자를 꼬여서 돈을 울궈 내려는 방식이 꼭 그렇지 뭐예요."

"옳은 이야길 해서 마음을 감동시키라는 건데 그게 어째 사교(邪敎)와 같은 거냐?"

"전 돈과 관계 있는 이야긴 못하겠어요."

"누가 돈 이야길 하라카나? 절부의 의로운 정신을 이야기하면 되는 거다. 우리 최씨네 집안에 너 같은 인물이 있다는 걸 한 번 보여 줄 겸 말이다. 김가네 집안엔 남자두 너만한 인물이 없다. 잉. 알겠나? 잘 생각했다가 부인들이 놀라 자빠지게 이야길 해라."

"전 그런 이야길 하려구 공부하지 않았어요."

"듣기 싫다. 밤에 부인들을 모아 놓을 테니 그쯤 알구 있거라."

딱한 일이었다. 몇 대조 할머니처럼 정절을 지켜야 한다는 말을 어떻게 할 것인가? 정절이란 할 수 없어 지키는 것이지 좋아서 지키는 여자가 어디 있담. 어디로 도망칠까? 그렇지 않으면 꾀병을 부리고 누워 있을까? 그것은 비겁한 일이다. 비겁할 수만은 없다. 까짓 거 이야기를 해 보지. 꼭 절부가 되라는 이야길 해야 하나? 내 소신대루 이야길 하자. 그래서 아버지가 쫓아내면 쫓겨나지.

저녁밥을 먹자 그녀는 아버지와 함께 동네 공회당으로 갔다. 아무 말 않고 따라가는 딸을 보자 아버지는 만족해했다.

"너 비각 세우는 데 가 봤냐?"

"아아니요."

"한 번 가 볼 것이지. 며칠 있으면 상량식을 한다."

아버지는 정임이 자기의 협조자가 되어 주기를 바랄 것이다. 공회당에서 개회사 비슷한 이야기를 할 때도,

"우린 알아야 합니다. 우리의 조상 절부에 대해서 비각을 짓고 비석을 세우는 이유를 알아야 합니다. 정임은 아직 어리지만 서울 가서 대학공부를

하구 있습니다. 여자의 덕에 대해서 배워 온 것을 이제부터 이야기하겠습니다."

정임을 절부의 직속 후예로 취급했다. 정임은 아버지를 실망시킬지도 모르는 이야기를 하려 나가면서도 별반 주저하지 않았다.

"남자와 여자는 절대 평등입니다."

그미는 남녀평등론부터 들고 나왔다. 그리고는 남자가 여자에게 일방적으로 부덕을 강요할 수 없다는 이야기를 했다.

"그러니까 자기의 몸을 깨끗이 지켜야 하는 것은 남녀 공동의 문제입니다. 남자가 나쁘니까 여자도 나빠야 한다는 말은 아닙니다만 여자에게 절부를 바라기 전에 남자에게도 절부(節夫)가 되기를 바라야 할 것입니다."

여기서 정임은 남자들의 부도덕을 지적했다. 그리고 유한부인들의 탈선을 지적하고 그것이 남자들의 책임이라는 말을 했다.

"사람은 누구나 다 의지를 가지고 있는 것입니다. 동시에 감정적인 행동을 가지고 있습니다. 의지와 행동이 반대되는 때가 도리어 많지요. 그래서 행동에 지는 경우가 많습니다. 현대 도시의 여성들은 특히 그런 것 같습니다."

이 이야기를 하며 정임은 자기 자신을 생각했다.

"의지로는 어떠어떠한 남자를 그리고 있습니다. 그러나 실제로 사귀는 남자는 그렇지가 못합니다. 그러면서도 자기가 잘못이라는 생각을 하려 하지 않습니다. 이것이 현대 도시 여성들의 약점입니다."

정임은 자기와 동수와의 관계를 생각했다.

"그러나 농촌의 여러분들은 의지와 행동을 통일시키고 있습니다. 도시 여자들이 할 수 없는 일을 하고 있다는 데 여러분의 장점이 있습니다."

정임은 덕호를 생각했다. 만약 자기가 도시에 물들지 않은 여자라면 덕호를 존경할 것이다. 그리고 진심으로 사랑할 것이다. 진실한 면에서 존경받을 만한 희귀한 존재다. 그런데도 자기는 꼭 사랑해야겠다는 마음을 갖지 못하고 있다. 현대인의 불행이다.

"그러니까 절부니 뭐니 할 것 없습니다. 여러분이 가지고 있는 의지와 행동을 어디까지나 통일시키십시오. 그러면 절부도 될 수 있고 자모(慈母)도 될 수 있습니다. 그 반대로 의지와 행동의 통일이 불행을 가져다 주는 수가 있고 따라서 탕녀란 말을 들을 경우도 있겠지요. 그렇지만 아무것이 되면 어떻습니까? 의지와 행동을 통일시키며 인생을 완전하게 살 때 부끄러운 것이 없을 것입니다."

이런 이야기가 아버지를 만족시키고 부인들의 이해를 얻을 수 있는지는 알 수 없는 일이었다. 그렇지만 아버지가 크게 실망할 것 같지도 않았다.

아버지는 약간 만족한 모양이었다. 정임이 이야기를 끝내자 다시 부녀자들 앞에 나와 정임의 말을 긍정하며 거기 살을 붙여 자기대로의 소신을 강조했다.

다음 날 정임은 저녁을 먹자 아버지와 어머니 앞에,

"절부리에 좀 놀러 갔다 오겠어요."

했다. 강연한 것을 후회하는 것은 아니었지만 그것이 께름칙했다. 절부를 찬양하는 모임에 나가 이야기했다는 것이 시시하게 생각되었다. 절부보다 창녀가 얼마나 더 매력적인가?

부모들이 반대했다. 다 큰 처녀가 밤에 남자를 찾아가는 법이 어디 있느냐는 것이었다. 그러나 그녀는 가고야 말았다. 그것이 자기의 의지라고 생각했던 것이다.

덕호의 집에 이르자 그녀는 덕호를 과수원으로 끌고 나갔다. 어둠 속에서 그의 얼굴을 보지 않으며 새로운 감정을 느껴 보고 싶었던 것이다.

어제 덕호와 포옹했던 사과나무 밑에 앉았다. 그리고는,

"저 사과들에 내 이름이 하얗게 익구 있겠지."

하며 사과나무를 쳐다봤다.

"밤에는 태양 빛을 볼 수 없어서……."

그러니까 밤에는 글자가 하얗게 되지 않는다는 것이겠지. 덕호는 아무래도 바보다. 그저 해 보는 말을 곧이 곧장 받아들이는 바보. 그미는 또다시 장난하고 싶은 충동을 느꼈다.

정임은 덕호가 자기를 포옹하도록 만들었다. 그리고 키스까지 하고야 말았다. 집 있는 데로 돌아올 때는 그의 팔까지 껴 주었다. 그런데 다음 날 아버지가 앞으로는 집 밖에 한 걸음도 나가지 못한다고 했다.

정임이 변명을 해도 소용이 없었다. 최씨 가문의 장녀로서 남의 입에 오를 일을 해서는 안 된다는 것이었다.

동네 사람들이 다 우러러보고 있으니까 가만 있다가 부모가 정해 주는 남자와 결혼하라는 말까지 했다.

대강 예측했던 일이요 또 한편 그러기를 기대했던 일이지만 그런 말을 막상 듣고 나니 불쾌했다. 자기도 덕호와 결혼할 생각은 없다. 그저 만난 것뿐이다. 그것을 가지고 금족 명령까지 내리는 것은 너무 심했다.

아버지는 뭐가 결백하다구. 본부인이 애를 못 낳는다고 첩을 얻었다. 그래서 세상에 나온 것이 내가 아닌가? 그 뒤 본처가 애를 낳았다고 해서 나를 데려다 놓고는 내 어머니를 돌보지 않았다. 내 어머니는 지금 살아 있는지 죽었는지도 모른다. 그런 아버지가 내게 큰소리 할 말이 어디 있담.

며칠이 지난 어떤 날 뜻밖에도 동수가 찾아왔다. 찾아온 심정은 알겠지만 싫다고 떠난 여자를 무엇 때문에 찾아온담.

그러나 부모들에게 진상을 이야기할 수가 없어 친구의 오빤데 무전여행을 하다가 들른 것이라고 꾸며 댔다.

그리고 본인에게는,

"여관두 없는 동네니까 하룻밤만 자구 가세요. 딴 이야긴 절대루 말구요."

하고 못을 박았다. 그리고는 잠자리를 머슴방으로 정하고 머슴과 같이 자게 했다. 은밀하게 이야기할 기회는 물론 주지 않았다. 다음 날 동수는 떠나기 직전,

"너무 하지 않아? 내가 뭣 땜에 예까지 왔는데?"

억울하다는 말을 했다.

"할 수 없어요. 한 번 시선이 마주쳤던 여자라구만 생각함 되잖아요? 그 이상 절대루 달리 생각 말아요."

동수를 보내자 동수에 대한 혐오감이 더 커졌다. 만날 때는 그렇게도 멋질 수가 없는 남자라고 생각했었지만!

× 다방.

"여기 앉아두 좋은가요?"

어떤 남자가 정임의 맞은편에 와서 섰다. 나쁘지 않은 인상이다.

"좋아요."

쏘아붙이듯 승낙했다. 얼마를 혼자 앉아 있는데,

"생각이 많으신 것 같군요."

사내가 말을 시켰다.

"조금요."

그러다가 이야기는 하숙집 이야기로 번졌다. 얼마 동안 이야기를 하던 끝에 그 사내가,

"같이 자취를 하면 어떨까요? 일 일분 하숙비로 두 사람의 생활이 충분할 텐데……."

예상 못했던 말을 했다. 장난인 줄만 알았다.

"그러죠."

"생활비와 노력을 반씩 분담하구."

"좋아요."

정임은 어디까지나 농담이었다. 그러나 사내가 방은 자기가 얻어 놓겠다는 말을 할 때 그것이 농담이 아닌 줄 알았다. 농담이 아닌 줄 알면서도 그때는 어떻게도 할 수 없었다. 어떤 학교에 다니며 이름이 뭐냐고 물을 때 거짓말을 못했다.

거짓말을 못하며 끌려가면서도 그를 멋진 사나이라고 생각했었다. 홍기의 본바탕을 안 직후였기 때문이었는지도 모른다. 한 사람에게서 느낀 실망이 자기 비하(卑下)의 열등의식을 가져다 주었는지 사랑을 안 하면서도 처녀성을 바치는 데 아까움을 몰랐었다.

동수에게 처녀성을 바친 뒤 정임은 처음으로 자기를 낳아 준 어머니를 진

심으로 불쌍하게 생각했다. 그리고 어디선가 다른 남자와 같이 살고 있기를 바랐다. 한 남자만을 생각하여 불행하게 일생을 망칠 까닭이 무엇인가?

동수가 떠난 다음 날 아버지가 무슨 기미를 알아차렸는지 동수에 대한 것을 물었다. 정임은 처음에 한 거짓말대로 조금도 가깝지 않은 남자라고 대답했다. 동수를 머슴방에서 머슴과 같이 자게 한 것만 보아도 어떤 사이라는 것을 짐작할 수 있었을 것이다. 그런데도 아버지는 걱정이 되는 것처럼 한숨을 내쉬었다. 동수와의 관계를 의심해서가 아니라 남자 교제가 적지 않다는 것을 느끼고 막연한 우수에 잠겼는지도 모른다. 어쨌든 정임은 아버지의 울적해하는 모습을 보고

'쳇. 내가 어떤 딸인데? 첩의 몸에서 난 자식이 아닌가? 희생을 강요당하고도 말 한 마디 못한 여자의 몸에서 태어난 목숨이다. 나를 위해 걱정할 것이 무엇인가. 이용 가치가 없을 때 그 여자를 조약돌 집어던지듯 던져 버리고 그 여자의 몸에서 나온 자식은 귀하다는 논리가 어떻게 성립된다는 것인가?'

속으로 아버지를 비웃었다. 어머니가 불쌍하다는 생각만을 가졌을 뿐 자기 현실에 대한 반발을 몰라 온 정임으로서 처음으로 가지는 감정이었다.

그 날 오후 정임은 고등학교 3학년에 다니는 사내 동생 정식이를 덕호에게 보냈다. 오늘 밤 자기 집으로 놀러 오라는 전갈이었다.

정식이 의아한 눈으로 그녀를 바라보았다. 그런 심부름을 내게 시킬 수 있느냐는 표정이었다. 그녀는 조금도 주저하지 않았다.

"꼭 의논할 일이 있으니까 반드시 와야 한다구 그래."

누나로서 엄격하게 명령했다. 내키지 않는 걸음으로 걸어가고 있는 정식을 보며 그녀는 의지와 행동의 통일을 생각했다. 이제 나는 처음으로 의지와 행동을 통일시키는 것이다. 덕호는 약간 바보스럽다. 그러나 존경할 만한 사람이다. 행동에 지는 현대인이 되지 말고 의지에 이기는 현대인이 되자.

정임은 탕녀란 말을 들어도 좋다고 생각했다. 그래도 동네 부인들에게 부끄러움이 없을 것 같았다.

아버지만은 펄쩍 뛸 것이다. 그리고 동수는 비웃을 것이다. 그래도 좋다. 어떠냐?

정임은 속으로 유쾌한 웃음을 웃었다. 웃고 있는 자기 웃음을 동수가 멀리서 쓴웃음을 웃으며 바라보고 있는 것 같았다.

동수야, 그럴 것 없다. 너는 내 옷깃을 스치고 지나간 거리의 뭇 남자만도 못한 존재니까. 나는 너에게 희생되었다고는 털끝만큼도 생각지 않는다. 너와의 관계는 애당초 없었던 것처럼 내 기억 속에서 지워 버릴 것이다. 어서 멀리 가라. 가서 없어지기만 하면 그뿐이다.

동수를 생각하는 순간 탱자가 눈앞에 떠올랐다. 덕호가 오륙 년 동안 알코올 병에 넣어 두고 있는 탱자 한 알.

정임은 덕호를 향해 고개가 숙여졌다. 그러한 덕호를 가지고 장난만 했던 자기.

오늘 덕호를 만나면 동수와의 관계를 고백하자. 용서할지 안 할지는 알 수 없는 일이다. 용서 안 하기가 쉽겠지. 그렇지만 의지에 의해 행해진 행동이 아닌 걸 뭐.

어쨌든 결혼을 프로포즈하자. 그리고 몸을 바치자. 그렇게 하면 나는 내 의지와 행동을 통일시키는 거다.

그런데 아침 일찍 나갔던 아버지가 저녁 일찌감치 돌아왔다. 대구엘 갔다 온 모양이었다. 지게로 하나 잔뜩 되는 물건을 사 가지고 와서는 내일이 비각 상량식이라고 하며 법석했다. 얼마 안 있어 동네 부인들이 모여들었다. 상량식을 거행한 뒤 동네 사람들이 먹을 음식을 만드는 모양이었다.

정임은 덕호를 공연히 불렀다고 생각했다. 구태여 숨길 필요가 없는 일이지만 자기를 절부 예찬자로 알고 있을 동네 부인들에게 덕호와의 밀회를 보여 의혹 내지 실망감을 갖게 할 필요는 없다. 의혹이나 실망은 둘째로 하고 뒷공론의 화제를 만들어 주고 싶지 않았다. 그녀는 집을 나와 절부리로 가는 길을 걸었다. 천천히 걸어가다가 덕호를 만나면 사정을 이야기하고 약속을 연기할 작정이었다.

저녁을 먹고 난 뒤에야 올 것이니 날이 어두워야 할 것이다 날이 어두우려면 아직 한 시간 이상이 남았다. 정임은 집으로 들어갔다가 그때쯤 해서 다시 나올까도 생각했지만 그러기가 싫었다. 동네 여자들이 와서 일을 하고 있는데 모른 척하고 방 안에 앉아 있기가 거북할 것 같았던 것이다. 그렇다고 일하는 덕호에게로 가서 일을 방해하고 싶지도 않아 대학리와 절부리 중간쯤 되는 길가 풀섶에 앉았다. 두 동네가 다 뵈는 지점이었다.

풀섶에 앉아 시간이 가기를 기다리는 동안 그녀는 줄곧 덕호를 생각했다. 덕호를 생각하는 동안 그녀는 자기가 덕호를 그리워하고 있는 것이라 느꼈다. 덕호에 대해 가지는 첫 감정이었다. 그미는 그러한 자기를 이상하게 생각했다. 어렸을 때부터 알아 온 덕호에게 한 번도 느껴 보지 못했던 감정이 지금 처음으로 일어나다니……

자기의 감정은 소녀의 감정적인 그리움 같은 것이라 느껴질 때 더욱 그러했다. 해가 질 때까지 기다리겠다고 마음먹었던 일도 그랬다. 집에 들어가기가 싫은 것도 이유의 하나이기는 했지만 따지고 보면 기다리는 시간을 혼자서 즐기기 위한 때문이었다. 한 시간 이상이나 길가에서 기다리겠다는 마음이 어떻게 생겼을까? 그런데 그보다도 더한 것은 덕호를 만나는 몸차림이 너무나 허술하다는 것을 느꼈던 것이다. 집에서 입고 있던 대로의 옷이다. 얼굴에는 화장도 안 했다. 그런 모습으로 덕호를 어떻게 만날까? 정임은 아무래도 집에 갔다 와야 한다고 생각했다. 가서 화장을 하고 옷을 갈아 입자.

그래서 그녀는 앉았던 자리에서 일어나 집으로 걷기 시작했지만 그러는 자기가 보통이 아니라고 생각했다. 보통이 아니라고 생각하면서도 그런 자기가 싫지 않았다.

옷을 갈아 입고 얼굴에 화장을 한 뒤 다시 그 자리에 와서 앉았다. 그랬을 때 자기가 갑자기 의젓한 어른이 된 것 같은 착각을 느꼈다. 몸 가질 줄도 알고 앞날을 내다볼 줄도 아는 어른. 그러니까 덕호에게 장난하던 어제까지의 감정 같은 것이 모두 치기(稚氣)였다는 생각이 들었다. 그러한 치기를 가질 수 있었다니……. 도리어 그랬던 자기를 의심하는 것이었다.

그렇기 때문에 덕호를 만났을 때는 몸과 마음이 굳어지는 것을 느꼈다.

"지금 와?"

가까이 오고 있는 덕호를 보고 반기었지만 와락 손이라도 잡고 싶은 감정을 억눌렀다.

"웬일이야?"

정임은 집안 사정을 이야기했다.

"그래?"

덕호가 한심스런 얼굴을 지었다.

그들은 어두워 가는 하늘을 바라보며 나란히 앉았다.

"어떻게 생각해? 우리 동네 사람들이 하는 일을?"

정임은 좀더 다정한 말이 하고 싶었지만 입 밖에 나오지 않았다.

"비석이 하나 있으면 됐지 둘씩 있어야 할 거 뭐야."

"글쎄 말야."

"그뿐인 줄 알아? 대학리에서 비각을 짓는다니까 우리 동네선 사당을 만든대, 서루 경쟁들을 하는 셈이지."

"그래?"

"가난한 살림에 왜들 그러는지 모르겠어."

"덕호가 반대운동을 좀 하지 왜."

"누가 나서두 안 돼. 조상을 팔아 먹구 사는 사람들인데……."

"절부를 가지구 떠들 세상이나 돼?"

"앞으루 점점 희귀해질 존재니까 존귀한 것이기는 하겠지."

"그렇다구 그렇게 떠들 건 없잖아?"

"자존심이라구 조상을 내세울 것밖에 없으니까 그러는 거겠지."

고등학교밖에 졸업하지 못한 덕호지만 비판력이 앞섰다고 생각됐다. 생활에 건실하고 생각에 진실한 그가 비판력까지 가지고 있으니 나무랄 데가 없다.

정임은 그러한 덕호를 사랑하는 데 주저할 필요가 없다고 생각했다. 그런데도 사랑의 말은 나오지 않았다. 결혼하자는 말도 할 수가 없었다. 동수 이야기를 꺼내는 것은 덕호를 괴롭히는 일 같아서 할 수가 없었고. 키스를 요구하는 것은 장난스러운 일 같았고. 그래서 달리 말을 못하고 있을 때 덕호

가,

"가 봐. 그래두 일을 거들어 줘야 할 거 아냐?"

하며 그미를 돌려 보내려 했다.

"빨리 보내 주고 싶어?"

정임이는 반발을 했다.

"아무래두 가야 할 거 아냐?"

"가기 싫어."

"가기 싫다구 안 갈 수 있어? 그리구……."

"그리구?"

"얼마 있다가는 서울엘 가야 하구……."

"그건 또 무슨 소리지?"

덕호는 대답을 못했다.

"내가 대학생이라구 가까이 할 수 없다는 거야?"

"나는 꿈을 꾸구 있었어. 꿈은 언제든지 깨기 마련이지."

"나는 현실에 맹목이었어. 사람은 현실과 꿈의 중간 지점을 걸어가야 한다구 생각해."

"그런 지점이 있을 수 있을까?"

"땅과 하늘이 태양의 힘으루 결연을 맺을 수 있잖아."

그때 정임이 덕호의 손을 잡았다. 뜨거운 피가 손으로 몰리는 것을 느꼈다. 그런데 덕호는 정임의 손을 슬그머니 놓고,

"나 갈래."

하고 옷을 털며 일어섰다. 정임은 덕호에게 고민이 있다고 생각했다. 자기가 겪은 것과 반대의 고민이라고 생각했다. 그러나 그 고민은 자기의 노력 여하로 해결될 수 있는 것이라 생각했다. 동시에 조금도 실망할 것이 못 되는 일이라고 생각했다.

"다음에 내가 놀러 갈게."

정임은 몇 번 만나서 이야기하면 덕호의 꿈을 현실과의 중간 지점에서 안정시킬 수 있다는 자신을 가지고 집으로 돌아왔다.

집에 이르렀을 때 정임은 집 안에서 싸움이 벌어지고 있음을 보았다. 절부리에 사는 사람이 놀러 온 것을 이 동네 사람들이 붙잡고 시비를 걸고 있는 것이었다.

"사당을 져? 사당은 우리 동네서 져야 해. 가서 너의 동네 놈들에게 말해라. 사당을 지으면 우리가 가서 헐어 버린다구……."

정임은 속으로 웃었다. 있을 수도 없는 절부를 숭배하며 온 생활을 바치고 있는 사람들, 절부의 후예인 나부터가 절대로 절부가 아닌데…….

(원)《현대문학 140》 1966. 8, (출)『추정』 성문각, 1968.

기자수첩

　나는 지금 내가 쓴 기사가 삼면 톱에 게재되어 있는 지면에 눈을 던지고 있다. 육단으로 뽑은 커다란 제목이 지면 꼭대기에서 자잘구레한 기사들을 내리누르고 있다.

　다른 어떤 신문도 미처 냄새를 못 맡은 이 특종을 내 손으로 감쪽같이 뽑아다가 대서특필해 놓은 것은 나 개인은 물론 H신문의 히트인 것이다. 나는 혹시나 하고 시내 석간 신문들을 하나 하나 살펴보았다. 역시 탈모(脫毛)비누 사건에 대해서 보도한 신문은 하나도 없었다. 그러나 나는 그런 공적에 만족하고만 있는 것은 아니다. 다들 퇴근하고 난 뒤까지 남아 내가 쓴 기사를 앞에 놓고 있는 것은 가슴 속에 침전되어 있는 또 다른 감정 때문이다.

　"그만 가지."

　나와 함께 남아 있던 사회부장이 자리에서 엉덩이를 떼며 말했다.

　"가십시다."

　나는 가볍게 대답했다. 십여 년의 기자생활에서 수없는 특종기사를 써 온 내가 풋내기처럼 흥분한 태도를 보일 수는 물론 없다.

　그렇다고 해서 가슴 속에 침전되어 있는 여운 같은 것도 보여 줄 수는 없었다.

　그래서 의식적으로 무표정한 얼굴을 지으며 천천히 자리를 떴다.

　신문사를 나서자 부장은,

"무교동으로 가지?"

하고 나를 쳐다봤다. 특종기사를 썼다고 한 턱 낼 기색을 보이더니 정말 한 잔 살 모양이었다.

"아무데나요."

술을 과히 즐기지 않기 때문만은 아니었다. 축배를 들고 싶을 만큼 그 공적이 영광스럽게 느껴지지가 않았던 것이다. 그래서 따라가기는 하면서도 별 흥취가 없었다.

무교동 빈대떡집에 들어가 막걸리를 마시기 시작할 때 부장이,

"내일 그 반응이 볼 만할 거구만."

또 특종기사 이야기를 꺼냈다.

"글쎄요."

가슴 속에 침전되어 있는 여운을 건드렸기 때문에 나는 씁쓸한 표정으로 부장을 쳐다봤다.

"탈모비누를 만들어 판 ××화학 사장이 자유당계 인사라는 건 누구나 알고 있는 사실 아냐. 반드시 배후가 있을 거야. 그러니까 상공부 장관이 묵인을 했을 거구. 수사보고서에 나타난 인물 이외에 반드시 거물급이 있을 거구만."

내가 다 알고 있는 사실을 부장이 설명하는 이유는 오직 기사 뒤에 있을 정부의 탄응에 흥미를 느끼기 때문이리라. 그러나 나는 흥미를 지나 불안한 상태 속에서 배회하던 때라,

"마음대루들 하라지요."

어떤 알력도 이미 각오한 태도로 말했다. 사실, 되어 가는 상황을 관망하는 수밖에 없었다.

"사실 무근한 기사는 아니니까 뭐라구 그런대두 별건 아니겠지……."

사회부장은 내 불안을 눈치챘는지 신문인으로서의 객관적 입장에서 앞을 내다보며 나를 안심시키려 했다.

나는 내 속을 꿰뚫어 보는 듯한 사회부장의 태도가 싫었다.

"뭘 뭐라구 그럽니까? 조작해서 만든 말이 한 마디도 없는 기사를 가지

구·······."

나는 조금도 불안해하지 않는 태도를 보여 주었다.

"그래 걱정할 건 없어."

사회부장은 술이나 들자고 술잔을 쳐들었다. 내 기분을 안 모양이었다.

몇 잔의 술을 더 마신 뒤 나는 그만 돌아가자고 했다. 사회부장이 사는 술을 마시면 마실수록 그 술이 내 기사와 관련성이 있는 것처럼 느껴졌기 때문이었다.

기자생활을 나보다 더 많이 한 사회부장인 만큼 내 기분을 모를 리 없다. 소탈한 웃음을 웃으며 술집을 나와 나에게 악수를 청했다.

사회부장과 작별한 나는 양품점으로 가서 애들 양말을 샀다. 한 애에 한 켤레씩 세 켤레를 사 가지고 집으로 가는 도중 나는 내 불안이 상당히 큰 것이라고 생각했다. 아내의 부탁을 받은 일도 없는데 갑자기 애들 양말을 샀다는 것은 무의식중에 그 불안을 스스로 잊기 위한 행동이라고 느껴졌다. 무엇 때문에 불안해하는 것일까? 나 자신의 일이지만 알 수가 없었다. 이승만 씨를 총재로 하는 자유당 정권은 자기네 세력 유지에 암이 된다고 생각하는 인물을 어떻게든 제거하고야 만다. 그 제거 방법은 다양하다. 그러니까 나도 제거당할 것이라는 두려움을 느끼고 있는 것일까?

아무리 생각해도 그럴 수는 없을 것 같았다. 신문사를 폐쇄시키거나 기사를 쓴 기자를 구속하거나 하고 싶을 것이다. 그렇지만 정부를 욕했거나 대통령을 비방하거나 하지를 않은 이상 아무리 집권당이라고 해서 언론기관을 무식하게 탄압할 수는 없다. 그래도 정부가 무서워하는 것은 언론기관뿐이 아닌가?

신문사를 폐쇄시키거나 나를 구속하는 일은 절대 할 수 없다. 나는 이렇게 사리를 따지며 나의 불안을 스스로 비웃었다.

혹시 테러 같은 수법으로 나에게 육체적 고통을 줄지는 모른다. 그러나 그것쯤은 여반장이다. 좀 얻어맞는다고 해서 설마 병신이 되거나 죽기야 하랴.

더구나 총선거가 몇 달 남지 않은 이때 언론인을 탄압한다는 인상을 국민에게 줄 만큼 그들이 어리석지는 않을 것이란 생각을 했다. 그러면서도 가슴 속은 여전히 묵직했다. 손에 들고 있는 애들의 양말을 아무데나 내던지고 싶은 충동을 느꼈다.

나는 집에 이르자 애들을 불러 양말을 한 켤레씩 주었다. 애들에게 칭찬받는 좋은 아버지가 될 수 있는 희귀한 기회라고 생각했던 것이다.

"신난다."

애들이 양말을 받아 가지고 자기네 엄마에게로 가서 그것을 자랑했다.

"어쩌면 아버지가 그런 걸 다 사 오셨어?"

아내도 좋아하는 모양이었다.

순간 나는 흐뭇한 마음으로 치안국 ××과장 김창구 경무관에게 감사를 보냈다. 오래간만에 좋은 아버지 좋은 남편이 되게 해 준 사람이 바로 김 경무관이기 때문이었다.

김 경무관이 그때 자리를 비우지 않았다면 나는 그의 책상서랍을 뒤질 수가 없었을 것이다. 신문기자로 나만이 그 방에 있을 때 김 경무관은 자리를 비우고 있었다. 그래서 나는 그가 상부에 보고하기 위해 만든 수사보고서를 입수했고 그것으로 정부의 부패상을 폭로하는 특종기사를 썼다. 특종기사를 쓰고는 공연히 불안감을 갖고 생각지도 않았던 애들 양말을 샀던 것이다.

그런데 김 경무관에게 감사를 드리고 싶은 마음이 일어나는 순간 그의 험상궂은 얼굴이 눈앞에 떠올랐다. 해방 전부터 경관생활을 했다는 그는 직업의식이 근서 그런지 언제나 무뚝뚝했다. 조금만 건드려도 왕 하고 달려들어 물어뜯을 것 같은 인상의 그 얼굴을 상기하며 나는 불안감을 되살렸다. 가장 직접적인 피해자다. 직접적인 피해를 받은 그 무뚝둑한 경관이 자기를 가만둘 것 같지 않았던 것이다. 세력을 잡고 있는 경관이 신문기자 한 명쯤 골려 주려면 얼마든지 골려 줄 수 있다. 상처가 보이지 않도록 솜방망이로 두들겨 즐 수도 있다. 미행을 시켜 나의 약점을 들춰 내가지고 그것으로 합법적인 보복을 할 수도 있다.

어쨌든 나는 그가 절대로 가만 있지 않으리라고 생각했다. 그러니 또다시 불안해질 수밖에.

민주주의 사회에서는 절대로 있을 수 없는 일이다. 죄를 범하지 않고도 불안한 마음으로 살아야 하다니. 죄는커녕 사회의 목탁으로서 해야 할 일을 했다. 정치적 배경을 가지고 조제품(粗製品)을 만들어 국민의 머리털을 빠지게 한 사람은 범죄자다. 그 범죄자를 처벌하지 않고 방임해 두는 정치인 또는 고위관리 또한 범죄자다. 범죄자의 범법 행위를 폭로한 것이 죄 될 까닭이 없다. 그런데도 범법자보다도 범법자를 고발한 사람이 불안을 느껴야 한다.

나는 될 대로 되라고 생각하는 수밖에 없었다. 여차직하면 언론기관을 통해서 범법자들과 싸우리라. 끝까지 싸우리라.

다음 날 나는 신문사에 들렀다가 내 출입처인 내무부로 갔다. 기사를 취재하는 한편 김 경무관의 동태를 살폈으나 별 이상이 없음을 알았다. 김 경무관을 만난 다른 신문사 기자에게 물어 봤지만 김 경무관의 눈치가 조금도 다르지 않더라는 것이었다.

나는 김 경무관을 직접 만나지 않았다.

내가 그를 피했던 것이다. 나를 보면 아무래도 좋은 말이 나오지 않을 것 같았기 때문이었다. 그래도 신문사에 가서는 외출도 하지 않고 자리를 지켰다. 그 기사에 대한 뉴스가 굴러들어오지나 않는가 하는 마음에서였다. 그런데 퇴근할 때까지 아무런 뉴스가 없었다. 별 일이 없는 모양이었다. 그리고 하루나마 시간이 지난 까닭이었겠지만 나는 비교적 안정된 마음으로 집에 돌아갈 수가 있었다.

언젠가 ○신문사에서 생활에 대한 시민의 여론을 조사한 앙케이트가 게재된 적이 있었다. 정부에 대한 불만을 털어놓은 앙케이트였다. 그 기사를 게재했을 때 그 신문사의 취재기자는 이십사 시간 이내에 구속되었다. 만약 내가 보복의 대상이 되었다면 이십사 시간 이내에 무슨 일이 일어났어야 한다. 그런데 아직까지 아무런 소식도 없다는 것은 일이 무사해질 것을 말해 주는 것이 아닐지?

다음 날 신문사에 출근했을 때는 내 불안이 거의 사라졌을 정도였다. 휘파람을 불고 싶은 기분이었다. 그런데 출입처로 나가려고 할 때 동료기자가 수화기를 내밀며 내게 전화가 왔다고 했다.

"여보세요."

수화기를 들고 상대방의 말을 기다렸다. 그런데 상대방은 뜻밖에도 김 경무관이었다.

"나 치안국의 김 경무관입니다. 오늘 좀 만날 수 없을까요?"

나는 올 때가 왔다고 생각했다. 그래서 사회부장에게 김 경무관으로부터 전화가 와서 지금 만나러 가는 길이란 말을 했다. 가는 곳을 밝혀 둬야 무슨 일이 있을 경우 신문사로서 손을 쓸 수 있을 것이라는 계산 밑에서 한 말이었다.

마침 더운 때라 내복을 더 입고 갈 필요는 없다고 생각하며 치안국으로 갔다. 가는 도중 나는 김 경무관에게 절대 굽히지 않을 것을 스스로 다짐했다. 말하자면 끝까지 싸울 각오를 가지고 갔던 것이다. 그런데 김 경무관 방에 들어섰을 때 싸움을 걸어 올 줄 알았던 김 경무관이 뜻밖에도 부드러운 태도로 자리를 권했다. 서슬이 퍼래 있을 줄 알았던 그의 얼굴에는 그저 실의(失意)가 감돌고 있을 뿐이었다. 그는 내게 담배까지 권했다.

나는 정신을 똑바로 차리고 냉정성을 잃지 않으려 했다. 주는 담배를 받았다. 그리고는 성냥까지 그어 줄 때를 기다렸다. 과연 그는 성냥을 그어 주었다. 담배를 빨아 연기를 내뿜으며 무슨 이야기든 해 보라 하는 태도로 그를 쳐다봤다.

"다른 말을 안 하렵니다. 최 형은 기자로서 할 일을 다했으니까요, 자기 임무에 충실한 것입니다. 그 대신 나는 내 임무에 불충실한 사람이 되구 말았지요. 그것두 운이니까 할 수 없는 일이겠지요. 그런데 최 형과 의논할 일이 하나 있습니다."

그는 말을 끊고 담배를 꺼내 물었다. 나는 조금 긴장이 풀렸지만 나와 의논하겠다는 말에 대해 약간의 불안을 느꼈다.

혹시 그 기사를 취소해 줄 수는 없는가? 하고 나온다면 나는 물론 절대로 안 된다고 대답할 것이다. 그렇지만 강요가 아니고 간청하는 태도로 자꾸만 조른다면 내 입장이 곤란해지지나 않을까? 그런데 그는,

"나 오늘 아침 대기 발령을 받았습니다."

하고 자기 신변에 일어난 일을 말했다. 나는 그래서 나더러 어떻게 하라는 것이냐는 눈으로 그를 응시했다.

"이거 비굴한 이야길지 모르지만 나두 처자식을 먹여 살려야 하는 인간입니다. 대기 발령을 받고 보니 눈앞이 캄캄하군요. 최 형! 내가 앞으로 어떻게 처신을 했으면 좋을 것 같소?"

그는 진정 의논하는 투로 물어 왔다. 나에게 보복하겠다는 생각은 추호도 보이지 않고 어떻게 처신해야 하는가를 의논하는 그의 태도에 나는 잠시 고개를 숙였다. 대기 발령이란 면직이다. 대기 발령을 받았다가 복직된 사람이 전무하다는 것을 나는 잘 알고 있다. 그렇기 때문에 그를 면직시킨 내 책임감을 느끼지 않을 수 없었다. 그러나 나는,

"그걸 내가 어떻게 압니까?"

냉정히 대답했다. 그에게 동정한다든가 미안감을 보인다든가 하면 내가 약점을 잡히는 결과를 가져온다. 약점을 보임으로써 어떤 의무감을 강요당할 수는 없었던 것이다.

"대학 졸업반인 맏자식 밑에 올망졸망한 애들이 넷이나 있지요. 그 애들 양육 때문에 나는 호의호식 한 번 못해 봤소. 이걸 좀 보십시오."

그는 웃저고리를 훌쩍 벗었다. 그리고 팔꿈치를 더덕더덕 기운 메리야스를 보여 주었다. 그렇지 않아도 그가 다른 고급관리에 비해 검소한 생활을 하고 있다는 걸 나는 잘 안다. 점심때 집에서 싸 가지고 온 도시락을 혼자 먹고 있는 것을 몇 번이나 보았던 것이다. 그러니 그가 더덕더덕 기운 내복을 보이는 것이 절대로 연극이 아님을 알 수 있었다. 그러나 나는 당장에 그와 타협하는 말을 꺼낼 수는 없었다.

"그 사건에 관련된 고위층은 어떤 사람입니까?"

나는 묘안을 생각해 낸 듯한 암시를 보이며 탈모비누 사건의 내막을 추궁함으로 새로운 소스를 얻으려 했다.

"그 사건은 그만 내버려 두십시오. 내가 책임자로 면직을 당했으면 그뿐 아닙니까?"

"왜 김 경무관님이 혼자 책임을 지십니까? 부정의 원흉은 따로 있는데……."

"좌우간 나는 파면된 사람이오. 파면된 사람이 무슨 말을 또 하겠습니까?"

"………"

그 이상 사건의 내막을 추궁한다는 것은 그를 모욕하는 결과가 되는 것 같아 나도 더 묻지를 않았다. 그 대신 그의 처신 문제에 대해서도 입을 열지 않고 다음에 다시 만나자는 말만 남긴 뒤 그곳을 나왔다.

신문사로 돌아오자 나는 사회부장에게 김 경무관과 만났던 이야기를 했다.

"한 사람 모가지를 벰으로 사건을 낙착시킨 모양이로군……."

사회부장은 사건이 간단하게 처리된 데 실망을 느낀 모양이었다.

"결국 내가 한 사람의 목을 벤 셈이죠."

"그런 일두 있을 수 있지."

"그의 처신 문제에 협력을 해 줘야 할 것 같습니다."

"별 소릴 다 하는군. 감상주의는 버리시오."

감상주의! 만약 그것이 정말 감상주의라면 나는 김 경무관에 대한 생각을 그만둬야 할 것이다. 그런데 시간이 갈수록 나에게는 내가 감상주의자가 아니란 생각이 들었다.

김 경무관은 나보다 근 십 년이나 위인 오십을 바라보는 사람이다. 애도 나보다 둘이나 더 많다. 그런데다가 성격적으로 고지식해서 가난을 면치 못하고 있다. 웬만한 경찰이라면 그런 지위에서 평생 먹을 것을 축적할 수 있었을 것이다. 그리고 정치적 배경을 가지고 직접 구명운동에 나설 것이다. 그런데 일개 신문기자에게 처신 문제를 의논해 왔다는 것으로 그가 정치성도 가지지 못한 사람임을 알 수 있다.

동기야 어쨌든 결과적으로 그의 목을 벤 나로서 그러한 김 경무관의 처신 문제를 걱정한다는 것이 어찌 감상주의라 말할 수 있을 것인가?

그에 대해서 동정적인 태도를 취한다 해도 그것이 감상주의가 아니란 생각이 들었다. 그러면서도 그의 처신 문제에 대해 구체적인 생각을 갖지 못한 채 하루를 보냈다. 그런데 다음 날 김창구 씨에게서 또 전화가 왔다. 사고를 일으킨 장본인이 신문사로 찾아갈 수가 없어 전화를 거는 것이니 밖에서 잠깐만 만나 달라는 것이었다.

나는 어떤 다방을 지정하고 거기서 만날 것을 약속했다.

그는 이 날 경찰복을 벗고 스마트하다고는 말할 수 없는, 빛깔이 낡아 빠진 양복을 입고 있었다. 시골 면장 같은 인상을 주었다.

"돈이 없으니 장사할 수두 없구 큰일입니다. 나 같은 사람을 써 줄 데가 없을 테니 취직두 안 될 것이구……."

그가 나를 불러 낸 심정을 알 수 있었다. 한 사람의 고급경찰을 면직시키고도 까딱 안 하는 신문기자를 과대평가했을 것이다. 그리고 나 이외의 딴 사람에게는 자기 신변 이야기를 하고 싶지 않은 심정이었을 것이다. 그러한 그에게 나는 호감을 느꼈다. 그래서,

"알았습니다. 힘껏 해 보지요."

나는 쉽게 그의 요청을 수락했다. 말로는 안 했지만 목을 다시 붙여 줄 수 없느냐는 것이 요청이라고 생각했다.

그러니까 나는 그의 복직운동을 맡기로 한 것이다.

나는 그 뒤 정계 요로에 있는 사람들을 찾아다니기 시작했다. 그 중에서도 이 대통령의 후계자라고까지 말하고 있는 국회의장을 찾아갔다. 대구 방직회사 사장으로 있을 때부터 그를 알고 있었기 때문에 말하기도 쉬울 뿐 아니라 그의 명령을 거역할 사람이 없다는 것을 알기 때문이었다. 국회의장뿐 아니라 인사 실무자인 치안국장과 내무부장관도 만났다.

집권자들은 대부분 신문기자를 싫어한다. 특히 부정과 부패를 내포하고 있는 집권자가 그렇다. 그러면서도 신문기자를 표면적으로 괄시 못하는 것이 또한 집권자들이다.

신문기자도 마찬가지다. 부정과 부패 속에서 흑(黑)도 백(白)이라고 주장하는 그들을 미워한다. 그러면서도 소스를 얻기 위해서는 그들에게 접근하지 않을 수 없다. 그런 만큼 집권자와 신문기자 사이에는 신의(信義)라는 것이 희박하다. 면전에서는 듣기 좋은 말을 하나 그 말에 책임지는 일이 별반

없다.

나는 김 경무관의 면직이 오직 나 때문이었다는 겸손한 태도를 보이며 그의 구명운동을 했다. 듣는 사람들은 모두가 책임감을 느낀다는 내게 호의를 보이며 힘써 보겠다고 했다. 그러나 한 달이 지나도록 아무런 소식이 없었다.

그 동안 나는 김창구 씨를 한 번도 만나지 못했다. 한 번 승낙한 일이니 나를 믿고 결과가 나타날 때까지 기다리고 있는 것인지 그렇지 않으면 해야 되지 않을 일이라 단념하고 실망 속에서 자탄(自嘆)의 세월을 보내고 있는지 알 수 없었다.

나는 그가 실망에 빠져 있을 것이란 생각을 하고 그의 집을 방문하기로 했다. 우선 그 동안의 경과를 말하고 내가 움직이고 있다는 사실만이라도 알려 줘야 할 것 같았던 것이다.

그의 집은 한강 건너에 있었다. 정종 한 병을 사 들고 그를 찾아간 나는 내가 종교적인 인물 같음을 느꼈다. 직업적인 면에서 적이나 마찬가지의 사람이었다. 그런데도 그가 불우해졌을 때 나는 술병을 사 들고 그를 찾아 갔다.

내가 그의 집에 들어섰을 때 그는 한편 담 구석에 있는 채소밭에 있었다. 집은 대단치 않은데 대지가 좀 넓어 보였다. 넓은 대지를 이용해서 배추를 심었는데, 그 배추밭의 풀을 뜯어 주고 있었다.

"최 선생이 웬일이십니까?"

나를 보자 그는 손을 털며 반겨 주었다.

"배추가 잘 됐군요."

배추라야 손톱 한 마디만큼도 자라지 못한 것이었지만 나는 그 배추를 대견스럽게 바라봤다.

"들어가십시다."

그가 안내해서 집 안에 들어갔지만 집 안도 그리 깨끗지 못했다. 경관 생활을 몇십 년이나 했다는 사람의 집안 같지 않게 허술했다.

우리는 술잔을 나누면서 이야기를 시작했다. 어쩐지 오랜 친구를 만난 듯한 기분으로!

　우선 내가 누구누구를 만났고 어떤 식으로 복직을 부탁했다는 경과 보고를 했다. 보고를 하는 동시 일이 그리 빨리 해결되지 않아 미안하다는 말을 하자 그는,

　"수고하셨습니다. 나는 최 선생을 잘 알구 있기 때문에 더 부탁을 안 해두 성의껏 애써 주실 줄 믿구 이렇게 집 안에만 앉아 있습니다."

　나를 절대적으로 신뢰하는 것처럼 말했다.

　"나를 언제부터 아셨다구요?"

　"직업이 경찰 아닙니까? 한눈에 도둑을 가려 낼 수 있는 눈을 가졌지요."

　"허허. 도둑질한 사람은 김 선생 앞에 얼씬두 못하겠군요?"

　"죄진 사람은 눈만 봐두 알 수 있죠."

　"그런데 부정과 부패가 넘쳐 흐르는 사회를 보구두 그냥 내버려 두시는 이유는 뭡니까?"

　"그건 힘의 문제지요. 식별의 문제가 아니라. 자, 술이나 드십시다."

　그는 술잔을 내밀었다.

　"경무관의 힘 가지군 안 됩니까?"

　그때 그는 화제를 피하기 위해 부러 딴 소릴 꺼냈다.

　"안주가 없어서 미안합니다."

　그래도 나는 내 화제를 살리려고,

　"자기의 죄를 은폐하기 위해 김 선생을 희생시킨 그런 사람들을 왜 방임하십니까?"

　그가 흥분하도록 자극적인 말을 꺼냈다.

　"지나간 이야기 할 것 있습니까?"

　그는 내 술잔에 술을 따를 뿐 이야기를 회피했다. 또 그런 화제가 계속되지 못하도록 자기 부인을 불러다 옆에 앉히고는 나를 소개했다.

　"내가 이야기하던 최 선생님이셔."

　부인이 방바닥에 이마가 닿도록 나에게 정중한 인사를 했다.

　내 이야기를 사전에 들려 준 모양이었다. 그리 나쁘게 이야기했으리라고

는 생각되지 않았다.

그렇지만 내가 그를 면직당하게 한 사람이란 이야기도 빼놓지 않았으리라 생각될 때 나는 그 부인을 정시할 수가 없었다. 그런데 그는 애들을 불러다 차례차례로 절을 시켰다. 그 중에는 대학에 다니는 커다란 아들도 있었다. 다섯 명이나 되는 애들이 꼬마까지 방바닥에 이마를 대고 큰절을 할 때 나는 절을 안 받을 수 없어 받기는 하면서도 거북하기 짝이 없었다. 사십도 채 못 된 사람이 노인들처럼 절을 달게 받을 수가 없었던 것이다. 절을 하는 애들보다도 거북스럽게 엉거주춤 앉아 절을 받는 동안 나는 김창구 씨가 평소에 애들 교육을 철저하게 시키고 있다는 생각을 했다. 집에 찾아온 손님에게 큰절을 시키는 부모가 얼마나 되는가?

애들이 절을 끝내자 그는 위엄 있게,

"다들 나가 있거라."

애들을 내보냈다.

질서가 있는 집안이란 생각을 하고 있는데 그가,

"저것들 때문에 나는 죽어 살지요."

하고 말했다. 그것은 애들 때문에 자기가 희생되고 있다는 억울함을 호소하는 말이 아니라 자기가 애들을 위해 모든 것을 바치고 있다는 애정어린 말이었다.

"애들이 있으면 자연 그렇게 되는 게 아닙니까?"

누구에게나 해당되는 말인 만큼 그의 말에 내가 동조하지 않을 수 없었다.

"경관들 가운데는 자유당의 죄악상을 보다 못해 자유당의 비밀을 폭로하고 관계(官界)를 떠나는 사람도 있습니다만 그런 사람은 먹을 것이 있으니까 그런 일을 할 수 있을 겁니다. 그렇지만 먹을 것이 없는 데다가 다섯이나 되는 자식들을 생각하면 몸가짐에 조심 안 할 수가 있습니까?"

술이 거나한 까닭이었으리라. 내가 물을 때 대답 안 했던 말을 꺼내는 것이었다.

"밥 굶으실까 봐 걱정이십니까?"

파면당한 데 대한 분풀이를 한다고 해서 경무관까지 지낸 그가 굶어 죽으리라고는 생각되지 않았다.

"모르시는 말씀입니다. 전직 경관은 누구나 싫어하는 겁니다. 더구나 말썽을 일으킨 경관을 받아 줄 곳이 어디 있습니까? 나도 야당이 놀랄 만큼 좋아할 자유당의 비밀을 많이 알구 있습니다. 그렇지만 문제의 인물이 되어 밥줄이 끊어지면 어떻게 합니까?"

나는 그가 철저한 가족 본위의 사고방식을 가진 가장 위태롭지 않은 사람이란 걸 알았다. 나로서는 만족할 수 없는 성격의 소유자다. 그렇지만 어느 정도 호감이 가는 것도 숨길 수 없는 일이다.

"국회의장이 극력 해 보겠다구 했으니까 당분간만 기다려 주십시오. 치안국장두 가능성이 있는 것처럼 말했습니다."

나는 그에게 희망을 주는 말을 했다. 양심까지 썩은 사람은 아니지만 자유당 정부에 복직하려는 사람에게 달리 무엇을 기대할 것인가?

"고맙습니다. 폐가 너무 큰 것 같아 뭐라구 말씀드릴 수가 없군요. 최 선생만 믿구 있겠습니다."

그는 학교를 갓 나와 취직을 부탁하는 사회 초년병처럼 전적으로 내게 의존하는 태도였다. 파면을 시킨 장본인이니 복직시킬 의무가 있지 않느냐는 태도는 조금도 보이지 않았다. 그런 것이 나의 자책감을 더욱 자극시켰다. 그렇지만,

"김 선생께서두 내무부장관이나 치안국장을 만나 사정해 보십시오. 그들두 김 선생의 고의가 아니었다는 것을 충분히 알구 있을 테니까……."
하고 그의 직접적인 활동을 요구했다.

그것은 내 힘만으로 일이 되지 않을 때 그 책임을 분담하자는 속셈이기도 했다.

"그래야겠는데 찾아갈 체면이 있어야죠? 그리구 빈손으로 갈 수두 없는 일이구요."

경찰생활을 몇십 년 동안이나 했다는 그가 어쩌면 이런 말을 할까? 진짜 경찰이 되지 못했었다는 말인지? 나는 약간의 실망 같은 것을 느꼈으나 진짜 경찰관이 못 되었던 그를 차마 비난할 수는 없었다. 그래서,

"잘 아는 처진데 빈손으루 가면 어떻습니까?"

하고 소위 사바사바 정치의 치사한 면을 공격하듯 말했다.

"모르시는 말씀. 부탁 없이 놀러 갈 때두 빈손으룬 못 가는 법입니다. 항차……."

"그래두 잘 아는 사람끼리야……."

"잘 아는 사람도 상하의 관계에 있을 때는 할 수 없습니다. 습관처럼 돼 있는 걸요."

나도 자유당의 생리를 모르지는 않는다. 그 더럽고 치사스런 생리를. 그러나

"사무실루 찾아가시지 사택으루 갈 게 있습니까?"

김 경무관에게 부패에 빠지지 않을 수 있는 방법을 말했다.

"그게 효과가 있습니까? 좌우간 한 번 찾아가보기는 하겠습니다."

그는 내 말에 대한 성의를 보이기 위해서라도 찾아간다는 말을 안 할 수 없었을 것이다.

어쨌든 아무 뜻 없이 찾아갔던 내가 그에 대해 새로운 지식을 얻어 가지고 돌아왔다. 그 새로운 지식들이란 그를 더욱 호감으로 대할 수 있게 하는 것들이었다.

나는 야당 신문사의 기자다. 자유당에 대해서는 무엇에나 반대하는 입장에 있다. 그것이 지면에 표현되고 있다. 그런 만큼 사적인 문제를 가지고 자유당 사람들에게 청탁을 한다는 것은 내 입장을 거북하게 하는 일이다. 그렇지만 김 경무관에 대한 호감과 나의 책임감은 체면을 초월하게 했다. 특히 자기네들끼리의 일을 거들어 준다는 데 양심적 가책을 별반 느끼지 않았다.

물론 야당지의 기자라는 점이 일을 추진시키는 데 불리한 원인이 된다. 하나 신문기자를 경원하면서도 두려워하는 그들의 약점을 이용하여 나는 끈기 있게 추진했다. 신문기자라는 직업을 이용하여 돈도 쓰는 일 없이.

그 결과 넉 달만에 김 경무관에 대한 복직명령이 내려졌다. 복직명령이 내려지기 전날 나는 치안국장으로부터 그 말을 듣고 곧 그의 집을 찾아갔

다. 그는 울먹울먹하며 말을 못했다. 내가 축하한다는 말과 용기를 얻어 요령 있게 일하라는 말을 하고 돌아올 때 그는 방바닥에 이마를 대고 고맙다는 인사를 했다. 그의 부인 역시 그랬다.

복직발령과 함께 부임지의 통고가 나갔다. 제주도 경찰국장이었다. 김 경무관으로서는 좌천이 아닐 수 없었다. 제주도 경찰국장이란 서울의 한 경찰서장만도 못한 자리다. 그러나 그런 불평을 말할 때가 아니었다. 그는 암말 않고 제주도로 부임했다.

그가 부임한 지 이삼 일 뒤 나는 제주도로 갔다. 복직은 시켰지만 서울의 경찰서장만도 못하다는 자리로 보낸 것이 웬지 미안했기 땜에 격려해 줄 마음이었다.

나는 일부러 전보도 치지 않고 떠났다. 그런데 모슬포 비행장에 내렸을 때 그가 비행장까지 마중을 나왔다. 경찰에서는 비행기의 손님 명부를 미리 알고 있는 것이라 생각하고 어떻게 알고 나왔느냐는 말도 물어 보지 않았지만 통지도 않고 간 사람을 맞이해 준 데 대해 나는 속으로 고마움을 느꼈다.

그는 나를 제주읍으로 데리고 가서 자기가 유하고 있는 여관에 안내했다. 그리고는 다음 날 경관 한 명을 안내역으로 차출해서 경찰국 지프차로 제주도를 일주시켰다. 현역 경찰국장이니 그런 일쯤 해 줄 만도 했다.

내가 제주도를 떠날 때 그는,

"귀양살이 온 셈치구 일하겠습니다."

속으로는 불만을 느끼겠지만 겉으로는 아무렇지도 않은 듯이 말했다.

"기회 봐서 전근 문제두 부탁해 보지요."

나는 그가 부탁하기 전에 자청해서 이런 말을 했다.

"무리하지 마십시오. 가족들이 걱정입니다만……."

애들 교육 때문에 가족들을 데려올 수도 없고 그렇다고 해서 혼자 살 수도 없는 것이 난처하다는 말을 했다.

"기회 있는 대루 해 보겠습니다."

나는 전근 문제에 책임감을 느끼며 제주도를 떠났다.

서울로 올라오자 나는 곧 그의 전근운동을 하기 시작했다. 복직운동만큼 힘들지는 않았지만 역시 시일이 걸렸다. 두 달쯤 지나 그를 경북 경찰국장으로 전근시키는 데 성공했다. 경북 경찰국장 하면 그리 서열이 낮은 자리가 아니었다. 나는 내가 할 일을 다했다는 생각을 했다. 그래서 그가 대구로 부임했을 때는 찾아가지를 않았다.

그런데 그가 대구로 부임했을 때는 대통령과 부통령의 선거가 있은 직후였다. 대구는 원래 야당 도시라 여당의 대통령과 부통령에게 투표된 투표수가 극히 적었다. 이승만 박사와 이기붕 씨가 각기 대통령 또는 부통령으로 당선되기는 했지만 투표율이 좋지 않은 곳 책임자들을 그냥 내버려 둘 리가 없었다. 그래서 경찰국장도 경질되었지만 그 덕분에 김 경무관이 전임할 수 있었던 것이다. 여당 대통령이 당선되기까지에는 가지가지의 부정이 있었던 것인 만큼 국민의 불평이 점차 노골화하기 시작될 즈음 대구의 대학생들이 부정선거 반대의 기치를 들고 데모를 하기 시작했다. 데모를 시작하자 이 박사에게 투표율을 올리지 못한 도 경찰국은 책임감에서랄까 보복적 수단에서랄까 데모한 학생들을 검거하기 시작했다.

김 경무관이 대구에 부임했을 때는 구속된 학생들이 삼사백 명에 이르고 있었다. 그는 영전을 했지만 너무나 큰 사건을 목전에 두고 부임한 만큼 걱정이 컸다. 삼사백 명의 구속학생을 내고도 데모는 계속됐다. 어떻게든 데모를 진압해야겠는데 탄압만으로 진압할 수는 없을 것 같았다. 그렇다고 방임할 수도 없는 일이고.

그는 학생들이 구금되어 있는 연무관으로 갔다. 그들에게 자기 심정을 호소하는 수밖에 없었던 것이다.

그는 두 가지로 데모의 중지를 호소했다. 첫째는 당선된 대통령이 물러나란다고 해서 물러갈 것 같으냐? 경찰과 군대의 힘으로라도 데모를 진압하고야 말 것이라는 것이었다. 둘째는 학생들이 데모를 해서는 안 된다는 것이었다. 이 말을 하며 그는 구두를 벗고 자기의 꿰매 신은 양말을 보여 주었다.

"나는 여러분과 같은 대학생의 아버지요. 아들을 공부시키기 위해 이런 양말을 신고 있소. 이것은 나뿐이 아니라 여러분의 아버지들도 마찬가질 거요. 자녀 교육을 위해 희생되고 있는 부모에게 걱정을 끼친다는 것은 철이

든 여러분이 다 같이 생각할 문제가 아니겠소."

이런 말을 한 즉시로 그는 구금 학생 전부를 무조건 석방했다. 그 뒤 대구에서는 데모가 중단되었다.

이 사실을 치안국에서 들은 지 며칠 뒤 나는 대구로 내려갔다. 그에게 치하의 말을 주기 위함이었다. 비록 데모를 막기 위한 자유당에 대한 충성심의 발로였겠지만 학생들을 석방시켰다는 사실만은 나를 감격케 했던 것이다. 내가 그의 복직운동을 해 준 보람 같은 것도 느꼈다.

그를 만나 격려의 말을 해 주고는 이로써 내가 할 일은 다했다는 생각으로 서울에 돌아왔다. 그런데 서울에 돌아온 다음 날 고향 부친에게서 편지가 왔다. 경북 경찰국장이 두메산골에서 살고 있는 내 부친을 찾아가 최고의 경의를 표했다는 것이었다. 자동차가 통할 수 없는 길을 급작스레 보수시키고 경찰국장이 찾아왔을 때 내 부친은 물론 인근 동네 사람들까지 경악했다는 말까지 씌어 있었다.

그 편지를 받고 나는 김 경무관이 인간으로 성숙된 사람이란 생각을 했다. 내 부친을 찾아가 인사를 했다는 것이 무엇보다도 고마웠지만 그런 일을 하고도 나를 만났을 때 그런 말 한 마디도 비치지 않은 그가 돋보였던 것이다.

그에 대해 존경심 같은 것을 느끼고 있을 때 마산에서 3·15 선거 무효를 주장하는 학생 데모 사건이 일어나기 시작했다. 그리고 고문 끝에 죽이고 그 시체를 바다에 던진 김주열 사건이 일어났다. 김주열 사건으로 3·15 대통령 선거 반대 그리고 이 대통령 물러가라는 데모가 전국적으로 일어나기 시작했다.

자유당 독재정치에 대한 국민의 불만이 터지기 시작한 만큼 마산 사건을 한 지방에 국한된 사건으로만 취급할 수가 없었다. 그래서 우리 신문사에서는 마산에 취재본부를 설치하고 본사 기자 세 명을 현지로 파견했다. 나는 책임자라는 중임을 맡고 내려갔는데 현지에 이르러 내가 조사한 것은 두 가지였다.

하나는 정부가 발표한 마산 사건의 배후 유무였다. 정부에서는 마산 사건이 일어나자 데모 뒤에는 공산도당의 조정이 있다고 발표했다. 공산주의자들의 배후조정이라고 하면 국민들이 마산 사건을 도외시할 것이라 여겼던 것이다. 그러나 조사한 결과 학생들의 자발적인 데모임을 알았다.

둘째는 김주열의 고문치사였다. 정부에서는 고문한 사실이 없다고 주장했지만 구금된 학생들이 고문당하고 있는 사실을 마산 시민들은 누구나 잘 알고 있었다. 그리고 김주열의 시체에서 총알이 발견된 것으로 고문치사가 틀림없었다.

나는 조사결과를 그대로 보도했다. 그리고 H신문은 내가 보낸 기사를 중심으로 해서 마산사건을 대대적으로 취급했다.

야당신문들이 마산 사건을 대대적으로 보도하자 마산의 데모는 그칠 줄 몰랐고 그 여파가 전국으로 퍼지기 시작했다.

그럴 때였다. 김 경무관이 마산에 나타났던 것이다. 경북 경찰국장으로 있다가 데모 방지에 공을 세웠음인지 경남 경찰국장이 되었고 경남 경찰국장이 되자 부산에 있는 경찰국에는 부임도 못하고 마산으로 직행했다는 것이었다.

기구한 해후라고 생각했지만 그를 만날 수는 없었다. 그는 데모진압 책임자요 나는 데모의 정당성을 보도하는 사람이다. 만나서 무슨 이야기를 할 수 있을 것인가? 문제가 개인을 떠난 국가 민족의 문제다.

그가 왔다는 말을 듣고도 며칠 동안 모른 체하고 있을 때 하루는 그에게서 전화가 왔다. 만나자는 것이었다. 나는 만나자는 것을 거부할 필요까지는 없다고 생각했다. 그가 지정한 어떤 조그만 여관 구석방에서 그를 만났다.

"최 선생은 최 선생의 일을 하시는데 구애받을 것이 없을 겁니다. 그렇지만 나는 어떻게 해야 할까요? 데모를 진압하는 책임자로서 말입니다."

만나자는 것은 이것 때문이었다.

"대구에서 하신 수법을 써 보시지요!"

그에게 지혜를 빌려 줄 수 없는 나의 입장이요 나의 지혜를 받아들일 수 없는 그의 입장인지라 무책임한 말을 던지는 도리밖에 없었다.

"그런 수법이 통할 것 같지가 않은데요."

그의 태도는 진지했다.

"그러시다면 어떤 수단으로두 막지 못할 겁니다."

"그렇다구 수수방관할 수두 없잖습니까?"

나는 이때 부산으로 돌아가 가만히 앉아 있기나 하라고 말하고 싶었다. 그러나 책임을 맡고 온 그에게 그런 말을 할 수는 없었다. 그래서,

"어쨌든 내가 바라고 싶은 것은 첫째 사실을 있는 그대루 인정하십시오. 공산주의자가 뒤에 있다느니 조직적 반국가행위니 하는 말을 말고 자연발생적으로 일어난 데모를 사실대로 인정하십시오. 둘째는 고문과 발포를 엄금하십시오. 죄 없는 학생들에게 할 짓이 못 됩니다. 그리고 그것으로는 데모가 방지되는 것이 아니라 국민 전체의 신경을 자극시키는 역효과를 나타냅니다. 셋째는 김 선생께서 법에 충실한 집권자가 되십시오. 정당이나 세력에 끌리는 분이 되지 말고 나라가 정한 법을 법대로 지켜 가는 분이 되십시오."

나도 진지하게 말했다. 그 이상 달리 할 말은 없었다.

"난처합니다. 이 복장을 벗지 않는 한 복장을 입혀 준 사람의 말을 안 들을 수두 없구요."

나는 그의 심정을 알 수 있었다. 그는 충실한 가장(家長)이요 충실한 봉급자다. 그렇기 때문에 가장과 봉급자의 생활을 부정할 수가 없는 것이다. 당과 세력에 협력을 안 하면 가장도 봉급생활도 부정하게 된다.

"할 수 없지요."

나는 그에게 아무것도 강요할 수는 없었다. 자기 판단에 의해 움직일 뿐일 테니까……

그런데 그 뒤 마산의 발포는 중지되었다. 김 경무관의 명령에 의한 것이라고 생각되었다.

마산 사건의 종말이 나기 전에 부산에서 데모 사건이 일어났다. 부산에서도 발포 사건이 생겼다. 그러자 김 경무관은 부산으로 가 버렸다. 나는 차라리 잘 되었다고 생각했다. 내가 있음으로 해서 혹시 그가 판단에 자유를 잃는다면 나중에 내가 또 책임질 문제가 발생될지 모른다. 차라리 같은 고장

에서 같은 사건에 직면하지 않는 편만 같지 못하다.

그는 마산에서도 그랬지만 부산에서도 데모를 막지 못했다. 아무리 명경찰국장이라도 민족의 물결을 막을 도리가 없었을 것이다. 데모뿐 아니라 부하 경찰들의 발포도 막을 수가 없었던 모양이다. 나는 신문보도로 부산의 발포 사건을 보며 그를 위해 걱정을 했다. 그러나 그런 걱정도 할 필요가 없게 되었던 것이다. 데모는 전국적으로 파급되었고 특히 서울에서는 대학생과 고등학생들이 총동원됐다. 전제주의를 더 참을 수 없으니 이승만 대통령 물러가라는 구체적인 구호를 부르짖으며 학생들이 서울 거리를 메웠다. 정부는 할 수 없이 군을 동원했고 데모 학생에게 발포를 했다. 근 이백 명이 희생되는 사태를 벌렸다.

수많은 희생자를 내면서도 학생들은 성난 파도처럼 일어났다. 드디어 대통령은 하야를 선언했던 것이다.

4·19로 말미암아 자유당이 거세되고 임시정부가 서자 얼마 안 되어 총선거가 실시되었으며 거기 따라 민주당이 정권을 잡게 되었다. 그러자 자유당 간부들과 정부의 고관들, 말하자면 독재의 아성에서 부정과 부패를 일삼던 도당들이 숙청을 당하기 시작했다.

민족이 얼마나 바라던 일인가? 그런데 나는 김 경무관이 발포 경관의 책임자로 구속되었다는 것을 알았다. 자유당의 고급경찰이었으니 발포를 했든 안 했든 책임을 지고 물러서야 할 것이며 국민의 규탄을 받아야 할 것은 사실이다. 그러나 문제는 그가 과연 발포자로서 처단을 받아야 하는 것이냐 하는 데 있다. 내가 아는 한도 내에서 그는 발포자가 아니다. 마산서 발포를 중지시킨 것은 내가 목도한 사실이다. 부산에서도 그랬을 것이다. 악이 오른 경찰관들이 데모 학생들을 적대시한 나머지 상부의 명령을 기다리지 않고 발포했을 것이다. 학생들의 데모가 더욱 치열해질 때 김 경무관이 부산으로 내려갔지만 그때는 그가 부하들의 발포를 중지시킬 능력이 없었을 것이다. 그러한 김 경무관이 발포 책임자로 처단을 받다니? 나는 모른 척해도 괜찮을 일이었지만 신문기자의 정의감을 달랠 수가 없었다. 나는 부산으로 내려가 수감되어 있는 그를 면회했고 그의 부하들을 만났다. 그 결과 그가 발포 책임자가 아니라는 심증을 얻었다. 그런 심증을 가지자 나는 그를 위해 구명운동을 해 줘야 한다는 의무감을 느꼈다. 무엇 때문에 그런 의무감까지 느껴야 했는지는 나도 모른다. 어쨌든 그가 자유당의 수족으로 활동했다는 점에서 규탄을 받는다면 몰라도 발포 책임자로 처단받는다는 데는 방관하고 있을 수가 없었던 것이다.

야당이던 민주당이 여당이 되어 집권하게 되자 사회는 자유당 시대 못지 않게 혼란했다. 부정부패는 날로 머리를 들었다. 뿐만 아니라 나약한 태도는 국시까지 혼들리게 했다. 국가의 위기를 걱정 안 하는 사람이 없게 되었다.

군인들이 혁명을 일으켰다. 5·16 무혈혁명이었다.

이런 과정을 밟는 동안 신문기자의 생활은 눈코 뜰 새 없이 바빴다. 그 바쁜 가운데서도 나는 그의 담당검사와 그의 가족이 정해 놓은 변호사를 찾아다녔다. 모든 정치범과 부정축재자들이 혁명재판에 회부되어 엄격한 재판을 받게 되었지만 나는 그가 중형을 받으리라고 생각지 않았다. 그렇기 때문에 형무소로 그를 면회갔을 때도,

"김 선생 같은 분은 올챙이 같은 존잽니다. 조금두 걱정 말구 계십시오."

신념 있는 말로 안심시켰다. 그는 몹시 초라한 얼굴이었다. 불안과 공포가 역력히 보였다.

"혁명재판이란 어떤 나라에서나 가혹한 거 아닙니까?"

그러니까 그는 자기도 가혹한 형을 받으리라 생각하고 있는 모양이었다.

"사상이나 제도에 대한 혁명이라면 그럴지두 모르지요. 그렇지만 군사혁명은 인사 교체를 위한 혁명이 아닙니까? 나는 그렇게 생각합니다. 그러니까 많은 사람을 희생시키지 않으리라 생각합니다."

"그렇지만 내가 발포 명령을 하지 않았다는 것을 증언해 줄 사람두 없잖습니까?"

그렇다 자유당 밑에서 일하던 사람들이 다 같이 공포에 싸여 있는 이때 그를 위해 증언해 줄 사람이 있겠는가? 남을 옹호해 주다가는 자기가 피해를 받기 쉽다.

"내가 증언하지요. 나는 증언할 재료들을 가지구 있습니다."

나는 신문기자라는 나의 직업에 대해 이때만큼 긍지를 느껴 본 일이 없다. 신문기자이기 때문에 그럴 용기가 생겼던 것이다.

"고맙습니다."

그는 나의 용감한 호의에 머리를 숙였다.

그 뒤 한 달쯤 지나 그에 대한 제1회 공판이 있었고 나는 증인으로 자진 출두를 했다. 나는 증인으로서 마산 사건 때 그가 발포를 중지시킨 사실을 내 눈으로 보았다고 진술했다. 그리고 그가 마산에서 부산으로 갔을 때 거기서는 이미 발포를 시작하고 있었으므로 부산의 발포가 그의 책임일 수 없다는 것을 역설했다.

제1회 공판은 피고인과 증인의 진술로 끝났지만 나는 앞으로 있을 구형에 대해서도 낙관하고 있었다. 그런데 김 경무관은 그렇지가 않았다. 그 초췌한 얼굴에는 실의가 넘쳐 흐르고 있었다. 중환자처럼 기운을 잃고 있었던 것이다.

백 년이라도 세력을 잡고 있을 듯하던 집권자가 하루아침에 맥없이 물러설 때 그 밑에 있던 사람들의 권력에 대한 회의는 절망 그대로였을 것이다. 나는 그렇게 해석했다. 재기할 수 없는 장래에 대한 절망. 그 절망을 무엇으로 해소시킬 수 있을 것인가? 나는 그의 초췌한 얼굴을 멀리 바라볼 뿐 아무 말도 못하고 법정을 나왔다.

설사 무죄가 된다고 해도 다시는 경무관이 될 수 없다. 아니 새로운 정치 사회에 발을 들여 놓을 수가 없게 될 것이다. 그것만은 나로서도 어찌할 수 없는 일이었다.

그런데 제2회 공판이 있기 며칠 전 뜻밖에도 그의 맏아들로부터 전화가 왔다. 그가 병보석을 받고 대학병원에 입원했다는 것이었다. 나는 병원으로 달려갔다. 급성 위암이라고 했다. 사형선고를 받은 것이었다. 공판에서 사형 선고를 받은 것보다는 나을지 모르지만 너무나 갑작스런 일이라 놀라지 않을 수 없었다.

가족들이 모두 울고 있었다.

나는 그의 손을 잡고

'어찌다가 그런 병에 걸렸습니까?'

하고 혼자 속으로 중얼거렸다. 정말 어쩔 수 없는 일이었다.

며칠 뒤 그는 숨지고 말았다. 그의 영구를 따라 공동묘지에까지 가서 관이 땅 속에 들어가는 것을 볼 때 나는 뜨거운 눈물을 흘렸다.

'사람의 도리를 다하기 위해 애를 썼던 것이 결국은 그를 죽게 하고 말았구나……'

만약 그가 파면을 당했을 때, 모른 척하고 복직운동에 나서지만 않았다면 오늘 그가 죽는 일은 없었을 것이 아닌가? 남의 인생에 지나치게 관여했던 내가 후회되기도 했지만 그 후회가 옳은 것인지 그른 것인지를 분간할 수 없었다.

나는 한 줌의 흙을 그의 무덤에 던지듯 뿌렸다. 내가 마지막으로 그에게 줄 수 있는 것은 오직 한 줌의 흙뿐이었다. 그러나 그것만으로는 너무나 허전했다. 신문사에 돌아와 그의 죽음을 기사로 쓰려 했다. 그의 명복을 비는 마음으로 ── . 그러나 어떤 명목으로 기사를 쓸 수 있을 것인가? 아무리 머리를 쥐어짜도 그의 죽음은 기사로 만들 수가 없었다.

단 한 줄의 기사도 될 수 없는 그의 죽음.

나는 펜대를 내동댕이치고 편집실을 나왔다.

(원)《문학 4》 1966. 8, (출)『추정』 성문각, 1968.

아무것도 아닌 것 —만우 박영준전집 4/단편

2002년 1월 10일 초판 인쇄
2002년 1월 15일 초판 발행

지은이 · 박영준
펴낸이 · 백규서
펴낸곳 · 도서출판 동연
출판등록 · 1992년 6월 12일 제2-1383호
주소 · 서울시 종로구 와룡동 116-1 4층 (우)110-360
전화 · 3675-2122 / 팩스 · 3675-2124

값 15,000원

ISBN 89-85467-35-2 04810
ISBN 89-85467-31-X (세트)